Foto: Elke Werner

Hera Lind ist Sängerin, Romanautorin und Fernsehmoderatorin. Ihr erster Roman, ›Ein Mann für jede Tonart‹ (Fischer Taschenbuch Bd. 4750), erschien 1989 und wurde ein Bestseller. Der gleichnamige Kinofilm war ebenso erfolgreich. Die Fortsetzung des Romans, ›Frau zu sein bedarf es wenig‹ (1992; Bd. 11057), wurde fürs ZDF verfilmt. 1994 folgte ihr dritter Roman, ›Das Superweib‹ (Bd. 12227), der inzwischen eine Auflage von mehr als zwei Millionen Exemplaren erreicht hat. Der Film, den Sönke Wortmann nach diesem Buch drehte, kam 1996 in die Kinos. Hera Linds vierter Roman, ›Die Zauberfrau‹, erschien 1995 und wurde für SAT.1 verfilmt. 1997 veröffentlichte sie ihr erstes Kinderbuch, ›Der Tag, an dem ich Papa war‹ (mit Illustrationen von Marie Marcks; Bd. 85020), und ihren fünften Roman, ›Das Weibernest‹ (Bd. 13770). Ihr sechster Roman, ›Der gemietete Mann‹ (Bd. 14443), erschien 1999.

Charlotte Pfeffer hat es faustdick hinter den Ohren: Sie führt ein richtiges Doppelleben. Als weißgestärkte »Dr. Anita Bach« steht sie täglich in der Seifenserie »Unsere kleine Klinik« des Privatsenders »Vier Minus« vor der Kamera. Aber ihr Privatleben sieht anders aus. Vernunftverheiratet mit dem grundsoliden, karrierebewußten Wirtschaftsprüfer Ernstbert, der außer den Zwillingen Ernie und Bert noch nichts Nennenswertes zur Ehe beigetragen hat, verzaubert sie in ihrer Freizeit nach Lust und Laune unschuldige Männer, sozusagen als Ausgleich gegen den Alltagsfrust. Der einzige, der auf ihre Zaubertricks nicht reinfällt, ist der phlegmatische Gatte. Hier muß Charlotte andere Geschütze auffahren... Ein Feuerwerk amüsanter Einfälle, eine spritzige Komödie, turbulent und temperamentvoll: eine echte Hera Lind.

Unsere Adresse im Internet: www.fischer-tb.de

Hera Lind
Die Zauberfrau
Roman

Fischer Taschenbuch Verlag

Die Frau in der Gesellschaft
Herausgegeben von Ingeborg Mues

Limitierte Sonderausgabe
Veröffentlicht im Fischer Taschenbuch Verlag GmbH,
Frankfurt am Main, Oktober 2000

© Fischer Taschenbuch Verlag GmbH,
Frankfurt am Main 1995
Gesamtherstellung: Clausen & Bosse, Leck
Printed in Germany
ISBN 3-596-50434-1

Für meine zauberhaften Kinder
Felix, Florian und Franziska
und für Uli, meinen zauberhaften Mann

Nebenan fiel etwas zu Boden.
»Grete? Ist was passiert?« Ich hörte auf, vor dem Schlafzimmerspiegel den Bauch einzuziehen, und warf den verdammten engen Rock aufs Bett.
»Nichts! Die Schultüte ist umgekippt! Warum muß der Junge sie auch mit aufs Klo nehmen? Ich hab ihm AUSdrücklich gesagt, er soll sich die Hose mit BEIDEN Händen zumachen!«
Mein kleiner Bert hockte auf der Brille und sah bedauernd auf die etwa dreißig Gummibärchen, die sich auf der Kloumrandung tummelten. Eine richtige kleine Schulklasse. Chaotisch und bunt. Fehlte nur noch ein dicker, schwitzender Gummibär am Kopfende, der »Hinsetzen!« brüllte und einen pädagogisch wertvollen Vorschlag zur Gestaltung der restlichen Stunde machte.
»Die sammeln wir wieder auf«, sagte ich fröhlich und ging in die Hocke, um die klebrigen Zuckertiere wieder in ihre hübsche, selbstgebastelte, umweltfreundliche Schultüte zurückzuschaufeln.
»Bert«, sagte ich liebevoll zu meinem kackenden Buben, »bist du aufgeregt?«
»Nö«, sagte Bert. »Wiesodn?«
»Weil heute dein erster Schultag ist«, antwortete ich mit pädagogisch einfühlsamer Stimme.
»Na und«, sagte Bert verächtlich. Er steckte seinen runden Hitzepöckchenarm in die Schultüte und grub in ihr herum, um ihr eine Lakritzschnecke zu entnehmen. Betont lässig stopfte er sie sich in den Mund.
»NICHT naschen«, sagte Grete scharf. »Charlotte, sag du doch dem Jungen was. Zu MEINER Zeit hätt's das nicht gegeben. Daß wir schon vor der Einschulung an die Tüte gedurft hätten.«
»Zu meiner auch nicht«, sagte ich mit einem Seitenblick auf Grete.

»Es hat dir nicht geschadet«, sagte Grete spitz.
»Bert«, versuchte ich zu vermitteln. »Erstens hast du schon die Zähne geputzt, und zweitens ißt man nicht auf dem Klo. Auch keine Lakritzschnecken.«
»Aber Papa! Der RAUCHT auf dem Klo! Der darf das, was?!«
Grete verließ mitsamt der Schultüte das Badezimmer.
»Ernie?! Wo steckst du, Junge?«
»Ernie ist draußen und hält 'ne Rede!« rief ich hinter ihr her.
Ich konnte ihn durch das Badezimmerfenster sehen. Er stand auf dem großen Stein vor der Garage und schrie sein imaginäres Publikum an: »Wißt ihr überhaupt, Leute, daß ich heute in die Schule komme? Nee, ihr habt keine Ahnung! Dabei hab ich es euch gestern schon gesagt, Männer! Der Bert kommt auch in die Schule, klar, der ist ja auch mein Bruder. Wir sind nämlich Zwillinge, müßt ihr wissen! Das weiß doch jeder! Zwei-einige Zwinglinge. Aber ICH, Leute, ich werd's euch zeigen!«
Theatralisch schwenkte er seine Schultüte. Großzügig warf er einige Smarties unter seine nicht vorhandenen Höflinge.
Eine Frau, die mit ihrem Spitz vorbeikam, lächelte erfreut und blieb erwartungsvoll stehen.
»Kannste auch welche haben«, rief Ernie zuvorkommend und schleuderte ein paar Bonbons auf den Spitz.
Der Spitz kläffte angstvoll.
»Hand vor'n Mund, Mann!« schnauzte Ernie ihn an, und die Frau machte, daß sie weiterkam.
»Ernie, machst du dich auch nicht schmutzig?« hörte ich Grete fragen.
»Wie soll ich das denn machen? Ich steh doch nur auf dem Stein. Gehn wir jetzt endlich? IMMER muß ich mich langweilen!«
»Wenn du erst mal in der Schule bist, langweilst du dich nicht mehr«, hörte ich Grete sagen. »Jetzt beginnt der Ernst des Lebens! Los! Pipi machen, Hände waschen, Anorak an!«
»Du, Mama?« flüsterte Bert, während ich ihm den Jeansknopf zumachte. Es war der einzige, den er noch nicht alleine konnte.
»Ja, Schatz?«
»Ich will dir mal was sagen, aber ins Ohr.«

Ich ging wieder in die Hocke.
Ein wunderbarer, warmer Lakritzschnecken-Kinder-Atemhauch wehte mir um die Nase, und seine rauhen Ärmchen drückten sich an meinen Hals, als ich Bert flüstern hörte: »Eigentlich bin ich DOCH schrecklich aufgeregt. Aber das geht keinen was an!«

Vor der Kirche drängelten sich Heerscharen von Menschen.
Zahlreiche feierlich gekleidete Mütter und Väter und Omas und Opas und Anverwandte jeder Art schüttelten sich glücklich die Hände, um herzlich gemeinte Belanglosigkeiten auszutauschen.
»Jetzt isses endlich soweit, nich, Tatjana?«
»Der große Tag, was, Schand-Tall?«
»Was ISSER aber auch wieder gewachsen, der Sascha!«
»Jetzt beginnt der Ernst des Lebens, Kevin!«
»Freust du dich denn auf die Schule, Sarah-Lisa?«
Sarah-Lisa nickte blaß und senkte den Blick auf ihre selbstgebastelte, umweltfreundliche rosa Schultüte.
Ich betrachtete die das Bild belebende Geschwisterschar im Krabbelalter, die aus pädagogischen Gründen auch mit Schultaschen und Schultüten ausgestattet war, selbst wenn sie teilweise noch im Kinderwagen saß und verständnislos ins Getümmel glotzte. Ich fand es beruhigend, daß der große, zottelige Köter von Nummer acht keine Schultasche auf dem Rücken hatte, obwohl er doch einen gewissen Schultütenneid auf seinen sechsjährigen Spielgefährten Benedikt hätte entwickeln können.
Sämtliche männlichen Wesen waren mit Videokameras und Fotoapparaten ausgerüstet. Hektisch tanzten sie um ihre Anverwandten herum, um sie in einem besonders günstigen Moment MIT Kirche, Oma, Morgensonne UND blaß lächelndem zahnlückigen Erstkläßler zu erwischen. Ich hoffte, sie würden die herumtaumelnden schwerbeladenen Kleinkinder nicht zertreten.
»Wo bleibt denn wieder der Ernstbert«, sagte Grete vorwurfsvoll, während sie ihren Blick, nach bekannten Gesichtern Ausschau haltend, schweifen ließ. »Jetzt könnte er so schöne Auf-

nahmen machen! Wo die Kinder noch sauber sind! Guten Morgen, Frau Pfarrer!«
»Hä?« sagte ich. »Frau Pfarrer? Ich denke, Herr Wojtyła hat nein gesagt?!«
»Das ist 'ne evangelische!« zischte Grete zwischen den Zähnen und spendierte der heranwehenden Kirchenvertreterin ein ganz besonders reizendes Lächeln. »Die ist neu hier. Ganz patente, junge, ANständige Frau in DEINEM Alter!«
»Soll das ein Vorwurf sein?«
»Du weißt schon, was ich meine.« Grete guckte mich mit jenem leisen, verächtlichen Spottlächeln an, das sie mir bei jeder passenden und unpassenden Gelegenheit zu schenken bereit war. Jetzt fand ich's unpassend. »DIE hat was aus ihrem Leben gemacht!«
»Hallo«, sagte ich zu der anständigen Frau in meinem Alter, die ein weißes Lätzchen umhatte und was aus ihrem Leben gemacht hatte.
Wir gaben uns die Hand. Sie sah wirklich entzückend aus.
»Sie sind also die Mutter von Ernie und Bert?« fragte sie herzlich.
»Ich habe noch nie so unterschiedliche Zwillinge gesehen!«
Ich hatte große Lust, ihr zu erzählen, daß es sich bei Ernie und Bert um zweivätrige Zwillinge handelte. In Anbetracht ihres geistlichen Standes und besonders in Anbetracht der Anwesenheit von Grete verzichtete ich jedoch darauf. Grete würde sagen: Das geht hier keinen was an. Nich für Geld dabei. Und Haue obendrein.
Ich beschränkte mich darauf zu erwähnen, daß sie zweieiig seien, was man ja unschwer erkennen könne.
»Und Sie sind hier die neue Frau Pfarrer? Meine Mutter ist ganz begeistert von Ihnen!«
»Aber sie ist auch begeistert von Ihnen«, antwortete die Dame im bodenlangen schwarzen Umhang. »Sie glauben gar nicht, wie sie immer von Ihnen schwärmt!«
Da hatte sie recht. Ich drehte mich suchend um. »Sprechen Sie mit mir?«
»Ja«, lachte die Pfarrersdame herzlich. »Natürlich! Mit wem denn sonst! Ihre Mutter erzählt uns immer von Ihren Erfolgen

als Schauspielerin! Leider komme ich ja nicht dazu, mir Ihre Krankenhausserie anzusehen, die kommt ja, soviel ich weiß, immer nachmittags um vier, da bin ich meistens selber im Krankenhaus...«

»Hmjaa, Charlotte«, mischte sich Grete ein. »DIE tut was für die Menschheit! Was SINNvolles!«

Ich LIEBTE Grete dafür, daß sie mich immer noch demonstrativ erzog. Schließlich war ich dreiunddreißig und Mutter von zwei Kindern. Da braucht man noch ganz viel öffentliche Zurechtweisung.

Die Frau Pfarrerin hatte die Situation jedoch fest in der Hand.

»Ihre Tochter macht doch auch etwas Sinnvolles! Wie viele einsame alte Menschen sehen sich doch täglich diese Krankenhausserie an und vergessen dabei die Sorgen und Nöte, die sie plagen...«

Mein Gott, dachte ich. Laß diesen Elch an mir vorübergehen.

In dem Moment gewahrte ich das Antlitz meines beleibten Gatten, der sich schwitzend durch die Menge arbeitete.

Grete winkte ihn heran.

»Komm her, Ernstbert, ich möchte dich mit der Frau Pfarrer bekannt machen.«

In Anbetracht des Alters, Standes und Gewichts von Ernstbert verzichtete sie darauf, ihn zu einem tiefen Diener zu zwingen.

Mein goldiger Gatte, der gestreßte Wirtschaftsprüfer mit dem durchgeschwitzten Hemd, schüttelte der strahlenden jungen Frau Pfarrer die Hand, und sie lächelte zuvorkommend, und ihr Lätzchen wehte im Sommerwind.

»Tschuldigung«, sagte Ernstbert und drückte mir einen flüchtigen Kuß auf die Wange. »Ich konnte die Sitzung einfach nicht vorher beenden. Das ganze Computersystem ist mal wieder zusammengebrochen. Wo sind die Kinder?«

»Du hast noch nichts verpaßt«, sagte ich.

Die Frau Pfarrer nutzte diesen Moment, um sich unauffällig aus dem Staube zu machen.

Ernie stand inmitten einer Schar Erstkläßler, die ihm andächtig

lauschte, und gab die Nummer mit Prinz Eisenherz. Entweder sie ließen sich von ihm mit Hilfe seiner selbstgebastelten, umweltfreundlichen Schultüte zum Ritter schlagen, oder er verhöhnte sie: »Elender Feigling!! Du bist es nicht wert, in meinen Diensten zu stehen!«
Bert stand völlig verloren am Fahrradständer und wühlte in seiner Schultüte herum. Der Lakritzschneckensaft lief ihm am Mundwinkel herab und zog sich in appetitlichen Fäden auf sein Kinn. Ich angelte automatisch nach einem Tempotuch und stürzte auf ihn zu. Mütter. Nicht mal seibern darf man in Ruhe. Nie lassen sie einen.
Wir hielten nun Einzug in die Kirche. Neben dem Altar stand die unvermeidliche Dialeinwand. Kleinkinder rannten durch den Mittelgang. Zwei Hosenscheißer taumelten hinter ihren Buggies her, bis sie an irgendeine Kirchenbank stießen und von milde blickenden Menschen wieder auf die rechte Fahrspur geschoben wurden.
Die Frau Pfarrer saß, versammelt auf ihren Schoß blickend, vor der Dialeinwand und hieß den Küster das erste Dia einlegen, was dieser gerne und dienstbeflissen auch tat.
Die Leinwand färbte sich grün.
Gras.
Nichts als Gras. Tausende und Abertausende von Grashälmchen, einige länger, andere kürzer.
Welch tiefe Symbolik. Ich hatte es geahnt.
Jetzt kam der fundamentale Denkansatz zum Thema »Erster Schultag. Das Leben beginnt – gestern, heute, morgen«. Und alle Vatis und Muttis waren aufgefordert, auch über das Gras und das Leben nachzudenken.
»Na, was ist das wohl?« fragte die Frau Pfarrer aufmunternd ihr Mikrofon.
Hunderte von Kindern kreischten begeistert, daß es Gras sei!! Auch ein paar Großeltern sagten weise: »Gras« und nickten bedächtig mit den Köpfen.
Die Eltern lächelten stolz. Ich auch. Mir wollten die Tränen kommen. Diese wachen Seelchen! Aus denen würde noch was werden! Bert murmelte emotionslos:

»Und was soll das jetzt mit der blöden Wiese?«
»Wart's nur ab, Kind«, sagte ich und wischte mir mit dem Handrücken über die Augen. »Alles hat seinen tiefen Sinn und Zweck.«
Ernie war leider nicht anwesend, denn er hatte sich vor der Dialeinwand aufgebaut und schrie: »Wißt ihr eigentlich, was mein Papa für einen Rasenmäher hat? Einen ELEKTRISCHEN! Mit einer Fernbedienung! Aber der Papa mäht gar nicht selbst den Rasen, nein! Das macht der Herr Schlagowski!«
»Hol den Jungen da weg!« befahl Grete. »Der soll sich ganz natürlich und bescheiden in die Bank setzen wie alle anderen Kinder auch!« Und Haue obendrein!
Ich schritt würdigen Blickes und nachsichtig lächelnd zur Dialeinwand und überredete Ernie, vorübergehend mit in die Kirchenbank zu kommen, da könne man viel besser die interessanten Dias sehen. Ernstbert filmte uns dabei.
Das zweite Dia zeigte eine Wiese mit Gänseblümchen.
»Gäään-see-blüüüm-cheeen«, brüllte die aufgeweckte junge Gemeinde. Am lautesten schrie Ernie. Bert setzte sich beleidigt zurück und machte »Ph!«, wobei er schon wieder in der Schultüte grub.
Die junge Pfarrerin freute sich.
Auf dem dritten Dia waren außer den Gänseblümchen auch noch Büsche zu sehen, auf dem vierten zusätzlich ein paar junge Birken und auf dem fünften noch Stiefmütterchen. Das ging so weiter, bis ein richtig prachtvoller Garten angelegt war, mit Springbrunnen und üppigen Bäumen und herrlichem Blumenbestand. Ich fand's echt beeindruckend. Pädagogisch voll durchdacht.
»Seht ihr«, sagte die Frau Pfarrer, »und so ist das auch mit euch. Bis jetzt seid ihr eine wunderschöne Wiese. Je mehr ihr lernt, um so schöner wird eure Wiese, und am Schluß werdet ihr ein prächtiger Garten sein.«
Ich war überwältigt. Welch wunderbares Gleichnis! Während mir die Tränen nur so aus den Augen rannen, suchte ich in meiner Handtasche nach einem Taschentuch, das noch nicht mit Lakritze beseibert war.

Ernstbert richtete seine Videokamera auf mich, aber ich bat ihn herzlich, das zu unterlassen. Ernstbert filmte wieder die Dialeinwand.
Der Küster schaltete den Diaprojektor aus. Ernstbert schaltete seine Videokamera aus. Der Orgelspieler intonierte ein anständiges Vorstadt-Vorspiel in Dur mit einigen gequälten Kadenzen, und als wir meinten, daß er die Dominante und schließlich die Tonika wieder erreicht haben könnte, sangen wir aus vollem Herzen, was auf unseren Liederblättern stand: »Alle Kinder lernen leeeesen, Indianer und Chineeeesen!« Und mir stürzten ununterbrochen die Tränenbäche aus den Augen.
Kinder, welch ein Tag! Grete guckte zu mir rüber. Sie hatte auch feuchte Augen. Die Heulerei zu gegebenen Anlässen lag wohl bei uns in der Familie. Ich drückte ihr die Hand, hinter den Köpfen meiner Kinder.
Ach Grete!
Vor siebenundzwanzig Jahren war sie sicher auch mit mir zum Lieder-Singen und Schultüten-Halten in die Kirche gegangen. Vielleicht hatte sie damals auch vor Rührung geheult und mir den lakritzverschmierten Mund abgewischt. Jedenfalls hatte sie keinen filmenden Ernstbert dabeigehabt. Grete hatte überhaupt niemals einen Mann an ihrer Seite gehabt. Weder einen filmenden noch überhaupt irgendeinen.
Nur immer mich. Arme Grete.

»Morgen, Fritz!«
»Morgen, Frau Pfeffer. Sie werden in der Maske erwartet.«
»Meine Kinder hatten heute ihren ersten Schultag. Ich hatte aber Bescheid gesagt.«
»Alles klar, Frau Pfeffer. Nur keine Aufregung.«
Der Mann hinter Glas lächelte freundlich. Seit sieben Jahren kannten wir uns nun vom Sehen. Jeden Morgen das gleiche. Ich kam mit meinem Fahrrad bis vor sein Häuschen gefahren, und er sagte irgendwas Freundliches zu mir.
»Macht nischt, jetzt sindse ja da!« Er griff zum Telefon, um mich in der Maske anzumelden.
Ich schob das Rad unter das Vordach der Pförtnersbaracke und

lehnte es gegen ein paar ausrangierte Kulissen. »Försterliesel« stand darauf.

Ich fand, daß »Försterliesel« gut und gerne für ein paar Stunden auf mein Fahrrad aufpassen konnte. Wo sie doch sonst nichts mehr zu tun hatte. Ich zupfte meinen Rock zurecht und betrat das stillgelegte Krankenhausgebäude durch den Hintereingang. Der Seitenflügel war für unsere Dreharbeiten reserviert.

»Tach!« Ein Toningenieur sprang die Treppe hinunter und guckte mich gutgelaunt an.

»Kann denn Liebe Sünde sein?« sang er, während er mit einigen Schnüren und Kabeln hantierte.

»Nö«, sagte ich. »Eigentlich nicht.«

Er grinste und verschwand hinter einer schalldichten Tür.

Im Pressebüro hörte ich Evelyn telefonieren.

»Nein, Sie können Frau Dr. Bach nicht sprechen. Sie ist am Set.«

Gelogen, dachte ich. Sie ist noch nicht mal umgezogen.

Die Maske lag im zweiten Stock. Normalerweise nahm ich den Fahrstuhl, aber ich wollte Zeit gewinnen. Ich öffnete die eiserne Feuerschutztür und rannte mit eiligen Schritten die Treppe hinauf. Ausgerechnet auf dem Treppenabsatz zum ersten Stock begegnete mir unsere Fremdenführerin Jutta mit etwa vierzig Personen einer typischen Besichtigungsgruppe: »Und hier liegen unsere Operationssäle, rechts der große, in dem unser Chefarzt Dr. Tönges seit dreizehn Jahren tätig ist. Die anderen OPs sind den Oberärzten vorbehalten. Dann haben wir dort hinter der Glastür noch die Entbindungsstation. Da ist aber jetzt niemand. Die Säuglinge in den Bettchen sind natürlich nicht echt. Sie können aber gern mal schauen gehen!«

Die Rentner wollten alle gern unechte Säuglinge hinter Glas gukken gehen. Ich drängelte mich an ihnen vorbei.

»Entschuldigung, darf ich mal – danke.«

»Wer sich spaßeshalber mal operieren lassen will«, hörte ich Jutta schreien, »kann sich unten im Statistenbüro bei unserer netten Wilma anmelden.«

»Tut dat weh?« hörte ich eine ältere Frau besorgt fragen.

»Natürlich nicht!« rief Jutta froh. »Wenn wir Glück haben, können wir gleich einen Moment bei einer Operation zusehen. Im

Studio vier wird gerade gedreht. Ich bitte Sie nur, ganz leise zu sein und vor allen Dingen im gesamten Aufnahmebereich nicht zu rauchen.«
Ich schlängelte mich an den letzten neugierigen Rentnern vorbei.
»Das isse doch!« hörte ich einige sagen.
»War das nicht die Dings, die Frau Dr. Bach?«
»So sieht die also privat aus!«
»Kommt zu spät!«
»WARse doch, oder? Sagen Sie, Fräulein... Jutta! War das nicht die Frau Dr. Bach?«
»Und DAS war gerade die Dame, die wir alle als Frau Dr. Bach kennen«, lachte Jutta froh hinter mir her. »Ihr wirklicher Name ist übrigens Charlotte Pfeffer. Autogrammkarten gibt es unten im Pressebüro.«
Jutta winkte hinter mir her. Ich winkte zurück und lief eilig weiter in die Maske.
So, ihr Rentner. Pech gehabt. Hinter diese Tür kommt ihr nicht. Da ist nur Bettina drin. Und die Kollegen natürlich. Die süßen, goldigen.
Ich holte tief Luft und trat ein. Rosa Pinsel, Bürsten, Tupfer, Lockenwickler, Farbtöpfe, Puderquasten, Nagellack, Lippenstifte, Schwämmchen, Töpfchen, Tiegelchen. Alles wie immer.
Bettina saß auf meinem Stuhl und las Zeitung.
»Morgen zusammen!«
»Morgen.« Zwei, drei Kolleginnen guckten kurz von ihrem Drehbuch auf und lächelten knapp.
Ich zwängte mich zu meinem Platz am hinteren Ende der Garderobe.
Bettina stand auf. »Wurde aber auch Zeit. Wo warst du denn?«
»Meine Jungs wurden doch heute eingeschult.«
»Ach so! Siehst ja ganz verheult aus!«
Die dicke Lore saß vor dem Spiegel und sandte mir einen herablassenden Blick.
»Läscherlisch«, sagte sie. »Mäin Dätläv iss schon seit Jahren mit der Schule ferrtich.« An ihrer Kaffeetasse klebte fieser, fetter,

feuchter lila Lippenstift. Dann wendete sie sich wieder ihrem Drehbuch zu. »Jrau-en-volll«, entfuhr es ihr, und ich war voll demütiger Hoffnung, daß sie nicht von mir zu sprechen beliebte. »Diese Kläine will Schauspielerin säin? Der ihr Lehrer jehört je-stäinischt!«
Lore war der schönen deutschen Sprache nicht mächtig, weshalb sie mit der ihr eigenen päinlischen Penetranz die rhäinische Mundart pflegte. Gerade diese ihre Behinderung, gepaart mit ihrem sagenhaft matronigen Aussehen, hatte ihr die Rolle der Oberschwester Ällsbett eingebracht. Ihr Busen wogte wie ein gewitterliches Wolkengebilde Marke Spitzbergen bei Sonnenuntergang unter ihrem rostrot gefärbten Haargetürme, ihr Blick war kalt und stechend wie die schneidende Luft in zweitausend Meter Höhe kurz vor dem Morgengrauen, ihre Lippen waren schmal und stets in grellen Lila-Alpenglühn-Tönen geschminkt. Mäistens verjaß sie des Morjens, sich zu frisieren, aber das machte ja nichts, denn sie bekam ein gar putziges Krankenschwesternhäubchen auf. Sie war wahnsinnig stolz darauf, vom ersten Drehtag an dabäijewesen zu säin, und dat waren immerhin schon zwäiundzwanzisch Jahre!! Und SIE hatte Talänt!!! Das hatte ihr der liebe Herrjott in die Wiege jeleecht!! Und ihren saftlosen Dätläv auch!
»Käinen blassen Schimmer hat dat Mädschen! Nich für fümf Fennich Talänt!«
Meinte sie womöglich doch mich? Vielleicht hatte sie rausgefunden, daß ich seit sieben Jahren nichts als das hundekuchengute, treudoofe Doktorsfrauchen im Repertoire hatte, das weißgestärkt und fleckenlos und quarkblaß bis in die golddurchwirkte Haarschleife hinein niemals ein böses Wort sagte, geschweige denn einen Fehler machte? Angstvoll schaute ich in den riesigen Rückspiegel.
»Bewirbt die sich für die drogensüschtige Pazi-entin«, tadelte Lore weiter, »und kann noch nich mal anständisch in Ohnmacht fallen! Dat lärnt man doch im zwäiten Semester!« Ihr Busen wogte nun gefährlich der Kaffeetasse entgegen, die sie sich erneut zum Munde führte. Die Tasse war schon über und über mit lila Lippenstift behaftet. »Un dat Schlimme: Der Justav

nimmt die auch noch! Ja ham denn die jungen Läute häute jaanix mehr zu bieten? Wir damals, wir ham uns die Seele aus dem Läib jespielt. Wir mußten noch Butter bäi de Fische jeben. Aber dem Justav is dat doch ejal. Hauptsache is dem doch, dat der ferrtich wird.«
Gottlob. Sie sprach nicht von mir. Sie sprach von dieser jungen Bewerberin für die Rolle heute morgen. Ich war ja nicht dabeigewesen. Wegen der Einschulung meiner Söhne. Glück gehabt.
»Wat der Justav nammittachs immer träibt!! Ich versteh dat ja nich! Als säine Frau no lebte, da jing der nammittachs na Hause wie andere Läute auch!! Aber jetz! Immer hockter in seinem Wohnwagen und zieht die Vorhänge zu! Wat macht der?«
»Ein Zocker ist der«, sagte Gretel Zupf über ihrem Hausweibchenmagazin. »Der verspielt seine letzten Kröten. Deshalb hat der auch keine Wohnung mehr.«
»Wie'n richtiger Zijäuner«, sagte Lore verächtlich. »Der wäiß mit säinem Leben sonz nix mehr anzufangen. Ich dajejen, mit mäinem Dätläv...«
Bettina lächelte mich an. Jetzt kam die Detlev-Platte.
Die kannten wir schon. Dätläv häute und Dätläv morjen und Dätläv immerdar. Dätläv inner Äifel, im Schrebajarrten un inna Knäipe am Schtammdesch. Bettina grinste.
»Also? Können wir?«
Ich zog mein Kostüm aus und hängte es in den Schrank.
Die dicke Lore beobachtete mich aus den Augenwinkeln, das wußte ich ganz genau. Sie hatte BH-Größe X oder Y oder Z, falls es das überhaupt gibt. Alte Landschnepfe, dachte ich. Du spielst nämlich NUR dich selps, un dat iset, wat den Regisseur an däiner Erschäinung räizt. Wat anderet kannste nämlich janisch. Bäh. Noch zwäi Jahre, dann wirste pensioniert. Und dann muß isch däine aufjeblasene Persönlischkäit nie wieder ertragen. Dann kricht däin Dätläv dich jeschenkt. Da fräu ich misch jetz schon drauf. Dann kannzte däine Knappsacker Mitmenschen nerven.
Bettina warf mir einen frischen Frau-Dr.-Bach-Kittel zu. Das Stethoskop und die restlichen Gegenstände, die so ein Doktorsfrauchen aus dem Kittel lugen hat, wenn es bei der Arbeit ist,

legte sie auf den Tisch. Ich zog den Kittel an und ließ die zwei obersten Knöpfe offen. Dann setzte ich mich auf den Frisierstuhl und schlug die Beine übereinander.
»Wie immer?« fragte Bettina.
»Mach mal«, antwortete ich. Ich griff nach dem Drehbuch. Folge vierhundertdräizehn. Ma gucken, wat allet widder Aufregendes passiert mit dem quarkblassen Doktorsfrauchen und ihren matronigen Kolleginnen häute morjen am Krankenlager eines Statisten.
Mit einem Textmarker strich ich mir die dreieinhalb Sätze an, die ich zu sagen hatte.
Schlotter-Lotte, was bist du abgebrüht.
Zu Lore Läscherlischs Zäiten, da mußten wir noch Butter bäi de Fische jeben. Da ham wir uns noch die Seele ausem Läib jespielt.

Ernstbert. Ernstbert Schatz. Steuerberater und Wirtschaftsprüfer. Hundekuchengut bis in die Knochen. Und zum Steinerweichen gediegen.
Eigentlich war es mir immer völlig schleierhaft, wieso ich damals von ihm schwanger werden konnte. Vor sieben Jahren. Damals, als er mich zum erstenmal besuchte.
Ich hatte ihn doch nur angeguckt. Sonst nichts. Ich bin mir heute noch sicher! Nur angeguckt! Na gut, heute weiß ich ja, warum es doch passierte. Wegen dieses Zaubertricks. Aber ich wußte damals noch nichts über meine Hexenkräfte! Damals passierte es mir aus Versehen! Und natürlich aus Langeweile. Aus Langeweile und Übermut.
Ernie und Bert würden heute sagen: Immer regnet es, und immer muß ich mich langweilen, und keiner spielt mit mir, und es gibt immer Fisch.
Damals hatte ich ja Ernie und Bert noch nicht. Wohl aber hatte ich schon immer eine rege Phantasie. Und die lief Amok, wenn sie nichts zu fressen kriegte. Wie bei Ernie heute. Wenn dessen Phantasie nichts zu fressen kriegte, fing der an, Dummheiten zu machen. Und so war es damals wohl mit mir. Ich war gerade mal Mitte Zwanzig. Ich wollte Schauspielerin werden und träumte von der großen weiten Welt. Nicht davon, in einer Seifenserie die

Frau Dr. Anita Bach zu spielen. Und erst recht nicht davon, von heute auf morgen schwanger zu werden. Mit ZWILLINGEN!!
Es KONNTE gar nicht passiert sein. Wirklich nicht. Rein biologisch nicht. Vom Hingucken und Drandenken wird man nicht schwanger. Das wußte ich genau. Das hatte nur einmal in der Geschichte der Menschheit geklappt.
Ernstbert war mein Steuerberater.
Eines Abends klingelte er.
So wie Steuerberater klingeln. Irgendwie peplos.
Ich hatte erst durch den Spion geguckt und ihm dann fröhlich die Tür geöffnet. Mit Filzpantoffeln und einem ausrangierten Herrenpullover von Hannes. Ernstbert hatte auf dem Treppenabsatz gestanden und gesagt:
»Guten Abend, Schatz.«
»Bitte?« hatte ich irritiert gefragt. Nein, was IST der Mann gleich plump-vertraulich.
»Schatz. Mein Name ist Schatz. Ich bin der Steuerberater.«
»Pfefferkorn«, hatte ich gesagt und ihn hereingebeten. Damals hieß ich noch Pfefferkorn. Wie Grete.
Er hatte im Flur gestanden und mich freundlich und erwartungsvoll angeblickt. Dann hatte er geschnuppert.
»Hier riecht es nach Katze!«
Ich öffnete die Küchentür. »Dies hier ist Else Pfefferkorn«, sagte ich, indem ich auf den Durchlauferhitzer zeigte. »Ich habe sie adoptiert.«
Else lag fett und hochgradig trächtig in ihrer Kiste und schien jeden Moment niederkommen zu wollen. Sie warf Herrn Schatz einen flüchtigen Blick zu und kniepte dann gequält mit den Augen.
»Ich habe sie vor ein paar Monaten in der Mülltonne gefunden«, sagte ich zu meinem Steuerberater. Eigentlich wollte ich nur die Stimmung ein bißchen auflockern. Er schien mir so steif und machte irgendwie einen verklemmten Eindruck.
Ernstbert nickte höflich und betrachtete aus angemessener Entfernung das schwangere Katzentier in seiner Kiste.
»Sieht aus, als ginge es bald los«, vermerkte er.
»Sie war ausgezehrt bis auf die Knochen und hatte vereiterte

Augen«, teilte ich ihm mit. »Sie können sich gar nicht vorstellen, wie bestialisch das Vieh gestunken hat.«
Ernstbert Schatz zog seinen Mantel aus und hängte ihn an den Garderobenhaken im Flur.
»Doch, doch. Wenn sie aus der Mülltonne kam...«
»Ich habe sie zum Tierarzt gebracht und gesund gepflegt«, sagte ich. »Dann mußte ich zu Dreharbeiten nach Südfrankreich. Wir hatten da so einen Streifen über Louis Quatorze.«
»Interessant«, sagte Ernstbert höflich und stellte seinen Aktenkoffer auf den Boden.
»Da habe ich sie wieder auf die Straße gesetzt«, erläuterte ich. »Konnte sie ja schließlich nicht mitnehmen. Was sollte ich auch mit ihr.«
»Nein, natürlich«, sagte der Steuerberater und warf einen scheuen Blick auf die riesigen rosa Katzenzitzen, die sich unter Elses Bauch wölbten.
»Und raten Sie mal, wer drei Monate später auf der Matte stand.«
»Die Katze«, antwortete Ernstbert aufgeschlossen.
»Bingo«, rief ich. So ein sympathischer Steuerberater.
Ich freute mich auf unsere Zusammenarbeit. »Hochschwanger!« steigerte ich meine theatralische Schilderung. »Können Sie sich das vorstellen!«
»Ja«, meinte Ernstbert einsilbig und sah auf die geschlossene Wohnzimmertür.
Irgendwie hatte ich das Gefühl, daß er jetzt keine weitere Lust mehr auf die Katzenstory hatte. Er brannte darauf, mich steuerlich zu beraten. Er war durch und durch motiviert. Solche Männer findet man nicht alle Tage.
Ich hingegen hatte nicht die geringste Lust, mich mit ihm ins Wohnzimmer zu setzen und meine kümmerlichen, eselsohrigen und unvollständig ausgefüllten Steuerunterlagen vor ihm auszubreiten. Viel mehr reizte es mich, ihm noch etwas mehr über Else zu erzählen.
»Sie saß nicht etwa unten vor der Mietshaustür«, steigerte ich meine Story wohldosiert. »Hier oben saß sie! Im vierten Stock! Auf der Fußmatte! Im Treppenhaus! Drei Monate später! Hochschwanger!! Wie finden Sie das?«

»Jaja, die Tierchen haben einen Sinn für so was«, deutete Ernstbert kooperativ.
»Sie muß so lange gewartet haben, bis unten die Haustür aufging!« steigerte ich mich. »Dann stieg sie alle vier Stockwerke hoch – zu Fuß, nehme ich an; ich glaube nicht, daß sie den Aufzug genommen hat – und wartete hier vor der Wohnung auf mich, bis ich aus Südfrankreich wiederkam! Das kann Wochen gedauert haben!«
»Und jetzt sitzt sie hier auf Ihrem Durchlauferhitzer«, stellte Ernstbert sachlich fest. »Wann kommt sie nieder?«
»Sie hatte keinen Mutterpaß bei sich«, sagte ich. »Sie geht nicht regelmäßig zu den Vorsorgeuntersuchungen, auch wenn ich ihr das immer wieder rate. Aber sie mag nicht am CTG liegen. Da ist sie eigen.«
»Meinen Sie, wir könnten jetzt trotzdem ein bißchen in die Steuern schauen?« fragte Ernstbert.
»Klar«, sagte ich. »Wenn Else Wehen verspürt, sagt sie Bescheid.«
Ernstbert fragte höflich an, ob wir uns für die Bearbeitung der Steuerunterlagen eventuell ins Wohnzimmer begeben könnten.
»Klar«, sagte ich. »Bringen wir's hinter uns.«
Ich hole zwei Gläser und eine Flasche Wein.
»Else, sei tapfer«, sagte ich zu der hochschwangeren Katze in der Kiste. »Ich bin's auch. Da müssen wir jetzt beide durch. Wenn du mich brauchst, ich bin nebenan.«
Ernstbert saß bereits auf meinem angeknabberten Katzensofa, wo er mir das Steuerformular ausfüllte, mit seiner sorgfältigen Handschrift, klein und penibel. Er konnte es kaum erwarten, jetzt endlich zur Sache zu kommen. Steuerunterlagen waren seine seelische Erfüllung, das sah man gleich.
Ernst-Robert Schatz.
Ein Schatz von einem ernsten Bert.
Ein Bild von einem Steuerberater.
Sachlich, fachlich, kompetent.
Phantasielos, peplos, humorlos.
Übergewichtig, seitengescheitelt, graubebrillt.

Und doch so ein Ausbund an Zuverlässigkeit.
»Wie oft waren Sie in letzter Zeit geschäftlich unterwegs?«
»Oh, ziemlich oft«, prahlte ich. Ich war eben eine gefragte Frau. Immer und überall brauchten die Agenturen ein paar nett aussehende Kleindarsteller, die der deutschen Sprache mächtig waren und akzentfrei »Herr Graf, der Tee« sagen konnten. Gern hätte ich ihm ein paar nette Schwänke aus meinem Leben erzählt, doch er schien hier und jetzt nicht darauf eingehen zu wollen.
»Können Sie mir Benzinquittungen vorlegen?«
»Nein. Natürlich nicht. Sammeln Sie etwa die Dinger?«
Bestimmt. Er steckte sie alle sorgfältig in eine Klarsichtfolie ins Handschuhfach. Und abends, nach getanem Tagwerk, breitete er sie alle liebevoll auf dem Wohnzimmerteppich aus und legte sich bäuchlings davor und strich sie glatt und betrachtete sie ausführlich und mit Hingabe, bevor er sie schließlich schweren Herzens in einen Aktenordner sperrte. Und dann gab er sie eines Tages SEINEM Steuerberater und bekam dafür zur Belohnung ein Fleißkärtchen, welches er dann natürlich wieder abheftete. Männer wie Ernstbert waren die Abhefter in Person. Die fanden jeden x-beliebigen Zettel innerhalb von Sekunden! Ein Griff, und schon hatten sie ihn!
Und jetzt, im Zeitalter des Computers, SPEICHERTEN sie solche Zettel in irgendeiner Datei, um sie AUFZURUFEN und mit der Maus ANZUKLICKEN, so oft ihnen der Sinn danach stand! Sie konnten sie herbeizaubern und auch wieder wegzaubern, solche allmächtigen Männer wie Ernstbert, und ich brachte dieser Zunft kindliche Ehrfurcht und angemessenen Respekt entgegen.
Ich, wenn ich einen bestimmten Zettel suchen sollte, was der Herrgott meist zu verhüten wußte, dann krempelte ich meine ganze Wohnung um, in heller Panik, und dann fand ich alles, was ich schon lange vermißt hatte: mein Freischwimmerzeugnis, mein erstes selbstgesticktes Deckchen mit dem verdammten Kreuzstich (Fräulein Brüggemeier, vier minus), das Kärtchen mit meiner Blutgruppe, mein Abiturzeugnis, meinen von Wellensittich Hansi angeknabberten Führerschein, die drei Ringe,

die mir meine verblichenen Jugendlieben mitsamt Liebesbriefen einmal zugesteckt hatten, den schrumpeligen Eierwärmer in Altblö, den ich einmal für Grete gestrickt hatte (Fräulein Brüggemeier, vier minus), und den Schlüssel für mein lange verlorenes Tagebuch. Aber eine BENZINQUITTUNG befand sich niemals unter meinen sorgsam gehüteten Kostbarkeiten.
»Sollten Sie in Zukunft tun«, sagte Ernstbert. »Legen Sie sich dafür eine Kartei an.«
Au ja! Karteien anlegen ist TOLL!!
»Klar, mach ich.« Ich hoffte, er würde das Thema wechseln.
»Haben Sie sich auf Reisen selbst verpflegt?« Ein prüfender Blick über seinen Brillenrand.
»Natürlich. Morgens ein Bütterken in die Handtasche, ein Äppelken vielleicht, das reicht mir für den ganzen Tag. Kleindarsteller wie wir müssen auf unsere Figur achtgeben, wissen Sie.«
»Sie hatten also keine Ausgaben? Im Restaurant oder ähnliches? Haben Sie jemanden bewirtet?«
»Ich bin keine Wirtin, ich bin Schauspielerin«, sagte ich verwirrt. »Wieso fragen Sie?«
»Wie lange dauerte der Aufenthalt an dem heimatfremden Ort? Eine Nacht? Zwei Nächte? Mehr als zwei Nächte...?«
»Das kommt immer ganz darauf an...«
»Hatten Sie Ausgaben, die mit Ihrem Aussehen oder Ihrer Kleidung zusammenhängen?«
Natürlich, Mann. Oder glaubst du, ich finde meine Klamotten in Rot-Kreuz-Säcken, die an der Straße stehen? Ich lege ausgesprochen viel Wert auf abwechslungsreiche Kleidung.
»Können Sie Rechnungen vorlegen?«
»Nein.«
Ernstbert, dachte ich. Sei doch nicht so ernst.
Ich hätte schwören können, daß er einen winzigen Silberblick hatte. Es gibt nichts Erotischeres, als wenn Männer ein WINZIGES bißchen schielen. Natürlich nur ein winziges bißchen. Ich trank hastig einen Schluck Wein und starrte ihm hinter das graue Brillengestänge. Schielte er, oder schielte er nicht? Er redete unverdrossen weiter.

Von der Berechnung des zu versteuernden Einkommens, von Einkünften aus nicht selbständiger Arbeit und aus solcher, die ich doch selbständig zuwege gebracht hatte. Von Fahrten zwischen Haus und Arbeitsstätte, von Werbungskosten und Sonderausgaben, von Kirchen-, Lohn- und Umsatzsteuern, von steuerfreien Umsätzen ohne Vorsteuerabzug... Ich unterdrückte ein Gähnen.
Schnell zog ich mich in meine Träume zurück. Gerade weil er kein Mann zum Träumen war. Vielleicht, weil sonst niemand von ihm träumte. Das machte die Sache noch viel spannender.
Von Mike Douglas und Robert Redford träumen sie ja alle.
Ich schenkte uns Wein ein, zuerst ihm, dann mir. Als ich die Flasche wieder auf den Tisch stellte, sahen wir uns aus Versehen ganz direkt in die Augen.
Das irritierte uns beide gleichermaßen.
Ich wischte aus lauter Verlegenheit ein bißchen auf dem Tisch herum. Dabei wischte ich versehentlich den goldenen Kugelschreiber von der Tischplatte.
Er fiel zu Boden.
»Oh, Entschuldigung.«
Ich krabbelte unter den Tisch und hob ihn auf.
Ich reichte ihm das gute, teure Stück.
Er nahm ihn.
Wir sahen uns an.
Er lächelte verlegen. Wir nahmen die Gläser und tranken. Er schaute mich ziemlich verwundert über sein Glas hinweg an und sagte schließlich: »Zum Wohl.«
Ich grinste. Rede ruhig weiter, Mann. Stör mich jetzt nicht. Ich stelle mir gerade vor, wie ich mich über dem goldenen Kugelschreiber deinem Gesicht nähere.
Deine borstigen Augenbrauen sind jetzt ganz nahe. Das eine staksige Borstenhaar auf dem Nasenrücken ist jetzt so groß wie ein Baum. Ich könnte ja mal kräftig dran rupfen. Doch nein, warte. Das staksige Borstenhaar gehört unbedingt zu deinem interessanten Erscheinungsbild. Wir lassen es dran.
Ich starrte ihn an. Die Augen waren wie geheimnisvolle Waldtümpel. Bräunlich-grünlich-gräulich durchwirkt. Und das alles

hinter dieser sagenhaft erotischen graugestängigen Brille! Hastig nahm ich noch einen Schluck Wein.
»Sie müssen immer Werbungskosten machen«, sagte Ernstbert, nachdem er seine Verlegenheit abgeschüttelt hatte, und stellte sein Glas auf der Tischplatte ab. »Egal, wo Sie essen gehen. Als Freiberuflerin können Sie es absetzen, verstehen Sie?«
Nein, dachte ich. Wovon redet der?
»Was ist mit Ihrer letzten Autoreparatur?«
Ich starrte auf seine Bartstoppeln, während er sprach.
Eigentlich waren sie weich. Sie waren stachelig, aber weich.
»Ich hatte lange keine Autoreparatur mehr«, sagte ich.
O Gott, er hatte wirklich einen Silberblick. Seine beiden graugrünbraunen Waldtümpel guckten nicht hundertprozentig geradeaus. Jedenfalls der eine nicht. Der rechte. Gott, wie erotisch. Warum redet der denn jetzt immer weiter? Der arme Mann. Völlig vertrocknet. Wo er immer nur seine Benzinquittungen küßt. Und seine Fleißkärtchen. Und die einzige, mit der er Zärtlichkeiten austauscht, ist seine Computermaus. Bestimmt. Emotional völlig verarmt, der Mann.
Er sah mich irritiert an. »Können Sie mir noch folgen?«
»Natürlich«, sagte ich schnell. »Nur munter weiter! Ist gerade so spannend! Hören Sie jetzt bloß nicht auf!«
»Was ist mit öffentlichen Verkehrsmitteln«, hakte er nach. »Sie sollten grundsätzlich Fahrscheine erster Klasse vorlegen. Sie kriegen das doch ersetzt!«
»Ist in Ordnung«, sagte ich. »Mach ich.«
Ich reise NUR erster. In meiner Phantasie, meine ich.
Das war ein Luxus, den ich mir schon immer gegönnt hatte. Nur die Phantasielosen gehen zu Fuß.
Ich bemerkte seinen Duft. Steuerberaterduft. Wein und Zigaretten und Paragraphen und Erläuterungen und Rechtsbehelfsbelehrungen. Mal ganz was Neues. So ein phantasieloser Mensch war mir noch nie untergekommen. Das versprach ja, ein richtig interessanter Abend zu werden!
»Alle Bekleidungskosten können Sie in Ihrem Beruf von der Steuer absetzen«, sagte er. »Es kommt nur darauf an, welcher Art die Quittungen sind.«

Wie interessant, dachte ich. Daß ich da noch nicht eher drauf gekommen bin.
Der Mann trug wirklich Polyesterhemden. Solche, die man nicht bügeln mußte. Wahrscheinlich hatte er als Junggeselle weder Zeit noch Lust, seine Hemden zu bügeln. Wo er doch immer Quittungen abheften mußte.
»Dann sollten Sie unbedingt Werbungskosten machen. Was ist mit Lebensversicherungen?«
»Lebensversicherungen?«
Welch überflüssige Tändelei! Freihändig durchs Leben schweifen, Steuerberaterlein, dachte ich, ohne Anschnallen sozusagen, ohne Netz und doppelten Boden! Ist viel spannender!! Soll ich dir das mal zeigen?
Komma her, Junge. Du sollz auch mal was vom Leben haben. Nicht immer nur ich. Wie siehst du denn aus.
Ich befreite ihn von seiner dezent gemusterten Krawatte, seinem wirklich unerotischen Hemd, seinem gerippten Unterhemd. Nächstes Mal kommst du ohne, sagte ich leise tadelnd zu ihm. Wer läuft denn heute noch in so was rum. Gott, diese Hose! BÜGELfalten!! Was ist denn das für ein Material! Da kann man ja gaanich dranpacken, so schauert's einen!
Es schien ihm egal zu sein, was für Unsinn ich mit ihm trieb, Hauptsache, ich ließ ihn weiterreden.
Warte, dachte ich. Gleich gibst du auf. Gleich hörst du auf, über Werbungskosten, Bausparverträge und Zinsvergünstigungen zu reden.
Das ist jetzt die pure Verlegenheit. Du bist sehr wohl fähig zu inneren Regungen, Steuermann, graubebrillter. Man muß die Regungen bei dir erst wecken. Es gibt doch noch so viele andere Dinge im Leben!
Die Hormone der weiblichen Unternehmungslust rannten wild durcheinander. Steuermann, dachte ich. Du hast eine riesengroße Seele, weißt du das? Da passen noch so viele andere Dinge rein. Außer Akten, Belegen und Computerdateien, meine ich.
Er verstand mich nicht.
»Ich fülle Ihnen das alles aus und bringe es zur Unterschrift vorbei«, antwortete er. »Morgen früh oder so.«

»Machen Sie das«, sagte ich. »Vielen Dank.«
Klar. Er würde die ganze Nacht bäuchlings auf seinem Teppich liegen und meine Steuerunterlagen küssen. Und dann würde er sie liebevoll abheften und mir ein Kreuzchen an die Stelle machen, wo ich unterschreiben sollte. Und das würde ihn wahnsinnig glücklich machen.
»Wofür?« lächelte er. »Hat Spaß gemacht.«
»Ach ja, wirklich? Ich hoffe, ich habe Sie nicht zu lange von Ihren eigenen Benzinquittungen abgehalten.«
»Keine Ursache«, sagte er. »Das ist ja mein Job.«
Er trank seinen Wein aus, klappte seine Akten zu, drehte seinen goldenen Kugelschreiber zu und schüttelte mir die Hand.
»Danke für den Wein.«
»O bitte«, sagte ich. »Es war mir eine Freude.«
»Und alles Gute für die Katze!«
»Danke. Ich werd's ausrichten.«
Dann ging er nach Hause.
Ich räumte den Papierkram weg und ging in die Küche. Puh. Zweieinhalb Stunden. Aber ich hatte die Zeit sinnvoll überbrückt, fand ich. Wir waren beide auf unsere Kosten gekommen. Der Steuermann und ich.

»Wie fandste den?« fragte ich Else auf dem Durchlauferhitzer.
Else schloß genervt die Augen.
»Ja, ich gebe zu, er ist kein Ausbund an Witz und Esprit. Ich weiß, daß du im Moment keinen Sinn für Kerle hast.«
Ich stellte Else frisches Wasser hin.
»Aber er ist ein durch und durch gediegener Mann! Solche Typen kenn ich kaum. Ich kenne nur Schauspieler und Selbstdarsteller und Möchtegerne und Nichtsnutze. Meinst du nicht, ich sollte diesen Gediegenheitsbert öfter treffen? Grete ist jedenfalls unbedingt dafür! Überhaupt ist sie dafür, daß ich mich endlich mal auf einen Mann festlege! Denk mal, wie lange sie mich jetzt schon am Halse hat! Fünfundzwanzig Jahre! Die will auch mal ihrer Wege gehen!«
Else zwinkerte duldsam. Ihre Schnurrbarthaare zitterten sanft.

Ich sah auf ihren Bauch. Die rosa Zitzen schrien nach Kindermäulchen.
»Else! Sie bewegen sich! Ich hab's genau gesehen! Mindestens zwei sind das, wenn nicht drei!«
Else spitzte die Ohren.
In dem Moment hörte ich das Wohnungstürschloß knarren.
»Stuhlbein? Bist du schon da? Ist die Probe schon aus?«
Endlich. Hannes. Hannes Stuhlbein, der Knabe mit den dunkelbraunen Augen und den muskulösen Oberarmen. Welch ein Kontrastprogramm. Mein süßer, knackiger, appetitlicher, braungelockter Sommermann. Schauspieler im vierten Semester und zwei Jahre jünger als ich. Meine heiße Sommerliebe aus Südfrankreich.
»Hallo, Charlie. Was gibt's zu essen?« Er sagte immer Charlie zu mir. Und ich sagte Stuhlbein zu ihm. Das hatte was. Wer heißt denn sonst noch Stuhlbein auf diesem Erdenrund.
Hannes knallte seinen Schlüssel auf das Bord und stürmte in die Küche. Er legte den Arm um mich und gab mir einen Kuß. »Ich hab dich schrecklich vermißt.«
»Ich hatte gar keine Zeit, dich zu vermissen«, improvisierte ich. »Ich war mit der Steuer beschäftigt. Stundenlang! Das war ein Stück Arbeit, sage ich dir.«
»Na, Else, altes Mädchen? Wie sieht's aus?« Hannes strich Else über das glänzende Fell.
»Sie bewegen sich«, sagte ich. »Da! Guck mal!«
Hannes legte Else sanft die Hand auf den Bauch und hielt inne, als wolle er lauschen.
»Tatsächlich«, grinste er. »Da ist ja richtig Stimmung drin!«
»Ich hab noch nichts zu essen gemacht«, sagte ich. »Der Steuerberater war da.«
»Steuerberater? Wozu brauchst du denn den?«
»Grete hat ihn mir vorbeigeschickt. Er ist spezialisiert auf Freiberufler und Künstler.«
»Na, macht nix. Ich kann schnell 'ne Pizza holen.« Hannes wirbelte schon wieder herum, griff zu seiner Jeansjacke und angelte seinen Fahrradschlüssel vom Haken.
»Wie willst du sie? Klein? Groß? Tonno? Funghi? Fuego? Pa-

prik... extra scharf... Du weißt ja, daß ich nachher noch ins The... ater... muß... Was guckst du mich so an?«
»Ach Stuhlbein«, sagte ich hingerissen. »Ich mußte stundenlang über einem Aktenordner darben und mich dabei langweilen! Mir ist schon ganz schlecht vor Hunger. Ich fürchte, ich habe Lust auf dich!«
Er war eine Augenweide. Knackig, jung und frisch. Schlank und rank und unverbraucht.
»Wenn das so ist«, sagte Hannes und grinste unternehmungslustig. »Die Pizza kann warten.«
Er hatte viele wunderbar weiße Zähne, die in seinem dunklen Jungengesicht blitzten. Ich bekam Herzklopfen vor Vorfreude.
»Ja. Du hast recht. Los, komm her zu mir. Zieh die Jacke wieder aus.«
Seine braunen Augen waren voll Samt. Und das Tolle an Hannes: Er hatte WIRKLICH einen Silberblick. Einen ausgemachten! Seine Augen schielten so erotisch, daß ich ihm vom ersten Moment an verfallen war. Ich sah ihn begeistert an. Ich fühlte eine unbändige Lust auf ihn.
Das war es, was mir in den langweiligen Steuerberaterstunden gefehlt hatte. Ein kurzer Bick auf das, was sich unterhalb seines Gürtels abspielte, reichte. Er war flexibel. Er bestand nicht auf Pizza.
Hannes ließ die Jacke auf die Erde fallen. Wir beachteten sie nicht.
Das weiße T-Shirt saß eng über seinem sehnigen Körper. Seine Oberarme waren braungebrannt und muskulös. Stuhlbein trieb täglich Sport! Da konnte er gar nicht genug von kriegen! Ich betrachtete ihn hingebungsvoll. Kein Gramm Fett. Nur Kraft und Jugend. Und Talent und Übermut. DER sammelte auch keine Benzinquittungen. Der nicht.
»Ich hab sowieso keine Lust auf Pizza gehabt«, murmelte Hannes. »Pizza ist fad.«
»Außerdem macht Pizza dick«, sagte ich.

»Mama? Leihst du mir mal den Laptop?«
»Wozu brauchst du denn den Laptop im ersten Schuljahr?«
»Wir sollen ›O‹s malen. Eine ganze Seite.«
Bert hielt mir ein umweltfreundliches Blatt entgegen, auf dem der nette Herr Schmitz-Nittenwirm ein paar tolle »O«-Exemplare vorgezeichnet hatte. Das war natürlich nur ein kreativer Gestaltungsvorschlag, denn der Lehrer wollte die Kinder nicht auf einen bestimmten »O«-Typ festlegen. Sie sollten um Himmels willen nicht die Handschrift des Lehrers nachahmen, hatte er auf dem Elternabend gesagt. Nur, falls den Kindern überhaupt nicht einfiele, wie sie das »O« relativieren könnten, wäre sein kleiner »O«-Gestaltungsvorschlag ein Stück weit eine Orientierungshilfe.
»Bert, ich glaube, er meint, du sollst sie mit der Hand malen.«
»Bin ich Fred Feuerstein oder was! Ich will mir doch nicht unnötig Arbeit machen!«
»Aber du sollst es LERNEN, Bert. Zum Lernen benutzt man die Hand.«
»Mama! Das ist doch entsetzliche Zeitverschwendung! Ich weiß doch, wie ein ›O‹ geht. Wenn ich auf dem Laptop ein ›O‹ mache, bin ich schneller fertig und hab die Sache hinter mir.«
Ich fand Berts Entscheidung o.k. Wir Mütter sollten die Entscheidungen unserer Kinder immer akzeptieren, hatte Herr Schmitz-Nittenwirm gesagt. Also wir sollten sie niemals zwingen, etwas gegen ihren Willen zu tun, das galt auch für das »O«-Malen. Bert war eben mehr der pragmatische Typ, und das kreative Gestalten von farben- und formfrohen »O«s entsprang nicht seinem natürlichen Bedürfnis.
Im Gegensatz zu Ernie. Der malte »O«s mit Zahnpasta auf den Spiegel und mit Stöcken in den Sand und mit meinen Tesafilmklebern an die Terrassentür und mit der Schere in den Teppich. So ein kreatives, phantasievolles Kind. Ich ließ Bert also an meinem Schreibtisch Platz nehmen. Bert schaltete den Computer ein und wartete, bis das Schreibprogramm aktiviert war. Dann senkte er seinen dicken, kleinen Zeigefinger auf das »O« nieder und ließ ihn liegen, bis der Bildschirm voll war.
»So«, sagte er befriedigt. »Das kannst du mir ausdrucken.«

»Ich finde, daß du sehr schön und gleichmäßig gearbeitet hast«, lobte ich.
»Hast du da Papier drin?« fragte Bert und zeigte auf den Drukker.
»Ich glaube, ja. Keine Ahnung, ob Papa das in letzter Zeit nachgefüllt hat.«
Bert schaute fachmännisch im Drucker nach. Hunderte von weißen Blättern lagen gehorsam übereinander und warteten auf das Schicksal, mit wichtigen Daten bedruckt zu werden. Das oberste war für Berts »O«s bestimmt. Wenn es das gewußt hätte! Bert drückte fachmännisch auf den Knopf und wartete, bis der Drucker bereit war.
»Wie viele Kopien brauchst du?« fragte ich.
»Eine reicht«, sagte Bert.
Berts kleiner, dicker lakritzeverklebter Zeigefinger aktivierte das Druckprogramm und befahl dem Drucker zu drucken. Der Drucker von Druxen befahl seinen Druckern, nicht eher zu drucken, bis daß der Drucker von Druxen seinen Druckern das Drucken befahl.
Der Drucker druckte vierhundertsiebenunddreißig »O«s, wie mir der blöde blinkende Computerknecht am unteren Bildschirmrand devot Bericht erstattete. Ich las Bert diese Meldung vor.
»So viele ›O‹s schaffen die anderen Kinder nicht.«
Bert war's zufrieden.
»Bearbeiten Sie das Dokument, oder drücken Sie die ALT-TASTE für Befehle«, las ich ihm vor.
»Quatsch«, sagte Bert. »Das reicht. Was soll ich denn da noch bearbeiten!« Er nahm das Blatt und drückte mir ein Küßchen auf die Lippen. Er roch wunderbar nach Kaugummi. Bert roch immer nach irgendwas Eßbarem. Nutella oder Lakritze oder Pfefferminz.
Wir lochten es gemeinsam, damit er es in seiner umweltfreundlichen Mappe abheften konnte. Seine speckigen Händchen hielten mit wunderbarem Eifer den großen, schweren Locher, den wir von Ernstberts Schreibtisch entwendet hatten.
»Hat Ernie auch schon Schularbeiten gemacht?« fragte ich mit

einem Blick auf die Uhr. In einer halben Stunde wollten wir beim Tennis sein.
»Nee«, sagte Bert. »Der spielt oben.«
Er nahm sich ein Hustendragee aus meiner Schreibtischschale, steckte es sich beiläufig in den Mund und trollte sich.
Ich ging ins Kinderzimmer, um nach Ernie zu sehen.
Ernie lag bäuchlings auf dem Teppich und ließ zwei Plastikritter aufeinander einschlagen. Seine Schulmappe war die Ritterburg, und die Klarsichthülle mit dem kreativen Gestaltungsvorschlag der »O«s war die gefährliche Falle, in die sie sich gegenseitig zu schubsen trachteten. Ernie bemerkte mich nicht.
»Du Hund, elender, geh zum Teufel«, schrie er leidenschaftlich mit haßverzerrter Stimme.
»Niemals, du Feigling, aber ich werde dich in diesen gräßlichen Abgrund stoßen...«, zischte er voll Zorn.
Dann schlugen sich die Ritter gegenseitig ihre Helme mitsamt Köpfen vom Kopf und hieben mit den Schwertern aufeinander ein. Das Arbeitsblatt mit den »O«s bekam gefährliche Knicke. Die Spucketröpfchen der leidenschaftlichen Verachtung regneten darauf und hinterließen winzige Pfützen.
»Du wirst die Jungfrau nie bekommen«, sagte der Ritter ohne Kopf.
»Ich liebe sie mehr als mein Leben«, antwortete der Kopf des anderen. Der Unterleib lag etwas abseits auf der Klarsichthülle.
»Na, Ernie?« fragte ich vorsichtig. »Machst du Schularbeiten?«
»Hallo, Mami«, strahlte Ernie und stand auf. Er umarmte mich stürmisch. »O Mami, ich liebe dich mehr als mein Leben!«
Ernie roch niemals nach Pfefferminz oder Lakritze. Er roch nach Ernie.
»Ich dich auch«, sagte ich gerührt. Hach, dieses liebebedürftige Kind!
»Nein! So heißt das nicht! Das heißt: ›So wirst du ewig treu mir sein, Jungfer Marian!‹«
»So wirst du ewig treu mir sein, Jungfer Marian! Hast du schon Schularbeiten gemacht?«
»Ich bin Robin Hood, Mama. Der macht keine Schularbeiten. Robin Hood kämpft für die gerechte Sache.«

»Nee, ist klar«, sagte ich. »Gerechte Sachen sind auch was ganz Wichtiges.« Wie hatte der Lehrer gesagt? Nie die Kinder zu etwas zwingen. Wer tut denn so was. »Wie wär's mit Tennis?« schlug ich vor. »Bert sitzt schon im Auto und ißt Smarties.«
»O.K., Mama, Tennis ist 'ne gerechte Sache.«
»Da hab ich aber Glück gehabt.«
»Aber nur, wenn ich Boris Becker bin. Sonst spiel ich nicht mit.«
»Alles klar, Ernie. Du wirst es dem Trainer sagen, falls er nicht von allein drauf kommt.«

Der Trainer war ein reizender Bursche um die Fünfundzwanzig. Leider hieß er Sascha, was nicht sein Verschulden war. Er war Sportstudent im siebten Semester und voll der hehren Ziele.
Er erinnerte mich an Hannes, obwohl er keine Locken hatte. Aber muskulöse Oberarme! Und glänzende, unternehmungslustige Augen. Wenn sie auch nicht schielten. Er war jung und frisch und knackig und völlig ohne Arg. Ein goldiger Bursche.
Ich schubste meine beiden Goldjungen auf den Platz. »Benehmt euch gut und tut, was Sascha sagt. Ich hole euch in einer Stunde wieder ab!«
Es ist pädagogisch sinnvoller, wenn die Mütter nicht auf der Bank hocken und ihren Sprößlingen beim Schlägerhalten zusehen. Viel freier und ungezwungener geht es beim Tennistraining zu, wenn die Muttis nicht dabei sind. Die Kinder entfalten sich dann wesentlich natürlicher, hatte Sascha auf dem Elternabend der Tennisschule gesagt. Ich nahm seine Botschaft sehr ernst. Man soll nie ein Kind dazu zwingen, sich bei irgendeiner Handlung von seiner Mutti zusehen zu lassen, besonders dann nicht, wenn es mit dem Tennisschläger Löcher in die Luft haut. Da braucht es Freiraum und endlose Weite, was das natürliche Selbstbewußtsein fördert – ein Stück weit –, und es behauptet sich im Rahmen seiner Gruppe und seiner gleichaltrigen Mannschaftskameraden und lernt sich selbst – ein Stück weit – völlig neu kennen, nee is klar.
Ich ging also meine übliche Runde auf dem Clubgelände spazieren.

Was mir auf Anhieb sympathisch war: Niemand von den weißgekleideten Damen und Herren und Kindern hier schien täglich um sechzehn Uhr »Unsere kleine Klinik« zu gucken, weshalb auch niemand »Das isse doch!« und »Wie heißt die noch gleich!« hinter mir her zischelte.
Klar! Diese dynamischen Unternehmer von morgen hingen nicht am hellichten Tage vor der Glotze! Die stählten sich! Die stellten sich dem Ernst des Lebens! Und die Mütter der Jungunternehmer von morgen bügelten nicht vor dem Fernsehen. Weder um diese Uhrzeit noch überhaupt. Die hatten eine Perle, die das diskret im Haushaltskeller erledigte. Und wenn DIE dabei »Unsere kleine Klinik« guckte, dann war das IHR Problem.
Die Mütter der Saschas und Benjamins und Kevins und Patricks jedoch tranken um diese nachmittägliche Uhrzeit ihren Tee oder – im fortgeschrittenen Stadium ihres Mutterfrustes – ihr »Pikkolöschn« im Clubhaus und führten ihren Halsschmuck an die frische Luft. Ich war mir nicht sicher, ob ich in Zukunft das gleiche zu tun gedachte, während ich auf Ernie und Bert wartete. Klar, meine Jungs waren noch zu klein, um alleine in den Club zu fahren. Zwei Jahre mußte ich wohl noch in den sauren Apfel beißen. Montags Hockey, dienstags Schwimmen im Sporthotel Plaza, mittwochs kreatives Gestalten im Freizeitheim, donnerstags Tennis und freitags Musikalische Früherziehung. Nur noch zwei Jahre. Oder drei. Dann würden sie diesen ganzen Freizeitinitiativen selbständig nachgehen. Beziehungsweise aus freien Stücken sofort damit aufhören, um endlich Zeit zum Fußballspielen und Herumtreiben zu haben. Ganz klar, das würde dann ihre freie Entscheidung sein. ABER dann hatte ich ihnen die sinnvollen Alternativen wenigstens angeboten. Ein Stück weit.
Dann würde ich zu meinem mit Weichspüler weichgespülten reinen Gewissen einen unverkrampften Bezug haben.
»Hast du deinen Kindern auch eine sinnvolle Freizeitgestaltung angeboten? Hm? Sei ehrlich mit dir, Charlotte. Rabenmütter kommen in die Hölle.«
»Ja«, würde ich zu meinem reinen Gewissen mit der Dr.-Anita-Bach-Schleife im Haar sagen können. »Hab ich. Jeden Tag eine.«

»Reicht das auch, Charlotte? Oder bist du nur zu faul zum Autofahren? Hm? Sei ehrlich! Was ist mit Fechten, Bogenschießen, Judo, Karate und Dressurreiten? Hm? Warum läßt du deine armen Kinder so völlig chancenlos vor sich hin vegetieren, so daß sie später im Leben nichts mit sich anfangen können? Na? Warum spielen sie nicht Harfe, wie anderleuts Kinder auch? Und Seidenmalerei und Töpfern? Na? Nur zu faul zum Saubermachen, wie? Und die netten überkandidelten Zahnarzttöchter von nebenan. Die machen WASSERBALLETT! Warum bietest du das deinen Söhnen nicht an? Hm? Und Jazztanz? Wie steht es damit? NA? Kannst du mir das mal verraten?«

»Ich schwör's, sobald sie lesen und schreiben können, gehen sie seidenmalen und töpfern und Harfe spielen!! Ganz bestimmt! Ich will sie nur fürs erste nicht überfordern! Bitte glaub mir doch! Es ist nicht so, daß ich zu faul wär zu fahren!«

»Dann ist es gut«, würde das Dr.-Anita-Bach-Gewissen milde lächelnd zu mir sagen. »Dann hast du deine Mutterpflichten getan.«

Und ich würde erleichtert von dannen schweben, in der sicheren Gewißheit, meinen Söhnen eine Zukunft der offenen Möglichkeiten geebnet zu haben. Sie würden später ausgeglichene, erfolgreiche und in sich ruhende Männer werden, egal ob sie an der Börse spekulierten oder in einer Chefetage säßen. Sie hätten etwas Eigenes. Sie könnten jederzeit ein bißchen harfen oder dressurreiten oder wasserballetten gehen, wenn ihnen der Sinn danach stände. Und könnten viele andere wichtige Männer ihres Formats treffen, die ihnen dann wieder viele Türen ins öffentliche Leben öffnen würden.

Mein Muttergewissen war nicht nur sauber, sondern rein.

Nur: Was sollte ich hier und jetzt mit meiner Freizeit tun? Ich, die drehfreie Anita Bach in Zivil?

Jeden Tag ein paar Stunden Leerlauf an uninteressanten Orten, sinnlos vertan mit Warten? Warten darauf, daß ich die Kinder wieder nach Hause fahren durfte?

Ich war nicht im geringsten daran interessiert, mit den anderen Müttern fröstelnd am Rande des Tennisplatzes zu stehen und

»Toll, Patrick« zu schreien. Auch wollte ich nicht meinen Busen und die dazugehörige Halskette über die Theke des Tennisclub-Barkeepers hängen und darauf hoffen, seine Aufmerksamkeit ausgerechnet auf mich lenken zu können. Der Tennisclub-Barkeeper war eher nur mittelinteressant. Typ: Jogginganzug in Signalgrün-Pink-gestreift, Polohemd mit Krokodil drauf, Goldkettchen im haarigen Brustbereich, Turnschuhe der Marke »Ich turne ungern«, zwei dicke Ringe an den Fingern, eine wasserdichte Rolex am behaarten Arm. Er eignete sich noch nicht mal für meine Phantasien.
Und außerdem: Es hängten täglich – was sag ich: stündlich – etwa fünf bis acht frustrierte Muttis ihren Busen über seine Theke. Dieser Konkurrenzdruck! Ich hätte keinerlei Chancen!
In diese und andere düstere Gedanken verstrickt, gelangte ich wieder zu Platz eins, wo Sascha meine Jungs trainierte.
Bert stand artig auf der T-Linie und schlug auf beachtenswerte Art und Weise die Bälle in den Wald. Donnerwetter!
»Toll, Bert«, schrie ich, während ich, vor Stolz platzend, mit den Tränen der mütterlichen Rührung kämpfte.
Ernie hatte es längst aufgegeben, Tennis zu spielen. Er hatte sich ein Sammelnetz geschnappt und hieb damit auf die zahllosen Bälle ein, die bereits wehrlos am Boden lagen.
»Du Hund! Versuch ja nicht, mir zu entwischen! Ich kriege dich, und du wirst elendiglich verrecken!«
»Ernie!« munterte ich meinen Jüngsten auf. »Spiel doch auch ein bißchen Tennis! Schau mal, wie schön der Sascha die Bälle vor Berts Schläger wirft!«
»Mama, ich hab keine Zeit zum Tennisspielen! Ich muß Hunde fangen! Da! Hab ich dich, elende Ratte! Und wehe, du bellst! Ich drehe dir die Gurgel um!«
Ach je, dachte ich, während ich meine zweite Runde über das Clubgelände antrat. Was soll nur aus dem Jungen werden. Von MIR hat er's nicht. Und von Ernstbert auch nicht. Das war klar.

Es war ein historischer Film über Louis Quatorze, und eine Düsseldorfer Agentur suchte damals vierzig Kleindarsteller, die für

Zofen und Höflinge, Diener und Edelleute den noch unbekannten Kopf hinhalten wollten. Ich war so unbekannt wie nur was. Ich wollte einfach nur gratis nach Südfrankreich fahren und einen netten Sommer verbringen. Also bewarb ich mich als Edeldame bei dem Düsseldorfer Etablissement und bekam den Job. Es war ganz einfach. Man mußte noch nicht mal »Herr Graf, der Tee« sagen. Man mußte nur einigermaßen nett aussehen und einen begabten Eindruck machen. Die anderen, die sie genommen hatten, sahen auch alle nett aus. Ich freute mich darauf, sie kennenzulernen. Es würde ein herrlicher Sommer werden. Einen historischen Film drehen in einem südfranzösischen Schloß! Was war ich doch für ein Glückspilz.
Als der Bus mit den vierzig Kleindarstellern um Mitternacht am Düsseldorfer Hauptbahnhof abfuhr, saß ich leider nicht drin. Mein Paß war nämlich ungültig, der hinterhältige Miesling! Das hatte ich aber erst festgestellt, nachdem mein Koffer schon im Bauch des Busses verschwunden war. Merde. Ich krabbelte rückwärts aus dem Kofferraum und fragte den Chef der Agentur mit Angstschweiß auf der Oberlippe, wie teuer denn nun guter Rat sei! Ziemlich teuer, sagte dieser beleidigt. Weil ich ihn aber gar so lieb und hilflos anlächelte, durfte ich auf eigene Kosten später nachreisen, mit dem Zug. Aber zuerst ab aufs Amt und ein demütiges Dringlichkeitsgesuch eingereicht! In vierfacher Durchschrift!
Ich winkte also den vierzig glücklichen Kleindarstellern mit gültigem Paß im Bus nach, und ein einziger glücklicher Kleindarsteller mit Stempel im Paß winkte zurück. Er war jung und hübsch und hatte braune Augen, die richtig klasse schielten. Ein winziges, spöttisches Lächeln, eine Spur von Bedauern, ein leichtes Anheben der Schultern meinte ich zu erkennen, das besagen wollte: Dann eben nicht.
Netter Bursche, dachte ich, als ich in die U-Bahn stieg. Süßer Kerl. Ein bißchen jung vielleicht, aber gerade das Richtige für einen heißen Sommer in Südfrankreich.
Wer so wunderbar schielt, ist selber schuld.

Als ich zwei Tage später mit dem Schlafwagen morgens um fünf in Avignon ankam, hatte ich ihn schon vergessen.
Der Bahnhof war in orangefarbenes Licht getaucht, und die lauwarme Luft duftete süßlich nach Bahn und nach Croissants und nach Sommernacht. Ich war frei von Bindungen, frei von Sorgen und im Besitz eines gültigen Passes. Gerade vor drei Tagen hatte ich mich der einzigen Verpflichtung meines Lebens entledigt: Die schwarze Katze Else war wieder in ein freies Stadtstreicherinnenleben zurückgekehrt. Else, meine sagenhaft häßliche, aber gemütvolle, charakterstarke Mülltonnenbekanntschaft, die zu einer echten Freundin geworden war. Sie würde ihren Weg schon machen, davon war ich überzeugt.
Mein einziges Problem war es nun, einen Taxifahrer zu finden, der mich für ein paar Deutsche Mark zum Drehort bringen würde. Die Wechselstuben hatten natürlich noch nicht offen. Mir war ein bißchen flau im Magen, weil ich noch nicht gefrühstückt hatte. Es roch so unverschämt gut nach frischen Croissants! Ich atmete ein paarmal tief ein und aus und wendete mich dann dem Ausgang dieses märchenhaften südfranzösischen Bahnhofs zu. Während ich noch mein reizendes, hilfloses Kleindarstellerinnenlächeln probte, mit dessen Hilfe ich hoffte, den südfranzösischen Taxifahrer milde zu stimmen, entdeckte ich ihn. Diesen dunkelhaarigen Burschen mit den braunen Augen. Den goldigen Kleindarsteller, der so provokant aus dem hinteren Busfenster geschielt hatte.
War er es? Oder hatte dieser Bursche am Bahnhof nur so verblüffende Ähnlichkeit mit ihm?
Er grinste mich an. Er hatte wunderbare weiße Zähne, ganz ebenmäßige. Welcher Kleindarsteller kann das schon von sich behaupten? Lässig lehnte er in seinen engen Jeans und dem weißen T-Shirt am Bahnhofsausgang. Morgens um fünf. Und hielt eine verheißungsvoll duftende orangefarbene Bäckertüte in den Händen.
Ich blieb stehen.
»Kennen wir uns nicht?«
»Nein. Bis jetzt noch nicht.«
»Aber du sprichst deutsch.«

»In bin aus Grevenbroich. Da sprechen sie deutsch.«
»Wartest du etwa auf mich?«
»Nee, auf Sophia Loren.«
»Ach so«, sagte ich enttäuscht. »Wußte gar nicht, daß die auch mitspielt. Kann ich eventuell mitfahren, wenn du sie gefunden hast?«
Der Tüte entströmte ein unverschämt appetitanregender Duft. Ich mußte mich sehr beherrschen, sie ihm nicht einfach aus der Hand zu reißen und damit zu türmen.
»Mal sehen«, antwortete er. »Je nachdem, wie viele Hutschachteln die dabeihat, die alte Schachtel.«
Ich guckte ihn aus zusammengekniffenen Augen an.
»Verarschen kann ich mich auch selbst.«
»Klar«, grinste er und spendierte mir dabei wieder den Anblick seiner wunderbaren ebenmäßigen weißen Zähne. »Das hab ich ja gesehen, wie du das kannst. In den Bus steigen und keinen gültigen Paß dabeihaben.«
Mir fiel keine passende Antwort ein.
Mein Kleindarstellerinnenlächeln erstarb.
»Du siehst blaß aus«, sagte er. »Ich hab gedacht, du magst vielleicht was frühstücken. Wie ich dich einschätze, hast du noch kein Geld getauscht.«
Er zog ein duftendes Croissant aus der Tüte und hielt es mir unter die Nase.
Es war noch warm.
Nun hatte Grete mir ja jahrelang eingehämmert, ich solle von fremden Männern nichts annehmen, schon gar nicht in finsteren Bahnhofsgegenden, wo sich die allergefährlichsten Kinderlocker herumtrieben. Und gerade bei mir, der verfressenen, kleinen, dicken Schlotter-Lotte, würden sie leichtes Spiel haben. Das hatte Grete mir immer und immer wieder gepredigt. NICH von fremden Männern ansprechen lassen, hörst du?! Nich für Geld dabei!!
Und was tat ich? Ich nahm das Croissant und stopfte es krümelmonstermäßig in mein gieriges Maul.
Während ich hingebungsvoll die Augen schloß, um diesen wahren Gaumen- und Magengenuß zu genießen, ging der Kleindar-

steller plötzlich weg. Er bedeutete mir mit einer lässigen Geste, ich möge ihm folgen. Ich stolperte verdattert hinter ihm her, in der Annahme, daß er nun die Kollegin Loren gesichtet habe!
Doch nein. Er ging eiligen Schrittes über den Bahnhofsvorplatz und erklomm einen Bus, der sich gerade abzufahren anschickte.
»Hm, hm, hm?« fragte ich im Hinterherlaufen. Alle meine sieben hungrigen Lab- und Giermägen schrien: »Bleib dicht an ihm dran!«
Nur Grete in mir schrie: »Lauf dem Kerl nicht hinterher, Schlotter-Lotte! Wie oft soll ich dir noch sagen, daß du fremden Männern nicht nachlaufen sollst.« Aber ich hörte nicht auf sie.
So fand ich mich in diesem wackeligen Linienbus wieder, und meine Hand steckte in der warmen, wohlriechenden Tüte. Ich grabbelte nach einem weiteren Croissant und lehnte mich entspannt zurück.
Ich beschloß, diesen Jungen auf Anhieb sehr gern zu haben.
Er saß neben mir und guckte aus dem Fenster.
Er schien immer aus Busfenstern zu lächeln.
»Ho his Hohia?« fragte ich erstaunt mit vollem Mund.
Er richtete seinen Blick auf mich.
»Dü gübt's hür nüch«, spöttelte er amüsiert.
Ich schluckte. »Heißt das, du hast MICH abgeholt?«
»Wenn's der gnädigen Frau nicht allzu unangenehm ist…«
»Im Gegenteil«, sagte ich. »Ich find's ausgesprochen zuvorkommend! Wie heißt'n du überhaupt?«
»Hannes«, sagte er und reichte mir die Hand. »Hannes Stuhlbein.«
»Charlotte«, sagte ich. »Charlotte Pfefferkorn.« Damals hieß ich noch Pfefferkorn. Später, im Zuge meiner Heirat mit Ernstbert, trennte ich mich dann von dem »Korn«. Charlotte Pfeffer hörte sich irgendwie pfiffiger an. Charlotte Schatz klang zu lieb. Das kam mir nicht ins Haus. Nicht für Geld dabei.
Wir schüttelten uns die Hände, Hannes Stuhlbein und ich, derweil der Bus uns schüttelte.
»Und?« sagte ich, indem ich hungrig nach dem dritten Croissant angelte. »Was gibt's Neues vom Set?«

»Du spielst im ersten Teil eine Zigeunerin und im zweiten Teil 'ne Nonne«, sagte Hannes und schielte mich an.
»In Ordnung«, sagte ich. »Ich bin da flexibel.«
»Ich hoffe, du bist auch bei der Zimmerwahl flexibel«, sagte Hannes.
»Wieso?«
»Na ja, sie haben mir den Koffer von einem Carlo Pfeiffer ins Zimmer gestellt und gesagt, der kommt später.«
»Na und? Wer ist Carlo Pfeiffer?«
»Das hab ich mich auch gefragt. Und dann haben sie gesagt, das ist der, der seinen Paß vergessen hatte und nicht mitfahren konnte.«
»Aber das war ich!« rief ich verblüfft.
»Genau«, grinste Hannes. »Daran hab ich mich dann auch erinnert.«
»Aber ich bin ein Mädchen!« rief ich aus.
»Auch daran hab ich mich erinnert.«
»Heißt das, wir beide haben ein Dodoppelzimmer?«
»Wenn's der gnädigen Frau nicht allzu unangenehm ist...?«
»Dodoch! Sehr! Unangenehm, meine ich! Wie soll ich denn 'ne Nonne kleindarstellen und gleichzeitig mit einem Kleindarsteller männlichen Geschlechts...«
»Das Geschlecht ist ja nicht klein«, tröstete mich Hannes. »Nur der Darsteller.«
Ich schwieg betroffen.
»Sieh mal«, sagte er, indem er mir erneut die Brötchentüte hinhielt. Ich schüttelte appetitlos den Kopf. »Du hast natürlich noch immer die Wahl. Zwei oder drei Frauen sind so ätzend, daß niemand mit ihnen ein Zimmer teilen wollte. Da kannst du dir eine von aussuchen.«
»Wen zum Beispiel?«
»Kennst du die dicke Lore?«
»Die mit dem rheinischen Akzent? Die aus Knappsack? Die immer ›läscherlisch‹ sagt?«
»Ja. Die ist noch zu haben.«
»Nein danke.« Die Vorstellung, mit dieser gräßlichen Vorstadt-Raupe in einem französischen Bett liegen zu müssen, um mir ihre

läscherlischen Knappsacker Strunzereien anzuhören, war mir zutiefst zuwider.
»Wer noch?«
»Da hätten wir noch eine im Sonderangebot: so'n gläubiges Fräulein mit Duttfrisur aus den fünfziger Jahren, die stammt vom Theater der Lutherstadt Wittenberg. Die spricht sächsisch und batikt ununterbrochen vor sich hin.«
»Och nöö«, sagte ich. »Möcht nicht sein.«
»Und die letzte, die noch zur Auswahl steht, ist so 'ne Borstige mit Herrenschnitt und ausrasiertem Nacken. Die lacht immer ganz laut und haut allen auf die Schulter und trägt nur Herrenanzüge und frißt für drei. Die hat auch noch Platz im Zimmer«, freute sich Hannes.
Er hatte die Schlacht schon gewonnen.
Ich sagte lange nichts.
Das waren ja rosige Aussichten.
Und ich hatte mich so auf diesen Sommer gefreut.

»Muß ich mich umziehen?«
Ich steckte den Kopf durch die Küchentür.
Ernstbert stand mit Grete in der Küche und schlang im Stehen ein großes Stück Cremetorte in sich hinein. Sein Bauch hing ihm über den Gürtel, und das Hemd klaffte zwischen zwei Knöpfen auseinander.
»Ich will, daß du dich nett machst«, antwortete er bestimmt. Dabei leckte er sich die Sahne von den Fingerkuppen.
»Für einen Elternabend? Muß das sein?« Ich fand mich nett genug. Jeans und Pulli, wie immer, wenn ich nicht Dr. Anita Bach war. Charlotte liebte es eher lässig.
»Ich bestehe darauf«, sagte Ernstbert. »Du magst vielleicht in Jeans zum Elternabend gehen wollen. Aber ICH weiß, was sich gehört. Ich gehe auch nicht in Jeans zu meinen Klienten.«
»Sie bleibt immer die Schlotter-Lotte«, sagte Grete zufrieden. »Komm, Ernstbert, iß noch ein Cremeschnittchen! Es sei dir gegönnt!!«
Ernstbert nahm sich ein zweites Stück Torte. »Nun mach! Um punkt acht sitz ich im Auto!«

Ernstbert hatte natürlich keine Jeans an. Er hätte auch gar nicht reingepaßt. Er wog hundertzwanzig Kilo und trug nur noch Übergrößen. Immerhin hatte er nie wieder gerippte Unterhemden und Polyester-Bundhosen angezogen, seit ich mit ihm verheiratet war. Trotzdem: Er sah zwanzig Jahre älter aus, als er war. Als Wirtschaftsprüfer in der Chefetage einer beachtlichen Kanzlei hatte er natürlich zuwenig Bewegung.

»Wir können zu Fuß zur Schule gehen«, schlug ich vor. »Es ist ein so milder Abend!«

»Ich will im Auto die Nachrichten hören«, sagte Ernstbert bestimmt. »Dich mag die Weltpolitik nicht interessieren, aber ich muß morgen für meine Klienten auf dem laufenden sein. MEINE Klienten gucken nicht ›Unsere kleine Klinik‹! MEINE Klienten sind gebildete Menschen, mit denen ich mich tagtäglich über die aktuellsten Dinge aus Politik und Wirtschaft unterhalten muß.«

»Tja, Charlotte«, sagte Grete triumphierend. »Der Ernstbert ist ein gebildeter Mann! Nimm noch ein Stück Torte! Oder soll ich dir ein Butterbrot schmieren?! Ich hab deinen Lieblings-Geflügelsalat mitgebracht! Ganz frisch vom Markt!«

Ich trollte mich nach oben. Ernie und Bert saßen auf dem Bett und guckten Sesamstraße.

»Mama, die Grete hat gesagt, wir müssen sofort ins Bett!«

»Was die Grete sagt, wird gemacht«, sagte ich. »Das war schon zu meiner Zeit so.« Und Haue obendrein.

Ich stieg aus meinen Jeans und griff nach einem selten getragenen taubenblauen Kostüm.

»Mama, wer ist eigentlich die Grete?«

»Meine Mutter. Das wißt ihr doch!«

»Warum sagst du dann nicht Mama zu ihr?«

»Weil sie das nicht will. Ihr sollt ja auch nicht Oma zu ihr sagen.«

»Warum nicht?«

»Weil sie sich dann alt fühlt.«

»Hahaha«, sagte Ernie triumphierend zu Bert. »Wenn wir ins Bett sollen, sagen wir Oma zu ihr, dann sieht die vielleicht alt aus!«

»Die Grete wird euch was husten! Wir müssen alle froh sein, daß wir sie haben!! Ohne Grete könnte Papa nicht in seine Kanzlei gehen und ich nicht in ›Unsere kleine Klinik‹. Und ihr nicht in die Schule. Also, reißt euch zusammen. Ihr wißt ja, wie lieb sie uns alle hat.«
Ich küßte die Kinder zum Abschied und stieg ins Auto. Es war Punkt acht. Ich schaltete die Nachrichten ein.
Wer nicht kam, war Ernstbert.
Der mußte noch in der Küche Geflügelsalat essen.

Der Elternabend war ein voller Erfolg.
Dreißig Eltern hockten mit angezogenen Beinen auf den winzigen Stühlchen, die tagsüber von den goldigen Popöchen ihrer Kinder besetzt waren. Man beäugte sich interessiert und kritisch, und ich vermißte sogleich Grete, mit der ich so herrlich lästern konnte. So hartherzig sie gegen sich und andere war: wenn wir zusammen irgendwo waren, wo man sich benehmen mußte, fing sie an zu lästern, so daß ich gegen akute Blasenschwäche ankämpfen mußte. Besonders, wenn jemand eine Rede hielt oder Geige spielte oder sonst was Salbungsvolles tat. Dann lästerten wir, bis wir einer Ohnmacht nahe waren vor Lachen.
Mit Ernstbert konnte man kein bißchen lästern. Nich für Geld dabei. Der war im Grunde seines Herzens völlig humorlos. VÖLL – lich, wie Grete immer zu sagen pflegte. Charrr – lotte, dieser Mann ist VÖLL – lich humorlos. AAber gediegen. Deshalb haben wir ihn ja auch geheiratet. Amüsieren können wir uns woanders.
Der goldige bartlose Lehrer mit den leicht unmodischen Cordhosen und dem Ensemble in Herrenpink hockte an seinem Pult und bat uns alle, unsere Namen deutlich lesbar auf ein Kärtchen zu schreiben. Er selber hieß »Schmitz-Nittenwirm«, was er in schönster Schreibschrift auf seinem Kärtchen vermerkt hatte. Ich sinnierte vor mich hin, daß er sicherlich sehr froh über die drei »i« in seinem Namen war – es hätte ihn schlimmer treffen können. Grete wären sicher ein paar feine Alternativen eingefallen. Ernstbert fiel zu dem Thema rein gar nichts ein. Nich für Geld dabei.

Wir malten also »Schatz« und »Pfeffer« auf unser gemeinsames Schild, wohlweislich OHNE Bindestrich. Dann parkte ich meine Beine unter dem taubenblauen Kostüm geschickt neben dem niedrigen Tischchen, an dem sonst Ernie und Bert ihr »O« malten, und äugte neugierig im Raum umher.
Hinten an der Wand hingen die Gemälde aller Schultüten, von den Kindern am ersten Schultag angefertigt. Ich beugte mich zu Ernstbert.
»Welche Schultüten sind wohl von unseren Kindern?«
»Weiß ich doch nicht«, sagte Ernstbert und notierte etwas in sein Zeitplanbuch.
»Ich aber«, wisperte ich. »Die bunte mit den Flügeln ist von Ernie, und die graue mit der Lakritzschnecke im Maul ist von Bert.«
»Kann sein«, sagte Ernstbert.
Die anderen Mütter und Väter betrachteten sich gegenseitig. Mir wurde nach kurzer Zeit klar, daß es zwei verschiedene Sorten von Elternabend-Besuchern gab: Die erste Sorte bestand aus Erstenltern. Leute, die sich für den heutigen Anlaß todschick gemacht hatten: feiner schwarzer Anzug mit Silberkrawatte und Nachmittagsausgehkleid mit passendem Weißgold- oder Blattgoldcollier. Selbstverständlich waren die Damen des Nachmittags beim Friseur gewesen, um sich eine gepflegte Lady-Di-Frisur fönwellen zu lassen. Die Herren waren frisch rasiert und dufteten nach After-shave.
Die Ersteltern hatten noch keine Erfahrung mit Elternabenden. Seit dem späten Nachmittag waren sie nervös vor dem Schlafzimmerspiegel auf und ab gegangen, hatten wieder und wieder die dezenten Kostüme an- und ausprobiert, die sie für diesen Anlaß seit Tagen in Erwägung gezogen hatten. Es durfte ja nicht das gleiche Outfit wie am ersten Schultag sein! Sie hatten gegen achtzehn Uhr nervös und sich Zwischenfragen verbittend für die Kinder Schnittchen geschmiert und die Kinder dann nacheinander die Sesamstraße, die Sendung mit der Maus, das Sandmännchen und die Heute-Sendung gucken lassen, nur damit sie die Eltern in Ruhe ließen. Dann waren sie, nachdem sie letztes Rouge und Puder aufgelegt hatten, mit hastigen Klap-

perschritten zum Auto gelaufen, ihrem ersten großen Auftritt als Elternabend-Besucher entgegen. Und hatten sich auf der Hinfahrt in gereiztes Schweigen gehüllt, immer die böse, böse Uhr im Blick.
Alternativ zu dem Erstmüttern gab es Zweit- und Mehrfachmütter. Das waren die betont Lässigen. Sie hatten schon Kinder in den höheren Klassen, und je mehr Kinder sie in höheren Klassen hatten, um so lässiger waren sie gekleidet. Ab dem dritten Schuljahr hatte keine Mutter mehr ein einziges Schmuckstück am Hals, geschweige denn den Kindsvater neben sich auf dem Stühlchen hocken. Die Kindsväter der Drittkläßler saßen gemütlich mit der Bierflasche zu Hause vor dem Fernseher und machten sich einen netten Abend.
Die allerroutiniertesten Mütter, deren Männer schon vergessen hatten, in welche Schule ihre Kinder gingen, trugen bollerige Jeans, Flanellhemden und Wetterjäckchen. Sie hatten borstige Kurzhaarschnitte der Marke »Ich gebäre gern« und grüßten laut und herzlich in die ansonsten verschüchterte Runde, während sie ihr Strickzeug und/oder Abendbrot aus der Tupper-Dose packten.
Um alle Peinlichkeiten der ersten Minuten zu umgehen, schlug der freundliche bartlose Lehrer mit der runden Brille nun vor, einen Protokollführer zu ernennen.
Ich guckte angestrengt auf den Linoleumboden.
Ernstbert verkroch sich in sein Zeitplanbuch.
»Das ist nicht schwer«, munterte Herr Schmitz-Nittenwirm uns auf. »Ich gehe das nachher Punkt für Punkt mit Ihnen durch!« Er lachte nett, und sein Adamsapfel hüpfte unternehmungslustig. Ich wollte kein Protokoll mit Herrn Schmitz-Nittenwirm Punkt für Punkt durchgehen. Nich für Geld dabei.
Ich kroch unter Ernies Pult, um nachzuschauen, ob er auch ordnungsgemäß seinen Turnbeutel dort abgelegt hatte.
»Frau Pfeffer«, sagte der Lehrer. »Wäre das nicht was für Sie? Sie sind doch künstlerisch begabt.«
»Nein«, sagte ich arbeitsscheu. »Ich kann gar nicht schreiben.«
Alle lachten herzlich, und schon war ich Protokollführerin.

Die Elternpflegeratsvorsitzende, die jeder kannte, weil sie eben einfach überall und immer ein Amt bekleidete, lachte laut und reichte mir ein leeres Blatt, wobei sie kurzzeitig aufhörte zu stricken. Ernstbert schüttelte tadelnd den Kopf. Nun hatte ich mich wieder mal reinlegen lassen!
Mit fliegender Feder notierte ich pflichtfroh, daß das Kakaogeld demnächst eingesammelt würde, und zwar in Umschlägen mit Absender, weil es Herr Schmitz-Nittenwirm ausgesprochen lästig fand, zu den unmöglichsten Zeiten aus irgendeinem anonymen verschwitzten Kinderhändchen alle paar Tage ein paar klebrige Groschen in Empfang zu nehmen. Aus erzieherischen Gründen solle das Kakaogeld in umweltfreundlichen Briefumschlägen zum jeweils Monatsersten entrichtet werden.
Dann munterte uns die Elternpflegeratsvorsitzende aus dem dritten Schuljahr beherzt auf, dem Förderverein der Schule umgehend beizutreten! Auch sollten wir uns einbringen in den Karnevalsumzug, der für nächsten Februar geplant sei. Ob jemand sich am preisgünstigen, farbenfrohen Kostümschneidern kreativ beteiligen könne?!
Eine dunkelhaarige Erstmutter im kleinen Schwarzen, mit beeindruckenden Goldketten und Ohrringen geschmückt, hob ihren Arm. Ihre Gelenkreifen aus Platin klirrten leise.
»Ja?« fragte Herr Schmitz-Nittenwirm hoffnungsfroh. Wollte sie sich etwa EINbringen? Welch Höhepunkt des Abends!
Ich notierte jede Bewegung und jede Silbe.
»Scheiße Kuckuck«, sagte die Frau. »Schbin die Mutter vom Kevin.« Ihre Stirn legte sich in Falten. »Schätte da mal 'ne Frage.«
Wir waren alle sehr gespannt. Herr Schmitz-Nittenwirm auch. Sein Adamsapfel lag vorübergehend völlig ruhig in seiner Hemdkragenhalterung.
»Ja?«
Wahrscheinlich hofften wir alle, Frau Scheiße-Kuckuck würde jetzt ihre heimliche Liebe zum farbenfrohen Kostümschneidern preisgeben und anbieten, die gesamte Klasse in preisgünstige Kuckuckskostüme einzunähen.
»Der Kevin kann alles!« sagte sie bestürzt. »Der kann lesen, räschnen und schräibn! Sollisch dat jetzt so lassen?«

Die anderen Elternabendteilnehmer betrachteten frustriert ihre Schuhspitzen. Dat dat dat kann!
»Schön«, sagte der Lehrer begeisterungslos. »Ändern Sie vorerst nichts daran. Greifen Sie nicht ein, lassen Sie den Kevin gewähren. Der Kevin muß das Gefühl für seine Fähigkeiten selbst entwickeln.«
Ich notierte penibel, was der Kevin alles schon konnte und daß der Lehrer es aus erzieherischen Gründen für sinnvoll hielt, ihn sich einfach entwickeln zu lassen, auch wenn er sich noch so einbildete, Albert Einstein zu sein.
Betretenes Schweigen hielt im Raume Einzug. Dabei war es bis eben noch so nett gewesen! Ich kaute auf meinem Bleistiftstummel herum. Ernstbert hatte sich zurückgelehnt, soweit das bei diesem unbequemen Stühlchen möglich war, und hielt die Augen in grüblerisch-kreativer Weise geschlossen. So sah er immer aus, wenn er die Tagesthemen sah.
Eine bebrillte Alternative in Gesundheitssandalen fand es nun an der Zeit, ebenfalls einen Wortbeitrag zu leisten.
»Also meine Anna. Wenn die was falsch macht. Also den Kringel in der mittleren Linie und nich ganz unten. Soll ich dann wat verbessern? Nee, ne? Die muß doch selber aus ihren schläschten Erfahrungen lernen! Ich sach immer, setz dich mit dem Lehrer auseinander, diskutier dat mit dem aus und trach die Konsequenzen selps. Ich halt mich da raus.«
Ich notierte: »Mutter von Anna diskutiert ungern über Kringel.«
»Natürlich«, sagte Herr Schmitz-Nittenwirm. Sein Adamsapfel hatte seine unruhige Hüpferei wieder aufgenommen. »Sie soll mit diesem Anliegen gern zu mir kommen. Dazu bin ich ja da.«
Gott, was war das ein netter Mann!
Eine dicke Mutter in Großgeblümt, die ihre rosenumrankten Massen erstaunlich wirtschaftlich auf dem Stühlchen verteilt hatte, traute sich nun, vorzutragen, was sie schon den ganzen Abend auf dem Herzen hatte.
»Soll der Mischaäll jetz Fillzstifte im Rannzen ham oder nisch?«
Das löste eine heftige Diskussion aus. Die Hälfte der Anwesen-

den war für Filzstifte, die andere Hälfte dagegen. Ich konnte kaum mitschreiben wegen der tumultartigen Szenen im Saal.
»Und wat is mit Turnschuhn?« rief eine andere in den Krach hinein. »Turnschuhe oder Schläppschn?«
»Die Mädschn sind für Schläppschn«, erklärte eine andere. »Aber die Jungs wolln dat nit.«
Ich notierte die geschlechtsspezifischen Vorlieben der Erstkläßler für Schuhwerk im Turnunterricht.
»Die Turnsachen sollten ab und zu den Weg in die Waschmaschine nehmen!« sagte Herr Schmitz-Nittenwirm liebenswürdig. Für einen Mann ein unglaublich pfiffiger Ausspruch! Voll ins Schwarze!
Wir lachten alle begeistert. So ein umsichtiger Lehrer!
Aber was denn jetzt mit dem Karnevalsumzug sei, rief die kauende Pflegeratsvorsitzende aus. Und auch der Martinszug! Sie nahm sich ein neues Vollwertbrot aus der Tupper-Dose. Ein sanfter Duft nach Reformhausaufstrich umwehte uns.
Herr Schmitz-Nittenwirm regte an, daß der Klassenverband nicht »gesprengt« werden sollte, indem die Eltern im Martinszug mitgingen oder gar -ritten.
Ich notierte, das fromme Laterne-Halten und beherzte Mitsingen im Martinszug sei aus erzieherischen Gründen nicht erwünscht, wohl aber das Anfertigen von farbenfrohen, kreativen Laternen, saisonbedingt dann von kostengünstigen Karnevalskostümen. Hier galt wieder die Bitte des Lehrers: NICHT im Karnevalszug mitzugehen, auch wenn es noch so schwerfiel!
Ob jemand von den Vätern sich »freiwillig« als »Nickelaus« zur Verfügung stelle, fragte die Vorsitzende, indem sie sich etwas Kamillentee in den Thermosbecher goß. Nun hatten jedoch alle Eltern die Botschaft verstanden, sich bitte NICHT in kindliche Freuden einmischen zu wollen. Niemand meldete sich.
Ich zeigte hämisch auf Ernstbert, der auf sein Zeitplanbuch gesunken war.
Die Vorsitzende sagte erleichtert: »Sie sind ein Schatz, Herr Schatz!«
Alle lachten, nur Ernstbert nicht. Er zuckte nur kurz in seiner unbequemen Haltung mit dem Kopf und schlief dann weiter.

Ich notierte: »Als freiwilliger Nikolaus stellte sich spontan Herr Schatz zur Verfügung.«
Au weia. Das würde noch Ärger geben.
»Spenden in Form von selbstgemachter Marmelade werden immer gern entgegengenommen!« rief die nimmermüde Pflegeratsvorsitzende dazwischen.
»Im evangelischen Kindergarten haben wir letztes Jahr einen Basar gehabt, da gingen die Sachen einfach nicht weg, die selbstgebastelten!« beschwerte sich eine Mutter in oranger Blümchenbluse und Gesundheitssandalen. »Wochenlang habe ich auf der selbstgemachten Marmelade gesessen, die dann kein Schwein mehr essen wollte!«
Ich strich also den Punkt »selbstgemachte Marmelade« wieder aus dem Protokoll. Meine Steißknochen drückten sich immer heftiger auf das winzige Stühlchen. Ernstbert stöhnte unter Schmerzen, während er im Schlaf eine bequemere Haltung suchte. Der arme Mann. Meinetwegen hätte er zu Hause bleiben können! Aber er wollte ja unbedingt mit.
»Wie is dat eigentlisch hier mit Jetränken?« rief eine, und ich fand, daß das der erste gelungene Wortbeitrag war!
»Ja!« rief ich. »Wie sieht's eigentlich damit aus!«
»Na ja«, sagte Herr Schmitz-Nittenwirm. »Nach der Entrichtung des Kakaogeldes kann innerhalb von drei Tagen in umweltfreundlichen wiederverwertbaren Glasflaschen...«
Ich überlegte kurz, ob Herr Schmitz-Nittenwirm jemals irgend etwas anderes zu trinken pflegte als Kakao in wiederverwertbaren Glasflaschen. Sicher nicht. Er wohnte bestimmt in einem unauffälligen Reihenhäuschen mit gepflegten Blumenbeeten davor, und am Wochenende trieb er sich mit Begeisterung in Bauhäusern und Gartencentern herum. Bestimmt hatte er einen Hobbykeller, in dem er seine Sonntage verbrachte. Dort stand auch die lecker riechende Falzmaschine, mit der er seine vielen umweltfreundlichen Arbeitsblätter durchnudelte. Ich stellte mir vor, mit welcher Hingabe und Liebe er demnächst mein noch anzufertigendes Protokoll durchnudeln und dann in dreißig gierige Kinderhändchen verteilen würde. »Schön der Mutti geben, ja, Julia-Sarah! Und nich vergessen!!«

Irgendwie wurde mir klar, daß ich nicht das Zeug zur Pflegeratsvorsitzenden hatte.
Und auch sonst.
Mir fehlte einfach die sittliche Reife.

Hannes schob mich in sein Zimmer. Es war noch dämmrig, und ein muffiger Geruch schlug uns entgegen. Ich schluckte. Da stand mein Koffer, mitten im Raum. Es gab zwei getrennte Betten, was mich fürs erste sehr erleichterte. In dem einen Bett lag allerdings jemand. Es roch nach muffigem schlafenden fremden Mann. Irgendwie abgestanden. Nach Füßen, die lange gewandert waren, Heimat und Trost suchend.
»Wer ist das?« fragte ich und zeigte auf das röchelnde Bettlaken.
»Scheiße«, sagte Hannes. »Der war gestern abend noch nicht da.«
Wir beäugten kritisch den Menschen, der arglos in unseren vier Wänden vor sich hin schnorchelte.
Er roch wirklich streng.
»Ach Gott«, sagte Hannes. »Das ist der Russe.«
»Welcher Russe?« Ich wollte keinen Russen in meinem Bett. Und erst recht keinen, der schnarchte und streng roch.
»Einer von den Haushofmeistern. Der mit den fettigen Haaren. Der immer Selbstgespräche hält.«
»Im Film oder in echt...?«
»Bitte?«
»...hat der fettige Haare und hält der Selbstgespräche?«
»In echt.«
»Auch das noch.«
Wir schwiegen betroffen.
»Auf russisch oder auf deutsch?« versuchte ich den Faden wiederaufzunehmen.
»Keine Ahnung. Ich hab ihm noch nicht zugehört.« Hannes näherte sich vorsichtig dem Kopfkissen und betrachtete das darauf ruhende russische Haupt.
»Der sollte wirklich mal wieder 'n Ölwechsel machen«, sagte er angewidert.

Ich schluckte. Und das auf MEINEM Kopfkissen!
»Hier schlafe ich keine Minute«, sagte ich entschieden. »Und wenn ich drei Wochen lang stehe.«
»Beruhige dich«, sagte Hannes. »Ich lasse mir was einfallen. Irgendwie müssen wir den entsorgen.«
»Und wie stellst du dir das vor?« wollte ich wissen.
»Wir wickeln ihn in den Teppich und schmeißen ihn aus dem Fenster«, schlug Hannes freundlich vor.
»Das könnte Ärger geben«, gab ich zu bedenken. »Allein schon wegen der Fettflecken im Teppich. Wir könnten ihn wenigstens vorher wecken und fragen, was er sich dabei denkt.«
»Der denkt nicht«, sagte Hannes. »Der ist total blöd.«
Ich tippte beherzt auf des schlafenden Russen Oberarm.
»He, Sie! Was machen Sie hier?«
Der Russe schmatzte.
»Er schmatzt«, sagte Hannes.
»Auch das noch«, sagte ich angewidert.
Hannes faßte sich ein Herz und rüttelte mit aller Kraft am Russenarm.
Der Russe schlug vorübergehend die Augen auf und fragte verwundert: »Schyzn?«
»Das heißt: Wo bin ich?« mutmaßte ich.
»Woher willst du das wissen?«
»Alle Wesen fragen das, wenn man sie weckt. ›Wo bin ich?‹ hauchen sie. Kannste nachlesen.«
»Der hier haucht nicht«, schmollte Hannes. »Der schmatzt.«
Wir prusteten los. Völlig hemmungslos. Der Russe erwachte davon mitnichten. Er lag da in meinem Bett und schnarchte und schmatzte und träumte russische Selbstgespräche ohne Ende.
»Was machen wir jetzt?«
»Lüften.«
Wir rissen die Fenster auf. Erster Morgensonnenschein strahlte herein, begleitet von herrlich frischer südfranzösischer Sommerluft. Im Hotelgarten gab es einen kleinen Swimmingpool, dessen Wasser glatt und blau in der Sonne glänzte. Hinter der Liegewiese lag ein blumenbewachsener Bungalow, dessen grüne Fensterläden geschlossen waren.

»Gibt es hier keinen Hausmeister oder Herbergsvater?« fragte ich. »Wir könnten ihn fragen, wo für mich noch ein Zimmer frei ist.«
»Es ist noch nicht mal sieben Uhr«, sagte Hannes. »Wenn du dich von vornherein unbeliebt machen willst, weck sie alle auf. Aber ich gebe eins zu bedenken: Wir haben gestern nacht bis zwei Uhr gedreht.«
»Ihr habt bis zwei Uhr nachts gedreht? Und du warst um kurz vor fünf in Avignon?«
»War ich«, sagte Hannes. »Mit frischen Croissants.«
»Heißt das, daß du überhaupt nicht geschlafen hast?«
»Heißt es.«
»Kann es sein, daß du jetzt ein bißchen müde bist?«
»Ein bißchen.«
»Dann leg dich doch hin, Stuhlbein«, sagte ich.
»Zu dem Russen?«
»Nein. In das andere Bett.«
»Und du?«
»Ich stell mich ans Fußende und guck dir zu.«
»Abgelehnt.«
»Ich weiß was! Ich geh schwimmen! Keine Widerrede!«
Das war genau das Richtige! Ich hatte unbändige Lust auf klares, kaltes Wasser im Morgensonnenschein.
Hastig kniete ich mich neben meinen Koffer auf die Erde und kramte darin nach meinem Badeanzug und einem Handtuch.
»Und tschüs!«
Bevor Hannes mir noch widersprechen konnte, war ich schon die Treppen hinuntergeschlichen. Draußen zog ich mich in Windeseile um. Ein Blick auf sämtliche verschlossenen Fenster sagte mir, daß ich mich ganz ungeniert wie im Garten Eden bewegen konnte.
Mit einem Kopfsprung begab ich mich ins kühle Naß. Aah, war das wohltuend nach einer Nacht im Liegewagen und im südfranzösischen Linienbus! Das Wasser war kühl und klar, aber nicht zu kalt. Genau richtig.
Ich tauchte einmal längs durchs ganze Becken.
Prustend tauchte ich auf, erwartetermaßen natürlich geradewegs

vor Hannes' Gesicht. Ich wär auch schwer betroffen gewesen, wenn er mir nicht auf dem Fuße gefolgt wäre. Allerdings: Er war noch angezogen. Daß Männer immer so schrecklich langsam sein müssen.
»Na? Kalt?«
»Nee. Wunderbar.« Ich spritzte ein bißchen, und dunkle Wasserpunkte bildeten sich auf seinen Jeans.
»Ich hab eine Badehose gesucht, aber keine gefunden«, sagte Hannes, indem er mit der Hand im Wasser herumstrich.
»Wieso nicht?« fragte ich und schwamm ein bißchen herum, um nicht auszukühlen.
»Weil ich keine mithabe!« rief Hannes vom Beckenrand.
»Und warum hast du dann eine gesucht?«
»Ich hab geglaubt, der Russe hätte eine mit!« schrie Hannes.
»Iiih!« schrie ich zurück. »Und die hättest du im ERNST angezogen?«
»Dem ERNST? Der heißt nicht Ernst!« rief Hannes.
»Wie heißt er denn?« rief ich interessiert zurück.
Es interessierte mich wirklich, wie der arme, heimatlose Russenjunge heißen mochte.
»Der hat keinen besonderen Namen. Aber du kannst ihm ja einen geben!«
»Pscht!« machte ich und schwamm wieder auf ihn zu. »Die Kollegen schlafen. Wieso soll ausgerechnet ich dem armen Jungen einen Namen geben?«
Das war mal wieder typisch für dieses arrogante Kleindarstellerpack. Sie hatten sich nicht mal die Mühe gemacht, den russischen Kollegen nach seinem Namen zu fragen. Er hieß einfach nur »Russe«.
»Wie: armer Junge?!«
»Der arme Kerl muß in einem fremden Bett liegen«, sagte ich vorwurfsvoll. »Keiner hat ihn richtig lieb, und keiner macht sich die Mühe, ihm mal ein bißchen Aufmerksamkeit zu schenken, geschweige denn ein paar nette Worte mit ihm zu sprechen. Und jetzt liegt er da, saft- und kraftlos, und modert ungewaschen vor sich hin. Bäh!«
»Aber jetzt bist du ja da«, sagte Hannes lächelnd.

»Da kannst du Gift drauf nehmen«, empörte ich mich, »daß ich mich um ihn kümmern werde.« Hätte Grete auch gesagt. Kind, kümmer du dich um den. Nicht alle Menschen hatten eine so gediegene Kindheit wie du. Er wird dir ewig dankbar sein.
»Fein«, sagte Hannes. »Das hatte ich gehofft.«
»Aber glaub ja nicht, daß du ihn dann los bist«, sagte ich. »Der braucht Zuspruch und Liebe! Der ist viel zu wenig beachtet worden! Deshalb läßt er sich auch so hängen.«
»Ich hab ja gar nichts dagegen«, sagte Hannes. »Daß du dich um ihn kümmerst. Im Gegenteil.«
»Wir könnten uns ja beide um ihn kümmern«, schlug ich vor. »Als erstes müssen wir ihm einen Namen geben.«
»Bist du sicher, daß du ihn schon genügend angesehen hast?«
»Ich habe einen Eindruck«, antwortete ich.
»Ich hab das Gefühl, du bist enttäuscht von ihm«, sagte Hannes.
»Natürlich bin ich auf den ersten Blick enttäuscht«, sagte ich.
»Und du willst dich trotzdem noch mit ihm abgeben?«
»Ja. Er braucht Zuwendung. Und einen Namen. Wir nennen ihn Pennbacke.«
»Wen?«
»Na, den da drin in meinem Bett!«
»Den RUSSEN?«
»Natürlich, von wem sprechen wir denn die ganze Zeit?«
»Von der wahrscheinlich längsten Praline der Welt«, sagte Hannes beleidigt. »Meiner nämlich!«
Ich stand im Wasser und glotzte ihn fassungslos an. »Größenwahnsinnig bist du wohl nicht?«
»Nein«, sagte er. »Du wirst mir noch recht geben.«
Dann sprang er zu mir ins Wasser. Vollständig bekleidet.
»Gut Ding will Weile haben«, sagte ich unbeeindruckt. »Wir haben noch ein paar Wochen Zeit.«
»Ach Charlie, ich kann dich leiden«, sagte Stuhlbein.
»Ach Stuhlbein, ich dich auch.«
Wir umarmten uns.
Es war der Beginn einer wunderbaren Freundschaft.

Ich erwachte davon, daß etwas Klebriges, Feuchtes, Schwarzes an meiner Wange lag.
»Else!« Ich zuckte angewidert zurück. »Seit wann köttelst du mir aufs Kopfkissen! Habe ich dir so wenig Nestwärme gegeben? Mach dein Geschäft gefälligst in die Kiste... ELSE! Was bringst du mir da...? Pfui, Else, nimm sofort deine Köttel wieder mit! Das habe ich nicht verdient!«
Die Katzenköttel auf meinem Kopfkissen bewegten sich. Sie gaben zarte, hohe Piepstöne von sich.
»O Else! Das sind deine Kinder! Oh, du wunderbares gebärfreudiges Tier! Apportierst mir deine Neugeborenen! Als Zeichen deiner Liebe zu mir! Entschuldige bitte, daß ich sie für was anderes gehalten habe! Nein, wie sind die klein und klebrig! Oh, du machst sie mir zum Geschenk!«
Ich heulte fast vor Rührung.
Else kam und ging in stetigem Schritt. Drei schwarze, daumengroße, blinde Katzenköttelkinder lagen schon auf meinem Kopfkissen. Nun betrat sie das Schlafzimmer mit einem vierten im Maul. Ganz behutsam, ganz stolz, aber völlig untheatralisch trug sie das noch nasse Etwas zwischen den Zähnen und legte es vorsichtig, aber zielbewußt auf meinem Kissen ab.
»Else!« schrie ich. »Laß dir gratulieren! Hast du das alles ganz allein gemacht? Während ich schlief?«
Else blieb tatsächlich kurz stehen, um sich loben zu lassen. Dann nahm sie ihren Gang wieder auf.
»Wie viele bringst du mir denn noch?«
Ich traute mich nicht, aufzustehen, aus Angst, die blinden Köttelchen könnten von der Bettkante rollen.
Else brachte mir noch ein fünftes. Dann sprang sie selbst auf das Kopfkissen und drängte sich zwischen mich und die Kinder.
»Fünf! Fünf kleine Katzenkinder! Und die hast du alle in deinem Bauch gehabt!«
Ich konnte mich gar nicht wieder beruhigen. Enthusiastisch kraulte ich der Wöchnerin das glänzende Fell.
Else drückte ihren Kopf gegen meine Hand und schnurrte heftig.
O ja, sie platzte vor Mutterstolz, und wenn ich schon als Hebamme voll versagt hatte, so war ich doch wenigstens jetzt ihre

einzige Bezugsperson. Ein stolzer Kater, der mit roten Rosen ans Wochenbett treten und Else einen Diamantring mit fünf Edelsteinen an die Pfote drücken würde, war nicht zu erwarten, ebensowenig wie die Hebamme, die praktische Tips fürs Stillen und gegen die Wochenbettdepression geben würde.
Obwohl ich nie das praktische Handbuch »Der kleine Kater wird Vater« zur Hand genommen hatte und somit erst recht nicht das reich bebilderte Sonderkapitel »Meine Muschi, das liebevolle Hausmütterchen« gelesen hatte, spürte ich instinktiv, daß Else nun Zuspruch und Anerkennung brauchte.
»Du hättest mich doch wecken können, altes Mädchen!« sagte ich immer wieder. »Ich hätte doch mit dir die Wehen veratmet!«
Else kniepte geduldig die Augen zusammen.
»Aber wenigstens abgenabelt hätte ich sie dir!« strunzte ich.
Ich wußte, daß meine Katzenfreundin mir nicht glaubte. Else begann, ihre kleinen, klebrigen Köttel abzulecken, einen nach dem anderen. Dabei grub sie die Krallen liebevoll, aber unnachgiebig in das wehrlose Katzenbaby.
»Aber Else!« sagte ich. »Nicht so grob!«
Sie sah mich kurz und strafend an, als wollte sie sagen: »Quatsch nicht so blöd und pfusch mir nicht in meine Erziehung rein. Mach uns lieber Frühstück!«
»Tschuldige, Else«, sagte ich und rappelte mich hoch.
»Hast du heute morgen Lust auf was Besonderes? Schlückchen Sekt oder so?«
Ich trollte mich, splitternackt wie ich war, in die Küche und setzte Kaffeewasser auf. Dann kramte ich eine Dose »Scheba wisch und weg« aus dem unteren Vorratsschrank, öffnete sie und drapierte den herzhaft und kraftvoll nach Nierchen und Pansen duftenden Inhalt liebevoll auf dem Silberpokal, den ich mal beim Tennis gewonnen hatte, und dekorierte das Ganze mangels Minzeblatt mit einem Sträußchen Petersilie.
Mit der Kaffeekanne in der einen und dem Katerfrühstück in der anderen Hand kehrte ich gerade wieder ins Schlafzimmer zurück, als es klingelte.
»Möcht mal wissen, wozu ich dir einen Zweitschlüssel hab ma-

chen lassen«, rief ich fröhlich. Während ich mit dem Ellbogen die Tür aufriß, rief ich begeistert: »Komm ins Bett, Geliebter, und guck dir diesen prallen Segen der Natur an!« Damit stolzierte ich ins Schlafzimmer. Als sich an der Wohnungstür nichts regte, fügte ich noch hinzu: »Trau dich ruhig, Stuhlbein! Du wirst was zu sehen bekommen! Na los, die ganze Pracht liegt auf dem Kopfkissen!«
Keine Reaktion.
Ich lief wieder in den Flur zurück. Was hatte er denn?
»Du hast noch nie so süße, nackte, glänzende, zarte...«
Ich erstarrte.
»Doch«, sagte Ernstbert Schatz und ließ seinen Blick schweifen. »Gerade jetzt.«
»Ach, Sie sind's«, stammelte ich. »Mit Ihnen hatte ich in der Form gar nicht gerechnet...«
»Ich mit Ihnen auch nicht – in der Form«, sagte Ernstbert Schatz und zwinkerte irritiert hinter seinem grauen Brillengestänge mit den Augen. »Aber ich bin angenehm überrascht.«
Ich drückte ihm das Silbertablett mit dem Katerfrühstück und die Kaffeekanne in die Hand.
»Gehen Sie schon mal rein, ich zieh mir nur schnell was an.«
Schon während ich das sagte, bemerkte ich die neue Panne. Da ich ihm den Weg ins Schlafzimmer gewiesen hatte, konnte ich nun nicht mehr splitternackt an ihm vorbeisprinten, die Kleiderschranktür aufreißen und vor seinen erstaunten Augen einen frischen Schlüpfer aus dem Regal zerren.
Jetzt bloß keine Blöße zeigen, Schlotter-Lotte. Tu so, als wär nichts gewesen. Der Mann hat Format. Der tut auch so, als wär nichts gewesen. Ein Gentleman genießt und schweigt.
Ich schlug also den umgekehrten Weg ins Badezimmer ein und lugte hoffnungsfroh in den Wäschepuff. Aber da lagen nur zwei noch klamme Handtücher drin.
Wie nun schöpferisch reagieren?
Ich angelte die zwei Handtücher aus dem Wäschepuff, drapierte eines um meine untere und eines um meine obere Hälfte und schritt mit freudiger Gastgeberinnen-Miene ins Schlafzimmer.

»Wie nett, daß Sie mal wieder vorbeischauen, Herr Dr. Schatz. Mögen Sie eine Tasse Kaffee mit mir trinken? Oder stehle ich Ihnen die kostbare Zeit?«
Ernstbert hockte in seiner unvermeidlichen Polyesterhose neben meinem Bett und betrachtete gedankenverloren die Katzenbrut. Den Kaffee und das Katerfrühstück hatte er auf dem Daniela-Paletti-Kitschroman auf meinem Nachttisch abgestellt. Mit dem rechten Mittelfinger strich er sanft über die noch feuchten Katzenrücken. Er sah richtig rührend aus.
Else hockte vor dem Silbertablett und fraß gierig das edle Katzenmenü in sich hinein. Dabei blickte sie den Herrn Wirtschaftsprüfer aus zusammengekniffenen Augen argwöhnisch an.
Na bitte, dachte ich. Hat sie doch Männerbesuch am Wochenbett. Und dann noch einen Akademiker. Mit Doktortitel. Ist ihr zu gönnen.
Herr Schatz sah kurz auf, als er mich in meinem gewagten Outfit im Schlafzimmertürrahmen bemerkte. Sein leichter Silberblick vergrößerte sich irritiert, aber er vorzog keine Miene.
Quer über dem Busen leuchtete der farbenfrohe Schriftzug »Bornheimer Bauernstuben«, und auf dem Unterteil stand »Parkhotel Pforzheim«.
Es war mir ausgesprochen peinlich, daß er in diesem frühen Stadium unserer Bekanntschaft bereits meinen zwanghaften Hang zur Hotelhandtuchkleptomanie erkannte.
Aber Herr Schatz war ein Mann von Welt. Er erwähnte nicht, daß ich die geklauten Handtücher nicht von der Steuer absetzen konnte. Er überging das Thema geflissentlich.
Ich hockte mich neben ihn auf die Erde und schenkte uns beiden Kaffee ein.
»Also, was führt Sie um diese frühe Morgenstunde zu mir her?« fragte ich gutgelaunt, indem ich ihm die Tasse reichte.
»Du bist ein unglaubliches Weib«, antwortete er, und eine ungeahnte Leidenschaft schwang in seinen Worten mit. Huch! Herr Steuerberater! Was ficht Sie an? »Ich habe noch nie eine so leidenschaftliche Frau erlebt.«
Heftig erschrocken starrte ich ihn an. Wieso duzte der mich plötzlich? Und dann dieses gewagte Vokabular. Was war denn in

meinen Steuerberater gefahren? Welch plumpe Vertraulichkeit! Das mußte sofort abgeblockt werden. Was dachte der eigentlich, wen er vor sich hatte?
»Herr Schatz, ich muß doch sehr bitten«, sagte ich, nicht ohne mich dabei köstlich zu amüsieren. Na warte, dachte ich, Steuerberaterlein. So ja nun nicht. Wer ist denn hier reingeplatzt, du oder ich? Was willst du überhaupt hier, so früh am Morgen? Hast du kein Zuhause? Das hier ist meine Wohnung, und ich darf hier so nackt rumlaufen, wie ich will. Klar, Mann?
Wie würde denn jetzt die geschätzte Kollegin Vera Beate Wondratschek reagieren? Sie wird ja immer mit solchen oder ähnlichen Szenen konfrontiert. Dame von Welt würde ihn jetzt auf der Stelle mit wohl gewählten Worten in seine Schranken weisen.
Vera Beate, überlegen lächelnd, mit wogendem Busenritz über dem seidenen Dekolleté:
»Sie sind hier unerwartet reingeschneit, mein Lieber, nicht ich!! Wenn Sie sich angemeldet hätten, wäre ich selbstverständlich vollständig und perfekt angekleidet gewesen! Also Sie sind es, der mich brüskiert hat, nicht umgekehrt! Glauben Sie also bitte nicht, ich gehörte zu diesen halbseidenen, fragwürdigen Damen mittleren Alters, die morgens um acht halb angezogen auf ihren Briefträger warten...«
»Steuerberater«, sagte Ernstbert.
»Was auch immer Sie sind«, sagte ich huldvoll. »Ich habe nicht auf Sie gewartet. Weder angezogen noch nackt.«
»Aber ich kann dich nicht vergessen«, preßte Ernstbert leidenschaftlich hervor.
»Das müssen Sie auch gar nicht, mein Lieber«, sagte Vera Beate Wondratschek milde und geschmeichelt lächelnd und streichelte ihm sanft das gesträubte Nackenhaar. »Es freut mich sogar außerordentlich, wenn Sie ständig an meine Steuerbelange denken!«
»Charlotte!« schnaufte Ernstbert, während ihm der Schweiß der unerfüllten Leidenschaft ausbrach. »Tu doch nicht so, als wäre nichts gewesen!«
Mir stockte das Herz. Was ist nun? Film oder Wirklichkeit? Vera

Beate löste sich in Luft auf und wehte mitsamt ihrem seidenen Negligé durch die Schlafzimmerdecke davon.
Ich starrte meinen Steuerberater an.
»Wie meinen Sie das:... gewesen?«
»Wir haben... gestern... da drüben, im Wohnzimmer... ich meine, du hast... wir haben...«
»Wir haben WAS da drüben im Wohnzimmer?« fragte ich mit angstvoll schwankender Stimme.
»Du hast angefangen!« sagte Ernstbert wie ein kleiner Junge.
»Womit?« fragte ich bangevoll.
Wir hatten doch nicht WIRKLICH? Ich hatte doch nur daran GEDACHT! Und es war wirklich sehr nett gewesen. Sonst hätte ich diesen langweiligen Abend niemals überstanden! Während er mit nicht enden wollender Gleichmütigkeit langweilige Monologe gehalten hatte! Wir hatten es doch nur in meiner Phantasie getan!! Doch nicht RICHTIG, doch nicht IN ECHT!!!
Ich überlegte kurz, ob ich mir schon wieder alles nur einbildete.
Bestimmt langweilte ich mich schon wieder.
Bestimmt ging schon wieder meine Phantasie mit mir durch. Es regnet immer, und es gibt immer Fisch, und keiner spielt mit mir, und ich muß mich immer langweilen. Schon als Kind hatte ich mich stets in heftige Phantasien geflüchtet. Es gab ja noch keinen Fernseher und kein Videospiel und keinen Game-Boy nicht.
Doch dies hier war kein Gebilde meiner unanständigen Phantasien. Mein Steuerberater saß leibhaftig neben mir auf der Bettkante, kraulte die Katze und stammelte:
»Charlotte, warum willst du es denn nicht wahrhaben? Warum tust du so, als wäre nichts gewesen?«
»Weil nichts gewesen IST«, sagte ich und hatte dabei genau Gretes Tonfall getroffen. Wir HABEN nicht miteinander geschlafen. Nich für Geld dabei! So einen Quatsch will ich nicht hören.
»Herr Schatz«, sagte ich im Originalton Grete. Freundlich, aber bestimmt. Mit einer gewissen höflichen Distanz. »Was auch immer Sie sich einbilden. Sie haben mir bei meiner Steuererklärung geholfen, und wir haben ein Glas Wein zusammen getrunken. Und dann sind Sie nach Hause gegangen. Haben Sie mich verstanden??«

Herr Schatz sah mich kurz aus irritiert zuckenden Augen an.
»Ja«, sagte er dann. »Sie haben es mir ja deutlich genug gesagt.«
Er räusperte sich. »Kann ich mir mal irgendwo die Hände waschen? Ich hab die kleinen Viecher angefaßt.«
Na also, Mann. Endlich hast du's begriffen, daß du dir alles nur eingebildet hast. Wurde aber auch Zeit.
»Ja«, sagte ich, »im Bad. Geradeaus und hinten rechts.«
Er stand auf, was nicht so einfach war bei seiner Größe und seinem Gewicht. Klirrend stellte er die Tasse ab. Else floh erschrocken unters Bett.
Ich für meinen Teil wollte allerdings nicht als Verliererin aus dieser Begegnung hervorgehen.
Plötzlich war Vera Beate Wondratschek wieder da.
»Herr Schatz«, sagte sie freundlich, als der irritierte Steuerberater schon in der Tür stand. »Es ist kein frisches Handtuch da!«
Er drehte sich unschlüssig um.
»Hier, nehmen Sie dieses«, sagte Vera Beate mit zuvorkommendem Lächeln.
Fassungslos nahm er die »Bornheimer Bauernstuben« entgegen.
»Danke, sehr aufmerksam«, stammelte er verlegen und drehte sich hastig um.
Vera Beate Wondratschek legte sich lasziv auf die Kissen zurück und streichelte versonnen die Katze. Draußen hörte sie die Wohnungstür zuschlagen. Ein Siegerinnenlächeln umspielte ihre Lippen.
So ein hitzköpfiger, dummer Junge. Es wurde Zeit, daß der unter die Haube kam.

»Frau Pfeffer? Charlotte Pfeffer? Sind Sie das? Die Frau Dr. Anita Bach aus ›Unsere kleine Klinik‹?«
»Ja«, sagte ich genervt und machte den Kindern ein Zeichen, daß sie den Gartenschlauch nicht ins Wohnzimmer richten sollten. »Was kann ich für Sie tun?«
»Guten Tag erst mal, hier ist die Redaktion ›Weibsbilder‹, Dora Döring mein Name – kennen Sie die Sendung?«
»Welche Sendung?«

»Weibsbilder! Mit Jochen Mücke!«
»Tut mir leid...«
»Na egal, macht nichts. Wir kennen Sie!«
»Ja... und? ERNIE!! Nicht ins Wohnzimmer spritzen!!«
»Wir machen eine Sendung über starke Frauen. Außergewöhnliche Frauen, Frauen, die unkonventionelle Dinge tun...«
»Ich tue keine unkonventionellen Dinge«, sagte ich. »Leider. – Ernie, wenn du nicht sofort mit dem Spritzen aufhörst, verhaue ich dir den Arsch!!«
»Sehen Sie«, lachte Frau Weibsbild, »das gefällt mir. Frauen, die mit beiden Beinen im Leben stehen und trotzdem Karriere machen. Wir würden Sie gern zu unserer Sendung einladen!«
Ich hatte keine Lust, mit der Dame darüber zu diskutieren, ob und mit wie vielen Beinen ich im Leben stand. Auch über meine Karriere wollte ich mich nicht auslassen. Was ging es Frau Dora an, in welchem Ausmaß meine Karriere erreicht war, die ich mir einmal erträumt hatte! Frau Dr. Anita Bach in »Unsere kleine Klinik« war es bestimmt nicht, wonach ich ein Leben lang getrachtet hatte.
Und doch: Sie luden mich ein! Das brachte doch mal frischen Wind in unseren angestaubten Alltag!
»Wo sitzen denn Ihre Weibsbilder?«
»In München.«
»München ist meine Lieblingsstadt. Allein die Größe der Biergläser im Vergleich zu denen in Köln...«
»Sie kommen also?«
»Kommt drauf an, wann! Unser Terminkalender ist bis zum Bersten voll!«
»Nächsten Mittwoch, wenn es Ihnen paßt. Unsere Sendung ist immer mittwochs, und diesmal geht es um den klassischen Mutter-Tochter-Konflikt.«
»Tut mir leid, das geht nicht. Erstens habe ich keinen klassischen Mutter-Tochter-Konflikt, und zweitens gehen die Kinder mittwochs immer zu Herrn Eberlein in die Singschule. Das ist unheimlich wichtig für ihr frühkindliches musisches Kreativitätspotential...«
»Die Kinder können Sie gerne mitbringen! Das SOLLEN Sie so-

gar«, beeilte sich Frau Dora zu sagen. »Wir laden immer Menschen aus dem sozialen Umfeld unserer ›Weibsbilder‹ ein. Das macht die Sendung ja so interessant!«
»Ja, schon. Aber: Schreiben SIE mir eine Entschuldigung für Herrn Eberlein?«
»Natürlich schreiben wir Ihnen eine Entschuldigung für Herrn Eberlein. Für uns ist das eine Kleinigkeit, wie Sie sich denken können«, beruhigte mich die Redakteurin. »Was glauben Sie, wie viele Entschuldigungen wir jede Woche für unsere Teilnehmer schreiben! Dafür haben wir ein eigenes Büro!«
»Na gut«, lenkte ich ein. »Dann komm ich.«
Vielleicht wurde dieser Mittwoch abwechslungsreicher als die anderen Mittwoche meines Chauffeur-Daseins. Besser, mit den Kindern nach München zu fliegen, als sie zur Singschule zu fahren und nach einer Stunde wieder abzuholen. Aus pädagogischen Gründen war es nämlich nicht erwünscht, bei der Singschulprobe zuzuhören oder gar mitzusingen. Ich mußte mich während der Singschulprobe immer langweilen, und keiner spielte mit mir! Obwohl mir sehr danach gewesen wäre, den beseelten Bariton dieses rüstigen Herrn Eberlein durch beherztes Mitsingen zu unterstützen.
»Ein kleiner Hund mit Namen Fips!« inbrünstelte er allwöchentlich in sein Harmonium, und die freizeitgebeutelten Vorschulkinder hockten beinebaumelnd auf ihren Schulbänken und gähnten. Mehrmals war mein Ernie schon während der Singschule eingeschlafen und fast von seinem Stuhl gefallen. »Von gelb und roter Seide!« intonierte Herr Eberlein dann mit Vehemenz, und Ernie zuckte zusammen und ertrug noch »Die Tante aber hat, o denkt«, während ihm fast die Äuglein zufielen.
Bert litt auch still vor sich hin und sehnte sich nach seinem Computerspiel, aber ich bestand darauf, daß die Kinder die unwiederbringliche Möglichkeit einer guten deutschen Liedgutübermittlung nutzten. Wir als Kinder hatten das schließlich auch gemußt. Und mit uns hatte KEINER am Harmonium geübt. Nich für Geld dabei.
Die unerträgliche Zeit des Alleinseins verbrachte ich mittwochs normalerweise immer damit, das Altpapier in den Container zu

stopfen und das Altglas in die dafür vorgesehenen Löcher in säuerlich riechende, von besoffenen Wespen umschwärmte Eisenbunker klirren zu lassen. Hausfrau-und-Mutter-Sein ist so toll! Man hat so viele Möglichkeiten, die Wartezeiten sinnvoll zu überbrücken!! Das schult das weibliche Organisationstalent!
Trotzdem: Warum nicht mal einen Mittwoch ganz anders verbringen?
Mir war plötzlich nach einem Trip nach München. Ich stellte mir vor, wie ich mit den Kindern Hand in Hand über den Viktualienmarkt bummeln und ihnen die exotischen Früchte aus aller Welt erklären würde.
»Könnten Sie auch noch Ihre Frau Mutter mitbringen?« fragte Frau Dora. »Wie gesagt, es geht um den klassischen Mutter-Tochter-Konfl...«
»Grete kann nicht«, sagte ich. »Die hat mittwochs immer Laienspiel.«
»Ja, aber wenn wir Sie bitten, sich zum Mutter-Tochter-Konflikt zu äußern, dann würde es natürlich sehr sinnvoll sein, wenn auch Ihre Frau Mutter zu dem Thema Stellung nehmen könnte!«
»Aber ich sagte es Ihnen doch: Wir haben keinerlei Konflikt! Nie gehabt! Wir werden stumm in der Ecke sitzen und uns immer langweilen!«
Wie wir das immer tun, dachte ich, wenn einer 'ne Rede hält oder Geige spielt. Und dann fangen wir an, zu lästern und albern zu werden, und dann ist die ganze Sendung im Eimer.
»Es gibt wahnsinnig viele Menschen, die in unserer Talk-Show zu Gast sein wollen. Ihnen ist ganz egal, zu welchem Thema sie eingeladen werden. Hauptsache, sie kommen mal ins Fernsehen...«
»Ja, aber LIEBE Frau! Ich bin dauernd im Fernsehen! Jeden Nachmittag um vier!«
»Und Ihre Mutter? Ist die auch jeden Nachmittag im Fernsehen?«
»Nein.« Jetzt mußte ich fair sein. Alles was recht war.
»Also. Jetzt denken Sie mal nicht nur an sich, sondern auch an Ihre Mutter. Bieten Sie ihr einen netten Nachmittag in München. Sie werden es nicht bereuen.«

»Wir haben keinen Mutter-Tochter-Konflikt«, beteuerte ich noch mal. »Ich wüßte nicht, was wir zu dem Thema beizutragen hätten!«
»Ach, vielleicht fällt Ihnen doch ein KLEINES Konfliktchen ein«, bettelte Frau Dora. »Nur ein ganz kleines. Wenn Sie sich freundlicherweise die Mühe machen würden, einmal in aller Ruhe mit Ihrer Frau Mutter darüber nachzudenken, ob Sie nicht doch mal irgendwann ein winziges Mutter-Tochter-Konfliktchen hatten? Es kann auch was ganz Unbedeutendes sein, etwas, das Jahrzehnte zurückliegt...«
»Aber warum wollen Sie unbedingt etwas zum Mutter-Tochter-Konflikt hören?« fragte ich. »Man könnte doch auch so ein bißchen nett plaudern.«
»Unsere Sendung am nächsten Mittwoch befaßt sich speziell mit dem Mutter-Tochter-Konflikt«, sagte Frau Dora geduldig. »Wir haben Frauen eingeladen, die entweder eine Mutter oder eine Tochter haben. Da Sie als unser prominenter Gast nun leider nur Söhne vorweisen können, müssen wir auf Ihre Mutter zurückgreifen. Hauptsache, wir bekommen Sie als prominenten Gast. Denken Sie doch bitte daran: Die Menschen, die täglich ›Unsere kleine Klinik‹ sehen, die schauen sich auch unsere Sendung an. Das erhöht die Einschaltquoten ungemein.«
»Na gut«, sagte ich. »Weil Sie es sind.«
Das war ich der pfiffigen Redakteurin doch schuldig. Wenn sie mich schon in ihre Sendung einlud und noch eigenhändig eine Entschuldigung für Herrn Eberlein schrieb, mußte ich auch ein kleines bißchen guten Willen zeigen und mein Privatleben vor einem Millionenpublikum ausbreiten. Das war doch nur eine Spur von Entgegenkommen! Wo sie mir und den Kindern UND Grete schon die Flugkarten spendieren wollte!
Ernie hielt den Schlauch inzwischen auf die Fensterscheiben. Das Wasser preschte in hartem Strahl gegen das Glas und hinterließ interessante Spuren auf der Scheibe. Es prasselte so laut, daß man sein eigenes Wort nicht mehr verstehen konnte. Ich ließ ihn gewähren. Kreative Kinder brauchen das, daß sie frischgeputzte Scheiben bespritzen und Krach machen. Das ist ein ganz natürlicher Vorgang des Erfahrens und Begreifens. Und ihre Muttis

sollen ihnen nicht dabei zusehen. Später im Leben werden sie freie und selbstbewußte Menschen sein, wenn sie als Sechsjährige ungehindert Fensterscheiben bespritzen durften. Und wenn Ernie und Bert mal in eine Talk-Show »Knackige Kerle« eingeladen werden, wird ihnen zum Thema »Mutter-Sohn-Konflikt« überhaupt nichts einfallen! Sie werden völlig konfliktlose, langweilige, öde Burschen sein, die niemand in seiner Talk-Show haben will!
Anders ich! Geknechtet, unterdrückt und fremdbestimmt, wie ich war, durfte ich niemals Wasserschläuche gegen Wohnzimmerfenster halten!
»Ich werd sehn, was sich machen läßt«, schrie ich ins Telefon. »Irgendein Konflikt fällt mir schon ein!«
»Wir wußten, daß wir auf Sie zählen können«, jubelte Frau Dora am anderen Ende der Leitung begeistert. »Also, wir erwarten Sie und Ihre Frau Mutter MIT beiden Kindern zu unserer Sendung am nächsten Mittwoch! Die Flugtickets schicken wir Ihnen postwendend. Unser Produktionsfahrer holt Sie ab!«

»Grete, ich glaube, ich kriege ein Kind.«
»Du kriegst kein Kind. So einen Quatsch will ich nicht hören.«
Grete hatte schon immer durch schlichtes Negieren alles aus der Welt geschafft, was ihr nicht in den Kram paßte. Wahrscheinlich hatte sie selbst bis kurz vor der Niederkunft zu ihrem Arzt gesagt: »Ich KRIEGE kein Kind. So einen Quatsch hör ich mir nicht an«, bis sie dann doch die ersten Wehen verspürte.
Sie wollte Schauspielerin werden, und ich kam ihr damals leider in die Quere. Ich kann nicht behaupten, daß ich das mit Absicht oder gar aus Schadenfreude getan hätte. Ich habe mir, ehrlich gesagt, gar nichts dabei gedacht, als ich auf die Welt kam! Ich kam einfach auf die Welt, und – peng! – hatte ich meiner schönen und hochbegabten Mutter die Karriere vermasselt.
Sie ist nie Schauspielerin geworden, und daran war ich schuld, ich ganz allein. Einfach auf die Welt kommen und ihr die Karriere zunichte machen. Das tut man einfach nicht. Wenn das jeder machen wollte. Wo kämen wir denn da hin.
Leider ließ sich übrigens damals nicht so ohne weiteres ein pas-

sender Vater auftreiben. Grete hatte noch nicht die Möglichkeiten, die es heute gibt. Sie hängte also keinen Zettel ans schwarze Brett der Kunsthochschule: Suche Mann, der mit mir und meinem Kind zusammenleben will. Und dann die Telefonnummer zwanzigmal zum Abreißen. Man handhabte das in den sechziger Jahren noch nicht so unkompliziert wie heute. Man war damals einfach noch nicht aufgeschlossen für »Kindsvater-Leasing« oder »Rent a man«.
Damals wollten Frauen, wenn ich Grete Glauben schenken durfte, noch von einem Mann VERSORGT werden! Dafür boten sie demütige Dienstleistungen ohne Ende!
Auf diese Art von Arbeitsvertrag hatte Grete keine Lust, was ich ungeheuer fortschrittlich von ihr finde. Sie hatte zwei Männer gekannt, wie lange und wie ausführlich, war sie nicht bereit, mir mitzuteilen. Jedenfalls kamen zwei für den entsprechenden Zeitpunkt in Frage. Wenn das nicht fortschrittlich von Grete war!
Ich bewunderte sie heimlich, aber sie wollte nie über diese Sache sprechen. Zumal die Herrschaften beide nicht zum Heiraten zur Verfügung standen. Aus, Ende, kein Wort mehr, nich für Geld dabei und Haue obendrein.
Daß sich Grete damals nicht demütig und dankbar an irgendeines kleinen Beamten mickrige Brust warf, um ihm die beigegrauen biederen Anzüge instand zu halten und ihm täglich sein Erbsen-und-Möhren-Durcheinander in dem blechernen Henkelmann mit ins Büro zu geben, fand ich ebenfalls fortschrittlich. Sie hatte meine vollste Hochachtung. Nur, die Zeiten waren damals anders!
Grete versuchte also selbständig zu sein. Sie bekam einen Job bei der Kirche, als Sekretärin im Pfarrbüro. Man kümmerte sich um sie. Und sie engagierte sich. Für mich als ihr kleines, goldiges uneheliches Anhängsel war auch immer gesorgt: Ich sehe mich noch in des gutmütigen alten Pfarrers Wohnstube sitzen und mit Hingabe seine Teppichfransen kämmen, ich rieche noch den Rauch seiner langen braunen Zigarren, ich höre noch die altjüngferliche Stimme seiner beherzten Haushälterin, mit der ich in der Waschküche am Zuber stehen und »Herr, wir

kommen schuldbeladen« singen durfte. »Herr, wir kommen schuldbeladen« war jahrelang mein Lieblingslied. Ich kannte nichts anderes als Kirchenlieder. Aber sie waren schön und wurden stets live und mit Inbrunst in diesem Pfarrershaushalt gesungen. Tante Feldblume, die Haushälterin, war für mich so etwas wie eine Oma. Sie hatte mich gern um sich, brachte ich doch etwas Abwechslung in den ansonsten leicht angestaubten Pastorshaushalt.
Mit drei Jahren kam ich in den Gemeindekindergarten und lebte dort wie die Made im Speck. Ich war einfach das Kirchenkind. Ich gehörte zum Inventar. Es fehlte mir an nichts. Ich hatte Freunde, Spielgefährten und soziale Kontakte. Grete mußte nicht mit mir zur frühkindlichen Selbsterfahrungs- und Krabbelgruppe fahren und nicht zum Singen und nicht zum Ballett. Das soziokulturelle Angebot war sozusagen im Haus. Später half ich ihr bei ihren Büroarbeiten, verschickte Pfarrbriefe und machte Botengänge. Ich war ein aufgeschlossenes, kontaktfreudiges und fröhliches Kind. Von Gretes einstiger Lebensfreude blieb allerdings viel auf der Strecke. Sie war die Pfarrerstippse und nicht die Schauspielerin, die sie so gern hätte werden wollen. Ich durfte sie übrigens nie Mama nennen. Sonst wären vielleicht unangenehme Fragen von allen Betschwestern gekommen, die mit Demuts-Kapotthut in »unserem« Haus ein und aus gingen. Onkel Pfarrer und Tante Feldblume und Grete und ich. Für mich war das total normal. Versorgt waren wir.
Aber beGEIStert war Grete nicht. BeGEIStert wäre sie gewesen, wenn sie Schauspielerin geworden wäre.
Klar also, daß sie nun, ein Vierteljahrhundert später, kein bißchen froh war, als ihre haßgeliebte Schlotter-Lotte beim Tellerspülen beiläufig erwähnte:
»Ich glaube, ich kriege ein Kind.«
Du kriegst kein Kind. Nich für Geld dabei.
»Woher willst du das überhaupt wissen?« fragte Grete schließlich. Wir schlurften auf Socken durch die Küche. Fünf junge Katzenkinder robbten lebensfroh durchs Dasein. Wir wollten keines zertreten.
»Ich war beim Arzt«, sagte ich bedauernd.

»So einen Blödsinn will ich nicht hören«, sagte Grete böse. Mit Vehemenz wischte sie den Spülstein blank. »Du warst nicht beim Arzt.«
»Es IST aber so. Ich krieg ein Kind. Ich hab es schließlich schwarz auf weiß!«
»Du hast es SCHRIFTLICH?« Grete sank auf einen Stuhl.
»Tut mir leid, Grete. Ich hab schon einen Mutterpaß.«
»Du hast keinen Mutterpaß. So einen Quatsch will ich nicht hören. Wir hatten schließlich damals auch keinen Mutterpaß. Du willst dich nur wichtig machen.«
Grete stand beherzt wieder auf. So was GAB es einfach nicht. Daß junge unverheiratete Dinger, die gerade von der Schauspielschule kamen und nicht die LEISESTE Hoffnung auf ein Engagement hatten, als erstes einen Mutterpaß mit nach Hause brachten. NICHT in den Achtzigern. Nicht, nachdem ihr das alles auch schon passiert war.
NICHT mit ihr, Frau Grete Pfefferkorn, die im Kirchenvorstand war und somit keine praktische Lösung vorzuschlagen hatte.
Völ-lich ausgeschlossen. Kommaher, ich knall dir eine.
Sie sank wieder auf den Küchenstuhl.
Ich schnappte mir eines der Katzenkinder und setzte mich damit an den Tisch.
Es taperte tolpatschig zwischen den Tellern und Tassen hindurch und ließ sich auf Gretes Schoß plumpsen.
Sie streichelte es geistesabwesend.
Ein süßes, goldiges, flauschiges Katzenkind. Eins von fünfen, die mir jeden Tag ununterbrochen in die Wohnung pinkelten, am Vorhang rissen, die Katzenstreu verschleuderten, die Sessel anknabberten, den Schrank zerkratzten, den Teppich im Wohnzimmer vollkackten und im Wäschepuff an den Schlüpfern nagten. Und die regelmäßig zu Else auf den Durchlauferhitzer kletterten, um sich dort an den Zitzen um den besten Platz zu balgen und das arme Muttertier unter Gedrängel und Gequietsche völlig auszulutschen.
Und so was blühte mir.
In der Blüte meines Lebens.
»Von wem?«

Gretes Mund war zu einem schmalen Strich geworden.
Ich beschloß, zum Angriff überzugehen.
»Das sagst du ja auch nicht. Und ich frage nicht.«
Schweigen. Grete kraulte das Katzenkind. Ihre Augen füllten sich mit Tränen.
Sie sah mich an. »Also? Von wem?«
»Hannes«, sagte ich. »Kennst du nicht.«
»Das unreife Bürschchen? Mit dem du in Frankreich warst?«
»Ja.«
»Der kann dich nicht ernähren.«
»Nein. Wie kommst du darauf, daß er mich ernähren soll?«
»Und wer soll dich dann ernähren? Das darf doch nicht wahr sein! Daß du mir das antust!«
»Ernähren«, äffte ich. »Ich hab einen Beruf. Dich hat schließlich auch keiner ernährt. Und da warst du immer stolz drauf.«
»Aber du bist keine Kirchentippse!« schrie Grete aufgebracht. »Und Onkel Pfarrer und Tante Feldblume sind lange tot!«
»Ich wollte auch lieber in MEINEM Beruf arbeiten«, sagte ich lasch. »Nicht als Kirchentippse.«
»Eine SCHWANGERE Schauspielerin OHNE Engagement! Stellt auch noch ANsprüche!«
»Ja. So was soll vorkommen.«
»Und wer nimmt das Kind? Glaub JA nicht, daß ich das Kind nehme! Glaub das nur JA nicht! Nich für Geld dabei!«
»Ich hab trotzdem nicht vor, es zur Adoption freizugeben«, heulte ich.
In Anbetracht meines besonderen Umstandes ließ Grete diese Bemerkung ungestraft im Raume stehen. Sie betrachtete das Katzenkind, das sich in ihrem Arm eingerollt hatte. Es war Erwin. Der mit dem grünen Geschenkband um den Hals.
»Weiß er's schon?«
»Wer? Hannes? Nein.«
»Und? Wie stellst du dir das jetzt vor?«
»Ich werd Hannes nichts sagen. Er ist so jung und unschuldig...«
»UN-schuldig nennst du das! Wenn er dich schwängert, UN-schuldig!«

»Ich hab ihm gesagt, daß ich die Pille nehme!«
»Und? Warum hast du sie nicht genommen?«
»Ich hab sie doch genommen!«
»Anscheinend nicht!!«
»Doch. Fast jeden Tag.«
»Du hast sie also vergessen. Einfach vergessen. Mit fünfundzwanzig Jahren.« Grete konnte es nicht fassen. »Und was soll nun werden? Wen gedenkst du zu heiraten?«
»HEIRATEN!« schrie ich in Panik. »Was willst du mir da zumuten!!«
»Ich will nur, daß es dir besser geht als mir«, sagte Grete. Ihr Mund verzog sich zu einem schmalen Strich.
»Ich kann doch nicht einfach jemanden heiraten, nur weil ich ein Kind kriege...«, begehrte ich auf.
»Wir werden gemeinsam eine Lösung finden«, sagte Grete plötzlich zuversichtlich. »Ich glaube, ich kann dir zu einem Job verhelfen.«
»Ja, wirklich? Als Tippse?«
»Als Schauspielerin.«
»GRETE! Das würdest du wirklich tun??«
»Ich kenn da jemanden«, sagte Grete geheimnisvoll, »der ist mir noch einen Gefallen schuldig.«
»Erzähl! Mach's nicht so spannend!!«
»Aber NUR unter einer Bedingung!!«
»Und die wäre...?«
»Du triffst dich noch mal mit dem netten Ernstbert Schatz.«
Uff. Der hatte mir gerade noch gefehlt. Ausgerechnet der.
»Na gut«, sagte ich schließlich. »Also, was ist das für ein Job?«
»Es geht um eine Serie. Sie läuft nächstes Jahr in Deutschland an. ›Little Hospital‹ ist fünfundzwanzig Jahre lang sehr erfolgreich in Amerika gelaufen. Ich weiß das so genau, weil ich selbst damals... na, lassen wir das. Jetzt hat der Privatsender ›Vier Minus‹ sie eingekauft.«
»Du kennst da jemanden? Bei VIER MINUS?? Grete, sprich! WER ist dir noch einen Gefallen schuldig?«
»Top-secret«, sagte Grete. »Glaub mir, es ist besser, wenn du nichts darüber weißt.«

»Eine Serie auf ›Vier Minus‹…?«
»Du kriegst genau EINE Chance. Die hatte ich damals nicht. Ich besorge dir einen Vorsprechtermin. Da gehst du hin!«
»Aber ich bin schwanger! Sie könnten es merken.«
»Bis jetzt sieht man es noch nicht. Du gehst so bald wie möglich hin. Wenn du den Job hast, können sie dich nicht mehr feuern. Die Serie beginnt sowieso erst nächstes Jahr. Sie suchen junge Schauspieler im Moment. Junge, unverbrauchte Gesichter. Das ist deine Chance.«
»In Ordnung«, sagte ich. »Find ich kulant von dir.«
»Wir beide machen das schon«, sagte Grete entschlossen und stand auf. »Die Serie wird dir gefallen. Sollst mal sehen. Lieber ein anständiges Handwerk als ein schlechtes Kunstwerk.«
Amen, dachte ich. Grete hat gesprochen.
Grete schickte sich an zu gehen. »Mach's gut, Schlotter-Lotte.«
»Vorsicht!« rief ich.
Irgendeine Beule robbte unter dem Bastvorleger herum.
Wir beobachteten den Maulwurf, der unschlüssig hin und her kroch. Schließlich ging ich in die Hocke und hob den billigen Küchenteppich an. Es war Margot, das Katzenkind mit dem lila Geschenkband, das sich blindwütig unter dem Küchenteppich vorarbeitete. Bestimmt hatte es sich verlaufen.
»Hallo, Margot«, sagte ich, indem ich das flauschige Bündel hochnahm. Margots kleine Krallen bohrten sich haltsuchend in meinen Unterarm.
»Kannst du dir vorstellen, daß du bald dein eigenes Baby hältst?« fragte Grete.
»Nein«, sagte ich. »Du?«
»Ja«, sagte Grete. »Und ich freu mich drauf.«
Wir lagen uns in den Armen.

Als wir in München landeten, sahen wir gleich den freundlichen Abholer vom Geiselgasteig. Er hielt ein Schild hoch: »Geknechtete-Töchter-Talk!«
»Da gehen wir nicht hin«, sagte Grete. »Mit diesen Leuten haben wir nichts zu schaffen.«

Ich fand es auch ein bißchen übertrieben. Der junge Produktionsfahrer hätte uns ja auch ETWAS dezenter empfangen können.
»Wir schicken die Jungs«, entschied Grete. »Die können ihm ausrichten, daß wir ihn erkannt haben. Wenn er das Schild runternimmt und unauffällig zum Parkplatz geht, kommen wir hinter ihm her.«
Anscheinend waren wir aber nicht die einzigen »Weibsbilder«, die zum Thema »Mutter-Tochter-Konflikt« am Flughafen erwartet wurden.
Es gesellten sich einige Frauen und Kinder zu dem Mann, die aus unterschiedlichen Richtungen kamen. Sie sahen zum Teil ziemlich abenteuerlich aus. Einer Frau fehlten vorn zwei Zähne. Die Kinder hatten fast alle Sascha-Schwänzchen am Hinterkopf. Das Sascha-Schwänzchen an sich ist schon ein eindeutiger Hinweis auf die soziale Herkunft, wie Grete sicher wußte. Wir sind keine Pro...?
...leten. Ich fühlte mich unbehaglich.
Wären wir doch lieber zu Herrn Eberlein in die Singschule gegangen! In diesem Moment wünschte ich mir nichts sehnlicher, als einen großen Packen voller Altpappe in den Container zu stopfen und mir dabei einen Fingernagel abzubrechen wie sonst immer.
Wir standen unbehaglich herum und starrten auf die Ansammlung von Frauen und Kindern, die immer größer wurde. Schließlich schienen nur noch wir zu fehlen.
Wir drückten uns unauffällig am U-Bahn-Fahrplan herum.
»Wir könnten einfach abhauen«, raunte ich Grete zu.
Ernie und Bert rannten begeistert auf den Kofferbändern umher.
»Eine Mutter mit Tochter fehlt noch«, hörten wir den Produktionsfahrer rufen. »Die Prominente!«
»Das tu ich mir nicht an«, sagte Grete. »Nich für Geld dabei.« Sie schickte sich an, freundlich, aber bestimmt im U-Bahn-Schacht zu verschwinden.
Inzwischen hatten sich große Menschenmengen neugierig versammelt, um die geknechteten Töchter und deren skrupellose

Mütter aus der Nähe zu betrachten. Zwei der Teilnehmerinnen stritten bereits auf dem Flughafen heftig miteinander.
»Du hast mich in ein Heim gesteckt!«
»Das ist nicht wahr! Aber ich hatte doch deinen verdammten Vater auf dem Hals, den versoffenen alten Hurenbock! Ich wollte, daß er die Finger von dir läßt!«
»Bitte, meine Damen«, sagte der Produktionsfahrer. »Heben Sie sich das doch für die Sendung auf!«
»Können wir dann jetzt endlich fahren?« schrie die Frau mit schriller Stimme haßerfüllt. »Ich will meiner Mutter endlich mal die Meinung sagen!«
»Paß auf, daß du dir keine fängst!« keifte die Mutter heiser zurück, mußte sich aber unterbrechen, weil ein heftiger Raucherhusten sie überfiel.
»Wir warten nur noch auf Frau Dr. Anita Bach«, sagte der Produktionsfahrer kaugummikauend. »Sie kommt mit ihrer Mutter.«
»Die SCHAUSPIELERIN?« schrie eine ältere Frau mit Kopftuch. »Die steht da vorne am U-Bahn-Fahrplan!«
»Ist die denn auch eine geknechtete Tochter?« fragte eine andere.
»Nein, aber vielleicht ist sie eine grausame Mutter! Guckense doch mal, wie verwahrlost ihre Kinder auf dem Kofferband rumfahren! Sie kümmert sich kein bißchen drum! Gleich plumpsen die beiden in den Gepäckcontainer, und dann sindse weg! Dann kommen sie tiefgekühlt in Bangkok an!«
»Ernie und Bert«, rief ich, während mir der kalte Versagensschweiß ausbrach. »Kommt da runter! Unser Abholer ist da!«
»Der steht da schon die ganze Zeit«, sagte Bert ungerührt. »Warum holt er uns denn nicht ab?«
Ernie mußte erst noch die Nummer zu Ende bringen, die er gerade inszenierte. Mit einem imaginären Schwert hieb er auf alle Gepäckstücke ein, die ihm jetzt entgegenkamen. »Ihr elenden Dinosaurier! Ergebt euch! Ich bin stärker als ihr!«
»Ernie!« schrie ich genervt. »NICH auf die Koffer hauen! Die gehören uns nicht!«

Der Produktionsfahrer lächelte erfreut.
»Ach, da sind Sie ja. Warum sagen Sie denn nichts! Folgen Sie mir bitte.«
»Könnten Sie bitte das Schild runterhalten?« flüsterte ich vorsichtig. Dann wandte ich mich rückwärts in den U-Bahn-Schacht: »Grete! Du kannst rauskommen!«
»Aber wir sagen NICHTS zum Thema Mutter-Tochter-Konflikt«, sagte Grete zu dem Produktionsfahrer.
»Nee«, sagte Bert, während er in den Wagen kletterte.
»Nich für Geld dabei.«

Ich war gerade dabei, die Katzenstreu in der ganzen Küche einzusammeln, und kroch auf allen vieren über den billigen selbstklebenden Plastikfußboden. Die Katzenkrümel bohrten sich in Hände und Knie. Außerdem meinte ich, beim Einatmen des Katzenpipiaromas einen ziemlich deutlichen Brechreiz zu verspüren. Jetzt war ich also wirklich schwanger! Ich hielt inne, als ich meinen Freund Stuhlbein zur Tür hereinkommen hörte.
»Charlie, ich hab eine sagenhafte Nachricht für dich.«
»Ja?« sagte ich und krabbelte unter dem Küchentisch hervor. Langsam richtete ich mich auf. Mir war ein bißchen schwindelig. Der Kreislauf.
Hannes zog sich an der Tür die Schuhe aus und stelzte in den Flur. Auf Socken hielt er Eintritt in die Küche. In der Hand hatte er eine Flasche Sekt.
»Und?« Ich strich mir die Hand an der Hose ab.
»Ich hab das große Los gezogen«, strahlte Hannes.
»Du wirst Vater«, sagte ich.
»Viel besser!« strahlte er. »Ich hab beim ZDF vorgesprochen.«
»Und?«
»Sie nehmen mich.«
»Toll. Als was?«
»Als Hauptdarsteller. Charlie, ich kriege die HAUPTROLLE!« Er nahm mich um die Hüfte und schwenkte mich einmal durch die Küche.
»Vorsicht! Bist du verrückt! Die Katzenkinder!!«

»Ach so, Entschuldigung.«
»Was für eine Hauptrolle?«
»›Der Schlendrian.‹ Viermal sechzig Minuten. Mit Hilde Kreisel und Dieter Streck.«
»Stuhlbein!« entfuhr es mir. »Das ist ja Wahnsinn! Das wird dein internationaler Durchbruch!!«
»Sie verfilmen den Bestseller von dieser Daniela Dingskirchen, ich weiß nicht, wie die heißt.«
Natürlich. Das ZDF verfilmte aktuelle Bestseller und nicht Endlosserien, die seit Jahren täglich in Amerika liefen. Das ZDF doch nicht.
Hannes war zu Höherem berufen. Ich hatte es geahnt.
Natürlich wußte ich genau, wen er meinte: Daniela Paletti, die einen Reißer nach dem anderen auf den deutschen Buchmarkt katapultierte. Und deren Romane alle deutschen Frauen jedes Alters heimlich unter der Bettdecke lasen. Ich natürlich auch.
»Drei Flöhe sind mehr als genug« hieß der jüngste Daniela-Paletti-Schinken, auf dem eine glückliche junge Frau abgebildet war, die drei goldige Lockenköpfchen tätschelte. Es ging um einen millionenschweren Fabrikbesitzer und dessen selbstloses Kinderfräulein Gerda. Irgendwie verliebten sie sich ineinander, aus welchen Gründen auch immer, denn sie lehnten des Abends versonnen am Kamin und starrten in die knisternden Flammen. Und dann bemerkte sie einen verbitterten Zug um seine herben Lippen, denn da gab es noch eine adlernasige Cousine dritten Grades, die den Haushalt samt Kindern und Millionär zu übernehmen trachtete und heimlich des Fabrikbesitzers Briefe an das Kinderfräulein fälschte. Ich heulte ununterbrochen in mein Kopfkissen, während ich dieses Werk mitsamt einer ganzen Schachtel Konfekt verschlang. Zum Glück fiel die Adlernasige am Schluß während eines Gewitters vom Scheunendach, und so konnte der Fabrikbesitzer das selbstlose Kinderfräulein Gerda am Schluß ohne weitere Zuvorkommnisse ehelichen. Ich gierte bereits nach dem nächsten Alles-Paletti-Schinken.
Der »Schlendrian« war schon in allen Buchhandlungen groß angekündigt, und nun wurde er mit MEINEM Hannes in der Titelrolle verfilmt!!

»Was ist das denn für 'ne Story?« fragte ich.
»Also, das Beste daran ist: Es spielt in Amerika! Er ist so'n Hansdampf in der Bucht von San Diego, fährt Motorrad und hat ein Rennboot und surft im Pazifik – ja, was glaubst du! Sie brauchen einen Sportlichen!! – und schwängert jedenfalls aus Versehen die Krankenpflegerin seiner Oma«, sagte Hannes.
»Das Schwein«, murmelte ich erschüttert.
Ein ganz typischer Daniela-Paletti-Stoff. Sagenhaft, wo die ihre Ideen immer hernahm.
Hannes umarmte mich stürmisch. »Freust du dich?«
»Wahnsinnig. Und heiratest du denn wenigstens die Krankenpflegerin?«
»Ja klar. Ich weiß doch, was sich gehört.«

Hannes hatte es gut. Der war fein raus.
Ich hatte allerdings auch vorgesprochen. Bei dieser netten jugendlichen Gynäkologin mit dem Doppelnamen. Die immer ohne weißen Kittel auf ihrem fahrbaren Höckerchen durch die Sprechzimmer sauste, stets fröhlich mit ihrem Silberbesteck hantierte und in Sekundenschnelle schwerwiegende Nachrichten auf den Bildschirm zauberte.
Und ich kriegte zur Belohnung nicht nur die Haupt-, sondern auch noch eine Doppelrolle!
»Es sind zwei«, hatte sie mir herzlich mitgeteilt und mit ihrem Knipser auf zwei dunkle Flecken in einer ansonsten grauen, wolkigen Masse gezeigt. »Zwillinge erwarten Sie, meine Liebe! Herzlichen Glückwunsch!«
Dann war sie in elegantem Bogen wieder rausgefahren aus dem Schicksalszimmer nach nebenan, wo man die Herztöne eines Kindes im Mutterleib pumpern hörte.
Wie betäubt war ich über die belebte Einkaufsstraße nach Hause gegangen, und zum erstenmal nahm ich die vielen Mütter mit Kindern wahr, die geduldig neben dem Holzpferdchen am Eingang des Supermarktes standen und gedankenverloren ins Leere blickten, während ihre Kinder begeistert auf dem Gaul herumhauten. Die vielen Mütter, die beim Bäcker für zehn Pfennig ein trockenes Brötchen kauften, damit sie es dem Kind in die Hand

drücken und sich damit zehn Minuten Ruhe erkämpfen konnten. Die Mütter, die im Schneckentempo weiterzogen, den Kinderwagen behängt mit Netzen und Tüten, eine Riesenpackung Wegwerfwindeln obendrauf, ein müdes, nörgelndes Kerlchen hinter sich herziehend und ein anderes schiebend... immer in der Hoffnung, auf diese Weise würde der Tag rumgehen... So würde ich in Kürze auch über die Straße wanken. Und heimlich darüber nachdenken, wie ich meine siebzehn Kilo Übergewicht wieder loswerden könnte.
Eine alleinerziehende Mutter von unehelichen Zwillingen. Was ich machte, machte ich richtig.
Ich sah zu Else hinüber, die mit Inbrunst ihre Kinder sauberleckte. Else schaffte das doch auch ohne Mann. Und sie hatte immerhin Fünflinge!
Der Sekt tat seine Wirkung.
Ich beschloß, ein bißchen zu weinen.
Selbstmitleidig vergrub ich mein Gesicht in Elses schwarzglänzendes Katzenfell.
»Else! Du bist doch 'ne Mutter, sachma«, heulte ich. »Was machst du denn gegen den fundamentalen Mutterfrust? Besaufen gildet ja nicht!«
Else schnurrte zufrieden. Es war aber auch Zeit, daß ich mal wieder SIE streichelte und nicht immer nur die Katzenkinder. Sie war ja schließlich auch noch da!
Zwei von den Kleinen wühlten jetzt in der Besteckschublade herum. Es klirrte leise. Zwei andere balgten sich unter dem Küchentisch um ein ausgespucktes Kaugummi. Das fünfte schlief auf dem Durchlauferhitzer.
Ich sah durch Tränen hindurch auf diese wunderbare Kinderschar, auf die zufrieden schnurrende Mutter, auf diesen häuslichen Frieden. Else brauchte doch auch keinen Mann und keinen Job! Sie brauchte doch nur ein bißchen Liebe und Geborgenheit, ein Heim, ein Nest und – SCHLUCHZ! – einen Menschen, an den sie sich anlehnen konnte!
Ich schüttete den restlichen Sekt in mich hinein.
Meine Tränen stürzten in Bächen auf das arme, unschuldige Katzentier. Else sprang irritiert von meinem Schoß und kroch belei-

digt hinter den Getränkekasten, wo sie mit vorwurfsvollem Gesicht begann, ihr Fell trockenzulecken.
»Keiner liebt mich, keiner!« Kein Daniela-Paletti-Roman hatte mich jemals mehr erschüttert als mein eigenes tragisches Schicksal! So konnte es kommen, von einem Tag auf den anderen!
Da klingelte es.
Stuhlbein? Er kam zurück! Er ging NICHT nach Hollywood!
Ich sprang auf und riß die Wohnungstür auf.
Doch es war nicht Stuhlbein.
Es war Ernstbert. Dieser Steuerberater in Polyester.
Dr. Ernstbert Schatz.

»Hallo«, heulte ich. »Mit Ihnen hatte ich in der Form gar nicht gerechnet.«
»Ich mit Ihnen auch nicht – in der Form«, sagte er.
Er folgte mir in die Küche und sah sich irritiert um.
»Wie geht es den kleinen Rackern?« fragte er aufmunternd.
»Sie brauchen einen Vater.« Ich schneuzte mich in eine Papierserviette.
»Na, na, na«, tröstete Ernstbert. »Das ist doch wirklich kein Grund zum Weinen!«
Er legte tröstend die Hand auf meinen Arm. Ich sah ihn fragend an.
»Nein?«
»Da wird sich doch was Passendes auftreiben lassen!«
Ich setzte mich abwartend an den Tisch.
»Wer nimmt denn 'ne mehrfache Mutter? Wenn Grete das erfährt, läßt sie mich bestimmt noch nicht mal in ›Unsere kleine Klinik‹«, heulte ich.
»Sie sollten nicht allzuviel auf das Urteil Ihrer Frau Mutter geben«, sagte Ernstbert. »Die Klinik ist doch letztendlich egal. Und was den Vater anbetrifft: Wenn der Charakter stimmt, dann haben auch mehrfache Mütter noch eine Chance.« Er streichelte Else über das weiche, glänzende Fell. »Und der Charakter stimmt besonders bei Müttern von mehreren Kindern! Das sind oft die tollsten Frauen! Die wissen, wo es im Leben langgeht. Stimmt's, Else?!«

Else schnurrte.
»Von der Seite habe ich das noch gar nicht betrachtet«, räumte ich ein.
Wir streichelten beide Else. Unsere Hände berührten sich.
Ernstbert sah mich durch seine Brillengläser an.
»Ich würde Sie gerne öfter treffen«, sagte er.
Er hatte einen kaum merklichen, winzigen Silberblick.
»Ich Sie auch«, sagte ich.
Dann wischte ich mir endgültig die Tränen ab.

»Wenn Sie mir bitte folgen wollen?«
Die energische Dame mit dem Funkgerät in der Hand führte uns ins hell erleuchtete Studio.
»Die Mütter stehen auf dieser Seite der Bühne, hier, hinter der Barrikade! Die Töchter nehmen auf der anderen Seite Platz!«
»Wir haben keinen Mutter-Tochter-Konflikt«, sagte Grete. »Nich für Geld dabei.«
Sehr widerwillig ließ sie sich auf ihren Platz führen.
»Was war denn das Thema letzte Woche?« fragte ich. »Vielleicht hätten wir da viel besser hingepaßt!«
»Mein Vater ist schwul«, sagte eine etwa siebzigjährige Rentnerin in Großgeblümt. »Eigentlich wollten wir ja da schon mitmachen, denn da hatte unser Hans-Jürgen noch Ferien, aber unser Vatter ist schon lange tot.«
»War der denn schwul?« fragte Grete streng.
Ich hustete unauffällig in mich hinein.
»Nee, aber das ist im Endeffekt egal. Hauptsache, wir konnten mal ins Fernsehen.«
Gretes Mundwinkel zuckten.
»Und davor die Sendung?«
»Ich hatte noch nie einen Orgasmus«, sagte die geblümte Rentnerin heiser. »Aber da hatten sie schon genug Leute für.«
»Nee, ist klar«, sagte ich schnell.
Grete hustete. Ich biß mir auf die Lippen. Jetzt ging das schon wieder los. Immer wenn einer 'ne Rede hielt oder Geige spielte oder sonstwie nicht zum Orgasmus kam, überfiel es uns, Grete und mich.

»Wer war denn da der prominente Gast?« fragte Grete.
»Irgend so jemand aus der katholischen Kirche«, sagte die Frau. »Namen hab ich vergessen.«
»Man MUSS auch nicht immer einen Orgasmus haben«, sagte Grete bigott. »Nich für Geld dabei.«
»Natürlich geht dat ohne!« bestätigte sie die Großgeblümte. »Vier Kinder happich auf diese Weise gekricht! Dat könnense laut sagen! Aber jetz is der Oppa tot.«
Die Dame mit dem Funkgerät freute sich, daß wir offensichtlich schon so nett miteinander ins Gespräch gekommen waren. Sie brachte gerade die Kinder herein. Sie alle hatten ein T-Shirt mit dem Emblem des Senders an.
»Das wird 'ne ganz tolle Sendung«, sagte sie. »Ein Drei-Generationen-Konflikt. Mücke weiß, was Frauen wünschen.«
Sie wendete sich an die Kinder. »Ihr sitzt hier schön, und wenn euch der Herr Mücke was fragt, dann dürft ihr auch mal ins Fernsehen!«
Die Kinder nickten verschämt.
Besonders Bert. Dem war das gar nicht recht, daß er Gefahr lief, ins Fernsehen zu kommen. Ernie war das egal. Er war sowieso dauernd im Fernsehen.
Nun wurde das Publikum in den Saal geführt. Es bestand hauptsächlich aus Rentnern. Ein paar Hausfrauen mit Einkaufstüten waren auch dabei. Ein langhaariger Studioknecht in Leder rief ihnen zu, sie sollten bitte ihre Handtaschen und Schirme auf die Erde legen, damit sie nicht so aussähen, als säßen sie in der Straßenbahn! Die Rentner und Hausfrauen nickten und murmelten und legten ihre Handtaschen und Schirme und Einkaufstüten auf die Erde.
Sie dürften sich gerne an der zu erwartenden Diskussion beteiligen, rief der Studioknecht in Leder, allerdings sollten sie weniger von sich selbst erzählen, da dies die begrenzte Sendezeit nicht zuließe, als kurze, knappe, präzise Fragen an die Teilnehmer der Sendung stellen. Alles klar? Die Rentner und Hausfrauen nickten, sofern sie überhaupt Regung zeigten.
»Ich hätte da noch 'ne Frage zur Sendung mit dem Orgasmus«, meldete sich ein älterer Mann.

»Tut mir leid, das Thema ist heute nicht dran«, sagte der Studioknecht. »Heute haben wir den Mutter-Tochter-Konflikt.«
»Ach, das ist ja völlig uninteressant«, sagte der Rentner kopfschüttelnd. »Da geh ich lieber wieder.«
Er stand auf, sammelte sein Sitzkissen und seine Bildzeitung ein und verließ das Studio.
Rechts neben mir stand eine sehr kleine, dicke Frau um die Mitte Dreißig in Bollerhosen, Flanellhemd und roten, ausgelatschten Schuhen. Sie hatte nicht das geringste Make-up an sich gelegt und schien auch mit ihren streichholzkurzen Haaren, die ihre abstehenden Ohren besonders gut zur Wirkung kommen ließen, sehr zufrieden zu sein. Sie ging mir gerade mal bis zur Schulter.
»Haben Sie auch einen Mutter-Tochter-Konflikt?« bückte ich mich leutselig. Vielleicht hatte ihre Mutter ihr verboten, sich ein bißchen nett zu machen.
»Nee«, sagte die Unvorteilhafte. »Ich bin als psychologische Expertin eingeladen.«
»Ach was«, sagte ich. »Wie interessant. Für was sind Sie denn Expertin?«
»Für Sozialpsychologie«, sagte sie. »Und du? Was hast du für 'n Konflikt?«
»Keinen. Ich bin Schauspielerin.«
»Das ist natürlich Scheiße«, sagte sie. »Was machst du dagegen?«
»Wie, was mach ich dagegen?«
»Machste 'ne Gruppentherapie oder wenigstens 'ne Analyse?«
»Nein«, sagte ich erschrocken. »Sollte ich?«
»Na klar«, sagte die Bollerige. »Wenn du Schauspielerin geworden bist, hat das 'n schwerwiegenden Grund. Inzestuöse Kindheitserfahrungen oder so.«
»Aha«, sagte ich. »Wirklich, sehr interessant, dein Denkansatz.«
Dann kam die Anmoderation.
Herr Mücke sprang aus seinem Verschlag, guckte in die Kamera und sagte:
»Ich heiße Mücke. Ich gehe die Themen des Lebens an. Ich mache aus jeder Mücke einen Elefanten. Bleiben Sie dran!«

Die Rentner klatschten. Einige hörten auf, an ihrem mitgebrachten Butterbrot zu kauen, und steckten die Stulle schnell in ihre Tasche.
»Noch drei Minuten!« rief der Studioknecht.
Ein Mainzelmännchen sprang über den Bildschirm.
Eine begeisterte Hausfrau tanzte Quickstep mit ihrem Wischmop. Dann kam eine Kindergeburtstagsgesellschaft. Die Kinder bewarfen sich mit Blaubeermarmelade, und die Mütter lachten herzlich darüber.
Ja, diese sorglosen Mütter. Die hatten alle keine Konflikte. Nur wir.
Ein Mainzelmännchen radierte sich selbst aus.
Das war für Herrn Mücke das Zeichen, mit seiner Sendung zu beginnen.
»Wir haben heute Mütter und Töchter zu uns gebeten«, sagte er zu dem Kameramann von vorhin, »die in ihrem Leben schon öfter Probleme miteinander hatten.
Wer hat die nicht? werden Sie jetzt fragen (die Rentner nickten betroffen), aber diese Frauen haben ganz besonders schwerwiegende Probleme mit ihren Müttern und Töchtern. Wir wollen in den folgenden sechzig Minuten über dieses Thema mehr erfahren. Begrüßen Sie mit mir:
Margret Jentsch aus Bad Oeynhausen... mit ihrer Mutter Irmgard Jentsch! Sie lieben denselben Mann und haben jede von ihm ein Kind!«
Tosender Applaus. Mutter und Tochter Jentsch verbeugten sich huldvoll. Sie hatten beide ein altrosa Dirndl an mit dem gleichen großblumig gemusterten Trachtentuch in Blö im Busenritz, und beide neigten sie zu sowohl Übergewicht als auch -biß. Klar, daß der arme, verwirrte Mann aus Bad Oeynhausen sich für keine von beiden hatte entscheiden können. Die zwei etwa elfjährigen Bengel, die gleichzeitig Brüder und Onkel und Neffe waren, hatten für ihren Fernsehauftritt auf Anraten ihrer Mutter/Tante/Schwester beziehungsweise Oma viel zu enge Jeansanzüge und Cowboystiefel angezogen und saßen mit trotzigem Gesicht in der ersten Reihe. Sie hatten die Arme über der Brust verschränkt und verdrehten genervt die Augen, als die Kamera auf sie

schwenkte. Na und? Haben wir eben den gleichen Vater und dafür eine Tantenmutter und eine Omaschwester! Was ist denn da schon Besonderes dran!
»Außerdem sind bei uns zu Gast: Helga Müllerin aus Paderborn und ihre Lebensgefährtin Gerda Gräfin, ebenfalls aus Paderborn, aus deren Lebensgemeinschaft vier Töchter hervorgegangen sind...«
Die beiden Lebensgefährtinnen wurden beklatscht, und ich fragte mich, wie es den zwei Damen gelingen konnte, den jahrmillionenalten bewährten Fortpflanzungsregeln ein Schnippchen zu schlagen und tatsächlich auf natürlichem Wege vier Kinder in die Welt zu setzen. Und das in Paderborn! Jedenfalls hatten sich beide so telegen wie möglich aufgestylt: ganz natürlich und bescheiden und geradeaus wie immer! Selbstgestrickte Pullover, Marke formlos, gedribbelte, verwaschene Halstücher, abgewetzte, ausgebeulte Cordhosen und ausgelatschte Stiefel. Die Frisuren waren kurz und platt und grau, Modell Küchenschere. Sie mußten schreckliche Angst haben, daß sie jemals ein Mann auch nur mit einem Seitenblick bedenken könnte. Doch diese grauenvolle sexuelle Belästigung hatten sie so für immer von sich abgewendet.
Herr Mücke setzte sich sehr volksverbunden und bis in die Knochen tolerant zwischen die Produkte der beiden Frauen.
»Wilma, du bist acht Jahre.«
Wilma nickte.
»Welche von den beiden ist denn deine Mama?«
»Beide«, sagte Wilma verschmitzt, und die beiden Mamas lachten triumphierend.
»Heißt du denn jetzt Müllerin oder Gräfin?«
»Beides«, sagte Wilma wieder. »Wir Kinder haben alle einen Doppelnamen.«
»Wie heißt du also?«
»Wilma Müllerin-Gräfin.«
Die Rentner im Saal schüttelten ungläubig die Köpfe.
»Hanna«, wandte sich Herr Mücke an die Schwester von Wilma. »Welche Mama hast du denn lieber? Die eine oder die andere?«

»Beide«, sagte Hanna verschämt. Die beiden Mamas Helga und Gerda freuen sich diebisch. Der Grad der Gleichberechtigung der beiden Damen war nicht mehr zu steigern.
»Pia«, sagte Herr Mücke verzweifelt zu der ältesten Tochter aus der Halstuch-Ehe. »Wie ist das denn, wenn man einen Papa hat, der eine Frau ist?«
Pia zuckte mit den Schultern. »Wir brauchen keinen Papa, der ein Mann ist.«
»Warum nicht?« hakte Herr Mücke nach. »Ich bin auch ein Papa, der ein Mann ist! Meine Kinder finden das toll!«
»Männer sind saublöd«, sagte Pia. Die Müllerin und die Gräfin lachten begeistert.
»Hast du denn mal einen kennengelernt?« fragte Herr Mücke schlagfertig.
»Nein. Muß auch nicht sein.«
»Warum nicht?«
»Weil Männer saublöd sind.«
»Stimmt das?« wendete sich Herr Mücke an das kleinste der vier Mädchen aus dem männerfeindlichen Haushalt. Es war gerade mal drei Jahre.
»Männer ßind ßaublöd«, sagte das pfiffige Kind.
Jubel im Saal. Nur einige wenige Rentner lachten nicht mal ansatzweise.
Dann stellte Herr Mücke die schöne Frau Weber vor, die, von Schluchzern geschüttelt, ihr Ekelgefühl beschrieb, das sie überkam, wenn sie ihre zwanzigjährige Tochter sah. Die schöne Tochter wurde eingeblendet und lächelte in die Kamera. Die Rentner wackelten mit den Köpfen.
Herr Mücke war begeistert. »Sehen Sie, meine Damen und Herren, dies verspricht eine interessante Sendung zu werden. Bei uns ist heute last not least die Schauspielerin Charlotte Pfeffer, besser bekannt als Frau Dr. Anita Bach in ›Unsere kleine Klinik‹.«
Die Rentner klatschten erfreut.
»Mitgebracht hat sie für uns heute ihre Mutter, Frau Grete Pfefferkorn. Die beiden haben als einzige hier KEINEN Mutter-Tochter-Konflikt.«
Ich äugte auf den Monitor. Nun waren wir drin!

Auf dem Bildschirm war Bert zu sehen. Er hatte die Lippen zusammengekniffen und guckte genauso beleidigt wie an seinem ersten Schultag. Er HASSTE es, im Rampenlicht zu stehen. Der Kameramann schwenkte nach rechts. Der Stuhl von Ernie war leer.
»Von den jungen Herren ist im Moment nur einer zu sehen«, sagte Herr Mücke irritiert. »Wo ist denn dein Bruder?«
»Da«, sagte Bert und zeigte ins Publikum.
Die Kamera folgte seinem Wink.
Und da lag Ernie! Bäuchlings auf dem Schoß einer wildfremden Dame! In Großaufnahme!
»Er hat gesaacht, ich soll ihm den Rüggn krotzn«, sagte die alte Frau entschuldigend, als der Mikrofonknecht ihr die Angel vor den Mund hielt.
»Ja«, sächselte der Opa, der neben ihr saß, und beugte sich zum Mikrophon. »Er gam angedaggelt und sachte, daß er sich immer langweilen muß und daß gainer mit ihm spült und daß meine Frau ihm den Rüggen gratzen soll, sonst springt er iar ins Hindorgesischt. Und das wollde meine Frau nich risgiorn, und da hat se jemacht, was der junge Mann wollde, und da hat er's sich auf ihrem Schoß bequem gemacht, und denn hat er nischt mehr jesaacht, un nu isor fäddisch midor Wält. Sehnse joa. Dea bännt.«
Die Leute im Saal freuten sich.
»So ein läggereschesKärlschn«, sagte die Frau. »Den gönn Se hia ruisch liegn lassn.«
Herrn Mücke wäre auch auf die Schnelle nichts anderes eingefallen, und der Lederknecht mit dem Mikrofon trollte sich wieder.
»Frau Pfefferkorn«, wendete sich Herr Mücke konfliktfroh an Grete. »Sie haben ja nun eine berühmte Tochter.«
»So berühmt ist sie nun auch wieder nicht«, sagte Grete streng. »Sie spielt in einer sehr durchschnittlichen Serie mit. Mehr nicht.«
Herr Mücke war irritiert. »Aber die Serie wird doch täglich von einigen Millionen Menschen verfolgt.«
»Kann sein«, sagte Grete. »UNSER Niveau ist das jedenfalls nicht. Wir sind keine Proleten.«
Die Kamera schwenkte auf die Kinderreihe.

Jetzt war Berts Stuhl auch leer.
Die zwei speckigen elfjährigen Bengels aus Bad Oeynhausen im Sheriff-Look mit dem Überbiß und den komplizierten Verwandtschaftsverhältnissen baumelten mit den Beinen.
»Wo ist der andere?« fragte Herr Mücke.
»Unter dem Stuhl«, sagte der eine Sheriff. »Er hat gesagt, er hört sich diesen Scheiß nicht länger an.«
Ich dachte an das Mainzelmännchen, das sich vorhin selbst ausradiert hatte.
Was Kinder und Mainzelmännchen doch für ungeahnte Möglichkeiten haben, dachte ich.
Da können wir Erwachsenen noch viel von lernen.

»Morgen, Frau Pfeffer.«
»Morgen, Fritz. Bin ich spät dran?«
»Nicht später als sonst. Ich hab Sie im Fernsehen gesehen. War interessant!«
»Na ja«, sagte ich. »Wie man's nimmt.«
»Ach übrigens... der Neue ist da.«
»Welcher Neue?«
»Der neue Chefarzt. Schon vergessen?«
»Ach, der für den Jupp weiterspielt?«
»Ja. Schöner als der Jupp isser jedenfalls.«
»Das ist keine große Kunst!«
Jupp war alles andere als schön gewesen. Alt und fett und mit schrecklich spucketröpfchenintensiver Aussprache. Vor dem hatte ich mich wirklich geekelt. Wie die schöne Frau Weber vor ihrer schönen Tochter. Mindestens.
»Wird Ihnen gefallen, der Neue.«
»Wenn Sie es sagen...« Ich trollte mich Richtung Fahrstuhl.
Richtig, heute war ja der erste Dreh mit dem Neuen: Chefarzt Dr. Frank Bornheimer.
Bis jetzt hatte der alte Jupp Tönges den Chefarzt gespielt, aber wegen seines immer stärker zunehmenden Übergewichtes und seiner unappetitlichen asthmatischen Abhuster mußte er wohl oder übel aus der Serie ausscheiden. Kein Schwein wollte einen fetten, röchelnden Chefarzt sehen, der wie eine Flunder hinter

seinem Chefarztschreibtisch klemmte und immer schleimhaltige Auswürfe in die Kamera spuckte. Das Drehbuch verzichtete schon seit über fünfzig Folgen auf Nahaufnahmen oder längere Monologe. Seit zwanzig Folgen war er nur noch im Hintergrund zu sehen. Wir hatten wochenlang an der Szene mit seinem Herzinfarkt gedreht, aber jetzt war Jupp endlich tot.
Nun waren wir schrecklich gespannt auf den Neuen.
In der Maske erfuhr ich Näheres.
»Der läßt sich richtig gut frisieren«, schwärmte Bettina. »Ganz dicke, feste Haare hat der. Mit Naturwellen.«
»Und wat der für 'ne tiefe Stimme hät«, knappsäckerte Lore. »Janz männlich und markant! Dat ist wat anderes als der olle Jupp mit säinem Asthma!«
»Burgschauspieler war der«, sagte Gretel Zupf. »In Wien und in Salzburg. Österreicher ist der, glaub ich. So wie der spricht.«
Gretel hatte besonders viel Grund zur Freude. Sie spielte nämlich die Chefsekretärin. Durch Jupps allmähliches Verblassen war sie in den letzten dreißig Folgen ziemlich ins Hintertreffen geraten.
»Nun wird der olle Jernot ja widder nich Oberaaz«, freute sich Lore. »Irjendwie jönn ich dem dat ja. Dat der säin Leben lang Unteraaz bläibt.«
»Na ja, dafür hat er den Werbespot mit dem Knabberjoghurt«, sagte Bettina. »Sie haben ihm gerade erst den Vertrag verlängert.«
Kollege Gernot Miesmacher und seine Gattin Elvira Merkenich-Miesmacher waren die einzigen, die den Sprung in die Öffentlich-Rechtlichen geschafft hatten. Mit ihrem Werbespot für Knabberjoghurt.
»Jedem das Säine«, sagte Lore Läscherlisch.
Ich freute mich.
Soviel kollegiale Einmütigkeit hatten wir selten.
Der Neue brachte ja richtig Leben in »Unsere kleine Klinik«! Ich war sehr gespannt. Ein richtig schöner Mann sollte er sein! Und begabt noch dazu! So einer war mir seit Hannes Stuhlbein nicht mehr begegnet.
Ich traf ihn im Pressebüro.

Er hinterließ dort gerade seine Autogrammadresse bei der stets genervt rauchenden Tippse Evelyn mit den rosa Fingernägeln.
Er sprach mit einem ganz fremdartigen Akzent.
»Während der Drrehzeit bin ich im Hyatt-Hottäll«, sagte er gerade, als ich nach kurzem Anklopfen eintrat.
Aha, dachte ich. Der ist also wirklich nicht von hier. Schweizer vielleicht oder Dornbirner oder Großglockner.
»Hallo«, sagte ich, »ich bin Charlotte Pfeffer.«
Er drehte sich zu mir um. Er sah wirklich gut aus: groß und schlank und sportlich. Er hatte schwarze halblange Haare, die sorgfältig nach hinten geföhnt waren. Sein Blick aus fast schwarzen engstehenden Augen war direkt und provokant. Er hatte was von einem Brunnenvergifter. Er gefiel mir. Auf Anhieb. Er hatte was Diabolisches. Endlich mal kein Durchschnittsgesicht in »Unserer kleinen Klinik«.
Ich sah ihm in die Augen. Und er erwiderte meinen Blick. Ohne Scheu. O Gott. Nachbarin, euer Fläschchen.
Mein Ernstbert zu Hause war auch Mitte Vierzig. Welch ein Unterschied. Dieser hier ein sportlicher, wohlgestylter Beau mit der klassischen Herren-Fönwelle in Silber-Metallic, Ernstbert ein altbackener, dicklicher Vertreter seiner langweiligen Erbsenzählerzunft.
»Grrüß Gott«, sagte der Neue mit sagenhaft sonorem Baß. »Ich bin Justus Maria Strreitackcher.« Er lachte profund.
Er hatte eine so tiefe Stimme, daß ich überrascht zusammenzuckte. Nur, um sie noch einmal zu hören, stellte ich ihm irgendeine Frage.
»Gefällt es Ihnen bei uns in der ›Kleinen Klinik‹?« Etwas noch weniger Originelles fiel mir auf die Schnelle nicht ein.
»Na ja, bis jetzt hab ich ja noch nicht viel mitgekriegt davon«, sagte der Neue. Es war NOCH eine Nuance tiefer als das, was er vorher gesagt hatte.
Mich überzog eine Gänsehaut.
Mein Gott, dieser Mann war ein Knaller!
Diabolische, geheimnisvolle, vor Männlichkeit strotzende Potenz in jedem schwarzen Auge und jedem Stimmband!

Und ich sollte an seiner Seite spielen!
»Dr. Anita Bach?« fragte er.
Sag das noch einmal, dachte ich sinnlich. Wenn's geht, bitte noch eine Quinte tiefer.
Ich nickte stumm.
»Wir haben ziemlichch viel miteinanderr zu tun, wenn ichch dem Drehbuch Glauben schenkchen darf...« Hier lachte er so bassig, daß ich rückwärts an der Wand Halt suchte. »Und ich muß ehrlich gestehen, daß mich das sehr freut! Harharhar!!«
Musternder Blick aus schwarzem Schatten-Auge, anhaltendes profundes Gelächter im Sarastro-Bereich.
»Mich auch«, stammelte ich, völlig erschlagen von soviel Männlichkeit. »Ich freue mich auch sehr auf unsere Zusammenarbeit, Herr... Streitacker.«
»Justus«, sagte er gönnerhaft. »Kchollegen nennen mich Justus.«
Dann drehte er sich wieder um, damit Evelyn, die nette rosakrallige Mitarbeiterin aus dem Pressebüro, sich nun endgültig seine Autogrammadresse notieren konnte.
»Während der Drehzeit bin ichch wie gesagt im Hyatt«, dröhnte der bassige Mime, »und ansonschten im Hottäll Christel im Passeiertal in Südtirol.«
Wie er das sagte: CHRRIstl im PASSÄIRtol in SStroll! Wie ein zu Tal rollender Fels beim Alpenglühn!
»Wo issn das?« fragte Evelyn, während sie sich eine Zigarette ansteckte.
»Ichch würde Ihnen gärne Fäuerr geben, aber ich rauche nichcht. Als Chefarrzt muß ichch schließlich mit gutem Beispiel vorangehen«, lachte Justus Streitacker. Es dröhnte ohrenbetäubend zwischen den engen Wänden des Pressebüros.
»Ich bin ein ganz waschechter Südtiroler«, antwortete Justus Maria Streitacker liebenswürdig. »Ich bin mit Arnold Kessler zur Schule gegangen!«
Arnold Kessler! Der weltberühmte Drei-Wetter-Tough, der sich immer barfuß mit seiner Taucherbrille über die Achttausender schleppte! Auch das noch! Berühmte Menschen kannte er auch! Bestimmt hatte er schon so manchen Achttausender mit

seinem Kumpel Arnold bezwungen. Oh, was würde das ein interessantes Kapitel meines Lebens werden!
Seine schwarzen Augen durchbohrten mich förmlich. Ich sah ihn im Geiste die Kühe von der Weide treiben, frisch geföhnt, im weißen Kittel und mit Stethoskop um den Hals.
Was für ein wunderbarer Chefarzt, naturverbunden und mit ländlichem Charme! Wie anders doch als Jupp, der alte, kölsche, dicke, schnaufende, schwitzende und röchelnde Vertreter seiner minderwertigen Serienzunft.
»Könnt ihr euch eventuell draußen weiter unterhalten?« fragte Evelyn. Unwillig blies sie den Rauch ihrer Zigarette durch die Nase.
»Ja, natürlich«, sagte ich.
»Hier, vergiß deine Fanpost nicht!« Evelyn reichte mir den Aktenordner mit der Aufschrift »Bach«.
Wir gingen auf den Flur hinaus.
»Kriegen Sie viel Faanposcht?« fragte mein neuer Kollege Streitacker auf dem Flur. »Ichch kchönnte das verstehen...« Er lachte wieder, aber die einzelnen Boller prallten ungestützt von den Flurwänden ab.
»Ziemlich viel«, gab ich zu. »Doch die Post gilt eigentlich nicht mir persönlich, sondern der Person Anita Bach. Die Leute begreifen nicht, daß es Anita Bach gar nicht gibt. Sie geben mir Ratschläge, wie ich diesen oder jenen Patienten besser behandeln könnte. Die meisten schreiben mir von ihren eigenen Krankheiten. Es ist ziemlich ätzend.«
Justus Streitacker lachte. Es war ein ungekünsteltes Lachen, nicht ganz so profund wie vorher, dafür wirkte es natürlich und echt. Er schien sich die privaten Lacher für unbeobachtete Momente aufzuheben.
»So, und wo müssen wir jetzt hin?« Es war fast, als hätte er seinen Lach-Irrtum bemerkt.
Ratlos stand der Südtiroler Chefarzt im Gang herum.
»Ich nehm Sie mit«, sagte ich schnell. »Wir drehen diese Woche eh', wie wir uns kennenlernen.«
»Da hab ich richtik Luscht drauf«, sagte Justus Streitacker, »Sie noch ein hallbäs Dutzend Male chkennenzulärnen.« Dann lachte

er so dröhnend, daß ich fürchtete, die Wände würden zusammenstürzen.

»Technischer Defekt in der Beleuchtung!«
»Zwei Stunden Mittagspause!«
»Läscherlisch«, sagte Lore. »Wat soll isch denn mit zwäi Stunden Mittagspause? So viel kann isch ja janit ässn!«
»Ich hab neue Adrian-Fotos«, drängelte sich Elvira heran. »Wer hat die noch nicht gesehen?«
Ich hatte Elviras Adrian-Fotos noch nicht gesehen. Jedenfalls noch nicht die letzten zweihundert. Aber ich verspürte auch kein Verlangen danach. Elvira Merkenich-Miesmacher, unsere mitteilungsfreudigste Kollegin aus dem ganzen Team, war auch in jeder Folge dabei. Frau Knabberjoghurt aus den Öffentlich-Rechtlichen spielte bei uns die Dame von der Anmeldung.
Sie ließ aber immer durchblicken, was für arme Schweine wir doch waren, daß wir niemals in der ersten Reihe erschienen, sondern immer nur auf »Vier Minus«.
Nun war mir ja gestern auch einmal ein Auftritt im Öffentlich-Rechtlichen gelungen. Eine Tatsache, die sie mit äußerstem Mißfallen zur Kenntnis nahm.
»War ja ziemlich peinlich gestern«, sagte sie beim Umziehen in ihrer herablassenden Weise zu mir. »Was sollte das eigentlich mit dem Mutter-Tochter-Konflikt?«
Immerhin geruhte sie, für wenige Sekunden nicht von SICH zu sprechen. Das kam bei Frau Merkenich-Miesmacher ausgesprochen selten vor. Sie erwartete allerdings wie immer keine Antwort, und so spendierten wir uns gegenseitig nur ein säuerliches Lächeln. Längst hatte ich es aufgegeben, Frau Miesmacher auf ihre rein rhetorischen Fragen eine Antwort geben zu wollen.
Ja, hatten Merkenich-Miesmachers denn in ihrem Reihenhaus in Quadrath-Ichendorf gar nichts anderes zu tun, als nachmittags um vier Talk-Shows zu gucken?
Dabei ist das Fernsehen am hellichten Tage SÜNDE. Sacht Grete immer. Und außerdem: Woher wußten Merkenich-Miesmachers überhaupt, daß ich bei Mücke dabei war?

Sie mußten mit der Lupe im Programmheft geblättert haben. Typisch für dieses liebenswerte Ehepaar.
Tja, Elvira, dachte ich. DU wärst natürlich gerne dort prominenter Knusper-Gast gewesen. Aber DICH haben sie ja nicht gefragt.
Elvira zupfte sich den BH vom Busen und breitete das hautfarbene Dessous sorgfältig über ihrer Stuhllehne aus. Sie hatte ein undefinierbares Verlangen danach, immer öffentlich ihren Stangen-BH auszuziehen und ihn dann, mit dem Gesicht nach oben, liegen zu lassen. Mitsamt ihren zweihundert Adrian-Fotos.
Die Tür öffnete sich.
»Gibt es hierr so etwas wie eine Kchantine?«
Justus Streitacker erschien von schräg hinten, offensichtlich Anschluß suchend. Elvira drehte sich hastig um. Ihren BH jedoch ließ sie mit dem Gesicht nach oben liegen.
»Damengarderobe!« schrie Gretel Zupf empört.
Die in sich versammelte Nachtschwester Berthild mit den Plusterhaaren versteckte sich schamhaft in ihrem Spind.
»Unten im Keller jippet die Kantine«, kölschte Lore Läscherlisch. »Isch kann Ihnen ein Essensmärkschen verkaufen!« Typisch Lore. Großzügig und fremdenfreundlich bis in die Knochen. Daß sie überhaupt mit dem Neuen sprach!
Elvira-im-Kittel ging verächtlich blickend davon.
Doch Justus schien mich als seinen persönlichen Fremdenführer ausgewählt zu haben.
»Kchönnen Sie mir ein spezielles Gericht empfehlen? Eine Spezialität des Landes sozusagen?«
»Nein«, sagte ich. »Jedenfalls nicht aus unserer Kantine.«
»Rhäinischen Sauerbraten jippet häute!« frohlockte Lore Läscherlisch, während ihr der Speichel der Vorfreude von den Lefzen tropfte. »Dat is ene Spezialität des Landes und vom Kantinenchef auch!«
Selber rheinischer Sauerbraten, dachte ich.
Der Rheinländer an sich tut auch noch Rosinen rein in sein Läibgerischt. Rosinen im Essen erinnern mich an ertrunkene Stubenfliegen. Und schmecken auch so. Ich kann mir nicht helfen.
»Ja, haben Sie Luscht, mit mir einen Sauerbraten zu verkchoschten?« fragte Justus mich mit dröhnendem Baß.

»Nein danke«, sagte ich höflich. »Ich pflege mittags nie in der Kantine zu speisen.«
»Wohin gehen Sie dann?« fragte Justus interessiert.
»Ph«, machte Sauerbraten-Lore, »die rennt den Rhäin rauf und runter! Jeden Tach!«
Wer wandert, sündigt nicht.

Auf der Domplatte fegte wie immer ein frischer Wind. Touristen stemmten sich dagegen und hielten ihre Hüte und Fotoapparate fest.
Was sich wohl Justus und Lore zu erzählen hatten, während sie in der Sauerbraten-Schlange anstanden und an den Kartoffel-Gemüse-Fleisch-Bottichen vorbeifilierten? Schadenfroh malte ich mir aus, wie Lore Läscherlisch ihrem Begleiter auch noch einen Vanillepudding mit Rosinen auf sein Plastiktablett nötigte und zum anschließenden Kaffee Käsekuchen mit Rosinen.
Das Domhotel mit seinen livrierten Pagen, die meistens fröstelnd vor ihren Limousinen auf und ab gingen, lächelte arrogant auf mich herab. Ich warf einen Blick auf die vielen Fenster, die alle so gleich aussahen und die sich in meiner Phantasie immer nacheinander öffneten, mit je einer schlanken Schönheit dahinter, die verzweifelt rief: »Was hat sie, was ich nicht hab?«
»Nur wer die Sehnsucht kennt, weiß, was ich leide!«
Und dann schrien alle biegsamen Models im wehenden Kleide: »Idiot! Idiot! Idiot!!«, und die Fenster gingen immer schneller auf und zu, und am Schluß erschien dieser gestählte Männerbody auf einem herrschaftlichen Balkon mit schmiedeeisernen Gittern und besprühte seine Alabasterhaut lasziv mit »Idiot«, jenem exklusiven Herrenparfum, das die zwei Dutzend Mädels hinter ihren Fenstern endgültig zur Raserei brachte. Merkwürdig. Heute hatte dieser Männerbody das Gesicht von Justus Streitacker.
Schnell wandte ich mich ab. So ein Quatsch. Zielbewußt wanderte ich weiter. Ein paar Rollbrettfahrer umrundeten mich. Japanische Touristen versuchten den Dom zu knipsen, indem sie sich auf die Erde legten. Ein Liebespaar schlenderte Hand in Hand am Seitenportal vorbei. Jugendliche Penner hockten auf ihren Schlafsäcken auf den Treppen und tranken Bier.

Zwischen dem Römisch-Germanischen Museum und dem Köln-Ticket-Laden stand wieder dieser kleine, dicke Mann im schmuddeligen, abgewetzten Smoking, der zu knarzigen Klängen seines Kassettenrecorders seine Klarinette kasteite. Es klang nach einem abgenudelten Mozart-Konzert, langsamer Satz. Der Kassettenrecorder leierte. In dem abgenutzten Instrumentenkasten lagen einige einsame Münzen. Ich blieb stehen und legte ein Zweimarkstück dazu. Der Künstler hörte auf zu spielen, wischte sich den Mund und sagte: »Danke, junge Frau. Schönen Tag noch.« Die Klarinettenklänge leierten weiter. Der Mann legte sein Instrument auf eine römisch germanische Säule und sammelte das Geld ein. Ein Rollschuhläufer knirschte im Affenzahn an uns vorbei. Drinnen im Foyer drängelte sich eine Schulklasse um die Ansichtskartentheke.
An der Rückseite des Museums Ludwig hatten reihenweise Obdachlose ihre Lager aufgeschlagen. Die Mittagssonne beschien ihre Landschaft aus Schlafsäcken, Luftmatratzen, Kochgeschirr, Bierflaschen und Konservendosen. Ein paar magere Mischlingsköter schnüffelten um mich herum.
Eilig rannte ich auf die Hohenzollernbrücke zu. Der gepanzerte Reiter auf seinem eisernen Pferd blickte trutzig geradeaus, bereit, sich und seinen Gaul bis zum äußersten zu verteidigen.
Da hörte ich Männerschritte, ganz dicht hinter mir!
Jemand rannte mir nach!
Nicht doch, Hilfe, ich bin ein tugendsames Mägdelein.
Doch der Verfolger ließ sich nicht abschütteln.
Keuchender Atem an meinem Ohr.
Ich überlegte, mit welchem Gegenstand ich den lästigen Lustmolch in die Flucht schlagen konnte. Ein Hut, ein Stock, ein Regen-schirm...?
»Charrrlot-te, so warten Sie doch!«
O Gott. Das war doch nicht... Streitacker?
Da war er neben mir.
»Mensch Mäd-chchen, Sie haben ja einen Stechschritt drauf!«
Aha, dachte ich befriedigt. Der rhäinische Sauerbraten konnte bei ihm nicht landen. Ohne meinen Schritt im geringsten zu verlangsamen, sagte ich milde:

»Na? Hat's geschmeckt?«
»Die Kchantine hat mir nichcht gefallen«, dröhnte Justus an meiner Seite. Ein Intercity, der gerade mit Getöse neben uns über die Brücke fuhr, dröhnte dagegen an.
»Und die Kchollegin auch nicht?!« mutmaßte ich.
»Woher wissen Sie das!« lachte bassig Justus Streitacker, und dann lachten wir beide, daß die Rheinbrücke wackelte.
»Ich hatte irgendwie das Gefühl, daß sie nicht Ihr Typ ist!« schrie ich begeistert gegen den donnernden Intercity an.
Unter uns passierte gemächlich ein überladener holländischer Dampfer. Der Mann an Deck schrubbte mit Vehemenz die Planken, die in der Mittagssonne leuchteten. Ach, was war mir plötzlich leicht zumut!
»Ich wüßte da schon, wer eher mein Typ ischt!« donnerte Justus an meine Schläfe und legte ansatzweise den Arm um mich. Mein angedeutetes Abschütteln seiner Hand quittierte er mit bassigem Gelächter. O nein, mein Lieber. Nicht so hastig. Ich bin eine verheiratete Frau. Und außerdem gedenke ich, deine Annäherungsversuche noch ein bißchen in die Länge zu ziehen. Weil's so schön ist. Seit sieben Jahren ist mir so was nicht mehr passiert. Meinst du, das will ich nicht genießen? Mit beiden Händen in den Taschen schwebte ich an der Seite des schönsten, charmantesten und begabtesten aller Schauspielerkollegen über die vibrierende Brücke. Aufgeregt kreischende Möwen umkreisten uns. Gott, was konnte das Leben schön sein!
»Da isch das Hyatt«, rief Justus, als wir uns dem anderen Ufer näherten. Die moderne Glasfront blendete uns entgegen.
»Ich weiß«, sagte ich. Was hätte ich auch sonst sagen sollen.
»Da wohne ich.«
»Sach bloß!!«
Glaub nur jaanich, daß du mir jetzt deine Prominentensuite zeigen kannst, mein Lieber. Nich für Geldtabei. Du gehst da jetzt rein und machst dein Mittagsschläfchen, und ich renne zur Mühlheimer Brücke und zurück.
»Man hat einen säährr interessannten Blickch auf den Dom«, sagte Justus Streitacker, »besonders aabends, wenn er beläuchchtet ischt.«

»Was Sie nicht sagen«, grinste ich.
Na? Wann kommt das verlockende Angebot, Herr Kollege?
»Wollen Sie einmal schauen?«
Na bitte. Da war's doch.
»WAS sollte ich schauen wollen?«
»Den Dom natürlichch.«
Den Kölner oder den Südtiroler? Hä? Den Kölner kenne ich schon, und den Südtiroler heb ich mir für später auf.
»Nein danke. Ich laufe lieber.«
Ich bin doch keine Henne, die mit wackelndem Popo hinter dem stolzen Hahn herwatschelt und so tut, als würde sie die Aussicht brennend interessieren, nur um einmal auf sein Kanapee geworfen zu werden, bis die Federn fliegen?! Vielleicht waren seine Zimmerdecken verspiegelt? Vielleicht hatte er Champagner kaltgestellt? Und frische Früchte in einer silbernen Schale? Und ein Arrangement aus Pralinen und Rumtrüffeln?
Hab ich das dienstgradmäßig nötig? Am hellichten Tage rumtrüffeln? Nich für Geldtabei. Ich bin eine verheir...
»Ich laufe auch lieber.«
Justus Streitacker legte den Arm um mich.
Wir hoppelten die Treppe hinunter, weshalb sein Arm erneut von meiner Schulter rutschte.
So. Der Herr lief also auch lieber.
Und Schritt halten konnte er offensichtlich auch.
Und er roch verdammt gut nach frischer Rheinbrise und Möwe und »Idiot«.
Wir rannten durch den Rheinpark.
Gott, wie war ich stolz! Sonst rannte bestimmt immer Arnold Kessler neben ihm her, der windzerzauste Drei-Wetter-Tough mit der beschlagenen Taucherbrille und den Eisklumpen im Bart, und jetzt durfte ICH neben ihm herrennen! Wie hatte ich das verdient!
Die Sonne schien, die Kinder lachten. Eine kleine, bunte Eisenbahn fuhr mehrmals fröhlich tutend an uns vorbei.
Justus Streitacker hängte sich in jugendlichem Übermut an die Kletterstange und demonstrierte mir ein paar sehr sportliche Klimmzüge. Sein kinderkackegelbes Wetterjäckchen leuchtete

in der Herbstsonne. Sein grober (selbstgestrickter?) zopfgemusterter Pullover rutschte ihm dabei aus der Hose und legte einen umwerfend erotischen Nabel frei. Sein Bauch war fest und muskulös und immer noch ein bißchen braungebrannt. Ich spürte ein lustvolles Kribbeln irgendwo unterhalb der Magengegend. Wenn ich da an Ernstberts Nabel dachte! IMMER hatte Ernstbert eine Fluse im Nabel, IMMER!! Wie er das schaffte, wußte ich nicht. Ernstbert zupfte sich JEDEN Abend eine Fluse aus dem Nabel. Jeden. Seit sieben Jahren. Kinder, nein, wie ISSES unerotisch! Und Justus: flu-sen-los!! Plötzlich hatte ich große Lust, ihm einmal mit der Hand darüber zu streichen. Während er da hing, an der Kletterstange.
Charrr-lotte! Komma her, ich knall dir eine!
Unvermittelt wandte ich mich ab und lief zu dem steinernen Hügel, auf dem die Kinder immer mit ihren Rädchen herumsausten. Ich rannte mit Anlauf hinauf und blieb mit klopfendem Herzen oben stehen.
Na bitte. Mindestens so eine umwerfende Aussicht wie aus Streitackers Suite.
Der alte Vater Rhein, in seinem Bett sich wohlig wälzend. Auf ihm die schwarzen und grauen Lastkähne mit ihren Containern, wie sie sich zentimeterweise voranquälten.
Der Dom, silbrig-matt in der Herbstsonne, die Hohenzollernbrücke, über die sich ununterbrochen die eisernen Lindwürmer wanden. Das pulsierende Leben meiner geliebten Großstadt. Tja, Justus, da kriegst du Hinterwäldler ja echt noch was geboten, dachte ich. Auch wenn du schon in Wien warst und in Salzburg und auf sämtlichen Achttausendern der Welt.
Dies hier ist Köln.
Gegenüber die Musikhochschule, aus der man selbst hier, in der Stille des Rheinparks, ein Summen und Geigen zu vernehmen glaubte, und davor, schon im Schatten: Unsere kleine Klinik. Still und blaßgelb. Links davon Sankt Kunibert, das steinerne alte Rundgemäuer. Weiter rechts die Zoobrücke, wie immer mit romantischen Baugerüsten geschmückt. Ein Hämmern und Kreissägen drang durch die Mittagsluft herüber. Lautlos und unschuldig schwebten die Gondeln darüber weg. Wer mochte wohl

um diese späte Jahreszeit an einem normalen Dienstagmittag darin sitzen? Rentner mit ihren noch nicht schulpflichtigen Enkeln. Ausländische Touristen mit ihren Kameras. Vereinzelte Messebesucher vielleicht. Manager mit ihren langbeinigen Sekretärinnen, die sich eine nette Mittagspause machen wollten.
Die, die sich noch nicht trauen, ins Hotel zu gehen...
»Sollen wir auch mal mit einer solchen Gonndäll fahren?« Justus Streitacker stand plötzlich neben mir. Als hätte er meine Gedanken erraten. Sein kinderkackegelbes Wetterjäckchen leuchtete in der Sonne.
»Och ja«, sagte ich, »warum nicht.«
Und dann saßen wir uns in der Gondel gegenüber.
Er hatte ziemlich lange Beine, und ich habe auch ziemlich lange Beine, und so mußten wir unsere vier Beine zwischeneinander arrangieren.
Er legte seine Hände auf meine Knie.
»Ichch hätte nichcht gedacht, daß mir meine neue Arbeit in Kchöln soviel Frräude machen würde.«
Ich schob seine Hände beiseite und schlug die Beine übereinander, so gut das in der engen Gondel ging.
»Sie sind doch sicher ganz andere Gondeln gewöhnt«, sagte ich. »Ich meine, Gondeln mit besserer Aussicht.«
Wir überflogen soeben die sechsspurige Autostraße mit den vielen böse blickenden Kameras und der gräßlichen Baustelle auf der rechten Seite.
»Die Aussichcht nach draußen ist in meiner Heimat wirklich erfreulichcher«, sagte Justus Streitacker. »Aber die Aussicht hier drinnen ist durch nichts zu übertreffen.« Er schickte seinen Worten ein paar satte, bassige Lacher nach. Sie hallten in der engen Gondel besonders ohrenbetäubend wider und suchten sich dann einen Ausgang durch den engen Fensterspalt. Draußen lösten sich die Lacher in warme Luft auf und fielen lautlos in den Rhein.
Was sollte ich darauf antworten?
Meinerseits schrill und albern kichern? Mir war nicht danach. Versonnen blickte ich nach draußen.
Der Verkehr war trotz der frühen Mittagszeit bereits ins Stocken

geraten. Wie zwei dicke Würmer schoben sich die beiden Autoschlangen in entgegengesetzten Richtungen über den Rhein.
Wir schwebten schwerelos und frei von Zeitdruck und sonstigem Streß darüber weg, Unsere kleine Klinik immer fest im Blick.
»Ich habe zwei Söhne«, sagte ich plötzlich. »Zwillinge. Sie sind gerade in die Schule gekommen.«
Irgendwie mußten die verdammten Fronten doch mal geklärt werden. Wenn er mich schon nicht nach meinen Familienverhältnissen fragte. Er schien ganz selbstverständlich davon auszugehen, daß ich ab sofort sein Eigen sei.
»Ichch habe sechs Kchinder«, antwortete Justus völlig unbeeindruckt. »Zwillinge sind auch darunter. Die heißen Frritzl und Frranzl und sind häuerr in die Schule geckchommen.«
»Sechs Kinder! Wie haben Sie das geschafft!« Mir blieb die Spucke weg.
»Das ischt für Männer wie michch ein leichchtes!« lachte Justus dröhnend.
Klar. Er und Arnold waren potent bis in die abgefrorenen Zehennägel. Ich errötete. Die Mädels im Domhotel schrien erbost: »Idiot, Idiot, Idiot!« und knallten wütend die Fensterläden zu.
»Aber Ihre Frau!«
»Kchinder kriegen ischt bei uns völlick normal«, sagte Justus tief. »Alle Frauen bekchommen laufend Kchinder. Die helfen dann im Betrieb mit.«
»Wie praktisch«, stammelte ich.
»Ja, die Grischtine braucht jede helfende Hand«, sagte Justus. »Die drei großen Mädchchen arbeiten schon sehr fleißig mit.«
»Ist Christine... Ihre Frau?« Ich schluckte.
»Ja, die Grischtine kchannte ich schon als Kchind. Sie war vom Nachbarhof, und es war kchlar, daß wir irgendwann heiraten würden. Ihre Eltern hatten einen gutgehenden Bauernhof, und dann haben sie eine Fremdenpension daraus gemacht, und die Grischtine und ich haben sie dann ausgebaut zu einem Familienhottäll. Sie müssen einmal kchommen!«

»Jaja, klar, mach ich gern«, sagte ich verwirrt.
Wieso hatte dieser Bursche sechs Kinder und ein Frauchen namens Grischtine und trieb gleichzeitig sein Unwesen als Chefarzt Dr. Frank Bornheimer im weißen Kittel und mit Fönwelle in »Unserer kleinen Klinik«? Wieso war er nicht zu Hause bei Frau und Kindern und schaufelte Heu im Schweiße seines Angesichts? Und fuhr morgens Trecker und warf abends in der Hotelküche mit Semmelknödeln nur so um sich? Und erzog seine sechs Blagen zu redlichen Südtiroler Bauern? Und spielte Alphorn in der Trachtenkapelle sonntags auf dem Kirchplatz, wie sich das gehörte?
Noch eine Stunde, dachte ich.
Eine Stunde, in der man sich noch so viel erzählen kann.
»Meine Jungens heißen Ernie und Bert«, sagte ich peplos. Womit konnte ich ihm bloß noch imponieren?
»Die Bubn freuen sich immer über Spielkchomerodn«, sagte Justus Streitacker. »Sie haben einen rriesigen Garten mit einer selbschtgebaschtelten Baumhütte, ja, im Bauhmhüttenbaschteln bin ichch gut! (Er lachte dröhnend.) Und Pferde hat's und Schafe. Und einen großen Hund, der heißt Hermann!«
»Hermann. Schöner Name für einen Hund«, lobte ich.
Unsere Gondel ruckelte in die Überdachung und stieß sachte an die vorherige Gondel an.
Ein betrunkener Aussteigeknecht riß die Tür auf.
»Endstation, die Herrschaften.«
Wir entwirrten unsere Beine und stiegen aus.
Der Helfer packte mich am Arm. Eine säuerliche Alkoholfahne schlug mir entgegen. Das Gesicht des Mannes war aufgedunsen und von großporiger Haut. Die Nase zierte als rotgeschwollener Klotz sein versoffenes Antlitz. Den hätten wir prima in »Unserer kleinen Klinik« als Statist gebrauchen können. Da hätte Bettina kaum Mühe mit der Maske gehabt.
»Danke, geht schon.« Dann sollte mich doch lieber Justus um die Hüfte fassen.
»Und was machen wir jetzt?«
»Wir haben noch eine Stunde.«
»Wir können noch etwas laufen.«

»In welche Richtung?«
»Mühlheimer Brücke. Dann könnten wir mit dem Müllemer Böötche zurückfahren«, schlug ich vor.
»Also. Laufen wir.« Justus legte wieder mal in spontaner Unternehmungslust den Arm um mich.
Na bitte. Ich war sein Eigen. Sein Zweitfrauchen am Arbeitsplatz. Grischtine hüben und Charlotte drüben.
Er wird schon wieder runterrutschen, der Arm, dachte ich.
Aber Justus und ich hatten exakt den gleichen Schritt.
Der Arm blieb bis zur Mühlheimer Brücke liegen.
Ob er das mit Arnold Kessler auch immer so machte?

»Pscht! Der Papa schläft!«
Auf leisen Sohlen schlich ich mit den Kindern durchs Haus. Captain Blaubär war gerade zu Ende, Lila Launebär schon lange. Wir hatten gefrühstückt, gespielt, vorgelesen, geschmust, geflüstert. Draußen strahlte hell die Sonne. Es war kurz nach elf.
»Dürfen wir jetzt raus?«
»Nein! Ihr wißt genau, daß der Papa direkt über dem Sandkasten liegt!«
»Wie lange schläft er denn noch?«
»Bis er aufwacht.«
»Aber es ist langweilig! IMMER muß ich mich langweilen, und keiner spielt mit mir, und ich will andere Eltern!«
»PSCHTTT!!!«
»Aber ich will draußen spielen!«
»Ernie! Wenn du nicht sofort flüsterst, verhaue ich dir den Hintern.«
»Ich bin nicht mehr dein Freund«, sagte Ernie.
»Warum kann der Papa nicht nachts schlafen?« fragte Bert.
»Nachts muß der Papa arbeiten«, sagte ich.
»Am Computer?«
»Am Computer.«
»Arbeiten alle Väter nachts am Computer?«
»Weiß ich nicht. Unserer jedenfalls.«
»Dem Kevin sein Vater fährt mit dem Kevin am Sonntag Fahrrad!« strunzte Ernie. »Ganz, ganz weit! Mindestens bis nach

Amerika! Beim letztenmal hat sie ein Puma angefallen, das hat sich an Kevins Vater in den Hals reingebissen und ist fünfundsiebzig Kilometer auf dem Gepäckträger mitgefahren! Dann hat der Kevin das Puma erschossen, und der Vater mußte zum Arzt! Hmja! So tolle Sachen erleben die am Wochenende!«
»Echt stark«, sagte ich.
»Der Ernie redet Quatsch«, erklärte Bert. »Aber daß sie immer Fahrrad fahren, das stimmt.«
»Sollen wir auch Fahrrad fahren?« fragte ich. Daß meine ARMEN Kinder aber auch so einen phlegmatischen Vater hatten! IMMER mußten sie sich langweilen! Das Schlimme war: Wenn Ernstbert aufwachte, würde er mitwollen!
»AU ja!!«
»PSSST! Wollt ihr wohl nicht so schreien! Der Papa schläft!«
Ich hatte vor, uns ganz leise vom Acker zu machen, damit Ernstbert bis abends um sieben im Bett bleiben und seinen Computerrausch ausschlafen konnte. Aber ich kannte ihn: Immer wenn wir gerade gehen wollten, stand er splitternackt im Treppenhaus und wollte mit. Aber nicht sofort natürlich.
Erst mußte er ins Badezimmer und dann wieder ins Schlafzimmer, und dann mußte er frühstücken und Zeitung lesen und dann wieder ins Badezimmer und auf dem Klo eine Bedienungsanleitung lesen, und dann mußte er sich noch mal umziehen und noch seine Turnschuhe suchen und seine wetterfeste Kleidung suchen und das Fahrrad aufpumpen und noch die neue Luftpumpe suchen, und dann mußte er eine Landkarte hervorkramen und dann die Tour festlegen, und darüber würden wir wieder Hunger kriegen, und ich würde ins Haus gehen und anfangen, Kartoffeln zu schälen, und dann würden wir alle erst mal Mittag essen und dann ein Mittagsschläfchen machen, und nach dem Kaffee würde es dunkel werden, und dann würde Ernstbert die Tagesschau sehen wollen.
Deshalb wollte ich unbedingt verschwinden, ohne daß Ernstbert aufwachte. Es war jeden Sonntag das gleiche. Ich haßte alle Sonntage. Ein entsetzlicher Streß.
Ich zerrte die Kinder aufs Gästeklo und zwang sie, ihre Schniepel so geräuschlos wie möglich zu entleeren.

Ernie protestierte: »Heute ist Feiertag, und mein Schniddel hat jetzt auch Ruhetag!«
»Der könnte wirklich ein paar mehr Penisse gebrauchen«, spöttelte Bert. »Vier würden ja schon reichen.« Wahrscheinlich dachte er an bleifrei und Super plus und so. Dieses praktische Kind.
Dann packte ich sie in Wetterjacken, stopfte etwas Obst und ein paar Kekse in den Rucksack und flehte sie an, kein Wort mehr zu sprechen, bis wir in der Garage wären.
Gerade als ich völlig geräuschlos die Haustür hinter mir zugezogen hatte und wir wie die Diebe durch den Vorgarten schlichen, hörte ich oben das Flurfenster aufgehen. Mich packte eine hilflose, kalte Wut.
Ein grauer lappiger Bademantel (Fluse im Nabel?) mit haarigen weißen Beinen drunter. Ein unrasierter, ungekämmter und schlafverklebter Kopf obendrauf.
»Guten Morgen!« grunzte Ernstbert verträumt. »Ihr wollt doch nicht ohne mich den Sonntag verbringen?«
»Nein«, sagte ich matt. »Wie kommst du darauf?«
Von Sankt Hildebold läutete es zwölf.
»Wartet«, sagte Ernstbert. »Ich komme mit. Macht mir nur keinen Streß!«
Ich? Dir? Streß machen? Niemals. Wenn du doch weiterschliefest!
»Jetzt dürft ihr im Sandkasten spielen«, sagte ich zu Ernie und Bert.
»Sollen wir flüstern?« flüsterte Bert.
»Nein. Der Papa ist ja wach.«
Schreiend vor Erleichterung rannten die Kinder zum Sandkasten hinüber. »Dürfen wir den Gartenschlauch anmachen?«
»Nein«, sagte Ernstbert von oben. »Keine Schweinerei am Sonntag. Ihr seid schon angezogen.«
»Klar«, sagte ich. »Matscht ruhig. Wir können euch ja dann wieder umziehen.«
Ich sank frustriert auf den Treppenabsatz.
Hatten wir ihn doch wieder wachgemacht! Und ich hatte mir solche Mühe gegeben! Seit halb sieben hatten wir nur geflüstert!

Es war einfach nicht zu schaffen, daß der arme, abgearbeitete Ernstbert mal vierundzwanzig Stunden schlief. Oh, ich war eine Versagerin! Typisch Schlotter-Lotte. Sie schafft's einfach nicht. Grete und Konsorten nach dem Krieg, die haben das doch auch geschafft, in ihren armseligen Zweizimmerwohnungen bei strengen, humorlosen und kinderfeindlichen Pfarrersleuten zur Untermiete. Und die Kinder haben artig Teppichfransen gekämmt und dabei leise vor sich hin gesungen!
»Mama! Spiel mit uns! Du bist die Krimi-Hild, und ich bin Hagen von Kronje mit dem Blatt!«
»Kein Bock«, sagte ich lasch. Ich war bis in die Haarwurzeln frustriert. Wie gerne hätte ich jetzt die Kinder gepackt und wäre unter den verschlafenen Augen meines Gatten einfach abgehauen. Irgendwohin. Ganz ohne Kompaß und Wanderkarte und Stadtplan und U-Bahn-Fahrplan und Mobiltelefon. Nur weg hier.
Die Kinder hängten den Gartenschlauch in den Sandkasten und verwandelten ihn in kürzester Zeit in einen gelblich-siffigen blasenbildenden Schweinetümpel. Die Spielsachen soffen langsam, aber sicher darin ab. Begeistert stiegen meine Jungs in die unappetitliche Brühe und setzten sich unternehmungslustig auf den klammen Sandkastenrand.
Ich entdeckte einige Rührschüsseln und Schneebesen aus meinem Küchenschrank, die in der Brühe trieben.
»Komm noch ein bißchen zu mir«, grunzte Ernstbert am offenen Fenster. »Die Kinder spielen grad so schön.«
»Kein Bock«, sagte ich ganz leise in mich rein.
Aber laut sagte ich: »Kinder, wenn ihr Mama und Papa jetzt ein bißchen in Ruhe laßt, machen wir nachher auch 'ne ganz schöne Fahrradtour!«
»Das glaubst du ja selber nicht«, sagte Bert. »Der Papa will jetzt mit dir schmusen, das weißt du genau.«
»Jaja«, murmelte ich, »aber danach.«
Dann zog ich meinen Anorak wieder aus und trollte mich nach oben. Und dachte an die Fluse in Ernstberts Nabel. Und konnte mich vor Lust kaum lassen.

»Laufen wir heute in der Mittagspause?«
Das kinderkackegelbe Wetterjäckchen schoß bereits im Foyer auf mich zu.
»Morgen, Fritz«, sagte ich erst mal betont lässig zu meinem Pförtnersfreund.
»Morgen, Frau Pfeffer. Heute gar nicht zu spät.«
Fritz warf einen vielsagenden Blick auf Justus, der hinter der Besucherscheibe ungeduldig meiner Antwort harrte.
Ich hatte mich an den Anblick der Streitackerschen kinderkackegelben Wetterjacke bereits gewöhnt. Und an den Geruch seiner wildentschlossenen Unternehmungslust. Und an den Klang seiner tiefen, männlichen und potenten Stimme. Besonders, wenn er so profund lachte. Mir war, als würde ich ihn schon viele Jahre kennen. Und auf eine mittägliche Wanderung am Rhein war ich geradezu versessen. Auch wenn es heute in Strömen goß.
»Wie Sie meinen«, sagte ich gedehnt. Dabei fühlte ich mich ziemlich geschmeichelt, besonders in Anbetracht der Tatsache, daß Elvira, Bettina, Pia, Lore Läscherlisch und einige andere Kolleginnen vom Set uns aus der Raucherecke sehr wohl aus neidischen Augen beobachteten.
Tja, Mädels. Er hat eben mich erwählt. Ich bin nicht nur die Schönste im ganzen Land, sondern auch die Interessanteste. Deshalb. Er spürt instinktiv mein hohes künstlerisches Niveau. Tja. Gleich und gleich gesellt sich eben gern.
Ach, wie fühlte ich mich plötzlich wohl in »Unserer kleinen Klinik«! Seit sieben Jahren hatte ich mich noch nicht so wohl gefühlt.
Der Vormittag verging wie im Fluge. Ich konnte mich kaum auf meinen Text konzentrieren. Wir drehten, wie Justus vor »Unserer kleinen Klinik« vorfuhr und dann aus dem Taxi stieg, unter tiefbewölktem, regenschwerem Himmel, und ahnungsvoll die Fassade der kleinen Klinik emporschaute, während Frau Dr. Anita Bach, also ich, mit Frau Schmid-Schmiedebach, der reizenden Gallen-Patientin von Station drei, ein paar belanglose Sätze tauschte.
Wie von einem inneren Gefühl getrieben, trat Frau Dr. Anita Bach ans Fenster und sah nun ganz zufällig den gutaussehenden

zukünftigen Chefarzt aus dem Taxi wehen. Ohne zu ahnen, um wen es sich handelte, natürlich. Der Prinz aus dem fernen Morgenlande eben. Er zahlte und ließ sich seinen Koffer geben, und dann, typisch Seifenserie, rannte er nicht etwa fluchend unter das Vordach, um nicht noch nasser zu werden, sondern blickte gedankenvoll in den dritten Stock hinauf, wobei ihm die Regentropfen sein markantes Gesicht benetzten und seine Fönfrisur zum Erliegen brachten. Er jedoch schaute geradewegs in die Augen der weichgespülten blonden Oberärztin Anita, während Frau Schmid-Schmiedebach im Hintergrund von ihren Gallensteinen und ihrer damit in Zusammenhang stehenden Abneigung gegen fettige Reibekuchen berichtete.
Endlich waren wir fertig. Frau Schmid-Schmiedebach konnte gehen und sich die Spesen im Produktionsbüro abholen.
»Zwei Stunden Mittagspause.«
Ich lief runter in die Garderobe, entledigte mich des geplätteten Anita-Bach-Kittels und der golddurchwirkten Haarschleife und griff nach meiner Jacke.
»Wohin so eilig?« spottete Bettina. »Willst du dich gar nicht abschminken?«
»Och nöö, das macht der Regen«, sagte ich und hoppelte glücklich davon.
»Na, jehste wieder wandern?« fragte Lore, der ich auf der Treppe begegnete, säuerlich.
»Wandern ist gesund«, antwortete ich altklug.
»Bei dem Wätta? Läscherlich. Da jeht doch däine janze Frisur kaputt!«
»Das kriegt die Bettina schon wieder hin«, rief ich fröhlich. Selten hatte ich mich so auf einen Spaziergang gefreut. Härpsregen bringt Segen, dachte ich. Geh du doch zu deinem rheinischen Sauerbraten, wo du hingehörst.
Auf der Domplatte wartete schon Justus. Sein kinderkackegelbes Wetterjäckchen leuchtete unternehmungslustig zwischen all dem Grau. Er hatte ein Käsebrötchen von Merzenich besorgt und hielt mir die Tüte hin. Für eine Sekunde erinnerte mich diese Szene an Hannes. Damals, vor dem Bahnhof in Südfrankreich. Morgens um fünf. Damals, als mein Leben angefangen hatte.

Mit etwas Eßbarem haben sie mich noch alle in ihre Fänge gelockt, dachte ich, als ich genüßlich in das knackig frische Brötchen biß. Hm, schmeckte das wundervoll! Ich konnte mich nicht erinnern, jemals im Leben in ein köstlicheres Käsebrötchen gebissen zu haben. Justus hielt seinen etwas altersschwachen Knirps schützend über mich. Er und Arnold wanderten sonst bestimmt ohne Schirm. Na ja. Männer wie er. Nur aus Rücksicht auf meine Anita-Bach-Locken hielt er den läscherlichen Knirps über mich. Welch vergebliches Unterfangen! Ich schob den Schirm beiseite. Richtige Wandersmänner rennen ohne Schirm durchs Leben. Und außerdem: Auf den Achttausendern regnete es ja auch meistens nicht.
»Kannst du im Gehen essen?«
Er duzte mich. Na bitte. Hatten wir diese Hürde also auch schon geschafft.
»Klar«, schnaufte ich. Damals war ich auch mit vollem Mund hinter Hannes hergerannt. Und war am selben Abend noch mit ihm im Bett gelandet. Ach Hannes. Was wohl aus dir geworden ist? Weißt du eigentlich, daß ich einen Sohn von dir habe? Der dir hinreißend ähnlich ist? Mich wollte eine wunderbar weiche Wehmut überkommen. Stuhlbein. Denkst du noch manchmal an mich?
Aber dann schüttelte ich den Gedanken an Hannes ab.
Dies hier war etwas anderes.
Ein reifer, kluger und niveauvoller Kollege, sechsfacher Vater, mit beiden Beinen im Leben stehend, Hotelbesitzer und Schauspieler ersten Ranges, der mir galant ein Käsebrötchen und seinen Knirps und was sonst noch alles hinhielt und seine kostbare Mittagspause mit mir zu verbringen trachtete.
Arm in Arm schritten wir raschen Schrittes über die Brücke. Mehrere naßgraue Züge donnerten an uns vorbei, Tropfspuren und kalten Dampf hinterlassend. Drinnen wurden nasse Mäntel ausgezogen und Zeitungen aufgeschlagen.
»Da isch das Hyatt«, sagte Justus.
»Was du nicht sagst«, antwortete ich keck.
Justus spendierte mir einen seiner profundesten Lacher.
»Ach ja, das weißt du ja schon, daß ichch da wohne.«

»Du hast es mal am Rande erwähnt«, schrie ich mit vollem Mund. Die Brücke vibrierte. Ein paar nasse Möwen hockten griesgrämig in ihren Löchern. Die Dampfer, die stromauf, stromab zogen, machten einen schlechtgelaunten Eindruck. Niemand schrubbte pfeifend das Deck.
»Möchtest du mal die Aussicht genießen?«
»Auf den verregneten Dom oder auf was?«
Justus lachte. Kinder nein, was lachte er gern und oft!
»Wir kchönnen natürlichch auch laufen«, dröhnte Justus an meinem Ohr. »Wenn dir das lieber ischt!«
»Ja«, schrie ich gegen den Lärm der donnernden Züge an. »Das können wir. Sag ich zu Ernie und Bert auch immer. Wir haben gesunde Beine. Wir können laufen.«
Und dann liefen wir.
Längst war mir in seiner Umklammerung zu warm geworden, und der Knirps konnte gegen den Regen eh nichts ausrichten. Ich genoß den Regen und die frische, kalte Dezemberluft und den Geschmack von Käsebrötchen und Regentropfen und die Freiheit, von keinem Menschen der Welt umklammert zu werden.
Das Klettergerüst im Rheinpark war zu naß, als daß Justus sich noch einmal für mich daran gehängt hätte.
Schade. Der Anblick seines flusenlosen Bauchnabels hätte mich sehr gereizt.
Wir wanderten strammen Schrittes bis zur Zoobrücke. Einige Bauarbeiter, die im Schutze der Brücke ihre Stullen verdrückten, pfiffen zweideutig hinter uns her.
Justus erzählte bereitwillig und mit dem schwärzesten Baß, den seine Stimmbänder hergaben, aus seinem Leben.
Er war in Bozen zur Schule gegangen und wollte niemals Bauer werden wie seine Väter. Er fühlte sich zu Höherem berufen. Er hatte Künstlerblut in seinen Adern, das spürte er genau, das war »wie so äine Wallung...«, und so ging er nach einem Studium an der Schauspielschule in Innsbruck und Brixen auf die Bretter, die die Welt bedeuten. In sämtlichen bedeutenden Städten Europas hatte er schon den Hamlet gegeben und den Faust und den Jedermann.
»Und warum spielst du jetzt in einer Seifenserie den Chefarzt

Dr. Frank Bornheimer?« wagte ich ihn zwischendurch einmal zu unterbrechen.
»Weil ichch ein verantwortungsvolller Familienvater bin«, sagte Justus streng.
»Versteh ich nicht.«
»Schau mal, ichch habe alllle Anngebote der Wälllt bekchommen«, belehrte mich Justus mit großer Geste. Und dann zählte er auf, welche Intendanten und Regisseure von Welt sich vergeblich um ihn gerissen hatten. Vanicetti und Fettucini und Bertolucci und Altamonte und Häwelmann und Bamenohl und wie sie alle hießen. Und er hätte – bei seinem Talent, seinem Aussehen und vor allem (!) bei seiner künstlerischen Ausstrahlung – JEDE Weltkarriere gemacht. JEDE. Aber dann hätte doch die arme Grischtine keinen Besamer mehr gehabt für ihre Hotelnachkommen!
Er wäre ja nur alle Jubeljahre mal nach Südtirol gekommen, und außer dem schnöden Mammon hätte er rein gar nichts beitragen können zum Werden und Wachsen des heimatlichen Familienbetriebes. Wahrscheinlich wäre die Ehe sogar in die Brüche gegangen. Weltklasse-Schauspieler trennen sich erfahrungsgemäß von ihren Bauersfrauen, früher oder später. Und? Hätte er, Justus der Gerechte, das verantworten können, seiner Kindsmutter und seinen zahlreichen ungeborenen Nachkommen gegenüber? Nein.
Und so blieb er auf dem Teppich, ging den niederen Weg der künstlerischen Knechtschaft und ließ sich von einer profanen, schäbigen Schauspieleragentur unter Vertrag nehmen. Die Agentur hatte ihren Sitz in Frankfurt, und ein jeder kannte sie. Jeder hergelaufene, x-beliebige, arbeitslose Lump, der sich Künstler nannte, konnte sich bei dieser Agentur bewerben. Diese niedere Art von künstlerischer Prostitution nahm Justus auf sich, sprach in Frankfurt vor und bekam prompt (natürlich!) die vakante Stelle des Chefarztes in »Unserer kleinen Klinik«.
»An meinem Talänt kamen die nichcht vorbei«, sagte Justus zufrieden.
Kinder, MUSS das denn sein. Warum muß der Mann denn so strunzen.

Was aber nicht bedeutete, daß er nicht sämtliche Techniken des bäurischen Daseins beherrschte, Trecker fahren und Schweine schlachten und Hühner kchöpfen – »O ja! Im Hühnerkchöpfen bin ichch gut!« – und Mägde vernaschen im Heu natürlich – und hier lachte er so profund und selbstgerecht, daß ich zum erstenmal begriff, daß Justus ein ausgesprochen passender Name für ihn war! Das alles beherrschte er aus dem Effeff, denn Natürlichkeit und Erdverbundenheit, zusammen mit einer unschlagbaren Mischung aus Bescheidenheit und Liebe zum einfachen Volk, flossen in seinem Blut, und immer wenn er in seiner Südtiroler Heimat war, machte er von dieser seiner volksverbundenen Bescheidenheit Gebrauch. Dann war er nicht mehr der berühmte Schauspieler Justus Maria Streitacker, um den sich die Weltbühnen rissen, sondern dann war er der nette Justus von nebenan. Alle liebten und schätzten und achteten ihn, wenn er in Gummistiefeln und seiner blauen Bauernschürze aus dem Stall kam und nach Jauche roch und zur Ziehharmonika griff und Heimatlieder anstimmte mit seiner profunden Baßstimme, die im ganzen hinteren Passeiertal bekannt und beliebt war!! Wenn er zu jodeln begänne, dann bliebe kein Auge trocken.
Und TRRINKFESCHT wär er!! So was von!!
Beim Rasenmähen – im Rasenmähen sei er gut! – stellte er sich immer an jede Ecke des rriesigen Rrasens eine Flasche Bier, und immer wenn er mit seinem Mähdrrrescherr wieder an einem Hase-und-Igel-Ende seines Rrrasens angekommen wäre, dann brächte er mal eben eine Flasche Bier zur Strrreckche.
Er lachte selbstherrlich.
WAS für ein Charakter!!!
Auf dem Rückweg kamen wir an der Bastei vorbei.
»Hascht du Luscht auf einen Tee?«
Ja, Justus. Alles, worauf du Luscht hast, finde ich aufregend. Auch Tee.
Und so betraten wir das menschenleere Etablissement, in dem nur ein säuerlich blickender Kellner auf des Tages Ende wartete.
»Zwei Tee.«
»Mit Zitrone?«

»Für michch mit Milchch.«
»Für mich bitte auch.«
Es war herrlich, nach dem strammen Marsch auf einem weichen Polsterstuhl zu sitzen und auf den faden Vater Rhein zu blicken und heißen Tee mit Milchch zu schlürfen.
Justus Streitacker hatte ganz gerötete Wangen. Er schnaubte sich die Nase in ein großes, geblümtes bäuerliches Schnupftuch und nahm dann meine Hände:
»Es ischt phantastisch, mit dir spazierenzugehen! Du bischt so ein interessanter Mensch!«
Huch, dachte ich, woher will er das wissen! Ich habe doch gar nichts gesagt! Er hat doch knapp zwei Stunden nur von sich geredet, und das mit ständig schwellendem Kamm! Ich bin ein schweigsames graues Mäuschen, vielleicht seiner Grischtine erschreckend ähnlich!
Aber es ist eben eine jute Jabe Jottes, wie Lore sagen würde, einfach nur zuhören zu können. Das zeichnet uns kleine, farblose Mauerblümchen aus, an deren Blüten sich die eitlen Hähne ihre aufgeblähten Hintern wetzen.
Zuhören, überhaupt. Wer kann das heute noch.

»Hallo, Evelyn. Post für mich?«
»Ja, hier, der ganze Ordner.«
»Danke. Sag mal, ist was?«
»Setz dich mal einen Moment.«
Evelyn wies mir den kleinen Stuhl an der Wand zu, auf dem sie sonst ihre Besucher plazierte.
»Was ist denn los? Hab ich was angestellt?«
»Nee. Aber ich muß dir was erzählen, deinen Freund Justus Streitacker betreffend.«
»Wie kommst du darauf, daß er mein Freund wäre?«
»Liebe Charlotte, es ist ganz offensichtlich, daß du auf diesen aufgeblasenen Pinsel abfährst.« Evelyn kam immer gern gleich zur Sache.
»Ach Quatsch«, sagte ich. »So ein Blödsinn.«
»Er fährt ja auch auf dich ab.«
Na bitte. Ich lehnte mich entspannt zurück. Evelyn war wohl ein

bißchen neidisch? So was kommt in den besten Familien vor. Auch in Unserer kleinen Klinik. Wir sind eben alle nur Menschen.
Evelyn blies den Rauch ihrer Zigarette gegen die sonnenbeschienenen Fensterscheiben, woraufhin sie sofort gräulich-milchig beschlugen.
»Er ist ein eitler Scheißschwätzer.«
Ich lachte. »Evelyn! Warum regst du dich so auf! Fährst du vielleicht selber auf ihn ab oder was? Kannst ihn haben!«
»Vielleicht war's so«, sagte Evelyn. Dann ließ sie die Bombe platzen. Sie sah mir tief in die Augen und sagte sehr ernst: »Er hat gestern abend versucht, mich anzubaggern.«
Ich lächelte genau so, wie unsere mollige pferdehaarige Lernschwester Ulrike immer lächelte. Eine Spur zu warmherzig. Irgendwie schlee.
Na und, dachte ich neidisch in mich hinein. Blindes Huhn findet auch mal 'n Korn. Wahrscheinlich war er blau oder hatte Heimweh, der arme Mann.
»Wie schön für dich«, sagte ich süßlich und hatte plötzlich einen faden Geschmack im Mund. »Und wie geht die Geschichte weiter?«
»Er konnte bei mir nicht landen. Er ist ein widerlicher Angeber. Aber das ist es nicht, was ich dir sagen wollte.«
»NEIN??« Ich lächelte noch viel warmherziger.
»Ich hab das Gefühl, daß du ziemlich beeindruckt von ihm bist.«
»Ach was.«
»Charlotte! Ich will dich nur vor ihm warnen.«
»Das ist nett von dir, Evelyn. War's das?«
Ich griff meinen Aktenordner vom Schreibtisch und wandte mich zum Gehen.
»Er hat von dir gesprochen.«
Ich stockte.
»Und?« Nervös ließ ich mich wieder auf ihr Stühlchen an der Wand fallen. »Sag schon. Ich muß in die Maske.«
»›Die Charlotte Pfeffer‹, hat er gesagt, während er mir die Waden tätschelte – stell dir das vor, diese Geschmacklosigkeit! –,

›die hat ja ein ganz nettes Gesichtchen und eine niedliche Figur. Gerade richtig für diese Serie. Aber die ist durch Protektion da reingekommen, nicht durch Können.‹«

Protektion! Woher wollte er das wissen! Wer hatte da was rumgequatscht!

Ich schluckte. Verdammt, Evelyn, warum erzählst du mir das alles!

»Na und?« fragte ich, schnippte die Evelyn-Asche in den Blumentopfuntersetzer und bemühte mich, mir nicht anmerken zu lassen, daß mich das geradezu körperlich schmerzte.

»›Aber eine Schauspielerin ist sie nicht.‹«

»DAS hat er gesagt?«

»Ja. Sorry. Das hat er gesagt.«

»Aber ich habe auf der Schauspielschule mit Auszeichnung abgeschlossen! Wie kommt er dazu, so was zu behaupten!« Protektion! Schnaub! Das Arschloch.

»Er will sich wichtig machen«, sagte Evelyn. »Vergiß den Kerl. Er hat's nötig.«

»Bist DU vielleicht in irgendeiner Form an ihm interessiert?« fragte ich vorsichtig. »Ich meine, weil du mir das alles erzählst.«

»Ich lief Gefahr«, sagte Evelyn. »Ich hab ihn immerhin in meine Wohnung gelassen. Er stand einfach auf der Matte, gestern abend kurz nach der Tagesschau. Er wollte aber nur über dich sprechen. Nach der ersten Flasche Wein fing er an, mich zu befingern. Ich hatte, ehrlich gesagt, gar nichts dagegen, aber er wollte Informationen über dich.«

»Du, hör mal, er ist verheiratet!«

»Na und?« schnaufte Evelyn. »Verheiratet sind wir doch alle mehr oder weniger. Das ist auch gar nicht der Punkt. Was mich so angewidert hat, war die Art, wie er von dir sprach. Soll ich dir sagen, was er noch über dich gesagt hat?«

»Nein«, sagte ich schwach und fingerte mir hilflos eine Zigarette aus Evelyns »Ich-verrecke-gern«-Schächtelchen.

»›Du bist ein hübsches Lärvchen, hat er gesagt.«

»Schweig!« Ich wand mich wie ein Wurm, der halb zertreten am Boden liegt. Justus, o Justus, was tust du mir an!

Doch dann regten sich in mir nie gekannte Kräfte. Der Wurm wurde zum heftig rauchenden und Feuer speienden Drachen. Ernie hätte seine helle Freude an mir gehabt.
Warte, Bürschchen. Dir werd ich's zeigen, und nicht zu knapp. Mein Schauspieltalent darfst du von nun an kosten.
Doch Evelyn war noch nicht ganz fertig.
»Mit nichts dahinter. Kein künstlerisch fundiertes Können. Gerade richtig für so eine Serie. Der Regisseur habe ein gutes Auge für dich gehabt, was die Anita-Bach-Rolle anbetrifft. Da sei wohl auch ein bißchen nachgeholfen worden, bei deiner Einstellung vor sieben Jahren.«
»Das... wagt er zu sagen, der... Ausländer, der...«
»Aber Zukunft hast du keine, schöne Grüße. Wenn du mal fünf Jahre älter bist und 'n Hängearsch hast und Falten um die Augen, dann will dich kein Schwein mehr sehen. Auch nicht in ›Unserer kleinen Klinik‹. Dann wirst du von heute auf morgen ausgetauscht. Im Gegensatz zu ihm natürlich. Er wird bis Ende Siebzig der Chefarzt bleiben, weil er so unwiderstehlich männlich ist. Und ein Charakterdarsteller von Format. Außer ihm hat in dieser Serie übrigens niemand Format. Niemand. Nur er.«
»DAS hat er gesagt?« Ich setzte zu einem hilflosen Lacher an.
»Genau so. Er hat nämlich Erfahrungen mit so was. Seit Jahrzehnten ist der im Geschäft. Er weiß, wie mit hübschen Lärvchen umgegangen wird.«
»Und WARUM hat er das gesagt? WARUM?«
»Weil er ein eitles Arschloch ist«, sagte Evelyn ungerührt. »ER ist übrigens eine einmalige Schauspielerpersönlichkeit. Knapp hinter Gustav Grünkern und Jürgen Curtz. ER hat keine Serienvisage. Er nicht.«
Sie drückte ihren Zigarettenstummel so brutal in den Aschenbecher, daß man hätte meinen können, es wäre der südtirolische Wurmfortsatz von Justus Maria Streitacker. Ihr rosa lackierter Daumennagel knirschte erbarmungslos auf dem Stummel herum.
»Weißt du, warum er es gesagt hat? Weil er gemeint hat, er kriegt mich damit rum. Weil er dumm genug ist zu glauben,

sein selbstherrliches Geschwätz würde auf eine kleine Sekretärinnen-Maus wie mich Eindruck machen. Aber da hat er sich geschnitten. Ich hatte schon andere Schauspieler im Bett. Von Moritz Schmoll bis Georg Ergötz. Alles kein Thema für mich. Ein Gentleman genießt und schweigt. Soll ich dir was sagen? Wenn er so über DICH spricht, spricht er nächstens bei DIR so über MICH. Nein danke, hab ich mir gedacht. Ich hab ihn rausgeschmissen.«

Alles was unrecht war: Diese kleine rosa Sekretärinnen-Maus, wie sie sich selber zu bezeichnen beliebte, hatte Format. Von der konnten wir alle noch was lernen.

Ich erhob mich mühsam aus meinem Besucherstuhl.

»Danke, Evelyn, daß du's mir gesagt hast.«

»Schonungslos, wie es nun mal meine Art ist«, sagte Evelyn. »Ich will dich nur vor größeren Dummheiten bewahren. Ich kenne dich ja. Du bist viel zu schnell zu begeistern. Nur weil einer mit 'nem niederbayrischen Akzent spricht und künstlich tief lacht, fällst du auf ihn rein.«

»Südtiroler Akzent«, wandte ich schüchtern ein. »Das ist ein großer Unterschied.«

»Du weißt schon, was ich meine. Ich hätt ihn dir ja gegönnt, weil du wirklich mal wieder einen richtigen Kerl im Bett verdient hättest. Dein Bleichgesicht zu Hause – na ja, geht mich ja eigentlich nichts an. Ich gönn dir jeden. Aber nicht den. Jedenfalls nicht, ohne daß du weißt, mit wem du es zu tun hast.«

»Find ich echt anständig von dir«, sagte ich. »Ich werd's dir nie vergessen.«

Ich erhob mich mit zitternden Knien und drückte meinen Stummel neben den von Evelyn. Mit haßerfüllter Rachegier knirschte ich das niedere Reptil in seine erbärmliche Asche. Justus, das wirst du mir büßen. Ich schwör's.

»Hier, vergiß deine Fanpost nicht!« rief Evelyn hinter mir her. »Die fahren alle auf dich ab. Alles rechtschaffene Klempner und Automechaniker und Fahrlehrer und Metzgergesellen und Zeitsoldaten. Alles Männer mit Herz. Die würden dich alle vom Fleck weg heiraten. Und keiner von denen würde sagen, daß du ein Lärvchen bist.«

Ich drehte mich noch einmal um und nahm den Ordner entgegen. Dabei spendierte ich Evelyn ein schmallippiges »Hat-auch-gar-nicht-weh-getan«-Lächeln.
»Charlotte?«
»Hm?«
»Mach ihn fertig!«
»Worauf du dich verlassen kannst.« Ich lächelte schief.
»Ich unbegabtes Lärvchen«, murmelte ich, während ich mit meinem Aktenordner über den Gang schlich. »Und dich hab ich gemocht.«

In der Maske sah ich ihn wieder. Sie hatten ihm eine Brille aufgesetzt und seine Fönfrisur anders gestaltet.
Mehr nach vorne. Mehr so intellektuell. Gott, was sah dieser Mann phantastisch aus. So reif, so männlich, so erdig-kernig-bassig. Er hätte auch gut Reklame für erdige männliche Zigaretten machen können. Mit einem Lasso dem Sonnenuntergang entgegenreiten und sich dann neben dem Lagerfeuer Bohnen aus der Dose reinziehen, nachdem er seine durchlöcherten Cowboystiefel auf der Leine zum Trocknen aufgehängt hat. Oder für Krabbensuppe von Mecki. Ein finnischer Angler steht in Gummistiefeln in einem rauschenden Wasserfall, und plötzlich zuckt es an seiner Rute, und er hält sich für den großen Macker und fängt an zu stemmen, und was zappelt ihm schließlich im Netz? Eine Tütchensuppe.
DIE Rolle wäre Justus Maria Streitacker auf den Leib geschrieben.
Kannst du haben, Bursche, dachte ich. Du brauchst es.
Du wirst mich kennenlernen. Das Lärvchen schlägt zurück.
Bettina erwartete mich schon.
»Wie immer?«
»Machma.«
Wir grinsten. Sie puderte mir die Nase, ich preßte die Lippen zusammen.
»Na? Freust du dich schon auf den heutigen Dreh?«
Es war ganz klar, daß sie auf Streitacker anspielte. Wahrscheinlich war die Story mit dem Lärvchen schon rum.

»Ich freue mich immer auf den Dienst«, sagte ich zwischen den Zähnen. »Seit sieben Jahren kann ich es am Wochenende gar nicht erwarten, daß endlich Montag morgen wird!«
Ich suchte Justus Maria Streitackers Augen. Die dunklen, männlichen, diabolischen. Leider saß die dicke Lore aus Knappsack zwischen uns. Sie als Oberschwester Ällsbett war leider bei fast jeder Szene dabei. Un-er-sätz-lich, wie sie selber sagte. Läscherlisch.
Bettina band mir die übliche biedere Anita-Bach-Schleife ins Haar. Ärztinnen tragen immer züchtige Pferdeschwanzfrisuren. Niemals lassen sie ihre offene Haarpracht in eines Patienten offene Operationswunde hängen. Auch nicht, wenn sie gerade den neuen Chefarzt kennenlernen. Da sind sie eigen.
Die dicke Lore bekam ihre übliche Schwesternhaube aufgesteckt.
»Hast du schon dat aktuällle Drehbuch jelesen?« fragte sie mich in ihrem Knappsacker Singsang. In ihrer Stimme schwang Verachtung mit.
»Dat aktuällle« war auf Justus Maria Streitacker zugeschrieben. Der dicke, gutmütige Elmar aus der Redaktion mußte immer alles aktualisieren. Und seit Jupp Tönges tot war, hatte Elmar echt zu tun.
»Nee, du?«
»Watenkstudann!«
Lore reichte der Maskenbildnerin ein paar Haarnadeln, die sie im Munde aufbewahrt hatte. Diese nahm sie mit spitzen Fingern entgegen.
»Du muß disch in den Chefarzt verlieben«, klärte Lore mich auf. »Dat denen auch nie wat Besseres äinfällt!«
»Auch das noch«, sagte ich. Die pferdehaarige Lernschwester Ulrike lächelte schlee und süßlich.
»Nää, wat hastu auch immer für'n Päsch.«
Doch dann reifte in mir blitzschnell ein Plan.
Damals bei Ernstbert hatte es doch auch geklappt.
ES.
Intensiv dran denken.
Und dabei einen Gegenstand fallen lassen.

Ich blinzelte Justus Maria Streitacker durch den Spiegel zu. »Lore«, sagte ich zuckersüß, »fändest du es besser, wenn Oberschwester Elsbeth sich in ihn verliebt? In ihrem Alter?«
»Nä nää! Dat bloß nit!« wehrte Lore ab. Sie lief putenrot an und trank schnell einen Schluck Kaffee aus ihrer abgestandenen Tasse mit den Lippenstiftabdrücken dran.
»Also!« sagte ich. »Jönn uns jungen Läuten doch auch mal wat. Nich, Lore?! Man muß auch jönne könne!«
Das hübsche Lärvchen blinzelte erneut in Richtung reifem Chefarzt. Und richtig. Er biß an. Er lachte so dunkel und bassig, daß sein Spiegel beschlug.
So, Freunde. Jetzt schlage ich zwei Kollegen mit einer Klappe. Verdient habt ihr's beide.
»So jung biste ja nun auch widder nich mehr«, stichelte Lore zurück. »Du biß disn Härps vierunddräißich!«
»Dat beste Allter für 'ne räife Frau«, gab ich frech zurück. »Da wäiß man, wat man hat! Hängehintan und Fallten kommen noch früh genuch! Nich, Herr Dokta!«
»Ich finde rreife Frrauen ganz besonders atttraktiv«, sagte Justus Maria Streitacker. »Sie sind wie die Oktoberfrüchte an den Bäumen des hinteren Passeiertales. Der Wanderer pflückcht sie im Vorbeigehen und beißt hinein. Er ißt nur, was ihm schmeckcht. Den Rest wirft er ins hohe Grras, wo es verrottet. Der Wanderer aber geht weiter und sucht sich neue Früchchte. Das ist der goldene Überfluß im Härpscht des Lebens.«
»Ach du Scheiße«, murmelte Pia, während sie Lore wütend in die Kopfhaut piekte. »Wo hat der das denn geklaut!«
»Hamlet«, sagte ich altklug. »Oder war es Maria Stuart? Oder Jedermann?«
»Jetz paß doch auf, du unjeschicktes Ding!« keifte Lore schrill.
»Kinder, streitet euch doch nicht immer«, sagte Bettina. »Was soll denn Herr Streitacker von uns denken!«
»Oh, ich finde das ganz ammüsannt«, sagte Justus Maria Streitacker sonor. »Wenn Frauen sich um mich streiten, fühle ich mich immer anngeregt.« Er lachte so profund und dröhnend,

daß einem die Haarnadeln zwischen den Zähnen vibrierten. Bettina verdrehte die Augen.
Ich sah Justus Maria Streitacker durch den Spiegel an.
Wer fühlt sich hier angeregt? Du oder ich? Meinst du, nur Männer haben das Recht, sich angeregt zu fühlen?
Lärvchen haben auch ein Innenleben, wenn's recht ist!
Seine Augenbrauen waren buschig. Sein Haupthaar glänzte blauschwarz. Sein Blick war diabolisch.
Der edle, charakterstarke und vorbildliche Kollege vertiefte sich angelegentlich in sein Drehbuch.
So, Bursche. Mein Entschluß ist gefaßt. Damals bei Ernstbert hat's funktioniert. Und dich krieg ich auf die gleiche Weise.
Der Trend zum Zweitverhältnis setzt sich durch. Außerdem hat Ernstbert immer 'ne Fluse im Nabel. Immer.
Ernstbert ist sowieso nie da, sagte das kleine Satansweib in mir. Und wenn er da ist, sitzt er am Computer. Und wenn er nicht am Computer sitzt, sitzt er auf dem Klo und liest Bedienungsanleitungen. Und wenn er das alles nicht tut, liegt er im Bett und schläft.
IMMER muß ich mich langweilen, und keiner spielt mit mir!
Wenn ich »Unsere kleine Klinik« nicht hätte, wäre ich eine frustrierte dicke Raupe im großgeblümten Kleid, die immer strickend auf der Bank neben dem Sandkasten sitzt und auf den Abend wartet, damit sie endlich Pater de Frikassee gucken und dabei Pralinen essen kann.
In dem Lärvchen regte sich was. O nein, ihr Männerwesen.
Nicht mit mir, Charlotte Pfeffer.
Ob die Sache von damals noch funktionierte?
Warum eigentlich nicht? Damals hatte es aus Versehen geklappt. Jetzt legte ich es bewußt darauf an.
Also. Ganz, ganz intensiv daran denken.
Hm, nicht schlecht, die Vorstellung.
Und dann unauffällig einen Gegenstand fallen lassen.
Wie damals den goldenen Füllfederhalter von Ernstbert.
Ob die Sache durch den Spiegel auch funktionierte?
Nicht, daß der Schuß nach hinten losging! Nicht, daß ICH plötzlich nach ihm verrückt war!! Nein, nein. Ich war ja meiner

Sinne mächtig. Es war ja die eiskalte Berechnung, die mich trieb. Ich griff unauffällig nach einer von Lores Haarnadeln und fummelte spielerisch damit herum. Dabei betrachtete ich den spiegelverkehrten Kollegen unaufhörlich.
Er war mit seinem Drehbuch beschäftigt. Er hielt den Kopf gesenkt. Seine Augen unter den buschigen Augenbrauen folgten den Zeilen in seinem Drehbuch. Er lernte noch bis kurz vor dem Dreh. Selbst in der Maske. Aber gleich. Gleich würde er den Kopf heben. Er mußte spüren, daß ich ihn anstarrte. Natürlich. Er genoß es bis zum Platzen, der eitle Hahn. Ich wußte, daß er mich gleich angucken würde, um sich davon zu überzeugen.
Ich war zum Bersten gespannt.
Mit Spiegel hatte ich es noch nicht ausprobiert.
Aber es mußte klappen.
Jetzt. Jetzt hob er den Blick. Er sah mich an.
Ich guckte zurück.
Einfach so. Schlotter-Lotte, guck du nur schön bescheiden und natürlich geradeaus wie immer. Das putzt. Aber auch ohne den Blick zu senken.
Ganz langsam spreizte ich die Finger.
Geradezu provokant ließ ich die Haarnadel fallen.
Dazu gehörte nicht viel.
Eine Haarnadel, mit der man gedankenverloren herumfummelt, fällt allzuleicht zu Boden. Es ist nichts dabei. So was passiert in der Maske immer mal wieder. Wahrscheinlich jeden Tag.
So, selbstgefälliger Justus. Schau mir in die Augen, Kleiner! Du wirst schon sehen, was du davon hast!

»Mama, komm mal ganz schnell her!«
»Was ist denn los, Bert?«
Ich hatte mich gerade mit meinem Drehbuch ins Arbeitszimmer verzogen und wollte eigentlich nicht gestört werden.
»Ich bin Dr. Anita Bach«, lernte ich halblaut vor mich hin, »und ich wüßte nicht, Sie schon einmal gesehen zu haben.«
Morgen würde Anita die ersten Worte mit dem Chefarzt wechseln. Endlich.

Morgen gab es den ersten Dialog. Und dann mußten die beiden täglich zusammen sein. Viele Jahre lang.
Das geschah ihm recht!!
Das Kennenlernen war das Wichtigste. Diese Szene mußte sitzen, und zwar aus dem Effeff! Hatte sogar der Regisseur gesagt. Und es kam selten vor, daß der etwas Überflüssiges sagte. Ich WAR eine Schauspielerin. Und kein Lärvchen. Morgen würde ich es allen zeigen.
Die Kinder hatte ich hilfsweise vor den Fernseher gesetzt. Ernstbert war wieder mal seit Tagen nicht zu sprechen. Immobilienfonds in den Neuen Deutschen Ländern quälten ihn.
Und mich quälte diese Szene.
Morgen mußte ich die ganze aktualisierte Fassung von Folge vierhundertdreizehn drauf haben!
»Mama!!«
»Ja, Schatz. Ich komme.«
»Guck mal die dicken Keiler! Wie die kämpfen!«
»Toll«, sagte ich abwesend. »Ich bin Dr. Anita Bach. Ich arbeite hier schon seit Jahren und wüßte nicht, Sie schon einmal gesehen zu haben!«
»Mama! Hör doch mal auf mit dem Quatsch! Komm mal ganz schnell!«
Ich nahm das Drehbuch mit vor den Fernsehapparat. Sofort machten es sich Ernie und Bert auf meinen Knien gemütlich. Zwei Jungkälber auf dem Schoß ihrer Mama.
»Ich bin Dr. Anita Bach«, sagte die Mama. »Ich arbeite hier schon seit Jahren.«
»Leg doch das blöde Buch weg, Mama!«
Ich legte das blöde Buch weg. »Und ich wüßte nicht, Sie schon mal hier gesehen zu haben!«
»MAMA!!!«
»Seht mal die dicken Wildschweine an«, sagte ich, um ihnen mein ehrliches mütterliches Interesse zu bekunden. Ich wüßte nicht, Sie schon mal hier gesehen zu haben. Nee. Ich wüßte nicht, Sie überhaupt schon mal in dieser Klinik gesehen zu haben, obwohl ich hier schon seit Jahren...
Auf dem Bildschirm rangelten zwei brünstige Eber miteinander.

Ihre dicken behaarten Hinterbeine bohrten sich in den Matsch, während sie sich gegenseitig zu Fall zu bringen trachteten. Ich wüßte nicht, solche fetten Keiler schon mal gesehen zu haben. Obwohl ich hier schon seit Jahren arbeite.
»Mama! Du sollst zugucken!!«
»Guckt mal, genau wie ihr«, sagte ich zu meinen Söhnen.
»Das stimmt nicht, Mama. Wir kämpfen um keine Sau«, sagte Ernie. »Nur um Ritter.«
»Wir sind ja noch nicht in der Brunftzeit«, fügte Bert hinzu.
»Zum Glück«, sagte ich. »Das hätte mir gerade noch gefehlt.«
Ich bin Dr. Anita Bach. Ich wüßte nicht, daß hier schon mal jemand in der Brunftzeit gewesen wäre. Obwohl ich hier schon seit Jahren arbeite.
Wir folgten interessiert dem Geschehen auf der Mattscheibe. Es ist doch besser, wenn die Jungs solchen Naturfilmen nicht mutterlos ausgesetzt sind, dachte ich mit pädagogischer Beflissenheit. Ach, übrigens. Ich bin Dr. Anita Bach und arbeite seit Jahren als Lärvchen, halbtags.
Die beiden Eber hieben mit den Vorderzähnen aufeinander ein. Dann gelang es dem fetteren von beiden, den anderen in die Flucht zu schlagen. Der Verlierer taumelte davon und trampelte eine Böschung nieder. Er strauchelte und rutschte in einen Bach.
Ich bin Dr. Anita Bach.
Der Sprecher, der unter Polypen litt, kommentierte das Geschehen humorlos. »Der id die Flucht geschagede Eber wählt ded Rückweg durch ded Bach, dabit der Feid dicht ohde weiteres seide Spur aufdehmed kadd.«
Es folgte ein harter Schnitt. In der nächsten Szene rammelte der dicke Keiler, der gewonnen hatte, ziemlich hemmungslos auf der Sau seiner Träume herum.
Ich bedachte meine Kinder mit einem besorgten Seitenblick.
»Was macht der da?« fragte Bert betroffen.
»Der macht das Schwein alle«, sagte Ernie.
»Ach so«, sagte Bert.
Ich wüßte nicht, Sie schon einmal hier gesehen zu haben. Ich arbeite hier schon seit Jahren. Ich bin Dr. Anita Bach.

Dann sah man den Eber triumphierend das Weite suchen.
»Er hat gewonnen«, sagte Bert verständig.
»Klar, so ist das immer«, klärte ich meine Söhne auf.
»Die Menschen und die Schweine und die Bienchen... sie verhalten sich alle gleich...«
»Sei still, Mama«, sagte Bert. »Alles überflüssig.«
Im nächsten Bild krabbelte die Sau schamgebeugt in einen Blätterhaufen, und als sie im Rückwärtsgang wieder herauskam, umwieselten sie ein halbes Dutzend winzige längsgestreifte Frischlinge.
»Die ßau wirft bis ßu ßeh putßige Ferkeld«, teilte der Sprecher uns emotionslos mit, »ßie wiegend andfnagds kaum eind Pfund.«
»Sind das Ratten?« fragte Bert erschrocken.
»Nein, das sind ihre Kinder«, erklärte ich einfühlsam.
Die Ferkel taumelten blind und futterneidisch umeinand und versuchten, eine Schweinezitze zu erhaschen.
»Dach kurzer Schodzeit udderdimbt die ßau bit ihred Frischliged ded ersted Ausflug«, sagte der Sprecher wehleidig.
Man sah die borstige Muttersau übellaunig durch den Wald traben, derweil die längsgestreiften Ratten ungeordnet hinter ihr her trippelten. Oh, wie gut konnte ich das Schwein verstehen! Nie wieder frank und frei des Weges gehen! Von dem Eber war übrigens weit und breit nichts zu sehen. Genau wie bei uns.
»ßie ßuhlt ßich gern im ßchlamm«, teilte der Sprecher uns mit, während wir beobachteten, wie das dicke Wildschwein versuchte, sich und den Ferkeln das Leben zu nehmen. Doch es wollte nicht gelingen.
Mutter Sau tappte gefrustet ihres Weges, und wenn ihr ein Ratten-Ferkel vor die Schnauze kam, schleuderte sie es rüde weg.
»Das sollte ich mit euch mal machen«, sagte ich zu Ernie und Bert. Ich bin Dr. Anita Bach.
»Dann bin ich nicht mehr dein Freund«, sagte Ernie.
»Die Frechligge wachsed herad«, mischte der Sprecher sich ein.
»Wedd der Bauer nicht aufpaßt, dringed sie id seid Saatfeld eid.«
Man sah die Wildschweinhorde hemmungslos im Kornfeld her-

umwüten, Hafer und Gerste schmarotzen und die Ähren niedertrampeln. Man hörte sie genüßlich schmatzen.

»So wie ihr bei MacDodäld«, sagte ich.

Ernie kickte mir mit dem Ellbogen unters Kinn. »Sei still, Mama, sonst kann ich nichts hören!«

Ich bid Dr. Adita Bach. Ich arbeite hier schod seit Jahred und wüßte nicht, Sie hier schod eidmald gesehed zu habed.

»Daß Wildschweid ist ein Allesfreßßer«, sagte der Sprecher. »Eß bacht auch vor der Süßkartoffeld dicht halt. Wedd es satt ist, zieht es eidfach weiter udd hidterläßt eid eidziges Chaos.«

»Genau wie Erdie ud Bert«, murmelte ich überrascht.

»Sei still, Mama!« geiferte Bert. »Sonst gehst du in dein Zimmer!«

Ich schluckte. Soweit wollte ich es doch nicht kommen lassen. Ich bin Dr. Anita Bach, und das sind meide Ferkeld. Ich arbeite hier schod seit Jahred und wüßte nicht, Sie schon mal hier gesehed zu habed.

Die Wildschweine trabten in ein benachbartes Feld, trampelten alles nieder, zermalmten Kartoffeln und ließen sie halb angebissen liegen.

Die Kamera schwenkte in die Ferne.

Ein Vertreter der Jägerzunft hockte auf seinem Hochsitz, kniff ein Auge zusammen und drückte ab. Es knallte. Einer der rüden Rammler sank in sich zusammen.

Ernie und Bert waren total beeindruckt.

Schnitt: Der gefräßigste aller Jungeber brach tot zusammen. Ich nahm schon mal vorsorglich die Fernbedienung in die Hand, um eventuell kurzfristig auf Rambo-Turtle-Power-Crash auf Vier Minus umzuschalten. Andererseits: Mußte ich meine Kinder nicht mit der schrecklichen Realität konfrontieren?

Und ich hatte ihnen nur die »1« oder »2« auf der Fernbedienung erlaubt. Aus pädagogischen Gründen.

Die noch lebenden Wildschweine rannten erschrocken davon.

»Eid deftiger Jungeber mußzte drad glaubed«, sagte der Sprecher. »Da daß Wildschweid id der Natur keide datürliched Feide behr hat, muß der Jäger eid bißched dachhelfed. Der wahre Feidschmecker kadd sich freued.«

Die Kinder starrten fasziniert auf die Mattscheibe.
»Mami, ist der tohot?«
»Ja«, sagte ich, »aber er ist nur ein Schwein.«
Über uns brütete dumpfe Trauer. Ich überlegte, wie ich meinen Kindern die Sache mit dem immerwährenden Erdenkreislauf klarmachen konnte.
»Ded kleided Rackerd wird der Boded hier zu heiß.«
Wir beobachteten die Schweinefamilie, die eilig davonrannte.
Der Hund des Jägers stürzte sich hysterisch kläffend auf den Wildschweinkadaver. Der Jäger kam hinterhergestapft. Er sah sehr zufrieden aus.
»Ißt der den jetzt ahauf?« fragte Bert angewidert.
»Ich fürchte, ja.«
Ernie lachte. »Da haben die anderen aber Schwein gehabt!«
»Ach, du bist ein blöder Quatschkopp«, sagte Bert und stand beleidigt auf. »So eine Scheißsendung will ich nie wieder sehen.«
»Geht noch ein bißchen spielen«, sagte ich. »Ich bin Dr. Anita Bach und arbeite hier schon seit vielen Jahren. Um sieben Uhr gibt es Abendessen.«
Dann nahm ich mein Drehbuch und ging ins Arbeitszimmer zurück.

»Also bitte Ruhe hier für eine Probe!«
Der Produktionsleiter scheuchte alle Rumsteher und Schwätzer auf ihre Plätze. Die dicke Lore hörte auf zu tratschen und machte sich am Kopfkissen einer älteren Patientin zu schaffen, die sie tunlichst vorher ignoriert hatte. Lore sprach ja nicht mit Statisten. Niemals. Diese lächerliche Verbrüderung immer sofort mit diesem Statistenpack. So was lag ihr nicht. Sie sprach nur mit Leuten, die gleichrangig mit ihr waren. Mindestens. Ich stand mit meinem weißen Kittel und Stethoskop schräg vor der armen Statistin und fühlte ihr den Puls. Sie war aufgeregt. Immerhin sollte sie für hundert Mark einen ganzen Vormittag im Bett liegen und sich krank verhalten.
Das ist nicht so einfach, besonders, wenn man dabei von knapp fünf Millionen Leuten beobachtet wird. So viele Zuschauer hatte

»Unsere kleine Klinik« nämlich. Davon waren achtzig Prozent über fünfundsechzig, wie eine aktuelle Umfrage ergeben hatte. Klar, daß hauptsächlich alte Leute die Zeit und Muße für »Unsere kleine Klinik« hatten. Ich stellte mir immer vor, wie viele rauchende Rentnerinnen auf ihren selbstgehäkelten Sofakissen saßen und hemmungslose Tränen der Leidenschaft auf ihre überfütterten Pinscher heulten. Die eine Million Mütter und Hausfrauen in meinem Alter, die »Unsere kleine Klinik« täglich beim Bügeln und Söckchenzusammenrollen guckten, waren einfach nur so tief in den Frustbrunnen gefallen, daß sie ihren IQ vorübergehend ausgeknipst hatten. Sie würden sich wieder berappeln und eines Tages ihr Leben ganz neu gestalten. Ich selbst guckte nie »Unsere kleine Klinik«. Nie. Erstens waren Privatsender in unserem Haushalt verboten. Und zweitens guckte man nicht am hellichten Tage in die Glotze. Das war Sünde. Nachmittags gingen wir raus an die frische Luft. Es reichte, wenn ich vormittags in diesem Milieu beschäftigt war.
Nun also warteten wir nur noch auf den Regisseur Gustav Grasso. Er hatte mehrere Tage gefehlt, was bei ihm nichts Ungewöhnliches war. Er lebte, wie ich von Lore und anderen Informations-Viren im Hause wußte, seit Jahren in seinem Wohnmobil. Seine Frau war irgendwann gestorben, und seitdem war es mit ihm rapide bergab gegangen. Er machte die Sendung seit zweiundzwanzig Jahren. Zuerst in Amerika, wo sie mit großem Erfolg gelaufen war. »Little Hospital« hatte die amerikanische Hausfrau täglich beim Kochen und Bügeln begeistert, und seit es bei uns Privatfernsehen gab, heulte die deutsche Hausfrau auf ihr selbstgehäkeltes Sofakissen. Gustav mußte den ganzen Aufguß noch einmal drehen. So sah er auch aus: Alt, verbraucht, knittrig, übellaunig und mürrisch. Wie ein mehrmals benutzter Teebeutel.
Aber ich steh ja auf so was.
Ich mochte Gustav Grasso. Sehr sogar. Obwohl er nie ein persönliches Wort mit mir sprach. Seit sieben Jahren nicht. Sein Lieblingswort war »überflüssig«. Seine eigene Anwesenheit fand er am allerüberflüssigsten, weshalb er sich ständig aus dem Staube machte und dann tagelang verschwunden blieb. Es ging

das Gerücht, daß er ein notorischer Spieler sei. Und wenn ihn dann die Spielsucht übermannte, folgte er ihrem Ruf und versackte nächtelang in Spielhöllen und Casinos. Bis er vollkommen pleite war. Haus und Hof hatte er schon verspielt, Hab und Gut auch. Aber wir alle brauchten Gustav Grasso. Langfristig lief gar nichts ohne den.
Sein Alter schätzte ich irgendwo zwischen Mitte Sechzig und jenseits von Eden. Als Markenzeichen hatte er meistens eine Baskenmütze auf. Man munkelte, er habe eine Narbe auf der Stirn. Wegen einer Schlägerei in einem Spielcasino. Als er mal wieder nicht mehr zahlen konnte. Die dicke Lore wußte das.
Gustav Grasso sprach nie über sich. Überflüssig. Auch nicht über andere, natürlich. Niemand wußte, woher er kam und wohin er ging. Außer Lore. Angeblich hatte er sie mal in ihrem Eigenheim in Knappsack besucht. Angeblich. Als seine Frau noch lebte. Sie und ihren Dätläv. Damit prahlte sie heute noch. Aber da ich mit Lore ungern mehr als das Nötigste sprach, hatte ich auch noch nichts Nennenswertes über Gustav Grasso erfahren.
Gustav Grasso jedenfalls ließ sich durch nichts beeindrucken. Übrigens hatte er meistens schlechte Laune. Er war kein Charmeur und kein Schwätzer. Er sagte niemals »Gnädige Frau« oder »Schönes Wetter heute« zu irgend jemandem, und wenn der Papst persönlich ihn besucht hätte, hätte er nicht den leisesten Versuch unternommen, ihm die Hand zu küssen. Ganz sicher wäre er mit dem Papst genauso muffig umgegangen wie mit allen anderen Menschen auch. Alles überflüssig, und wir sind doch nicht zum Vergnügen hier.
Aber ich fand ihn als Regisseur einfach genial. Was er probte, das saß, und bei ihm mußten wir einen Dreh nie öfter als zwei-, dreimal wiederholen. Diese Serie war schlecht. Die Handlung war schlecht, die Schauspieler waren schlecht (besonders ich, ich Lärvchen), die Dialoge waren schlecht. Alles triefte von Klischees, aber es war ja schließlich auch für ein anspruchsloses Publikum gestrickt. Gustav Grasso wußte das. Also machte er seinen Job und hielt sich nicht mit unnötigem Selbstverwirklichungsgeschwafel auf. Überflüssig.

Wegen seiner Arbeitshaltung war ich meistens schon um drei Uhr nachmittags zu Hause und konnte mich um die Kinder kümmern. Ich liebte ihn dafür, daß er so war. Auch wenn er mich in all den Jahren noch nie zur Kenntnis genommen hatte.
Als Dr. Anita Bach schon. Als Charlotte Pfeffer nie.
Überflüssig.
»Ist das spannend hier«, krächzte die Patientin im Bett. »Jetzt fangen die gleich am Drehen an!«
»Man gewöhnt sich an allem, auch am Drehen«, murmelte ich.
»Läscherlisch«, sagte Lore.
»Ruhe hier!« rief der Produktionsleiter ungehalten.
Ich lächelte die Statistin an und nickte. Sehr spannend. Man könnte ein Buch drüber schreiben.
Wir standen stille und harrten Gustav Grassos.
Hinter der Kulissentür wartete Justus Maria Streitacker auf seine erste Szene. Ich war sehr gespannt. Gleich würde er markerschütternd männlich hereinwehen, mit offenem Kittel vermutlich, und würde festen Schrittes auf mich zukommen, seine schwarzen Haare in den Nacken werfen und dann verwundert vor mir stehenbleiben:
»Darf ich mal fragen, wer Sie sind, Schwester?«
Schwester! Im Drehbuch stand »Schwester«. Hahaha, welch ein netter Gag. Er hielt mich für ein Schwesterchen! Dabei war ich Frau DOKTOR Anita Bach!
Oh, wie ich mich darauf freute, sein Gesicht zu sehen!
Hatten wir? Hatte es geklappt? Durch den Spiegel?!
Selten hatte ich mir mit etwas so viel Mühe gegeben!
Ich ging noch mal schnell die kommende Szene durch.
»Ich bin Dr. Anita Bach und arbeite hier schon seit Jahren!«
Ich sollte ihn auf meine vornehme Dr.-Bach-Art in die Schranken weisen, weil er mich für eine Schwester hielt, der Grobian! Die dicke Lore war 'ne Schwester und die pferdehaarige, dicke Ulrike, die immer so schlee lächelte, aber ich doch nicht! Läscherlisch!
Dann würde ich spitzzüngig und zickig, wie das nun mal Frau Dr. Bachs Art war, zu ihm sagen: »Und ich wüßte nicht, Sie schon einmal hier gesehen zu haben!«

Die ßau schlägt ded Eber id die Flucht!
Dann würde Justus Maria Streitacker mich mustern und sagen:
»Ich bin der neue Chefarzt, Dr. Frank Bornheimer.«
In dieser Serie nannten wir uns immer selbst mit Doktortitel,
damit auch der blödeste aller Fernsehzuschauer begriff, daß wir
Akadämlinge waren.
Die Patientin sollte sich ebenfalls freudig überrascht geben und
im Bett halb aufsetzen. Sie sollte sich jedoch nicht mit Namen
und Titel vorstellen, falls sie überhaupt einen hatte. Aus tarifvertraglichen Gründen ging das nicht. Sie war Statistin und hatte
eine stumme Rolle. Sie war die Namenlose im Bett.
Ich sollte meinerseits den neuen Chefarzt mustern und dann allerdings dienstgradmäßig erröten.
»Angenehm«, sollte ich sagen.
Dann würden wir uns die Hände schütteln und uns dabei tief in
die Augen sehen, und alle fünf Millionen Zuschauer auf ihren
selbstgehäkelten Sofakissen würden es sofort kapieren: Die kriejen sisch. Ich sares noch.
»Was für eine Diagnose stellen Sie?« würde Justus Maria Streitacker mich fragen und auf die halb aufgerichtete Patientin weisen. Lore am Kopfende würde weiter ununterbrochen das Kopfkissen schütteln müssen, denn für sie gab es in dieser Szene
keinen Dialog. Leider. Wo sie doch Justus Maria Streitacker
auf Anhieb zu gefallen trachtete. Läscherlisch!
»Diabetes mellitus, Herr Doktor!« würde ich klug und gebildet
antworten. Das war für mich schon die ganze Szene. Dafür hatten wir einen Vormittag angesetzt.
»Ausgezeichnet, Frau Kollegin«, würde der Herr Professor
Bornheimer lobend erwidern, und Frau Dr. Anita Bach würde
freudig errötend seinem Blicke standhalten. Damit würde das Eis
gebrochen sein, und alle fünf Millionen Zuschauer würden gespannt die nächste »Kleine Klinik« erwarten, wo die beiden
gutaussehenden klugen Menschen sich endgültig ineinander
verlieben würden. (Sisste? Ich HAPPES doch gewußt. Die kriejen sisch. Gläisch am Anfang SACH ich noch für die Annemarie,
Annemarie, sarisch, die kriejen sich. Ich HAPPES gewußt.
Sachma.)

Oh, wie wunderbar war doch »Unsere kleine Klinik«! Einfach wunderbar.
Gustav Grasso taumelte gesenkten Blickes herein.
»Morgen«, murmelte er, während er das zerfledderte Drehbuch in die Ecke warf. »Erste Szene, Folge vierhundertdreizehn.«
Gustav Grasso hielt sich nie mit persönlichen Einleitungsworten, wie etwa »Hatten Sie alle einen schönen Sonntag« und »Nun weihnachtet es ja schon sehr« und schon gar nicht »Gnädige Frau sehen heute morgen ganz besonders bezaubernd aus« oder ähnlichem auf. Überhaupt haßte er persönlichen Firlefanz und jede Art von Zeitverschwendung.
Auch das Begrüßen von neuen Mitarbeitern oder das Gratulieren zum Geburtstag oder zum zwanzigjährigen Dienstjubiläum war ihm ausgesprochen zuwider. Ü-ber-flüs-sig. Er wartete bei so was lieber draußen.
»Ich bin der Neue«, kam Justus Maria Streitacker hinter seiner Kulisse hervor und streckte Gustav Grasso die Hand hin. Anscheinend kannte er Gustav Grasso noch nicht näher. Sonst hätte er das nie gewagt. Man GING eben nicht einfach so auf Gustav Grasso zu und streckte ihm die Hand hin. Geschweige denn richtete man mit seinen Privatangelegenheiten das Wort an ihn! Das war überflüssig und Zeitverschwendung! Wenn das jeder machen wollte!
Gustav Grasso übersah ihn denn auch geflissentlich.
»Ich gebe Stichwort«, sagte Gustav Grasso, ohne aufzublicken.
»Darf ich mal fragen, wer Sie sind?«
»Darf ich mal fragen, wer Sie sind?« antwortete Justus Maria Streitacker zwei Oktaven tiefer. Nachbarin, euer Fläschchen! Ich krallte mich unauffällig an der Patientin fest. Gehörte das jetzt zum Stück?
Die Eber könned sich nicht leided. Mit wilded Drohgebährded gehed sie aufeidader los.
Gustav Grasso blickte auf. »Na los, Anita Bach! Was ist denn?«
»Oh, ich dachte, das sei privat«, antwortete ich schnell. Mein Herz klopfte laut.
HATTEN wir oder hatten wir nicht?!

»Wir sind hier nicht privat«, raunzte Gustav Grasso mich an.
»Wir machen hier unseren Job, und dann gehen wir nach Hause. Und das möglichst bald. Darf ich mal fragen, wer Sie sind?«
»Ich bin Anita Bach«, haspelte ich errötend. »Und ich wüßte nicht, Sie schon mal hier gesehen zu haben.«
Gustav Grasso schüttelte den Kopf.
»Das hat den Charme des Müttergenesungswerkes. Außerdem bist du DOKTOR Anita Bach. Stell doch dein ohnehin kleines Licht nicht noch unter den Scheffel. Noch mal. Darf ich mal fragen, wer Sie sind?«
»Darf ich mal fragen, wer Sie sind!!« echote Justus Maria Streitacker.
»Na endlich arbeiten Sie mit!« sagte Gustav Grasso, ohne den Kopf zu heben.
»Ich bin DOKTOR Anita Bach«, rief ich hybrid. »Ich arbeite hier schon seit Jahren, aber ich wüßte nicht, Sie hier schon mal gesehen zu haben!«
Die Statistin im Bett setzte sich ruckartig auf. »Nee, ne?« sprang sie mir bei. »Nie gesehen, den Mann.«
»Sie doch nicht!« zischte Lore neidisch. Läscherlich!
»Ach so, nää, Entschuldigung«, murmelte die Patientin kleinlaut und legte sich in ihr Kissen zurück. Lore hörte auf zu schütteln und verdrehte die Augen. Statistenpack, unprofessionelles. Wat die sich häutzutage alles rausnehmen.
Justus Maria Streitacker näherte sich männlichen Schrittes und starrte mich an. Seine schwarzen Augen glühten. Die buschigen Augenbrauen waren noch diabolischer als sonst. Hier im Studiolicht sah er regelrecht gespenstisch aus. In seinem Blick war etwas, das mich völlig irritierte.
HATTEN wir oder hatten wir nicht?
Der Eber verßucht die ßau ßu verwirren.
»Ich bin der neue Chefarzt, Professor Dr. Frank Bornheimer.«
»Angenehm«, sagte ich. Ich wurde sehr rot.
Warum guckte der mich so durchdringend an?
Das gehörte nicht zum Stück! Wir hatten!!??
Gustav Grasso, zu Hülfe!

Meine Hände zitterten. Ich wischte mir unauffällig mit dem Kittelzipfel den Schweiß von der Stirn.
»Viel zu theatralisch, Dr. Bach«, sagte Gustav Grasso.
»Was für eine Diagnose stellen Sie?« fragte Justus Maria Streitakker dicht an meinem Gesicht. Seine Stimme war wie schwarzblauer Samt. Er roch nach Wasserfall und Alpensee und frisch gemähter Wiese nach einem Gewitter. Ich war sicher, wir hatten. Oder war das pures Imponiergehabe? Der dicke Keiler macht das Lärvchen zur ßau!
»Diab... bbe...«
»Halt, stopp, Ende!«
Gustav Grasso sprang mit erstaunlicher Behendigkeit von seinem Höckerchen und kam zu mir.
»Sei doch nicht so zickig! Du bist doch nicht in 'nem Mädchenpensionat! Du bist eine gestandene Frau Doktor, und jetzt kommt so ein Lackaffe daher und will dir imponieren!« Er warf den Kopf in den Nacken und guckte mir ausnahmsweise gerade vor die Stirn: »Ich arbeite hier schon seit vielen Jahren oder was da steht, und ich glaube nicht, daß Sie mir schon mal unter die Augen gekommen wären, HERR... Doktor! Diabetes mellitus, Herr Professor!«
»Nee, is klar«, sagte ich. »Diabetes mellitus. Is klar.«
Gustav Grasso schlurfte wieder zu seinem Hocker. »Also jetzt reiß dich mal zusammen! Du bist doch nicht sechzehn!«
Allgemeines Getuschel aus den Kulissen. So hatte Gustav Grasso noch nie mit jemandem gesprochen.
»Ruhe hier!« rief der Produktionsleiter, und die Scriptgirls und Maskenbildner und Kabelträger hörten auf zu wispern und huschten in ihre dunklen Ecken.
Heute waren alle da, um zuzusehen. Alle. Der Neue war der Renner. Aber der Neue UND Gustav Grasso war spannender als »Spiel mir das Lied vom Tod«.
»Wir drehen gleich«, sagte Gustav Grasso. »Ist doch überflüssig, so eine Pipi-Szene künstlich in die Länge zu ziehen! Wir haben doch alle noch was anderes vor!«
Justus Maria Streitacker warf mir noch einen lang anhaltenden Blick aus schwarzen Augen zu und ging dann wieder in seine

Ecke. Hatte er das letzte als persönliches Stichwort für ihn und mich verstanden? Der Eber verßucht die ßau ßu betören.
Verdammte Kiste. ICH wollte IHN verwirren, nicht umgekehrt! Wenn der Trick mit dem Spiegel nun NICHT geklappt hatte? Wenn der Schuß womöglich nach HINTEN losgegangen war?! Wenn ICH nun verzaubert war und nicht ER??? Das hätte mir gerade noch gefehlt!!
Mach's noch einmal, Charlotte, zischte das Satansweib in mir. Doppelt hält besser.
Bettina tupfte mir mit der Puderquaste die Schweißtröpfchen von der Stirn. Jemand zupfte meinen Arztkittel gerade.
Die Patientin im Bett wurde angewiesen, sich nicht einzumischen hier. Sie solle sich nur verwundert aufsetzen hier, sonst nichts hier, teilte der Produktionsleiter ihr mit. Er sagte immer »hier«, ob es paßte oder nicht.
Schon seit vielen Jahren hier. Das gehörte genauso zu ihm wie die überflüssige Baskenmütze zu Gustav Grasso hier. Wir hatten schon lange aufgehört, darüber zu lachen hier.
»Jenau«, sagte Lore beleidigt. »Läscherlisch is dat. Wat sich die Statisten häuztutage alles rausnehmen hier. Wir damals, wir ham kläin bäijejeben, als wir noch Statisten waren. Und nit das jroße Wort jeschwungen hier. Wenn dat jeder machen wollte.«
»Licht!«
»Ja!«
»Ton!«
»Jawoll!«
»Kamera!«
»Läuft!«
»Bitte«, sagte Gustav Grasso lustlos, indem er sich auf seinem Höckerchen zurechtsetzte. Er war mir ein so altvertrauter Anblick, wie er da mit seiner Baskenmütze im Schatten hockte und beleidigt »bitte« sagte!
»Unsere kleine Klinik, Folge vierhundertdreizehn, Szene elf, die erste!« rief der Junge mit der Klapptafel, bevor er den Kopf einzog und hastig verschwand.
Klaus Overbeck, der nette Kameramann, kniff ein Auge zu und starrte durch die Linse. Das rote Licht war an.

Ich wendete mich der verschüchterten Statistin zu und fühlte ihr den Puls. Sie reichte mir schlapp die Pfote und schien sich ansonsten nicht mehr einbringen zu wollen hier.
Justus Maria Streitacker näherte sich mit festem Schritt hier. Gott, hatte ich Herzklopfen hier. Der Schuß war nach hinten losgegangen. ICH war verknallt wie ein liebestoller Zitronenfalter hier. Nicht er.
Scheiße hier.
»Darf ich mal fragen, wer Sie sind?«
Ich fuhr herum. Ich musterte ihn, als hätte ich ihn noch nie gesehen. Dabei wurde mir flau.
»Ich bin Dr. Anita Bach«, sagte ich und suchte an der Patientin Halt.
»Na und?« würde er jetzt sagen. »Du Lärvchen! Warte mal, bis du einen Hängehintern hast und Falten um die Augen, dann fällst du vom Baum wie reifes Obst im hinteren Passeiertal! Ich pflücke dich im Vorbeigehen und beiße rein und werfe den Rest ins hohe Gras!«
»Ich arbeite hier schon viele lange Jahre hier! Trotzdem wüßte ich nicht, Sie schon mal irgendwo gesehen zu haben!« stammelte ich mit belegter Stimme.
Hatte es in seine Richtung auch geklappt? HATTE es? Oder nicht oder wie oder was hier.
»Ich bin der neue Chefarzt Professor Dr. Bornheimer...«
»Halt, aus, Ende.«
Das Licht ging aus. Ich schwitzte. Was hatte ich mir da eingebrockt. Von Kollegen soll man doch GRUNDsätzlich die Finger lassen. Man soll nich. Auch nich im Spaß. Nich für Geldtabei. Und Haue obendrein.
Gustav Grasso quälte sich von seinem Höckerchen und ging auf Streitacker zu. »Wer hat Ihnen gesagt, daß Sie so tief sprechen sollen?«
Gottlob, er meinte nicht mich. Ich war schlecht gewesen. Aber Streitacker war noch schlechter hier!
Die Patientin entzog mir ihre Hand und legte sich ins Bett zurück, um sich zu entspannen. Lore hörte mit dem Kissenklopfen auf. Frau Holle hätte ihre helle Freude an ihr gehabt und sie am

Ende dieser Szene mit einem riesigen Kump rhäinischem Sauerbraten überschüttet. MIT Rosinen. Die wären ihr alle im Haar steckengeblieben für alle Zeiten, und fortan hätte sie »Rosinenmarie« geheißen. Jrauenvoll.

»Ich spreche nicht tief«, dröhnte Justus Maria Streitacker. Es hörte sich an, wie wenn ein Elch in der Brunftzeit nach seiner Mama schreit.

»Doch«, sagte die Patientin im Bett. »Wie Iwan Rebroff.«
Evelyn und Bettina hinter der Kulisse lachten hämisch.
»Ruhe hier«, sagte der Produktionsleiter.
»Und du, Frau Dr. Bach, stell dich nicht so an. Sei selbstbewußt und gerate nicht gleich aus der Fassung, nur weil dieser Schönling von Oberarzt das Wort an dich richtet.«
»Chefarzt«, sagte die Statistin.
»Ich bin kein Schönling«, brummte der Achtender kampfbereit.
»Nää, wahrlich nicht«, sagte Rosinenmarie schmallippig.
»Na ja, dat is Jeschmacksache.«
»Ü-ber-flüs-sig«, verdrehte Gustav genervt die Augen. »Bitte«, sagte er, ohne noch weiter mit Justus Maria oder der Statistin oder Lore diskutieren zu wollen. Er trollte sich wieder Richtung Höckerchen. Streitacker trollte sich wieder in seine Ecke.

Die Eber stecked ihr Revier ab ud hidterlassed ihre Duftmarke. Die verwirrte ßau hat die Orientierung verlorded.

Ich ging wieder zu der Patientin und nahm ihre schlappe Hand. Ich fühlte ihr den Puls. Der Puls ging immer noch regelmäßig, besonders im Vergleich zu meinem.

Lore hieb ziemlich wütend wieder auf das Kissen ein. Läscherlischer Job hier.

Justus Marias fester Schritt hallte über den Krankenhausboden.

»Darf ich mal fragen, wer Sie sind?« fuhr er mich barsch an. Ich hatte den Eindruck, es war noch wesentlich tiefer als vorhin. Lauter auf alle Fälle. Der Mikrofonknecht riß erschrocken die Angel hoch.

»Ich bin Dr. Anita Bach hier!« antwortete ich schrill. »Jahrelang arbeite ich hier schon, tagaus, tagein! Und im übrigen wüßte ich

nicht, daß wir uns schon mal begegnet wären!«, Sie, Sie, Sie Südtiroler Zuchtbulle hier!
Aus den Augenwinkeln konnte ich sehen, wie Gustav Grasso zufrieden nickte. Die Rentnerin setzte sich auf und staunte. Lore hieb zorngeladen auf das Kissen ein.
»Ich bin der neue Chefarzt«, brummte Justus Maria böse, während er gesenkten Blickes und mit geschwollenem Kamm langsam auf mich zu kam. »Professor Dr. Frank Bornheimer.«
Na und? hätte ich am liebsten geantwortet. Wollen Sie eins in die Schnauze? Sie läscherlischer Angeber hier. Ich arbeite hier seit vielen Jahren hier. Und Sie sind neu und haben sich sittsam und rein zu verhalten hier.
Und nicht wie der stolze Chefarzt, der stets bewundert will sein.
Gustav Grasso hatte mich total gut eingestimmt. Ich war in Hochform hier.
Wir drückten uns hochmütig die Hand, Streitacker und ich. Dafür mußte ich kurzzeitig die Hand der Rentnerin loslassen. Sie spielte insofern mit, als daß sie sie nicht schlapp auf die Bettdecke fallen ließ, sondern sich kreativ am Kopf kratzte. Es stand nicht im Drehbuch, was sie mit der Hand machen sollte!
»Angenehm«, sagte ich kühl und hielt unbeugsam Streitackers Blick stand.
Wir starrten uns an.
Jetzt, Charlotte, jetzt. Das ist deine Chance.
Doppelt hält besser. Gib's ihm. Laß dich nicht unterkriegen.
Justus Maria bedachte die Patientin mit einem flüchtigen Seitenblick. »Was für eine Diagnose stellen Sie?«
Er sprach im untersten Baßtuba-Sound. Die Fußbodendielenbretter knarrten.
Ich fummelte spielerisch mit meinem Stethoskop herum. Wie zufällig wickelte ich mir die Schnur um den Finger. Dann ließ ich es fallen.
So. Das dürfte es aber gewesen sein.
Das Zauberfrauchen in mir rieb sich zufrieden die Hände.
Er bückte sich und hob es auf. Sein Gesicht kam ganz dicht an meinem vorbei. Wir blickten uns an.

»Diabetes mellitus, Herr Professor!« ließ ich spöttisch einfließen.
»Ausgezeichnet, Frau Kollegin«, stammelte Justus Maria Streitacker. Dabei starrte er mir in die Augen wie ein hypnotisiertes Kaninchen.
Es hat funktioniert. Ich bin sicher. Er wird mir aus der Hand fressen, jetzt und immerdar. Ich hab ihn.
Er ist in des Lärvchens Falle.
Ich lächelte ihn mit süßlicher Schadenfreude an. So wie Lernschwester Ulrike immer lächelte. Innig und warm und zum Reinschlagen falsch. Schlee eben.
»Danke, gestorben«, sagte Gustav Grasso, indem er sich eine Zigarette ansteckte. Die Scheinwerfer gingen aus.
»Das war gut mit dem Stethoskopfallenlassen«, sagte Gustav zu mir. »Manchmal hast du ganz nette Ideen.«
»Ja, nicht wahr?« freute ich mich.
Gustav klaubte sein zerfleddertes Drehbuch zusammen.
»Schönen Tag noch, morgen um zehn Folge vierhundertsechsunddreißig. Wiedersehen.«
Gustav taumelte fort.
»Bitte die Kulisse räumen hier!« rief der Produktionsleiter.
»Aufbau für morgen kann beginnen hier!«
Evelyn, Bettina und Pia trollten sich durch die Seitentür, um eine rauchen zu gehen.
Justus Maria fuhr sich mit der Hand durchs Haar.
»Ist der immer so?«
»Wer, der Produktionsleiter hier?«
»Nein, der doch nicht!« sagte Justus Maria irritiert.
»Ach, du meinst den Gustav. Ja«, sagte ich freundlich, »der ist immer so. Aber du gewöhnst dich an ihn. Er ist ein wunderbarer Mensch.«
»Du scheinst ihn ja zu mögen, den alten Kchärrl«, sagte Justus Maria Streitacker säuerlich.
Ich guckte ihn von der Seite an. Es hatte geklappt. Es hatte, hatte, hatte! Das Zauberfrauchen hüpfte mit diabolischer Freude um sein Hexenfeuer herum.
Streitacker, du bist in der Falle!

Jetzt kommt »Lärvchens Rache, Teil eins bis fünfhundertneunzig«. ICH habe Zeit.
»Was machst du jetzt?« fragte Justus Maria, indem er sich mir in den Weg stellte. »Wir hätten noch zwei Stündchen Zeit!«
Lärvchens Rache, die erste.
»Ich gehe nach Hause zu meinen Kindern«, antwortete ich honigmilchsüß. Ich hatte das Original-Ulrike-Lächeln drauf. Herzlich und warm und zum Reinschlagen falsch.
»Wieso? Offiziell hascht du noch Dienst. Zwei Stunden hascht du laut Dienstplan noch Dienst. Wir kchönnten genau bis zur Mühlheimer Brückche und zurückch laufen.«
»Ich hätte wirklich große Lust«, sagte ich scheinheilig, »aber meine Kinder vernachlässige ich nicht.«
Justus Maria Streitacker schwieg betroffen.
»Zuerst üben wir ›Toto malt Fine‹«, sagte ich wichtig, »dann basteln wir einen Osterhasen im Nest, dann fahren wir zum Hokkeytraining, und anschließend machen wir unser Seepferdchen bei Herrn Schmitz-Nittenwirm im Sonderbegabten-Schwimmkurs. Tja. So sorry.«
»Donnerwetter«, staunte beeindruckt Justus Maria. »Da hascht du ja vollles Prrogramm.«
»Natürlich«, antwortete ich. »Aber du als sechsfacher Vater weißt ja erst recht über diese Dinge Bescheid.«
»Und wie!« strunzte Justus. »Meinen Kindern habe ich allen einzeln das Schwimmen beigebracht! Die Zwillinge sind schon mit drei Jahren in den Tümpäll gesprungen! Hmja! Mit Anlauf! Da kchennen die nichchts! Da kchommen sie ganz auf mich!! Und Hockäey spielen sie, seit sie laufen kchönnen! Hab ichh ihnen alles selbscht beigebracht! Und Osterhasenneschter baschteln kchann ichh auchch. Im Osterhasenneschterbaschteln bin ichh gut.«
»Der strunzt ja, daß einem schläscht werden kann«, sagte Lore, die gerade vom Abschminken aus der Maske kam.
»Was für eine große Bereicherung du doch für uns alle bist«, sagte ich herzlich. »Wir können alle 'ne Menge von dir lernen. Stimmt's, Mädels?«
Pia und Evelyn verdrehten genervt die Augen.

»Du hast also heute keine Zeit für mich?« fragte Justus.
»Nicht das geringste bißchen.«
Mit heiserem Gelächter flog die Zauberfrau auf ihrem Hexenbesen davon.

»Du sollz den Schnabel zumachen und weiterschwimmen! ERNIE!! Nich quatschen, du gehs ja unter dabei! Gleich haste das Becken leergesoffen!! Guck mal, wie schön dein Bruder seine Bahnen schwimmt. Fische quatschen ja auch nich, Mensch!«
Herr Schmitz-Nittenwirm stand bis zur Schulter im Wasser und sah aus wie ein schlechtgelaunter Seehund.
Die schwarzen Haare klebten ihm an der Schläfe, und seine randlose Brille war so beschlagen, daß ich mich wunderte, wie er meine Zwillinge überhaupt noch auseinanderhalten konnte.
Verschüchtert hockte ich mit den beiden mintgrünen Frotteebademäntelchen von Tschiduscho auf dem nassen Höckerchen an der Wand. Eigentlich durften Mütter aus pädagogischen Gründen überhaupt nicht an den Schwimmübungen ihrer Kinder teilnehmen, aber Ernstbert hatte mir seine Videokamera mitgegeben, und so durfte ich ausnahmsweise mal still und unauffällig auf dem Höckerchen sitzen und Herrn Schmitz-Nittenwirm dabei filmen, wie er Ernie zur Schnecke machte. Es war ganz erstaunlich, wie er die Kinder im Griff hatte! Artig paddelte Ernie im Becken umher, Wasser speiend und gurgelnde Laute von sich gebend. Auch Bert machte nicht den Eindruck, als hätte er zu etwas anderem Lust, als in diesem Lehrschwimmbecken sein Leben zu lassen.
»Die Kinder brauchen eine feste Hand«, sagte Herr Schmitz-Nittenwirm zu mir. »Wenn ich hier im Wasser das Diskutieren anfangen wollte... ERNIE... schwimmen sollz du! Nich untergehn!«
Diesen historischen Augenblick wollte ich unbedingt für Ernies Enkel aufheben. Hastig riß ich die Kamera an die Backe. Die Linse war jedoch so beschlagen, daß ich das kreative frühkindliche Ertrinken meiner Sprößlinge leider nicht auf Video festhalten konnte. Artig und still und eingeschüchtert blickte ich also auf das plätschernde Treiben dort zu meinen Füßen.

Eigentlich war ich mal wieder völlig ü-ber-flüs-sig.
Was HÄTTE ich alles Sinnvolles mit dieser Zeit anfangen können! Zum Müllcontainer fahren oder durch den Supermarkt hasten, zwei Trommeln Wäsche aufhängen oder die Betten neu beziehen! Ganz zu schweigen davon, daß ich geistig völlig verarmte! Morgens in den Drehpausen konnte man ja wenigstens noch mit den Kollegen quatschen und lästern. Oder neuerdings mit Justus um die Rheinbrücken laufen. Aber nachmittags! Da saß ich platt und träge auf meinem Hintern und konnte mich weder geistig noch körperlich bewegen!
Tag für Tag, Stunde und Stunde! Welch vertane Zeit!
Weder Ernie noch Bert brauchten mich langfristig zum Hintern-, Nase- oder Tränenwischen. Alles, was es zu wischen gab, konnten sie allein.
Nur als Taxi brauchten sie mich noch. Wahrscheinlich noch knapp zwölf Jahre.
Das konnte doch nicht der Sinn meines Lebens sein!
Eigentlich müßte es doch irgend etwas geben, dachte ich, während ich die mintfarbenen Bademäntelchen ersatzweise liebevoll an den Busen drückte, was ich in diesen vielen Stunden des Wartens und unkreativen Herumsitzens Sinnvolles machen könnte.
Was machen denn Taxifahrer, während sie rumsitzen?
Stricken. Hunderte von Taxifahrern stricken. Pausenlos. Das ist etwas Sinnvolles, Entspannendes und Kreatives. Strick doch endlich mal wieder ein hübsches Ensemble in Beesch, Charlotte. Da gibt es jetzt so nette Gestaltungsvorschläge in »Gerda«, wo die neuen Osterpullover mit je einem Hasenohr auf je einem Busen so hübsch ins Auge fallen.
Wir hatten in »Unserer kleinen Klinik« eine sehr sympathische, beherzte Kollegin mit einer angenehmen, engagierten Sprechstimme, besonders, wenn sie sich erregte, was sie immer wieder gern und häufig tat, die beherrschte das Häkeln und Stricken von putzigen Ensembles aus dem Effeff. Ich erwähnte sie vielleicht schon beiläufig. Sie hieß Gretel Zupf. Sie spielte die Sekretärin vom Chef, zuerst die von Jupp Tönges – in dieser Eigenschaft war sie mehr und mehr verblaßt, was schade um diese tatendurstige, kleine, mit beiden wackeren Beinchen im Leben stehende

Energiebombe war – und nun die von Prof. Bornheimer. Sie war eine dralle, kleine Erscheinung von höchster Energie und Tatkraft, und sie hatte einen ungeheuren Drang zum Anfertigen von putzigen Gerda-Ensembles und zum anschließenden Erscheinen darin. Sie abonnierte alle Hefte, die »Erika« oder »Trude« hießen, und reichte sie immer in den Drehpausen zur Ansicht herum. Außer Strick- und Häkelanleitungen enthielten diese Hefte auch Anregungen zum Basteln von perlmuttrigen Duschvorhängen, naturbelassenen Badewannenvorlegern aus Weinkorken – dieser Tip galt besonders den Alkoholikerinnen unter den putzigen Hausweibchen – und ganz einfach zu knüpfenden, leicht zu pflegenden Kloumrandungen in der Schmeichelfarbe Rosé.
Das gab doch Sinn, das machte doch was her, das war doch etwas typisch Frauliches.
Nun gut, dachte ich, das wäre eine Möglichkeit. Jedoch fehlt es mir leider an handwerklichem Geschick und Ausdauer. Auch vermag ich keinen Sinn in solchem Schaffen zu erkennen.
Schon als die Kinder klein waren, war es mir nie gelungen, sie in putzige Hasenohr-Pullover in Blö einzustricken, und auch die selbstgebastelten Einschlaf-Mobiles aus Klorollen mit selbstgesammelten Schwanenfedern waren irgendwie immer mißraten.
Ich war so schrecklich unkreativ und phantasielos!!
Da saß ich nun auf meinem platten Hintern auf einem Zuschauerbänkchen und wartete wieder einmal auf mein Stichwort. Mein ganzes Leben hatte bisher daraus bestanden, auf mein Stichwort zu warten und auf meinem platten Hintern zu sitzen.
Mir fiel Justus Streitacker ein.
Hängehintern und Falten.
Heute Lärvchen, morgen Fallobst.
Sollte ich mir das gefallen lassen?
Wieso war er so ein Supermacker und ich so ein kleines Licht?
Ich werde etwas auf die Beine stellen, Justus. Etwas, das dich von rechts überholt.
Etwas, das du nicht kannst.

Ich werde ein Ein-Frau-Stück schreiben.
Und es selber einstudieren. Und natürlich der Öffentlichkeit nicht vorenthalten.
Es wird richtig gut sein, das schwöre ich dir.
Feurige Reden einer feurigen Frau.
Meine Antwort auf die Männer.
Auf die Selbstherrlichkeit, die Gleichgültigkeit, die Rücksichtslosigkeit, die Prahlerei, die Trägheit, die Ichbezogenheit der Männer...
Es wird eine abendfüllende Geschichte werden.
Und ich werde mein schauspielerisches Talent unter Beweis stellen. Irgendwo. Ich weiß es noch nicht.
Aber du wirst es zu hören kriegen, Justus Maria Streitacker.
Auf einer öffentlichen Bühne. Das schwöre ich dir.
Du und Ernstbert und Hannes und meine verschwundenen Väter und meine unterschiedlichen Söhne und all ihr Männer, die ihr mir in meinem Leben begegnet beziehungsweise nicht begegnet seid. Und die ihr mein Leben auf so wunderbare Weise bereichert habt.
Was machte ich ohne euch?
Ich müßte mich immer langweilen!!!
Meine Reden werden die Öffentlichkeit bewegen.
Das schwöre ich euch. Es gibt viele Frauen, die solche Männer haben. Jede kennt eine, die einen kennt.
Ich setzte mich versonnen auf meinem Höckerchen zurecht und schnaufte. Es war ein aufregender Gedanke! Etwas zu schreiben, das ich selbst interpretieren konnte. Eine Rolle, die ich mir auf den Leib schreiben konnte.
Nicht die brave, saubere Anita Bach, die in Wirklichkeit ein Lärvchen war. Sondern eine Frau, die es mit den unterschiedlichsten Männern aufnahm. Jawoll. Und sich nicht unterkriegen ließ. Von keinem.
»Los, Bert! Halt die Luft an und tauche zwischen meinen Beinen durch! Na los! Wenn du wieder oben bist, schenke ich dir ein Gummibärchen!«
Bert holte tief Luft und verschwand wie ein Fischotter in der gechlorten Brühe.

»Die machen alles!« rief Herr Schmitz-Nittenwirm mir zu. »Die wollen nur wissen, wo es langgeht!«
»Toll«, sagte ich beeindruckt.
Bert tauchte wieder auf. Er spuckte Wasser und sah sich irritiert um.
»Na?« schrie Herr Schmitz-Nittenwirm ihn an. »Bist du stolz?«
»Ja«, japste Bert glücklich. »Kriege ich jetzt ein Gummibärchen?«
»Natürlich. Aber erst muß dein Bruder noch tauchen.«
Ernie ließ sich willig ins Wasser plumpsen und verschwand.
»Gerade die, die besonders viel von sich halten«, rief Herr Schmitz-Nittenwirm mir zu. »Denen muß man zeigen, wo es langgeht.«
Wie einfach es doch ist, dachte ich. Der Mann hat so recht. Mit den einfachsten Mitteln!
Warum machst du es nicht, Charlotte?
Warum schreibst du es nicht einfach auf?
Wenn ich das nächste Mal hier auf dem feuchten Höckerchen sitze, dachte ich, oder in der Bar der Tennishalle oder am Rande des Hockeyfeldes oder im Vorraum der Singschule, dann habe ich Block und Bleistift dabei.
Dann stricke ich mir mein Ein-Frau-Stück.
Dann habe ich etwas Eigenes.
Etwas richtig Selbstgestricktes.
Und das hebe ich dann für die Nachwelt auf.

Ein paar Tage später drehten wir die Szene mit dem geklauten Baby. Endlich kam mal richtig Stimmung auf in »Unserer kleinen Klinik«!
Das Drehbuch hatte sich etwas ganz Raffiniertes einfallen lassen: Eine Frau tut so, als ob sie schwanger wär, und klaut bei passender Gelegenheit ein Baby aus der Neugeborenen-Abteilung, um es als ihr eigenes auszugeben. Raffiniert. Und echt kriminell hier.
Da es aber nun selbst bei »Vier-Minus«-Guckern auf Unverständnis gestoßen wäre, wenn Ärzte und Hebammen bis zum

Schluß nicht gemerkt hätten, daß der Fötus nur ein Kissen war, mußte die Frau in einer anderen Klinik »entbinden«, den Säugling aber bei uns klauen.
Wie nun aber sie in »Unsere kleine Klinik« einführen und sie und ihr Schicksal den Zuschauern nahebringen?
Oh, diese pfiffigen, raffinierten Drehbuchschreiber!
Nicht sie, die hochschwangere Kissen-Frau, sondern ihr Mann, ein aus unerklärlichen Gründen vor sich hin kränkelnder Pilot, mußte als Patient in »Unserer kleinen Klinik« liegen! Und die Gattin-mit-Kissen kam nur zu Besuch!! Wie leicht konnten wir vom Team und unsere fünf Millionen Zuschauer dieser Logik folgen!
Matthias Krause also, der arrogant und zynisch wirkende Pilot von Zimmer zweihundertdreizehn, beschäftigte uns diese ganze Drehwoche lang. In Wirklichkeit war er natürlich nicht Pilot, sondern Schauspieler, von eben jener popeligen Frankfurter Agentur, die uns auch schon unseren Chefarzt beschert hatte.
Auch seine Frau, Marion Krause, brachte frischen Wind in unsere verstaubten Kulissen.
Ich hatte sie schon kurz in der Maske gesehen. Sie war hübsch und frisch und natürlich und hatte eben jenen pfiffigen Lady-Di-Schnitt, der Grete entzückt hätte. Wir hatten uns nur kurz gegrüßt und zugelächelt, und dann hatte Lore Läscherlisch wieder zu stänkern angefangen und ihren lila Lippenstift an die Kaffeetasse gedrückt, weshalb Marion Krause und ich uns lieber angelegentlich in unsere Drehbücher vertieft hatten.
Nun standen beziehungsweise lagen wir alle auf unseren Plätzen.
Matthias Krause krümmte sich leidend in dem Bett, in welchem vor ein paar Drehtagen noch Frau Schmid-Schmiedebach ihre Gallengeschichten erzählt hatte; Lore Läscherlisch hatte ihren üblichen Platz am Kopfkissen eingenommen, allzeit bereit, es heftig und zorngeladen zu schütteln; ich lehnte am Bettrand und hielt Herrn Krause die Hand, und Justus Maria Streitacker grübelte am Fußende des kränkelnden Piloten über die rätselhaften Umstände des Krauseschen Krankheitsbildes vor sich hin.
Draußen wartete die kissenschwangere Gattin auf ihr Stichwort.

Noch wußten wir alle natürlich nicht, daß sie nur ein Kissen unter ihrem Herzen trug! Selbst die fünf Millionen Zuschauer auf ihren selbstgehäkelten Sofas wußten es noch nicht, aber sie sollten im Laufe dieser Folge vierhundertsiebenundsiebzig darauf kommen. Das war ja auch das Raffinierte an diesem Drehbuch, daß die fünf Millionen Zuschauer auf ihren Sofas uns Ärzten und Schwestern aus »Unserer kleinen Klinik« immer einen kleinen Touch an Wissen und Durchblick voraus waren.
Wir warteten nur noch auf Gustav Grasso.
Ich bedachte Justus Maria mit einem kurzen Seitenblick, aber als ich merkte, daß er bereits mich mit einem ausgiebigen Blick bedachte, guckte ich schnell woanders hin. Ich hatte ihn. Das war so sicher wie das Amen in der Kirche.
Gustav kam zwischen den Kulissen hervor, warf sein zerfleddertes Drehbuch in die Ecke und sagte:
»Morgen. Szene vierhundertsiebenundsiebzig.«
Wir probten.
»Wo brennt's denn, Herr Krause?« fragte der gütige Chefarzt mit sonorem Baß.
»Ich weiß nicht, was ich habe«, stammelte Matthias Krause in seinem Bett. »Schweißausbrüche und Angstträume, Beklemmungen und Schwindel. Zuerst wollte ich es ja nicht wahrhaben, aber als ich letztens die Maschine kurz vor Havanna in den Sand setzte, hat mich die Lufthansa zum Check-up geschickt.«
»Gut, daß Sie da sind, Herr Krause«, sagte Frau Dr. Bach liebevoll und tätschelte ihm die Hand. »Sie werden sehen, wir finden den Grund Ihrer Beschwerden ganz schnell heraus. Und dann können Sie wieder nach Kuba fliegen.«
Das war das Stichwort für Marion Krause.
Energisch und fröhlich wehte sie herein, hochschwanger und bis zum Platzen gesund.
»Hallo, Liebling«, rief sie, »wie geht es dir?«
»Du weißt doch, daß es mir schlechtgeht«, antwortete Herr Krause beleidigt.
»Oh, bei Ihnen ist es aber auch bald soweit«, bemerkte Lernschwester Ulrike, die gerade nebenan die Bettpfanne leerte. »Entbinden Sie bei uns?« Sie lächelte schlee.

»Nein«, strahlte Marion Krause, »ich gehe in die Uniklinik, da ist mein Cousin Gynäkologe!«
Alle lachten. So ein netter Zufall, daß ihr Cousin Gynäkologe in der Uniklinik war!
»Werden Sie die Ursache für seine Beschwerden finden?« fragte nun mit großen Augen Marion Krause den Chefarzt. »Er soll doch bei der Geburt dabeisein!«
Matthias Krause zuckte zusammen wie unter einem schmerzlichen Insektenstich.
Dr. Anita Bach schaute fragend auf Chefarzt Prof. Dr. Frank Bornheimer. Aller Augen warten auf dich, o Professor.
»Na Sie sind mir ja äiner«, sagte Oberschwester Ällsbett. »So sind die Männer! Immer große Reden seid ihr am Schwingen, aber wenn ihr Butter bäi de Fische jeben sollt, dann machta schlapp!«
Das stand NICHT im Drehbuch, aber Lore Läscherlisch wollte auch mal was sagen.
Prof. Dr. Frank Bornheimer hatte bis jetzt in die Krankenunterlagen gestarrt.
»Scheint mir alles psychischer Natur zu sein«, murmelte er sonor.
Was Sie nicht sagen, Doktorchen, dachte Dr. Anita Bach. Sie und die fünf Millionen Zuschauer wußten das ja vom ersten Moment an. Sisste, Ällsbett! Ich happes gewußt!! Der Mann iss ein Hypo... ich sares noch.
Soeben wendete sich der Chefarzt dem Patienten zu:
»Herr Krause, von Mann zu Mann. Kann es sein, daß Sie sich der Verantwortung für Ihr Kind nicht stellen wollen?«
»Überflüssig!« sagte Gustav Grasso in seiner Ecke.
»Er ist schrecklich aufgeregt, es ist nämlich unser erstes Kind«, versuchte Marion Krause zu vermitteln. Sie hatte richtig gesunde Apfelbäckchen. Sie sah wirklich zum Anbeißen aus. Kein bißchen schwanger oder leidend. Nur der Pilot im Bett. Der machte einen Eindruck, als hätte er seit Wochen Senkwehen.
»Na, dann lassen wir Sie jetzt lieber ein bißchen allein«, sagte der Chefarzt gütig. »Sprechen Sie sich mal in aller Ruhe miteinander aus. Als Mann und Frau.«

»Jenau.« Lore Läscherlisch hörte mit dem Kissenklopfen auf.
Ich ließ die Hand von Herrn Krause los und ging zur Tür, nicht ohne Frau Krause noch einen aufmunternden Blick von Frau zu Frau zugeworfen zu haben. Justus Streitacker hielt uns die Tür auf. Frau Dr. Anita Bach wehte hindurch. Lore Läscherlisch und Ulrike-mit-der-Bettpfanne kamen hinterher. Ende unseres heutigen Auftritts.
Normalerweise eilten wir sofort in die Kantine, besonders Lore, zu Sauerbraten und Sahnetorte. Auch Gretel Zupf nutzte immer wieder gern die Gelegenheit, ihre Hausweibchen-Journale mit den selbstgebastelten Duschvorhängen, passend zur Kaffeetasse und zum Nachttopf, herumzuzeigen. Lernschwester Ulrike trollte sich sonst immer in ihre Raucherecke. Nicht so heute. Keiner von uns mochte sich den Rest dieser Szene entgehen lassen.
Möglichst geräuschlos drückten wir uns in den Kulissen herum.
»Du mußt dich endlich daran gewöhnen, daß wir in ein paar Tagen ein Baby haben werden!« schrie Marion Krause aufgebracht ihren Mann an. Sie spielte wirklich klasse.
Ich beugte mich ein wenig vor, um die Szene besser sehen zu können.
Matthias Krause sprang aus dem Bett, rannte auf seine Frau zu, holte aus und... boxte ihr in den Bauch.
»Du KRIEGST kein Baby!« brüllte er, und dann sahen wir es alle: Es war ein Kissen.
Ein einfaches selbstgestricktes Sofakissen.
Eines von der Marke Gretel Zupf. So wie das, was alle fünf Millionen Zuschauer auf ihren Sofas liegen hatten.
Spannung bis zum Umfallen.
Keiner sagte etwas.
Ich spürte Justus Marias Atem an meinem Gesicht.
Es war so herrlich dunkel hier!
Er tastete nach meiner Hand.
»Vom Händchenhalten KRIEGT man eben kein Baby!« schrie Marion Krause. »Und wenn ich es nicht von dir kriege, hole ich es mir woanders! Ich bin eine ganz normale Frau mit ganz nor-

malen Empfindungen! Ich habe ein RECHT auf ein Baby! Hörst du! Ein RECHT!«
»Ich habe es eben früher nicht gewußt«, sagte Matthias Krause. »Erst seit ich Ralf kenne, weiß ich es.«
»Ralf, Ralf, immer wieder Ralf! Ich hasse deinen Ralf!« rief Marion aufgebracht. »DER kriegt kein Baby, so sehr ihr euch auch bemüht! Aber ICH werde eines haben! Spätestens in einer Woche werde ich eines haben, das schwöre ich dir! Und WEHE, du machst mir jetzt noch einen Strich durch die Rechnung! Den Plan haben wir uns beide ausgedacht!!«
Donnerwetter. Sie war großartig. Eine richtige Schauspielerin. Kein Lärvchen. Ich sah vorsichtig zu Justus. Würde sie vor seinem Weltmann-Urteil bestehen?
»Wie findest du sie?« wisperte ich.
»Die muß noch ganz viel lernen«, brummte Justus. »Wahrscheinlich probt der Grasso mit ihr noch den ganzen Tag, und wir können wandern gehen.«
»Danke, wir drehen«, sagte Gustav Grasso.
»Ph!« machte Lore Läscherlich. »Sich hier so aufzuspielen. Als wenn wir alle nur Statisten wären!«
Gustav patschte lustlos in die Hände.
»Kommt, macht mal'n bißchen voran. Wir sind doch nicht zum Vergnügen hier!«

»Laufen wir in der Pause?«
»Nein. Heute nicht.« Lärvchens Rache, Teil zwei.
Ich hatte unbändige Lust, diese Marion Krause näher kennenzulernen. Sie schien mir so erfrischend anders zu sein als ihre vielen namenlosen Kolleginnen von der Frankfurter Agentur.
»Na gut«, sagte Justus brummig. »Ichch muß sowieso Oschtereinkchäufe machen. Meine Frau und meine Kinder mahnen sich ihre Oschterhasenneschter ein.« Justus Maria lachte sehr ausgiebig und sonor.
»Na, dann hast du ja die ganze Pause über zu tun.«
Wie gut, daß Justus Streitacker ein so erfülltes Leben hatte. Sechs Kinder und ein Haus- und Hofweibchen, das zu Hause seiner Ostergeschenke harrte.

Was hatte er neulich gesagt? Im Osterhasennestbasteln bin ich gut.
Na bitte. Dann war er ja beschäftigt.
Ich sah ihn schon nachts auf seinem Bettrand im Hyatt hocken und sieben kleine Osterhasennester basteln, den Kopf über ein Hausweibchen-Journal gebeugt. Bestimmt hatte er sich zwischenzeitlich mit Gretel Zupf zusammengetan. Obwohl sie so klein und drall war und ihre Stimme alles andere als einschmeichelnd (besonders, wenn sie sich über das Betriebsklima in »Unserer kleinen Klinik« erregte, was sie gern und ausführlich tat – sie war in der Rolle der Sekretärin vom Chef eindeutig unterfordert!), hatte mein lieber Freund Justus sich ihre Sympathien schon gerettet.
Sollten sie. Ich gönnte Gretel meinen lieben Kollegen Justus von Herzen. Und umgekehrt auch.
Marion Krause kam vom Abschminken aus der Garderobe.
Sie hatte sich nun ihres Kissens entledigt und war sehr schlank und schick.
»Hallo. Gehen wir einen Kaffee trinken?«
»Klar. Wie heißt du eigentlich wirklich?«
»Fanny Laddo.« Sie lachte. »Und du bist die Charlotte Pfeffer. Ich hab schon viel von dir gehört.«
»Ja wirklich? Was denn?!«
»Daß du Zwillinge hast und schon sieben Jahre zum Team gehörst! Daß du ganz anders bist als deine Rolle!«
»Das hör ich gern«, freute ich mich.
Wir gingen fröhlich durch das Krankenhausportal.
Draußen am Mäuerchen lehnte Justus. Er schien irgendwelche wichtigen Unterlagen zu ordnen. Das war so wichtig, daß er es hier und jetzt tun mußte. AUF dem Mäuerchen. Neben dem Ausgang. Ich nickte ihm kurz zu. »Tschüs, bis später!«
Justus antwortete nicht. Böse blätterte er in seinen Dienstplänen.
»Wohin gehen wir?« fragte Fanny.
»In die Linde, schlage ich vor. Da gibt's Kaffee und Kuchen, und wir können Touristen gucken und dabei ungestört plaudern.«

Wir zogen los.
»Kommt dein Kollege auch mit?« Fanny sah sich irritiert um.
»Nein. Er muß Besorgungen machen. Ostergeschenke für die ganze Familie. Er hat sechs Kinder und eine Frau, die sich alle selbstgebastelte Osternester eingemahnt haben!«
Fanny sah mich fragend an. Ich grinste.
»Ehrlich. Hat er gesagt. Kannzte fragen.«
»Lieber nicht«, sagte Fanny. »Er guckt immer so böse.«
»Alles Tarnung«, sagte ich.
Die Linde war gleich schräg gegenüber vom Dom.
Wir fanden noch ein Plätzchen an der Fensterfront und bestellten zwei Kännchen Kaffee. Fanny lächelte mich fröhlich an.
»Ich liebe es, in Cafés zu sitzen und die Leute draußen zu beobachten!«
Die übliche graue Touristenmasse zog über die Domplatte und versuchte, den Dom zu fotografieren.
»Du machst deine Sache gut«, sagte ich. »Da ist richtig Spannung drin. Wo bist du sonst?«
»Zu Hause. Ich habe vier Kinder.« Sie sagte NICHT: Im Kinderkriegen bin ich gut. Wahrlich ein feiner Zug an ihr.
»Vier Kinder!« Ich staunte. »Und dann gehst du Babys klauen!«
»Das war mal so eine Gelegenheit«, sagte Fanny und goß sich Kaffee ein. »Meinst du, wir sollten uns so eine Nougatbrezel teilen?«
»Klar«, sagte ich. »Auch zwei.«
Sie wurde mir immer sympathischer. So ein Ausbund an Wärme, Lebensfreude und Natürlichkeit! Und so was hatte vier Kinder, sah zum Anbeißen aus und aß mit Hingabe Nougatbrezeln!
Wir winkten den Kellner heran und bestellten die kalorienreiche Köstlichkeit.
»Das Leben ist kurz«, sagte Fanny. »Jeden Tag eine kleine Sünde, sonst hab ich am Buß- und Bettag nichts zum Büßen!«
»Der wird eh abgeschafft.«
»Na ja, Nougatbrezeln sind eine läßliche Sünde.«
»Hauptsache, ich sehe später nicht so aus wie Lore Läscherlisch«, sagte ich.

»Das passiert dir NIE!« sagte Fanny.
»Nein. Und wenn ich mich täglich drei Stunden zur Gymnastikkassette auf der roten Wolldecke wälze und außer Mohrrüben und Salatblättern nichts mehr in mein gieriges Maul stopfe.«
»Wenn doch nur die Männer sich mal ein bißchen für uns nett machen würden...«, sinnierte Fanny.
Draußen stürmte eine kinderkackegelbe Gestalt vorbei. Ich nahm sie nur aus den Augenwinkeln wahr, drehte aber unwillkürlich den Kopf.
Justus?
Tatsächlich. Er war's. Er eilte ungeheuer beschäftigt seinen Ostereinkäufen entgegen. Komisch nur, daß er ausgerechnet im gleichen Moment durch das Fenster starrte wie ich. Als hätte er nach mir gesucht.
Er hat uns gesehen, dachte ich. Na wenn schon. Er hat's eilig und muß Einkäufe machen.
Entspannt wandte ich mich wieder meiner neuen Freundin zu.
»Du hast vier Kinder? Erzähl!«
»Da gibt's nicht viel zu erzählen«, lachte Fanny, »ich habe sie alle selbst bekommen! Es ist wirklich keines geklaut!«
»Und du bist eine phantastische Schauspielerin! Wie kriegst du das alles unter einen Hut?«
»Na und? Das eine schließt das andere doch nicht aus! Und du! Du bist doch auch eine tolle Schauspielerin! Und hast Zwillinge!«
»Ich bin ein Lärvchen«, sagte ich. »Ich hab die Rolle der Anita Bach nur bekommen, weil ich ein nettes Gesicht und ein hübsches Figürchen habe. Wenn ich weiter Nougatbrezeln esse, habe ich ein Doppelkinn und einen Hängehintern, und keiner will mich mehr in ›Unserer kleinen Klinik‹ sehen.«
»Wer hat das gesagt? Diese dicke Lernschwester mit den borstigen Pferdehaaren? Die immer so falsch lächelt?«
»Nein. Justus Maria Streitacker«, grollte ich.
»Nicht so laut. Er sitzt am Nebentisch.«
»Bitte?« Ich fuhr herum.
»Nicht so auffällig, Charlotte! Dreh dich bitte ganz langsam wieder zu mir und beiß in deine Nougatbrezel! Sei ein Profi!«

Justus Maria Streitacker. Am Nebentisch.
Was fiel dem Kerl denn ein?
Ich schnaubte vor Wut. Sollte ich ihn rausschmeißen?
He, Sie. Was fällt Ihnen denn ein? Das ist MEIN Café. Sie wollten schließlich Osterhasennester kaufen gehen, und ich war zuerst hier.
Die Linde war ein öffentliches Etablissement. Hier konnte jeder reinstürmen und ungestraft am Nebentisch Platz nehmen. Aber wieso war er ausgerechnet hierher gekommen? Wo er doch so dringend Besorgungen machen mußte?!
Ich sah mich vorsichtig nach ihm um.
Justus Maria schaute konzentriert in sein Taschenbuch, das er sich wohl gerade gekauft hatte. Vorne war ein herzallerliebster Osterhase drauf. Die kleine Tüte mit der Aufschrift »Mayersche« lag zusammengeknüllt neben seiner kinderkackegelben Wanderjacke auf dem Stuhl.
»Er liest«, sagte Fanny. »Aber er hält das Buch verkehrt rum. Das erschwert das Ganze ungemein. Wir sollten ihn nicht stören.«
»Du hast recht«, sagte ich. »Er ist so gut im Lesen, daß er es sogar kopfüber kann. Im Kopfüberlesen ist er gut! Bestimmt! Erzähl mir über dich. Aber leise!«
Fanny neigte zu sehr lautem, glücklichem Sprechen im zweigestrichenen Oktavbereich.
»Ich bin seit fünfzehn Jahren verheiratet«, jubelte Fanny.
»Mit wem?«
»Mit meinem Mann!«
»Sach bloß!«
»Aber natürlich nicht mit Matthias Krause! Den kenne ich ja selber erst seit heute!«
»Nee. Ist klar. Erzähl mir über deinen richtigen Mann. Aber schrei nicht so!«
»Stell dir vor, mein Mann ist Syrer!«
»Psst!«
»Er hat eine riesige Firma, in der er biochemische Produkte für Wohnwagen herstellt.«
»Aha«, sagte ich. »Wie interessant.«

Gustav Grasso hätte gesagt: Überflüssig, alles überflüssig. OBWOHL er ja Wohnwagenbesitzer war.

»Der Syrer heißt Achmed!!«

»Was du nicht sagst!« raunte ich. »Wie habt ihr euch kennengelernt? Ich meine, wann hat er dir gesagt, daß er Achmed heißt?«

»An der Uni! Vor sechzehn Jahren! Ich habe früher ein paar Semester Chemie studiert, weil ich die Apotheke von meinem Vater übernehmen sollte. In Oberhausen. Aber ich wollte viel lieber Schauspielerin werden als Apothekerin in Oberhausen!«

»Und Achmed wollte die Apotheke in Oberhausen auch nicht?«

»Mein Vater wollte Achmed nicht«, jubelte Fanny strahlend. »Also haben wir geheiratet, aus Trotz!«

»DA hat er aber geguckt, der Apotheker aus Oberhausen!« mutmaßte ich.

»Wir haben NIE wieder ein Wort miteinander gesprochen!« freute sich Fanny. »Bis HEUTE nicht!«

»Toll«, sagte ich. Ich sah den Vater griesgrämig und leise weinend im weißen Kittel in seiner Apotheke in Oberhausen Tampons und Vaginalpilztabletten verkaufen, während er wütend an seine schöne Tochter dachte, die einfach einen arabischen Wohnwagenreiniger geheiratet hatte. Ohne ihn zu fragen.

»Also hat Achmed seine eigene kleine Firma gegründet. Zuerst in der Garage von einem Kumpel, aber dann florierte der Laden, denn keiner kann so gute Wohnwagenreiniger anrühren wie der Achmed!«

»Ach was!«

»Er macht die BESTEN Wohnwagenreiniger der WELT! Seine Schlierenreiniger und seine Polierpaste haben schon mehrere Preise gewonnen! Hast du noch nie was von Achmeds Lackkonservierer gehört?«

»Nein«, sagte ich lasch. »Nie. Das liegt sicher daran, daß wir keinen Wohnwagen fahren.«

»Aber sein Sanitärpulver! Das kannst du auch in ganz normalen Toiletten benutzen!« schrie Fanny begeistert. »Es setzt unange-

nehme Gerüche ab und zersetzt FÄKALIEN spurlos!! Es ist besonders gut geeignet für GROSSE FÄKALIENTANKS in Flugzeugen oder Bussen!!«
»Sach bloß!« sagte ich scheu.
Die Leute guckten.
Justus fixierte uns böse über den Rand seines Osterhasenbuches. Der Hase auf dem Titelblatt äugte unter seinen Hängeohren hervor. Der Arme. Er mußte die ganze Zeit auf dem Kopf stehen.
»Und Zelt-Imprägnierstoffe!« rief Fanny aus. »Hast du schon mal in einem Zelt geschlafen, das nach verfaulten Ameisen stank? Oder nach verwesenden Ratten?«
»Nein. Nie.« Was HATTE ich alles noch nicht erlebt in diesem Leben.
»Imprägnan ist atmungsaktiv und fäulnishemmend!« rief Fanny. »Und SCHLEIMPUR beseitigt Schleim, Schlieren und Algen aus verfaulten Aquarien und angemoderten Campingtoiletten!«
»Was du nicht sagst«, sagte ich. Klar. Leute, die ihre toten Fische monatelang nicht aus dem Campingklo holten, mußten bei Achmed Schleimpur kaufen gehen. Oder ihr weiteres Leben mit einer Gasmaske fristen. Oder nie mehr Wohnwagen fahren. Für viele ja ein unerträglicher Gedanke. Gustav zum Beispiel. Der war bestimmt bei Achmed Stammkunde.
»Und unser WC-Sitz-Hygiene-Spray«, schwärmte Fanny hingerissen. »Desinfiziert WC-Brillen blitzschnell, ohne den Hintern anzugreifen!«
Ich sah mich unauffällig um. Einige Herrschaften schauten pikiert zu uns herüber.
»Du wolltest mir etwas über eure Kinder erzählen«, hob ich an. Vielleicht würde sie zweihundert Adrian-Fotos hervorzaubern, die ich von nun an schweigend betrachten könnte.
»Und dann wollte der Achmed Kinder«, nahm Fanny das Stichwort gerne auf. »Er ist ganz versessen auf Kinder. Jedes Jahr wollte er ein neues Kind. Da kam ich natürlich nicht mehr zur Schauspielerei.«
»Wem sagst du das? Wie heißen die Kinder denn?«
»Gleitex, Purifix, Imprägnan und Schimmelex«, sagte Fanny stolz. »Fotos hab ich leider nicht dabei.«

»WIE heißen die?« fragte ich, während mir die Nougatkrümel aus dem Mund fielen.
»Das sind ganz alte, ehrwürdige, persische Namen!«
Ich dachte an den Apotheker in Oberhausen und beschloß, ihm bei Gelegenheit mal einen Beileidsbesuch abzustatten.
»Na ja, ein bißchen haben sie schon mit Achmeds Vorliebe für biochemische Produkte zu tun«, räumte Fanny ein. »Aber das merkt in Deutschland keiner.«
»Nein. Sicher nicht.« Arme Ausländerkinder. Immer müssen sie sich langweilen, und keiner spielt mit ihnen, und es gibt immer Schlierenreiniger und Polierpaste aufs Brot. Und zu trinken Sanitärflüssigkeit aus geruchsneutralem algenzersetzenden Raumluftentfeuchter.
»Und sonst?« fragte ich matt. »Was macht ihr sonst so?«
»Achmed SPIELT täglich stundenlang mit den Kindern!« schrie Fanny glücklich. »STUNDENLANG!«
»Nein, sag das nicht!« stieß ich neidisch hervor. »Mein Ernstbert spielt nie mit den Kindern! NIE!«
»Er geht manchmal tagelang nicht in die Firma«, lachte Fanny froh. »Dann muß ich die ganze Gleit- und Einzugsmittel-Kleberei überwachen, damit unsere Mitarbeiter überhaupt etwas zu tun haben!«
»Mitarbeiter habt ihr auch?«
»Klar! Der Achmed beschäftigt acht Mitarbeiter! Wir haben inzwischen eine riesige Fabrik! In Gleuel! Du mußt mal kommen!! Es ist bei uns wahnsinnig TOLL!!«
»Ja, gern. Ich komme gern«, stammelte ich erschlagen.
»Der liebe alte Achmed! Jetzt in der Osterzeit bastelt der Achmed ständig Osterhasennester für die Kinder! Dazu benutzt er zwar unsere Polierpaste und unseren Lackkonservierer, aber das ist ja nicht der Sinn unserer Firma! Ich muß ihn manchmal richtig von den Osterhasennestern wegzerren, damit er sich mal um die Wohnwagenreiniger und die Zeltimprägnierungsmittel kümmert!«
»Daß es so was gibt«, seufzte ich neidisch. »Mein Ernstbert klebt NIE Osterhasennester! Niemals!«
Ob Justus Maria Streitacker auch diesen Achmedschen geruchs-

neutralen und goldfischfreundlichen Wohnwagenkleber benutzte, wenn er für seine sieben Einmahner zu Hause Osterhasennester anfertigte?
Bestimmt hörte er alles mit, Wort für Wort. Er hatte in der ganzen Zeit noch nicht einmal umgeblättert. Morgen würde er Achmedsche Wohnwagenkleber kaufen. In rauhen Mengen.
»Du mußt uns unbedingt mal mit Ernie und Bert besuchen«, sagte Fanny herzlich. »Wir wohnen zwar im Industriegebiet, aber dafür haben wir Platz! In der Halle und den Garagen und auf dem Acker und dem Autobahnzubringer – der ist noch nicht in Betrieb, weil Achmed eine Elterninitiative gestartet hat, gegen Autobahnzubringer im Industriegebiet! Unsere Kinder laufen immer Rollschuh auf dem Autobahnzubringer, und im Winter fahren sie darauf Schlitten! Ach, der Achmed! Der wird sich riesig freuen, wenn ich ihm von dir erzähle. Und wenn du uns mit deinen Kindern besuchen kommst, dann kriegt der sich vor Freude gar nicht mehr ein!«
»Ernstbert freut sich NIE, wenn andere Kinder zum Spielen zu uns kommen, nie!«
»Der scheint ja ein Spaßvogel zu sein, dein Ernstbert.«
»Du meinst, es STÖRT deinen Achmed nicht, wenn wir euch besuchen kommen?«
»Nein«, schrie Fanny. »Im Gegenteil! Weißt du, Achmed stammt aus einer Familie mit fünfzehn Kindern. Er war aber zu Hause der Jüngste, und er hatte keine kleineren Kinder zum Spielen. Mit ihm WURDE immer nur gespielt, aber selber spielen, das durfte er nicht. Das holt er jetzt alles nach. Unsere vier Kinder wollen ja viel lieber in Ruhe vor dem Fernseher sitzen oder Computerspiele machen, aber wenn Achmed kommt, müssen sie sich in den Teppich rollen lassen und Buden bauen und Kissenschlachten machen, das nervt die schon ganz schön! Der Gleitex ist jetzt zwölf! Der rennt immer weg und schließt sich in seinem Zimmer ein, wenn Achmed aus der Halle kommt!«
»Weil er sonst in den Teppich gewickelt wird«, staunte ich.
»Ja! Und weil Achmed den Purifix über die Schulter wirft und durch die Beine schleudert und in die Waschmaschine steckt und lauter solchen Unsinn!«

»Ernie und Bert sind in dieser Hinsicht völlig verarmt«, stammelte ich. »Sie würden rasend gern mal in die Waschmaschine gesteckt. Aber Ernstbert macht so was nie. NIE!«
»Kommt!« schrie Fanny begeistert. »Kommt so bald wie möglich! Achmed wird es gar nicht mehr erwarten können!«
»Sag mal, und der Achmed ist sonst aber ganz O.K.?« fragte ich.
»Wie meinst du das?«
»Ja, also, er läßt dich einfach so aus dem Haus gehen? Ohne Kopftuch und so?« fragte ich mit gesenkter Stimme.
»Aber ja!« lachte Fanny. »Was denkst du denn! Er will, daß ich mich schick mache und unter Leute gehe und als Schauspielerin Erfolg habe! Dein Mann etwa nicht?«
»Es ist ihm völlig egal, was ich mache und wohin ich gehe, Hauptsache, ich lasse ihn mit meinem albernen Kleine-Klinik-Scheiß in Ruhe und erwarte nicht von ihm, daß er mit uns sonntags spazierengeht«, sagte ich und kaute an meinem Daumennagel. »Aber er hat auch noch nie versucht, die Kinder in den Teppich oder mich in ein Kopftuch zu wickeln.«
»Dann ist es bei euch wohl ziemlich langweilig?«
»Ja«, sagte ich. »Jetzt, wo du mich drauf bringst...«
»Achmed sprüht vor Temperament!« schrie Fanny.
»Da mußt du dich nie langweilen«, sagte ich neidisch.
Ich rührte nachdenklich in meiner halbvollen Tasse.
»Das kannst du laut sagen. Dabei WOLLTE ich diesen komischen Achmed am Anfang nicht«, sagte Fanny. »Er ging mir schrecklich auf den Geist. Er ist mir immer nachgestiegen...« Hier lachte sie ganz allerliebst in ihren Kaffee hinein.
Ich drehte mich vorsichtig nach Justus um. Er las.
»Und?«
»Und ich hab ihn geheiratet«, rief Fanny froh.
»Und du hast es nie bereut?«
»Nein! Im Gegenteil! Ich würde ihn immer wieder heiraten!!« schrie Fanny begeistert. »Er spielt mit den Kindern und bringt sie jeden Abend ins Bett und erzählt ihnen noch stundenlang Geschichten, und dann schläft er bei ihnen ein, und ich hab das Schlafzimmer für mich!«

»Und er schlägt dich nicht und vergewaltigt dich nicht und sperrt dich nicht in die Vorratskammer, und die Wohnwagenklebemasse rührst du aus freien Stücken an?« schrie ich verzweifelt.
»Und die Gleit- und Einzugsmittel auch?!«
»Ja! Wenn ich's dir doch sage!«
»Und die vier Kinder hast du alle freiwillig gekriegt?«
»Aber ja! Achmed will jetzt wieder eins! Er kann es schon gar nicht mehr erwarten!«
Nun sahen alle Gäste von den Nachbartischen zu uns rüber. Auch Justus Maria Streitacker.
»Jeden Tag zerrt er mich ins Bett!« rief Fanny froh.
Das sollte Ernstbert mal mit MIR machen. Dann gäb's aber was. Nich für Geldtabei! Und Haue obendrein!
»Also er vergewaltigt dich DOCH!« brüllte ich.
»NEIN!! Achmed ist der feurigste Liebhaber der Welt! Du hast ja keine Ahnung, wie toll das ist, so ein Araber im Bett!«
Die Kellnerin nahte und regte unauffällig an, daß wir uns doch ein bißchen leiser unterhalten könnten.
»Tschuldigung«, sagte ich. »Aber ich bin so erregt.«
»Kann ja vorkommen«, sagte die Kellnerin. »Noch eine Nougatbrezel?«
»Ja. Her damit«, stöhnte ich.
»Los, und jetzt du«, sagte Fanny. »Was ist los mit deinem Ernstbert?«
Und dann erzählte ich Fanny, wie alles mit Ernstbert und mir angefangen hatte.
»Also, ich liebte einen Schauspieler, der hieß Hannes.
Er war ein bildschöner Kerl und hatte wunderbare Oberarme, aber das tut eigentlich nichts zur Sache. So heißblütig wie dein Achmed war er vielleicht nicht, obwohl... ich fand ihn sehr heißblütig.« Ich beugte mich mitteilungsfroh über meine Kaffeetasse: »Er hatte die wahrscheinlich längste Praline der Welt!«
Mit irgend etwas mußte ich doch auch ein bißchen angeben. Wenn ich schon sonst nichts zu bieten hatte.
Fanny jubelte. »Er hatte die längste Praline der WELT!! Das hab ich ja noch nie gehört!! Da solltest du mal Achmeds Praline sehen!«

»Pssstt!! Ich habe ›wahrscheinlich‹ gesagt!«
»Weiter.«
»Wir verbrachten einen Sommer miteinander, in Südfrankreich, und wir liebten uns nachts im Swimmingpool und im Hotelgarten unter den Zedern und sogar in den Kulissen unseres Louis-Quatorze-Filmes.«
»Wahnsinn«, schrie Fanny. »IN den verstaubten Filmkulissen!!« Dann verdüsterte sich ihr Gesicht. »Aber der hieß nicht Ernstbert?«
»Nein. Der hieß Hannes. Wie schon gesagt. Hannes Stuhlbein.«
»Wie süüüß!«
Ich beschloß, die Geschichte noch ein bißchen auszuwalzen. Schließlich wollte ich unbedingt vor Fanny bestehen. Ich beugte meinen Busen erneut über die Kaffeetasse, um strenge Vertraulichkeit bemüht.
»In unserem Be-hett«, holte ich Ernie-mäßig aus, »da lag nämlich ein FREMDER Russe! Der stank und schnarchte und hielt Selbstgespräche! In ECHT!«
»Ein FREMDER Russe! Im Bett! Suuuper!« schrie Fanny entzückt.
»Bitte etwas weniger laut«, sagte die Kellnerin im Vorbeigehen.
»Aber der Russe hieß auch nicht Ernstbert«, mutmaßte Fanny und biß in die neue Nougatbrezel.
»Nein. Der Steuerberater hieß Ernstbert.«
»Und? Ist es ein weiter Weg vom Russen zum Steuerberater?«
»Nein. Der Steuerberater kam gleich nach dem Russen.«
»Na bitte. Aber der lag NICHT in eurem Bett.«
»Nein. Er tauchte ein paar Wochen später in meiner Wohnung auf, und ich mußte mich immer langweilen.«
»Versteh ich nicht…«
»Also, er machte mir den Steuerkram und redete stundenlang auf mich ein und fragte mich so alberne Sachen, ob ich meine Benzinquittungen sammle und abhefte und so…«
»Wie UNerotisch!« schrie Fanny gequält. »Was für ein phantasieloser Mann!«

»...und ich hab mir inzwischen seine Polyesterhosen angeguckt und seine Kunststoff-Antigeruch- und Antigeschmack-Hemden und seine oberflächengepflegten Antibeschlag-Schuhe... na und du weißt schon...«
»NEIN!! WAS hast du mit ihm gemacht?!«
»Nichts, ich schwör's!! Ich hab nur daran gedacht!! Nur so! Zum Zeitvertreib! Weil ich mich immer langweilen mußte, während er sprach!«
»Nur daran GEDACHT??? Und DAVON kriegst du KINDER???«
»Und zusätzlich ist was runtergefallen«, wisperte ich verschwörerisch. »Sonst klappt das nicht.«
»Du mußt was runterfallen lassen und dabei dran denken? Das ist alles??? DAS muß ich Achmed erzählen! Der wird BEGEISTERT sein! Der wird das sofort heute abend ausprobieren! Er wird eine Ladung Frostschutzmittel in den Bottich mit der Lackpolitur fallen lassen und dabei an das EINE DENKEN, und schon bin ich schwanger und krieg ZWILLINGE!! Und die nennen wir dann Dichtolan und Findol!!«
»Bitte etwas weniger laut!« rief ein alter Herr vom Nebentisch. »Sie sind nicht alleine hier!«
»Eins. Ein Kind hab ich von ihm gekriegt.«
»Ich denke, du hast ZWILLINGE!!«
»Zweivätrige. Der andere Zwilling ist von dem Schauspieler.«
»Der mit der LÄNGSTEN PRALINE DER WELT??«
»Psst! Fanny! Wahrscheinlich! Ich hab ›wahrscheinlich‹ gesagt! Das geht hier keinen was an!«
Ich äugte zu Justus hinüber. Der kopfstehende Osterhase hing schlaff und unbeachtet auf seinen Hasenohren. Keiner spielte mit ihm, und er mußte sich immer langweilen.
»Aber mit dem Pralinenmann hast du es wirklich getrieben, ja? In echt?«
»Ja, in echt! Unmittelbar danach!!«
»Das ist ja SUUPER!« jubelte Fanny und schlug begeistert auf den Tisch. »Wenn ich das heute abend Achmed erzähle! Dann läßt er zuerst eine Tube Lecksuchspray in den Bottich fallen, und dann machen wir es unmittelbar danach IN ECHT!!«

Ich war auf einmal nicht mehr sicher, ob sie mir noch Glauben schenkte. Das war nicht fair. Selber so eine unglaubliche, an den Haaren herbeigezogene Geschichte von einem Mann auftischen, der freiwillig mit seinen Kindern spielt, und sich dann über mich lustig machen hier. Wo ich ihr doch um jeden Preis imponieren wollte.
»Ich habe magische Kräfte«, zischte ich zwischen den Nougatkrümeln hervor. »Ich kann Männer verzaubern. Und das kannst DU nicht!«
»Das glaub ich dir aufs Wort«, schrie Fanny und wischte sich mit der Papierserviette meine ausgezischten Krümel vom Busen. »Deinen Kollegen hat's jedenfalls voll erwischt.«
Justus besann sich auf sein Osterhasenbuch und starrte wütend hinein. ENDLICH durfte der Osterhase richtig rum stehen und mußte sich nicht mehr langweilen.
»Damit du's nur weißt«, tuschelte ich. »Den hab ich verzaubert, weil er so ein Angeber ist. Zur Strafe.«
Fanny trank ihren Kaffee aus.
»Mein Achmed wird begeistert von dir sein. Er LIEBT Geschichten aus Tausendundeiner Nacht. Er will bestimmt, daß du ihn auch verzauberst! Jede Art von Gesellschaftsspiel findet der toll! Er wird dich in den BOTTICH schmeißen und dabei an das EINE denken.«
»Kann denn der Geschäftsführer hier nicht mal für Ruhe sorgen?« empörten sich einige Kapotthutschwestern.
»Also bitte, meine Damen«, sagte der dicke Chef des Etablissements, indem er sich die Erdbeersahne-Finger an seinem schmierigen Bäcker-Wams abwischte. »Ich muß Sie jetzt bitten zu gehen.«
»Lassen Sie bloß keinen Tortenheber fallen«, schrie Fanny, schon ganz schwach vor Begeisterung. »Sonst verzaubert sie Sie, und dann bilden Sie sich ein, Sie hätten mit ihr geschlafen.«
»Den doch nicht«, zischte ich. »Da kann er fallen lassen, was er will! Den verzauber ich nicht!«
»Warum nicht? Es könnte interessant sein, einen erdbeerverschmierten Zuckerbäcker zu verzaubern«, rief Fanny und griff nach ihrem Rucksack.

»Wen ich verzaubere, entscheide immer noch ich«, grollte ich.
Mich beschlich das widerliche Gefühl, Fanny könnte sich heimlich über mich lustig machen.
»Der Herr da in der Ecke zahlt«, sagte Fanny fröhlich.
Justus Maria Streitacker hob den Kopf, als hätte er uns zum erstenmal an diesem Nachmittag entdeckt.
»Klar entscheidest du, wen du verzauberst«, sagte Fanny, während sie mich am Arm nach draußen zog. »Aber bei dem Justus, ja... da hast du dir wirklich was eingebrockt. Kannst du das nicht irgendwie rückgängig machen?«
»Nö«, sagte ich zufrieden. »Warum sollte ich? Nich für Geld dabei.«

»Wie, du heiratest den Chefarzt?«
Grete stand in der Küche und schmierte den Kindern die Schulbrote.
Du heiratest keinen Chefarzt. So einen Quatsch will ich nicht hören. ICH habe auch keinen Chefarzt geheiratet.
Ernie und Bert frühstückten gerade ihr Wildschwein-Menü: eingeweichte Honigsmacks in gelblich-verkrümelter Milch. Sie schmatzten und tropften, während sie mit ihren Matchboxautos zwischen den Cornflakes-Packungen hin und her fuhren.
Sie sahen zum Fressen süß aus. Ich hätte wirklich gern mal in ihre Pfirsichbäckchen gebissen. Aber ich war auf Diät. Vor zwölf Uhr mittags nahm ich keine feste Nahrung zu mir. Das war ich Frau Dr. Bach schuldig.
»Mama, ich denke, du BIST schon verheiratet?« fragte Bert mit vollem Mund.
»Natürlich ist sie das, Kind. Iß schön deinen Teller leer und tropf nicht so. Wir sind keine Pro...?«
»...leten. Mama, wieso heiratest du einen Chefarzt?« fragte Bert. »Kommt das steuerlich günstiger?«
Grete und ich wechselten einen vielsagenden Blick.
Bert war Ernstberts Kind. Klarer Fall.
»ICH will die Mama heiraten!« rief Ernie aus.
»Aber nicht mit vollem Mund«, mischte Grete sich ein.

»Ich liebe die Mama mehr als mein eigenes Leben!« schrie Ernie theatralisch und schwenkte seinen Löffel.
»Sei still, du Blödmann. Du KANNST die Mama gar nicht heiraten.«
»Warum nicht?«
»Weil du noch kein Steuerzahler bist, darum!«
»Mami, warum heiratest du eigentlich nicht mal Herrn Schmitz-Nittenwirm?« fragte Ernie.
»Er ist nicht mein Typ«, sagte ich. »Er ist mir zu mager.«
Grete schüttelte mißbilligend den Kopf.
»ICH mag den mageren Herrn Schmitz-Nittenwirm«, sagte Ernie bestimmt und wischte sich den Mund mit der Tischdecke ab. Ich reichte ihm eine Serviette.
»Das ist lieb von dir«, sagte ich und streichelte ihm die prallweiche Wange. Ich konnte es mir nicht verkneifen, ein Küßchen darauf zu drücken. Sie roch nach Kindheit und Glück aus der rosaroten Dose.
»Ja, ganz doll«, sagte Ernie. »Ich mag den Herrn Schmitz-Nittenwirm sogar lieber als den Papa.«
»Na, na, na«, sagte Grete mißbilligend. »So was sagt man aber nicht.«
»ICH mag den Papa aber lieber als den Herrn Schmitz-Nittenwirm«, sagte Bert schnell. »Erstens verdient der Papa viel mehr als der Herr Schmitz-Nittenwirm, und zweitens fährt der Papa einen Mercedes.«
»Na und, du Eierloch!« schrie Ernie aufgebracht. »Dafür läßt Herr Schmitz-Nittenwirm uns auf seinem Fahrrad fahren! Läßt der Papa uns etwa mit seinem Mercedes fahren, ja?«
»Nee, du Blödmann«, sagte Bert. »Der Mercedes vom Papa ist ja auch viel teurer als das blöde Fahrrad von Herrn Schmitz-Nittenwirm. Der hat noch nicht mal 'ne Zehngangschaltung an seiner Klapperkiste!«
»Aber er läßt mit uns den Drachen steigen und bringt uns das Schwimmen bei und bastelt 'ne Piratenhöhle! Das tut der Papa alles NICHT!«
»Der Papa hat aber dafür einen Computer, den hat Herr Schmitz-Nittenwirm nicht!«

»Wartet erst mal, bis ihr Achmed kennenlernt«, sagte ich geheimnisvoll. »Der wickelt euch sogar in den Teppich!«
Ernie und Bert hörten kurzfristig auf zu streiten und schauten mich mit offenen Mündern an.
»Aber Herr Schmitz-Nittenwirm kann freihändig Fahrrad fahren UND einen Köpper vom Dreier! Kann der Papa etwa freihändig Auto fahren, ja? Kann er das?«
»Klar kann er! Der Papa kann freihändig Auto fahren UND dabei telefonieren UND im Radio den automatischen Verkehrswarnfunk suchen!«
»Aber der Herr Schmitz-Nittenwirm kann mit ANlauf über die Schulhofmauer springen!«
»Und der Achmed kann mit ANlauf in seinen Wohnwagenkleber springen!«
»Und der Papa kann mit Anlauf durch die Radarkontrollen fahren! Weil er nämlich ein Radarwarngerät auf dem Kühler hat!«
»Ph!« schrie Ernie, den Tränen nahe. »Dafür spielt er NIE mit uns, NIE! Immer muß ich mich langweilen!«
»Aber Achmed wird euch in den Teppich wickeln UND in die Waschmaschine sperren«, versuchte ich zu schlichten.
Die Kinder hörten nicht auf mich.
»Na und, du Baby. Spielen kannst du auch alleine. Aber Geld verdienen kannst du NICHT. Das kann nur der Papa.«
»UND die Mama!« schniefte Ernie. »Die Mama ist die beste Schauspielerin der Welt!«
»Sag das mal meinem Chefarzt«, sagte ich. »Der findet, daß ich ein Lärvchen bin«, teilte ich Grete mit.
»Du siehst verHEErend aus«, sagte Grete.
»ICH finde die Mama toll!« rief Ernie.
»Ich auch!« schrie Bert.
»Völ-lig unvorteilhaft«, sagte Grete. »Und so willst du den Chefarzt heiraten! Das findet kein Rentner toll, kein einziger.«
»Aber den Papa hab ich gerner«, sagte Bert rechthaberisch.
»Und ich hab den Herrn Schmitz-Nittenwirm gerner«, trumpfte Ernie auf. »Aber nur ein ganz kleines bißchen.«

»Wartet ab, bis ihr Achmed kennenlernt!« Ich räumte die Teller zusammen. »Der wickelt seine Kinder in den Teppich!«
»Ich verstehe nicht, wie du so rumlaufen kannst«, sagte Grete. »Binde dir wenigstens ein Kopftuch um!«
»Aber ich gehe doch noch in die Maske! Die werden mich schon noch rechtzeitig stylen.«
»STYLEN! Wenn ich das schon höre! KÄMMEN sollen die dich.«
»Warum findest du eigentlich toll, wenn ein Vater seine Kinder in den Teppich wickelt?« fragte Bert. »Das ist doch überflüssig.«
»Laß EINMAL einen Kamm an deinen Kopf. Du wirst es nicht bereuen.«
»Die Locke an sich verträgt keinen Kamm. Sie verliert dann die Spannkraft und wird strohig.«
»Ich will aber wohl in den Teppich gewickelt werden, du Eierloch!«
»Wenn du wenigstens Locken hättest, Schlotter-Lotte. Aber du hast Haare wie faules Stroh.«
»Man kann eben nicht mit allen Gaben gesegnet sein«, sagte ich freundlich.
»Mach dir doch mal einen pfiffigen Lady-Di-Schnitt, Kind«, sagte Grete kreativ. »Kurz und keck und trotzdem damenhaft. Das ist klassisch-zeitlos und putzt ungemein. Das wäre deinem Alter angemessen.«
»'n andermal«, sagte ich.
»Ü-ber-flüs-sig!« sagte Bert.
Grete stopfte energisch die Brotdosen der Kinder in die Schultaschen. »So, Ernie und Bert. Seid ihr soweit?«
Wenigstens sahen die Kinder nicht verheerend aus. Sie waren ganz normale Jungs, mit Frisuren, die man nicht zu kämmen brauchte, mit einem ANständigen Schnitt, ohne Sascha-Schwänzchen im Nacken. Wir sind keine Proleten.
»Abmarsch!«
Grete und die Kinder setzten sich in Bewegung. Die Schule war nicht weit. Gleich um die Ecke.
Grete setzte ihren unvermeidlichen Demuts-Kapotthut auf,

Marke Queenmother, ich bin eine Dame, aber das muß ja nicht gleich jeder sehen.
»Mama, gehen wir heute zum Achmed?«
»Wird gemacht! Großes Indianerinnenehrenwort.«
»Aber der wickelt uns in den Teppich! Du HAST es versprochen!«
»Na klar! Und beschmeißt euch mit Klopapier! Versprochen ist versprochen.«
»UND wir sperren ihn in die Waschmaschine!«
»Natürlich!«
»Stellen wir sie dann auch ahan?«
»Mal sehen«, sagte ich. »Ich weiß nicht, wie der Achmed das normalerweise handhabt.«
»Schleudern wir ihn dann auch?«
»Vermutlich nicht«, sagte ich bedauernd.
»Ich hab es ja gewußt«, sagte Bert sauer. »Immer muß ich mich langweilen.«
»Uns hat auch keiner mit Klopapier beschmissen und in die Waschmaschine gesperrt«, sagte Grete. »Wir hatten trotzdem eine glückliche Kindheit. Wir haben Teppichfransen gekämmt und leise vor uns hin gesungen.«
»Klar«, sagte ich. »Und Haue obendrein.«

»Mama!«
»Hm?«
»Mama!!«
»Wsn?«
Wenn ich mich recht erinnerte, war heute Sonntag!
Kurzer Blick auf den schweigenden Radiowecker: fünf Uhr fünfundvierzig.
»Och nö, Ernie! Nicht jetzt!«
»Ich muß dich was fragn! Was GANZ Wichtiges!«
»Was denn?«
»Mama!« Energische Händchen schüttelten mich.
»Weißt du eigentlich, wie spät es ist?« raunzte ich unwillig.
»Bald zweitausend«, antwortete Ernie.
»Genau«, krächzte ich. »Also geh wieder ins Bett.«

»Mama, warum hab ich ein Hosensäckchen, und was ist da drin?«
»Frach Papa«, grunzte ich. Ich wollte zurück zu meinem Traum, der so nett gewesen war. Chefarzt Dr. Frank Bornheimer und Frau Dr. Anita Bach hatten es bei Sonnenuntergang auf einer Wolldecke getrieben, heftig und zügellos, mitten im Wald, neben der Autobahn bei Oelde. Das war die beste Folge, die ich jemals geträumt hatte!
»Papa schläft«, sagte Ernie. »DU sollst mir das sagen.«
Wie immer.
»Also?«
Ich richtete mich halb auf und hob meine Decke an. »Steig schon ein.«
Das weiche Menschenkörperchen Ernie kletterte mit eiskalten Füßen zu seiner heißgeträumten Mama in die Kiste und brachte sie unsanft auf den Boden der Tatsachen zurück. Mit eifrigem Keuchen ranterte es sich in eine ihm angenehme Position. Ich konnte ihm ja schon wieder kein bißchen böse sein.
»Also Mama. Sag's.«
»Du hast ein Hosensäckchen, in dem sind ganz viele kleine Geheimnisse«, sagte ich. »Und eines Tages wachen die auf, aber jetzt noch nicht. Reicht das?«
»Hast du das nicht?«
»Nein. Weißt du doch.«
»Mach dir nichts draus, Mama. Du kannst dir ja eins zum Geburtstag wünschen. Dann kriegst du meins. Ich schenk's dir. Weil ich dich so liebe.«
Ich unterdrückte das Bedürfnis, das kleine Menschenkind an allen Seiten anzuknabbern.
»Mama, laß das, hör mir zu. Wir sollten uns lieber jetzt 'ne Sauerstoffmaske kaufen, und wenn April ist, dann haben wir Glück gehabt und die anderen Leute müssen sterben.«
»Nee, is klar«, sagte ich. »Gleich morgen werd ich eine kaufen gehen. Heute sind die Geschäfte zu.«
»Ist nächste Woche Apri-hil?«
»Nein. Noch nicht ganz. Jetzt ist gerade mal März. Wir haben noch ein bißchen Zeit.«

Pause. In dem phantasieüberladenen Blondköpfchen arbeitete es.
»Wieso ist jetzt nicht Apri-hil?«
»Weil erst März ist. Im April werden die Bäume wieder grün. Das ist so ähnlich wie mit dem Hosensäckchen. Irgendwann kommen die kleinen Geheimnisse zutage. Aber heute noch nicht. Jetzt geh wieder in dein Bett, mein Schatz. In drei Stunden darfst du wiederkommen.«
Ich krabbelte verschlafen an dem griffigen Speckbäuchlein unter dem Gummizug seiner Schlafanzughose.
»Tschüs, mein Schatz. Und mach die Tür LEISE zu!«
Ich hätte so gern beim Weiterschlafen mein Schmusetier im Arm... Wenn es doch Ruhe gäbe! Leider hatte das Schmusetier andere Vorstellungen von der Art unseres Zusammenseins.
»Rücken krabbeln«, sagte Ernie. »Nich Bauch kneifen.«
»Gut«, sagte ich. »Aber nur fünf Minuten. Dann gehst du wieder rüber.«
»Du, Mama?«
»Ja?«
»Die Ritter... ne?«
»Ja. Die Ritter.«
Der süße, kleine, unverdorbene Kinder-Schlaf-Geruch aus dem Plaudermäulchen schlug mir ins Gesicht. Ich hätte süchtig werden mögen.
»Also, die Ritter hatten noch KEINEN Krankenwagen! Die waren dann tot – obse wollten oder nicht.«
»Die Armen«, sagte ich gefühlskalt. »Ernie, weißt du was? Du gehst jetzt wieder ins Bett, und wir träumen noch ein bißchen. Jeder seinen Traum.«
»Gestern waren wir mit Grete bei den Enten«, antwortete Ernie. »Mama, weißt du wa-has?«
»Nein. Ich weiß, daß ich nichts weiß.«
»Ich weiß es aber. Die Grete hat es mir erklärt. Die NICHT angemalten, das sind die Schwestern.«
»Was du nicht sagst«, murmelte ich. »Schwester Berthild ist auch nicht angemalt.«
»Und dann waren wir im Restaurant, und Grete hat die Herr

Oberin gerufen, und dann bestellte die Fi-hisch! Der sah total tot aus! Die Grete hat gesagt, der schläft nur, aber ich hab's genau gewußt: Die Herr Oberin hatte den TOTgebraten!!«

Ich kicherte in mein Kopfkissen hinein. Solche Formulierungen gelangen nur Ernie. Leider wurde ich vom Kichern immer wacher.

»Und? Hast du ihn probiert?«

»Ja, aber ich habe der Oberin gesagt, der schmeckt total unheimlich!«

»Und? Hat sie ihn wieder mitgenommen?«

»Nein. Grete hat gesagt, was auf dem Tisch steht, wird auch aufgegessen. Dabei LAG der tote Fisch auf dem Tisch. Der konnte gar nicht mehr stehen! Mit sooo großen, unheimlichen Augen!!«

»Armes Kind.« Ich knabberte dem wunderbaren, kleinen körperwarmen Plauder-Paket am kleinen Finger herum.

»Nich, Mama. Du darfst meinen Finger nicht verschlucken, da sind Gräten drin.«

»Ach Ernie«, murmelte ich. »Wo ist denn dein Abstellknopf? Hier?« Ich zwickte ihn in den Nabel. »So. Jetzt hab ich dich ausgemacht. Und jetzt schlafen wir noch ein bißchen. Wenn du jetzt nichts mehr sagst, darfst du bei mir bleiben.«

»Is gutt.«

Gott, was hatte ich diesen Knaben lieb. Mit dem mußte man sich nie langweilen. Wir schwiegen etwa fünf Sekunden. Fast wäre ich wieder eingeschlafen.

»Du, Mama?«

»Nein.«

»Kennst du den Unterschied zwischen Mutigkeit und Trägheit?«

»Ja«, sagte ich. »Du bist mutig, und ich bin träge.«

»Nein, Mama, das geht anders. Wenn einer überfahren wird, ist das Mutigkeit, und wenn er dann tot ist, ist das Trägheit.«

»Ach so«, sagte ich, »da wäre ich nicht von selber drauf gekommen.«

Ich sah auf meinen schnarchenden Gatten, knapp drei Zentner Lebendgewicht, wie er da nebenan unter der Decke lag.

DAS war für mich der Inbegriff der Trägheit. Der mußte gar nicht erst überfahren werden.

»Mama, ich bin soo langweilig!«

»Schlaf noch ein bißchen, dann bist du nicht mehr langweilig! Vielleicht träumst du noch was Schönes, das kannst du doch so gut! Und nachher erzählst du mir, was du geträumt hast, ja?«

»Ich bin doch nicht zum Träumen gemacht! Ich bin zum Spielen gemacht!«

»Dann spiel ein bißchen! Aber leise!«

»Mama? Gibt es eigentlich auch Jobs für Skifahrer, die GAR keine Beine haben?«

»Nicht, daß ich wüßte«, gähnte ich. »Wie kommst du drauf?«

»Also es gibt Skifahrer, die nur EIN Bein haben«, sagte Ernie wichtig.

»Ja, die gibt's«, sagte ich peplos.

»Also gibt es auch Skifahrer, die KEINE Beine haben!« begehrte Ernie auf.

»Psst!« zischte ich. »Der Papa schläft!«

»Also! Gibt's die oder nicht?!«

»Jaja. Die gibt's. Kind, gib endlich Ruhe.«

Ernie schmiß sich mit Schwung in meinem Bett herum. Er nahm mein Gesicht in seine beiden Patschhände und fuhr mir mit dem Finger an die bleischweren Augenlider.

»Mach mal auf, Mama. Ich muß dir noch was ganz Wichtiges sagen.«

Ich blinzelte gequält.

»Es gibt nämlich... Mama! Du sollst das Auge auflassen!!!... Es gihibt... auch Sklaven, die bauen eine Podomüde, und wenn die Podomüde fertig ist, dann kriegen die eins mit der Peitsche auf die Mütze!«

»Heute gibt's die in der Form nicht mehr«, gähnte ich.

Ich sah ein, daß es wenig Zweck hatte, meinen blutrünstigen Sohn zum Einschlafen überreden zu wollen.

»Ernie«, sagte ich, »wir zwei stehen auf und gehen in den Wald.«

»Oh, du bist die liebste, beste, süßeste kleine Muckelmami der Welt!«

»Ich weiß«, seufzte ich.
Heftige feuchte Küsse aus milchzahnigem Kindermund.
Leise rappelten wir uns auf und schlichen zwecks Pipimachen und Zahnpastaessen ins Badezimmer.
»Komm, kalt waschen, Kleiner! Sonst wird aus dir kein Mann!«
Ich zog meinen Sprößling am Schlafittchen und drückte ihm eine Ladung kaltes Wasser ins Gesicht. Irgendwie hatte ich ja doch schreckliche Wut auf dieses kleine Monster, das mich mitten in der Nacht so brutal zum Aufstehen gezwungen hatte.
Entrüstet wand sich Ernie aus meinem Klammergriff.
»Mama, schäm dich sofort! Sonst bin ich nicht mehr dein Freund!«
Darauf wollte ich es ja doch nicht ankommen lassen.
Wir zogen uns an.
»Die Cowboyhose, Mama! Und mein Schwert und den Colt!«
»Kann ich unbewaffnet aus dem Haus?« fragte ich vorsichtig.
»Klar, Mama. Ich bewache dich.« Wir schlichen die Treppe hinunter. Aus beiden Schlafzimmern kam gleichmäßiges Schnorcheln. Selig sind die Trägen. Denn sie müssen nicht mehr überfahren werden.
»Welche Schuhe soll ich anziehen?« überlegte ich flüsternd im Flur.
»Diese da, die Blonden«, sagte Ernie.
Die Blonden waren hochhackige Pumps in Creme.
»Ach nein«, sagte ich, »die schlafen noch.«
Wir entschieden uns für Gummistiefel.
Leise öffneten wir die Haustür. Draußen wurde es gerade hell. Eine köstliche, kalte, klare Morgenluft schlug uns entgegen. So müssen sich die finnischen Fischer immer fühlen, wenn sie mit ihren vor Tatendrang winselnden Jagdhunden im Morgengrauen aus ihrer Blockhütte krabbeln, um sich in einem reißenden Gebirgsbach die Tütchensuppe zu angeln.
Die »Welt am Sonntag« klebte am Gartenzaun. Ich warf ihr einen wehmütigen Blick zu. Später, Freundin, später.
»Wohin gehen wir? Was schlägst du vor?«
»Wir könnten mal wieder zum Penaten-Friedhof gehen«, sagte Ernie nach einiger Überlegung.

Der Melaten-Friedhof war gar nicht weit. Früher hatte ich immer den Zwillings-Kinderwagen zwischen den Grabsteinen hindurchgeschoben und dabei die Inschriften der Verblichenen studiert.
»Ist in Ordnung«, sagte ich. »Da hab ich jetzt richtig Lust drauf.«
An einem windigen Märzmorgen um sieben auf den Friedhof gehen, das hatte doch was.
Wir stiefelten los, Hand in Hand, Jim Knopf und Lukas der Lokomotivführer. Alle Häuser schliefen noch.
Es war wunderbar still. Die Welt gehörte uns. Danke, Kerlchen, dachte ich, daß du mich geweckt hast.
Die Welt gehört den Mutigen, nicht den Trägen.
»Guck mal, Mama, da liegt eine tote Gurke.«
»Tatsächlich. Wie die da wohl hingekommen ist.«
Wir hockten uns in den Rinnstein und betrachteten die verschrumpelte Gurke, die vermutlich gestern einer der Kapotthutschwestern aus dem Einkaufskarren gefallen war. Auf dem Rückweg vom Wochenmarkt.
»Mama, erzähl mir von der Gurke. Warum ist die tohot?«
»Ach, Ernie. Mir fällt nichts ein. Alle Gurken müssen mal sterben!«
»Doch, Mama. Du mußt dir Mühe geben. Los! Erzähl mir, warum die Gurke tot ist! Los! Jetzt sofort! Sonst spring ich dir ins Hintergesicht!«
Die tote Gurke erinnerte mich entfernt an Nachtschwester Berthild.
»Also. Es war einmal eine einsame, alte, säuerliche, verschrumpelte Gurke, die wollte keiner in seiner Nähe haben. Keiner hatte sie lieb. Ihr ganzes Leben lang traf sie keinen, der sie ein kleines bißchen gern haben mochte. Jeden Samstag nahm der Bauer sie mit auf den Wochenmarkt und schrie: ›Guckt mal, Leute, so eine feine, säuerliche, alte, verschrumpelte Gurke! Wer will sie vernaschen? Ich lasse sie euch für den halben Preis! Sie schmeckt köstlich saftig und säuerlich!‹
Doch keiner wollte sie haben. Die arme, alte, saure Gurke wurde immer schrumpeliger und vertrockneter und säuerlicher, und tiefe Gramesfalten gruben sich auf ihr Gurkengesicht.«

Staunend blickte Ernie zu mir herauf. »Und dann?«
»Und dann kam eines Tages eine dicke, dralle, pralle, runde Frau auf den Wochenmarkt gewatschelt. Warum war die wohl so dick?«
»Weil sie immer Gurken in ihr gieriges Maul stopfte.«
»Falsch. Nein, sie erwartete ein Baby. Und sie hatte ganz unbändige Lust auf die verschrumpelte, säuerliche, alte Gurke. Sie rannte, so schnell sie mit ihrem dicken Kugelbauch konnte, zu dem Stand des Bäuerleins und schrie: ›Die da, die will ich! Sofort! Gib sie her! Sonst spring ich dir ins Hintergesicht!‹
Der Verkäufer freute sich und packte ihr die Gurke in eine Tüte. ›Die schenk ich Ihnen‹, sagte er. ›Wenn Sie die Gurke nur nehmen!‹
Doch die Frau wollte keine Tüte.
›Ich will sie sofort verschlingen!‹ schrie die Frau. ›Geben Sie her!‹
Da wurde der alten verschrumpelten Gurke angst und bange. Mit so viel Begeisterung hatte sie nicht gerechnet. Es war eine menschenscheue und ängstliche Gurke, die sich im Dunkeln fürchtete! Und im Bauch von der schwangeren Frau war es dunkel, das wußte sie genau!«
Ich machte eine Kunstpause und schaute auf Ernie hinunter. Alle Kühnheit und aller ritterlicher Mut waren aus seinem runden, staunenden Kindergesicht gewichen. Die nackte Überlebensangst stand ihm in den Augen.
»Und? Weiter, Mama, weiter!«
»Da sah sich die Gurke aus zusammengekniffenen Augen...«
...hier kniff mein Zuhörer die Augen ebenfalls zusammen...
»... in der Gegend um, ob es nicht irgendeine Rettung für sie geben könnte.«
»...Und da sah sie...?«
»...die Grete mit ihrer Einkaufskarre. Die liebe, gute Grete Pfefferkorn! Sie stand mit der Frau Kalkbrenner an der Ecke und plauderte. Unsere Gurke dachte, bevor ich mich hier sofort fressen lasse, springe ich doch lieber der Grete in den Einkaufswagen... vielleicht merkt sie's nicht, und ich kann mich nachher unauffällig aus dem Staube machen... Vielleicht hat die Grete

Kinder, die mit mir spielen und mich liebhaben, auch wenn ich eine alte, grüne, säuerliche Gurke bin...«
»Und?!« Spannung bis zum Umfallen. Ernie klammerte sich an mich. Seine tiefe Liebe zu der Gurke stand ihm ins Gesicht geschrieben.
»...und sie nahm Anlauf...«
Ach Ernie, wenn ich dich so malen könnte! Offenes Mündchen, staunende Augen, pralle Wänglein, gerötet und frisch, feines Zahnpastaaroma als kleines Rauchwölkchen in der rauhen Morgenluft...
»Weiter, Mama, weiter.«
»Und sie sprang in einem Riesenbogen...« – ich beschrieb mit den Armen den Riesenbogen – »...von der Gemüsetheke« – ich benutzte ein parkendes Auto – »...auf Gretes Kapotthut!«
Meine Hand landete auf Ernies Kopf.
Befreites Gelächter.
»Hahaha, die Grete hat 'ne Gurke auf dem Kopf!!«
Mir begann die Geschichte Spaß zu machen.
»Frau Kalkbrenner sagte: ›Frau Pfefferkorn, ich glaube, Sie haben eine Gurke auf dem Kopf!‹«
»Höhöhö!« machte Ernie heiser und schlug sich vor Begeisterung auf die Schenkel.
»›Aber Frau Kalkbrenner‹, sagte Grete, ›das ist die neueste Mode! Alle modernen Frauen haben jetzt eine Gurke auf dem Kopf!‹«
Ernie kugelte sich vor Kinderglück.
»Und dann ging Grete mit ihrer Einkaufskarre nach Hause, und die Gurke hielt sich krampfhaft an der Hutkrempe fest und dachte: Mir wird schlecht, ich bin schon ganz grün, ich muß mich übergeben...«
Ernie hörte auf zu lachen.
»Und da hat sie von Gretes Kopf gekotzt...?«
Soweit wollte ich es dann doch nicht kommen lassen. Das Kind würde Grete alles brühwarm weitererzählen. Grete würde das pädagogisch für unwertvoll halten!
»Nein. Sie sprang einfach von Gretes Kopf. Einfach auf die Straße! Darf die das? Hm? Ohne links und rechts zu gucken?«

»Ist die blöd, die Gurke«, sagte Ernie voll Verachtung.
»Da fuhr ein Auto vorbei, und sie sprang dem Auto direkt auf den Kühler. Sie krabbelte mit letzter Kraft zum Scheibenwischer, um sich dort festzuklammern, aber was tat der Autofahrer? Hm? Was wohl?«
»Er machte den Scheibenwischer an«, sagte Ernie mit kindlicher Grausamkeit.
»Genau. Die Gurke sauste noch ein paarmal hin und her, daß es nur so knirschte, und sie drückte sogar ein paar grünliche Tröpfchen Saft heraus, aber dann ließ sie sich einfach fallen. Sie rutschte vom Kühler und fiel in die Gosse. Und da liegt sie nun und ist tot.«
»Die arme Gurke«, sagte Ernie. »Die hatte kein lustiges Leben.«
»Es gibt so Gurken«, sagte ich. »Die haben immer Pech.«
»Soll'n wir sie mitnehmen auf den Penaten-Friedhof?« fragte Ernie betroffen.
»Ja«, sagte ich. »Das ist eine gute Idee.«
Wir hoben die tote Gurke mit spitzen Fingern auf und trugen sie feierlich zu Grabe.
Auf dem Melaten-Friedhof war alles still.
Ganz gespenstisch, aber doch ganz vertraut.
Die Blätter rauschten im Morgenwind.
Wir gingen andächtig an den großen steinernen Marmorplatten vorbei, die die breite Hauptallee säumten. Bischöfe und andere klerikale Obrigkeiten hatten hier ihre letzte Ruhestätte gefunden. Steinerne Abdrücke ihrer Totenmasken waren darauf abgebildet.
»Mama, sind das alles tote Patienten?«
»Ja. Alles tote Patienten. Die liegen da drin und ruhen sich aus.«
Andächtiges Schweigen. In Ernies Köpfchen arbeitete es. Man konnte es förmlich hören.
»Guck mal, Mama, der Engel da kann fliegen. Lern ich das a-hauch? In der Schule?«
Das kannst du doch schon, dachte ich. Du hast doch Flügel, mein Kind: deine Phantasie! Die werde ich dir solange wie möglich erhalten, das schwöre ich dir.

»Komm, mein Schatz«, sagte ich. »Wir begraben jetzt die Gurke.«
Hand in Hand stiefelten wir bis zum hintersten Ende des Friedhofs. Da war bereits ein leeres Grab ausgehoben worden.
»Wird hier bald wieder was Totes gefeiert?«
»Bestimmt«, sagte ich. »Aber heute nicht. Heute ist Sonntag.«
»Können wir das nehmen?«
»Nein«, sagte ich. »Das ist schon reserviert. Außerdem ist es ein bißchen zu groß für unsere Gurke, findest du nicht?«
»Wir buddeln ihr ein eigenes«, sagte Ernie. »Ein richtiges Gurkengrab.«
Und dann gingen wir weiter, Hand in Hand, Mutter und Sohn, eine tote Gurke begraben.

Es war ein wunderschöner Tag mitten im April, und Ernstbert lag im Bett und verschlief sein Leben. Klar, er hatte bis halb fünf Uhr morgens an seinem Computer gearbeitet. Er verrichtete dort ausgesprochen wichtige Dinge, von denen ich keine Ahnung hatte und die mich nicht für fünf Pfennig interessierten. Manchmal kam Ernstbert gegen zwei Uhr früh für ein Beischläfchen ins gemeinsame Ehebett, was ja immerhin sehr zuvorkommend von ihm war. Wir hatten aber vereinbart, daß er mich nicht extra zu wecken brauchte, wenn ich schon schlief. Und – ehrlich gesagt: Ich schlief immer ziemlich fest, wenn Ernstbert gegen zwei Uhr früh vorbeischaute.
Nun also schlief Ernstbert, und ich stiefelte mit den Kindern durch den Stadtwald, einer rechts und einer links an meiner Hand, und erzählte ihnen Weitergehgeschichten. Eine Weitergehgeschichte funktioniert so ähnlich wie bei Autos das Benzin. Sobald ich aufhörte zu erzählen, kam ihnen in den Sinn, wie MÜDE und VÖLLIG VERHUNGERT und TOTAL ERSCHÖPFT sie waren, sie taumelten auf eine Bank und regten an, daß ich ein Taxi oder einen Krankenwagen oder einen Rettungshubschrauber rufen möge. Das hatten sie von Ernstbert abgeguckt. Da vorne kommt 'ne Wand, und ich hab nicht die richtigen Schuhe an. Jedenfalls könnten sie KEINEN SCHRITT mehr weitergehen, und sie müßten sich ohnehin im BLÖDEN Stadtwald immer lang-

weilen, und ihre BEINE seien schon völlig abgestorben, und weit und breit gebe es keine Frittenbude und keine Bushaltestelle und keinen Taxistand, und was ich mir eigentlich dabei dächte, ihnen bei dem entsetzlich sonnigen beziehungsweise regnerischen Wetter einen solchen Gewaltmarsch zuzumuten.

Dann griff ich immer tief in die mütterliche Trickkiste und fragte sie, ob ich ihnen eigentlich schon die Geschichte mit dem Pudel im Triebwagen von Altenbeken nach Löhne erzählt hätte, der mir gelegenheitshalber IN der Manteltasche von Grete den kleinen Finger abgebissen hätte, weil wir beide, der Pudel UND ich, heimlich dort nach einem Schokoladenrest gegraben hatten!

»Nein, Mama, erzähl!! Abgebissen???«

»Naja, jedenfalls fast!! Wenn ihr genau hinseht, könnt ihr die Narbe noch erkennen!«

Die zwei blickten angestrengt auf den winzigen Ratzer, der meinen rechten kleinen Finger schmückt. Uninteressant. Blöd. Immer langweilen.

»Und der Pudel??«

»Der wurde standesrechtlich erschossen!«

»So-fo-hort? IM Triebwagen??«

»Nein. Aber auf dem ersten Bahnhof, den wir damals erreichten. Das war, glaub ich... Gadderbaum.« Gadderbaum klang gut. Nach Sofortmaßnahme.

»Er wurde abgeführt, in Handschellen...«

»Quatsch. Handschellen für Pudel gibt es nicht.«

»Gibt es wo-hol!«

»Pfotenschellen. Pudel-Pfotenschellen. Die gibt es.«

Bert blickte sehr beleidigt vor sich hin. IMMER muß die Mama mir so einen Scheiß erzählen, und IMMER muß ich mich langweilen. Aber Ernie zeigte sich nach wie vor sehr interessiert.

»Und dann haben sie ihn erschossen? Am Gadderbaum?«

»Dann kam so eine grüne Minna vorgefahren, mit vier bewaffneten Polizisten drin...«

»Quatsch, Mama. Du verarschst uns.« Bert war nicht bereit, sich so einen Schwachsinn weiter anzuhören.

Aber sie waren aufgestanden. Beide! Und weitergegangen! Wir waren schon mindestens siebzig Meter weit gelaufen!

»Ich kann euch ja mal 'ne andere Geschichte erzählen«, sagte ich. »...zum Beispiel die Sache mit dem Eisbären, der den Bruder von Arnold Kessler angefallen hat, gerade als der in seinem Iglu saß und sich aus Eisblöcken eine Tütchensuppe bereitete!«
Diese Geschichte hatte ich von Justus. Ich beschloß, sie für meine Söhne neu aufzubereiten und ein bißchen nett zu servieren.
Und dann tischte ich ihnen einen neuen Schwank auf, von Arnold, wie er barfuß auf dem Eise hin und her wankt und weit und breit keine Bushaltestelle und keine Frittenbude aufzufinden ist, und wie er versucht, den Yetis SOS zu funken, während sein Bruder Eckhard im Iglu gegen den Eisbären kämpft, der genauso scharf auf die Tütchensuppe ist wie er, und wie sie dann am Schluß gemeinsam den Eisbären schlachten und seine Eingeweide in die Suppe tun, während sie sich an das leckere Fell kuscheln und es sich so richtig gemütlich machen.
So wanderten wir weiter, Hand in Hand, die launische Aprilsonne auf dem Gesicht, die Vögel sangen, die Bäume waren mit zartem, jungem Grün bedeckt, die Schwäne zogen majestätisch ihre Bahnen auf dem See, bunte Boote trieben gemächlich um sie herum, und ich dachte an Ernstbert, der jetzt sein Leben verschlief, das Erwachen der Natur und das Erwachen seiner Kinder.
Ich hatte schon lange kein Mitleid mehr mit ihm, denn er wollte es nicht anders. Für Ernstbert war das Zufußgehen eine der überflüssigsten Angelegenheiten der Welt. Genauso überflüssig, wie »Unsere kleine Klinik« anzugucken zum Beispiel oder wie das Abräumen einer leeren Kaffeetasse vom Tisch oder das Erneuern der Klopapierrolle, wenn man gerade das letzte Blatt verbraucht hat. Ü-ber-flüs-sig.
Außerdem sah er IMMER am Horizont eine Wand. Immer. Da vorne kommt 'ne Wand, und ich hab nicht die richtigen Schuhe an.
Es stimmte. Da vorne kam 'ne Wand.
Ich gelangte mit Ernie und Bert bis zu dem alten verrotteten Bootshäuschen, wo es Knackwurst gibt und Eis und Zitronentee und wo man alte klapprige Fahrräder oder ein Tretboot mieten

kann. Ohne Arnold und seinen Bruder Eckhard hätte ich das nie geschafft. Ich sandte ihnen einen dankbaren Gruß in ihr Iglu am Nordpol, wo sie nach wie vor mit abgefrorenen Füßen unter ihrem Eisbärenfell saßen und Tütchensuppe aus Eisblöcken bereiteten.
Genau in dem Moment, als wir uns auf der verwitterten Bank neben dem Bootssteg niedergelassen hatten, fing es an zu regnen. Wir schoben uns die Bank unter das reparaturbedürftige Wellblechdach, kuschelten uns aneinander in unser imaginäres Eisbärenfell und beobachteten die Enten auf dem Weiher, die in Wirklichkeit alle verzauberte Eisbären waren, wie sie unter dem Frühlingsregen herumschwammen und auf dem Grunde des Weihers nach Tütchensuppen gründelten. In den Booten öffneten sich Schirme, das waren die Schneemenschen in ihren steinzeitlichen Höhlen, und es sah bunt und romantisch aus.
Wir bestellten uns jeder eine Wurst mit Senf, schauten auf das sich kräuselnde Wasser und auf die Menschen, die unter ihren Schirmen hastig das Weite suchten, und kamen uns mal wieder vor wie die Schneekönige.
»Warum der BLÖDE Papa mal wieder nicht mitgekommen ist«, sagte Ernie. »IMMER muß der im Bett liegen und schlafen.«
Einige Leute, die ebenfalls hier Schutz suchten, guckten mitleidig zu mir herüber. Arme Frau. IMMER muß sie sich langweilen, und NIE spielt ihr Mann mit ihr.
Und die Jungensbrut hat sie ganz allein am Hals.
»Ernie und Bert!« flüsterte ich. »Ich will euch mal ein Geheimnis verraten, aber ihr dürft es keinem weitersagen!«
Bert verdrehte die Augen. Was kam jetzt wieder für eine überflüssige Lügengeschichte. Trotzdem. Seine Neugier konnte er sich nicht ganz verkneifen.
Die beiden kamen ganz dicht an mich heran. Ihre senfverschmierten Mäulchen unter den großen, sensationsgierigen Äuglein hörten mit dem Kauen auf.
»Der Stadtwald gehört ganz allein uns! Der Papa hat ihn für uns gekauft!« wisperte ich mit Verschwörermiene. »Und der See und die Boote und die Schwäne und die Enten...«
»AL-LES, Mama? SOGAR die Leute...?«

»Psst! Das darf keiner wissen! Nein, die Leute natürlich nicht, aber die müssen bei Papa EINTRITT bezahlen, wenn sie in den Stadtwald wollen!«
»In e-hecht?«
»Ja! Der Papa sitzt jetzt zu Hause im Bett und kassiert von den Leuten den Eintritt. Die stehen vor dem Schlafzimmer SCHLANGE bis in den Vorgarten, aber pssst!! Wir sind die EINZIGEN, die hier umsonst reindürfen, weil er uns ja gehört!!!«
»Quatsch«, sagte Bert. »Der Stadtwald ist eine öffentliche Grünanlage, da darf jeder rein. Von den Steuern der Leute wird das bezahlt, das weiß ich genau.«
Er nahm das Kauen seiner Senfwurst vorübergehend wieder auf.
»Stimmt nicht!« schrie Ernie triumphierend. »Die Mama hat recht! Der Papa hat den Stadtwald für UNS gekauft!!«
Einige Leute guckten amüsiert zu uns herüber.
Bert wand sich vor Peinlichkeit.
Ich nahm Ernie in den Arm und flüsterte ihm ins Ohr: »Der Papa hat die ganze Nacht hier Bäume gepflanzt und Blumen und Wiesen, und dann hat er die Boote frisch angestrichen, und am Schluß hat er noch hier die Bude hingestellt, damit wir hier unter dem Dach sitzen können und nicht naß werden. Aber... pssst!!!... das darf keiner wissen! Sonst wollen alle Leute von unserem Papa einen Stadtwald haben! Und er muß sich doch jetzt ausruhen von der anstrengenden Nacht!«
Ernie wischte sich eine Zornesträne von der Backe.
»Wir erlauben's den Leuten«, entschied er. »Aber nur heute, ausnahmsweise. Weil sie sich sonst zu Hause langweilen müssen.«
»Zu Hause müssen sich die Leute gar nicht langweilen«, sagte Bert. »Zu Hause haben sie nämlich einen Computer. Und den gibt's im Stadtwald NICHT.«

Herr Prof. Dr. Frank Bornheimer und Dr. Anita Bach kamen sich in lauen Mainächten in »Unserer kleinen Klinik« näher.
Das paßte gut. Justus und ich kamen uns nämlich auch näher. Ich mußte mich gar nicht mehr langweilen!
Lärvchens Rache, die dritte.

Abgesehen davon, daß er einen unverbesserlichen Hang zum Strunzen hatte: Er war im Grunde seines Herzens ein goldiger, schlicht gestrickter Naturbursche, mit dem man wandern konnte, bis die Füße qualmten.
Und das tat ich nun mal für mein Leben gern.
Mit Ernstbert konnte man nicht hundert Meter gehen, ohne daß er gereizt nach einem Taxi winkte.
Da vorne kommt 'ne Wand, und ich hab nicht die richtigen Schuhe an.
Aber mit Justus: Er war ja für jedes Wetter gerüstet in seinem kinderkackegelben Jäckchen! Er war ein gestählter, wanderfroher Geselle, und niemals mußte er auf einer Bank sitzen, weil da vorne 'ne Wand kam und er nicht die richtigen Schuhe anhatte, und / oder völlig unterzuckert ein Restaurant aufsuchen, bevor dort die Küche schloß.
Ernstbert pflegte nur DANN einen energischen Schritt zuzulegen, wenn er in der Ferne ein Restaurant gesichtet hatte. Dann rannte er im Eilschritt zwischen den außen angebrachten Speisekarten hin und her, immer den Blick fest zur Uhr gerichtet, denn erfahrungsgemäß schloß die bürgerliche Küche immer genau in dem Moment, in dem er sich endlich für ein Gericht entschieden hatte.
Und dann gab's Haue obendrein.
Justus mußte nie was essen gehen.
Er hatte meistens ein Käsebrötchen in der Tüte dabei, das wir uns beim Gehen teilten. In der Tasche seines kinderkackegelben Wetterjäckchens verstaute er überhaupt alles, was man so auf Wanderungen braucht. Und einen Knirps zauberte er notfalls auch noch hervor.
Den hielt er dann über mich, wenn wir Arm in Arm die Rheinwiesen durchschritten, und so kamen wir uns täglich näher und näher.
Wir plauderten inzwischen völlig unbefangen über die alltäglichsten Dinge, so, als wären wir schon lange verheiratet. Und ganz abgesehen von meinen Racheplänen: Ich mochte ihn wirklich gern.
Einmal mußte ich mich vor unserem anstehenden Gewaltmarsch

erst mit gewissen Dingen ausrüsten, die frau manchmal eben so braucht.
Ich verschwand diskret in einer Apotheke, aber Justus folgte mir, unbefangen und Mann von Welt, wie das seine Art war, und so mußte er mit ansehen, daß sich seine angebetete Wanderfreundin eine Großpackung Tampons kaufte. Ich wollte vor Peinlichkeit vergehen – Frau Dr. Anita Bach KRIEGT NIE ihre Tage!!, niemals!! – und flehte den Apotheker mit Blicken um eine blickdichte Tüte an, aber Justus bezahlte die Tampons und steckte sie in sein Wetterjäckchen und machte einen jovialen Scherz und schenkte dem Apotheker ein bassiges Lachen und reichte mir den Arm und hielt mir die Tür auf. Dann stiefelten wir los. So einfach war das.
In diesem Moment mochte ich Justus so gern wie nie zuvor und nie mehr danach.
Abends vor der Kamera waren wir das zauberhafteste Liebespaar, das den fünf Millionen Rentnern auf ihren selbstgehäkelten Sofas je von der Mattscheibe getropft war: Hier blieb kein Pinscher trocken.
Sie, die quarkblasse und hundekuchengute Frau Doktor mit der klassisch-zeitlosen Frühlingsrolle im Nacken, im ärmellosen, kleinen gelben Schulterfreien, umweht von einem seidenen Hauch von Dior, und er, der weise, gütige Professor, im tadellos sitzenden Smoking, das schutzbedürftige Frauchen fest in seinen starken Akademikerarmen haltend, so schwebten wir im Dreivierteltakt zu den süßlichen Weisen des Unterhaltungsorchesters mit Vanillegeschmack und Zimtglasur umeinand. Und Justus tanzte gut! Im Tanzen war er gut.
Ernstbert tanzte niemals. Erstens hatte er nie die richtigen Schuhe an; und zweitens kam da vorne 'ne Wand; und drittens war er völlig unterzuckert, und die bürgerlichen Restaurants machten zu. Und Tanzen war die überflüssigste Sache der Welt – neben »Unsere kleine Klinik« gucken und spazierengehen.
Aber Justus!! Prof. Dr. Frank Bornheimer und ich!!
Man konnte den Frühling und die sternklare Nacht und die frische Liebe zweier reifer Menschen, die füreinander bestimmt waren, vor dem Bildschirm förmlich riechen.

»Du tanzt wunderbar«, hauchte Anita alias Charlotte, und Prof. Bornheimer alias Justus Maria antwortete in seiner ihm eigenen Bescheidenheit: »Ich weiß. Tanzen kann ich. Tanzen kann ich wirklich gut.«

»Gibt es eigentlich etwas, was du NICHT kannst?« fragte ich ihn einmal, als wir wieder privat waren.
»O ja. Vieles. Es gibt sehr vieles, was ich NICHT kann«, antwortete er selbstherrlich.
»Ich meine, außer bescheiden sein«, sagte ich. »Gibt es noch irgend etwas in deinem Leben, was du NICHT kannst?«
Justus zögerte.
»Ich BIN bescheiden«, sagte er dann bestimmt. »Sehr bescheiden. Ich bin der bescheidenste Schauspieler der Welt. Würde ich sonst in ›Unserer kleinen Klinik‹ spielen? Bei meiner Qualifikation?«
»Nein, natürlich nicht«, hauchte ich. »Du tust es nur wegen Chrischtine.« Du grundguter Mann. Ach könnt ich küssen und halten ihn.
»Also. Ichch BIN bescheiden. Ichch bin sogar sehr bescheiden.«
»Was dein kinderkackegelbes Wetterjäckchen anbetrifft, stimme ich dir zu«, sagte ich spöttisch. »Das macht einen eher bescheidenen Eindruck. Willst du dir nicht mal ein Neues leisten?«
»Nein«, sagte er bestimmt. »Ich bin ein Mann von Welt. Ich habe es nicht nötig, das nach außen zu zeigen. Ich weiß, wie ich wirke.«
Ich seufzte ergeben und sagte nichts.
Ach Justus, warum BIST du nur so selbstherrlich? Wer hat dir als Kind wohl in die Suppe gespuckt? Dabei kann ich dich leiden, ehrlich! Weil ich einen Sinn für die Menschlichen unter den Menschen habe. Weil ich dich so rührend finde, so verletzlich, so leicht durchschaubar. Du hältst dich für einen großartigen Schauspieler. Aber der bist du nicht! Weder vor der Kamera noch im richtigen Leben! Kein Schwein fällt auf deine Strunzereien rein, kein Schwein! Noch nicht mal die Statisten sind länger als einen halben Tag von dir beeindruckt. Alle lachen sich heim-

lich hinter deinem Rücken kaputt. Justus Maria Selbstherrlich nennen sie dich. Strunzus Streitacker. Dabei hast du es doch gar nicht nötig! Du bist doch wirklich ein recht gutaussehender Mann. Du bist ein Kumpel, ein Freund, ein feiner Kerl. Mit dir muß ich mich nie langweilen. Außer, wenn du strunzt. Dann könnte ich gähnen bis zur chronischen Gaumensegelentzündung. Dann möchte ich dir einen Aufkleber auf dein kinderkakkegelbes Wetterjäckchen hauen: »Ich strunze gern!«
Also: Warum gibst du immer so an?
Wem außer dir selbst mußt du eigentlich ständig imponieren? Hat deine Mama dich zu früh vom Topf geholt? Oder hat dein Papa gesagt, daß du ein Versager bist? Vielleicht hast du mit vierzehn den Trecker in die Jauchegrube gesetzt oder bist beim Apfelpfücken vom Baum gefallen? Oder hast du beim heimlichen Rauchen eine Scheune in Brand gesteckt, hm? Welches Geheimnis umweht deine Kindheit, daß du so strunzen mußt?
Hä? Strunzus! Gib's zu!
Es hatte einfach keinen Zweck.
Justus Maria Selbstgerecht hatte eben einen kleinen Defekt. Aber sonst war er wirklich in Ordnung. In vielerlei Hinsicht.
Ich beschloß, das Thema zu wechseln.
»Am Wochenende habe ich ganz allein einen neuen Sandkasten für die Kinder gebaut!« strahlte ich stolz. »In Fertigbauweise, von Ikea. Ganz allein. Fast.«
So. Das war doch endlich mal was, womit ich meinem Wanderfreund meinerseits imponieren konnte. ICH hatte einen Sandkasten gebaut!! Mit meiner eigenen Hände Arbeit! Und meinem verschütteten IQ!
Ernstbert hat nur vom Fenster aus ein bißchen mit gepredigt. Daß ich doch eine emanzipierte Frau sei und so ein lächerliches Ding von Sandkasten ruhig mal allein in Angriff nehmen sollte. Die Bedienungsanleitung sei für einen ganz durchschnittlichen IQ bestimmt! Und dann hatte Ernstbert mir vom Schlafzimmerfenster aus die Bedienungsanleitung vorgelesen, und ich hatte den Sandkasten tatsächlich zustande gebracht. Es war einer der glücklichsten Sonntage meines Lebens gewesen. Und ich hatte die Bedienungsanleitung und Ernstbert und die Kinder

und den Sandkasten nacheinander ans Herz gedrückt vor Stolz.
Na? Durfte ich das meinem Wanderfreund nicht mal erzählen? Konnte ich nicht EINMAL mit seiner von Herzen kommenden Begeisterung rechnen? EINMAL???
»ICH habe auch einen Sandkasten für die Kinder gebaut!« war seine Antwort. »Nicht etwa so'n kleines Fertig-Ding mit einer Gebrauchsanleitung, sondern mit selbschtgefällten Bäumen! (Selbstgefälligen Bäumen!) Einfach so! Aus dem Kchopf! Und mit Muschkelln natürrlichch! Den ganzen Tag habe ichch Bäume gefällt, mit der Axt! Und dann habe ich die Bretter zurechtgesägt und den Sandkaschten gebaut, der ischt sechs Quchadratmeter groß! Und vierzehn Zentner Sand habe ichch mit dem Krchranwagen herbeigekcharrt! Alle meine Kchumpel aus dem ganzen hintan Passeiertal haben mir dabei geholfen! Und wir haben drei ganze Kchäschten Bier getrunken dabei!«
Ich schluckte säuerlich an einem Unpäßlichkeitskloß und sah vorübergehend genauso aus wie Nachtschwester Berthild, wenn sie sich wieder im Dunkeln fürchten muß.
Justus begleitete seinen Bericht mit einem solch selbstgefälligen dröhnenden Gelächter, daß ich einen Magenbitter auf meinen bitteren Magen schütten mußte. Und fortan nie wieder Gefallen an meinem blöden Fertigbausandkasten von Ikea fand. Ein richtig blöder, popeliger Allerweltssandkaschten war das, und meine Kinder saßen luschtlos auf dem Rand und mußten sich immer langweilen. Ichch Versager. Nichchts konnte ichch. Ich Lärvchen.
»Ich war am Wochenende mit den Kindern bei Fanny«, sagte ich nach einer schöpferischen Pause und wartete erst mal bescheiden ab, ob er mich in dieser Hinsicht auch übertrumpfen konnte.
Nein. Strunzus Streitacker schwieg.
»Die hat einen ganz verrückten Mann. Der heißt Achmed und ist Syrer.«
Kein: »Ichch heiße auchch Achchmed und bin auchch Syrer.«
Ich schaute ihn vorsichtig von der Seite an.
Strunzus schwieg.
»Er hat den ganzen Nachmittag wie wild mit den Kindern ge-

spielt. Stundenlang! Er hat sie in den Teppich gewickelt und in die Waschmaschine gesteckt und mit Klopapier beworfen... Dem macht das richtig Spaß!...«

Spätestens jetzt erwartete ich ein »ICHCH wickchckele meine Kchinder auch immer in Kchlopapier und werfe mit Heu und Leberknödeln! Und nichcht nur meine! ALLE Kchinder des ganzen Dorfes wickchele ichch in Kchlopapier und ihre Muttis noch dazu!«

Aber er schwieg. Was war denn mit dem los?

»... Ich konnte in aller Ruhe mit Fanny Tee trinken, ohne daß uns eines von den sechs Kindern gestört hätte... sag mal, hörst du mir überhaupt zu?«

Da. Justus' Stichwort war gekommen. Strunzus schlug wieder zu. Erbarmungslos.

»Natürlich. Ich kchann phantastisch zuhören. Ich bin der bestche Zuhörer weit und breit. Zuhören kchönnen ist nämlich eine Kchunst. Kchaum einer kchann heute noch zuhören. Aber ichch. Zuhören kann ichch. Ja, das kchann ichch wirklichch. Ichch hätte Paschtor werden sollen. Alle Bewohnerr des hinteren Passeiertals haben michch angefleht, Paschtor zu werden. Immer haben mir alle ihre Sünden gebeichchtet, weil ich so gut zuhören kchann. Im Beichchstuhl kchann ichch am allerbeschten zuhören.«

Ich blieb stehen. Strunzus, nich für Geldtabei. Ich HAU dich. INS Hintergesicht. Mit Anlauf.

»Scheiße!« schrie ich. »Hör endlich auf zu strunzen! Ich kann mir das nicht länger anhören! Immer muß ich mich langweilen!!«

Überrascht ließ Strunzus die Arme sinken. Und der Kapaun ließ die Flügel hängen. Die kinderkackegelben.

»Was habe ichch fallsch gemachcht?«

»Paß mal auf, Justus Maria«, sagte ich und nahm seine Hand. »Ich möchte mit dir eine Vereinbarung treffen. Du mußt in meiner Anwesenheit nicht strunzen. Ich mag dich auch so.«

Ich erwartete schon eine Ausflucht, etwa: »Ichch strrunze nie!« Aber Justus sah mich treuen Blickes an: »Habe ich gestrunzt? Das wollte ichch nichcht, tut mir leid.«

Wie das klang! So rührend und unschuldig! Gott, was konnte er goldig sein, mit seinem Südtiroler Akzent und seinen unverschlagenen Unschuldsaugen. Dies hier war nicht gespielt. Jetzt war er endlich er selbst. Und er sprach gar nicht künstlich tief! Er lachte auch nicht bollerhaft. Er war ganz einfach er selbst. Ohne Strunzen war er richtig liebenswert. Ich mochte ihn, verdammt. Gerade weil er in dieser Hinsicht so behindert war. Ich hatte schon immer ein Herz für die Behinderten. Schon immer. Deshalb nahm man mir die Anita Bach ja auch ab.
»Du strunzt wie ein Sack Schmeißfliegen«, grollte ich. »Laß das doch. Hast du doch gar nicht nötig!«
»Soll nichcht mehr vorkchommen«, sagte er zerknirscht.
»Und wenn doch?«
»Dann darfst du michch jedesmal in den Hintan tretan.«
»Das ist ein Wort«, sagte ich.
»Da. Tritt mich feschte! Ichch hab's verdient!«
»Das hättest du wohl gerne. Nein, nein. Strafe muß sein. Beim nächstenmal.«
»Bischt du mir nochch böse?«
»Leider nicht.«
Konnte man einem zerkchnirschten Justus Maria Streitacker im kinderkackegelben Wetterjäckchen böse sein? Wo er doch im Grunde seines Herzens so ein goldiger Naturbursche war?
»Du bischt immer so fröhlichch«, sagte er. »Jetsцt hab ichch dichch zum erschtenmal erzürnt gesehen.«
»Is wieder gut«, sagte ich. »Mama is wieder lieb.«
Wir setzten unsere Wanderung fort.
Er lächelte mich an. Ohne künstlich zu lachen.
Ich lächelte zurück. Nicht für Geld dabei konnte ich Justus Maria Streitacker auf Dauer böse sein.
Komm und sei ein fröhlicher Landmann, dachte ich versöhnlich.
Laß uns Blumen pflücken, wo sie am Wege stehn.
Und das taten wir dann auch.

Meine Idee mit dem Ein-Frau-Stück nahm Gestalt an. Nachmittags, wenn ich am Rande des Tennisplatzes oder des Hockeyfeldes oder des Lehrschwimmbeckens auf und ab ging, wenn ich im

Nebenraum der Singschule hockte oder vor der Tür der Ballettmeisterin oder in der Vorhalle vom Fechtkurs, formten sich in meinem Kopf die Szenen, die ich spielen wollte.
»Schwarzer und weißer Pfeffer.«
DAS war ein Titel für mein Ein-Frau-Stück.
Die Rede an Ernie war fertig. Damit wollte ich den Abend beginnen. Die Dankesrede einer Mutter an ihren sechsjährigen Sohn, der sie auf den Flügeln der Phantasie mitnimmt über die Wolken, da, wo die Freiheit grenzenlos sein muß... Eine schöne Rede.
Ich war fürs erste zufrieden.
Die nächste Rede galt Ernstbert.
Sie war in einer anderen Tonart gehalten.
Die Rede einer farbenfrohen Frau an ihren schwarz-weißen Mann. Der sie seelisch verhungern läßt.
»Warum lebst du nicht mit mir? Du hast damals gesagt, du wollest mit mir leben. Ich habe dir geglaubt. Ich habe dich geheiratet. Aber du lebst nicht mit mir. Du lebst mit deinen Computern, deinen Druckern, deinen Sprechanlagen und Diktiergeräten, deinem frisch geputzten Mercedes mit den lautlos runterfahrenden Fensterscheiben, deinen Fernbedienungen und Bedienungsanleitungen, die du immer neben der Toilette ausbreitest, wenn du Entspannung suchst...
Du lebst nicht mit mir.
Du lebst auch nicht mit DIR.
Wer bist du denn überhaupt? Ein Fernbediener. Ein Bedienungsanleiter. Ein Programmierer, ein Planer, ein Zeitplanbuch-Füller. Aber lebst du? Weißt du, welche Jahreszeit gerade ist? Weißt du, was deine Kinder spielen? Kennst du ihre Freunde? Wann bist du zuletzt mit ihnen auf Baumstämmen herumgeklettert und hast nach Borkenkäfern gesucht? Noch nie! Noch nie in ihrem Leben! Sie kennen ihren Vater nicht! Sie bewerten dich danach, wieviel Geld du verdienst, was für einen Wagen du fährst, welche Spielsachen du ihnen mitbringst, wie viele Telefone wir im Hause haben. Elf Telefone! Sieben Fernseher! Acht Videogeräte! Zwei Faxe, fünf Computer, zwei Laserdrucker, eine Sprechanlage mit neun Anschlüssen! Einen automatischen Türöffner! Und KEINEN Papa!

Du kannst ihnen per Knopfdruck die Tür öffnen, wenn sie vom Spielen heimkommen. Dazu mußt du dich noch nicht mal aus deinem ledernen Chefsessel erheben!
Aber Zeit! Zeit hast du ihnen noch nie mitgebracht!
Du hast dich noch nie zu ihnen gesetzt, ohne gleichzeitig eine Fachzeitschrift zu lesen.
Hast du ihnen schon mal zugehört?
Durften sie je in dein Arbeitszimmer kommen, ohne daß du um Hilfe schriest? Ohne daß du ihnen ein Computerspiel in den Schlitz geschoben hast?
Hast du nur ein einziges Mal mit ihnen den Drachen steigen lassen oder eine Hütte gebaut?
Bist du neben ihnen hergerannt, als sie das Radfahren lernten?
Bist du überhaupt jemals mit ihnen an die frische Luft gegangen?
Du und sie? Ohne mich? Noch nie! In sechs Jahren noch nicht einmal!! Da vorne kommt 'ne Wand, und ich hab nicht die richtigen Schuhe an!
Hast du je mit ihnen ein Bild gemalt?
Hast du je mit ihnen eine tote Gurke begraben? Warum nicht?!
Wenn sie eines mit ihrer Mama gemeinsam haben, dann ist es eine nicht zu bremsende Sehnsucht nach dem Umgang mit anderen Männern! Du hinterläßt eine schmerzliche Lücke, Familienoberhaupt!
Hast du ihnen je aus deiner Kindheit erzählt?
Und wenn du mal mit ihnen allein warst. Aus Versehen, meine ich. Wenn weder Grete noch ich in Rufweite waren.
Ist ein einziges Mal der Fernseher stumm geblieben?
Du hast für alles eine Fernbedienung.
Du hast für jede halbe Stunde, die es zu überbrücken gilt, eine Videokassette. Du gibst ihnen Gameboys und Fernbedienungsautos, damit sie dich in Ruhe lassen.
Du fernbedienst die ganze Welt. Und läßt dich selber fernbedienen. Von einer höheren Macht, mit der ich nichts zu tun haben möchte.
Eine Macht, die dich vom Leben abhält.
Was ist denn Leben für dich? Termine, Geld, Technik, Erfolg.

Viele Knöpfe, die du drücken kannst.
Aber du irrst! Leben ist so viel mehr!
Weißt du eigentlich, um was du die Kinder bringst?
Und weißt du eigentlich, um was du DICH bringst?
Auch kleine Dinge können uns entzücken! Tote Gurken zum Beispiel sind was Hinreißendes!!
Hast du schon mal einen Spaziergang im Regen gemacht? Bist du schon mal mit Gummistiefeln durch die Pfützen gestapft? Und hast dabei die würzige Luft genossen?
Nein. Wenn es dir jemals widerfährt, im Regen zu stehen, rufst du dir als erstes ein Taxi. Per Mobiltelefon. Denn das hast du immer in der Tasche.
Männer wie du stehen nicht im Regen.
Männer wie du bestimmen das Wetter selbst!
Männer wie du haben kein Wetter.
Männer wie du sind wetterunabhängig.
Männer wie du haben das Wetter abgeschafft.
Dabei ist Regen so was Wunderbares!
Und, gehst du jemals einen Schritt zu Fuß?
Nein. Und überhaupt. Wer geht denn heute noch selbst.
Du läßt gehen.
Du läßt DICH gehen!
Und dein Leben!
Eines Tages bist du tot!
Tod durch Übersättigung!
Tod durch Gleichgültigkeit!
Tod durch Fernsteuerung!
Dann werde ich an deinem Grabe stehen.
Und der Deckel wird geschlossen bleiben.
Weil ich die Fernbedienung nicht bedienen kann.«

»Mama, guck mal, was wir gefunden haben!«
Zwei Speckhändchen öffneten in fieberhaftem Eifer die Schultasche. Heftiges Gewühl in der umweltfreundlichen Butterbrotdose. Ein angebissenes Käsebrot, ein Apfelgriebs, die gelbe Hülle von einem Überraschungsei.
»Hier. Eine vertrocknete Maus.«

Ernie hielt die vertrocknete Maus am Schwanz hoch und ließ sie vor meiner Nase hin und her baumeln.
»War DAS etwa in dem Überraschungsei?«
»NEIN! Hahaha, eine tote Maus im Überraschungsei!« Die zwei amüsierten sich mal wieder königlich über ihre dumme Mama.
Ich räusperte mich.
»Das ist ein Tampon. Wo habt ihr das gefunden?«
»Im Stadtwald. Im Gebüsch. Was ist ein Tampon?«
»Das brauchen Frauen manchmal, wenn sie ihre Tage haben.«
»Ich hab auch meine Tage!« triumphierte Ernie.
Sofort hörte ich Justus strunzen: »Ichch hab AUCH meine Tage, ja! Im Meine-Tage-Haben bin ichch gut!! Wenn ichch bei uns daheim meine Tage habe, dann trauert das ganze Passeiertal!«
Ich kicherte vor mich hin.
»Aber Tampons brauch ich nie«, sagte Ernie schnell.
»Nun laß doch den Frauen mal ein bißchen was Eigenes!« sagte ich.
»Was Frauen auch alles immer haben«, knurrte Bert. »Tage! Ph! Was denn für Tage! Was soll ich denn da sagen! Ich hab auch nicht immer Lust, in die Schule zu gehen!«
Ich streichelte ihm liebevoll über die weichen Borstenhärchen.
»So schlimm?«
»Du sollst Herrn Schmitz-Nittenwirm anrufen, hat er gesagt.«
Aha. Daher wehte der Wind des Unmutes. Jedenfalls mußte ich ihnen jetzt keinen weiteren Kommentar zu der toten Maus im Überraschungsei liefern.
»Habt ihr was angestellt?«
»Der Schulzahnarzt war da. Deshalb.«
»Na gut, ich ruf ihn an. Schmeißt die tote Maus in den Mülleimer, wascht euch die Hände und legt bitte die Butterbrotdose in die Spülmaschine, ja?»
»Ich denke das IST keine tote Maus, sondern ein TAMPON!« schrie Bert übellaunig.
»Ey, Bert, schmeiß die tote Maus nicht weg, wir können sie nachher Grete zeigen!« fuchtelte Ernie dazwischen.
»Grete möchte die tote Maus wahrscheinlich nicht sehen«, gab ich zu bedenken.

»TAMPON!!« schrie Bert. »Die Grete will das TAMPON nicht sehen!! Und warum?! Weil sie selber 'ne ganze Kiste davon hat! Im Badezimmerschrank! Tausend Stück!«
»Aber eingepackte! Ohne Schwanz! Das gilt nicht!«
»Dann zeigen wir sie Herrn Schmitz-Nittenwirm. Der hat so was NICHT! Kein einziges!«
»Regt euch doch nicht so auf«, sagte ich. »Es gibt Dinge, die haben eben nur Frauen. Da müßt ihr mit fertig werden. Ich weiß, das ist schlimm für euch.
»Eure blöden toten Mäuse könnt ihr behalten«, sagte Ernie. »Was gibt's denn heute zu essen?«
»Spinat. Grete hat gekocht.«
»Auch das noch«, schmollte Bert. »Kann man denn NIE was Anständiges zu essen kriegen! IMMER gibt es Spinat!«
»In diesem Haus müssen wir noch verhungern«, sagte Ernie.
»NIE gibt es was Vernünftiges«, sagte Bert. »Immer nur Fisch und Spinat. Wie im Gefängnis.«
»Keiner muß hier essen müssen«, sagte ich.
»Dann gehen wir lieber noch ein bißchen spielen.«
»Aber NICHT mit der toten Maus!«
»Nö! Die ist ja nur was für Mädchen!«
Die Tür schlug zu. Gott, was hatte ich meine Kinder lieb. Besonders, wenn sie schliefen.
»Hallo? Tag, Herr Schmitz-Nittenwirm! Hier Pfeffer. Ich sollte Sie anrufen?«
»Tag, Frau Pfeffer. Schön, daß Sie sich sofort melden. Da wäre etwas, das ich mit Ihnen besprechen müßte...«
»Also das mit dem Tampon, Herr Schmitz-Nittenwirm, das halte ich für einen harmlosen Scherz... die Kinder wissen ja noch gar nicht, was so ein Tampon für die Weltpolitik bedeutet... wenn ich da an Prinz Charles denke... und an sein polospielendes Mannweib...«
»Was für ein Tampon?«
»Die tote Maus! Im Überraschungsei...«
»Darum geht es doch nicht. Wir haben eine zahnärztliche Routineuntersuchung in der Schule durchführen lassen. Karius und Baktus haben beide ein kleines Loch.«

Ich lachte befreit auf. »Das kann nur an den Gummibärchen liegen, die sie bei Ihnen im Schwimmunterricht bekommen.«
Herr Schmitz-Nittenwirm schwieg irritiert. Oje. Jetzt hatte ich einen Fehler gemacht.
»Herr Schmitz-Nittenwirm«, sagte ich freundlich. »Sie sind ein wundervoller Pädagoge. Das wollte ich Ihnen schon immer mal sagen. Leider ergibt sich ja nie die Gelegenheit dazu! Was auch immer Sie mit meinen Jungens machen, ist in Ordnung! Sie sind zwei vaterlose kleine Seelen und brauchen eine männliche Hand, auch wenn sie ihnen Gummibärchen gibt! Selbstverständlich gehe ich mit ihnen zum Zahnarzt!«
»Ich könnte Ihnen einen empfehlen«, sagte Herr Schmitz-Nittenwirm. »Zu dem geht meine Mutter immer. Er sitzt in Sülz.«
Er sülzt im Sitzen, dachte ich. Hahaha, ein Scherz. Justus hätte dröhnend gelacht, wenn ihm so was Originelles eingefallen wäre.
»Wie heißt der Mann?«
»Geldmacher, Arwed. Soll ich Ihnen die Nummer geben?«
»Ja gern. Warten Sie, ich schreibe mit.«
Herr Schmitz-Nittenwirm gab mir die Nummer.
»Danke. Dr. dent. Arwed Geldmacher. Schöner Name eigentlich für einen Zahnarzt, finden Sie nicht?«
»Seinen Namen kann man sich nicht aussuchen«, sagte Herr Schmitz-Nittenwirm.
Ich zuckte zusammen. »Entschuldigung«, stammelte ich. »Es war nicht so gemeint.«
»Schon gut«, sagte Herr Schmitz-Nittenwirm. »Wissen Sie eigentlich, wie ich mit Vornamen heiße?«
»Nein«, hauchte ich matt. »Keine Ahnung.«
»Lutz«, kam es aus dem Hörer. »Lutz Schmitz-Nittenwirm.«
»Ach«, entfuhr es mir.
»Früher hieß ich nur Lutz Schmitz, aber seit der zweite Mann meiner Mutter mich adoptiert hat, heiße ich Schmitz-Nittenwirm. Lutz Schmitz-Nittenwirm.«
»Herr Schmutz-Schnittchenwurm«, sagte ich hastig.
Mir brach der Schweiß aus. Verpatzt, Ende, noch mal, Klappe!

»Kindern ist es völlig egal, wie jemand heißt«, stammelte ich, während ich mir Luft zufächelte. »Glauben Sie mir! Hauptsache, Sie lassen mit ihnen den Drachen steigen!«
»Ist schon gut«, sagte Herr Schmitz-Nittenwirm. »Aber darf ich mir mal eine private Frage erlauben?«
»Ja! Fragen Sie!«
»Also, in der letzten Folge von ›Unsere kleine Klinik‹, ja, da haben Sie diesen neuen Chefarzt... geküßt.«
»Herr Schmitz-Nittenwirm!« schrie ich begeistert. »Gucken Sie etwa ›Unsere kleine Klinik‹?«
»Klar«, sagte Herr Schmitz-Nittenwirm. »Ich bin ein Serien-Fan. Schon seit ›Lassie‹ guck ich immer Serien. Erst Lassie und dann Flipper und dann Bonanza, und so ging das immer weiter. Und jetzt laß ich mir keine Folge von ›Unsere kleine Klinik‹ entgehen. Besonders, weil ich Sie persönlich kenne.«
»Das ist riesig nett von Ihnen«, sagte ich herzlich.
Die Situation schien gerettet. Puh. Ich sank auf die gelben Seiten auf der Telefonablage.
»Darf ich mir mal eine Frage erlauben?«
»Klar!« rief ich. »Natürlich! Fragen Sie! Wollen Sie mal bei den Dreharbeiten zuschauen? Kein Problem! Oder als Statist mitspielen? Sie könnten ein Notfallpatient sein mit viel Ketchup im Gesicht, das wird immer wieder gern gemacht, oder grün vermummt im OP stehen und eine Schere anreichen oder im Rollstuhl aus dem Fahrstuhl rollen...«
»Nein, nein...«
»Oder wollen Sie dem Fanclub beitreten? Wir haben Kleine-Klinik-T-Shirts, Anstecker, Auto-Aufkleber, Fähnchen, Schallplatten und Videos! Es gibt Führungen über das Kleine-Klinik-Gelände! Jeden Sonntagmorgen um elf! Sie könnten mal in einem der Patientenbetten probeliegen, auch dieses Angebot wird immer wieder gern genutzt...«
»Nein, nein«, unterbrach mich Herr Schmitz-Nittenwirm. »Ich weiß ja, daß das alles nur Film ist. Ein paar Kulissen können mich nicht beeindrucken.«
»Dann ist's ja gut«, sagte ich erleichtert.
»Aber was anderes: Dieser Chefarzt gefällt mir gar nicht.«

»Wer?«
»Der Professor Frank Bornheimer, der seit Folge vierhundertsechzehn dabei ist. Was finden Sie denn bloß an dem? Warum haben Sie ihn geküßt?«
»Aber ich finde doch gar nichts an dem!« rief ich froh. »Das ist doch alles nur Film!«
»Bert hat gesagt, Sie wollen ihn heiraten«, schmollte Herr Schmitz-Nittenwirm. »Ich beschwöre Sie: Tun Sie's nicht!«
»Aber Sie haben doch gerade gesagt, so ein Film kann Sie nicht beeindrucken...?«
»Meine Mutter kann ihn auch nicht leiden«, sagte Herr Schmitz-Nittenwirm. »Es täte ihr richtig leid um Sie, hat sie gesagt.«
»Ihre Mutter?«
»Ja. Bei der gucke ich nachmittags um vier immer ›Unsere kleine Klinik‹. Ich bringe ihr die Wäsche, und dann trinken wir Kaffee, und dann gucken wir's zusammen. Außer samstags und sonntags. Da kommt es ja leider nicht.«
»Nein. Das tut mir leid.« Was machte der arme Mann nur samstags und sonntags um vier? Wenn der Baumarkt zuhatte UND ›Unsere kleine Klinik‹ auch? Was hatte dieser Junglehrer für ein entbehrungsreiches Leben.
Ich räusperte mich. »Und die Fähnchen und Aufkleber wollen Sie nicht?«
»Nein danke.«
»Und auch nicht probeliegen im Kulissenbett?«
»Nein.«
»Und auch nicht sonntags morgens um elf mit Ihrer Frau Mutter das Klinikgelände besichtigen...?«
»Nein.«
»Wie waren wir drauf gekommen?« fragte ich matt.
»Der Zahnarzt.«
»Ach ja. Dr. Geldmacher.«
»Die Nummer haben Sie?«
»Ja. Sonst alles gut mit Ernie und Bert?«
»Alles bestens«, sagte der Lehrer.
Das tote Tampon erwähnte er weiter nicht.
»Na bitte«, sagte ich. »Dann ist ja alles in Ordnung.«

Aufatmend ließ ich den Hörer auf die Gabel fallen.
Lutz Schmitz. Was für ein reizender Jungmann. Du sorgst dich also um mein seelisches Wohlergehen, dachte ich gerührt. Machst dir Gedanken darum, wen ich heirate. Und trinkst nachmittags mit deiner Mutter Kaffee, um derartige Probleme zu diskutieren. Während deine altrosa Flanellhemden und deine Cordhosen in Mutterns Garten im Winde flattern.
Ich grinste garstig. Gut, daß wir nur am Telefon gesprochen hatten. Es hätte mir sonst glatt passieren können, daß ich Herrn Schmitz-Nittenwirm ein bißchen verzaubert hätte. Einfach so. Weil er sich immer langweilen mußte und weil keiner mit ihm spielte und weil es in seinem Leben immer regnete und immer Fisch gab.
Aber wie gesagt.
Am Telefon ging das ja nicht.

»Hallo? Ist hier jemand? Warum ist das hier so dunkel?«
»Tag, Charlotte! Du bist schon da?« Schlaftrunken kam es aus dem Wohnzimmereck.
»Ach du bist's, Ernstbert. Dasselbe könnte ich dich fragen.«
Mein Gatte lag lieblich hingestreckt vor dem Fernseher und erwachte, wenn auch unwillig, durch mein stürmisches Eintreten. Er erhob sich anstandshalber ein wenig und streifte unrasiertkratzig meine Wange, als ich mich zu ihm runterbeugte.
Eine Fischwolke-in-Öl umwehte mich.
Die hell strahlende Sonne hatte mein lichtscheuer Gemahl durch runtergelassene Rolläden aus unserem Hause vertrieben. Es war vierzehn Uhr dreißig. Um diese Zeit kam ich meistens nach Hause. Doch woher sollte mein Gemahl das wissen?
»Bist du zum Mittagsschlaf nach Hause gekommen? Das tust du doch sonst nie!«
»Sie haben im Büro die Fenster geputzt. Da konnte ich nicht mehr arbeiten.«
»Nein, du Armer. Da wäre ja frische Luft hereingekommen! Und in der Kantine gab es Fisch?«
Ernstbert sandte mir einen ärgerlichen Blick.
»Du hast ja keine Ahnung, was in der freien Marktwirtschaft los

ist. Bei uns gibt's keine Kantine. Kein Vergleich mit deinem albernen Kindergarten, wo ihr alle nichts zu tun habt und nur rumsitzt und Kaffee trinkt.«
»Wir arbeiten!« sagte ich. »Schwer!«
»Na gut, nenn es Arbeit. Jedenfalls: ICH muß mich konzentrieren, verstehst du, selbständig arbeiten, kreativ und produktiv sein. Unter so erschwerten Bedingungen wie geöffneten Fenstern ist das für mich nicht zumutbar.«
»Wo sind die Kinder?« fragte ich, während ich meine Jacke in den Schrank hängte.
»Ich hab sie zu Grete zurückgeschickt. Ich wollte meine Ruhe haben.«
Auf dem Wohnzimmertisch standen zwei Bierflaschen, eine Kaffeetasse und ein übervoller Aschenbecher in einem Wust von Aktenordnern, Papieren, Zeitplanbüchern, Mobiltelefonen und Bedienungsanleitungen. Ein paar schüchterne Playmobilmännchen lugten noch dazwischen hervor. Die restlichen Plastikgesellen hatte Ernstbert mit seinen besockten Akademikerfüßen vom Tisch gewischt.
Neben ihm auf dem Sofa stand ein abgegessener Teller, aus dem mich noch ein paar kümmerliche Bratkartoffelreste in altem Fett anlächelten. Abgenagte Gräten in lilafarbenen Sauceresten lagen am Tellerrand.
Ernstbert hatte sein Hemd ausgezogen. Die Zeitung von heute und das Fernsehprogramm schmiegten sich in inniger Liebe daran.
Welch ein appetitlicher Anblick, dachte ich.
»Wie lange bist du schon hier?«
»Eine halbe Stunde«, sagte Ernstbert. Dafür hatte er es sich aber schon recht gemütlich gemacht. Mein Blick fiel auf die geöffnete Fischkonserve auf dem Immobilienteil der Zeitung, Marke Bückling in Aspik. Eingelegter Säuerling mit Zwiebelringen und Senf.
Im Fernseher gewann gerade ein blondes Mädel einen Kühlschrank.
»Bei den erschwerten Bedingungen im Büro konnte ich einfach nicht mehr arbeiten«, schmollte Ernstbert. Da MUSSTE er sich

einfach das Quiz auf »Vier Minus« einschalten. Völlig klar. Der arme Mann.
»Warum gehst du nicht mal ein bißchen mit den Kindern an die frische Luft? Das würde dir guttun.«
Automatisch griff ich nach dem fettigen Teller und der Fischdose. Das Hausweibchen mag abräumen.
»He, laß die stehen. Noch nicht mal in Ruhe zu Ende essen darf man!«
»Ach, du ißt das noch...?«
»Vielleicht. Im Moment nicht.«
Ernstbert steckte sich eine neue Zigarette an. Der Rauch hüllte das liebliche Stilleben unseres dämmrigen Wohnzimmers in bläuliches Licht.
Nun duftete es nach Fisch mit Rauch. Ich stinke gern.
»Draußen scheint die Sonne«, hob ich wieder an.
»Meine Güte, du kannst wirklich penetrant sein. Komm mal ein bißchen her zu mir!« Ernstbert patschte mit der freien Hand auf das Sofa. Ich setzte mich – wenn auch ungern – auf sein Oberhemd und die Immobilien. Die Fischdose schob ich mit spitzen Fingern zur Seite.
»Knackig siehst du aus, Schätzchen. Machst du immer noch dieses Fit-for-Dings?«
»Fit-for-life«, sagte ich. »Obst und Salat und viel Bewegung. Jetzt, wo ich die Mitte Dreißig erreicht habe...«
»Ach ja«, gähnte er. »Dazu sollte ich mich auch mal aufraffen. Aber bei meinem Streß und meiner beruflichen Anspannung...«
Im Fernseher ertönte Gejubel. Jemand hatte zwar keinen Traumpartner, aber eine Kaffeemaschine gewonnen.
»Hm«, sagte Ernstbert dicht an meinem Ohr. »Du riechst so aufregend. Ist das neu?«
Es war das Parfum, das Justus mir geschenkt hatte. »Singing in the rain.« Von Priscilla Preßluft. Aus dem 4711-Laden für Domtouristen. Weil wir doch immer im Regen spazierengingen.
Ich beschloß, »Preßluft« nur noch sehr dezent und bei passender Gelegenheit aufzutragen.
Auf Ernstbert hatte es jedoch eine anregende Wirkung.

Er schob den Grätenteller beiseite und drückte auf dem lila Bücklingsskelett seine Zigarette aus.
»Jedenfalls macht mich dieser Geruch an«, sagte er erfreut.
»Ich finde, hier riecht es nach Räucherbückling«, sagte ich. »Sollen wir nicht mal lüften?«
»Nein. Es riecht wunderbar penetrant. Wie heißt das ordinäre Zeug?«
»Singing in the rain. Von Preßluft.«
Ernstbert beugte sich über mich. »Vom wem hast du das?«
»Von einem Kollegen. Von dem, mit dem ich immer spazierengehe und auch sonst sehr abwechslungsreich meine Freizeit verbringe. Vergaß ich etwa, ihn zu erwähnen?«
So. Nun würde er aufspringen, mit der Fischdose auf den Tisch hauen und mich anschreien, daß er nicht wünsche, daß sein Hausweibchen weiterhin von irgendwelchen hergelaufenen Wanderkollegen Parfum geschenkt bekomme und überhaupt mit ihnen außerhalb der Dienstzeit auch nur ein privates Wort wechsle. Andernfalls er diesen Herrn unverzüglich zu erschießen gedenke.
Nicht so Ernstbert. Ernstbert war nie eifersüchtig. Warum auch. Das war doch anstrengend. Dafür mußte man sich erheben und rumschreien und alberne Szenen machen und sich unnötig aufregen. Das alles lag Ernstbert nicht. Es war ihm völlig egal, mit welchen Kollegen ich meine Zeit verbrachte. Hauptsache, ich war ein heiteres und ausgeglichenes Hausweibchen, das sang und fröhlich war und angeregt plauderte und keine verkniffenen Gesichtszüge hatte und nicht an ein bevorstehendes Klimakterium erinnerte.
»Liebst du mich?« fragte Ernstbert erregt.
»Irgendwie ja«, sagte ich. Und das stimmt auch.
Aber er war ein Alltagsmann.
Den Sonntag muß ich mir woanders holen.
Genau. Du bist selber schuld. Wenn du wenigstens ein BISSCHEN eifersüchtig wärst. Nur für fünf Pfennige.
»Ich bin so froh, daß ich mal ungestört mit dir zusammen bin«, sagte Ernstbert. »Ich hatte richtig Sehnsucht nach dir. Wir sind viel zu selten allein.«

In dem Moment klingelte das Telefon.
»Geh dran«, sagte Ernstbert. »Das könnte die Firma sein.«
Ich nahm ab.
Es war die Firma.
Die Fenster seien jetzt geputzt und auch wieder geschlossen. Ob der Herr Dr. Schatz in der Nähe sei.
»Ja«, sagte ich. »Der Dr. Schatz ist in unmittelbarer Nähe.«
Da sei ein wichtiges Fax aus Witzelroda gekommen. Ob der Herr Dr. Schatz mal zu sprechen sei.
Der Herr Dr. Schatz war zu sprechen. Das mit dem Fax aus Witzelroda interessierte ihn sehr. Augenblicklich saß er senkrecht.
Ich rappelte mich auf, räumte die Teller zusammen und trug sie in die Küche. Dann ließ ich die Rolläden hochfahren, riß die Fenster auf und griff nach der Fernbedienung.
»Annemarie, Kaffeemaschine oder Traummann?« schrie der Quizmaster gerade. »Überlegen Sie es sich gut! Die Kaffeemaschine können Sie umtauschen, den Traummann nicht!«
Annemarie stand hinter einer Trennwand und grübelte.
Ein magerer Bursche mit Goldkettchen im grellbunten Hemdausschnitt und gräßlich künstlicher hochgeföhnter Erpelfrisur erschien in Großaufnahme und feixte zahnkronig in die Kamera.
O Gott, Annemarie, dachte ich. Nimm die Kaffeemaschine!
»Traummann«, sagte Annemarie.
Das Publikum pfiff und johlte.
Die Trennwand fuhr beiseite.
Annemarie breitete die Arme aus und sank dem Erpel an die Brust. Ob aus Freude oder Frust, war für mich nicht auf Anhieb zu erkennen.
Vielleicht hatte sie schon eine Kaffeemaschine.
Wie gut habe ich es doch getroffen, dachte ich. Ich habe eine Kaffeemaschine UND einen Traummann.
Ich drückte auf die Fernbedienung. Die glückliche Kandidatenrunde von der Mattscheibe löste sich in Luft auf. Die Flimmerkiste war tot und still.
In einer Stunde begann »Unsere kleine Klinik«.

In einer Stunde würde ich mit den Kindern im Stadtwald sein. Erpel fangen. Mit einer Wäscheleine. Natürlich taten wir nur so. Aber allein das Machtgefühl, ein paar Dutzend panisch quakender Erpel in die Flucht zu schlagen! Das war ihr liebster Sport zur Zeit.
»Ich muß weg«, sagte Ernstbert. Er ging die Treppe hinauf, um sich ein neues Hemd aus dem Schrank zu holen. »Kann spät werden. Warte nicht auf mich.«
»Nein«, sagte ich. »Mach ich nicht.«
Ich faltete die Wolldecke und die Zeitung zusammen. Männer können so was nicht, dachte ich. Zeitung zusammenfalten. Davon geht die kaputt. Und die Wolldecke erst. Die würde sich in tausend fusselige Flusen auflösen, wenn ein MANN versuchte, die zusammenzufalten.
Die Immobilien rochen nach Fisch.
Oben wühlte Ernstbert im Wäscheschrank.
Ich hörte die Klospülung rauschen. Dann brummte der Rasierapparat.
Ich trug die Konservendose und die Bierflaschen in die Küche. Komisch, daß Ernstbert noch keinen fernbedienbaren Küchenknecht erfunden hatte. Aber er hatte ja mich. ICH war sein fernbedienbarer Küchenknecht. Bis jetzt hatte das ja sein heiteres Hausweibchen fröhlich singend erledigt. Manchmal regten sich in mir unmutige kleine Trotzhormönchen, die bockten und schmollten und unwillig ihre hübsche kleine Unterlippe vorschoben. MUSS das eigentlich immer die Frau machen, hä? Entweder Grete oder ich. Einfach DESHALB, weil wir weiblichen Geschlechts waren. Weil uns der entscheidende Wurmfortsatz fehlte, uns verstümmelten Individuen. Deshalb waren wir Küchenknechte. Von Geburt an. Ausgestattet mit dem angeborenen Putz-und-Wasch-und-Räum-und-Sorge-und-Hege-Trieb.
Der Penisträger an sich hat so was ja nicht.
Teller abräumen und Essensreste in den Eimer schütten und die Teller in die Spülmaschine stellen und sie dort auch wieder rausholen und in den Schrank räumen und sie dort auch wieder rausholen und auf den Tisch stellen und sie dort auch wieder abräumen, das IST einfach Frauensache. Das können NUR

Frauen. Männer KÖNNEN das einfach nicht. Die Teller würden sofort in tausend Scherben zerspringen, wenn ein Mann sie nur anzufassen VERSUCHTE. Außerdem WISSEN Männer einfach nicht, WO in ihrem Hause die kleinen Löffel liegen. Da müßten sie schon stundenlang in allen Schubladen suchen, um irgendwann mal per Zufall so einen blöden kleinen Löffel zu finden. In der Zeit hätten sie schon wieder drei Festplatten mit wichtigen Daten gefüttert. Und überhaupt. Wenn Männer mal so eine Spülmaschinentür öffnen würden, dann explodierte die Spülmaschine sofort. Bestimmt. Deshalb lassen Männer da lieber die Finger von. DESHALB müssen das Frauen machen. Auch das Eimer-Rausbringen. Frauensache. Bei Männern würde der Henkel vom Eimer sofort abreißen! Bestimmt! Und der Müll würde sich in den Flur oder ins Treppenhaus oder in den Vorgarten ergießen. Und DANN? WER putzte das alles wieder weg? Klar. Die Frau. Und um das zu vermeiden, soll sie auch lieber den Eimer selbst rausbringen. Da weiß frau, was frau hat. Schönen guten Abend. Außerdem wissen Männer nicht, wo die Mülltonne steht. Nachher schütten sie den Eimerinhalt aus Versehen in die Mülltonne des Nachbarn, wie peinlich! Was das wieder für einen Ärger geben würde! Oder so ein Klodeckel. Der würde glatt kaputtgehen, wenn ein MANN den zuklappte. Geschweige denn, ein Mann würde versuchen, seine Bremsspur im Keramik-Inneren einer Kloschüssel zu verwischen. Ja liebe Zeit, wenn ein MANN seine eigene Bremsspur wegwischen wollte, wo käme er denn da hin!! Außerdem würde sofort die Klobürste durchbrechen und der Mann würde sich den Arm brechen und dabei ins Klo fallen. Was für eine Schweinerei! Deshalb müssen das Frauen machen. Und das Auswechseln einer Klorolle nach der letzten Verrichtung. Ja sollen MÄNNERHÄNDE das etwa machen? Wo liegen denn überhaupt die frischen Rollen? WO? Im Schrank? In welchem Schrank?! Und wohin mit der alten Rolle? Ins Klo schmeißen? Nein, nein. Das verstopft dann ja. Das müssen Frauen machen. Die können das einfach besser. Von der Veranlagung her. Klodeckel-Zuklappen und Bremsspuren-Wegwischen und Klorollen-Wechseln ist Frauensache. Seit Jahrtausenden schon. Oder das Aschenbecher-Ausleeren. Oder das Bierflaschen-Runtertragen. Mein Gott, was dabei alles PASSIEREN kann, wenn ein MANN das macht! Nicht auszudenken! So eine Bierflasche kann doch kaputtgehen! Und dann hat man wochenlang eine Scherbe im Zeh!! Und so eine Zigarettenkippe kann doch BRENNEN! Wohin TRÄGT man denn so ein Teil?! Nein, nein, mit so hochgradig gefährlichen und diffizilen Dingen können nur Frauen umgehen.

Ich kniete mich vor den Videoknecht. Den einzigen, der mit mir redete und der mir widerspruchslos zu Willen war. Die anderen drei verweigerten sich mir. Die redeten nur mit ihrem Herrn. Na, einer reichte ja auch.

Heute kam Folge vierhundertdreißig. Die Sache mit Fanny und dem geklauten Baby. Mußte ich unbedingt aufzeichnen.

»Und wenn der Mann von der Heizung kommt, sag ihm, daß ich es in höchstem Maße befremdlich finde, daß er uns letztens für eine halbe Minute den Strom abgestellt hat.« Ernstbert kam die Treppe herunter. »Ob er sich eigentlich vorstellen kann, was das für einen volltechnisierten Haushalt bedeutet. Frag ihn das.«

Ernstbert stopfte sich das Hemd in die Hose und zog sich die Schuhe an.

Er roch nach einem edlen Herrenduft.

»Ich frag ihn«, sagte ich, indem ich dem Videoknecht meine knappen Befehle gab. Der Videoknecht war ein Ausländer, aber er verstand ein bißchen Deutsch. Ernstbert hatte ihm die paar nötigsten Brocken in stundenlanger liebevoller Kleinarbeit eingetrichtert. Mit viel Liebe und Geduld. Ich wußte inzwischen, wie man mit diesen Hilfskräften im Haushalt zu reden hat. Kein überflüssiges Wort, nur kurz und knapp und freundlich, aber bestimmt.

Du kleine Klinik fressen, klar? Und nach einer Stunde Schnauze wieder zumachen. Und wenn Mama nach Hause kommen, du kleine Klinik hervorwürgen, bis uns beiden speiübel ist. Kapiert?

»Stell dir mal vor, du programmierst deine ›Kleine Klinik‹, und der Idiot stellt hier einfach den Strom ab.«

»Unverschämt«, sagte ich und erhob mich.

»O. K., O. K., O. K.«, blinkte blöd der gehorsame Videoknecht

ohne Unterlaß. Er hatte wieder Strom. Ernstbert hatte die ganze Nacht sämtliche technischen Geräte unseres Haushaltes, und es waren etwa fünfzig bis siebzig, wieder auf das heutige Datum und die Uhrzeit eingestellt. Alle blinkten wieder freudig und kooperativ vor sich hin und schwanzwedelten ihrem nächsten Befehl entgegen.
Halt's Maul, Paul, dachte ich und schaltete auf »Zeituhr«. Der devote Knecht hörte auf zu blinken.
Ich reichte Ernstbert sein Jackett.
»Er kann sich auf eine Beschwerde bei seinem Vorgesetzten gefaßt machen«, sagte Ernstbert, während er sein Zeitplanbuch in die Aktentasche stopfte.
»Kann er. Ich richt's aus.«
Ernstbert öffnete die Haustür. Vor dem Gartenzaun standen unsere beiden Autos.
Seines blinkte hehr und gülden in der Sonne.
Meines stand dumpf und schmutzig in der Ecke.
Goldmarie und Pechmarie.
»Bring mal deinen rollenden Abfalleimer in die Waschanlage. Und tausch endlich die Winterreifen aus. Und leiste dir mal einen Satz Felgen. Wie sieht das denn aus.«
»Ja«, sagte ich gehorsam. Eine Frau ohne Felgen ist wie ein Fisch ohne Fahrrad.
»Und laß dir den abgebrochenen Mercedesstern wieder anbringen. Er liegt im Handschuhfach.«
»Ja. Gern.« Blink, blink, blink.
»Und dann schnapp dir mal den Staubsauger und mach dein Auto von innen sauber. Da ist ja der halbe Stadtwald drin! So was passiert MIR nie!« Ich dachte an den Klecks Erpelkacke hinter dem Fahrersitz und nickte. Wie der da reingekommen war, war mir schleierhaft.
»Die Kinder können dir helfen! Das machen die gern!«
»Woher weißt du, was deine Kinder gern machen«, begehrte ich trotzig auf. Erpel würgen: Ja! Erpelkacke wegmachen: Nein. Da ist der kleine Penisträger eigen.
»Ist ja eine Schande, wie der vor unserem Haus steht«, sagte Ernstbert. »Jetzt, wo die Sonne drauf scheint.«

»Ja. Du hast recht. Die Sonne scheint.« O.K., O.K., O.K.
»Tschüs, Schlotter-Lotte. Und grüß mir die Kinder.«
»Welche Kinder?« Error, Error, Error...
»Bitte? Was? Freche Schnecke.«
Ein flüchtiger Kuß aus zahnpastaduftendem Munde.
»Ich liebe dich.« O.K., O.K., O.K.
Die Wange war glatt. Mein Gatte war wieder frisch.
»Ich dich auch. Weißt du doch.« Blink.
Ernstbert schwang sich in seinen Mercedes. Die Antenne fuhr automatisch aus, das Dach ging auf, die Fenster fuhren herunter, lautlos und elegant.
»Und kauf nie wieder Fischkonserven ohne Konservierungsstoffe«, schrie Ernstbert über den Gartenzaun. Aus seiner Stereoanlage klang Vivaldi. Vier Jahreszeiten. Der Sommer. »Wie oft soll ich dir das noch sagen. Das Zeug ist in hochgradigem Maße schädlich für die Gesundheit. Keine Fischkonserven von Fadler!«
Nick, blink, wink. O.K., O.K., O.K. Fadler gestorben.
Sein sauberer Schlitten fuhr davon. Er blitzte und blendete mit der Sommersonne um die Wette. Daß man sich drin spiegeln kann.
Hauptgewinn, dachte ich, während ich mit dem verschwitzten Hemd hinter ihm herwinkte.
Ein Mann UND ein Mercedes.
Und zwei Kinder UND einen Job.
Nich für GELDTABEI wollte ich mit Annemarie tauschen.
Nich für Geldtabei.

Schon im Treppenhaus roch es nach Zahnarzt. Schrecklich. Daß dagegen immer noch kein Kraut gewachsen ist, dachte ich. Es gibt doch so viele schöne Duftstoffe aus der Spraydose, frach Gretel Zupf.
Das putzige Hausweibchen an sich besprüht immer wieder gern die verrauchten Gardinen mit dem Grauschleier, die Klobrille auf dem Gäste-WC, den Martinsgans-verklebten Backofen und die Unterseite der Matratze von Onkel Theo im Altersheim von Witterschlick.

Warum nicht mal so eine chromblinkende weißgekachelte Zahnarztpraxis in Köln-Sülz mit Lavendel und Jasmin und Zimtvanille bestäuben? Oder mit Preßluft? Oder »Idiot«?
»Hier stinkt's mir«, sagte Bert und wandte sich zum Gehen.
»Zu einem stinkigen Zahnarzt geh ich nicht«, sagte Ernie.
»Zahnärzte riechen nun mal so«, sagte ich. »Dieser hier heißt Geldmacher und ist besonders kinderfreundlich. Hat Herr Schmitz-Nittenwirm gesagt. Basta.«
»Ich will zu keinem kinderfreundlichen Geldmacher«, sagte Ernie. »Komm, Mama, wir gehn nach Hause.« Bangevoll zerrte er an meiner Hand.
»Eure Löcher werden immer größer, wenn ihr Herrn Dr. Geldmacher nicht mal in eure Münder schauen laßt! Nachher habt ihr gar keine Zähne mehr! Wollt ihr das etwa riskieren?«
»Na und«, sagte Bert. »Dann eß ich eben Brei.«
»Es tut überhaupt nicht weh«, behauptete ich. »Er will ja nur mal gucken. Dazu benutzt er einen kleinen Rückspiegel, so ähnlich wie der an deinem Mountainbike, das wird dich begeistern, Bert!«
»Ich will keinen Rückspiegel im Mund«, sagte Bert gnadenlos. »Und mein Mountainbike ist blöd.«
»Jetzt gehen wir erst mal ins Wartezimmer und schauen uns pädagogisch wertvolle Bilderbücher an«, lockte ich. »Er hat bestimmt auch eine naturbelassene Holzeisenbahn aus unverschluckbaren Kleinteilen! Und einen ungespritzten Knuddelgorilla zum Liebhaben!«
»Vielleicht hat er ja ein paar coole Computerspiele im Wartezimmer«, sagte Bert. »Batman ist geil.«
»Grete hat gesagt, wir sollen nicht mit geilen Bettmännern spielen«, wandte ich ein.
»Und Rambo und Power-Crash!« sagte Ernie.
»Als erstes gehen wir mal in die Anmeldung«, munterte ich meine Jungs auf. »Schließlich sind wir nicht zum Vergnügen hier.«
Ernie und Bert trotteten ergeben hinter mir her. Die freundlichen Damen in den Anmeldungen hatten meistens Dauerlutscher und Gummibärchen und fragten, ob sie Zwillinge seien,

was sie ja spätestens nach dem Blick auf das Anmeldeformular bestätigt fanden.

Mir war selber ziemlich flau. Obwohl ich doch niemals Gummibärchen oder andere reformhausfeindliche Kost zu mir nahm. Herr Doktor, meine Zähne sind gesund.

In der Anmeldung stand eine schmallippige Blonde mit strähnigen Haaren und randloser Brille. Ungnädig blickte sie hinter einem Glas mit Zahnpastapröbchen und medizinischem Kaugummi auf uns herab.

»Sie wünschen?«

»Pfeffer«, sagte ich. »Wir haben einen Termin. Dies hier sind Ernie und Bert.«

»Die sehen sich aber gar nicht ähnlich«, sagte die Strähnige unzufrieden.

»Tut mir leid«, sagte ich. »Sie sind zweieiig.«

»Na ja«, antwortete sie, als wolle sie das gerade noch mal gelten lassen. Dann betrachtete sie mich: »Sind Sie nicht diese Frau Dr. Anita Bach?« fragte sie zynisch. »Meine Schwiegermutter guckt das immer. Na ja, die hat ja auch nichts Besseres zu tun.«

Alte, säuerliche, dünnhaarige Schnepfe, dachte ich. Wir werden keine Freundinnen werden. Das ist sicher. Du mußt hier in echt stehen und dich immer langweilen. Ich muß morgens vor der Kamera nur ein paar Stündchen so tun. Und dann geh ich meiner Wege und lebe mein Leben, wie es mir gefällt. Die Freiheit nehm ich mir. Bäh.

»Ich selber seh mir ja so einen Quatsch nicht an.« Die Dünnhaarige spendierte mir ein schmallippiges Lächeln.

»Das zeugt von Ihrem intellektuellen Niveau«, sagte ich herzlich.

»Na, Schauspieler müssen ja heute auch nehmen, was kommt.« Die Blonde blätterte beiläufig in ihrem Terminkalender. Raschel, raschel, rote Krallen über sorgfältig eingetragenen Patientennamen.

»Mein Mann hat wieder mal Verspätung«, sagte sie in einem Ton, als spräche sie über einen Intercity. »Es kann noch ein Weilchen dauern.«

»Dann gehen wir eben wieder«, sagte Ernie. »Ist nicht so schlimm.«
»Hiergeblieben, junger Mann!« Die Blonde lächelte zynisch. »Hier wird nicht gekniffen!«
Hinter uns schoben sich bereits wieder einige Herrschaften zur Tür herein. Dr. Geldmacher hatte anscheinend regen Zuspruch. Alle wollten ihm zu Glück und Wohlstand verhelfen. Und seiner sympathischen Gattin erst!
»Macht ja nichts«, sagte ich. »Wir haben genügend Zeit mitgebracht.«
Der penetrante Zahnarztgeruch breitete sich in meiner Hirnanhangdrüse aus und signalisierte »Zahnschmerz« an Vier-oben-links. Ich versuchte, das zu ignorieren. Einbildung, dachte ich. Alles Einbildung. Meine Zähne sind gesund! Wovon sollten die auch kariös sein! Ich sprang nur über Gräbelein! Und fraß nur grüne Blättelein! Mäh, mäh!
Ernie zerrte mich ins Wartezimmer.
»Los, Mama. Du hast versprochen, uns was vorzulesen!«
Ich stieg über herumsitzende Kleinkinder und Bauklötze.
»Guten Tag allerseits!«
»Tach.« Keiner freute sich, uns zu sehen. Niemand wollte ein Autogramm von mir. Das fing ja gut an.
»Daniäll, mach ma Platz.« Keiner war hier gut gelaunt.
»Danke, geht schon.«
Ernie drückte mir ein Bilderbuch in die Hand, auf dem eine Kleinfamilie beim Frühstück abgebildet war. Darauf stand: »Meine Zähne sind gesund.«
Sag ich doch, dachte ich vor mich hin. Warum wollte der Vier-oben-links denn keine Ruhe geben!
Ernie und Bert zwängten sich beide auf meinen Schoß, jeder auf ein Bein. Ich kam mir vor wie eine Giraffenmutter beim Säugen ihrer Jungkälber.
»Also«, sagte ich. »Meine Zähne sind gesund.«
Ich guckte verlegen in die Runde.
»Dat kenn isch!« rief naseweis Daniäll und bleckte siegesgewiß seine drei bräunlich-verfaulten Zahnstummel, die ihm noch im frühkindlichen Vorschulkindergebiß verblieben waren.

Ich schlug das abgewetzte Pappbilderbuch auf.
Jung Rüdiger, ein bleichlicher Bursche um die Acht, half seinem Vater Detlev, Typ Herr Schmitz-Nittenwirm in peplos, beim Frühstückstisch-Abräumen. Schwarzbrot, Quark, Radieschen und Mohrrüben waren bei Jung Rüdigers morgens angesagt. Weit und breit kein Nutella-Glas oder Honig-Smacks oder Schoko-Pops mit König-der-Löwe-Aufkleber. Wo die Milch zum Kakao wird.
Das Schwesterchen Irene und die jugendlich-dynamische Mutter im knielangen Faltenrock standen vor dem Spiegel und putzten sich froh die Zähne. Die Mutter-mit-dem-Zahnpastaschaum hatte schon den Mantel an.
»Heute geht Vati mit uns zur Zahnärztin. Ich helfe ihm zuerst beim Abräumen, damit wir keine Zeit verlieren. Mami muß ins Büro. Irene putzt sich schon mal die Zähne, immer von oben nach unten, damit keine Speisereste in den Zwischenräumen steckenbleiben. Die Speisereste vermischen sich mit dem Speichel und machen die Zähne weich und faulig«, las ich vor, wobei ich ein angewidertes Würgen unterdrücken mußte, dieweil Daniäll-mit-den-bräunlichen-Stummeln mir immer näher rückte.
Ernie und Bert lümmelten entspannt auf meinen Knien und baumelten mit den Beinen. Ich brach fast zusammen unter soviel gesundem Bengelgewicht.
Daniäll wollte ganz offensichtlich auch noch auf meinem Schoße lümmeln. Sein schmuddeliger abgeknibbelter Zeigefinger, den er eben noch in der Nase gehabt hatte, schob sich auf das verköste Pappbilderbuch.
»Bei denen geht die Mutter arbeiten«, sagte er.
»Daniäll, sei still«, sagte die Mutter, während sie am Zeigefinger leckte, um die Illustrierte umzublättern, auf der eine kinderreiche, glückliche Königsfamilie abgebildet war.
»Er stört nicht«, sagte ich freundlich.
»Doch«, sagte Bert. »Er stört.«
»Verschwinde, du Eierloch«, sagte Ernie. Er fühlte sich im Schutze des mütterlichen Schoßes sehr stark. »Los. Hau ab. Sonst hau ich dir ins Hintergesicht.«

»Das Bilderbuch ist für alle Kinder da«, beckmesserte ich Anita-Bach-mäßig, obwohl mich Daniälls Anblick auch nicht besonders reizte.
Hastig blätterte ich um.
Inzwischen saßen Jung Rüdiger und sein bleicher Vater in der Straßenbahn, froh lächelnd natürlich, hatten sie doch etwas Wunderschönes vor, nämlich den Besuch bei der sympathischen Zahnärztin! Klein Irene mit den reizend runtergerutschten Kniestrümpfen und dem Schmuddelhasen auf dem Schoß schaute interessiert aus dem Fenster und zeigte auf eine Dame-mit-Dackel-in-Strick. Ein aufgewecktes Kind, das sah man gleich.
»Jetzt fahren sie zu der Zahnärztin«, sagte Daniäll.
»Jetzt fahren wir zu der Zahnärztin«, las ich vor.
»Sisste?! Happich doch gesacht!« pöbelte Daniäll triumphierend. »Isch kenn dat Buch!«
»Da-ni-äll!« sagte die Mutter.
»Halt die Schnauze, du Eierloch«, sagte Bert unbehaglich.
»Ich hau dir eins auf deinen blöden Schwanz«, sagte Ernie.
»Na«, sagte ein älterer Herr an der Tür. »Ein Vokabular haben die heute!«
»Er meint die Frisur«, sagte ich schnell.
Ich hielt es für pädagogisch wertvoll, Daniel einfach zu ignorieren. Konnte seine dämliche Mutter ihn nicht mal aus unserer Mitte zerren und ihm ein bißchen von der kinderreichen Königsfamilie vorlesen? Kein bißchen mütterliche Zuwendung! Wenn ich den Bengel schon sah: erbärmliches angeknabbertes Sascha-Schwänzchen im Nacken und drei verwahrloste braune Zahnstummel im Mund!
Wie würde Grete sagen? Wir sind keine Pro...?
...leten.
Daniäll begann nun hektisch, an den angenagten Spitzen seines Mäuseschwänzchens herumzuknabbern.
»Los, weiterlesen«, sagte er, indem er sich an mich drängte.
Charlotte, das Kind kann nichts dafür, mahnte Anita Bach milden Mundes. Nimm den Buben in deine Arme und wisch ihm die Rotznase sauber und laß ihn am spontanen frühkindlichen

Bilderbuch-Erleben teilhaben. Das Kind ist emotional verwahrlost und braucht Liebe und Zuwendung. So. Und Haue obendrein.
Die Mutter beugte sich inzwischen über einen interessanten Bericht, in dem ein dreijähriger Bauernjunge aus Versehen seine Familie mit dem Trecker überrollt hatte.
»Wie konnte das passieren, Herr Bundeskanzler?« stand in fetten Lettern darüber.
Mich hätte das selber brennend interessiert. Aber sie wollte mich nicht mitlesen lassen.
Unauffällig reichte ich Daniäll ein Tempotuch. Er nahm es, fuhr sich damit einmal über das Gesicht und knallte es seiner Mutter auf den Bundeskanzler.
»Da!«
»Da-ni-ÄLL!!«
»Vati gibt die Krankenscheine für mich und Irene ab«, las ich weiter. »Ich gehe schon mal ins Wartezimmer.«
Jung Rüdiger schleppte schlapp-folgsam Irenes Schmuddelhasen und einen Stapel Bilderbücher ins Wartezimmer, während der bleiche Vater mit Irene auf dem Arm das bebrillte Fräulein mit der schlecht sitzenden Dauerwelle über seine Krankenkassenzugehörigkeit informierte. Natürlich steckten die Krankenscheine in einer Klarsichtfolie und hatten folglich keine Eselsohren.
Gott, waren die alle vorbildlich!
Mir wurde immer unbehaglicher zumute.
Mein Vier-oben-links begann richtig heftig zu pochen.
Allein der Anblick des überfüllten Wartezimmers sowohl in dem Bilderbuch als auch um mich herum, verbunden mit dem penetranten Geruch nach Zahnarzt und dem Geräusch des Nasehochziehens von Daniäll-mit-dem-Proletenschwanz, erfüllte mich mit immer stärker werdendem Unbehagen.
»Ich zeige einem anderen Jungen meinen Wackelzahn«, las ich vor. »Sieh mal, wie der wackelt! Er hängt nur noch an einem blutigen Fädchen. Da wird Mutti aber staunen, wenn ich ihr den Wackelzahn heute abend auf den Abendbrotteller lege!«
»Die Zahnärztin reißt den gleich raus«, sagte Daniäll mit kindlicher Grausamkeit.

»Mama, der Junge soll abhauen«, sagte Bert.
»Daniäll, du sollz nich alles verraten«, sagte die Mutter und blätterte den Bundeskanzler um.
»Ein Mann hält sich die geschwollene Backe«, las ich weiter. »Er hat bestimmt einen vereiterten Zahn, der fault und stinkt. Sicher ist er nicht rechtzeitig zur Zahnärztin gegangen. Nun hat er Mundgeruch und Schmerzen noch dazu.« Und Haue obendrein.
»Das isser selber schuld«, sagte Daniäll und griff quer über meine Kälberschar, um das Buch umzublättern.
»Da-ni-äll!« sagte die Mutter, bevor sie sich in das tragische Schicksal eines vom Balkon gefallenen Rauhhaardackels vertiefte.
»Jetzt sind wir im Behandlungszimmer«, sagte ich freudig bewegt. »Ich darf zuerst auf den Behandlungsstuhl klettern.« Das ist bestimmt genauso toll wie Rutschen, dachte ich. Die Jungs werden ganz scharf drauf sein, als erster auf den Behandlungsstuhl zu klettern. Ich werde sie kaum bremsen können.
Die Zahnärztin, ein hübsches junges Mädel Größe achtunddreißig in Weiß, begrüßte Jung Rüdiger beherzt mit Handschlag. Jung Rüdiger reichte ihr schlapp-folgsam die Pfote.
Der bleiche Vater und Irene-mit-dem-Schmuddelhasen standen devot am Speibecken.
»Der Helfer bindet mir ein Lätzchen um«, las ich vor, »damit die blutigen Speichelfäden nicht meinen schönen neuen Pullover beschmutzen. Vati hat ihn selbst gestrickt. Er wäre traurig, wenn er beim Waschen die Blutflecken nicht mehr herausbekommen würde.«
»Bei denen wäscht der Vater«, sagte Daniäll und zog die Nase hoch.
»Das ist doch sehr lobenswert«, antwortete ich freundlich. Bei Daniälls schien niemand zu waschen.
»Bei uns wäscht auch der Vater«, sagte Ernie plötzlich.
»Er hat drei Waschmaschinen und zwei Trockner! Mit Fernbedienung!«
»Genau«, sagte Bert zufrieden. »Mindestens. Die sind computergesteuert. Der Papa programmiert sie vom Auto aus.«

Daniälls Mutter schaute kurz von ihrem gefallenen Rauhhaardackel auf.
»Und das Bügeleisen hat Flügel!« phantasierte Ernie. »Das fliegt mit der Bügelwäsche in den Schrank!«
»Und der Papa drückt nur auf die Fernbedienung«, sagte Bert. »Dann gehen die Schränke automatisch zu. Und dann verschwinden die Schränke in der Wand.«
»Stimmt das?« fragte Daniäll besorgt und knabberte an den Spitzen seines Sascha-Schwänzchens.
»Klar«, sagte ich. Was für ein unappetitliches Kind. Der Bengel gehört belogen! Aufdringlich und schmuddelig, wie der ist!
Dann las ich weiter:
»Mit einem spitzen Häkchen prüft die Zahnärztin, ob mein blutiger Wackelzahn weiche Stellen hat. Mit einem Ruck zieht sie ihn heraus. Er hängt an einem blutigen Fädchen.
›Da. Den darfst du heute abend deiner Mutti zeigen.‹
›Da wird Mutti aber staunen‹, freue ich mich und zeige Vati meinen Zahn. Vati freut sich auch.«
»Wieso freuen sich Eltern, wenn ihren Kindern die Zähne ausfallen?« fragte Bert.
»Weil dann neue wachsen«, erklärte ich fröhlich.
»Bei dem aber nicht«, sagte Bert und zeigte auf das Proletenkind. Daniäll kniff verschämt die Lippen zusammen und verzog sich in den Hintergrund.
»Endlich haut der ab«, sagte Ernie.
»Nun liegt Vati auf dem Behandlungsstuhl. Der Helfer gibt ihm ein Glas Wasser, damit er den Speichel und die Essensreste ausspülen kann.«
Der bleiche Vater spie beherzt eine appetitliche Fontäne an des Helfers Kittel vorbei mitten ins Speibecken. Der Helfer quittierte dies mit einem dankbaren Lächeln.
»›Wo tut's denn weh?‹ fragt die nette Zahnärztin.
›Es zieht immer so, wenn ich etwas Hartes trinke‹, sagt Vati. Der bleiche Vater hörte auf zu lächeln.
›Tatsächlich, hier unten ist ein Loch‹, sagt die Zahnärztin. Der Helfer hängt Vati einen Speichelabsauger in den Mund, damit sich kein Speichel und keine Essensreste darin festsetzen können.

Die Ärztin stopft Vati eine Füllung in das gebohrte Loch und kratzt mit der Sonde auf der frischen Wunde herum, um zu prüfen, ob sich auch kein Speichel und keine Essensreste...«
Ein paar Leute im Wartezimmer verzogen gequält das Gesicht. Daniälls Mutter blätterte angewidert die letzte Seite um. Sie betrachtete lustlos eine Bastelanleitung für einen Duschvorhang aus Weinkorken, bevor sie sich mit ernster Miene in die »Witze zum Wochenend« vertiefte.
Jung Rüdiger und Irene-mit-dem-Schmuddelhasen betrachteten unterdessen interessiert und völlig furchtlos die Ansammlung von Bohrern und Zahnsteinkratzern, die auf der Anrichte stand.
Vati lag inzwischen im Koma. Der Helfer am Speibecken nahm ihm die Brille ab und wischte ihm den Angstschweiß mit einem Speituch von der Stirn.
Ich klappte vorübergehend das Buch zu.
Mein Vier-oben-links schrie in Panik um Hilfe.
»Bohrer! Sauger! Sonde! Zahnsteinkratzer! Zu Hülfe! Sonst bin ich verloren!!«
»Warum liest du nicht weiter?« fragte Bert.
»Ach nein«, sagte ich. »Jetzt nehmen wir mal ein anderes Bilderbuch. Guck mal, der Daniäll hat Benjamin Blümchen!«
»Dat kenn isch«, sagte Daniäll. »Benjamin als Zahnarzt.«
»Ach nein«, sagte ich matt.
Die Tür öffnete sich, und ein benommen wirkender Herr mit eigentümlich ausdruckslosem Gesicht angelte sich seinen Mantel vom Haken.
»Widdersehn«, nuschelte er abwesend und taumelte fort.
»Frau Dünnebier und Daniel, Sprechzimmer eins«, sagte die strähnige Zahnarztgattin gefühlskalt in ihr Mikrofon.
Die Mutter warf ihr Journal für das putzige Hausweibchen auf einen Stapel eselsohriger Lesemagazine und verließ mit Daniel ohne Gruß das Wartezimmer.
»Und tschüs«, sagte Bert zufrieden.
»Jetzt kannst du weiterlesen«, sagte Ernie. »Jetzt ist der Blödmann weg.«
Mit letzter Kraft schlug ich die letzte Seite des pädagogisch wertvollen Speichelabsauger-Buches auf.

Unsere vorbildliche Familie war inzwischen wieder zu Hause angekommen.
Vati stand noch bleich am Herd und schwenkte pflichtfroh einen Suppentopf. Irene putzte ihrem Schmuddelhasen unermüdlich das Kaninchengebiß. Zahnpastaschaum tropfte ihm von den Barthaaren und sammelte sich auf dem Küchenstuhl. Jung Rüdiger stand streberhaft und schwanzwedelnd an der Tür, lauernd, ob er nicht endlich »Mutti« den blutigen Zahn unter die Nase halten und damit ein paar Fleißkärtchen einheimsen könne.
»Mutti kommt aus dem Büro heim«, las ich vibrierend vor Abneigung. »Vati hat nun keine Zahnschmerzen mehr. Er darf jetzt drei Stunden nichts essen. Trotzdem kocht er natürlich für uns. Er achtet darauf, daß die Möhren noch schön hart und fest sind, damit wir was zu beißen haben und damit die kostbaren Vitamine nicht kaputtgehen. Unsere Zähne sind schließlich gesund! Ich zeige Mutti meinen Zahn. Mutti freut sich sehr. Das war ein schöner Tag.«
Aufatmend klappte ich das Buch zu.
Selten hatte mich das Vorlesen eines Bilderbuches soviel Überwindung gekostet. Ich liebäugelte mit dem eselsohrigen Journal für das putzige Hausweibchen, das Frau Dünnebier mir zur weiteren Verwendung überlassen hatte. Es war eins von der Sorte, die Gretel Zupf bei uns immer in der Kantine herumzeigte.
Ich war selten so begierig darauf, ein solches Journal von vorne bis hinten durchzulesen. Ja, ich hätte sogar die Bastelanleitung für den Duschvorhang studiert, wenn man mich gelassen hätte.
»Und jetzt Benjamin als Zahnarzt«, sagte Bert.

»Frau Pfeffer-Schatz mit Ernie und Bert, Sprechzimmer eins!«
»Na bitte«, sagte ich, »das ging ja schnell!«
Ich schüttelte meine Jungkälber von den Knien und schritt frohen Sinnes durch den übelriechenden Flur.
»Na los, kommt!«
Doch die Jungkälber bockten. Ihre sperrigen Beinchen wollten sich nicht in Bewegung setzen.
»He, ihr Helden! Wir sind an der Reihe!«

»Du kannst ja schon mal vorgehen«, sagte Ernie. »Ich lese gerade.«

»Also, Bert«, rief ich glockenhell. »Machen wir beide den Anfang!«

Eine weiße Wolke wehte an mir vorbei. Sie verschwand im Sprechzimmer eins und warf die Tür hinter sich zu.

»Na, wo tut's uns denn weh!« hörte ich Dr. Geldmacher beherzt rufen, als sich die Tür schon wieder öffnete.

»Brigitte! Warum sitzt da keiner!!«

»Ich komme ja schon!«

Pflichtfroh bis in die Zahnwurzeln trabte ich ins Sprechzimmer. Mütter müssen mit gutem Beispiel vorangehen.

»Tut mir leid, meine Söhne lesen gerade«, sagte ich entschuldigend zu der Helferin und kletterte eifrig auf den Behandlungsstuhl. »Benjamin Blümchen beim Zahnarzt. Sehr interessante Abhandlung!«

Dr. Geldmacher machte sich am Spülbecken zu schaffen.

Brigitte näherte sich von hinten.

»So geht das aber nicht! Sie halten ja den ganzen Betrieb auf!«

Die Helferin reichte mir ein Lätzchen. Ich riß es ihr aus der Hand und stopfte es mir in den Kragen.

»Einmal Suppe mit Hauptgang und Dessert«, scherzte ich.

Doch keiner war hier zu Scherzen aufgelegt.

»Du bist zwei Stunden im Rückstand, Arwed«, sagte Brigitte.

»Wen haben wir denn jetzt, Ernie oder Bert?« fragte Dr. Geldmacher, indem er sich die Hände abtrocknete.

»Ich bin's,« sagte ich, »das Krümelmonster.«

Die Helferin kicherte.

»Die Mutter«, sagte Brigitte. »Die war nicht vorgesehen.«

Dr. Geldmacher betrachtete mich erstmalig.

»Na, wo tut's denn weh?«

»Hier«, sagte ich und riß den Mund auf. Wo denn sonst, du Eierloch. Am Knie bestimmt nicht.

Brigitte ließ den Zahnputzbecher vollaufen und knallte ihn auf das Speibecken. »Gehen Sie nach vorn, ich mach das hier«, herrschte sie die Helferin an. »Und achten Sie darauf, daß die Zwillinge keine Dummheiten machen!«

Ach je. Nun war ich dem Ehepaar Geldmacher ausgeliefert. Kein schöner Gedanke.

Der Doktor lugte interessiert in meinem Munde herum. Mit einem Rückspiegel und einem Häkchen begann er, an jedem einzelnen Zahn herumzuklopfen. Genau wie in dem pädagogisch wertvollen Bilderbuch bei »Vati«. Nur in echt. Ich lag bleich und willig auf dem Stuhl. Unauffällig krampfte ich mich an der Armlehne fest.

Mich ficht das nicht an, dachte ich und betrachtete inzwischen mein verbeultes Spiegelbild an der chromblinkenden Lampe. Meine Zähne sind gesund.

»Oh, oh, oh«, sagte Herr Dr. Geldmacher, als er mit Klopfen und Schaben fertig war.

Ja wie, oh, oh, oh? Heißt das etwa, an meinem strahlendweißen Fernsehseriengebiß gibt es irgend etwas zu bemängeln?? Frau Dr. Anita Bach HAT keine Parodontose oder Zahnstein oder Karies oder Mundfäule oder Eiterbeulen in der Backe! Fünf Millionen Rentner können das bezeugen! Es zieht nur etwas am Vieroben-links!

Herr Dr. Geldmacher ließ von mir ab.

»Karies profunda«, sagte er zu seiner Gattin.

»Das hat mir gerade noch gefehlt«, schnauzte Brigitte gereizt zurück. »Völlig außer der Reihe.«

Na, na, na, dachte ich. So redet man aber nicht mit seinem Mann. Man kann durchaus mal außer der Reihe. Das belebt.

»Retinierter Achter«, sagte Arwed. »Da kommen wir nicht drum herum.«

Die zwei waren ein eingespieltes Team. Kein überflüssiges Geschwätz. Das hätte Gustav gefallen.

»Ich hab wirklich keine Lust«, sagte Brigitte.

»Die Vitalität ist weg«, bedauerte Arwed.

»Dasch dudsch mir leidsch«, nuschelte ich, um auch mal etwas zum Gespräch beizutragen.

»Ich fürchte, wir müssen extrahieren«, murmelte der Doktor.

Endlich entfernte er den Rückspiegel aus meinem Mund.

»Das macht nichts«, sagte ich zuvorkommend.

Ich nun wieder. Tapfer und kooperativ bis ins Mark.

»Kommen Sie bitte«, sagte Brigitte und führte mich in eine dunkle Kammer, wo sie mich einzusperren trachtete.
Ich folgte ihr willig mit meinem Lätzchen um den Hals.
»Sind Sie schwanger?« fragte die Doktorsgattin rüde, bevor sie mir eine Fahrkarte in den Mund steckte.
»Nein«, schrie ich noch, bevor sich die schwere Eisentür zwischen uns schloß.
Die Fahrkarte piekte sehr unbequem an mein Gaumensegel. Ich hoffte, Brigitte würde mich nicht allzulange in dieser unbequemen Mundstellung verharren lassen. Doch da riß sie die Tür auch schon wieder auf.
»Kommen Sie.«
Ich reichte ihr die aufgeweichte Fahrkarte zurück.
Wir gingen ins Sprechzimmer eins.
Unterwegs warf ich einen Blick ins Wartezimmer. Alles war O.K. Ernie und Bert saßen in bemerkenswerter Eintracht auf dem Fußboden und blätterten in den putzigen Hausfrauen-Journalen. Ab und zu rissen sie eine Seite raus und legten sie sorgfältig auf einen Stapel. »Die Geschichte soll Mami uns vorlesen und die und die ... die mit dem Trecker und dem Bundeskanzler auch. Ich guck schon mal die Bilder.«
Dr. Geldmacher betrachtete inzwischen froh meine Röntgenaufnahmen.
»Hier«, sagte er und wies mit dem Finger auf einen ganz extrem häßlich aussehenden Wurzelsepp, »bilden sich ein paar tiefe parodontale Defekte, und hier sehen Sie ganz deutlich einen Knochenkrater, frakturiert in der Krone.«
»Was Sie nicht sagen«, bemerkte ich interessiert und wischte mir unauffällig den Angstschweiß am Lätzchen ab.
»Dazu kommen Zysten an zwei, drei«, sagte Dr. Geldmacher ehrlich besorgt. »Haben Sie etwas Zeit mitgebracht?«
»Arwed!« warnte Brigitte.
Halt die Klappe, alte Schnepfe, dachte ich. So ein netter, zuvorkommender Mann! Ich wollte, MEIN Mann wäre so flexibel und willig! Jetzt zeige ich dir mal, wie reizend man mit Geldmachern spricht.
»Natürlich, lieber Doktor«, sagte ich freundlich. »Soviel Zeit,

wie Sie mögen!« Bäh, du freud- und saftlose Brigitte. Ich hau dir eins ins Hintergesicht.

»Dann nehmen Sie bitte wieder Platz.« Das klang eher säuerlich als herzlich, aber das mußte an Brigitte liegen. ICH war motiviert bis in die frakturierten Zahnwurzeln. Das machte das Bilderbuch. Der bleiche Vati war gegen mich ein Waschlappen.

Ich kletterte erneut willig und bis in die Knochen kooperativ auf den Behandlungsstuhl, und diesmal ließ Brigitte mich in die Horizontale runterfahren, bis ich fürchtete, kopfüber rückwärts in das Speibecken zu rutschen.

Herr Dr. Geldmacher suchte sich unter seinen vielen Foltergeräten einen hübschen Bohrer aus.

»Machen Sie ganz weit auf. Es tut jetzt ein bißchen weh.«

»Aber gern«, gurrte ich. Ich leide gern.

Schade, daß Ernie und Bert jetzt nicht sehen konnten, wie tapfer ihre Mutter war. Ich riß den Mund so weit auf, daß das Gaumensegel im Durchzug flatterte, und ergab mich in mein Schicksal. Das Tasten nach der schmallippigen Gattin Hand war ohnehin zwecklos.

Der Bohrer war einer von diesen hohen, kreischenden Sopranen, für die ich sowieso ein Faible habe.

Ich beschloß, an viele schöne Dinge zu denken. Das hilft mir immer über peinliche Situationen hinweg. Ich schloß die Augen.

Wie dieser Dr. Geldmacher wohl so war? Er hatte eine so nette borstige Igelfrisur, die seine abstehenden Ohren zur Geltung brachte. Sicher konnte man sich da besonders gut dran festhalten.

Die hysterische Bohrerin sirrte in den höchsten Tönen. Gleich würde sie das hohe C erreicht haben.

Ich atmete tief in den Bauch.

Glücklicherweise war außer der Bohrerin noch ein kühlendes Wässerchen in meinem Munde, und so flogen die Zementbrokken nicht an des Geldmachers Pupille.

»So, bitte. Einmal umspülen.« Der Meister ließ von mir ab und lächelte mich aufmunternd an.

»Aber gern, lieber Doktor.« Ich strahlte zurück.

Brigitte trat wütend an meinen Stuhl, woraufhin ich wieder in die Senkrechte fuhr.
Ich spie begeistert eine beachtliche Fontäne an ihrem Kittel vorbei, mit vielen blutigen Bröckchen drin, die in dem gurgelnden Schlunde des Speibeckens versoffen.
Hurra, das wäre ein Beitrag für das unappetitliche Bilderbuch, dachte ich noch, bevor ich schon wieder von der strähnigen Brigitte zu Boden getreten wurde.
»So, bitte noch mal ganz weit auf...«
Der große Bruder der hysterisch surrenden Bohrerin hatte einen wesentlich dickeren Schädel. Als Dr. Geldmacher ihn anknipste, gab er einen baritonalen Brummton von sich. Benjamin Blümchen als Zahnarzt.
Nein, dachte ich, bitte nicht. Nimm deinen Rüssel aus meinem Mund, Benjamin. Das ist nicht lustig.
Danke, ich habe einen Eindruck. Ich möchte jetzt gehen.
»Schön auflassen«, rief Herr Dr. Geldmacher gegen den Lärm seines Preßlufthammers an.
Denk an was Schönes, Charlotte Pfeffer, flötete Anita Bach. Denk an Weihnachten, an Ostern und an den Nikolaus. Denk an deine Kinder und wie lieb du sie hast.
Nein, schrie das Satansweib in mir. Denk an was Teuflisches! Sex mit dem Doktor! Wie du ihm lüstern den Bohrer entwindest, dich schweißgebadet auf ihn wirfst und dich rasend vor Wollust an seinen Ohren festhältst, während er als letzten Trumpf seinen baritonalen Bohrer an noch ganz anderer Stelle anzubringen trachtet...
Es war in der Tat ein unterhaltsames Spiel. Phantasie ist tatsächlich das Beste, was man außer Gesundheit und lieben Menschen noch sein eigen nennen kann. Sekundenlang vergaß ich den Schmerz in meinem Mund, war in eine sehr unterhaltsame Welt entrückt.
Ich öffnete die Augen und betrachtete Arweds Augenbrauen. Sein Gesicht war so dicht an meinem, daß ich fürchtete, er könnte mitsamt seinem Bohrer in den tiefen Schlund meines aufgerissenen Mundes fallen und für immer im Abgrund meines verdorbenen Charakters versinken. Vielleicht würde ihm das

Spaß machen. Bei der freud- und saftlosen Gemahlin lag das sogar nahe.
Bestimmt würde ihn das um Jahre verjüngen.
Unauffällig krallte ich mich an Dr. Geldmachers Handgelenk fest. Augenblicklich fühlte er sich an seiner Arbeit gehindert.
»Absauger«, schrie Dr. Geldmacher, ohne das baritonale Aufmeißeln meiner Nerven zu unterbrechen. »Brigitte!«
Brigitte reichte ihm den berühmten Speichelsauger, den schon »Vati« bleich und schicksalsergeben im Munde hangen gehabt hatte.
Mit der linken Hand versuchte Arwed, mir den freundlichen Speichellecker an die Unterlippe zu hängen. Das Gerät gurgelte unternehmungslustig. Doch plötzlich rutschte der schlüpfrige Schlürfsauger über die überquellende Spucke auf meiner Unterlippe aus und glitschte mir übers Kinn, bevor er auf meinem Schoß landete.
Das wäre doch ein netter Beitrag zu Pleiten, Pech und Pannen, dachte ich. Alle Welt vor dem Fernseher würde sich kugeln. Ein schleimiger Speichellecker entgleitet einer Unterlippe und ringelt sich unerlaubterweise auf einem lätzchenbehängten Damenschoß zusammen. So ein böser Bube.
Herr Dr. Geldmacher stellte den Bariton aus. Benjamin der Bohrer hörte beleidigt auf zu brummen.
»Entschuldigung«, sagte der Doktor und griff mir peinlich pikiert auf eben jene Stelle, wo der unwillige Sauger sich wie eine Blindschleiche aalte.
»Darf ich mal?«
Ich gurgelte bejahend.
Der Doktor angelte nach seinem bösen Buben.
Er lächelte mich entschuldigend an.
Es kam mir so vor, als wollte er gerade eine Entschuldigung stammeln, aber kein Wort entrang sich seiner weißbekittelten Akademikerbrust.
Unbewegten Gesichtes glotzte er mich an.
He, Doktorchen... alles in Ordnung? Na los, häng ihn rein, ich lauf schon über!!
Doktorchen?

Hallo?
Sind Sie noch da?
Ist Ihnen nicht gut?
Soll ich Ihnen Luft zufächeln?
Sollte etwa der verdammte Trick passiert sein?
Ich hatte an das eine gedacht.
Und es war etwas runtergefallen.
Und wir hatten uns sehr tief in die Augen geschaut.
Ach, du Schreck.
Das wollt ich nicht.
Alles was unrecht ist.
Das überstieg meine böswilligen Absichten.
Ich schluckte.
Ausgerechnet Arwed, der borstige Geldmacher mit den abstehenden Ohren. Was sollte ich mit dem? Ich würde ihn doch nicht womöglich am Halse haben?
Brigitte stellte energisch den Speichelsauger an.
»Was ist los, Arwed? Willst du noch mehr Zeit verlieren? Würdest du bitte weiterarbeiten??«
Der Doktor legte seinen baritonalen Freund zur Seite.
»Haward anmischen«, stammelte er verwirrt.
Brigitte begab sich in den Hintergrund, wo sie einen weißen Kasten zum Brummen brachte.
»Ich denke, wir sehen uns jetzt öfter«, sagte Arwed zu mir, während er seine Hand auf meine legte. »Hier, das können Sie jetzt selbst festhalten.«
Er drückte mir etwas Hartes, Festes in die Hand.
Ich hielt gehorsam den Speichelabsauger an die Lippe.
Er schlürfte schuldbewußt vor sich hin.
Blöder Speichellecker, dachte ich erbost. Was hast du mir nur eingebrockt. Den will ich nicht, den Zahnarzt. Nich für Geldtabei.

Im Juni war mein Ein-Frau-Stück fertig.
Ich hatte unzählige Male am Tennisplatzrand gesessen und noch öfter sinnierend das Hockeyfeld und die Fechtschule und die Ballettschule umrundet.

Nun stand alles fest.
»Schwarzer und weißer Pfeffer« war der Titel. Unter diesem Motto sollte mein Ein-Frau-Stück laufen. Das war ein richtig guter Titel. Und er paßte zu mir. So wie mein Charakter war, so war auch das Stück. Durchwachsen, aber kurzweilig. Nichts für Leute wie Nachtschwester Berthild, die sich im Dunkeln fürchten.
Ich tippte alles sorgfältig in den Computer und druckte es dreimal aus.
Falls es jemals einer lesen wollte.
Ich brannte darauf, es so bald wie möglich zu spielen. Endlich wollte ich einmal ich selbst sein. Charlotte Pfeffer. Ohne weißen Kittel und biedere Schleife im Haar, hundekuchengut und bis in die Knochen sittsam und rein. O nein. Diesmal Kontrastprogramm.
Mir schwebten Kleinkunsttheater und alternative Bühnen vor, Frauenkulturwerkstätten und ähnlich fortschrittliche Etablissements.
War das nur ein vermessener Traum?
Warum sollte ich es nicht wagen, etwas anderes zu tun als das, was man mir seit Jahren vorkaute? Warum sollte ich nicht einfach mal aus der Reihe tanzen?
Ich würde »Schwarzer und weißer Pfeffer« einfach irgendwo anbieten! Mehr als nein sagen konnten sie ja nicht.
Aber wo?

Eines wunderschönen Frühsommertages besuchten wir mal wieder die glückliche Wohnwagenklebemittelfamilie auf ihrem Grundstück neben dem stillgelegten Autobahnzubringer. Ich hatte mein Ein-Frau-Stück im Gepäck. Für alle Fälle. Falls es sich ergeben würde.
»Biochemische Produkte Dr. Laddo« stand strahlend auf dem rosa Container, den man schon von weitem sah. Die Rapsfelder blühten, der Klatschmohn auch, und die Klebemassencontainer leuchteten froh in der Sonne.
»Achmed hat den Kindern einen Kaninchenstall gebastelt!« schrie Fanny glücklich, als wir auf ihrem Fabrikgelände im knirschenden Kies vorfuhren.

»Habt ihr denn Kaninchen?« Ich stieg aus dem Auto und umarmte Fanny herzlich. Wie immer roch sie wunderbar nach einem frühlingsfrischen Parfum und sah aus wie aus dem Ei gepellt. IMMER hatte sie frischen Lippenstift aufgelegt, wenn ich bei ihr auftauchte. Immer. Wie sie das nur schaffte!!
»Ja, seit gestern! Achmed hat von der letzten Geschäftsreise zwei soo dicke Brummer mitgebracht!«
Sie zeigte, wie dick die Brummer waren, und ich sah sofort Justus vor mir, wie er SEINEN Brummer vorführte: mit theatralischer Geste und selbstgefälligem Gelächter. Im Kchaninchchenstalllbaschteln war er gut!
»Achmed hat Kaninchen mitgebracht? In seinem NEUEN BMW?«
Ernstbert hätte nicht mal einen Tramper in seinem BMW mitgenommen, geschweige denn zwei Kaninchen! »Haben die sich denn wenigstens benommen?«
Ich stellte mir vor, wie die zwei fetten Karnickel begeistert quietschend auf dem Rücksitz von Achmeds Geschäftswagen allerlei Unsittliches miteinander getrieben hatten, dieweil Achmed sie glutäugig durch den Rückspiegel fixierte.
»Oh, die haben sich gut benommen! Achmed hat sie in den Kindersitzen angeschnallt!«
»Das ist eine gute Idee«, lobte ich Achmeds Sinn fürs Praktische.
Ernie und Bert krabbelten aus dem Auto. Fanny drückte sie herzlich an sich. »Hallo, ihr beiden! Herzlich willkommen! Wie geht es euch?!«
»Gut«, sagte Bert verlegen. Das war schon eine sehr ausschweifende Antwort für ihn.
»Ich will auch ein Kaninchen«, schrie Ernie ungeduldig.
»Klar bekommst du eins«, lachte Fanny. »Und Bert auch! Sie kriegen bestimmt bald Kinder!«
Gott, wie war Fanny spontan und großzügig!
»Wann, bald!« rief Ernie ungehalten. »So lange kann ich es nicht mehr aushalten!«
»Halt die Schnauze, du Eierloch«, sagte Bert.
»Und? Wie geht es den Kaninchen?« versuchte ich abzulenken.
»Ich meine, machen sie einen verstörten Eindruck?«

»Ein bißchen schon«, lachte Fanny. »Sie waren so beeindruckt, daß sie ganz artig sitzen geblieben sind! Sie haben noch nicht mal Pipi oder so was gemacht! Achmed kann mit Kaninchen gut umgehen!«

Wieder kam mir Justus in den Sinn.

»Kchaninchchen anschnallen kchchann ichch! O ja! Darin bin ichch gut! Ichch habe schon Wildschweine angeschnallt! Und Hirsche! Einmal sogar einen Älchch! Aber beim Ällefanntenanschnalllen ischt der Gurt gerissen!« Harharharhar!!!

Ich verdrängte den Gedanken an Justus. Fanny konnte ihn ohnehin nicht leiden. Sie sagte immer, er sei ein Angeber. Wie sie da bloß drauf kam.

»Und weiter?«

»Jetzt hocken die zwei in ihrem selbstgebastelten Stall und erholen sich von dem Schreck! Achmed sitzt mit den Kindern daneben und wartet, daß sie sich vermehren!«

»Au toll, das will ich sehen!« Bert zeigte unmittelbar Ansätze von Begeisterung; ein Wesenszug, den ich an meinem Erstgeborenen gar nicht kannte!

Die Kinder rannten davon. Das pinkfarben lackierte Wohnwagenklebemittelgebäude leuchtete in der Sommersonne. Man hörte einige Arbeiter fröhlich pfeifen. Rund um uns waren Äcker und Wiesen, übersät mit Mohnblumen, Unkräutern und Sonnenblumen. Obwohl dieses Grundstück mitten im Gewerbegebiet lag und ständig vom Rauschen der Autobahn eingehüllt war, empfand ich eine Geborgenheit, wie ich sie niemals vorher erlebt hatte. Was nützen biedere Eichenmöbel Ton in Ton oder Einbauschränke in Kirsche, wenn die Menschen darin nicht fröhlich sind?

»Ach Fanny«, sagte ich versonnen. »Bei dir scheint immer die Sonne.«

Fanny nahm mich herzlich in den Arm.

»Mir geht es mit dir genauso«, sagte sie. »Du bist so herzerfrischend anders als die blöde langweilige Dr. Anita Bach.«

Das war das Stichwort.

»Du, Fanny? Ich muß dir was sagen.«

»Du kriegst ein Kind.« Fanny strahlte mich an.

»Nein, um Himmels willen. Ich wüßte nicht, von wem!«
»Also was dann? Du druckst herum, als hättest du was ausgefressen! Hast du wieder einen Mann verzaubert?«
»Ja, das auch«, gab ich kleinlaut zu. »Einen Zahnarzt. Aus Versehen.«
Fanny freute sich. »Und? Kriegst du ganz sicher kein Kind von ihm?«
»Nein. Bis jetzt noch nicht.«
»Also, was ist es dann?«
»Ich hab ein Stück geschrieben. Aber bitte sag's nicht weiter.«
»Du hast ein STÜCK geschrieben?«
»Ja.« Hoffentlich würde sie mich jetzt nicht auslachen.
»Das finde ich großartig! Erzähl! Ein Stück für wen?«
»Für mich«, sagte ich bescheiden. »Interessiert es dich wirklich, oder findest du es hybrid von mir?«
»Aber nein! Erzähl mir von dem Stück!« Sie packte mich am Arm und schüttelte ihn beherzt.
»Komm«, sagte ich, »gehen wir ein Stück spazieren.«
Wir umrundeten in holder Eintracht die Wohnwagenklebemassefabrikhalle, das Sonnenblumenfeld und den stillgelegten Autobahnzubringer, auf dem Achmed allerhand Klettergerüste und Spiellandschaften aus leeren Wohnwagenklebebüchsen errichtet hatte. Ein riesiger aufgeblasener Ball mit der Aufschrift »Dr. Laddo Raumluftverbesserer beseitigt unangenehme Gerüche in Toiletten, Moder und Fäulnis in Feuchträumen« trieb im leichten Sommerwind zwischen den Hängebrücken und Büchsentürmen umher.
»Also«, sagte ich. »Schwarzer und weißer Pfeffer.«
»Klasse«, sagte Fanny. »Das hört sich schon mal gut an.«
»Ist das too much?« fragte ich unsicher.
»Nein! Toll! Klappern gehört zum Handwerk!! Leg los«, sagte sie.
Gott, was war es wunderbar, daß sie einfach nur zuhörte! Kein »Spinnst du?« oder »Hast du nichts anderes zu tun?« oder »Haue obendrein«, erst recht kein »ICH kann auch Ein-Frau-Stücke schreiben«.
Ich baute mich mitten auf dem Autobahnzubringer vor ihr auf

und hielt ihr die Ernstbert-Rede. Zuerst war ich schrecklich aufgeregt, aber dann schüttelte ich die blöde Nervosität einfach ab. Vor Fanny mußte ich doch nicht bange sein! Ich pfefferte ihr eine Rede vor die Füße, wie ich sie niemals wieder hinkriegen würde. Gegen den Lärm der Autos an.
»Toll«, sagte sie beeindruckt. »Dem hast du's aber gegeben. Was sagt er denn dazu?«
»Wer?«
»Na Ernstbert!!«
»Du bist die erste, der ich's vorgetragen habe.«
Sie lachte. »Lade doch deinen Ernstbert mal ein!«
»Der kommt nicht.«
»Also Achmed würde mitsamt seiner vierzigköpfigen Familie kommen, wenn ich mein Ein-Frau-Stück spielen würde!«
»Ich spiel's ja bis jetzt noch nicht. Ich probe ja noch. Willst du noch mehr hören?«
»Klar. Wem hast du noch was zu sagen? Dem Streitacker hoffentlich?«
»Natürlich«, grinste ich.
»Männer wie den gibt es leider viele.« Fanny riß einen Grashalm neben der Leitplanke ab und kaute darauf herum. »Da wird dein Publikum was zu lachen haben.«
»Ich würd dir zuerst gern die Rede an Grete vortragen.«
»Klar.« Fanny hockte sich auf die Leitplanke und gab sich ganz dem Verzehr des abgerissenen Grashalmes hin. »Ich höre.«
Die Kletterturmkulisse war phantastisch. Ich lümmelte mich an die bunten Klebemasseeimer mit der Aufschrift »Dr. Laddo Bio-WC-Sanitärflüssigkeit – zersetzt Fäkalien in Wohnwagen- und Flugzeugtoiletten« und schrie der stillgelegten Autobahnauffahrt meinen Mutter-Tochter-Konflikt ins Angesicht.
»Im Ansatz gut«, sagte Fanny, indem sie den ausgekauten Grashalm sorgfältig auf die Leitplanke legte. »Gib's ihr so richtig. Sag ihr mal in aller Ungeschminktheit die Meinung. Du wirst Tausenden von jungen Frauen aus der Seele sprechen. Das ist die geistig-seelische Marktlücke schlechthin. Aber es muß unbedingt positiv enden. Am Schluß mußt du deine Mutter verbal in den Arm nehmen. Das ist ganz wichtig.«

»Tu ich doch.«
»Aber nicht genug! Vorsicht«, sagte Fanny. »Kein Selbstmitleid. Du bist Mitte Dreißig. Ab dreißig kann niemand mehr die Schuld auf seine Eltern schieben. Das mach ich auch nicht. Denk an meinen Vater in Oberhausen! Entscheide dich! Du bist ein freier und selbstbewußter Mensch, und das mußt du auch deinem Publikum rüberbringen. Schließlich bist du kein seelischer Krüppel. Oder gefällst du dir in der Rolle? Dann solltest du kein Ein-Frau-Stück aufführen, sondern in eine Schrei-und-Kotz-Therapie gehen. Diese Jammerei um das verkorkste Elternhaus lockt kein Schwein mehr hinter dem Ofen hervor. Das ist mega-out!! Denk dran: Du bist eine starke Frau. Du gehst als Siegerin aus diesem Dialog hervor. Und dein Publikum muß sich auch als Sieger fühlen! Also bring die Sache zu einem guten Schluß.«
»Mensch, Fanny«, sagte ich. »Du hast recht.«
»Und jetzt die Rede an Strunzus«, drängte sie. »Los, ich will jetzt wieder was zu lachen haben! Hoffentlich gibst du's ihm gründlich! Weiß er von deinem Ein-Frau-Stück?«
»Von mir nicht!«
»Dann erzähl ihm auch nichts. Er soll es aus der Zeitung erfahren.«
»Im Kchaninchchen-Anschnalllen bin ichch gut!« schrie ich theatralisch. »Ichch habe schon Älchche angeschnallt und Sandkäschten aus selbstgefälligen Bäumen gebaschtelt! Und mein schlimmer Lümmäll ischt TRINKFESCHT und STANDFESCHT und unverwüschtlichch und ü-ber-flüs-sig!«
Wir lachten uns kaputt neben der Autobahn. Es war wunderbar, mit meiner besten Freundin herumzualbern, als wären wir sechzehn.
Manche Autofahrer hupten anerkennend.
Besonders die Brummi-Fahrer. Sie spendierten wahre Hupfanfaren. Leider konnten sie ja nicht anhalten.
Plötzlich bückte sich Fanny und hob ein Ei von der Erde auf. Ein ganz normales Hühnerei.
»Das ist von Berta Meier«, rief sie. »Die treibt sich unerlaubterweise hier draußen rum.«
»Wer ist Berta Meier?«

»Ein Huhn natürlich. Dies hier ist ein Hühnerei.«
»Was du nicht sagst. Habt ihr auch Hühner?«
»Natürlich. Achmed möchte, daß unsere Kinder so natürlich wie möglich aufwachsen. Morgens jagt er sie im Nachthemd raus zur Eiersuche. Aber Berta Meier«, sie streichelte das Ei, »hält sich nicht an unsere Hausordnung. Sie legt die Eier neben die Autobahn. Möchte mal wissen, was sie sich dabei denkt.«
»Hühner denken nicht«, sagte ich.
»Berta Meier schon«, sagte Fanny. »Sie ist das aufmüpfigste Huhn, das wir je hatten.«
»Schenkst du mir das Ei von Berta Meier?« fragte ich gerührt.
»Natürlich. Erinnere mich nachher dran, daß ich es dir einpacke.«
»Wenn wir Berta Meier begegnen, stellst du sie mir dann vor?«
»Klar. Sie möchte dich auch kennenlernen, da bin ich sicher.«
»Wieso? Guckt sie etwa ›Unsere kleine Klinik‹?«
»Regelmäßig«, sagte Fanny todernst.
»So einen Scheiß läßt du deine Hühner gucken?« fragte ich mit gespieltem Entsetzen. »Hat das nicht fatale Auswirkungen auf die Legequalität? Jetzt weiß ich auch, warum Berta Meier ihre Eier neben die Autobahn legt«, fügte ich hinzu. »Das ist ein stummer Hilfeschrei.«
»Du solltest deine Reden unbedingt bei Niedrich vorsprechen«, unterbrach mich Fanny.
»Bei Niedrich? Ist das nicht die Frankfurter Agentur, die ›Unserer kleinen Klinik‹ immer die Schauspieler schickt??«
»Fahr nach Frankfurt«, sagte Fanny. »Sprich vor.«

Der Agent hieß wie erwähnt Niedrich. Fritz Niedrich. Er war ein fies aussehender Zwerg mit einer widerlichen bläulichen Eiterbeule auf der Lippe.
Mein Gott, dachte ich. Wie kann ein einziger Mann nur so häßlich sein.
»Die Frau Doktor Anita Bach«, sagte er zynisch, als die Sekretärin mir die Tür öffnete. »So lerne ich Sie auch mal kennen. Was führt Sie zu mir her, schönes Kind?«
»Charlotte Pfeffer«, erwiderte ich. »Ich bin Charlotte Pfeffer.«

Gern hätte ich »Häßlicher Kerl« gesagt, im Gegenzug zu »Schönes Kind«, aber mir fehlte einfach der Mut.
Kind, geh den unteren Weg, und guck du schön bescheiden und natürlich geradeaus wie immer und rede nur, wenn du gefragt wirst, und lächle nett und mach einen gut erzogenen Eindruck. Das putzt.
Er reichte mir die Warzenhand, die ich schüchtern ergriff. Genau der richtige Typ für eine Künstleragentur, dachte ich. Wer den geschafft hat, den haut im Leben nichts mehr um.
»Tag«, sagte ich tapfer. »Ich möchte vorsprechen.«
»Brauchen Sie mich noch, Herr Niedrich?« fragte die Sekretärin von der Tür her.
Herr Niedrich wedelte mit der freien Hand.
Die Sekretärin zog sich zurück. Leider.
»Was möchten Sie mir denn vorsprechen?«
Zwerg Nase ließ meine Hand noch nicht los. Sicher würde er sie gleich in einen Baumstamm einklemmen und in hämisches Gelächter ausbrechen. Dann würde ein zotteliger Bär aus dem Nebenzimmer kommen und ihn mit einem einzigen Prankenhieb erschlagen. Und ich würde den zotteligen Bären heiraten, und alles würde ein gutes Ende nehmen.
»Ein Ein-Frau-Stück«, sagte ich mit fester Stimme.
»Von wem?« Der Miesling ließ mich endlich los.
»Von mir.« So, du Eierloch.
»Ach, die schöne Frau Doktor schreibt auch...?« Der Zwerg taumelte ein paar Schritte rückwärts und suchte Halt am Rand der Vorsprechbühne, wo er sich lässig anzulehnen trachtete. Ich merkte, den Schlag in die männliche Magengrube mußte er erst mal verdauen.
»Ich habe keinen Doktortitel«, sagte ich so sachlich wie möglich. »Die Leute verwechseln das gern.«
So, Zwerg Warze. Jetzt habe ich dein geistiges Niveau auf gleiche Stufe gesetzt mit dem der fünf Millionen Rentner auf dem selbstgehäkelten Sofa.
Herr Niedrich verzog keine Miene. Seine bläuliche Eiterbeule leuchtete im Bühnenscheinwerferlicht appetitlich vor sich hin.
»Na, dann legen Sie mal los«, seufzte er gönnerhaft.

Er lümmelte sich auf den Bühnenrand, ließ die Beinchen baumeln und glotzte mich aus fledermausblinden Augen hinter Brillengläsern an.
Da er auf dem Bühnenrand hockte und ich ihm den Anblick meiner Beine nicht gönnte, blieb ich einfach unten im Saal stehen. Ich dachte an Fanny. Das gab mir Kraft.
Nachdem ich immerhin drei Reden aus »Schwarzer und weißer Pfeffer« gehalten hatte, ohne daß er schlafend vom Bühnenrand gefallen wäre, blickte ich erschöpft zu dem kritischen Meister auf. Er hockte unbewegten Gesichtes da und knabberte an seinem Brillengestell.
Warum sagte er nicht »Danke, wir haben einen Eindruck!« und schob mich zu seiner Sekretärin ins Hinterzimmer?
»Sind Sie fertig?« fragte er schließlich.
»Fürs erste«, sagte ich.
Der intellektuelle Zwerg nickte zufrieden.
Er wiegte bedenklich das spärlich bewachsene Haupt, hörte mit dem Brillenknabbern auf und hob an zu einer aufgeblähten Rede folgenden Wortlauts:
»Ach, wissen Sie, da ist die Frau Doktor Anita Bach ein hochinteressantes Zeitphänomen. Eine unprofessionelle Schreiberin, die aus ihrer Unprofessionalität nicht nur keinen Hehl, sondern mit unbefangener Chuzpe auch noch ihr Markenzeichen machen will, scheint als einzelne und gleichsam aus dem Stand die kulturelle Szene verändern und einen Haufen depressiver Vorurteile über den weiteren Gang der deutschen Literaturgeschichte verscheuchen zu wollen.«
Treten, treten, treten, dachte ich. Immer ins Hintergesicht. Vorne gibt's ja nichts mehr zu zerstören.
Als hätte er meine Gedanken erraten, unterbrach er sich. Er hüstelte gekünstelt.
»Können Sie mir folgen?«
»Spielend«, sagte ich. Kind sei bescheiden und guck ganz natürlich geradeaus.
»Millionen schreiben plötzlich drauflos, als säßen ihnen wohlwollende Erinnyen auf den Fersen«, dozierte Herr Niedrich selbstgefällig.

Erinnyen. Die hatte ich auf dem Gymnasium entweder nicht gehabt oder, was wahrscheinlicher war, verschlafen. Zu Hause würde ich sofort im Fremdwörterlexikon nachschlagen. Sicher stand da: »Erinnyen (griech.-orthodox), Eiterbeulen, bläulich, meistens auf der Oberlippe, seltener auf den Fersen.« Hahaha.
»Was Sie nicht sagen«, wandte ich daher mit gespieltem Interesse ein. Meine knapp siebzig bis neunzig scheintoten IQ-Punkte im vorteilhaften Kleidchen signalisierten freundliche Anteilnahme.
Blink, blink, blink.
»Da schreiben plötzlich lauter Nebenberufler!« rief der Agent mit intellektueller Eigenfreßgier. »Musiker, Schauspieler, Politiker, Models, Callgirls, was sag ich... Nacktdarsteller! Leute, die früher nicht so leicht zu schreiben sich riskiert und noch weniger leicht einen Agenten von einigem Rang (hier meinte er sich, der alte Erinnyer) aufzusuchen gewagt hätten!«
Er wechselte Standbein und Hängebein und sah mich über seinen abgeknabberten Brillenrand hinweg triumphierend an.
»Wer nicht wagt, der nicht gewinnt«, sagte ich keck. »Von nichts kommt nichts.« Schlotter-Lotte, das war wieder ausgesprochen plump-vertraulich und vorlaut. Entschuldige dich SOFORT.
»Ist in eins mit dieser neuen Welle der Möchtegern-Schreiberlinge etwa ein ganz neues Lese- und Theaterpublikum – sozusagen aus dem Nichts – aufgetaucht? Lesen, da heute die Nicht-Schriftsteller schreiben, jetzt auch die Nicht-Leser, Illiteraten, Legastheniker, die bücher- und theaterfeindlichen Computer- und TV-Freaks mit eingeschlossen? Oder sind es vor allem jene Scharen von Noch- oder Schon-nicht-mehr-Hausfrauen, die in dem heftigen Drang, sich zu emanzipieren, jäh an der geschwächten Lese- und Theaterfront aufmarschieren und die Kultur mit Löffeln fressen, anstatt Löffel zu spülen?«
»Vielleicht liegt es daran, daß es inzwischen Spülmaschinen gibt«, unterbrach ich ihn. »Da ist die legasthenische Hausfrau an sich schon mal gern unterfordert und greift aus purer Langeweile zu einem Buch.«
Herr Niedrich überhörte dies.

»Der Dichteranspruch! Was ist mit dem Dichteranspruch!! Der wird mit der heitersten Gewissenlosigkeit wie ein schäbiger, nutzlos gewordener Eimer in die hinterste Kellerecke befördert! Schon dieser Wegwerfgestus mag ja Ihren Lesern und Theaterbesuchern nicht wenig Spaß bereiten«, klugscheißerte der Agent.
»Kann sein«, warf ich ein. »Darf ich jetzt mit einer Aussage bezüglich Ihrer Vermittlerbereitschaft rechnen?«
Langsam verließ mich der Humor. Wie konnte Zwerg Nase es wagen, so ein geschwollenes Zeug von sich zu geben?
»Der Kritiker, auf die eben erwähnte Weise abgeblitzt und entsprechend frustriert, hat nun auch nicht einmal die naheliegende, Rachedurst stillende Genugtuung, daß er sich in der Lage sähe, der Verfasserin und Schauspielerin schlichtweg Talentlosigkeit zu bescheinigen! O nein! Talentlos ist Anita Bach durchaus nicht. Sie ist keine ungebildete Frau. Sie stammt aus gutem, sagen wir: bürgerlichem Stall. Sie verfügt über ein beachtliches Maß an gesellschaftlich geglätteter, geschickt gehandhabter Rhetorik. Überdies hat sie, was sich schlecht erlernen läßt: sprachlichen Mutterwitz und einen Sinn fürs Komische.«
UND schöne Beine, du Eierloch, dachte ich. Du bist ja bloß neidisch, Erinnyer.
»Im Komponieren größerer Erzähleinheiten ist sie zwar mehr als schwach. Aber sie kann ohne Mühe kleine Szenen entwerfen und manchmal recht ulkige Dialoge schreiben.«
Vier minus, dachte ich. Setzen.
»Bisweilen zeigt sie sogar eine Art urige Phantasie. Um ein Haar wäre da ein gutes Stück Groteskprosa zustande gekommen.«
»Aber nur um ein Haar«, sagte ich bedauernd.
»Was nichts heißt«, antwortete Herr Niedrich und sprang hinterlistig von der Bühne. »Was nichts heißt!«
Er riß sich die Brille von der Nase und fuhr fort, gierig daran zu nagen. »Wie ich ja schon sagte: Das Niveau des Publikums ist dem Ihres Stückes entsprechend!«
»Für ›Unsere kleine Klinik‹ trifft das zu«, sagte ich.
»Für Ihren ›Schwarzen und weißen Pfeffer‹ ebenso«, fuhr der Agent dazwischen. »Die Halbintellektuellen locken Sie damit hinter dem Ofen hervor. Die kriegen Sie damit ins Theater.«

»Und die Dreiviertelintellektuellen auch?« fragte ich hoffnungsvoll.
»Vielleicht«, sagte er. »Manche. Weil Sie nett aussehen und Temperament haben. Witz und Rotz und Sex. Alles haben Sie. Das gefällt.«
Er nahm mich am Arm und schob mich zur Tür. Laß mich los, du Widerling, dachte ich. Ich weiß hier selber, wo der Ausgang ist.
»Gehen Sie zu meiner Sekretärin und lassen Sie sich die Spesen ausbezahlen. Sie hören von mir.«

Ein verregneter Sonntag im Mai.
Die Kinder ignorierten wieder einmal meinen zuckersüßen Vorschlag, doch bis mindestens acht Uhr auszuschlafen.
Schlaftrunken taumelte ich die Treppe runter. Es war gestern abend spät geworden. Wir hatten Nachtdreh gehabt, bis nach zwei. Und es war so ROMANTISCH gewesen! Justus und ich hatten uns GEKÜSST!! Stundenlang!! Vor laufender Kamera! Und ich hatte gerade so schön von der Fortsetzung geträumt.
Ich ließ Ernstbert ausschlafen, wie immer.
»Was sollen wir heute machen?«
»Disney-Land. Los, Mama, wir fahren ins Disney-Land!«
»Aber das liegt in Florida!«
»Na und?!«
»NIE fährst du mit uns dahin, wo WIR wollen! IMMER nur in den BLÖDEN Stadtwald oder den LANGWEILIGEN Zoo!«
»Und wir müssen uns hier zu Hause langweilen!«
Ernie warf sich auf den Teppich und fing theatralisch an zu heulen. Der Schauspieler.
Bert drückte sich schmollend in der Ecke herum. Selbst sein blöder, LANGWEILIGER Computer mochte ihn nicht reizen.
Die armen, armen, vernachlässigten Kinder.
Ich Rabenmutter. Stand im Bademantel da und fragte, was sie machen wollten! Und dann MACHTE ich es noch nicht mal!
Und der RABENVATER!? Dritte Traumphase! Wenn überhaupt!
»Ich will andere Eltern«, schmollte Bert.

»Ich auch!« schrie Ernie. »Eben hab ich noch dein Bild geküßt, Mama, aber das tu ich NIE MEHR!!«
»Du hast mein Bild geküßt?«
»Ja, hier. In der BLÖDEN Fernsehzeitung. Das bist du, oder?! Ich hab's geküßt, kannste Bert fragen!«
»Er hat's geküßt«, sagte Bert peinlich berührt aus seiner Ecke hinter dem Computer.
Tatsächlich. Mein Anita-Bach-Porträt war mit Kakao und Haferflocken benetzt. Der gute Junge. Ich tätschelte ihm das wutzerzauste Haar. Ernie war aber nicht zu sprechen.
»Aber mit uns ins Disney-Land fahren, das tust du NICHT! Ich küsse dein Bild NIE MEHR!!«
»Wann werdet ihr sieben?« fragte ich.
»Am dritten August. Das weißt du genau!«
»O. K. Am dritten August fahren wir ins Disney-Land. Nach Brühl. Ist das ein Wort?«
»Das dauert ja noch hundert Jahre«, sagte Bert beleidigt.
»Oder tausend!« Ernie warf sich verzweifelt auf das Sofa. »KEINER spielt mit uns! KEINER! Wir müssen hier verhungern!«
Ich beschloß, ihn rechtzeitig zum Vorsprechen bei Herrn Niedrich anzumelden. Dann klatschte ich mit mütterlicher Munterkeit in die Hände.
»Wir machen heute was ganz Schönes! Ich hab auch schon eine Idee!«
Zwei tränenüberströmte Gesichtchen wendeten sich immerhin zu mir. Bert hatte hinter dem Computer seine lange gesuchten Lakritzschnecken gefunden und kaute abwartend vor sich hin.
»Wir gehen heute SCHWIMMEN!«
Null Reaktion. Keiner schrie hurra und rannte nach den Schwimmenten und tanzte im Schlafanzug Freudentänze und blies das grüne Krokodil auf. Keiner. Wie hatte ich das verdient. Ich als Kind... ich hätte mich gar nicht wieder eingekriegt vor Freude, wäre durch die bescheidene Zweizimmerwohnung getanzt, hätte ganz und gar das Teppichfransenkämmen vergessen und hätte gejubelt. Vor lauter Glück.
»Wenigstens ins Aqua-Land?« fragte Bert schließlich verhandlungsbereit.

»Wieso muß es denn Aqua-Land sein?« Immer mußte es gleich ein Land sein – Disney-Land, Aqua-Land ... Zu meiner Zeit reichte eine schlichte Halle! Ich dachte eigentlich an das gute alte städtische Hallenbad von Fischenich. Da hatte ich vor sechsundzwanzig Jahren bei Schwimmeister Wasserkopp meinen Freischwimmer gemacht. In einem dunkelgrün gekachelten Becken mit Badehaubenpflicht. Und war vor kindlichem Glück fast gestorben. Besonders, nachdem Grete mir mein hellblaues wäßriges Abzeichen mit der einen Welle auf den Badeanzug genäht hatte. Doch was zählen heute wäßrige Abzeichen.
»Im Aqua-Land gibt es Erlebnisrutschen.«
»Und Spaß-Raupen.«
»Und Looping-Schnecken.«
»Und ein Unterwasser-Restaurant«, sagte Bert. »Da gibt's Pommes frites und Hamburger und Pizza und Eis.«
»UNTER Wasser?« staunte ich.
»Nee, also, Mama. Das ist so. Da sitzt du in der Badehose in so'ner Glaskuppel, ne? Und um dich rum schwimmense alle, und du kannst dir die Bäuche und die Füße ansehen und dabei essen«, erklärte mein ansonsten wortkarger Erstgeborener mit einer gewissen Begeisterung.
»Das ist voll geil«, sagte Ernie mit leuchtenden Augen.
Seine Frusttränen hatte er sich längst am Schlafanzugärmel abgewischt.
Ich verspürte zugegebenermaßen wenig Lust auf so ein Massen-Spaßbad, in dem anderer Leute Haarbüschel und eingeweichte Hühneraugenpflaster und Körpersiff und Shampooreste und Slipeinlagen und Kinderpipi und zertretene Prinzenrollenkrümel auf der Erde liegen und kein einziger Liegestuhl mehr frei ist, in dem man kalten, klammen Leibes ein wenig relaxen und der lärmenden Menschenschar bei ihrem unmenschlichen Treiben zuschauen könnte. Auch der Anblick von anderer Leute aufgeweichten, chlorumspülten Füßen beim Essen von lauwarmer Pizza nach Art des Hauses, serviert von einem übellaunigen, schwitzenden Bademeister in Gesundheits-Plastikklatschen, konnte mich so kurz vor dem Frühstück noch nicht reizen. Da man in solchen Spiel- und Spaßbädern nicht anständig hin- und

herschwimmen und verbissen seine zweitausend Meter abarbeiten kann, weil einem immer ein mülltütenbemützter Oppa-mit-Enkel-plus-Gummitier in die Quere schwimmt und die Brühe pipi- und körperwarm meine und anderer Leute Gebeine umspült, verspüre ich immer eine gewisse Abneigung gegen solche Etablissements.

Auch die angeknabberten, aufgeweichten, verschleimten Styroporbretter, auf denen sich jung und alt ritt- oder brustlings mit entspanntem Gesichtsausdruck in den Wellen dahintreiben läßt und auf denen schon so manches Bächlein diskret entsorgt worden ist, machen mir einen unappetitlichen Eindruck. Mit solchen Gegenständen und anderem Unrat mag ich nicht im gleichen Gewässer schwimmen. Nich für Geldtabei.

»Kinder, nein...«, hob ich an, »ich wollte eigentlich in das Hallenbad von Fischenich...«

»NIE machst du, was wir wollen! IMMER müssen wir in DEIN BLÖDES Hallenbad OHNE Rutsche und UNTER-WASSER-Looping nach FISCHENICH!« heulte Ernie wieder los. »Wo es KEINE Pommes frites gibt!«

Ich beschloß, die Diskussion um unsere sonntägliche Freizeitgestaltung fürs erste zu beenden, und setzte Eierwasser auf. Und Berta Meier auch. Gerade als ich die »Godfried-ist-gut-für-mich«-Wurst aufgeschnitten und mit Petersilie liebevoll verziert hatte, erschien Ernstbert-im-Bademantel-mit-Fluse-im-Nabel auf der Bildfläche. Sein kleiner Freund zwischen den Frottee-Gürtelbaumeln schlief noch.

Ernstbert spendierte mir einen schaurig-schläfrigen Muffelkuß, der kratzte und nach gestern schmeckte.

»Hallo, Schätzchen. Schon auf?«

»Muß«, sagte ich einsilbig. »Die Kinder wollen ins Spaßbad.« Ich Arme. IMMER muß ich ins Spaßbad gehen, ob ich will oder nicht.

»Das WAR ja wieder ein Geschrei«, tadelte Ernstbert. »Da kann kein Mensch bei schlafen.«

»Schön, daß du nun unter uns weilst«, sagte ich milden Mundes. Ich klaubte den überreifen Camembert aus der Dose und hielt ihn Ernstbert unter die Nase.

»Ist der noch gut?«
»Hm, riecht anregend«, sagte Ernstbert und fummelte an meinem Bademantelgürtel herum.
»Nicht hier«, zischte ich. »Die Kinder.«
»Und jetzt gehen sie auch noch rauf, und wir sollen uns eine Kassette einlegen«, maulte Bert. »IMMER müssen wir eine Kassette einlegen!«
»Ich küsse NIE MEHR dein Bild«, schnaubte Ernie von seinem Cornpopnapf her. Er schlürfte aufreizend laut an seinem Kaba-Strohhalm. »NIE MEHR!!«
»Ich küsse Ihre Hand, Madame«, krächzte Ernstbert, und spätestens jetzt begriff ich es: Er hatte gute Laune!!
Und war zu allen Schandtaten aufgelegt.
»Hey, was ist!« rief ich fröhlich. »Der Papa geht mit ins Spaßbad! Sollen wir ihn überreden?«
Die Kinder schwiegen betroffen. Das hatten sie noch nie erlebt. Daß der Papa irgendwohin mitging. Geschweige denn in ein Spaßbad.
»Fall mir nicht in den Rücken«, sagte Ernstbert streng. »Ich gehe nicht in so ein überlaufenes Proletenbecken. Da treff ich womöglich Klienten.«
»Ich dachte an das Hallenbad von Fischenich«, hob ich an. »Da ist heute kein Mensch. Das Wasser ist schön kalt, und die Kacheln sind schön grün... da könnte man mal wieder zweitausend Meter schwimmen! Und anschließend könnten wir am Bleibtreusee spazierengehen und schön lecker Kaffee trinken...« Immer schön den unteren Weg gehen und bescheiden bleiben. Taktisch geschickt Kompromisse vorschlagen, dezent und diplomatisch. Das kluge Hausweibchen an sich versteht es spielend, die Launen und Gelüste ihrer Männer unauffällig in eine pädagogisch wertvolle, gesunde und familienfreundliche Richtung zu lenken.
Die Kinder waren einem Suizidversuch nahe. BLÖDER BLEIBTREUSEE, blödes Hallenbad von Fischenich, blödes Leben, andere Eltern, immer verhungern, Kassetten gucken, langweilen müssen, und im Stadtwald regnet's, und es gibt immer Fisch.
»Wir haben vor kurzem ein Hotel in der Eifel mitfinanziert«, sagte Ernstbert. »Das hat ein Solebad.«

»Ein was?«
Hoffnungsvolles Nasehochziehen unserer Sprößlinge.
»Ein Solebad. Dampfendes Meerwasser mit hohem Salzgehalt. Das ist gut gegen Asthma und Nierenleiden und Hautausschläge jeder Art. Da ist noch 'ne Sauna dabei und 'ne Warmwasser-Grotte. Und Sonnenbänke und ein Inhalierpool und ein Freikörper-Frischluftbereich. Und Kneippsche Anwendungen kann man da machen. Barfuß über kalte Steine gehen und so. Außerdem kann man da schön lecker essen.«
»Ist das ein Spaßbad?«
»Mindestens«, sagte Ernstbert und ließ seine Hand wohlgefällig in meinen Bademantelausschnitt gleiten. »Da ist das Wasser so trübe, daß man sehr viel Spaß haben kann.«
»Der Papa verarscht uns«, sagte Bert. »Gleich müssen wir uns 'ne Kassette anmachen und uns wieder langweilen.«
»Ich will nicht barfuß über kalte Steine gehen«, heulte Ernie. »IMMER muß ich barfuß über kalte Steine gehen!«
»Ich will rutschen«, sagte Bert. »Und sonst nichts. IST das denn zuviel verlangt!« Beleidigt schaufelte er seine Schoko-Pops-mit-Kalzium-und-Vitaminen, wo die Milch zum Kakao wird, in sich hinein.
Ich wußte, daß Ernstbert nicht rutschen wollte. Niemals. Ein Mann wie Ernstbert rutschte nicht.
»Rutschen kannst du auf jedem Spielplatz«, sagte Ernstbert. »Aber im Solebad in der Eifel ist ein ganz besonderes Wasser. Das ist so salzig, daß man nicht untergehen kann! Da kann man im Wasser Zeitung lesen!«
»Ernie. Das ist doch was für dich«, sagte ich aufmunternd. »Da kannst du nicht untergehen, auch wenn du Zeitung liest! Versuch's doch wenigstens mal, Junge!«
Ernie schnupfte hoffnungsfroh in seine Serviette. Da! Ich hatte ihn soweit! Keiner heulte mehr oder schrie. Niemand wollte mehr andere Eltern. Mein Blick zuckte hektisch auf die vor sich hin bollernden Eier im Topf. Berta Meier lamentierte gekränkt: »Pechmarie! Zieh uns heraus! Wir sind schon lange gar!«
Ich schob Ernstbert-im-Bademantel freundlich, aber bestimmt beiseite und schreckte die Eier ab. Eiskalte Berta-Meier-Eier im

Schlafrock, beinhart! Wenn das nicht der Auftakt zu einem wunderschönen Spaß-Spiel-Spannungs-Familien-Sonntag war!
»Also!« rief ich. »Worauf warten wir noch?«

Das Hotel in der Eifel lag an einem künstlich angelegten Stausee. Nach knapp zwei Stunden Fahrt durch Regen und Sonntagsverkehr kamen wir dort an. Ich hatte ungelogen acht Opel-Kapitän-Fahrer-mit-Hut-und-Gattin überholt, fünf Trecker auf der Rückfahrt vom Hochamt und zwölf weitere PKWs, die keinen vierten Gang hatten und von deren Hutablage eine selbstgestrickte Klorolle auf uns herabblickte. Jeder zweite PKW in der Eifel »bremste auch für Tiere«, und der Rest fuhr sowieso frei nach dem Motto »Ich bremse gern«.
Die Kinder schliefen fest, nachdem sie uns anderthalb Stunden mit der gleichbleibenden Frage »Wann sind wir ENDLICH da?« genervt hatten. Jetzt waren wir endlich da. Nun schliefen sie. Wir parkten vor einem Bretterzaun, hinter dem verheißungsvoll feuchtschwüle Dämpfe gen Himmel stiegen. Kein Kindergekreisch, keine Trillerpfeife, kein Gerangel und Getrappel von nackten Kinderfüßen vor der Pommes-frites-Bude. Nichts.
Diese wunderbare Stille an diesem herrlichen verregneten Sonntag im Mai! Eine einsame Amsel auf dem Zaun übte unermüdlich die große Terz, während ihr der Regen vom Schnabel tropfte.
Ernstbert schnallte sich ab.
»Also was ist jetzt?«
»Sie schlafen«, sagte ich.
»Dann mach sie wach«, sagte Ernstbert. »Ich bin doch nicht an meinem freien Sonntag zwei Stunden durch den Regen gefahren, um jetzt hier vor einem Bretterzaun zu sitzen. Was glaubst du, wieviel Arbeit ich zu Hause habe.«
»Hallo! Ihr Mäuse!« flötete ich. »Wir sind daha!«
Ich öffnete vorsichtig die hinteren Türen. Frische Luft würde meine Kinder wieder auf die Beine bringen.
Ihre Köpfchen waren anmutig zur Seite geknickt, die rosa Wänglein strahlten Unschuld und Glück und kindliches Wohlbefinden aus. Sie machten nicht den Eindruck, als wollten sie im Moment andere Eltern.

Die Blümelein, sie schlafen.
»Ich kann nicht«, sagte ich. »Wann sind sie schon mal so zufrieden?«
»Ja, lassen wir sie sitzen?« fragte Ernstbert. »Mir soll's recht sein.«
Er erhob sich und kramte seine Saunautensilien im Kofferraum zusammen. Die schweinslederne Freizeittasche knirschte. Sie ging nicht mehr zu, so voll war sie. Obenauf lagen Bedienungsanleitungen und Wirtschaftsmagazine, daß sich die Tasche bog. Auch das Funktelefon mitsamt Reserve-Akku, das übergewichtige, schier bersten wollende Zeitplanbuch mit dem speckigen Wohlstandsbauch, ein Jahresabo »Neuer deutscher Capitalanleger – Meine Immobilie gehört mir« und ein Walkman mit Kopfhörern und Entspannungskassetten mit Pan-Flöten-Musik wurden noch in die Saunatasche gestopft.
Ernstbert wollte Spiel und Spaß haben, das sah man gleich.
»Geh schon mal vor«, sagte ich lahm. »Ich komm gleich, wenn sie wach sind.«
Ernstbert protestierte heftig.
»Das ist mal wieder typisch Charlotte. Immer geht es nach deinem Kopf. Wir können gleich den ganzen Sonntag getrennt verbringen, wenn es das ist, was du willst! Jetzt RAFF ich mich EINMAL auf, um mit meiner Familie zusammenzusein – du wolltest ja unbedingt schwimmen gehen! Nicht ich! DU!! –, obwohl ich WIRKLICH VIEL ARBEIT habe, und dann fahren wir zwei Stunden lang durch den Regen in einen Wald, und du stellst dich an einen Bretterzaun, und die Kinder schlafen einfach ein, und ich steh da wie ein Blödmann. Ja, meinst du, ich hab wirklich Lust, da in der trüben Salzbrühe rumzuschwimmen, ganz allein? Ist das WIRKLICH der Sinn unserer Ehe?«
»Ich komm ja gleich«, sagte ich. »Laß sie noch ein bißchen schlafen! Sie sind so früh aufgestanden heute morgen, und gestern waren sie erst um zehn im Bett!«
Gestern, am Samstagabend, hatten sie unbedingt noch die »Hunderttausend-Mark-Show« sehen müssen, weil ich ja nicht da war. Mit hochroten Köpfen und vor Spannung geballten Fäusten hatten sie sich diese familienfreundliche Sendung rein-

gezogen, während Ernstbert auf dem Sofa unter seiner »Neuen Deutschen Wertanlage« eingeschlafen war. Sie hatten sich ihre Tobe-Matratzen aus dem Keller geholt, die drei biederen Fernsehsessel und den Cocktail-Tisch zusammengeschoben und mit Hilfe zweier Wolldecken eine Höhle gebaut, in der sie in heller Panik Fruchtzwerge gegessen und Punica-Oase getrunken hatten.

Drei Kandidaten-Paare hatten wieder mal schweißgebadet und dem Herztod nahe mit Kopfhörern auf den Schläfen versucht, fünf europäische Hauptstädte aufzuzählen, nachdem sie ein Dutzend brennender Säcke aus einer nahe gelegenen Kiesgrube ins Studio geschleppt und zu einem Haufen gestapelt hatten, bei dessen erfolgreicher Erklimmung sie am Ende fast selber brannten, aber kurz vor dem Verenden noch das Lösungswort »Udo Lindenberg« ausrufen mußten, um zur Belohnung einen Zündschlüssel ins falsche Auto zu stecken und das Schild »NEIN« in die Kamera zu halten.

Ernie und Bert hatten vor Angst und Spannung nur mit je einem Auge aus ihrer Wolldeckenhöhle gelugt und waren nur während der Werbung – Elvira und Gernot drückten sich auf einem Heuboden herum und aßen gemeinsam Knusperjoghurt – aus ihrem Verschlag gekrochen, um sich durch kurzes Pipimachen Erleichterung zu verschaffen.

Klar, daß unsere Familie heute völlig abgearbeitet war.

Ernstbert zog kopfschüttelnd mit seiner Saunatasche Richtung Hotelrezeption.

Ich wußte, ich hatte ihn verärgert. Er würde so schnell nicht wieder auf einen Sonntagsausflug mitkommen. Wahrscheinlich nie mehr. IMMER mußte er sich langweilen.

Schlotter-Lotte, du hast wieder mal versagt. Alle Bemühungen waren umsonst, du kannst die brennenden Säcke wieder zurückschleppen.

Das wäre dein Preis gewesen: eine glückliche Familie im Solebad. Papa, Mama und zwei Kinder. Ich hielt das Schild mit dem NEIN hoch und nahm tapfer lächelnd den Trostpreis entgegen. Ich zog mir die Kapuze über die Ohren und wanderte auf dem Parkplatz auf und ab, immer durch den Regen, immer am Bretterzaun längs, und nur das eintönige Intonieren der streberhaften Amsel mit dem Tropfen am Schnabel durchbrach mein sinnloses Tun. Ich stopfte die Hände in die Taschen meiner gelben Regenhaut und ging in mich.

Schlotter-Lotte, was hast du auch wieder verkehrt gemacht. NIE gelingt es dir, deinen Mann und deine Kinder zufriedenzustellen. Nich für Geldtabei. Alle schmollen und sind unzufrieden und beleidigt und müssen sich immer langweilen.

Der eine will essen, der andere fernsehen, der dritte schlafen, weit und breit ist kein Disney-Land und kein Spaßbad in Sicht, und draußen regnet's immer, und es gibt immer Fisch. Und Ernstbert hat seine Zeit auch nicht gestohlen.

Plötzlich beschlich mich der böse, undankbare Gedanke, daß das Leben OHNE Ernstbert vielleicht weniger anstrengend sein könnte. Ich hatte gar keine Lust, in dieses teure und sterile Solebad zu gehen. Eigentlich. Und ganz in meinem verstockten Inneren. Wenn Ernstbert jetzt nicht gekränkt da drinnen hocken und mit dem Blick auf seine wasserdichte, tauchfeste Uhr auf uns warten würde, würde ich die Zügel selbst in die Hand nehmen, ich würde eigene Maßstäbe setzen, für die Kinder und mich. So ein Solebad war gar nicht kindgerecht!

Viel lieber würde ich mit ihnen im Regen durch den Wald laufen und Borkenkäfer unter den Rinden suchen, durch Pfützen patschen und laut »Tante Jutta aus Kalkutta« singen. Doch Ernstbert mochte keinen Sinn in solch sinnlosem Tun erkennen! Ernstbert mußte immer alles genau planen. Und dann konnte er sehr ungemütlich werden, wenn nicht alles haargenau so eingehalten wurde, wie er es geplant hatte! Ich hingegen ließ mich viel lieber treiben. Es ergab sich doch so viel Spannendes vor Ort!

Gern würde ich für die Jungs mit Stöcken Geheimspuren auf den nassen Waldboden ziehen, die in feuchte Blätterhöhlen führen würden. Dort könnten wir uns verstecken und uns gruselige Geschichten erzählen. Wir könnten die Amsel für einen verzauberten Chorknaben halten, der, weil er die große Terz nicht konnte, auf den Bretterzaun strafversetzt worden war. Und uns ausmalen, daß sie vorher ein unzufriedener Junge gewesen war,

der immer nur ins Spaßbad wollte und sich andere Eltern wünschte. Aber Ernstbert fand solche Art von Unterhaltung langweilig! Ernstbert würde darauf drängen, endlich in ein anständiges Restaurant zu gehen, bevor die Küche zu hätte!
Dabei würden wir, wenn wir Hunger hätten, viel lieber an der alten, gammeligen Parkplatzbude Würstchen mit Senf essen und Limo trinken, aus Dosen, mit denen wir nachher Fußball spielen konnten. Dann würden wir hinter den Opel-Asconas der solebadenden Rentner Verstecken spielen und »Fang-mich-doch-du-Eierloch« rufen und die selbstgestrickten Klorollen in den Hutablagen zählen. Und am Schluß des Tages sehr froh und müde wieder nach Hause fahren.
Das würden wir. Wenn Ernstbert nicht wär.
Ob es auf dem ganzen weiten Erdenrund einen Mann gab, der solcherlei unorganisierten, spontanen Kinderquatsch mitmachte, an seinem hochheiligen Sonntag? Obwohl er seine Zeit nicht gestohlen hatte?
Nein. Sicher nicht.
Die Kinder erwachten. Es war halb drei.
Die Küche war zu. Und Ernstbert völlig unterzuckert.
Er hatte die ganze Zeit in einem gediegenen Ohrensessel unter einem Ensemble aus Hirschgeweih-mit-toter-Ente-am-Haken gesessen und Bedienungsanleitungen gelesen, die nassen Füße in seinen »Für Regenspaziergänge hab ich nicht die richtigen Schuhe an«-Slippern auf einem borstigen Wildschweinvorleger geparkt. Das Wildschwein hatte ihn die ganze Zeit schlee und schadenfroh angegrinst. Wie Lernschwester Ulrike in »Unserer kleinen Klinik«.
Aber ich hatte einen schönen Spaziergang gehabt, in meinen Schlotter-Lotte-Trampel-Stiefeln und meiner gelben Regenhaut-mit-Riß. Immer am Bretterzaun entlang, hin und her. Nun war ich durchnäßt, aber froh. Die Amsel beherrschte jetzt die große Terz. Und die Kinder waren ausgeschlafen.
Das war die ganze Fahrt schon wert gewesen.

Wir betraten mit matschigen Schuhen das Solebad.
Eine weißbemützte Mutti-im-Kittel saß an der Kasse und be-

trachtete uns ungnädig. Sie wies mit der Hand auf ein Schild, das an ihrem Glaskasten angebracht war. Erstens Schuhe aus und zweitens Haue obendrein.
Erwachsene kosteten hier achtundzwanzig Mark, Kurkarteninhaber die Hälfte. Kinder und Hunde waren nicht vorgesehen.
»Was macht das?« fragte Ernstbert.
»Hundertzwölf DEmark«, sagte die Dame hinter Glas.
»Bitte?«
»Hundertzwölf DEmark.«
»Wir wollen hier nicht übernachten und nichts verzehren«, sagte ich Grete-mäßig devot. Nich für Geldtabei.
»Nur baden. Handtücher haben wir selbst.« Gute Worte geben. Das putzt. Und ganz natürlich und bescheiden geradeaus gukken.
»Haben Sie Badehauben?«
»Nein.«
»Wir sind doch keine Haubentaucher!« trumpfte Ernie auf. Bert schwieg verstört.
»Dann macht es hundertzweiunddreißig DEmark.«
»Was?«
»Fünf DEmark Leihgebühr für die Badehaube.« Sie kramte in einem Kasten neben dem Schlüsselbord und fischte vier buntgeblümte Gummihauben mit aparten Noppen im Teichrosen-Design hervor. Mit einer vernichtenden Geste stopfte sie sie durch den Glaskastenschlitz. Dann schob sie vier Kabinenschlüssel am verblichenen Bastbande hinterher.
»Hundertzweiunddreißig DEmark.«
»Die ätzende Mütze setz ich nie und nimmer auf«, sagte Bert. Ich auch nicht, dachte ich. Nichfürgeldtabei.
»Ernstbert«, raunte ich schüchtern. »Laß uns lieber spazierengehen.«
»Für Matschwetter hab ich nicht die richtigen Schuhe an«, herrschte Ernstbert zurück. »Da vorne kommt 'ne Wand! Außerdem sind wir zwei Stunden lang von Köln angereist. Wir haben heute morgen einstimmig beschlossen: Solebad. Und jetzt GEHEN wir ins Solebad. Ich bin doch nicht hierhergefahren, um durch den Morast zu waten. Das können wir auch zu Hause!«

»Hundertzweiunddreißig DEmark«, sagte die Dame-hinter-Glas ungnädig.
»Ich will in das Spaßbad!« schrie Ernie und hüpfte auf und nieder.
Bert drückte sein grünes Schwimmtier an sich: »NIE macht ihr, was uns Spaß macht. NIE. IMMER muß ich so eine blöde Gummihaube aufsetzen.«
»Also los«, sagte ich. »Gehen wir rein.«
Ernstbert zahlte, und die Dame drückte gnädigst auf einen Summer, und wir quetschten uns einzeln mit unserem Gepäck und unseren Schwimmtieren durch den engen Eingang.
Feuchte, schwüle Luft schlug uns entgegen. Es roch nach Schwefel, Salz und Chlor. Und nach Dr. Laddos Anti-Geruch-Anti-Geschmack-Anti-Spaß-Entkeimungsmittel Mikrosept. Und nach Ruhe suchenden Rentnern.
»Barfußgang« war auf einem Messingschild zu lesen, nachdem sich die Augen an den Nebel gewöhnt hatten.
Wir zogen uns die Schuhe aus und stellten sie in das dafür vorgesehene Regal. Dann wateten wir auf Socken weiter. Die Kinder zerrten ihre Schwimmtiere hinter sich her. Ich versuchte, nicht daran zu denken, wer hier sonst noch so alles auf Socken durchwatete.
Es ging über dunkelgrünen Teppichboden durch gepflegte Gänge. An den Wänden hingen Delphine und Harpunen, Muscheln und Netze, von dezentem Licht beschienen. Alles in allem sehr hübsch.
»Umkleideraum«, stand an einer Tür. »Bitte nehmen Sie Rücksicht.«
»Pscht!« machte ich, und wir schlichen uns mit gesenkten Häuptern lautlos hinein.
Drinnen herrschte andachtsvolle Stille.
Vor einer Reihe von Spinden saß ein unbekleideter Pensionär-mit-Noppenbadehaube auf seinem Handtuch und schnitt sich sorgfältig die Zehennägel, die er akribisch auf der Kulturseite der Frankfurter Allgemeinen sammelte. Gelegentlich nahm er hierzu eine Lupe zur Hand. Er blickte kurz auf, als er uns sah, und gab sich dann wieder seinem appetitlichen Tun hin. Aus einer der

beiden Kabinen kam gerade seine Gattin-im-Morgenrock, das Gesicht mit einer grünlichen Quark-und-Gurken-Maske bedeckt, die Haare vogelscheuchengleich auf hölzerne Fönstengel verteilt. Sie spreizte die Hände mit ihren überlangen Fingernägeln – Vorsicht, frisch gestrichen – vom Körper ab.
»Guten Tag«, hauchte ich höflich und lenkte meine blöde blikkenden Buben in die andere Ecke des Raumes.
Die Dame starrte genauso irritiert zwischen ihren Gurkenscheiben hervor wie Ernie und Bert hinter ihren Schwimmtieren.
Zwei richtige Kinder!
So was hatte sie hier noch nie gesehen.
Ernstbert knallte seine Tasche auf die Bank, zog sich die Jacke aus und riß sich das Hemd vom Leibe. Er hatte eine Fluse im Nabel, wie immer. Die Dame-in-Quark zog sich hastig in ihr Gemach zurück.
»Mama?!«
»Pscht!«
»Was hat der Struwwelpeter im Gesicht!?«
»Halt die Klappe, du Eierloch!«
»Psst! Ich erklär's euch später! Quark oder so was!«
»Warum hat die Quark im Gesicht!«
»Wegen der Schönheit!«
»Ich finde, die sieht bescheuert aus!«
»Pscht! Nicht hier!«
»Mama? Geht die so nach Hause?«
»Quatsch, du Eierloch. Die schmiert das vorher ins Handtuch.«
Leise und hastig zog ich meine Meute aus. Eigentlich konnten sie das schon allein, aber durch die ungewohnte Atmosphäre waren sie wie gelähmt.
»Was macht der Mann da?«
»Er schneidet sich die Nägel!«
»Waru-hum?«
»Ernie, hier ist deine Badehose. Bitte zieh sie alleine an. Du bist doch kein Baby mehr.«
»Ich muß 'n Stinker!«
»Scheiße. Auch das noch.«

Der Pensionär blickte von seinen Zehennägeln auf.
»Erste links«, sagte er.
Ich nickte ihm dankbar zu. So ein netter Mann.
Immer noch auf Socken und ansonsten vollständig bekleidet schob ich meinen splitternackten Sohn in den Toilettenraum und hievte seinen kleinen Popo auf die Klobrille. Sofort entfuhr ihm geräuschvoll ein Pups. Mir brach der Schweiß aus.
Ich wollte mich diskret zurückziehen.
»Bleib hier, Mama!«
»Jaja. Ich bin draußen.«
»Ich hab Angst, daß der Zombie mit dem Quark reinkommt!«
»Kommt nicht. Ich paß schon auf. Beeil dich!«
Ernie drückte unter Zeitnot und Streß, daß sein nacktes Körperchen zitterte. Augenblicklich stank es bestialisch. Was diese Jungs doch für eine beneidenswert gute Verdauung haben.
»Tür zu!« rief der Rentner.
»Aber du mußt Wache stehen!« rief Ernie angsterfüllt.
»Pscht!«
Ich schloß hastig die Tür.
»Entschuldigung«, sagte ich zu dem Opa, der nunmehr seine aufgeweichten Hühneraugen in Form feilte.
Bert-in-der-Unterhose starrte inzwischen auf eine füllige Dame um die Fünfzig, die ihren prallen Sonnenbank-Busen hingebungsvoll mit einer After-Spaß-Lotion bestrich.
»Na, junger Mann? Was gibt's denn da zu gucken?« freute sich die Dralle, ohne mit dem Cremen aufzuhören.
»Behert! Mach voran!« Guck du schön bescheiden und natürlich geradeaus wie immer, Junge. Das putzt.
»Ich geh schon mal«, rief Ernstbert-mit-Kopfhörer im Bademantel. Er sah genauso aus wie heute morgen neben der Eieruhr. Nur nicht mehr ganz so gut gelaunt.
»Pscht!«
Die Gurkenmaske kam hinter ihrer Kabinenwand hervor.
»Musikgeräte aller Art sind hier untersagt! Steht doch extra an der Tür!«
»Ich bin fertig!« schrie Ernie hinter seiner Klotür. »Mama! Putz mich ahab!«

»Tür zu!« rief der Zehennägelopa.
Ich hatte das dumpfe Gefühl, daß dieses Spaßbad nicht ganz mein Komik-Zentrum treffen würde.
Nachdem ich Ernie den Hintern abgeputzt hatte, nötigte ich auch Bert noch ein Bächlein ab.
»Ich muß nicht.«
»Doch. Du mußt.«
»Nein! Ich muß nicht! Wann ich muß, entscheide immer noch ich!«
»Bert! Du hast jetzt fast vier Stunden im Auto gesessen und zum Frühstück einen halben Liter Kaba getrunken! Du mußt jetzt!«
»Nein!«
»Wenn du ins Solebecken pinkelst, Bert...«
»Hach!« ereiferte sich der Herr auf dem Handtuch. »Was sind das denn für un-er-freu-liche Diskussionen!! Ü-ber-flüs-sig!!! HACH!!«
»Also!« zischte ich. »Du gehst pinkeln. JETZT!«
Ich übte mich in Gretes schlimmstem Haue-obendrein-Blick.
»IMMER muß ich pinkeln gehen, wenn DU das willst!«
Bert trollte sich beleidigt aufs Klo. »Boh, stinkt das hier!«
»Pscht! Tür zu! Schnauze! Und Haue obendrein!« Ich sprang hinterher und knalle die Tür zu. »Mach schnell und leise und vergiß nicht abzuziehen!«
Völlig schweißgebadet verzog ich mich in eine Ecke und riß mir meine Kleidung vom Leibe. Der Rentner widmete sich kopfschüttelnd wieder seinen Zehen. Die Dame-mit-dem-Busen cremte sich inzwischen das pralle Hintergesicht. Ernie glotzte sie hemmungslos an. Ausnahmsweise enthielt er sich jeden Kommentars. Ich beeilte mich, so sehr ich konnte. Die eisernen Bügel mit der Netzvorrichtung für Socken und Unterwäsche ignorierte ich. Hastig stopfte ich den Haufen unserer aller Sachen in die engen Spinde und knalle die Türen zu.
»Hach! Nicht so laut! MUSS das denn sein!« rief der Herr mit der Nagelschere. Inzwischen war er mit dem Schneiden fertig. Aus einem blechernen Salzstreuer spendierte er sich eine angemessene Ladung Fußpuder zwischen die Zehen und salbte

dann seine gelblichen Fußballen mit Gold, Weihrauch und Myrrhe.
Ernstbert-mit-Kopfhörer aalte sich bestimmt längst in den Fluten. Wie ich ihn beneidete.
Nie wäre er auf die Idee gekommen, mir ein bißchen zu helfen. Wieso denn. Er hatte schließlich für alle bezahlt. Und der Rest war Frauensache. Der Penisträger an sich entkleidet keine Kinder. Und putzt ihnen erst recht nicht den Hintern ab. NIEMALS.
Bert kam aus der Toilette zurück.
»Können wir jetzt endlich in das Spaßbad gehen?«
Der Rentner entrollte sehr liebevoll und sorgfältig ein Paar frische schwarze Socken über den Füßen, streifte sie mehrmals glatt und zupfte ein übers andere Mal mit ausgeprägtem Sinn fürs Detail die Fersen zurecht. Schließlich schlüpfte er in graubraun melierte Filzpantoffeln, die er zuerst aus seinem längsgestreiften Frotteebeutel und dann aus einer Zellophanhülle klaubte. Danach verknotete er sorgfältig die Serviette mit den Nägeln und Spänen und verstaute das Päckchen vorsorglich in seinem Necessaire. Dann zog er noch ein schrumpeliges Äpfelchen aus der Hülle, wischte es an seinem Handtuch blank und biß hinein.
Wir starrten ihn alle fasziniert an.
Er erhob sich wohlig seufzend – Hmja! So macht man das! Spaßbaden ist gesund! – von seinem Handtuch und stakste magerbeinig und mit friedvoll baumelnden Genitalien in seinen graubraun melierten Filzpantoffeln in Richtung Ruheraum, die gerollte Zeitung und das angebissene Äpfelchen in der Hand.
Der Mann war mit sich und der Welt im reinen. Buchstäblich.
Das letzte, was wir von ihm sahen, war sein faltiger, magerer, weißer Pensionärspopo.
»Ruhe! Bitte nehmen Sie Rücksicht!« stand auch auf der Ruheraumtür zu lesen. Ich schwor mir, diesen Raum niemals auch nur aus Versehen zu betreten.
»So! Pscht! Jetzt gehen wir ins Spaßbad! Aber leise!«
Ich schleuste uns in Richtung Damendusche.
»Mama, da geh ich nicht rein. Ich will für Herren.«

»Du gehst!« Langsam verlor ich jedweden pädagogischen Frohsinn.
»Nein! Da stehen wieder nackte Weiber drin und cremen sich den Busen!«
»Du duschst!«
»Aber bei Herren!«
»O. K. Wehe, du machst Katzenwäsche.«
»Ich bin überhaupt nicht dreckig, Mensch!«
»Schluß jetzt! Keine Diskussion! Wir sehen uns in fünf Minuten im Spaßbad!«
»Da kann ich ja nur lachen«, sagte Bert. »Spaß! Hier ist Lachen verboten!« Beleidigt verschwand er mit seinem Schwimmtier in der Herrendusche. Ernie dackelte betroffen hinterher.
»Ich will andere Eltern«, hörte ich ihn noch sagen.
Ich hielt meinen armen verspannten Körper unter die Massagedusche. Du hast nicht versagt, du hast nicht versagt, du hast nicht versagt. Du bist eine gute, gerechte, konsequente und stets zu Späßen aufgelegte Mutter. Jedenfalls bemühst du dich nach Kräften.
Charlotte Pfeffer hat sich stets redlich bemüht.
Eine nackte Dame mit nichts als Gummiblumen auf dem Kopf lächelte mir gönnerhaft zu. Nicht wahr! Wir Gesundheits-Frauchen. Solespaß ist gut für mich.
Das Spaßbad war eine große, grüne, trübe Landschaft aus Felsen, Brühe und Schlingpflanzen.
Meine Augen brauchten einen Moment, um sich an die Dunkelheit zu gewöhnen. Hallige Geräusche dumpften hier und da dezent an den marmornen Fliesen ab.
Bei näherem Hinsehen waren gut ein Dutzend dunkelblaue Mülltüten auszumachen, die ziellos in der dunklen Brühe umeinander trieben. Die Ansammlungen von Teichrosen, die hier und da aus dem Nebel auftauchten und leise blubbernd wieder verschwanden, waren ebenfalls schwimmende Herrschaften, die Ruhe und Erholung suchten.
In der Mitte des Teiches war ein Jungbrunnen installiert. Hier hatten sich diverse Mülltüten und Teichrosenensembles angesammelt, um sich den harsch plätschernden Wasserstrahl auf die Rübe peitschen zu lassen. Das stählt und härtet ab, dachte ich.

Und verjüngt ungemein. Da hat der Zehennägelopa bestimmt den Vormittag verbracht.
Mein Blick schweifte im halligen Saale umher, immer auf der Suche nach meinen Lieben.
An den Säulen thronte hier und da eine römisch-griechisch-orthodoxe Figur aus Gips nackend auf dem Felsen, die toten Augen ergeben deckenwärts gerichtet, mit einer Schlange, einem Delphin oder einem Fischotter ringend. Das waren aber auch die einzigen Gestalten, die keine Badehaube trugen und sich darüber hinaus einem gewissen Aktionismus hingaben. Die anderen trieben traurig-trübe in der versalzenen Brühe dahin oder wankten, des Solebadens überdrüssig, am Beckenrand auf und ab.
Überall waren Inschriften in Marmor gemeißelt:
»Bitte Ruhe! Nehmt Rücksicht!«
»Das seitliche Einspringen vom Beckenrande ist bei sofortiger Entfernung aus dem Becken untersagt!«
»Badehauben sind aus hygienischen Gründen zu tragen!«
»Der Gesundheitsminister rät: Höchstens zwanzig Minuten solebaden!«
»Übermäßiges Solebaden verursacht Herz-Rhythmus-Störungen, Asthma und Hautausschläge!«
Ernstbert badete denn auch nicht sole.
Er hatte es sich auf einem der hübsch bepolsterten Liegestühle neben einer Schlingpflanze bequem gemacht. Die Kopfhörer hatte er sich über die blumige Badehaube geklemmt. Die Lesemagazine-für-den-berufstätigen-Herrn lagen neben seinen Badelatschen auf der Erde. In den Händen hielt er ein Magazin mit dem Titel »Schlank durch Schlick«, auf dem eine jungdynamische Dame abgebildet war, die bis zum Halse im Schlamm steckte, mit einem Turban auf dem Kopf.
Ich hielt Ausschau nach meinen Sprößlingen.
Da sie noch nicht lesen konnten, jedenfalls nichts Wesentlicheres als »Toni malt Tine«, sprangen sie mit wachsender Begeisterung seitlich vom Beckenrande.
»Darf dat dat?« hörte ich eine alte Dame fragen, die gerade mit hochgerafftem Bademantel im Storchengang über kalte Steine kneippkurte.

»Nä. Bestimmt darf dat dat nit.«
»Isch jeh dat melden.« Unternehmungslustig schlurfte sie davon. Endlich passierte hier mal was.
Hastig sammelte ich meine spaßbadenden Sprößlinge ein.
»Kommt mal mit! Da vorne sind Preßstrahldüsen!«
»Boh ey!« schrie Bert. »Die sind voll cool!«
»Da können wir Power-Crash machen!« schrie Ernie.
»Pscht!« machte ich und rannte hinterher.
In einem separaten Bottich standen Schulter an Schulter, wie die Marabus auf der Stange, einige marode Gestalten-mit-Haube, die sich im Takt der Sprudeldüsen lustvoll dem Preßschmerz hingaben. Dabei kniepten sie unaufhörlich mit den Augen, um der ständig anflutenden Salzspritzer Herr zu werden.
»Ich hab Salz im Auge«, beschwerte sich Ernie. »Ich bin doch kein Frühstücksei!«
»Doch, du Eierloch.« Bert wollte mit Anlauf in den Zuber springen, aber ich hielt ihn davon ab.
»Pscht«, sagte ich. »Nur gucken!«
»Mama«, sagte Ernie. »Im Kölner Zoo, ne, da dürfen wir auch nur gucken. Aber du hast gesagt, heute gehen wir ins Spaßbad!«
»IMMER dürfen wir nur gucken«, sagte Bert. »NIE dürfen wir selber ein bißchen Spaß haben!«
»Ich will andere Eltern«, sagte Ernie.
»Ich will auch andere Eltern«, sagte Bert.
Barfuß und beleidigt tappten meine beiden Buben über die Marmorfliesen davon. Ihre blumigen Köpfchen hingen welk am Stengel. Arme, arme, blasse, magere Kerlchen. Verwahrlost und vernachlässigt bis auf die Knochen.
Charlotte, du hast dich redlich bemüht.
Ich tauchte in die lauwarme Brühe ein und eroberte mir eine Preßdüse. Wollüstig ertrug ich den harten Strahl am Schulterblatt.
Hurra, dachte ich. Was für ein unvergeßlicher Familiensonntag im Mai. Andere Eltern und kein bißchen Spaß, und Ernstbert schläft schon wieder, und immer langweilen, und das alles für hundertzweiunddreißig Mark. Und draußen regnet's immer, und es gibt immer Fisch. Und Haue obendrein.

»Hallo?«
»Ich bin's. Also passen Sie auf. Haben Sie was zu schreiben?«
»Nein, Moment.« Hastig griff ich nach dem stumpfen Bleistift, mit dem Bert gerade seine Gummiflitsche lud. Eigentlich sollte er damit siebzehn minus vier rechnen. Wer war »Ich bin's«?
»Ja?« sagte ich. »Worum handelt es sich?« Bert sah mich beleidigt an, weil ich ihm seine Waffe weggenommen hatte. Liebevoll blinzelte ich ihm zu. »Los. Rechne schon mal im Kopf. Sieben minus vier? Na? Und dann zehn dazu!«
»Sie nehmen den Intercity 513 Hämischer Bergfriede um vierzehn Uhr dreißig ab Köln nach Flensburg, Hamburg-Harburg umsteigen, neunzehn Uhr dreiundzwanzig an Flensburg, dort zwanzig Uhr Atelier-Theater, dann fahren Sie am 2. Juni um zehn Uhr dreizehn nach Osnabrück, Alternative Frauenbühne, da können Sie den Nahverkehrszug über Kiel nehmen, Anschluß immer sechsundvierzig, dann sind Sie am 4. Juni in Detmold, Nahverkehrszug, nur zweiter Klasse, kein Speisewagen...«
»Ich brauche keinen Speisewagen«, hob ich an, »ich laß beim Frühstück immer ein Bütterken in der Serviette mitgehen...«.
»...elf Uhr drei ab, über Altenbeken, in Bad Hersfeld Freilufttheater Burgruine...«
»Freilufttheater? Nein danke, das hatten wir gerade erst. Hallo, ich glaube, Sie... haben sich ver...? Siebzehn minus vier! Na los!«
»... da müssen Sie dreimal umsteigen, aber das gebe ich Ihnen noch. Am 20. Juni sind Sie in Wiesbaden, Bahnbusse nach Gießen verkehren stündlich, da schicke ich Ihnen die Presse hin, ich kenn da jemanden vom ZDF, und am 8. Juni sind Sie in Worms, hier wieder Direktanschluß jede volle Stunde ab Mainz, in Worms können Sie bei meiner Schwägerin übernachten, die hat eine Fremdenpension, sehr ruhig und nett gelegen. Wenn ich's einrichten kann, komm ich auch.«
»Wie schön für Ihre Schwäger...«
»Am 12. Juni haben Sie frei, da können Sie sich den Dom von Speyer ansehen...«

»Hören Sie, ich will mir den Dom von Speyer gar nicht... Nein. Nicht zwölf. Siebzehn minus vier ist NICHT zwölf. Rechne noch mal nach...«

»Dann tun Sie was anderes. Shopping gehen oder zum Friseur. Was Frauen so machen, wenn sie Langeweile haben. Am 15. kommt es dicke: Da spielen Sie morgens um elf in Karlsruhe, Remise, das ist ein umgebauter Pferdestall, und abends in Heilbronn im Gemeindehaus Wartenberg.«

»Entschuldigung«, sagte ich. »Ernie, hör mal eben auf zu schießen. Bert, nimm die Gummiflitsche aus dem Kartoffelsalat und mach die Tür zur Waschküche zu oder stell den Trockner aus. Und rechne schon mal siebzehn minus vier. Na los jetzt. Ich versteh mein eigenes Wort nicht.«

Die schnarrende Stimme am Telefon brach ab. Ernie zog sich mit seiner Knarre ins Gäste-WC zurück. Bert nahm sich einen Riesen-Frucht-Zwerg aus dem Kühlschrank, knallte die Tür zum Waschkeller zu und setzte sich beleidigt vor den Fernseher.

»Bin ich da NICHT richtig bei Pfeffer?« fragte der Herr vom Reisebüro nicht gerade zuvorkommend. Irgendwie kam mir diese arrogante Stimme bekannt vor.

»Doch«, sagte ich. »Ich möchte trotzdem weder nach Altenbeken noch nach Heilbronn reisen, haben Sie vielen Dank. Bert, nimm dein Mathebuch mit und rechne schon mal: siebzehn minus vier!« Gerade als ich auflegen wollte, fiel es mir siedendheiß ein: Niedrich war am Apparat! Der Riesen-Frust-Zwerg! Der Agent! Der Kerl, dem ich vor einiger Zeit mein Ein-Frau-Stück in Frankfurt vorgesprochen hatte!

Was hatte er gesagt? Sie hören von mir. Also hatte er Wort gehalten. Nur, WAS ich von ihm hören würde, hatte er mir nicht angekündigt. Daß ich sämtliche Zugverbindungen der Deutschen Bundesbahn von ihm hören würde, hatte er nicht gesagt.

»Wieviel Kinder haben Sie denn?« kam es unlustig aus dem Apparat.

»Nur zwei«, sagte ich schnell. »Ernie, wieviel ist siebzehn minus vier? Na!«

»Dreizehn«, sagte Herr Niedrich. »Und was machen Sie mit denen, wenn Sie auf Tournee gehen?«

Ich fand es erstaunlich, daß er sich darüber Gedanken machte. Ernstbert hätte so was nie gefragt.
»Wie kommen Sie darauf, daß ich auf Tournee gehe?«
»Ach, Sie WOLLEN gar nicht? Das hätten Sie mir vor vier Wochen sagen müssen! Jetzt hab ich alles festgemacht.«
»Sie haben alles festgemacht?! Vertraglich?!«
»Natürlich vertraglich. Oder meinen Sie, ich tändele nur so herum? Nein, nein. Wenn ich was kaufe, dann handele ich auch damit. Das hätten Sie wissen müssen, Frau Bach.«
»Pfeffer.«
»Bitte?«
»Pfeffer. Nicht Bach. Siebzehn minus vier?! Na?!«
»Dreizehn. Alles ist vertraglich festgemacht. Sie gehen am 1. Juni für vier Wochen auf Deutschland-Tournee. ›Schwarzer und weißer Pfeffer‹ ist so gut wie ausverkauft.«
Ich schluckte. Vier Wochen!! Kreuz und quer durch Deutschland! Ausverkauft!! ZDF!! Was sollte ich bloß mit den Kindern machen!
»Was... ich meine, wieviel... also, wie sind denn Ihre Vorstellungen von meinem... äh... Honorar?!«
»Fünftausend«, sagte Niedrich. »Abzüglich meiner Provision und fünfzehn Prozent Mehrwertsteuer.«
»Aha«, sagte ich und versuchte, so unbeteiligt wie möglich zu klingen. Meinte der jetzt fünftausend pro Abend oder für die ganzen vier Wochen?
»Und wie hoch ist Ihre Provision?«
»Vierzehn Prozent. Das ist üblich.«
»Natürlich«, sagte ich. »Vierzehn Prozent. Nein, nicht vierzehn hinschreiben, Ernie. Dreizehn!«
Dann fing ich hastig an zu rechnen. Für siebenhundert schlappe Kröten hätte der fiese Möpp bestimmt nicht den kleinen Finger bewegt, geschweige denn den Bundesbahnfahrplan zwischen Paderborn und Heilbronn auswendig gelernt. Also fünftausend pro Abend. Das ließ sich hören. Siebzehn minus vier! Da gab es nichts zu überlegen! Das mußte ich machen! Da gab es überhaupt kein Zurück!!
Nur, im Juni waren noch Dreharbeiten! »Unsere kleine Klinik«

machte erst im Juli Sommerpause! Im Juni würde ich Frank Bornheimer heiraten! Gustav Grasso würde sich nicht auf eine Drehbuchänderung einlassen!
Strunzus Streitacker würde auch nicht aus lauter kollegialer Verbundenheit hilfsweise die mollige Lernschwester Ulrike heiraten. Nich für Geld dabei.
Unmöglich. Ich war nicht abkömmlich.
Mist, verdammter. Einmal im Leben so eine Chance! Einmal! Und dann das!!
Kleine Kinder und Kleine Klinik.
IMMER muß so was an MIR hängenbleiben.
Einfach nicht wegzudiskutieren.
Schwarzer und weißer Pfeffer.
Ausgerechnet im Juni.
»Also was ist jetzt? Rechnen Sie immer noch siebzehn minus vier, oder denken Sie nach, oder schälen Sie Kartoffeln oder was?!«
»Ich denke nach. Auch wenn Frauen normalerweise nicht denken, sondern Kartoffeln schälen.«
»Ich denke auch nach«, schmollte Ernie.
Alles fest!! Womöglich mußte ich noch Strafe zahlen, wenn ich ablehnte?
Kein Ersatz möglich.
Ich war eben nicht austauschbar. An und für sich übrigens ein ausgesprochen nettes Gefühl.
Ein Adrenalinschub durchwallte mich.
Wie sag ich's meinem Kinde/Agenten/Kindermädchen/Ehemann/Regisseur/Kollegen? Siebzehn minus vier!?
Lieber Giftzwerg, Sie hätten mich erst mal fragen müssen. Ich heirate im Juni meinen Chefarzt. Außerdem hab ich Zwillinge.
Was denken Sie, wen Sie vor sich haben?
»Siebzehn minus vier ist dreizehn«, sagte Ernie froh.
Ich nickte Zustimmung.
Andererseits: DIES hier war meine Herausforderung. Ich hatte doch eine Chance gewollt! Hier war sie. Einmal und nie wieder.
»Also was ist?« fragte Herr Niedrich ungehalten.

»Tja«, sagte ich. »Ich überlege noch.«
»Ich hab doch dreizehn gesagt!« schrie Ernie erbost.
»Da gibt's nichts zu überlegen, junge Frau. Sie haben sich angeboten. Ich habe Sie gekauft. Ich habe Sie an den Mann gebracht, und nicht zu schlecht. Fünftausend pro Abend! Das kriegen Sie nur, weil Sie so ein bekanntes Seriengesicht sind. Presse und Fernsehen sind auf Sie angesetzt. Was ich mach, mach ich richtig. Jetzt müssen Sie's auch machen.«
»Ich mach's ja«, stammelte ich. »Fragt sich nur, wie.«
Er schien über das »Ob« nicht mehr diskutieren zu wollen. Nur noch über das »Wie«.
»Na also. Ich war auch noch gar nicht fertig mit Ihnen«, sagte Niedrich. Natürlich. Immer druff.
»Nach Heilbronn geht's noch nach Nördlingen, Nürnberg und Weiden in der Oberpfalz. Haben Sie das?«
Also gut, Mann. Mich bringst du nicht aus der Fassung. Ich fange weder an zu weinen, noch bettele ich um Gnade.
Außerdem wollte ich schon immer mal nach Weiden in der Oberpfalz.
»Haben Sie Fax?« fragte Herr Niedrich ungeduldig.
Ich leierte gelangweilt die Faxnummer herunter. Logo hab ich Fax, Mann. Wer fünftausend Kröten pro Abend verdient, hat auch 'n Fax. Für wen hältst du mich?
»Gut. Dann faxt meine Sekretärin Ihnen die Reisepläne und die Verträge. Ich brauch sie gestern unterschrieben zurück.«
Er legte auf.
»Du mieses, kleines Arschloch«, murmelte ich halblaut. Dann brach ich in hämisches Gejubel aus.

Schwarzer und weißer Pfeffer! Auf Deutschland-Tournee! Von Flensburg bis Weiden in der Oberpfalz!
Ich hatte es geschafft! Ich hatte es ganz plötzlich geschafft!! Ich tanzte mit dem Wischlappen durch die Küche, wie das sonst nur diejenigen gemeinen Hausweibchen tun, die soeben erfolgreich ein paar Schlieren und Schleimspuren in ihren Campingtoiletten beseitigt haben.
»Wer ist ein mieses, kleines Arschloch?« fragte Bert, während er

seinen halbleeren Riesenfruchtzwerg mit Erdbeeraroma in den Treteimer unter der Spüle warf.
»Kennst du nicht«, sagte ich, um Fassung bemüht. »Wieviel ist siebzehn und vier?«
»Siebzehn MINUS vier!« sagte Bert wichtig.
Schwarzer und weißer Pfeffer auf Deutschland-Tournee!
Ich hatte es GESCHAFFT!!!
»Willst du das etwa wegwerfen?«
»Ist doch leer«, sagte Bert. »Freust du dich wegen dem miesen, kleinen Arschloch?«
Ich angelte den matschigen Becher aus dem Mülleimer.
»Wegen desss miesen, kleinen Arschlochsss. Dieser Riesenfruchtzwerg wird aufgegessen, klar? Guck mal, wieviel gute Vitamine und Mineralstoffe da noch drin sind! Und Kalzium und Eisen!« Ich konnte mich vor Freude kaum lassen. Fünftausend Taler!!!
»Kann ich aber nicht alleine«, sagte Bert. »Fütterst du mich?«
»Klar, der Herr. Nehmen Sie reichlich Platz!«
Ich schnappte mir mein kalziumverschmiertes Kalb, setzte es mir auf den Schoß und schob ihm den Rest des Fruchtzwerges in sein Trümmer-Gebiß. Er hatte gerade den altersspezifischen Zahnausfall und Neuwuchs, bei dem alle Kindermünder wie eine Großbaustelle aussehen. Fünftausend Taler!! Pro Abend!! Das schafften nicht mal die Voll-Konzessionierten!! Jedenfalls nicht die ohne Abitur. O Justus. Meine Stunde ist noch nicht gekommen. Aber bald. Das Lärvchen wird es dir beweisen.
»Siebzehn minus vier ist dreizehn«, sagte Bert mit vollem Munde. »Steht schon lange in meinem Heft.«
In diesem Moment drehte sich der Hausschlüssel im Schloß. Ernstbert etwa schon? DEM mußte ich das sofort erzählen!! Es war das erste Mal, daß ich ganz versessen darauf war, ihn zu sehen. Nein. Grete mit Kapotthut und Einkaufskarre.
»Fütterst du den großen Jungen etwa?« Sie zog sich den Mantel aus, hängte ihn über den Garderobenständer und setzte sich kopfschüttelnd zu uns an den Tisch. »Der Junge ist doch groß genug! Bei uns hätte es das nicht gegeben! Du konntest mit sechs Jahren alleine essen!«

»Ich weiß«, seufzte ich. Darum bin ich emotional auch so verarmt.
»Was wollte das miese, kleine Arschloch von dir?« fragte Bert betont lässig und riß dann um so unschuldiger den Schnabel auf. Ich stopfte ihn liebevoll wie eine Vogelmutter. Hier, mein Kuckuckskind, hast du noch einen Wurm. Siebzehn minus vier ist dreizehn, und ich hab dich lieb.
Ernie kam aus dem Gästeklo und hielt seine Knarre auf Gretes Schläfe. »Wieviel ist siebzehn minus vier?«
»Das muß der Junge alleine wissen«, sagte Grete zu mir.
»Her mit dem Skalp!«
Grete nahm ihren Kapotthut vom Kopf und reichte ihn Ernie. Sie war offensichtlich gerade beim Friseur gewesen. Überhaupt sah sie richtig gut aus. Viel besser als sonst. Sie legte richtig Hand an sich in letzter Zeit.
»MUSS der Junge beim Rechnen mit einer Knarre spielen?«
»Das ist keine Knarre«, sagte Ernie. »Das ist mein Jägerkostüm.«
Recht so, mein schlaues, kleines Kerlchen, dachte ich. Wehr du dich. Siebzehn minus vier ist dreizehn, und ich hab dich auch lieb.
»Ach so«, sagte Grete. »Und von wem spricht Bert?«
»Von einem miesen, kleinen Arschloch«, sagte Bert zufrieden. »Die Mama freut sich ganz doll, seit sie mit dem telefoniert hat.«
Ich kratzte den letzten Joghurtrest aus dem Becher und stopfte ihm damit den Mund.
Grete riß ein Blatt Haushaltsrolle ab und putzte Bert das kalkverschmierte Gesicht.
»Der Junge kriegt ganz schiefe Zähne«, sagte Grete. »Wenn der nicht mal was Anständiges zu beißen kriegt.«
Sie spreizte Bert mit zwei Fingern die Lippen wie bei dem sprichwörtlichen Gaul, dem man ins Maul guckt.
»Guck mal. Siehst du das denn nicht? Die neuen Zähne kommen schon, und die Milchzähne sind immer noch da. Ihr müßt sie dringend beim Zahnarzt ziehen lassen.«
Ich dachte an Herrn Dr. Geldmacher und freute mich. Herr

Dr. Geldmacher hatte mir schon mehrfach ein Kärtchen geschickt mit der herzlichen Bitte, doch wieder einmal zur Behandlung vorbeizuschauen.
»Nein«, sagte Bert. »Dann blutet das ja!«
»Verweichliche den Jungen nicht noch mehr«, sagte Grete streng. Sie griff auch Ernie in den Mund.
»Lasch mich schofort losch!« schimpfte der gekränkte Cowboy, den Skalp in der Hand.
»Da! Das gleiche! Wenn ich nicht aufpasse, kriegen sie ganz schiefe Zähne! Dann kannst du jahrelang mit ihnen zum Zahnarzt rennen mit ihrer Zahnspange!«
Och nein, dachte ich. Nicht noch jahrelang zu Dr. Geldmacher.
Möcht nicht sein. Der könnte diese Anhänglichkeit ganz falsch verstehen. Auf seinem letzten Kärtlein hatte er handschriftlich vermerkt, daß er mich wiedersehen wollte.
»Nein!« schrie Ernie theatralisch. »Ich will nicht schon wieder zum Zahnarzt! Ich will keine Spange im Mund!«
»Dann sehen wir aus wie die blöde Schand-Tall«, sagte Bert böse.
»ICH konnte mich durchsetzen!« sagte Grete. »DU hast jahrelang eine Klammer getragen.«
O ja, dachte ich. An den Zähnen und an meiner Jungmädchenseele. Jahrelang. Und jede Woche wurde die Schraube enger gezogen. Das kaschiert.
»Die Mama hat eben mit einem miesen, kleinen Arschloch telefoniert«, versuchte Bert, beim Thema zu bleiben.
Nachdem er nun zum drittenmal dieses böse, nicht gesellschaftsfähige Wort in den Mund genommen hatte, kam Grete nicht mehr umhin, es zur Kenntnis zu nehmen. Normalerweise pflegte sie ja Sachen, die ihr nicht genehm waren, schlichtweg zu überhören oder wenigstens zu negieren.
»Um wen handelt es sich?« fragte sie streng.
Ich nahm all meinen Mut zusammen. »Kennst du eine Agentur Niedrich in Frankfurt?«
Grete erstarrte.
»Wieso?«

»Ich habe einem Herrn Niedrich von der gleichnamigen Bühnenvermittlungsagentur in Frankfurt vorgesprochen«, hob ich an.
»Wann?« Grete schien wie vom Donner gerührt.
»Vor ungefähr vier Wochen«, stammelte ich. »Hab ich was Verbotenes gemacht?«
»Warum weiß ich davon nichts?«
»Hätte ich dich um Erlaubnis fragen sollen? Die Kinder waren bei Fanny und Achmed – der ist ein totaler Kindernarr, das ist der, der die Kinder immer in den Teppich einwickelt –, und ich bin mal eben nach Frankfurt gefahren. Was ist daran so schlimm?«
»Wie alt war der?«
»Wer? Der Achmed? Schwer zu schätzen, bei dem arabischen Temperament, also um die Vierzig mag der sein.«
»Der Agent!«
»Wieso... älter schon... könnte mein Va...«
Grete sprang auf. »So einen Quatsch will ich nicht hören. Du HAST keinem Agenten vorgesprochen.« So. Nich für Geldtabei. Und Haue obendrein.
Sie rannte zur Garderobe, riß ihren Mantel vom Haken und rauschte zur Tür hinaus.
Verdutzt blieb ich mit meinen beiden Kälbern am Tische sitzen. Ernie schwenkte immer noch den Kapotthutskalp.
»Jetzt ist die Grete sauer«, sagte Bert zufrieden. »Weil du mieses, kleines Arschloch gesagt hast.«
»Irgendwas hat sie«, murmelte ich, »aber ich weiß nicht, was!«

»Du, Ernstbert? Bist du da drin?«
»Ja«, grunzte es von innen. Ich hörte es rascheln. »Komm aber nicht rein. Ich bin beschäftigt.«
Ich kratzte an der Badezimmertür. »Dauert es länger?«
»Wieso? Kann man noch nicht mal am Feierabend in Ruhe entspannen? Ich konnte den ganzen Tag noch nicht!«
»Entschuldige«, raunte ich. »Es gäbe da was zu besprechen!«
Ernstbert raschelte. Dann ging die Klospülung. Der Schlüssel drehte sich unwirsch. Die Tür war offen.

»Komm rein.«
»Hallo. n'Abend erst mal.« Ich stieg über die Bedienungsanleitungen, die Ernstbert um den Ort seiner Entspannung verteilt hatte, und küßte meinen Gatten auf die Stirn.
»Ich war noch nicht fertig«, sagte er beleidigt.
»Verspann dich nicht, Liebster.« Ich hockte mich auf den Badewannenrand.
»Wie war dein Tag?«
»Anstrengend«, sagte Ernstbert. »Wir planen eine große Sache in Witzelroda. Fünf Hochhäuser mit integriertem Einkaufszentrum und zweigeschossigem Parkdeck. Und als absoluter Renner eine Spielhölle. Wenn wir uns beeilen, ziehen wir den Auftrag an Land.«
»Wie schön für dich«, sagte ich.
»Also?« lächelte er gequält. »Worum geht's?«
»Ich hätte auch einen riesigen Auftrag«, sagte ich, während ich mich bemühte, ein geheimnisvolles Lächeln meine Lippen umspielen zu lassen.
»Nämlich?« Ernstbert hatte ganz offensichtlich keinen Sinn für künstlich erzeugte Spannung.
»Ich habe ein Ein-Frau-Stück geschrieben und kann damit auf Tournee gehen«, sagte ich deshalb so knapp wie möglich.
»Prima«, sagte Ernstbert. »Das freut mich für dich, Schätzchen. War's das?« Schon setzte er wieder zur Entspannung an.
»Nicht ganz«, sagte ich schnell. »Vier Wochen. Vom 1. Juni ab. Jeden Abend in einem anderen Theater.«
»Na bitte«, sagte Ernstbert. »Das ist doch mal was anderes als dieser seichte Kleine-Klinik-Scheiß.« Er holte tief Luft und sah mich abwartend an. »Ist noch was?« fragte er schließlich.
»Fünftausend Mark pro Auftritt.«
»Na also«, sagte Ernstbert. »Der Rubel rollt ja. Wenn es dir Freude bereitet...«
Er griff erneut zu seiner Bedienungsanleitung und setzte sich in Positur.
»Ernstbert«, sagte ich, »wenn du dich noch einen winzigen Moment zurückhalten könntest...«
»Ungern«, sagte Ernstbert. »Was gibt's denn noch?«

»Die Kinder«, gab ich zu bedenken. »Wir haben zwei davon. Ernie und Bert heißen die.«
»Na und?«
»Ich wäre abends erwähntermaßen nicht da.«
»Ist Grete krank?« fragte Bert und blätterte interessiert eine neue Computerseite auf. »Der PC für jede Tonart«, stand da. »Windows vielseitig wie nie zuvor.« Ein langbeiniges Mädel tanzte hochhackig auf den Tasten einer Schreibmaschine herum und bleckte triumphierend die Zähne. Tja, meine Liebe. Es ist ganz klar, wen von uns beiden dein Gatte beim Verdauen lieber betrachtet. Mich nämlich. Warum verstehst du auch nichts von Computern? Selber schuld!!
»Grete hat eben sehr merkwürdig reagiert«, sagte ich bedauernd. »Es kann sein, daß sie das Projekt nicht unterstützen wird.«
Ungläubig blickte Ernstbert von dem langbeinigen Computergirl auf.
»Warum nicht? Was soll denn das nun wieder? Ich hab euch doch gesagt, ihr sollt mich mit eurem Firlefanz zufrieden lassen. Ich belästige euch ja auch nicht mit meinem Kram.« Er ließ einen abschließenden, lang anhaltenden baritonalen Hintergesicht-Seufzer in das porzellanene Becken hinabsausen und erhob sich ergeben. »Was hat Grete denn gesagt?« fragte er, während er alles wieder an seinen Platz ordnete.
»Sie hat gesagt, ich HÄTTE keinem Agenten vorgesprochen.« sagte ich. »Aber ich habe es wohl getan!«
»Du hast einem Agenten vorgesprochen? Aber warum denn? Ich denke, du hast einen Job als Frau Dr... Dings – Kleinklinik...«
»Ich möchte mich beruflich verbessern«, sagte ich, an die Badezimmertür gelehnt. Noch wollte ich einfach nicht klein beigeben.
»Heißt das, du hörst mit der kleinen Klinik auf?«
»Nein! Mitnichten! Die kleine Klinik macht mir Spaß! Ich liebe Unsere kleine Klinik! Aber diese Chance bekomme ich zusätzlich!«
Ernstbert wusch sich die Hände. Dabei guckte er konzentriert auf seine grauer werdenden Schläfen im Spiegel.

»Findest du, daß ich Haarausfall habe?« Er schüttelte sich ein paar Schuppen vom Kopf.
»ERNSTBERT! Ich kriege eine Riesenchance! Ich habe ein Ein-Frau-Stück geschrieben!! Ein wichtiger Agent hat es mir abgekauft! Er hat eine Tournee für mich organisiert! Jeden Abend woanders! Er hat schon das ZDF und die Presse informiert!! Ich werde vorübergehend nicht nach Hause kommen können!«
»Na und? Wo ist das Problem?« Ernstbert griff zum Handtuch und trocknete sich die Hände ab.
»Wir haben zwei Kinder«, sagte ich schwach. »Wie schon erwähnt.«
»Also!« sagte er. »Warum fragst du nicht Grete? Warum treibst du MICH von der Klobrille, hä? Ist das etwa gerecht?«
»Ich fürchte, Grete wird nicht mitspielen«, hauchte ich, den Tränen nahe. »Ich hab da so ein ungutes Gefühl...«
»Ja, was will sie denn sonst mit ihrer Zeit anfangen? In ihrem Alter?«

»Reisen«, sagte Grete, als wir sie zu diesem Thema befragten. Sie räumte sehr energisch ein paar Teller in den Schrank.
»Ausgerechnet jetzt? Wo wir dich am nötigsten brauchen?«
»Jetzt bin ich auch mal dran«, sagte Grete. »Ich habe mein Leben lang immer nur verzichtet.« Sie knallte die Schranktür zu und sah uns herausfordernd an. »Als Schlotter-Lotte auf die Welt kam, habe ich verzichtet, und als Schlotter-Lotte in die Schule kam, habe ich verzichtet, und als Schlotter-Lotte ihre Schauspielschule absolviert hat, habe ich verzichtet, und als Schlotter-Lotte ihre Zwillinge bekam, habe ich verzichtet, und als Schlotter-Lotte in ›Unserer kleinen Klinik‹ die Hauptrolle bekam, habe ich verzichtet, und jetzt spricht Schlotter-Lotte mal eben einem... Herrn Niedrich vor, und WER soll wieder verzichten??? NEIN, meine Lieben. NICHT mit mir.«
»Dann verzichte doch nur noch vier Wochen lang«, schlug Ernstbert vor. »Und dann nie mehr.«
»Nach den vier Wochen kommen wieder vier Wochen und dann noch mal vier Wochen«, sagte Grete. Sie knallte den Wischlappen in die Spüle. »Ich kenne euch doch. Nein. Jetzt ist Schluß.

EINMAL muß Schluß sein. Wenn meine Tochter es nicht für nötig hält, mich von ihren Vorsprechterminen zu unterrichten...«
»Aber Grete...«, haspelte ich. »Ich wußte doch gar nicht, daß der Niedrich so schnell zur Tat schreitet...«
»DER schreitet zur Tat, das kannst du mir glauben!«
Grete spendierte dem lieben Herrn Niedrich ein böses, kurzes Hohngelächter. Sie lehnte sich an ihren Kühlschrank, verschränkte die Arme vor der Brust und sagte: »Ich reise. Und zwar bald. Und wenn ihr euch auf den Kopf stellt. So.«
Ernstbert und ich wechselten einen vielsagenden Blick.
»Und wenn wir dich ganz lieb bitten?« versuchte er es mit Katerstimme. »Deine Tochter wird soviel verdienen, daß sie dir nachher eine Weltreise schenken kann!«
Ich trat ihm unauffällig auf den Fuß. Auf diesem Thema sollten wir nicht weiter herumhacken.
»Mit WEM reist du denn...?« fragte ich vorsichtig. »Ich meine, kennen wir sie... oder... ihn... und... habt ihr denn schon einen genauen Plan?«
»Kinder, es ist nett, daß ihr auch mal nach MIR fragt«, triumphierte Grete. »Es geht nicht immer nur um euch!«
Nein. Eindeutig nicht. Ausgerechnet ab heute ging es nicht mehr nur um uns. Eine Tatsache, an die wir uns erst mal gewöhnen mußten.
»Ich gönne mir jetzt auch mal was«, sagte Grete. »So.«
Und zwar für Geldtabei!!!
Schwang da etwa ein glücklicher Unterton mit?
Mir schwante etwas.
Hatte Grete etwa jemanden kennengelernt?
Womöglich einen Mann?
Das mußte es sein.
Und mit dem wollte sie reisen. Jetzt sofort. Endlich tat sie mal etwas herrlich Spontanes.
Gott, wie ich ihr das von Herzen gönnte!
»Grete«, sagte ich. »Wie heißt er denn?«
Grete nahm das Wischtuch in die Hand, faltete es auseinander und dann wieder zusammen. Sehr liebevoll.
Dieses Wischtuchfalten sagte alles.

»Bodo«, sagte Grete schlicht. »Dr. Bodo Berleburg.«
Aha. Volltreffer.
»WER heißt Bodo Berleburg?« fragte Ernstbert, während er in Gretes Fernsehzeitung blätterte.
»DOKTOR Bodo Berleburg«, sagte Grete stolz.
»Gretes Bekannter«, sagte ich liebenswürdig lächelnd.
»Aha«, sagte Ernstbert. »Und was hat der damit zu tun?«
»Viel«, sagten Grete und ich wie aus einem Munde.
»Ernstbert«, regte ich an, »mach doch mal 'ne Flasche Champagner auf.«
Ernstbert schaute ratlos zwischen Grete und mir hin und her.
»Wieso? Bleibt Grete doch? Kann ich wieder zu meinem Computer rübergehen? Wenn ihr wüßtet, wieviel Arbeit ich noch habe!«
»Nein. Grete bleibt nicht.«
Achselzuckend erhob sich Ernstbert aus seinem Lieblingssessel und schleuderte das Fernsehprogramm beiseite. »Verstehe die Weiber, wer will«, murmelte er, während er in unsere Haushälfte hinüberschlurfte, um den Champagner zu holen.
»Mensch Grete«, sagte ich strahlend. »Seit wann?«
»Schon länger«, antwortete sie vage.
»Warum hast du nichts gesagt?«
»DU hast ja auch nie was gesagt«, sagte Grete. »Du hast mich immer nur vor vollendete Tatsachen gestellt.«
»Das tut mir leid«, sagte ich zerknirscht. »Grete. Was ist mit dem Niedrich? Warum bist du denn so böse darüber, daß ich ihm vorgesprochen habe?«
»Ich habe EINMAL dafür gesorgt, daß er dir 'ne Rolle gibt«, sagte Grete. »Das ist sieben Jahre her. Jetzt will ich mit dem Mann nichts mehr zu tun haben.«
»Das kann ich verstehen«, sagte ich herzlich. »Er ist wirklich ein widerlicher Fiesling. Hast du die Eiterbeule auf seiner Unterlippe gesehen...?« Ich lachte schallend. ENDLICH hatten Grete und ich unseren alten Lästerton wieder drauf. »Wie der da so geschwollen dahergequatscht hat! Erynnier auf den Fersen!! Das Eierloch!«
»CHARRR-LOTTE!!!« Der Wischlappen wurde auf die Spüle zu-

rückgeklatscht. »Ich will NICHTS mehr hören!! Ist das KLAR!!!«
»Nein... ich meine, doch, natürlich...« Schluck. Irgendwie war Zwerg Eiterbeule ein Wespennest für Grete.
Das mußte ich akzeptieren. Schade. Wo ich doch so gern noch ein bißchen in diesem alten, verknarzten und verwarzten Wespennest rumgeprockelt hätte.
Grete guckte mich säuerlich von der Seite an.
»Ich möchte den Namen von diesem Mann NIE mehr hören«, sagte sie. »Ist das KLAR?!«
Ernstbert erschien mit dem Champagner. Ich stellte drei spülmaschinengebeutelte Sektgläser aus Gretes Fundus auf den Tisch.
»Ich könnte auch mal neue Gläser brauchen«, sagte Grete spröde. Der Wischlappen wurde wieder zusammengefaltet.
Wir stießen an.
»Worauf eigentlich?« fragte Ernstbert.
»Auf das Leben«, sagte ich.
»Auf das Leben«, sagte Grete. Sie lächelte.
»Jaja«, sagte Ernstbert. »Würdet ihr mir jetzt bitte erklären, worüber wir hier alle so glücklich sind?«
»Wir freuen uns so, daß du mal vier Wochen bei deinen Kindern bleibst«, sagte Grete und trat nachdrücklich unauffällig mit dem Fuß auf meinen großen Zeh.
Ich sah sie von der Seite an. Grete! Das hätte ich dir nie zugetraut! Du hast doch noch nie zu mir gehalten, wenn ein dritter im Raume war! Was ist los mit dir?
Ernstbert stellte sein Glas ab.
»Ich weiß nicht, was ihr Frauen gerade ausgeheckt habt«, sagte er humorlos. »Ich weiß nur, daß ICH im Juni in Witzelroda einen Supermarkt baue. Und ein Parkdeck und eine Spielhölle.«
Wir sahen uns an. Wir schwiegen lange. Wir tranken stumm den Champagner.
»Also?« sagte Ernstbert unwillig, indem er erneut zu Gretes Fernsehzeitung griff. »Hat jemand eine Idee?«

»Hallo? Ich melde mich auf Ihre Anzeige!«
Die Stimme war eindeutig männlich. Jung, sympathisch, frisch, aber eindeutig männlich.
»Welche Anzeige?« sagte ich.
»Die vom Samstag im Kölner Stadtanzeiger«, sagte die Stimme. »Sie suchen einen Babysitter.«
»Nicht ganz«, antwortete ich freundlich. »Wir suchen eine Kinderfrau zur Betreuung unserer sechsjährigen Zwillinge Ernie und Bert. Für die Zeit vom 1. Juni bis zum 30. Juni. Rund um die Uhr, da beide Eltern beruflich verreist sind. Kochen und leichte Hausarbeit erwünscht. Steht doch alles drin.«
»Ja«, sagte die junge männliche Stimme. »Ich kann lesen. Steht alles drin. Gute Bezahlung steht auch noch drin.«
Ich hörte die männliche Stimme zufrieden grinsen.
»Tja«, sagte ich bedauernd. »War trotzdem nett, daß Sie sich gemeldet haben.« Ich wollte auflegen. Das fehlte mir gerade noch. So ein rotziger Grünschnabel, dem es nur aufs Geld ankam. Nein, nein, meine Zwillinge sollten geliebt und gehätschelt werden, wenn schon ihre Rabeneltern ihrer egoistischen Wege gingen. Pfui aber auch.
Es war Ernstberts Idee gewesen, eine Anzeige aufzugeben. Und ich hatte versprochen, daß ich nur dann auf Tournee gehen würde, wenn sich eine tausendprozentige Lösung ergeben würde. Ich stellte mir eine selbstgestrickte gute alte Tante vor, die meinen geliebten Jungkälbern jeden Morgen dickflüssigen Kakao zubereitete und ihnen mittags Kohlrabi und Möhrchen durcheinander in den hungrig aufgerissenen Schnabel schob und ihnen abends Gute-Nacht-Geschichten vorlas, mit Nickelbrille und groben Wollstrümpfen und wadenlangen Faltenröcken unter der rosafarbenen Kittelschürze. Und die sie dann in den Arm nahm und knuddelte, wie ihnen das zustand. Wenn sie gleichzeitig ein bißchen putzte und aufräumte und Rödelhosen flickte und Pflaumen einweckte und den Dachboden entrümpelte, würde ich nichts dagegen haben. Deshalb hatten wir geschrieben: Erstklassige Bezahlung bei erstklassiger Leistung.
»Moment«, sagte der junge Mann am anderen Ende der Leitung.

»Ich bin an dem Job interessiert!«
»Wie alt sind Sie denn?«
»Zweiundzwanzigeinhalb.«
»Und was machen Sie so?«
»Studieren.«
»Was studieren Sie denn?« Vielleicht Medizin oder Jura oder Beweäll oder was diese ganzen jungen Akadämlinge so trieben, wenn sie nicht Golf fuhren?
»Das Leben.«
»Aha«, sagte ich. Ein Rumtreiber also. Einer, der sich von seinen Eltern durchfüttern ließ. Ein Schwätzer. Ein neureiches Kerlchen, das die Frechheit besaß, mir meine teure Zeit zu stehlen. Kommt mir nicht ins Haus, dachte ich.
Nich für Geldtabei.
Dann bleib ich eben zu Hause. Man muß auch mal verzichten können. Und Haue obendrein.
»Pädagogik und Hauswirtschaftswissenschaften studiere ich, um genauer zu sein«, sagte der junge Mann. »Schließlich will ich mal heiraten.«
Das machte allerdings einen soliden Eindruck.
»Was wollen Sie denn mal werden, wenn Sie fertig studiert haben?«
»Hausmann.«
»Schöner Beruf eigentlich für einen Mann«, sagte ich.
»Find ich auch. Hausmann ist mein absoluter Traumberuf.«
Auch wenn er mich nur hinhalten wollte, das Gespräch begann mir Spaß zu machen.
»Soso. Hausmann ist also Ihr Traumberuf. Erzählen Sie mal, wie Sie dazu kommen«, sagte ich streng.
»Ich wünsche mir ein schönes, gemütliches Heim und eine liebe, starke Frau, die ich umsorgen darf. Und natürlich viele Kinder.«
»Haben Sie Erfahrung?« fragte ich noch strenger.
»Ja. Drei kleine Geschwister.«
»Können Sie kochen? Ich meine, mehr als Dosen öffnen?«
»Natürlich. Das ist ja wohl das mindeste, wenn man sich für so eine Stelle bewirbt. Ich mach übrigens nur Vollwertkost. Hab

gerade zwei Semester Ernährungswissenschaften mit einem Leistungsschein abgeschlossen.«
»Soso«, sagte ich. »Was können Sie noch?«
»Stricken, waschen, bügeln, Unkraut jäten, Betten machen, was Sie wollen. Ich hab im Gymnasium den Haushaltszweig gewählt. Als Leistungskurs.«
Ich grinste. So ein Spaßvogel. Vielleicht wollte er das Telefonat als lustigstes Home-Video an »Vier Minus« senden. Vielleicht war dies auch ein Beitrag für »Verstehen Sie Spaß?«. Prominente hinters Licht geführt. An mir sollte es nicht scheitern.
»Putzen auch?« fragte ich todernst.
»Cleanen sagen wir dazu«, sagte der Anrufer. »Cleanen war mein Wahl-Pflichtfach in der differenzierten Oberstufe. Ich hab alle Cleankurse belegt, die ich für meinen Abidurchschnitt von eins Komma sieben brauchte.«
»Eins Komma sieben«, lobte ich. »Das läßt sich hören.«
»Kartoffelschälen habe ich in der zwölften abgewählt«, sagte der Anrufer entschuldigend. »Das fand ich auf Dauer unkreativ. Aber im Cleanen hatte ich auf dem Abizeugnis fünfzehn Punkte. Das hat meinen Schnitt ungemein verbessert.«
Ich nickte. So ein netter junger Mann. Nun würde das witzige Wortgeplänkel leider zu Ende sein. Wann konnte frau schon mal geistreich mit einem männlichen Wesen am Telefon scherzen?
»Ich habe meinen Zivildienst in einer Kita abgeleistet. Ich bin diplomierter Erzieher mit dem Schwerpunkt LB und E«, sagte der Anrufer.
»Da sind Sie leider überqualifiziert«, sagte ich. »Die Stelle ist nichts für Sie.«
»Doch! Bestimmt! Lassen Sie mich wenigstens mal vorbeikommen!«
»Meinen Sie, Sie könnten es mit zwei ganz normalen Sechsjährigen aufnehmen?«
»Klar«, sagte er. »Ich sage doch: Ich studiere das Leben! Also? Wann kann ich vorbeikommen?«
»Jetzt«, antwortete ich. »Falls Sie Zeit haben.«
»Klar«, sagte er. »Ich steh hier in der PH und weiß nicht, was ich machen soll. Ich habe alle Kurse schon mit einem Leistungs-

schein abgeschlossen. Und jetzt muß ich mich immer langweilen.«
»Und da haben Sie ein bißchen Zeitung gelesen und stießen dabei auf meine Anzeige?«
»Genau«, sagte er. »Ich wollte irgendwas jobben, aber Spaß muß es schon bringen.«
»Wie heißen Sie eigentlich?«
»Benjamin.«
»Blümchen?«
»Krug«, sagte Benjamin. »Bis gleich. Ich schnall mir nur meine Rollschuhe an. Dann komm ich. Wo wohnen Sie denn überhaupt?«
Ich nannte ihm die Adresse.
»Das paßt gut«, sagte er. »Das ist kaum zehn Minuten von der PH entfernt. Ich freu mich.«
»Ich mich auch«, sagte ich matt. Ich legte auf und lief zur Kinderzimmertreppe.
»Kinder? Geht mal nach draußen vor die Tür. Und wenn ein großer, dicker Elefant auf Rollschuhen um die Ecke kommt, dann ruft ihr mich, ja?«

Benjamin war ein schlanker blondgelockter Sponti auf Rollschuhen. Mit windzerzausten Haaren und unternehmungslustig leuchtenden braunen Augen, die ein winziges bißchen schielten. Erwähnte ich schon, daß mich ein kleiner Silberblick bei Männern unmittelbar begeistern, ja, sogar erotisieren kann?
Benjamin Krug. Einer der ersten Benjamine seiner Generation. Die meisten Benjamine saßen noch im Sandkasten und warfen mit Sand. Wenn überhaupt.
Zweiundzwanzigeinhalb war dieser Benjamin. Blond, zerzaust, frischluftgeladen und mit einem kleinen goldenen Knopf im Ohr. Zum Anbeißen süß.
Ich war auf der Stelle hingerissen. Die Kinder auch.
»Benjamin«, sagte ich. »Ich habe das Ganze bis zum Schluß für einen Aprilscherz gehalten.«
»Aber es ist Mai«, sagte Benjamin. »Im Mai wird nicht gescherzt.« Er zwinkerte den Jungen zu.

»Benjamin«, sagte ich. »Was halten Sie von einer Woche Probezeit?«
»Viel«, sagte Benjamin.
Mir wurden die Knie weich. So ein charmanter Jüngling! Und dieser Silberblick! So ein Krug geht so lange zum Brunnen, dachte ich, bis er bricht.
»Also, Benjamin«, sagte ich. »Morgens um halb acht bringen Sie die Kinder zur Schule, dann machen Sie den Haushalt, da rede ich Ihnen nicht rein. Ich drehe vormittags. Schön wäre es, wenn wir mittags um halb drei gemeinsam essen könnten. Nachmittags können Sie mein Auto haben und die Kinder zum Hockey, Tennis, Singen, Schwimmen und Basteln und kreativen Gestalten fahren. Der Terminkalender liegt auf dem Tisch. Danach bewachen Sie sie bei den Hausaufgaben. Bitte nicht helfen, nur bewachen. Da es im Moment lange hell ist, können Sie dann noch mit ihnen rausgehen. Um acht Uhr müssen sie ins Bett, außer samstags. Lassen Sie sich von den Kindern keinen Bären aufbinden. Sie dürfen weder Cola trinken noch den Spätkrimi sehen, noch eine Pistole mit in die Schule nehmen. In einer Woche entscheiden wir alle vier, ob das der richtige Job für Sie ist. Einverstanden?«
»Einverstanden«, sagte Benjamin.
Ernie und Bert nickten begeistert.
Benjamin schnallte seine Rollschuhe ab und ging auf Socken sich die Hände waschen. Die Socken waren selbstgestrickt. Dreizehn Punkte, drittes Leistungsfach, diagnostizierte ich vor mich hin.
Dann setzte Benjamin sich zu Ernie und Bert auf den Boden.
»Was macht ihr denn so, wenn ihr mit den Hausaufgaben fertig seid?«
»Nix«, sagte Bert. »Keiner spielt mit uns, und wir müssen uns immer langweilen.«
»Aber wir dürfen fernsehen, soviel wir wollen. Power Rangers und so«, fügte Ernie schnell hinzu.
»Das ist doch Scheiße«, sagte Benjamin.
Ich hätte ihn küssen können.
»Und wir haben Gewehre«, sagte Ernie wichtig. »Und Messer

und Gummiflitschen und Pfeil und Bogen. Damit können wir auf Erpel schießen.«
»Das ist genauso blöd«, sagte Benjamin.
»Was sollen wir denn sonst machen?« nörgelte Bert. »Einen neuen Computer krieg ich erst mit sieben!«
»Könnt ihr Rollschuh laufen?«
»Rollschuhfahren ist total blöd«, sagte Bert.
»Aber NICHT, wenn wir zu meinem Geheimhügel neben der Piratenhöhle gehen«, hörte ich Benjamin noch sagen, als ich im Arbeitszimmer verschwand.
Ich konnte es nicht fassen.
Sollte das graue Hausweibchen doch ausfliegen dürfen?
Ganz allein? Ungestraft? Ohne Haue obendrein?

Die letzten Wochen in »Unserer kleinen Klinik« vor der großen Sommerpause waren angebrochen. Anita Bach heiratete Prof. Bornheimer. Tagelang.
Jeden Morgen um zehn zog ich pflichtfroh mein zitronengelbes Wattebäuschchenkleid an und begab mich dann für eine längere Sitzung in die Maske.
Bettina mußte mir täglich frische Flora-soft-Butterblumen ins Haar winden, die Nägel mußten perl-mutti-mäßig neu getüncht, die Brauen schmal gezupft und das Dekolleté milchig-tönern getupft werden.
Mein Bräutigam sah umwerfend aus. Der graue Smoking mit der dunkelroten Fliege putzte ungemein.
Ansonsten hatten wir natürlich jede Menge Gefolge.
Da waren zum einen sämtliche Ensemblemitglieder, die vor der großen Sommerpause noch einmal zu einem grandiosen Finale vereinigt wurden: alle Herren Doktores aus dem Ärzteteam, die Oberschwestern, Lernschwestern, Assistenzärztinnen, Pfleger und das Verwaltungspersonal.
In den ersten Reihen hinter dem Braut- und Jubelpaar standen natürlich die festen Ensemblemitglieder. Dahinter standen die Statisten.
Oberschwester Lore Läscherlich trug ein Brautmutter-war-die-Eule-Ensemble Größe achtundvierzig aus dem Versandhauska-

talog Trulla Pöpken mit geblümtem Königin-Großmutter-Hut und Schleife auf dem Busen – das kaschiert, streckt, hebt und teilt.
Gretel Zupf als persönliche Sekretärin des Chefarztes erschien natürlich auch zu diesem Anlaß in Selbstgestrickt. Das luftige, lappige, löchrige Gewand in elegant kaschierendem Orange spannte zwar etwas über dem rundlichen Busen der drallen Kollegin, aber es putzte ungemein.
Neben ihr stand das grämliche Ehepaar Unterarzt Dr. Gernot Miesmacher und seine ichbezogene Gattin, Oberschwester Elvira Merkenich-Miesmacher.
Elvira war eine der wenigen Kolleginnen, die manchmal etwas anstrengend sein konnten. Vielleicht lag es an ihrer krankhaft-dranghaften Mitteilungsfreude. Es gelang mir nicht immer, völlig unverkrampft auf sie zuzugehen, weil ihr ganzes Sinnen und Sagen nur um sie selbst, ihren Gatten Gernot und ihren Sohn Adrian kreiste. Ein GROSSER Fehler war es zu fragen, wie es ihr gehe. Das tat man nur einmal, dann nie wieder. Näherte man sich aus Versehen Elvira, was ich im Laufe der Jahre zu verhüten wußte, wurde man unweigerlich in den Sog ihrer tintenfischigen Wortflut gezogen, in dem man dann hilflos zappelte wie die bereits erwähnte Tütchensuppe im Netz und dem man nur durch Hinterlist und Tücke, wie zum Beispiel den hochnotpeinlich vorgeschobenen dringlichen Gang zur Toilette, entkam. Meistens ertappte man sich dann dabei, daß man ärgerlich auf der Brille hockte und hochroten Kopfes ein paar Tröpfchen abdrückte, während der nicht enden wollende Wortschwall der Elvira Merkenich-Miesmacher sich in die Nachbartoilette ergoß. Sie wartete dann gnadenlos vor der Klotür, gestikulierend und mit geschwollener Halsschlagader, bis man wieder herauskam, und ließ nicht eher von einem ab, bis sie entweder ihre ganzen zweihundert Adrian-Fotos gezeigt hatte oder ein neues Opfer ihren Weg kreuzte. Wenn ich sie schon morgens in der Krankenhauskantine sitzen und mit steifen Händen gestikulieren sah, wanderte ich lieber noch eine Runde um die Altpapiercontainer im Hinterhof von »Unserer kleinen Klinik«, als ihr in die Fänge zu fallen.

Ich wartete eigentlich nur auf den Moment, wo einer es mal wagte zu sagen: »IMMER mußt du mich langweilen«, und einfach aufstand und ging. Aber das wagte keiner. Auch nicht ihr Gatte, Unterarzt Dr. Gernot Miesmacher. Vielleicht war das einer der Gründe, warum der arme Mann zeit seines Lebens Unterarzt bleiben sollte. Wer weiß.

Elvira trug heute zur Feier des Tages ein pinkfarbenes kleingeblümtes Muttikostüm mit dazu passender pastellener Handtasche. Ihre eigene Hochzeit mit Unterarzt Dr. Gernot Miesmacher lag leider schon einige Jahre zurück, was sie aber nicht daran hinderte, pausenlos davon zu erzählen und natürlich ungefragt Hunderte von Fotos aus ihrer pastellenen Handtasche zu zaubern.

Schräg hinter den Miesmachers hampelte der bekloppte Hilfspfleger Adolf herum, der immer für alle den Affen machte und den außer ihm selbst keiner witzig fand.

Daneben standen brav und pflichtfroh der aidsinfizierte Assistenzarzt Dr. Christof Gernhaber mit der nächstenliebenden Narkoseärztin Dr. Mechthild Goch. Neben ihr mit schwarzem Kopftuch die türkische Kollegin Merdal Gyllhyll, der kleinwüchsige, stiernackige und hinterhältige Oberarzt Dr. Jean Marie Wagner mit dem stechenden Blick, der immer seine Frau betrog und windige Geschäfte mit einem Beerdigungsunternehmen tätigte, und sein überkorrekter und humorloser Kollege Dr. Neidhard Hammel, der sich in der Forschung betätigte und dessen Vater ein Pharmaunternehmen betrieb. Es gingen Gerüchte, daß Neidhard Hammel seinen Doktortitel in Südamerika gekauft hatte, was ihm nur durch zwielichtige Geschäfte mit den Pharmaprodukten seines Vaters gelungen war. Auf der anderen Seite des Ganges standen schmallippig und säuerlich die hühnerpopoige Pia aus der Anmeldung, die pferdehaarige Lernschwester Ulrike im schwarzen Samthängerchen (Trulla Pöpken einmal festlich) und ihre stets leidende Freundin Nachtschwester Berthild, die sich bekanntermaßen im Dunkeln fürchtete. Alle hatten sich zur Feier des Tages sehr fein gemacht.

Der Standesbeamte war echt. Das Rathaus hatte seinen Festsaal

nur unter der Bedingung für Dreharbeiten zur Verfügung gestellt, daß der eigentliche Standesbeamte mitspielen durfte. Feierlich und wichtig tropfte die Ansprache der Amtsperson auf unsere Häupter herab.
Gustav Grasso fand das überflüssig.
Er hockte wie immer lustlos und kein bißchen angemessen gekleidet mit seiner Baskenmütze auf seinem Höckerchen, mit flanellenem Hemd und ungebügelter Hose und völlig unkleidsamen Turnschuhen mit raushängender Zunge.
»Na los, macht mal ein bißchen, Leute, wir sind doch nicht zum Vergnügen hier«, murmelte er, während er das lappige Drehbuch von sich schleuderte. »Los jetzt mal, ein Durchlauf.«
Die Statisten drängelten sich in den hinteren Reihen. Sie waren WOHL zum Vergnügen hier!
Klaus Overbeck, der freundliche Kameramann, fuhr einmal auf seinem fahrbaren Höckerchen an den sorgfältig herausgeputzten Herrschaften entlang. Der Produktionsleiter sorgte für Ruhe hier.
»Mach mal ein paar Schwenks über die Leute, dann können die gehen, und wir können in Ruhe arbeiten«, sagte Gustav Grasso in sein Megaphon.
»Jenau«, sagte Lore Läscherlich. »Jrauenvoll is dat mit diesen Läuten. Ham nix zu tun am hällischten Taach und kriegen auch noch Jeld dafür!«
Genau wie du, Lore, dachte ich hämisch in meinen Zitronenfalterkragen hinein. Du hast auch nichts zu tun und kriss auch noch Geld dafür. Und? Bist du heiter, ausgeglichen und glücklich? Nich für Geldtabei. Läscherlisch. Haue obendrein.

Nach diesem unerfreulichen Drehtag wollte ich nur noch nach Hause.
Aber das war nicht so einfach. Die Wirkung des Lärvchen-Racheaktes war länger anhaltend als geplant. Eigentlich sollte es jetzt gut sein. Justus und ich, wir hatten eine Menge Spaß gehabt. Und ich war ihm auch nicht mehr böse. Doch die Tütchensuppe zappelte im Netz, sosehr ich auch versuchte, es auszuschütteln.

Da, Süppchen. Darfst weiterschwimmen. Mama ist nicht mehr böse. Und das mit dem Lärvchen nimmst du ja auch irgendwie zurück. Inzwischen. Wo du doch meine ganzen reichhaltigen Facetten kennenlernen durftest. Dein Strunzen hat sich auch erledigt. Laß uns Freunde bleiben. Ne? Getz is genuch. Geh schön nach Hause.
Aber es war so ähnlich wie mit Elvira Merkenich: Wenn er einen erst mal in den Fängen hatte, gab es kein Entrinnen.
Justus stand angelegentlich auf der Rathaustreppe und ging nicht nach Hause. Er blätterte sehr konzentriert in seinem Dienstplan. Daß er den noch nicht aufgefressen hatte! Ich kannte leider die Geheimausgänge im Rathaus nicht so gut wie die in Unserer kleinen Klinik. Also mußte ich wohl oder übel an Justus vorbei.
»Tschüs, Justus, schönen Tag noch!« Ich lächelte froh.
»Du hast offiziell noch zwei Stunden Dienst«, sagte Justus böse. Doch das Lärvchen wand sich bockig aus seiner Umklammerung.
»Wie meinst du das?« fragte ich zurück. »Gehört das Zusammensein mit dir zu meinen dienstlichen Pflichten?«
»Widdasehn« und »Schönen Tag noch zusammen«, sagten Lore und Gretel, die nach dem Abschminken endlich aus dem Gebäude kamen. Ich selbst hatte mir schon schrecklich viel Zeit gelassen. Aber sie waren NOCH später dran. Wat sollten die getz auch mit dem anjebrochenen Vormittaach anfangen, sachma!
»Selber«, rief ich hinter den beiden her.
»Also«, sagte Justus. »Was ist jetzt?!«
»Ich habe zu Hause eine Menge zu tun«, sagte ich. Das Ein-Frau-Stück, Reisevorbereitungen, Großeinkauf mit Benjamin, Grete-zum-Flughafen-Bringen und so. Aber das wollte ich Justus nicht erzählen.
»ICHCH habe zu Hause AUCH eine Menge zu tun!« begehrte Justus auf. »Ichch muß meine Stäuerunterlagen ordnen und meinen Rasierapparat zur Rreparatur bringen und meiner Frau ein Muttertagskchlaid kchaufen und meinen sechs Kchindern zum Vatertag Briefe schreiben. Das haben sie sich eingemahnt.«
Er lachte dröhnend. Das Gelächter prallte jedoch ungestützt an der Rathaustreppe ab.

»Also«, sagte ich. »Worauf wartest du! Doch nicht etwa auf mich?«
»Ich wollte nur mal sehen, wohin du jetzt gehst«, sagte Justus.
»Zum Auto«, sagte ich. »Wohin denn sonst.«
Wir standen unschlüssig herum. Lernschwester Ulrike und ein paar andere Kollegen kamen die Treppen herunter.
Ulrike lächelte besonders warmherzig, mild und schlee.
»Schönen Tag noch zusammen!«
»Ja! Auch so! Bis morgen!«
Ich lenkte meine Schritte freudig Richtung Auto.
Justus folgte mir auf dem Fuß.
»Du willst also nicht«, sagte Justus.
Ich blieb stehen.
Wir standen auf der Treppe, frisch verheiratet, jung und glücklich und schön, und frönten dem Frust des Müssens. Morgen würden wir hier Blumen streuen und Brautstrauß werfen, in vollem Ornat, jubelnd und voll des jungen Glücks. Gustav Grasso würde »überflüssig« murmeln, und der Produktionsleiter würde »Bitte hier« rufen, und sechzig angeheuerte Statisten würden unseren Weg säumen und aufgeregt darauf achten, möglichst nahe vor der Kamera plaziert zu werden.
Und jetzt standen wir hier, und ich hatte keinen Bock auf meinen Bräutigam, weder auf das Wandern am Flusse noch auf andere Vergnügungen, wie sich das für eine frisch vermählte Gattin eigentlich gehörte.
»Du willst also nichcht«, wiederholte Justus.
Und bist du nicht willig, so brauch ich Gewalt?!
»Was heißt, du willst also nicht?« ereiferte ich mich. »Mein Dienst ist für heute zu Ende, und ich gehe nach Hause. Deine gütige Erlaubnis vorausgesetzt.«
»Ichch möchchte aber mit dir zusammensein«, sagte Justus. Ich bemerkte ein paar weiße Flecken um die Mundwinkel.
Nanu? Gerade hatte er mir noch aufgezählt, was er alles für wichtige Sachen zu erledigen hatte!
»Du, Justus«, sagte ich, indem ich meine Hand auf seinen kinderkackegelben Jöppchenärmel legte. »Ich kann heute nicht. Nicht böse sein. Keine Zeit zum Wandern.«

»Wir kchönnen ja sofort was anderes machen«, sagte Justus.
»Bitte?« Ich dachte an den Großeinkauf und an Gretes Flieger um halb drei.
»Wenn du wüßtest, wie reif er schon wieder ist…«
»Wer?«
In dem Moment kam das grämliche Ehepaar Elvira Merkenich und Gernot Miesmacher die Rathaustreppen hinab.
»Na wer wohl«, sagte Justus. »Der unartige Kchärl, der schlimme Lümmäll.«
Das war das Holzfällervokabular, das ich in gewissen Situationen an Justus so anregend fand. Im Moment erschien es mir deplaziert.
»Psst«, machte ich unauffällig.
»Der kann es schon gar nichcht mehr aushallten, der unartige Gesälle«, sagte Justus.
»Schnauze«, zischelte ich.
Nun waren die beiden sympathischen Kollegen Gernot und Elvira auf unserer Höhe angekommen. Gernot wollte – wenn auch zynisch grinsend; er war im Besitz von ungefähr dreißig schlecht gemachten Zahnkronen, mit denen er gern und häufig zynisch grinste – grußlos an uns vorbeigehen. Das mochte ich an ihm. Er grinste zynisch, aber er ging wenigstens weiter.
Elvira ging NICHT weiter. Sie schaffte es niemals, taktvoll schweigend an jemandem vorbeizugehen.
Frau Merkenich-Miesmacher also mischte sich in der ihr angeborenen Aufdringlichkeit in unser intimes Gespräch:
»Na, was habt ihr zu diskutieren?«
»Wir überlegen gerade, ob wir zu mir oder zu ihm gehen«, sagte ich liebenswürdig. »Er sagt, sein schlimmer Geselle ist ein unartiger Bube und kann es nicht mehr aushalten.«
Elvira bedachte uns mit einem herablassenden Adlerblick. Gernot verzog das Gesicht zu einem zahnkronen-entblößenden Grinsen.
Justus Streitacker tat, was er immer tat: Er lachte sonor und laut, diesmal vor Verlegenheit.
»Na dann!« tirolerte er aufgekratzt. So ein Spaß!
Sein schlimmer Geselle krümmte sich wahrscheinlich errötend in

seinem dunklen Verlies zusammen und hielt sich die Ohren zu, plötzlich allen Übermutes und aller unanständiger Vorfreude ledig.
Gernot grinste bösartig vor sich hin. Alle dreißig Zahnkronen blitzten in der Sonne. Gernot wußte natürlich um die Verfassung des schlimmen Lümmels seines Kollegen und um dessen dringliche Gelüste.
Ich glaubte ihm allerdings unbesehen, daß solcherlei Freuden mit Elvira Merkenich schon seit Jahren nicht mehr zum Standardrepertoire des Ehelebens gehörten.
Elvira, die den ganzen Tag hyperaktiv war in ihrer rastlosen Mitteilsamkeit, mußte nachts erschöpft in ihren Kissen ruhen, wahrscheinlich mit einer Fettcreme aus den Hausweibchen-Magazinen von Gretel Zupf.
Sicher wälzte Gernot sich nächtens neben seiner endlich schweigenden Gattin ruhelos auf dem ehelichen Biberbettbezug hin und her, schaltete lustlos durch alle Talk- und Quak-Shows, die ihre Schlafzimmerkiste hergab, und überlegte, warum er, der ewige Unterarzt, es nicht schaffte, aus seinem Leben etwas Anständiges zu machen. Weder wurde er als Talk-Gast in eine noch so mitternächtliche Show eingeladen, noch bereicherte eine verbotene Liebschaft sein trostloses Dasein. Auch wollte ihn niemand als Vorsitzenden, weder der Altherren-Minigolf-Verein in Quadrath-Ichendorf noch der Golf-Club im Sauerländischen, wo er mit seiner Gattin bekanntermaßen ein Wochenendhaus bewirtschaftete. Einfach nichts passierte in seinem Leben. Nichts. Der ewige Unterarzt aus der letzten Reihe mußte immer nur zugucken. Er tat mir leid.
»Na, dann überlegt mal schön«, sagte Elvira schließlich.
»Komm, Gernot.« Damit warf sie ihre blonde Heißluftstengel-Fönwelle in den Nacken und stolzierte davon.
Gernot grinste grämlich.
Wir warteten, bis die zwei in ihrem grauen Opel Ascona verschwunden waren. Dann nahmen wir unser Gespräch wieder auf.
»Ich hab das Gefühl, du weichst mir aus«, sagte Justus.
»Quatsch«, sagte ich. »Wie kommst du denn darauf?«

»Ich hab deine Blicke aufgefangen.«
»Welche Blicke?«
»Das weißt du genau. Blicke in Richtung Gustav Grasso.«
»Gustav Grasso?« erzürnte ich mich. »Spinnst du?«
»Ich hab da ein ganz feines Gespür für«, strunzte Justus. »Ich merk so was genau.«
Ach ja, ich hatte ja ganz vergessen, wie feinfühlig er im Grunde seines Südtiroler Bauernherzens war.
»Ich darf doch wohl auf den Regisseur gucken, wenn der mir Anweisungen gibt«, wetterte ich wütend.
»Das war mehrr als nurr schauen«, sagte Justus. »Solchche Blickche waren sonst nur für mich reserviert.«
Reserviert?! Sollte ich mir ein Schild vor die Stirn nageln, wo »Reserviert für den Hauptdarsteller« draufstand?
Ich ärgerte mich. Was ging Justus Streitacker an, wie und wann und warum ich den Regisseur anguckte!! Ja, wo sind wir denn hier, tobte es widerborstig in des Lärvchens hübschem Köpfchen. Ich darf doch gucken, wohin ich will!
Augensenkzwang gibt's in diesem unserem Lande nicht!
Zumal du, lieber, geschätzter Justus, ein Kollege bist, ein Kollege und nicht etwa mein Ehemann oder sonst was Spießiges. Wenn Ernstbert mir verböte, in eine bestimmte Richtung zu gucken, dem würd ich aber was auf die Mütze hauen!! Aber Ernstbert käm auf so was nie!!
Dem war völlig egal, wohin ich guckte, Hauptsache, es war abends Bier im Kühlschrank und die Klobrille war frei.
»Ich weiß ja nicht, was du an dem alten, häßlichen Kchärl findest«, sagte Justus.
»Er ist ein genialer Regisseur«, wagte ich aufzumucken. ICH hatte ja keine Ahnung. Kannte ich doch außer Gustav nicht EINEN Regisseur! Da hatte Justus natürlich ganz andere Vergleichsmöglichkeiten!
»Er ischt ein Spieler und eine gescheiterte Existenz.«
»Ein Spieler?«
»Ja, ein Spieler. Er drückcht sichch in Spielhöllen herum und verschleudert sein ganzes Gälld. Und am Wochenende fährt er nach Bad Münstereifel ins Casino.«

»Woher weißt du das?«
»Das weiß hier jeder.«
»Ich weiß das nicht. Und ich will es auch gar nicht wissen. Blödes Gequatsche. Außerdem muß man in Casinos eine Krawatte tragen. Und Gustav trägt keine Krawatte. Niemals. Das ist der Beweis. Es ist ein Gerücht.«
Ich ging entschlossen die Rathausstufen abwärts. Mein Auto parkte direkt um die Ecke im Halteverbot. Falls es da noch parkte.
Justus kam hinter mir her.
»Charlotte!«
»Tschüs bis morgen!«
Ich hatte keine Lust mehr, weiter mit ihm zu diskutieren. Weder über die weitere Gestaltung meines Nachmittages noch über Gustav. Über den schon erst recht nicht. Es stimmte, daß ich ihn mochte. Irgendwie faszinierte mich dieser chronisch übellaunige, alte, eiserne Querkopp. Vielleicht, weil er so wenig zu gefallen versuchte. Ganz im Gegensatz zu allen anderen Menschen auf der Welt.
Inklusive mir.
Na, verdammt. Wo war denn meine alte Kiste, der milchgraue Kombi? Ich hatte ihn doch ganz bestimmt hier abgestellt! Hier vor dem »Schmierigen Lappen«. Eine urige Kölsch-Kneipe, in der es Bier am Meter gab. Abends drängelten sich hier die Altstadt-Touristen und quollen in lärmenden Knäueln bis auf die Straße, aber um diese frühe Mittagszeit war hier noch kein Mensch. Die Kneipe hatte gerade erst aufgemacht.
Kein Kombi. Nichts. Noch nicht mal eine Bremsspur.
Ich drehte mich suchend um.
Außer einem kinderkackegelben Justus-hinter-der-Laterne war niemand zu sehen.
Nein, kein Irrtum möglich.
Abgeschleppt.
Meine Pechmarie. So'n Mist.
Das würde teuer werden. Und Zeit verlor ich noch dazu!
Ich hatte doch Grete versprochen, sie und ihren Bodo zum Flughafen zu fahren! Und vorher wollte ich unbedingt noch mit

Pechmarie in die Waschanlage und zum Frisör! Und die Erpelkacke hinter dem Fahrersitz wegmachen! Mir brach der Schweiß aus.
Ich betrat kurzentschlossen den »Schmierigen Lappen«.
Die Stühle standen noch auf den Tischen. Ein junger Mann war hinter der Theke beschäftigt.
»Kann ich hier mal telefonieren?«
Wortlos knallte mir der junge Mann das Telefon auf den Tresen. Hinter mir klimperte Kleingeld aus dem Automaten. Die Kneipe war so dunkel, daß ich fast nichts erkennen konnte.
»Ich bräuchte mal das Telefonbuch.«
»Bitte sehr! Sonst noch was?« Das dicke Telefonbuch fledderte hinterher.
»Ein Kölsch. Aber nicht schmeißen«, sagte ich.
Dann wühlte ich in dem speckigen, abgegriffenen Telefonbuch herum. »Abschleppdienst«, nee. Ich wollte ja keine weiteren Dienste dieses freundlichen Unternehmens mehr in Anspruch nehmen.
Polizei. Die Jungs wußten bestimmt, wo meine Pechmarie abgeblieben war.
Ich wählte das Präsidium Poststraße.
Hinter mir klimperte es wieder. Da hatte einer eine glückliche Hand.
»Ein Kölsch, die Dame.«
Ich setzte das schmale Glas an die Lippen und trank.
»Hallo, Polizeirevier? Tag. Haben Sie mein Auto abgeschleppt? Es heißt Pechmarie und ist grau.«
»Moment, ich verbinde.«
Es rauschte. Ich trank mein Kölschglas leer.
»Straßenverkehrspolizei, erstes Revier.«
»Tag. Haben Sie mein Auto abgeschleppt?«
»Wir haben heute über siebzig Autos abgeschleppt«, meldete die Stimme des Beamten stolz.
»Ist meins auch dabei?« Ich nannte ihm die Autonummer.
»Ja, das ist auch dabei«, freute sich der Polizist.
»Es stand vor dem ›Schmierigen Lappen‹«, informierte ich ihn der Vollständigkeit halber.

»So ein alter, schmutziger Kombi?«
»Ja. Pechmarie heißt er«, sagte ich froh.
»Mit viel Gerümpel drin? Und zwei völlig veralteten, nicht mehr Tüv-zugelassenen Kindersitzen mit Quarkflecken drauf? Und leeren Fruchtzwergbechern auf der Konsole?«
»Und Erpelkacke hinter dem Fahrersitz! Ja! Genau! Der isses! Her damit!«
»Und keine Radkappen auf den Winterreifen?«
»Ja! Winterreifen!« freute ich mich. »Wie haben Sie das auf die Schnelle erkannt?!«
»Mit jeder Menge Aufklebern des Fernsehsenders ›Vier Minus‹?«
»Ja!« jubelte ich. »Wie geht es meinem kleinen Liebling?«
»Er stand zu zwei Dritteln auf dem Bürgersteig«, sagte der Polizist streng. »Zwei Drittel verkehrswidriger Passantenbehinderung.«
»Das tut mir leid«, sagte ich zerknirscht. »Geschieht mir recht, daß Sie mich abgeschleppt haben. Absolut recht.« Und Haue obendrein. Ich wühlte nach einem Taschentuch.
Der junge Kerl am Tresen stellte mir noch ein Kölsch neben das Telefon.
»Das geht aufs Haus«, sagte er.
»Also, dann holen Sie das Fahrzeug mal wieder ab«, sagte der Beamte ungerührt. »Und halten Sie hundertsechzig Demark bereit. Von einer Anzeige wollen wir diesmal noch absehen, weil Sie Reue zeigen.«
»Das ist nett von Ihnen«, sagte ich herzlich. »Ich heule fast vor Reue!! Ich will's auch nie wieder tun!«
Er nannte mir die Adresse, und ich kritzelte sie auf einen feuchten Bierdeckel.
»Die Story hat gewirkt«, sagte ich zu dem Wirt. »Er will von einer Anzeige absehen.«
Ich wählte die Taxi-Nummer.
»Einmal schmieriger Lappen«, kölschte ich in den Apparat. »Die Dame steht am Tresen.«
Dann legte ich eins fünfzig neben den Bierdeckel.
»Und das andere geht aufs Haus?«

»Das geht auf den Herrn da.«
Ich sah mich suchend um. Meine Augen hatten sich fast an das Dunkel gewöhnt.
Am Spielautomaten hockte zusammengesunken eine gedrungene Gestalt mit Baskenmütze.
»Danke«, sagte ich und prostete ihr zu.
»Du warst leider gut«, sagte die Stimme von Gustav Grasso. »Manchmal gewinne ich den Eindruck, daß du tatsächlich Talent hast.«
»Überflüssig«, sagte ich geschmeichelt. Dann knallte ich das halbvolle Glas auf den Tresen und taumelte fort.
Justus stand hinter der Laterne und steinigte mich mit Blicken. SO war das nämlich. Ich traf mich bereits heimlich mit Gustav in der Kneipe!! Er HATTE es ja gewußt!
Und ihm heuchelte ich vor, ich hätte zu Hause was Wichtiges zu tun! Aber NICHT mit ihm, Justus, dem Mann von Welt. Schließlich war Justus kein KLEINER Dummkchopf.
Das sollte noch Konsequenzen haben.

Es war der einunddreißigste Mai, und es war ein wunderbarer heißer Sommernachmittag. So einer, wie er im Buche steht. Ich war sicher, daß Ernie und Bert sich später an diesen Sommernachmittag erinnern würden.
Die Kinder rannten splitternackt mit Benjamin durch den Garten, bewarfen sich mit Lehm und versuchten sich gegenseitig nasse Handtücher um die Beine zu schlagen.
Zwischendurch stürzten sich die drei quietschend und wiehernd in den kaum noch halbvollen Gummipool, in dessen bräunlicher Brühe außer ein paar Schwimmtieren und Sandkastenförmchen noch Grashalme, Kleeblätter, Rührschüsseln aus meinem Küchenschrank und ein verwitweter Gummistiefel vor sich hin dümpelten.
Ein Spaßbad! Endlich hatten sie ihr Spaßbad!
Ein Gelächter und Gejubel aus zwei hellen und einer dunklen Knabenstimme drang zu mir ins Schlafzimmer hinauf. Ich stand versonnen am Kleiderschrank und drückte liebevoll meine weichgespülte, aprilfrische Reisegarderobe an die Wange.

Nun war es soweit.
Morgen würde meine große Deutschland-Tournee beginnen.
Die Kinder waren bei Benjamin in den besten Händen.
Er war der beste Kindermann, den ich mir nur vorstellen konnte. Ernie und Bert waren ganz versessen auf ihn. Er tobte und spielte und lachte und alberte wie ein Junghengst durch mein Haus und den Garten. Ein goldiger Junge. MIT Knopf im Ohr.
Grete war mit ihrem geheimnisvollen Dr. Bodo Berleburg auf Schiffsreise gegangen. Das Haus nebenan war abgeschlossen und still.
Ernstbert weilte nun schon seit zwei Wochen in Witzelroda, wo er Parkhäuser, Wohnblocks und Spielhöllen immobilienvermarktete. Meines Wissens saß er dort in einem eigens für ihn eingerichteten Büro, in dem er potentielle Großkäufer anwarb und sie mit kaum noch zu steigerndem Eifer unternehmensbereit. Ich war sicher, daß er noch nicht einmal an die Sonne gekommen war, daß er nicht ahnte, ob gerade Sommer oder Winter sei, daß sein Dienstwagen unmittelbar vor seinem Büro stand und daß er außer seinem Hotel und dessen Restaurant noch keine Witzelrodaer Sehenswürdigkeit besichtigt hatte.
Manchmal dachte ich so leise vor mich hin, daß es sicher besser für seinen Kreislauf wäre, wenn er eine Geliebte hätte, aber ich war sicher, daß er auf eine solche Idee gar nicht kam. Erstens war das anstrengend und zweitens – wie Gustav Grasso an dieser Stelle gesagt hätte – überflüssig. Wo Ernstbert doch mich hatte. Mich, sein allzeit heiteres und williges Hausweibchen.
Aber wenn er nicht da war, vermißte ich ihn auch nicht besonders. Es bestand keinerlei emotionale Abhängigkeit zwischen uns.
Nun also legte ich während des Abschiedstelefonates liebevoll meine neu gekaufte oder doch zumindest frisch aufgebügelte Sommergarderobe in den Koffer und empfing Ernstberts letzte Anweisungen.
»Hast du auch die Bedienungsanleitung für den Koffer gelesen? Es gibt da einen ganz bestimmten Trick, wie man den zieht! Der hat noch zwei Jahre Garantie, und wenn du ihn falsch ziehst, geht er kaputt. Das ist ein ganz empfindlicher, hochgradig intelli-

genter Koffer (alle Dinge, die Ernstbert als Sklaven für seinen Alltagsgebrauch einkaufte, waren hochgradig intelligent, bei mir angefangen!), extra für die zarte Damenhand gemacht. Er war sehr teuer, hörst du! Die Schlüssel für das Geheimfach stecken im Innenfutter. Verlier sie nicht, sonst ist die Garantie hinfällig. Kein Schwein ersetzt dir den Koffer, wenn du die Schlüssel verbummelt hast, ist dir das klar?! Und von der Steuer kannst du den Koffer natürlich auch nur dann absetzen, wenn du die vollständige Original-Quittung vorlegen kannst. Heb also die Quittung auf und hefte sie sorgfältig ab!«
»Ja, Ernstbert. So hab ich dich kennen- und lieben gelernt. Das Abheften von Quittungen ist eine Leidenschaft, über die wir einander nähergekommen sind, weißt du noch? Vor fast acht Jahren? Nein, Ernstbert. Natürlich, Ernstbert. Danke, Ernstbert. Blink, blink, blink. Leg jetzt bitte auf, Ernstbert. Ja, ich liebe dich auch, Ernstbert. Weißt du doch.«
Und ich stellte erfreut fest, daß sie, nämlich die Sommergarderobe, a) erfreulich gut paßte – die Obsttage hatten gewirkt – und b) erfreulich gut gebügelt war! Benjamin hatte zwar nur den Grundkurs Bügeln in der dreizehn belegt, da der Leistungskurs quotenmäßig mit männlichen Teilnehmern überbelegt gewesen war, aber dafür hatte er über fünf Jahre an der Volkshochschule noch einen freiwilligen Bügelkurs extra für Männer absolviert, weshalb man ihm die Militärzeit erlassen hatte. Wenn man das doch überall in der Welt so handhabte! Es würde nie wieder Kriege geben! AUCH nicht Ehe-Kriege. Weil der MANN ja bügeln würde. Und nicht schießen.
Gerade als ich bis zu den Schulterblättern im Wäscheschrank verschwunden war, klingelte es an der Tür.
»Ernie? Bert? Benjamin? Kann mal einer aufmachen, ich bin beschäftigt!!«
Die Kälber wälzten sich aber gerade heiser quietschend in ihrem Schweinetrog und warfen mit Schlamm. Keiner hatte das Klingeln gehört, geschweige denn mochte eines der tropfenden, nackerten Jungtiere an die Tür trotten und schauen, wer da Einlaß begehrte.
Also begab sich die Dame des Hauses nach unten. An ihrem Arm

baumelte schlapp ein halbes Dutzend Büstenhalter von unterschiedlicher Verwaschenheit.
Durch die grob gerasterte Glastür schimmerte etwas Kinderkakkegelbes. Ich nahm es aus den Augenwinkeln wahr, aber meine Gehirnzellen waren sämtlichst mit der Auswahl der BH-Kollektion auf meinem Unterarm und dem Weltfrieden-an-sich beschäftigt.
Mit der freien Hand öffnete ich die Tür.
»Justus!«
»Ichch war gerade in der Nähe…«
»Es sind über dreißig Grad, warum ziehst du dein Wams nicht aus?«
»… ichch hatte gerade mit meinem Steuerrberraterr etwas zu berraten…
»…was du nicht sagst…«
»… und wir waren viel frrüher ferrtig als gedachcht…«
»Komm rein.«
»Ja. Gärrn. Wenn ichch nichcht störe.« Joviales, selbstgefälliges Gelächter. Er sah sich suchend um.
»Ischt Gustav nichcht hier?«
»GUSTAV??? Der war noch nie hier! Was soll der Quatsch!«
»Sollte nur ein Schärrz sein, harharhar!«
»Du weißt doch, daß ich völlig humorlos bin. Laß also solche Scherze in Zukunft sein.«
Irgendwie war dieses Gustav-Thema für mich ein Wäschpennescht. Genau wie der Niedrich für die Grete.
Ich trat beiseite und ließ Justus eintreten. Sein Wetterjäckchen erleuchtete unseren düsteren Korridor.
»Willst du was Kaltes trinken?«
»Ja. Gärrn.« Ein letztes Verlegenheitsgelächter prallte von den Flurwänden ab.
Die Dame des Hauses schritt, um Beherrschung bemüht, vor dem Überraschungsgast her in die Küche. Dort öffnete sie gastfreundlich den Kühlschrank. Die BHs flatterten ihr am Handgelenk.
»Wasser, Limo, Cola, Bier, Eistee.«
»Eistee.«

»Also Eistee.«
Die Dame des Hauses servierte im Wohnzimmer. Ein Hausmädchen hatte sie nicht, und das Hausjungchen balgte sich gerade mit den nackerten Wildschweinkindern im Planschbecken.
»Setz dich.«
»Wo ischt dein Mann?«
»Verreist. Seit zwei Wochen schon.«
»Seit... zwei... Wochchen schon?«
»Ja. Schlimm?«
»Nein! Ich meine, du hättest doch was sagen kchönnen!«
»Was hätte ich sagen können?!«
»Na, daß er... verreist ist, daß du... sturmfrreie Bude hascht!«
Nö. Nun gerade nicht. Warum denn. Außerdem steht Gustav hinter dem Vorhang und kichert in sich hinein.
Justus stellte sein Glas auf den Tisch und zog mich beherzt am Oberarm. »Meine Güte, was hätten wir alles anstelllen kchönnen in der Zeit...«
Sie dürfen die Braut jetzt küssen. Oh, diese Leidenschaft!! Oh, diese südtirolische, bäurische Stürm- und Dränglichkeit! Diese schlimme, unartige Potenz!! Plötzlich befand ich mich zwischen den Eisteegläsern auf dem Wohnzimmertisch. Eine wilde Schar von Playmobilrittern mit Schießeisen und Bajonetten umringte uns. Zwei berittene Plastikpferde gingen zu Boden.
Draußen quietschten die Jungschweine.
»Charlotte, du Wahnsinns-Frrau, du Teufelsweib, du, du... du machst michch rrasend, und je mehr du vor mir davonläufst, um so rrrasender machchst du michch...«
Sicher waren es die BHs, die ihn so wild machten. Vielleicht auch die Playmobilritter und Piraten.
Er brachte mich schneller zur Strecke, als ich mir das selbst zugetraut hätte. Eigentlich wollte ich ja auch gar nicht mehr. Aber nun wollte ich doch wieder. Ich war mir ziemlich sicher, daß ich noch einmal wollte. Und zwar sofort.
Das gelbe Wetterjäckchen flog in die Ecke, die Wanderhosen hinterher.
Zu den sechs BHs flog noch ein siebter. Einen kleinen Moment

lang mußte ich an meine Freundin Elvira denken, die immer ihre BHs mit dem Gesicht nach oben in die Öffentlichkeit legte. Aber nur für einen kleinen Moment. Dann löste sie sich freundlicherweise in Luft auf und wehte – völlig schweigend übrigens! – zur Wohnzimmerdecke hinaus.
»Justus, laß das, die Kinder sind draußen...«
»Die sind beschäftigt...« Leidenschaftliche Küsse aus himmlisch feuchtem Männermunde. Sie schmeckten wunderbar. So wild, so... männlich, so... draufgängerisch, so... besitzergreifend!! O ja, verdammt, ich hatte sie vermißt, die Küsse, die vertrauten.
Es war wunderbar und kurz und heftig, und wir schrien nach etwa vierzig Sekunden beide vor Erleichterung und Wonne, beide gleichzeitig.
»O Gott. Das war leider gut.« Ich richtete mich auf.
»Mann o Mann, das mußte mal wieder sein.« Justus griff nach seinem Glas.
»O ja, das hat mir gefehlt.« Ich nahm ihm das Glas ab und trank in gierigen Zügen. Himmlisch. »Daß ich dich noch einmal ohne Wetterjäckchen erleben durfte... ich hätte es schon nicht mehr zu hoffen gewagt.«
Joviales Lachen aus kollegialer Kehle.
»What a man«, sagte Justus selbstgefällig und schaute an sich hinunter.
»Meinst du den?« fragte ich und zeigte auf seinen bösen Buben, der einen außergewöhnlich erschöpften Eindruck machte. Hastig griff ich zu meinen Siebensachen.
Kaum war das T-Shirt in die Hose gestopft, patschte eine glitschige Speckpfote draußen an die Glastür. Eine lehmbeschmierte Nase drückte sich neugierig an die Scheibe und kurz darauf noch eine, auf gleicher Höhe. Zwei Speckbäuchlein malten sich verzerrt am Fenster ab, abgerundet von zwei goldigen, kleinen dreckverkrusteten Schniddelwutzen. Feiner feuchter Sand schlängelte sich wie ein fetter Regenwurm an der Terrassentür herunter.
»Mama? Mach ma auf!«
»Wir brauchen neues Wasser!«

Ich öffnete die Tür. Justus saß splitternackt auf dem Wohnzimmertisch. Sein schlimmer Lümmel lag nachdenklich und erschöpft auf feuchtem Südtiroler Terrain. Wie nach einem heftigen Gewitter mit Regen und Sturm. Nichts regte sich mehr.
What a man.
»Aber nich reinkommen mit den dreckigen Füßen.«
»Wer is das?«
Ernie wischte sich Schlamm von der Backe und zog die Nase hoch.
»Das ist Justus Streitacker, ein Kollege von mir.«
»Ist das der, den du letzte Woche geheiratet hast?«
»Ja. Genau der.«
Aha. Die Kinder wunderten sich nicht. Worüber auch.
Benjamin war ebenfalls genaht, bewaffnet mit drei leeren Eimern und dem einen triefenden Gummistiefel. Er hatte sich anstandshalber ein nasses Handtuch um die Hüften geschlungen. Sein Oberkörper war erfreulich durchtrainiert. Grundkurs Treppewischen oder so.
»Aber Füße abtreten«, sagte ich.
Benjamin schrubbte sich umständlich die nackten Füße auf der grobgerasterten Gummimatte ab. Dabei verrutschte ihm das Handtuch.
»Benjamin! Dein Schuh ist auf!« rief Ernie froh.
Benjamin schaute suchend an sich herab. Schuh? Er hatte doch gar keinen an!
»Danke für die Verbeugung!« Ernie und Bert lachten sich kaputt. Reingefallen, Benjamin! Ach, dieses Kinderglück!
Mit einem Blick auf Justus ließ Benjamin das Handtuch fallen und trat wischend darauf herum.
Freundlich grüßend ging er mit seinen Eimern Richtung Gästeklo.
»Warum nehmt ihr nicht den Wasserschlauch?« rief ich hinter ihm her.
»Au ja, Mama, der Gartenschlauch!«
»Der ist in der Garage!«
Benjamin kam zurück und reichte Justus die Hand.
»Wir hatten noch gar nicht Tag gesagt.«

»Das ist mein Kollege, Herr Streitacker, und das ist unser Kindermann Benjamin.«
»Angenehm.«
Find ich auch, dachte ich. Echt angenehm. Zwei nackte Schönlinge in meinem Wohnzimmer.
»Mama, will der mitspielen?«
»Bestimmt«, sagte ich.
»Ja. Wahnsinnigg gärrn«, sagte Justus laut und sonor.
»Bei uns in Südtirroll, da tollen wir auchch immer durchch den Tümpell! Alle meine sechs Kchinder tollen durchch den Tümpelll, da hat's auch Frösche und Krchröten! Und ichch muß immer mittollen! Ja!! Im Tollen bin ichch gut!«
»Toll«, sagte Benjamin.
»Als er euch sah, wollte er gleich mitspielen. Er hat sich sofort die Kleider vom Leibe gerissen. Ich konnte ihn kaum noch aufhalten...«, sagte ich.
Benjamin grinste begeistert.
»Der hat meine Playmobilritter runtergeschmissen«, erzürnte sich Ernie.
Erschrocken sprang Justus auf. Auch Benjamin half beim Aufsammeln der winzigen Speere und Lanzen. Sorgfältig legten sie sie auf den Tisch.
»Wir haben in Südtirrolll auch Rritterr! Aber ächchte! Viele Burgen und Schlösserr hat's bei uns! Ihr müßt balld einmal kchommen!«
»Au ja, Mama, ich will da hinfahren, wo der wohnt!«
»Gibt's da kölnisches Essen oder tirolisches?« fragte Bert skeptisch.
»Südtirolisches. Aber das schmeckt köschtlichch! Ichch kchann auch kchochen! Im Kchochen...«
»... ist er gut«, sagte ich zu Benjamin.
»Ach was«, sagte Benjamin. Wir zwinkerten uns zu.
»Habt ihr auch ein Spaßbad?«
»Natürlichch!«
»Und Power Rangers?«
»Ichch habe vierr Buben!!« triumphierte Justus.
Tja, dachte ich. Beim Skat hätte er schon gewonnen.

»Meine Buben spielen auchch immer Ritterr!! Und ichch muß mittun! Jawoll! Im Ritterspielen bin ichch gut!«
»Das kann ich bestätigen«, sagte ich liebenswürdig.
»Sind Sie auch gut im Schlauchhalten?« fragte Benjamin. »Dann könnten Sie mir vielleicht behilflich sein.«
»Natürlichch kchann ichch auchch einen Schlauchch hallten!«
»Aber nicht sehr lange«, murmelte ich.
»Aber lange genugch«, grunzte Strunzus zurück.
Benjamin ging schon mal in die Garage.
Ich klaubte die BHs zusammen.
»Na dann viel Spaß zusammen. Wenn irgendwas ist: Ich bin oben beim Kofferpacken! Im Kofferpacken bin ich gut«, murmelte ich zufrieden, während ich, die BHs am Handgelenk, die Treppe hinaufstapfte.

Eigentlich wollte ich abends in aller Stille mit meinen Kindern Abschied feiern. Aber an diesem Tag kehrte bei uns keine Ruhe ein. Kaum war ich wieder zu meinem Wäscheschrank zurückgekehrt, klingelte das Telefon. Ich ging an den Schlafzimmerknecht, den Ernstbert neben dem Bett hatte.
»Hallo?« Prominente Menschen melden sich NUR mit Hallo. Da könnte ja jeder kommen. Wenn sich der Herr Bundeskanzler mit »Kohl?« melden würde, was der wohl dauernd auf die Mütze kriegte.
»Schmitz-Nittenwirm hier. Frau Pfeffer?«
»Ja. Hallo, Herr Schmitz-Nittenwirm. Schön, daß Sie sich mal wieder melden! Wie geht es Ihrer Frau Mutter?«
»Ich habe gehört, Sie wollen verreisen?«
»Woher wissen Sie das?«
»Von diesem jungen Mann, der Ernie und Bert immer auf Rollschuhen von der Schule abholt. Ist das Ihr Bruder?«
»Nein. Mein Hausjungchen.«
»Aha.« Pause.
»Herr Schmitz-Nittenwirm?« Ich legte die hochhackigen Pumps beiseite und stopfte den Kulturbeutel in eine Ecke des Koffers. Ich zog den Reißverschluß auf und hielt die Flasche mit der Body-Lotion gegen das Licht. »Sind Sie noch dran?« Die Haar-

schaumdose schien mir nicht mehr voll zu sein. Ich schüttelte sie.
»Frau Pfeffer, ich hätte Sie gern noch vor Ihrer Abreise kurz gesprochen.«
»Ist etwas passiert?« Bestimmt war wieder der Schulzahnarzt dagewesen, oder die Kinder hatten eine tote Maus im Überraschungsei gefunden. Irgendwas ganz Wichtiges mußte es sein. Ich sprühte probehalber etwas Haarschaum auf meinen Kopf. Doch. Es war noch genug drin.
»Ich würde Ihnen gern noch die neuen Rechenbücher aushändigen. Die Kinder werden dazu angehalten, freiwillig zu arbeiten.«
»Freiwillig ist immer gut.«
»Es ist ein zusätzlich erarbeitetes Sommerprogramm aus einer Lehrer-Eltern-Initiative. Der gesamte Stoff des vergangenen Schuljahres wird darin auf spielerisch-kreative Weise noch einmal aufgearbeitet.«
Nein, was HATTE Herr Schmitz-Nittenwirm sich wieder Mühe gegeben. Ich schmierte auf spielerisch-kreative Weise den Haarschaumklecks an den Schlafzimmerspiegel, wo er langsam erdenwärts kroch. Ich schaute ihm nach. What a Klecks.
»Ich würde Ihnen gern kurz das System erklären«, sagte Herr Schmitz-Nittenwirm.
Die Reisezahnpasta war schon ganz eingetrocknet.
»O ja, gern, erklären Sie. Ich höre.«
Schmeckte die noch?
»Das geht nicht am Telefon. Wie gesagt, ich könnte Ihnen die Arbeitsblätter schnell vorbeibringen. Mit dem Fahrrad wäre ich in drei Minuten da.«
»Könnten Schie etwasch schpäter vorbeiradschln?« fragte ich zwischen Zahnpastaschaum. Igitt. Das zog ja penetrant am Vierunten-links.
»Ja natürlich. Ich habe heute nichts Bestimmtes mehr vor. Wann paßt es Ihnen denn?«
»Scho gegen schecksch.«
Ich hätte gern gespuckt, doch wohin?! Benjamin wollte ich fürs erste nicht überstrapazieren.

»In Ordnung. Dann komme ich um sechs.«
»Bisch schpäta.« Ich legte auf und rannte ins Badezimmer, wo ich mir gründlich den Mund ausspülte. Verdammt. Das schmeckte ja widerlich. Außerdem zog es ganz entsetzlich am Zahn.
Was mach ich bloß auf der Tournee! Ich kann mir doch um Himmels willen keine Zahnschmerzen erlauben!
Nachdenklich ging ich ins Schlafzimmer zurück.
Au! Verdammt! Das zog, als hätte ich einen Angelhaken im Mund hängen.
Der Zahnschmerz wurde so übermächtig, daß ich deprimiert aufs Bett sank. Was sollte ich denn machen?
Ich wollte mich wieder erheben, doch der Zahnschmerz trieb mich in die Kissen zurück. Ein Blick auf die Uhr: Ob die Praxis von Dr. Geldmacher noch geöffnet hatte? An einem Mittwochnachmittag um fünf?
Draußen wurde das Becken neu gefüllt. Joviales Justus-Lachen mischte sich mit dem begeisterten Gebrüll meiner Söhne. Ach, daß sich alle so um meine Jungs bemühten! Wenn doch nur Ernstbert ein einziges Mal seinen bürostuhlverformten Hintern zum Wohle seiner Söhne an die frische Luft bewegen würde! Nur ein einziges Mal!
Ich schleppte mich zum Fenster.
Der Herr Burgschauspieler im kleinen geblümten Boxershortsensemble tollte mit Ernie und Bert durch den Tümpell, während Benjamin gelegenheitshalber die Gartenstühle abspritzte. Die grüne Plastikflasche mit der Aufschrift »Blitz-Blanko, der pfiffige Hausmann« stand auf dem Gartentisch. Benjamin hatte sich sein eigenes Putzmittelsortiment aus der differenzierten Oberstufe mitgebracht.
Ich griff zum Telefon. Vielleicht gab es einen zahnärztlichen Notdienst.
In Erwartung der säuerlich näselnden Gattin Brigitte auf dem Anrufbeantworter sog ich schon mal tief Luft ein und aus. Sie würde mir im besten Falle liebenswürdigerweise die Nummer vom zahnärztlichen Notdienst nennen.
Der Zahn pochte. Das Telefon flötete.

Es knackte.
»Geldmacher.«
»Herr Doktor? Sind Sie's wirklich?«
»Ja. Wer... Charlotte! Das ist aber eine Überraschung! Ich hatte nämlich gerade an Sie gedacht!«
»Wie nett von Ihnen«, sagte ich. »Ich auch an Sie.«
»In welcher... Hinsicht?«
»In Hinsicht auf meinen Vier-unten-links«, sagte ich. »Er pocht. Darf dat dat?«
»Nein. Meine letzte Füllung war stabil.«
»Ich hab eben meine Reisezahnpasta ausprobiert, und seitdem pocht er.«
»Was für eine haben Sie denn ausprobiert?«
Ich wühlte in meinem Koffer herum.
»Purifix«, entzifferte ich. »Antibeschlag. Schlierenreiniger und Polierpaste von Doktor Laddo. Beseitigt Stockflecken, Schlieren und Algen und die damit verbundene Geruchsbelastung sowie Schimmel von Naßräumen, Grabsteinen und Campingtoiletten. Atmungsaktiv und fäulnishemmend. ZuRisiknunNebnwirkunglesnSiedieBaggungsbeilagsnfragnsaazoabodeka.«
»Das ist zahnmedizinisch völlig ungeeignet«, sagte Herr Dr. Geldmacher. »Wo haben Sie das denn her?«
»Von einem Freund«, sagte ich verlegen. »Sollte ich die nicht mehr benutzen? Er hat mir einen ganzen Eimer davon geschenkt. Überall im Hause stehen diese Eimer mit der Schleif- und Polierpaste. Ich weiß schon gar nicht mehr, wem ich damit noch eine Freude machen könnte.«
»Das ist nichts für den menschlichen Mundraum. Das zerstört Ihren Zahnschmelz. Klar, daß Sie Schmerzen haben.«
»Das Problem ist, daß ich morgen früh verreise«, sagte ich.
»Welche Marke würden Sie denn favorisieren?«
»Senso-Dent. Gibt's nur in der Apotheke.«
»Ist das die mit dem Weichspüler? Mit dem Schäfchen drauf?«
»Nein. Da ist überhaupt nicht so ein Schnickschnack drauf. Die ist einfach nur schwarz, schäumt nicht, schmeckt nicht, riecht nicht.«

»Kenn ich nicht«, sagte ich peplos.
»Sie hat einen strengen Beigeschmack nach Teer«, sagte Herr Dr. Geldmacher. »Das liegt an dem geringen Anteil an Schleifkörpern.«
»Ach was«, sagte ich. »Wie interessant.«
»Ihre natriumfluoridhaltigen Substanzen helfen aber ungemein. Gerade und speziell bei Ihrem Problem.«
»Vielen Dank für den Tip«, sagte ich. »Ich werd sie mir gleich morgen besorgen.« Ich wollte auflegen.
»Und dann kommt es natürlich auf Ihr Handwerkszeug an«, sagte der Doktor. »Was benutzen Sie für eine Zahnbürste?«
»Eine grüne«, sagte ich.
»Welche Stärke?«
»Keine Ahnung.«
»Kennen Sie die von Dr. Pest?«
»Ist das der alte Knabe, der immer mit einer Zahnbürste Tomaten putzt?«
»Ja, der.«
»Den finde ich in jeder Hinsicht unappetitlich«, sagte ich. Ein übler alter Kerl mit verschlagenem Blick, der eine reife Tomate mit einer Zahnbürste schrubbte und dabei grausam triumphierend den Zahnbürstenstiel verbog. Wenn ich den sah, blieb mir immer der Fernsehsnack im Halse stecken.
»Sie sollten diesen ganzen Werbungsmist nicht sehen. Alles minderwertig.«
»Iss gutt.«
»Am besten sind natürlich die elektrischen Zahnbürsten. Die sind hochgradig intelligent.«
»Jaja«, sagte ich schnell. Jetzt bitte keine Ernstbert-Platte. Die fernbedienbare Zahnbürste an sich, die einen schon morgens um sieben schwanzwedelnd weckt, weil Ernstbert sie auf »Morgenmelodie mit Spei und Seiber« programmiert hat, konnte mich momentan nicht aus der Krise reißen.
»Für empfindliche Zähne gibt es da ein ganz besonders ausgearbeitetes Programm«, sagte Herr Dr. Geldmacher. »Zehn Borstenbüschel rotieren 4200mal in der Minute gegeneinander um ihre eigene Achse.«

»Sach bloß«, wandte ich ein. Ernstbert hätte sich für diese Tatsache unmittelbar begeistert. Schade, daß diese beiden Herren sich nicht kannten.

»Nach eineinhalb Umdrehungen ändern sie ihre Drehrichtung, 46mal in der Sekunde. Dadurch kommt es zu einer effizienteren Reinigung und nahezu vollständigen Entfernung des Zahnbelages, gerade in den Zahnzwischenräumen und unter dem Zahnfleischrand.«

»Toll«, sagte ich. Vor mir tauchte »Vati« auf, der schlapp-folgsame Bläßling aus dem speckigen Bilderbuch. Der bürstete bestimmt auch 46mal in der Sekunde seinen Zahnfleischrand. Hochintelligent, wie er war.

»Das bezöge sich exakt auf Ihr Vier-unten-links-Problem«, gab Herr Dr. Geldmacher zu bedenken.

»Ich kauf es mir gleich morgen früh«, log ich. »Bestimmt haben sie so was in der Drogerie vom Bahnhof.«

»Bestimmt NICHT«, sagte Herr Dr. Geldmacher. »So was gibt es nur in Spezialgeschäften.«

»Dann geh ich morgen nachmittag in Flensburg«, sagte ich, »nache Kaufhalle oder nachm Baumarkt hin.«

»Es gibt auch Reise-Bürstenköpfe«, sagte der Doktor. »Die haben einen Schnappschalter zum Lösen des Bürstenkopfes, eine batteriebetriebene Ladestation und eine tragbare Kabelaufwicklung. Wichtig ist nur immer das Anfeuchten der Borstenbüschel, ganz egal, wo Sie sind.«

»Ich feuchte den Borstenbüschel an, großes Ehrenwort«, sagte ich lasch.

»Das Prinzip ist aber bei allen das gleiche: Gehen Sie zuerst über die Außen- und Innenseite Ihrer Zähne und schließlich über die Kauflächen.«

»Ja«, sagte ich. »Mach ich.« Verdammt. Konnte dieses unerquickliche Telefonat denn kein Ende finden.

»Üben Sie beim Putzen keinen Druck und keine Putzbewegung aus«, sagte Herr Dr. Geldmacher.

»Weder noch«, sagte ich. »Versprochen.«

Für Putzbewegungen war ja nun Benjamin zuständig.

»Nach jedem Gebrauch den Bürstenkopf reinigen«, sagte der

Doktor. »Circa sechzig Sekunden lang lauwarmes Wasser durch die Reinigungsschlitze fließen lassen.«
»Geht klar«, sagte ich. »Laß ich fließen. Vielen, vielen Dank noch mal. Also dann... ich wünsche Ihnen und Ihrer Gattin ein schönes Wochenende...«
»Sie fahren nach Flensburg?«
»Ja. Ich gehe auf Deutschland-Tournee.«
»Morgen?«
»Ja. Morgen früh.«
»Ich könnte es Ihnen schnell vorbeibringen.«
»Was?«
»Das Gerät.«
»Och nein, das ist wirklich nicht nötig...«
»Eine Putzanleitung hätte ich auch noch vorrätig...«
Ich hörte Arwed Geldmacher in seinen Schubladen wühlen. Ach je. Das wollte ich nun wirklich nicht. Sicher mußte der gute Mann heim zu Brigitten. Außerdem hatte ich das Haus voll Besuch. Ich sah auf die Uhr. Schon halb sechs! Sicher saß Herr Schmitz-Nittenwirm schon auf seiner Vorratskellertreppe und tat sich Spangen in die Hosenbeine, um mir die kreativen Gestaltungsvorschläge zu bringen.
»Wandhalterungen für die Bürstenköpfe und Nickel-Cadmium-Batterien wären auch noch welche da«, sagte Herr Dr. Geldmacher mit gepreßter Stimme. Er krabbelte wahrscheinlich gerade in einer sehr abgelegenen Schublade herum.
»Und zwei U-Schlaufen als Ersatz für die Plastikspule mit der Kupferverdrahtung«, klang es von sehr weit her.
Er kam wieder aus der Versenkung hervor. »Alles noch vorhanden«, strahlte er leise keuchend in den Hörer. »Für meine Lieblings-Patienten ist rund um die Uhr gesorgt. Auch an Sonn- und Feiertagen.«
»Ja dann...«, sagte ich. »Das ist wirklich ein Service, den ich zu schätzen weiß...« Ernstbert würde sich sehr über eine neue Bedienungsanleitung in unserem Hause freuen.
»Paßt es Ihnen jetzt?« fragte mein Zahnarzt hoffnungsvoll. »Ich müßte sowieso in Ihre Richtung.«
»Vielleicht etwas später. Wie wäre es um halb sieben?«

Bis halb sieben würde Herr Schmitz-Nittenwirm mir sicher das kreative Arbeitsprogramm erläutert haben, und auch Justus würde sich bis dahin hoffentlich verabschiedet haben. Und vielleicht konnte ich zwischendurch noch den hochintelligenten Kofferdeckel schließen. Ohne ihn kaputtzumachen und dabei die Schlüssel zu verbummeln.
»Halb sieben paßt hervorragend«, sagte der Zahnarzt. »Haben Sie einen trockenen Weißwein im Haus?«
»Benjamin?« brüllte ich aus dem Fenster. »Haben wir einen trockenen Weißwein im Haus?«
Benjamin hörte auf, die Gartenstühle abzuledern, und wischte sich die Hände ab.
»Muß mal gucken. Wieviel brauchen wir denn?«
Wir. Aha. Na wenn das so war: »Ein paar Flaschen. Gut kühlen bitte. Es kommen noch ein paar Herren zu Besuch.«
»Was für Herren?«
»Ein Lehrer und ein Zahnarzt. Alles gediegene Leute.«
»Wir kchönnten was grilllen«, sagte Justus. Er stand mit seinen behaarten Wanderwadln im Planschbecken und blies gerade einen Wasserball auf.
Die Kinder saßen wie panierte Grillferkel im Sandkasten, nimmermüde Burgen bauend. Interessiert schauten sie zum Schlafzimmerfenster herauf.
»Au ja, Mama! Wir grillen! Das haben wir sooo lange nicht mehr gemacht…«
Ich fand die Idee auch nicht so schlecht.
Gerade weil es mein letzter Abend war. Es würde lange hell sein. Hell und warm. Und später würde der Vollmond aufgehen.
»Tja, wir haben nichts im Haus…«
»Dann gehen wir eben was besorgen«, sagte Justus und stieg aus dem Planschbecken. Der Wasserball trieb beleidigt und in sich zusammensinkend auf der bräunlichen Brühe dahin.
»Hat's hier einen guten Schlachter in der Nähe? Bei uns in Südtiroll, da hat's Schlachchter, sage ichch euchch… im Schlachchten bin ichch gut! Ich habe schon Almöhis geschlachchtet und ihnen eigenhändig das Fäll über die Ohren gezogen…« Justus lachte dröhnend.

Die Kinder starrten ihn aus sandverschmierten Gesichtern beeindruckt an.
Benjamin verdrehte die Augen.
»Ja. Hat's. Zwei Straßen weiter. Wenn ihr euch beeilt, hat er noch offen. Moment, ich komme runter.«
Justus trocknete sich die Wadln ab und stieg in seine Klamotten. Dann schickte er sich an, zum Metzger zu gehen. Das war ein feiner Zug an ihm. Daß er ein Mann der Tat war. Auch.
Benjamin kam mit fünf Flaschen Blanc et Sec aus dem Keller und legte sie ins Eisfach.
»Der Grill ist in der Garage«, sagte ich. »Und alles, was dazugehört.«
»Geht der Kollege einkaufen?«
»Ja. Hat er vor.«
»Er soll Salat mitbringen. Und Tomaten und Paprika. Und Gurken und Peperoni. Und frischen Knoblauch. Ich mach Zaziki.«
»Ja, kannst du das denn?«
»Klar«, sagte Benjamin. »Im Zazikimachen bin ichch gut! Ich hatte Griechisch als dritte Fremdspeise.«

Es wurde ein wunderschöner Abend.
Um acht war alles fertig. Der Grill knackte und duftete, feine Gewürzdüfte waberten über unseren Gartenzaun, vermischt mit dem Geruch von frischgemähtem Gras und Frühsommerlüftchen im Abendhauch.
Justus Maria Streitacker stand mit dem Fön neben dem Gartengrill (im Blasen bin ich gut) und hauchte den Würstchen seinen weltmännischen Odem ein. Benjamin hatte sehr lieblich und geschmackvoll den Gartentisch gedeckt, mit Blumen, Serviettenhäubchen und Luftschlangen raffiniert dekoriert (zweites Zusatzwahlfach mittlere Reife: Tischdekoration für jede Gelegenheit), und servierte nun köstlich anmutendes Zaziki im Naturtrog.
»Da kchönnte ichch michch reinsätzen!!« strunzte Justus jovial, aber sein halliges Gelächter verebbte, als die Kinder darauf bestanden, er möge es tun.
Herr Dr. Geldmacher öffnete die erste Flasche eisgekühlten Weißweines, goß sich ein Schlückchen ins Glas, hielt es gegen das

milde Abendrot und betrachtete es versonnen. Die Abendsonne beschien das Schlückchen und tauchte es in liebliches Licht.
Herr Dr. Geldmacher schlürfte das Schlückchen geräuschvoll aus, sog es zwischen die Kiemen, spülte und gurgelte, wie es sich für einen Zahnarzt gehört, mit dem Schlückchen im Munde herum und rollte mit den Augen. Ich war sicher, er würde es über kurz oder lang zwischen die Stiefmütterchen speien, mangels Speibecken, aber er schluckte es schließlich doch hinunter.
Nach zwei-, dreimaligem Nachschmatzen sagte er zufrieden: »Gutes Tröpfchen.«
»Wir haben in Südtirroll auchch gute Tröpfchchen«, steuerte Justus bei. »Ichch bin trinkfescht, o ja! Im Wein verkchoschten bin ich gut!« Er lachte jovial.
Dann goß er uns allen von dem guten Tröpfchen ein.
Herr Schmitz-Nittenwirm hockte mit einer Flasche Kölsch in der Hand auf der frisch geschrubbten Liege und guckte zu. Er war kein großer Redner vor dem Herrn. Das gefiel mir an ihm. Seine langen, feingliedrigen Finger umschlossen die Kölschflasche, aus der er ab und zu einen genügsamen Schluck zu sich nahm.
Er war ein hagerer, schlanker Geselle, der sein Leben dem Wohle der Kinder verschrieben hatte, anderer Leute Kinder wohlgemerkt, und der mit Leib und Seele Lehrer war. Nachdem er mir die kreativen Arbeitsblätter für den freiwilligen Gestaltungsdrang ausgehändigt und erläutert hatte, hatte er still und hoffnungsfroh auf der Liege Platz genommen. Nun hielt er sich dankbar und in banger Erwartung dessen, was der Abend noch bringen würde, an seiner Kölschflasche fest. Er hatte braune Cordhosen an, dazu ein altrosa Hemd mit Druckknöpfen.
Herren-Rosé sozusagen. Bestimmt hatte es seine Mutter für ihn ausgesucht. Im Weidener Einkaufszentrum. Die braunen Halbschuhe rundeten sein Outfit ab.
Ernie und Bert saßen rechts und links von mir auf der gemütlichen Holzbank unter dem Wohnzimmerfenster, baumelten mit den Beinen und stopften sich Würstchen-mit-Senf in ihre hungrigen Mäulchen.

Justus servierte die Steaks. Sie waren genau richtig: außen kroß und saftig, innen zart und rosa.
»Hm, die schmecken phantastisch!«
Justus lachte tief und nachhaltig. »Ja, im Grillän bin ich gut! Was meinst denn du, Tscharrlotte! Wir haben in Südtirol einen Gaschthof, da wird im Sommer auf der Terrasse gegrillt! Manchmal grillen wir für über vierzick Gäschte! Da soll ichch wohl grilllen kchönnen!«
»Er kann alles«, sagte Benjamin zu Herrn Schmitz-Nittenwirm.
»Ach so«, sagte Herr Schmitz-Nittenwirm und klammerte sich peinlich berührt an seiner Kölschflasche fest.
Justus lachte. »Fascht alles«, sagte er dann bescheiden. Wir lachten alle. Ach, Justus konnte so volksverbunden sein!
Es war eine herrlich lockere und gelöste Stimmung.
Benjamin ließ die Salatschüssel rumgehen.
Der Salat war genauso knackig und frisch wie sein Zubereiter.
»Der Salat ist himmlisch«, sagte ich und knabberte genüßlich an einem Paprikaschnitz mit Kräuterquarkdip.
»Im Salatmachen bin ich gut«, sagte Benjamin und blinzelte mir zu.
Ich sah ihn an.
Humor hatte der Knabe also auch noch. Ich hielt ihm meinen Teller entgegen, und Benjamin schöpfte in seinem hölzernen Trog herum.
»Noch eine Olive?«
»Ja«, sagte ich, ohne den Blick von ihm zu wenden.
Überhaupt: Benjamin. Erst jetzt fiel mir auf, wie sympathisch mir dieser wohlerzogene Bengel war. Jung und knackig und hausmännlich begabt und willig und arbeitsfroh und ideenreich. Und Humor hatte er auch noch. Wer hätte das gedacht. Abgesehen von seiner wirklich makellosen Jungmännchenfigur, an der ich mich den ganzen Nachmittag vom Schlafzimmerfenster aus erfreut hatte.
Benjamin fischte in seiner Naturholzschüssel nach einer Olive.

»Eine schwarze oder eine grüne?«
»Von jeder eine«, sagte ich. Ich hielt meinen Blick starr auf seinen gerichtet. Junge, schlag beschämt die Augen nieder, dachte ich. Wie es sich für dein Alter und deinen Stand gehört. Im Augensenken bin ich nämlich NICHT gut. Nie gewesen. Trotz Haue obendrein. Erwarte nicht, daß ich sie niederschlage. Ich bin hier die Frau des Hauses. Und außerdem: Ich könnte deine Mutter sein. Fast.
Benjamin angelte nach einer schwarzen und einer grünen Olive. Er dachte nicht daran, den Blick zu senken.
Charrr-Lotte, bitte!! Tu es dem Jungen nicht an. Nich für Geldtabei. Er ist ja noch ein Kind.
Die schwarze Olive plumpste auf meinen Teller.
Nun laß es gut sein, Schlotter-Lotte. HAST du gehört.
»Und nun noch eine grüne«, sagte ich nimmersatt.
Benjamin fischte erneut. Guck hin, Bengel. Fisch nicht im trüben! Das endet im Chaos. Hör auf eine erfahrene, reife Frau.
Die Olive lag auf seinem hölzernen Salatlöffel. Da lag sie. Klein und rund und unschuldig und grün. Und pikant.
So, nun schön auf meinen Teller legen, Jungchen.
»Ist sie grün?« fragte ich.
»Ja. Grün.« Benjamin war offensichtlich vollständig verwirrt. Er ist selber noch grün, dachte ich.
Eigentlich war das der Moment, wo ich weggucken wollte.
Eigentlich war das der Moment, wo ich dem Unfug ein Ende bereiten wollte. Ich wußte ja, wo das hinführt.
Ich griff Benjamin an den Unterarm, um ihm den hölzernen Löffel zu führen.
Benjamin zuckte zusammen.
Die Olive kullerte orientierungslos in dem hölzernen Löffel herum. Dann kippte sie über den Rand und fiel herunter.
»Hoppla«, sagte Benjamin verwirrt.
»Oh«, sagte ich. Ich spürte etwas Feuchtes, Kaltes, Glitschiges auf meinem nackten Fuß. Die Olive ruhte nun zwischen der dritten und vierten frischlackierten Zehe der gnädigen Frau.
Justus ging auf Tauchstation (im Olivensuchen bin ich gut), hob das Corpus delicti auf und steckte es sich in den Mund.

»Hm«, sagte er. »Würzig.«
Benjamin starrte mich an.
Ich starrte zurück.
»Tut mir leid«, sagte ich leise.
»Das muß Ihnen nicht leid tun«, sagte Benjamin. »War meine Schuld.«
»Nein«, sagte ich. »Meine.«
»Bei uns in Südtiroll hat's auch sehr schmackchhafte Oliven«, sagte Justus.
»Interessant«, sagte Herr Schmitz-Nittenwirm auf seiner Liege.
»Wieso sagt der immer hat's«, sagte Bert. »Das heißt gibt's.«
»Das ist tirolisch, du Eierloch«, sagte Ernie.
»Oliven sind ganz schlecht für die Zähne«, sagte Dr. Geldmacher. »Sie hinterlassen schmierige Beläge und erregen in höchstem Maße kariösen Befall.« Er nahm einen tiefen Schluck Wein aus seinem mondbeschienenen Glase und kaute erneut konzentriert auf ihm herum. Hoffentlich erregte das Weinkauen keinen kariösen Befall. Nachher setzte sich der Restalkohol womöglich noch in den Fleischtaschen der Zahnhälse fest, und dann ging das wieder los mit den 65 000 Umdrehungen.
»Möchten Sie auch eine Olive, Herr Schmitz-Nittenwirm?« fragte ich freundlich.
»Nein danke.«
Herr Schmitz-Nittenwirm mochte überhaupt nichts essen. Er mochte nur in seiner Ecke hocken und sich an der Kölschflasche festhalten.
»Herr Schmitz-Nittenwirm, du hast uns versprochen, daß wir nach dem Essen auf die Garage klettern!«
Ernie und Bert waren plötzlich satt.
»Tja, also, äh...« Herr Schmitz-Nittenwirm lachte verschämt.
»Sie wollten unbedingt gucken, was in der Regenrinne ist.«
»Würmer und Spinnen und Fledermäuse vermutlich«, sagte ich, während ich genüßlich die glänzende schwarze Olive aus ihrer Tunke zog. »Das ist nicht so spannend.«
»Doch, Mama! Das ist wohl spannend!!«
»Bitte, laß uns auf die Garage klettern!«

»Bei uns in Südtiroll hat's auch Fledermäuse«, sagte Justus. »Die hängen kchopfüber in den Kchathedralen.« Er lachte profund.
»Hahaha, die hängen kopfüber in den Sandalen!« Ernie lachte sich kaputt. Das letzte Deutschländer Würstchen flatterte ihm am Gaumensegel.
»Doch nicht SAND-Dalen, du Eierloch. KATTE-Dalen.«
»Und was SIND KATTE-Dalen, hä?«
»Kchathedralen. Das sind große alte Kchirrchen. Ihr müßt einmal kchommen. In Brixn hat's ganz wunderbare alte Kchirrchn. Und in Bozn auch. Und in Lana hat's einen golldenen Alltarr. Der ischt sehr wertvolll.«
»Mama, ich will gucken, was in der Regenrinne ist.« Ernies Interesse an goldenen Altären war noch nicht sehr ausgeprägt.
»Dürfen wir die Leiter holen?«
»Also gut. Wenn Herr-Schmitz-Nittenwirm es euch versprochen hat...«
Sofort sprangen alle auf und holten die Leiter. Unter großem Hallo kletterten Benjamin und Ernie und Bert auf das Garagendach. Herr Schmitz-Nittenwirm hielt zuerst die Leiter fest. Dann kletterte er hinterher.
Justus hielt es nun auch nicht länger am Erdboden.
»Im Kchlettern bin ich gut. Bei uns in Südtiroll hat's auch Kchlettersteige. Auf denen chklettere ichch immer mit meinem Freund Arnold Kessler herum...«
»Ist das der mit den abgefaulten Füßen?« fragte Bert.
Schon war er im sternklaren Nachthimmel verschwunden.
Herr Dr. Geldmacher schlürfte seinen Wein.
»Was ist das denn für ein unangenehmer Bursche«, sagte er unwillig. »Der ist ja widerlich mit seiner Aufschneiderei.«
Er goß mir Wein nach.
»Er meint es nicht so«, sagte ich, indem ich versonnen auf das Glas blickte.
»Ja, will der Ihnen imponieren oder was?«
»Er müßte eigentlich gemerkt haben, daß er bei mir das Gegenteil bewirkt«, sinnierte ich. »Er findet sich selbst so imposant wie ein schneebedecktes Südtiroler Bergmassiv beim Alpenglühn.«

Ich kicherte.
»Imposant ist das richtige Wort«, sagte Herr Dr. Geldmacher. »Kennen Sie die Steigerung von imposant?«
»Nein. Kann man imposant denn noch steigern?«
»Imposant – im Hintern Steine – im Arsch Felsen«, platzte Herr Dr. Geldmacher heraus. Dann kicherte er heiser und frivol, daß der Wein in seinem Glase schwappte.
»Herr Dr. Geldmacher«, schrie ich. »Wo haben Sie das denn her!«
Ich lachte auch. So ein netter Scherz. Für einen Zahnarzt richtig ordinär!
»Mama! Herr Dr. Geldmacher! Hier oben ist 'ne tolle Aussicht!!«
»Ja? Kann man den Sternenhimmel sehen?«
»Ja! Und Blätter und Matsch in der Regenrinne!«
»Hier hat's ein Schwallbennescht«, tönte Justus von der hinteren Dachwand. »Wir haben in Südtiroll auch Schwalbenneschter!«
Er lachte jovial.
»Jaja, das wissen wir«, sagte Bert.
»Und meine alte Wurfscheibe!« schrie Ernie.
»Und ein verfaulter Federball! Guck mal!«
Der verfaulte Federball fiel neben die Würstchen auf den Grill. Er zischte leise und verglühte.
»He, Vorsicht! Nicht werfen!«
»Hier ist ja der grüne Fußball, den wir so lange gesucht haben!«
»Und meine Schwimmflügelchen! Wie kommen die denn hier rauf!«
Es war erstaunlich, was meine Söhne im Laufe der Jahre alles auf das Garagendach geschmissen hatten. Nach und nach ließen sie alle Gegenstände auf die Terrasse fallen: Sogar das Nudelsieb und der zweite Gummistiefel aus der Kollektion der Witwen und Waisen tauchten wieder auf.
»Mama! Komm rauf! Tolle Aussicht hier!« Ernie sprang begeistert in den Pfützen dort oben herum.
Benjamin kam sehnigen Leibes vom Dach gesprungen und lief nach einer Schaufel.

»Die Regenrinne ist verstopft. Kein Wunder, daß das Wasser auf dem Flachdach nicht mehr abfließt.«
»Da haben Sie einen tollen Burschen angeheuert«, sagte Herr Dr. Geldmacher anerkennend. »Ich wollte, meine Helferinnen in der Praxis wären so umsichtig. Von denen ist noch keine auf das Dach der Praxis geklettert. Keine. Da kommen die von selbst nicht drauf, die jungen Dinger. Kaum haben die angefangen zu arbeiten, da wollen die schon wieder Kaffeepause machen. Nach vier Stunden schon. Als hätten wir's zu üppig.«
Er verschwand übellaunig in seinem Glase.
»Tja«, sagte ich triumphierend. »Sie sollten es mal mit einem Jungmännchen versuchen. Die haben heutzutage eine hervorragende Ausbildung! Bei uns ist die Kost ausgewogen, abwechslungsreich und leicht verdaulich. Zugeschnitten für jeden Geldbeutel übrigens! Außerdem können diese jungen Kerls unheimlich gut putzen, einkaufen und mit Kindern umgehen. Haben Sie schon mal diese Muskeln gesehen? Ich gratuliere mir selber jeden Tag zu meiner Entdeckung.« Selbstgefällig trank ich einen fetten Schluck Wein. »Und wie der Gläser spült! Alles noch gute deutsche Handarbeit«, trumpfte ich auf. »Der stopft mein gutes Weimarer Porzellan nicht einfach in die Spülmaschine und schmeißt nachher die Scherben ins Klo! Der nicht!«
»MAMA! Du sollst raufkommen!«
»Gehen wir?« fragte ich meinen Zahnarzt. »Haben Sie Lust?«
Herr Dr. Geldmacher hatte Lust. Unbändige.
Gemeinsam kletterten wir auf das Garagendach. Er hielt dabei meine Fußgelenke fest, was ich als hinderlich empfand.
»Toll hier oben«, sagte ich.
»Eine Luft wie Sekt!« sagte der Doktor.
Wir genossen den Höhenrausch. Mindestens sieben Meter über dem Meeresspiegel! Diese Aussicht auf die Nachbargärten und Garagenzufahrten!
»Bei uns in Südtirroll ischt die Luft auf den Fällsen wie Champagner!« sagte Justus. »Bei Nacht droben auf dem Schlärrn... wenn ichch mit Arnold Kessler und meiner Gitarre...« Der Rest ging im allgemeinen Geschrei unter.
»Wir spielen ›Wir entführen die Mama‹!« schrie Ernie, und Bert

zerrte schon an meinen Beinen und versuchte, mich in das geöffnete Schlafzimmerfenster zu stemmen.
»Huch! Nein! Kinder, laßt ab! Das kitzelt!«
Doch Benjamin half ihnen dabei, und als Herr Dr. Geldmacher auch noch zufaßte, fand ich mich plötzlich neben meinem Bett wieder, auf dem blauen Teppichboden neben meinen Daniela-Paletti-Romanen und den dazugehörigen Kleenextüchern (wozu braucht die deutsche Frau SONST Kleenextücher neben dem Ehebett, hä?). Sämtliche knoblauchstinkenden Piraten und Ritter fielen unter Gebrüll über mich her und hauten mir mein Kopfkissen und das von Ernstbert auf die Rübe.
Ich schrie vor Lachen und kriegte keine Luft mehr und dachte an meinen Frühzug um sieben Uhr fünfzehn und daran, wie Ernstbert das wohl alles finden würde, wenn er wüßte, was wir mit seinem Kopfkissen machten.
Dann schleppten die Piraten mich ins Badezimmer – ich konnte mich vor Lachen nicht auf den Beinen halten – und wickelten mich – wer hätte das gedacht!! – in die Kloumrandung, wie sie es von Achmed gelernt hatten.
Justus drehte die Brause auf, und ich überlegte, ob es wohl Zweck hätte, jetzt Toffifee ins Spiel zu bringen, aber Benjamin stürzte sich auf Justus und drehte ihm den Duschkopf aus der Hand – erwähnte ich schon seine muskulösen Unterarme? –, woraufhin das Badezimmer nach kurzer Zeit unter Wasser stand.
Na ja. Benjamins Problem, nichts meins. Dr. Geldmacher lachte hämisch und machte von draußen das Licht aus. Ernie und Bert bekamen es Nachtschwester-Berthild-mäßig mit der Angst, flüchteten in ihre Kinderzimmer und bauten ihre Kissen und Decken und Polster vor der Badezimmertüre auf, so daß ich nur noch bäuchlings darunter hindurchfliehen konnte.
Ich verbarrikadierte mich im Schlafzimmer und schleuderte Ernstberts Rheumakissen auf den ersten Eindringling, der sich näherte. Es war Herr Schmitz-Nittenwirm. Ich haute ihm die Brille von der Nase und flüchtete quietschend in den Spiegelschrank.
Die Kinder rollten derweil den dicken Sessel aus Ernstberts Arbeitszimmer in den Flur und sprangen kopfüber über die Lehne,

um sich mit einem Purzelbaum auf die nasse Kloumrandung abzurollen.
»Au ja!« schrie Justus. »Im Purzelbaumschlagen bin ichch gut!«, und dann stellten wir uns alle im oberen Flur in eine Reihe – Herr Schmitz-Nittenwirm putzte seine Brille – und machten Purzelbäume über Ernstberts alten Sessel und landeten alle auf der feuchten Kloumrandung, und Ernie schmiß mit Klopapier, und Bert drosch mit der Klobürste auf alle Notgelandeten ein, und wir quietschten und schrien und hatten eine Bombenstimmung.
»Wir sollten etwas singen«, rief Herr Schmitz-Nittenwirm plötzlich. »Ich habe meine Gitarre dabei.«
»Wie? Hier haben Sie Ihre Gitarre dabei?«
»Nein. Unten auf dem Fahrrad. Moment, ich bin gleich wieder da.«
»Au ja! Wir singen was! Das mit der Tante Jutta aus Kalkutta!«
Wir kletterten wieder aus dem Schlafzimmerfenster und ließen uns aufs Garagendach hinab.
»Ichch kchann auch Gitarre spielen«, versuchte es Justus. »Im Gitarrespielen bin ich gut.«
Ich hatte schon erwartet, daß er sagen würde, er hätte AUCH eine Tante in Kalkchutta.
»Bei uns in Südtiroll muß ich immer für unsere Gäschte am Kchamin...«
»Ich hab sie!« brüllte Herr Schmitz-Nittenwirm.
Vorsichtig kletterte er die Leiter wieder herauf.
»Kalkutta! Kalkutta!« hüpften meine Söhne vor Begeisterung.
»Das Lied vom... dings... Mond ist aufgegangen«, schlug Herr Dr. Geldmacher sangesfroh vor, indem er erst sich und dann sein Weinglas aus dem Fenster balancierte.
Die Flasche stand auf der Fensterbank. Sie war trotz allen Kampfgetümmels nicht zu Fall gekommen.
Mein Zahnarzt war so richtig gut drauf. Dabei hatte er doch nur schnell eine Zahnbürste mit vierundfünfzig selbstschwingenden Borstenköpfen vorbeibringen wollen, damals, vor vier Stunden.
Was seine Brigitte wohl dachte, wenn er nicht kam.

»Guter Mond, du gehscht so stillle«, brummte Justus.
»Sternlein stehen«, beharrte der Doktor.
»Yesterday. Wer ist alles für Yesterday!« sagte Benjamin und hob den muskulösen Unterarm.
»Quatsch. Wir sind doch nicht von gestern«, sagte der weinselige Doktor streitlustig. Man merkte ihm an: Er hatte zu Hause dauernd Streß mit Brigitte.
»Also Kalkutta«, schlichtete ich geschickt. »Wer kann uns das denn mal vorsingen?«
Herr Schmitz-Nittenwirm stellte auf das anmutigste sein Cordhosen-Bein auf die Regenrinne, schlug beherzt in die Saiten und stimmte an: »Tante Jutta aus Kalkutta wenn sie kommt hipp hopp schnabbeldiwapp piff paff au weh, Tante Jutta aus Kalkutta wenn sie kommt hipp hopp schnabbeldiwapp.«
Der Song war relativ leicht zu durchschauen, und wir stimmten alle nach kurzer Zeit ein. Justus Streitacker ließ es sich nicht nehmen, mit profundem Baß in der Unteroktav mitzubrummen und, um seine Musikalität unter Beweis zu stellen, am Schluß jeder Strophe eine Dur-Terz in die Nacht zu schleudern. Es klang frenetisch. Tante Jutta aus Kalkutta in F-Dur hipp hopp, schwabbeldiwapp, piff paff.
Herr Dr. Geldmacher hingegen war nicht sehr begabt, was Dur-Terzen anbelangte. Er war das, was Musiklehrer untereinander heimlich als »unmusikalisch« bezeichnen, obwohl es natürlich den unmusikalischen Menschen an sich nicht gibt. Es gibt keine Brummer. Alle Menschen können singen. Alle. Der arme Arwed war nur ein Opfer seines Bohrers geworden. So etwas stumpft ab und läßt ein Stück weit das musikalische Gemüt verarmen, das angeborene. Und dann noch die freudlose Ehe mit Brigitte...
Ich nahm Herrn Dr. Geldmacher sein Glas ab und trank mir daraus Mut an. Es würde eine lange Nacht werden!
Meine letzte übrigens zu Hause, im Kreise meiner Familie. Schade irgendwie, daß Ernstbert nicht dabei war. Obwohl der um alles in der Welt nicht auf das Garagendach geklettert wäre. Er hätte allerhöchstens mit seiner Videokamera aus dem Schlafzimmerfenster gelehnt. Allerhöchstens. Wenn überhaupt.

Benjamin sprang, da niemand »Yesterday« singen mochte, federnden Körpers hinunter auf die Terrasse, verschwand in der Garage und balancierte nach kurzer Zeit mit einer Hand unseren alten Schlitten nach oben. Diese Unterarmmuskeln waren famos. Wir nahmen begeistert auf dem Schlitten Platz und kuschelten uns gemütlich zusammen.
»Tante Jutta aus Kalkutta und hurra piff paff!!«
Benjamin brachte noch einen Schlitten. Dann sprang er behende nach zwei Kerzen und den restlichen Flaschen Wein. Gott, wie hatte ich den Jungen lieb.
Inzwischen waren wir beim Flummilied angekommen.
»Wir sind aus weichem Gummi und tanzen einen Flummi, kommt und tanzt alle mit!«
Nun war auf dem Garagendach kein Halten mehr.
Justus sprang auf und forderte mich zum Flummitanzen auf. Die Dame des Hauses rockte in wilden Sprüngen mit ihrem Kollegen auf ihrer Garage herum, während Herr Dr. Geldmacher begeistert in die Hände klatschte, nachdem er sein Weinglas auf dem Schlitten abgestellt hatte. Justus bevorzugte mehr den Steiermärker Hopser mit Rechtsdrehung und kräftigem Oberschenkelschlag, und Benjamin stand auf dem Schlitten und schrie »Yeah!«, während Herr Schmitz-Nittenwirm mit einem Bein auf der Regenrinne stand und auf seine Pfadfindergitarre einklampfte. Die Kinder sprangen nimmermüde auf den Schlitten herum. Der Wein wackelte in den Gläsern.
Es war ein Bild für Götter.
Wir sangen alles, was Herr Schmitz-Nittenwirm im Repertoire hatte, auch »Das Licht einer Kerze ist im Advent erwacht« und »Wenn wir im Auto flitzen, müssen Kinder hinten sitzen«, »Ich trage eine Brille« – Herrn Schmitz-Nittenwirms Lieblingslied – und »Denkt euch nur, der Frosch war krank, jetzt lacht er wieder, Gott sei Dank«.
Bei »Inge dinge dinge use wuse saba daba dei« kamen wir schon ein bißchen ins Straucheln, rein verbal gesehen. Erschöpft sanken wir auf den Schlitten zurück.
»Jetzt: Der Mond ist aufgegangen«, beharrte Herr Dr. Geldmacher.

Die Kinder kuschelten sich an mich. Sie waren wirklich hundemüde. Benjamin sprang zum zehnten Male von der Garage und holte eine Wolldecke.
Wir sangen »Der Mond ist aufgegangen«. Justus brummte die Unterstimme, Herr Schmitz-Nittenwirm säuselte die Oberterz. Ich versuchte, gegen Herrn Dr. Geldmacher anzusingen, was nicht so einfach war, denn er sang so beherzt und laut und falsch, daß es die Fledermäuse aus ihren Regenrinnen trieb.
Und unsern kranken Nachbarn auch.
Wir sangen noch »Yesterday« und »Go down, Moses«, uns war inzwischen nach Sakralem – man kann ja nie wissen – und auf Justus' speziellen Wunsch noch »Die Tiroler sind lustig«. Es wollte aber kein Tiroler mehr lustig sein. Uns war mehr nach besinnlichem Ausklang des Tages.
Die Kinder an meinen Schultern wurden immer schwerer, und schließlich schliefen sie ein. Sie waren so geschafft wie lange nicht mehr. Benjamin hatte ihnen Kissen in den Rücken gestopft, damit sie sich anlehnen konnten. Ihre Köpfchen sanken nach und nach an meine Schultern. Die Blümelein, sie schlafen. Endlich wollten sie mal keine anderen Eltern. Wie hatte ich das verdient.
Ich konnte mich kaum bewegen.
»Wunderschön haben Sie es hier«, sagte Herr Dr. Geldmacher. »Mir sind Kinder ja immer verwehrt geblieben.« Er hielt mir sein Glas hin. Ich trank. Üben, üben, üben, dachte ich. Von nichts kommt nichts. Aber vielleicht wollte seine schmallippige Brigitte ja nicht.
Die Grillen zirpten.
»Ichch habe auch Kchinder«, gab Justus bescheiden zu.
»Bei Ihnen ist es wirklich gemütlich«, sagte Herr Schmitz-Nittenwirm. »Wie in einer Jugendherberge.«
Ich wußte, daß dies das größte Lob war, was ein Herr Schmitz-Nittenwirm einer Dame gegenüber äußern konnte, und ich war sehr geschmeichelt.
Wir tranken den Wein aus, und der Mond verschwand hinter dem Nachbardach, und die Kerzen flackerten im Wind, und ich erzählte von meiner Tournee und meinem Ein-Frau-Stück, und

weil ich so beschwipst war, gab ich daraus noch eine Kostprobe zum besten: die Rede an Hannes, den verschwundenen Kindsvater meines einen chaotischen Zwillings.
Die Männer auf ihren Schlitten staunten nicht schlecht.
»Sie sind ja nicht gerade ein unbeschriebenes Blatt«, sagte Dr. Geldmacher.
»Nein, das ischt sie wahrhaftig nichcht«, lachte Justus wissend.
Herr Schmitz-Nittenwirm äugte interessiert.
Dann erzählte Dr. Geldmacher noch ein paar Schwänke aus seiner Praxis, von den übelsten Patienten mit dem übelsten Mundgeruch, und Justus bemerkte, daß bei ihnen in Südtirol auch immer wieder der ein oder andere Gascht ein unangenehmer Geselle sei, und auch Mundgeruch sei bei ihnen im Dorf schon vorgekommen, und Herr Schmitz-Nittenwirm packte abrupt seine Gitarre ein und spülte den letzten Rest lauwarmen Bieres hinunter.
Wir trugen gemeinsam die Kinder zu Bett, ganz vorsichtig und mit vereinten Kräften balancierten wir sie zum Schlafzimmerfenster hinein, damit sie nicht erwachten. Die Männer räumten das Garagendach ab und machten auf der Terrasse und im Planschbecken Ordnung. Justus trat fachmännisch den Gummirand des Beckens nieder. Leise schäumend ergoß sich die dunkle Brühe über unseren Rasen. Justus kippte den Rest des Beckeninhalts in die Geranien und hängte das Becken zum Lüften über die Hecke zum Nachbarn. Benjamin räumte das Geschirr ab und entsorgte die kaltgewordenen Würstchen und den verbrannten Federball. Herr Dr. Geldmacher schleppte die Schlitten in die Garage zurück und stopfte die Blätter aus der Regenrinne in die Mülltonne und die Essensreste von unseren Tellern hinterher. Jeder leistete sehr gründliche Arbeit. Liebevoll und fachmännisch und mit Hingabe zum Detail. Ich hatte das dumpfe Gefühl, jeder wollte der Letzte sein an diesem schönen Abend. Jeder wollte mit mir allein übrigbleiben. Jeder stellte seine Hausmann-Tauglichkeit unter Beweis. Klar, dachte ich zufrieden. Alle drei habe ich inzwischen verzaubert. Außer Herrn Schmitz-Nittenwirm. Aber der saß nur immer abseits und äugte. Außerdem WOLLTE ich Herrn Schmitz-Nittenwirm nicht verzaubern. Nich für Geldtabei.

Zuerst war Justus dran, ging es mir durch den Kopf. Aus Rache für das Lärvchen. Mit der Haarnadel, und weil der Schuß zuerst nach hinten losging, noch einmal mit dem Stethoskop. Später passierte das Unglück mit Herrn Dr. Geldmacher und dem Speichelabsauger. Das war zwar aus Versehen, aber es hatte doch für Kurzweil in meinem Leben gesorgt. Immer mußte ich mich doch sonst langweilen, und keiner spielte mit mir, und es regnete immer und gab immer Fisch!! Heute abend hatte ich auch noch Benjamin verzaubert. Mit der Olive. Und mit Absicht. Haue obendrein. Ich war gespannt auf den weiteren Verlauf des Abends.
Na prima, dachte ich. Tut ihr nur alle schön und gründlich aufräumen. Das gehört sich auch so. Schön Spuren wegmachen. Schade eigentlich, daß Ernstbert nicht dabei war. Er hätte vielleicht den einen oder anderen Denkanstoß bekommen heute abend.
Doch Ernstberts Stunde war noch nicht gekommen.
Noch nicht. Zu dem Zeitpunkt wußte ich noch nicht, wie bald sie kommen würde.
Ich schlich zu meinen Kindern, beugte mich ein letztes Mal über sie und legte mein Gesicht an ihre runden, warmen Wänglein, und ein zufriedenes stilles Atmen mit dem unverwechselbaren unschuldigen Kindermäulchengeruch schlug mir entgegen. Dieses süße Wonnegefühl! Kein Alkohol, kein Rauch, kein Knoblauch und kein anrüchiges Wort war jemals über diese süßen schnorchelnden Lippen gekommen. Höchstens mal »Du Eierloch«. Aber das war auch schon das Schlimmste.
»Gute Nacht, meine wunderbaren kleinen Fledermäuse«, flüsterte ich. »Ich liebe euch.«
»Wir dich auch«, flüsterte Bert schlaftrunken. Seine Speckärmchen umschlangen meinen Hals. Ich wollte sie nie, nie, nie wieder loslassen. Ach, wenn ich doch so ein Speckärmchen mit auf Reisen nehmen könnte! Und es mir um den Hals hängen wie andere Damen ihren toten Fuchs!
»Und willst du auch keine anderen Eltern?« fragte ich hoffnungsfroh.

»Nee. Nur dich. Du bist doch meine Mama.«
Ob Bert mit siebzehn, achtzehn, wenn er ein rüder spätpubertärer Bengel sein würde, immer noch seine rauhen, unrasierten pickligen Wangen an meine legen und »Ich liebe dich« hauchen würde? Und seine behaarten Wildschweinarme um meinen Nakken legen?
»Schlaf gut, mein wunderbarer, kleiner Stachelbär. Mama kommt bald wieder.«
Leise schlich ich mich hinaus.
Im Flur stieß ich mit Benjamin zusammen.
Er hatte gerade das Badezimmer aufgewischt.
»Wo sind die anderen?«
»Gegangen«, feixte er.
»Alle? Anstandslos?«
»Klar. Ich hab gesagt, die Party ist zu Ende, und da sind sie alle abgeschwirrt.«
Er machte eine wegwischende Handbewegung. »Und tschüs!«
»Hast du toll gemacht«, sagte ich und betrachtete seine muskulösen Unterarme. Sie waren nicht behaart. Keine Spur von Wildschwein. Ein richtig appetitlicher Junge.
»Was ist eigentlich mit meiner Probezeit«, sagte Benjamin, indem er den Wischlappen zur Seite legte. Er hatte einen wunderbaren, winzigkleinen, hocherotischen Silberblick. In diesem Moment erinnerte er mich an Hannes.
Hannes Stuhlbein.
»Ist die jetzt bestanden?«
»Fast«, sagte ich.

In Flensburg war es kalt, und es regnete immer, und es gab immer Fisch. Und keiner spielte mit mir, und ich mußte mich immer langweilen.
Kein Vergleich mit dem wunderbaren Abend, der vorausgegangen war. Und erst der Nacht!
Ich schlich todmüde durch die Stadt und wollte andere Eltern.
Und hatte entsetzliche Sehnsucht nach meinen Kindern.
Und nach meinem Leben daheim. Nach meinem Häuschen-mit-

samt-Benjamin – überhaupt: Benjamin! Ach Gott, daß ich das auf meine alten Tage noch erleben durfte. Nach meinem Gärtlein, dem Garagendach mit den Schlitten, dem Planschbecken mit der Gummistiefel-Brühe, meinem Plätzchen in der Abendsonne neben dem Sandkasten, meinen nackerten Buben mit den versandeten Ärschelein, den lieben Menschen, die bei uns ein und aus gingen.
Ach, wie ich sie alle vermißte.
Plötzlich war das alles vorbei.
Ach, wie einsam ich doch war.
Überhaupt. Wie kann man nur auf Tournee gehen. Wer will denn dein blödes, langweiliges Ein-Frau-Stück hören, Charlotte. Wer denn. Die Friesen hier oben haben doch alle was anderes vor. Guck doch nur, wie teilnahmslos sie durch die Straßen gehen unter ihren Schirmen. Alles tropft. Keiner guckt auf deine Plakate. Keiner. Obwohl du so nett lächelst auf den Bildern.
Kein Mensch würde sich nach mir umdrehen, wenn ich jetzt tot zu Boden fiele. Alle würden einfach weitergehen. Und gegebenenfalls mit langen staksigen Gummistiefelschritten über mich hinwegsteigen. Und vielleicht noch sagen: »Kock ma, do leecht wer. Konnzu die mol baisaide räum, da fällt mon jo dröbä.«
Ich schluckte an einem dicken Kloß.
Überall Mütter mit Friesenkindern, mit bunten Stiefelein und gelben Regenjacken. Und riesigen Schirmen.
Wie sie durch die Pfützen patschten, auf den kleinen Schaukeltieren wippten und ihre Mütter-mit-den-vollen-Einkaufstüten nervten! Lebensfroh und glücklich waren sie! Und alle hatten ein Zuhause! Alle gingen nach dem Einkaufen irgendwohin, wo es warm war und gemütlich, wo es heißen Tee aus bauchigen Kannen gab, mit braunen Kandiszuckerstückchen und selbstgebackenen friesischen Haferflockenplätzchen, wo die angewärmten Hüttenschuhe schon unter dem dicken Kachelofen standen, wo die Mutter den Kindern ein Bilderbuch vorlas und um sechs die Sendung mit der Maus kam.
Und dann gab es Fisch, und alle gingen ins Bett, ins eigene. Und hatten sich lieb. Und morgen würde es wieder regnen. Und sie

würden wieder mit ihren Gummistiefeln und gelben Regenjakken in die Stadt gehen, zum Einkaufen und Schaukeltierreiten.
Und ich? Ich hatte noch nicht mal ein Hotel, in das ich mein müdes, wirres und überlastetes Haupt hätte betten können! Ich schmiß doch mein Geld nicht zum Fenster raus! Nich für Geldtabei! Ich mußte ja mit dem Dreiundzwanzig-Uhr-fünfzehn-Zug in der Nacht zurück! Dem einzigen Zug, der überhaupt aus dieser nördlichen Einöde in die Heimat führte! Damit ich am morgen um zehn rechtzeitig in »Unserer kleinen Klinik« sein würde. Morgen früh um zehn mußte ich eine glückliche, frisch verheiratete Chefarztgattin sein. Ausgeschlafen natürlich und zum Anbeißen frischgestärkt.
Davon hatte Herr Niedrich natürlich keine Ahnung.
Der alte Geier hatte die Zugverbindungen so rausgesucht, als müßte ich NICHT täglich um zehn in Köln auf der Matte stehen. Er ging davon aus, daß ich mir ein nettes Hotel mietete, mit Butzenscheiben und altdeutscher Bauernstube. Und morgens nach dem Ausschlafen Hering nach Friesenart frühstücken würde. Mit Zwiebeln und Kohl und Pinkel.
Aber mein Stolz hatte mir verboten, ihn von meinem Streß in Kenntnis zu setzen. Er hätte sowieso gesagt, na und, Frollein, das ist Ihr Problem. Ich habe Sie gekauft, und nun liefern Sie gefälligst Ware. Wo und wann und ob Sie schlafen, ist mir völlig egal. Hauptsache, Sie stehen abends auf den Brettern, die ich für Sie gemietet habe. Und machen einen guten Eindruck.
Auch die Kollegen am Dreh hatten keine Ahnung, wo ich mich rumtrieb.
Wem hätte ich dort auch von meinem Ein-Frau-Stück erzählen sollen. Meiner besonderen Freundin Elvira Merke-nich-nicht-zuhör-sondern-selber-sprech? Dem zynisch grinsenden Unterarzt Dr. Gernot Miesmacher? Der molligen Lernschwester Ulrike, die zu Ansätzen von Neid neigte? Lore Läscherlisch etwa oder gar Gretel Zupf? Nein. Niemand interessierte sich in »Unserer kleinen Klinik« für mein Ein-Frau-Stück.
Niemand.
Ich wanderte am Hafenbecken entlang. Da vorne kam 'ne Wand, und ich hatte nicht die richtigen Schuhe an.

Ein knallrotes Schiff lag dort vor Anker. Das wäre was für Ernie und Bert gewesen, boh, ey, guck mal, ein Piratenschiff! In ehecht!!
»Fisch-Restaurant« stand daran, und drunter stand auf einem kleinen Schild: »Wegen Lebensmittelstreiks in Schleswig-Holstein heute geschlossen.«
Aha, dachte ich. Lebensmittelstreik. Auf was die hier oben alles kommen. Bei uns gäb's das nicht. Händewaschen, hinsetzen, beten, essen. Haue obendrein.
Ich schritt weiter, immer am Hafen entlang. Die Luft hier oben war würzig und frisch. Die entgegenkommenden Autos spritzten mir Wasserlachen um die Beine. Ich stolzierte wie ein Marabu mit hängenden Flügeln tapfer fürbaß. Noch fünf Stunden bis zu meinem jämmerlichen Auftritt! Die mußten doch rumzukriegen sein!!
Wenn ich wenigstens meine Rödel-Wander-Schlotter-Lotte-Stiefel angehabt hätte! Aber nein, es mußten ja die knöchelhohen schwarzen Domina-Schnürschuhe sein, mit denen ich heute abend auf der Bühne stehen wollte.
Und die engen Edel-Leggins mit dem gewagten Muster. Die, über die die mollige Lernschwester Ulrike immer so schlee lächelte. Na ja, bei Trulla Pöpken gab's so was natürlich nicht. Nich für Geld dabei.
Man HÄTTE ja eventuell etwas Trockenes zum Wechseln mit sich führen können. Aber zum Tragen eines Köfferchens war Schlotter-Lotte zu faul. Wo hätte ich das Köfferchen denn auch deponieren sollen. Ich vergrub die Hände in den Taschen meines dünnen Seidenblazers und marschierte weiter.
Wenn ich stehenblieb, fing ich sofort an zu frösteln. Meine Fingernägel waren unter dem Nagellack schon ganz blaugefroren. Mir war nach Sauna und Solespaß. Aber mich fragte ja keiner. Ich hatte ja auch kein Handtuch mit. Nichts hatte ich mit. Völ-lich unprofessionell.
Eine Hafenspelunke reihte sich hier neben die andere. Überall war »Wegen Lebensmittelstreiks in Schleswig-Holstein heute geschlossen«.
»Lieber Ernie, lieber Bert«, schrieb ich in Gedanken auf eine

imaginäre Ansichtskarte-mit-Leuchtturm. »Hier regnet's immer, und es gibt immer Fisch. Und heute gibt's noch nicht mal Fisch. Heute ist alles zu. Und immer muß ich mich langweilen, und keiner spielt mit mir, und ich will andere Eltern. Eure Mama.«
Mein Magen knurrte. Es war später Nachmittag. Langsam wollte ich wirklich mal was essen gehen. Es mußte doch eine Kneipe aufzutreiben sein, in der ein paar feuchtfröhliche Matrosen grölend am Tresen standen und die nicht »Wegen Lebensmittelstreiks in Schleswig-Holstein heute geschlossen« hatte?!
Mir war inzwischen nach Glühwein und Bommerlunder und »Lili Marleen« aus gut geölten Männerkehlen. Und nach einem gerippten Heizkörper, auf den ich meine klammen Hände legen konnte. Und nach einem riesigen Hering, der mich aus toten Augen zwischen Salzkartöffelkes und Petersilie anstarrte. Ihm wollte ich das butterbraune Schuppengewand über die Kiemen ziehen und in mein gieriges Maul stopfen. Außer seinem Grätengerippe, den toten Augen und dem kroß gebratenen Schwanz wollte ich nichts übriglassen, nicht mal die gutbürgerliche Orangenscheibe-mit-Preißelbeerenklecks am Tellerrand. Und zum Nachtisch wollte ich mir einen riesigen Napf Rote Grütze mit Vanillesauce bestellen und dazu einen Milchkaffee mit Schaum und Kandiszucker. Au ja. Frau gönnt sich ja sonst nichts. Jedenfalls nichts, was dick macht.
Hier am Hafen hatte alles zu.
Schrecklich. Ich wandte meine Schritte beherzt Richtung Innenstadt zurück. Der Diva Füße in den Domina-Schnürschuhen waren inzwischen naß bis zu den Kniekehlen, und auch von ihrer locker-leicht geschlagenen Lockenfrisur im »Ich-bin-eine-Frau-die-weiß-was-sie-will«-Stil war nichts mehr übrig. Dabei war ich als erstes nach meiner Ankunft in Flensburg beim Bahnhofsfriseur gewesen! Nach der Nacht und der langen Zugfahrt war mir dies unumgänglich erschienen. Grete hatte mir die ganze Zeit auf der Schulter gesessen und ununterbrochen »Schlotter-Lotte, du müßtest dich mal von hinten sehen – laß dir doch mal einen pfiffigen Lady-Di-Schnitt machen« in mein Ohr gekrächzt. Ach, was für ein trostloser Tag! Der Regen tropfte mir in nassen Fä-

den vom Kopfe, und von des wortkargen norddeutschen Friseurmeisters Pracht war nichts mehr übrig als eine Portion trauriges Sauerkraut.
Sauerkraut! Mit Mettwürstchen und Speckstückchen kroß gebraten, in einer Pfanne mit Bratkartoffeln auf dem Stövchen serviert! So was mußte es hier doch geben!
Doch auch in der Innenstadt streikte man auf anderer Leute Kosten den Hungerstreik.
Nirgendwo war ein Restaurant geöffnet!!
»Dann geh ich eben zu Doc Fischmac«, sagte ich trotzig zu mir selbst. So ein gekacheltes Etablissement, wo man im Stehen Rollmöpse in sein gieriges Maul stopfen konnte, mußte es hier doch geben. Oder das etwas andere Restaurant. Obwohl mich der Anblick der vielen glücklichen Friesenkinder dort bestimmt zum Weinen »wegen Heimwehs« getrieben hätte. Doch selbst das ungewöhnlichste Restaurant von allen hatte geschlossen. »Wegen Lebensmittelstreiks in Schleswig-Holstein.« Die spinnen, die Friesen.
Nun war guter Rat teuer.
Die Schwarzer-und-weißer-Pfeffer-Frau war naß und kalt und übellaunig und hungrig. Wenn ich nicht bald was Vernünftiges zu essen bekam, würde ich wegen Redestreiks heute abend geschlossen sein. Ich würde auf der Bühne stehen und schweigend vor mich hin tropfen. Zwei Stunden lang. Nich für Geldtabei würde ich heute abend eine einzige feurige Rede halten. Dann würden sie ja sehen, was sie davon hatten, die Friesen. Selber schuld.
Aber es waren noch drei Stunden rumzukriegen bis zu diesem verdammten Auftritt im Atelier-Theater. Bis dahin war ich ohnehin verhungert. IMMER muß ich verhungern, und keiner spielt mit mir, und ich muß mich langweilen, und ich will andere Eltern.
Ich wanderte zum Bahnhof zurück. In der Nachkriegs-Bahnhofsgaststätte würde es eventuell eine lauwarme Frikadelle geben. Dort verkehrten ja auch Nicht-Schleswig-Holsteiner. Also ganz normale Menschen. Denen mußte man doch die Schleswig-Holstein-Kollektivstrafe ersparen. Und ihnen eine lauwarme

Ochsenschwanzsuppe anbieten. Oder eine Bouillon aus zähem, altem Hühnerfleisch und angerautem Matsch-Blumenkohl in einer Suppentasse-mit-Sprung. Mit einer angeschmuddelten Maggi-Flasche im Gewürz-Ensemble auf der Grauschleier-Tischdecke.
Ich würde mich zwischen die heimatlosen Gestalten setzen, mir ein schmieriges Magazin im hölzernen Halter von der Wand nehmen und die Flensburger Todesanzeigen lesen, bei Wasser und Brot.
Mir war danach. Nie wieder Tournee. Nie wieder Schleswig-Holstein. Nie wieder hungern. Nie wieder aus »Unserer kleinen Klinik« abhauen. Schön mit dem Hintern zu Hause bleiben. Und schön bescheiden und natürlich geradeaus gehen. Wie das alle tun. Das bringt dann auch keinen Ärger.
In »Unserer kleinen Klinik« gab es heute »Reis auf indisch«. Ich sah die lüsterne Lore Läscherlisch auf ihrem ausladenden Hintern in der Kantine hocken, den riesigen Busen über den indischen Reisberg gepreßt. Und Gretel Zupf mit ihrem Cremeteilchen, im Hausweibchen-Heft nach Diätvorschlägen blätternd und Bastelanleitungen ausklappend. Und Elvira Merkenich mit ihrem rosa Knusperjoghurt, hundert neue Fotos von Adrian-im-Ferienhaus aus ihrer Handtasche zaubernd. Alles hätte ich jetzt ertragen, alles.
Auch lauwarme Bahnhofsfrikadellen.
Aber das Schicksal meinte es schlimm mit mir.
Selbst die Nachkriegs-Bahnhofsgaststätte hatte »wegen Lebensmittelstreiks in Schleswig-Holstein« geschlossen. Die braunen Rolläden waren abweisend heruntergelassen.
Ernstbert hätte jetzt die fundamentale Krise ereilt.
Er hätte AUF DER STELLE den Bahnhofsvorsteher zu sprechen gewünscht und ihm eine Dienstverweigerungsabmahnung angedroht, auf dem RECHTSwege, wenn der nicht sofort die Rolläden hochgelassen und eigenhändig einen Fisch totgebraten hätte.
Aber ich, ich traute mich natürlich nicht, hier irgend jemanden zur Rechenschaft zu ziehen. Erwähnte ich schon, daß ich eine eher demutsorientierte Erziehung genoß?
Ich ging also schön bescheiden und natürlich wie immer gerade-

aus und näherte mich todesmutig einer schmuddeligen Bude auf dem Bahnhofsvorplatz. »Trinkhalle« stand daran, und sie sah sehr einladend aus. Ich würde mir Kekse kaufen, meinetwegen alte, trockene, krümelige, die nach Koffer schmeckten. Am Kiosk standen immerhin einige klamme Gestalten, die sich mit rotgefrorenen Händen Bierdosen zum Munde führten. Ihre Gesichter waren auch rot. Sie konnten nur noch lallende Gespräche führen, im O-Ton »Hein Blöd«.
»HallolaßdochmadielütteDeerndalängs!«
»Schschön Schtrömpfe hatse an. Bischn naß, nech?«
»Is ja auch koin Weddär für so'n Schnick-Schnack.«
Ich ignorierte die Kerle – macht ma Platz für Dame von Welt – und beugte mich in die Luke des Kiosks hinab.
Drinnen brannte ein Stövchen. Eine Verkäuferin las mit klammen Fingern im Halbdunkel einen Groschenroman.
Die Hein Blöds mit den Bierdosen begutachteten indessen meinen Hintern. »Den kenn ech gar nech. Die es nech von hier.«
»Was haben Sie zu essen?« fragte ich die Verkäuferin, die ihren Groschenroman nur ungern zur Seite legte.
»Nechts«, sagte die Dame. »Wer dörfen nechts verkaufen. Lebensmettlstraik.«
»Ain Wörstchen!« bettelte ich. »Nor ains! Oder aine Frekadälle!«
»Nee!« sagte die Verkäuferin. »Da dörfen wer kainé Ausnohme machn, sons komm wer en Toefls Köche.«
»Na gut«, sagte ich. »Dann nehm ich Kekse. Die da oben. Von Bröhlsn. Eine Großpackung, Vollkorn, bitte.«
»Dörfen wer nech«, sagte die Frau.
»Aber sie liegen doch da! Im Regal! Sie müssen Sie nur greifen! Ich zahl auch bar!«
»Könn wer nech abrechnen«, sagte die Frau. »Das erscheint auf der Abrächnong als Keks. Könn wer nech machn.«
»Gommibärchen? Öltje-Knabberspaß? Lokritzschnäckn?«
»Nechts zo mochn«, sagte sie und griff wieder nach dem Groschenroman. »Se könn was tränkn ond was rauchn ond was leesn. Aber zo ässen kregen se hoide en ganz Flänzborch nechts.«

»Na gut«, sagte ich. »Dann geben Sie mir nur zwei Überraschungseier. Für meine Kinder, zum Mitbringen.«
Hahaha, ausgetrickst, dachte ich. Wenn sie sie rausgerückt hat, stopf ich sie mir sofort in mein gieriges Maul.
»Die Schokolade mößt ech aber hierbeholtn«, warnte mich die Frau. »Dee wörd ech Ehn nech berächnen. See könn nor de Öberroschung hom.«
Sie begann schon, das Papier von einem Überraschungsei abzuknibbeln.
»Die spinnen, die Friesen«, murmelte ich, vor Hunger schon halluzinierend, und taumelte fort.

Das Atelier-Theater war noch tot und kalt, aber die Dame an der Garderobe ließ mich immerhin eintreten.
Ich erklärte ihr, wer ich sei, was sie mir zuerst nicht glauben wollte, weil ich so gar keine Ähnlichkeit mit der freudig strahlenden, wohlgenährten Diva mit den Salon-Lauro-Locken auf dem Plakat hatte. Ich ließ nicht unerwähnt, daß ich den ganzen Tag hungrig und naß durch diese unwirtliche Stadt geirrt sei und daß ich große Lust hätte, ein bißchen vor mich hin zu weinen.
Daraufhin machte sie mir freundlicherweise einen Tee. Ich riß ihr die Zuckerdose aus der Hand und stopfte mir einige Klumpen braunen Kandis in mein gieriges Maul.
»Tee könnse hom, sovielse wolln«, sagte sie. »Aber zo ässn konn ech Ehn nechts onbeetn.«
»Schon got«, sagte ich. »Däs känn ech.«
»Hoide ohmt es ausverkauft«, freute sich die Kassiererin. »Kocknse mol. Alles vorbestellte Kortn. Rrestorrongs send ja auch alle zo!«
Sie wedelte mit einem Bündel von Briefumschlägen.
»Toll«, sagte ich matt. So war das Schicksal doch auf grausamzynische Weise auf meiner Seite. Es saß in Form eines böse grinsenden Skeletts mit klappernden Beinen auf der Heizung und spielte einen Walzer.
»Wollnse sech nech 'n beschn fresch mochn?« fragte die Dame hilfsbereit.
»Klar«, sagte ich. »Ich bin völlig verschwitzt.«

Die Garderobe war eine exakte Nachbildung einer Zelle der Justizvollzugsanstalt von Brunsbüttel. Eine speckige Liege an der Wand, zwei Garderobenhaken, eine Toilettenvorrichtung für Panikgeschäfte. In der Tür war eine Luke. Für den Aufseher. Der Spiegel über dem Schminktisch hatte einen Sprung.
»Hübsch«, sagte ich lasch. Dann schmiß ich meinen Rucksack auf die Ablage vor dem Spiegel und ließ mich auf den lehnenlosen Schemel fallen.
»Toll, Charlotte«, sagte ich zu meinem Spiegelbild mit Sauerkraut Haaren und zerlaufener Schminke. »Du bist schön, begehrt, weiblich und witzig. Du hast Witz und Pep und Rotz und Sex. Niedrich weiß, was Frauen wünschen. Alle lieben dich. Alle. Männer und Frauen und Kinder und Kleintiere gleichermaßen.«
Ich zog meinen nassen Domina-Schuh aus und ließ das Grundwasser ablaufen.
»Immer, wenn du einen Gegenstand zu Boden fallen läßt, wird wieder einer von dir abhängig«, sagte ich zu der Trümmerfrau im Spiegel. »Doch, bestimmt. Es klappt! Er verfällt dir mit Haut und Haaren, ob er nun Zahnarzt ist oder Lehrer oder Steuerberater oder Hausmännchen.«
Ich ließ den Schuh mit einer lasziven Handbewegung fallen. Er donnerte auf den Holzfußboden.
»Biddä?« fragte die Frau von der Tür her.
»Nechts«, sagte ich. »Ech öbe.«
»No denn lossnse sech nech störn«, sagte die Frau und knallte die Tör zo.
Ich sah auf die Uhr. Noch eineinhalb Stunden bis zum Auftritt. Ich legte den Kopf auf die Schminkkonsole und versuchte, nicht daran zu denken, daß es jetzt noch vier Wochen so weitergehen würde.
Nich für Geld dabei.

Die Vorstellung habe ich nur in schemenhafter Erinnerung. Es war dunkel und voll und heiß, und die Scheinwerfer beschienen mich grell und gnadenlos.
Vom Publikum konnte ich nichts sehen, aber das war mir egal.

Ich wußte, daß über dreihundert Leuten da waren. Ich konnte es fühlen, hören und riechen.

Ich spielte irgendwie, und die Leute klatschten und lachten an den richtigen Stellen, und mir war schlecht von dem vielen Tee, und mir gefror der Schweiß auf der nassen Haut in meinen klammen Sachen, und ich spulte den Text ab, als hätte ich ihn vorher mit Löffeln gefressen. Ich hatte keine Angst. Ich dachte nur ununterbrochen an meinen 23-Uhr-15-Zug nach Köln. Und daran, daß ich um neun Uhr früh in meiner geliebten Stadt sein würde. Ich stellte mir vor, wie ich in meinen nassen, klammen Sachen über den Domvorplatz gehen und die Domtürme in der Morgensonne begrüßen würde. Ich malte mir aus, wie ich in der Kantine in »Unserer kleinen Klinik« stehen und mir einen riesigen Becher Kaffee aus dem Automaten ziehen würde. Und ein warmes Croissant und ein belegtes Käsebrötchen. Und dann würde ich mich zu Frau Merkenich-Miesmacher an den Tisch setzen und mir freiwillig dreihundert Adrian-Fotos ansehen. Und würde Frau Merkenich-Miesmacher so liebhaben wie nie zuvor.

Ich dachte an den 23-Uhr-15-Zug, in dem es warm sein würde und trocken und in dem es vielleicht einen Speisewagen geben würde, falls die Friesen in ihrer hämischen Freude am Hungerstreik ihn nicht einfach abgehängt hätten. Heimlich, im Dunkeln.

Vielleicht schob ja ein Kerl mit einer Minibar durch die Gänge! Ich würde ihm hinterrücks auflauern und alle Würstchen in mein gieriges Maul stopfen, die er auf seinem fahrbaren Karren hatte. Und dann würde ich zwei Dosen Bier hinterherschütten und ein bis drei Bommerlunder, mindestens, und mit einem zufriedenen Bäuerchen auf den Lippen die Polstersitze ausziehen, mich auf dem roten Cord zusammenringeln und schlafen, schlafen, schlafen.

Das alles dachte ich, während ich meine feurigen Reden hielt.

Dann war das Ein-Frau-Stück zu Ende, und der staubige Vorhang ging zu.

Ich sah auf die Uhr.

Kurz nach zehn.

Noch eine Stunde.

Der Vorhang ging wieder auf, ich verbeugte mich müde.
Jaja, Leute, ist ja gut. Geht jetzt nach Hause. Vielleicht habt ihr noch einen Fruchtzwerg im Kühlschrank. Oder ein Bier. Das solltet ihr nicht verkommen lassen.
Die Leute klatschten.
Ich dachte an die fünftausend Taler, die der Theaterdirektor mir diskret in einem Umschlag überreicht hatte. Ich grinste froh.
Eigentlich ärgerlich, dachte ich, daß man Geld nicht essen kann.
Der Vorhang schloß sich wieder.
So, dachte ich. Getz is genuch. Geht schön nach Hause. Wie sagt Mama immer? Wenn Schluß is, is Schluß. Und jetzt ist Schluß.
Der Vorhang öffnete sich wieder.
Ich freute mich über den nicht enden wollenden Applaus.
Immerhin. Drei- bis vierhundert vollgefressene Friesen waren da. Die hatten alle ein Sitzfleisch – zu beneiden.
Das Licht im Saal war angegangen.
Ich lächelte meinem Publikum zu. Na bitte, ihr Lieben.
Hat mir Spaß gemacht. Ehrlich. Flänzborch ist toll.
Ich komme gerne wieder, Leute. Bestimmt. Pock.
Lauter junge Leute, Frauen hauptsächlich, und ein paar mitgebrachte Ehemänner. Die Mitgebrachten sahen ein bißchen mitgenommen aus. Aber das war O.K. so. Sie sollten ruhig mal ein bißchen nachdenken.
Ich lächelte dankbar.
Die Leute lächelten zurück.
Wenn ihr wüßtet, dachte ich, was ich für einen Hunger hab. Zugabe kriegt ihr nicht. Ich fall vom Stengel.
Ich ließ meinen Blick über die Stuhlreihen gleiten.
Einige Reihen lichteten sich jetzt. Die Klatscher wandten sich zum Gehen.
Na also, dachte ich. Macht schon. Setzt euch in Bewegung. Die Show ist vorbei. Ich will meinen Spätzug nach Köln. Morgen abend muß ich in Osnabrück sein.
Ist doch alles überflüssig, Leute.

Wir sind doch nicht zum Vergnügen hier.
Ich verbeugte mich ein letztes Mal.
So, nun würde ich einfach von der Bühne gehen. Zurück in meine Brunsbüttler Gefängniszelle. Und durch den Hinterausgang diskret mit meinem Rucksack verschwinden.
Da blieb mein Blick an einem Menschen haften.
Ich stutzte.
Hielt mitten in der Bewegung inne.
Der Mensch da in der letzten Reihe.
Der sich immer noch nicht erhoben hatte.
Ich halluziniere, dachte ich, während ich meinem Publikum zulächelte. Leute, geht nach Hause, Mama hat Migräne.
Ich starrte nach hinten, an die Wand.
Auf den Mann, der scheinbar teilnahmslos in seinem Programmheft blätterte. Dem zerfledderten, eselsohrigen Programmheft, das er den ganzen Abend in seinen Händen gerollt hatte.
Der da war kein fremder Friese.
Der da in dem komischen grünen Fischgrät-Jackett. Der da war mir sehr bekannt. Wie er da hockte, scheinbar desinteressiert, lustlos, aber doch so wach, so präsent, so unendlich nahe und vertraut!
Er war mir so vertraut, daß mir die Tränen in die Augen schossen. Auch wenn er keine Baskenmütze aufhatte.
Ich sprang von der Bühne und lief in meinen nassen Domina-Schuhen durch den Mittelgang zu ihm hin.
Er sah kurz auf. Er war nicht überrascht.
Ich ging in die Hocke und kniete mich neben ihn.
»Gustav«, krächzte ich, und ich unterdrückte ein Husten, das gleichzeitig ein Weinen und ein Niesen hätte werden können.
»Gustav! Was machst du denn hier?«

»Hm, was ist denn da Gutes drauf? Leeeeeberwurst! Her damit! Du meinst, ich kann es wirklich aufessen? Und du? Was ißt du?«
Ich riß Gustav die deftige Altherren-Stulle-im-groben-Packpapier aus der Hand und entblätterte sie lüstern. Die bollerige

alte Vorkriegs-Thermoskanne mit dem heißen Tee-mit-Rum drückte ich mir an den Busen, als wollte ich sie nie wieder loslassen.
Alles her damit. Ich stopf es mir in mein gieriges Maul.
Ich fühlte mich wie ein alter Seemann, der aus den Fluten des Ozeans gerettet worden war.
»Das ist grobe Räucherleberwurst. Direkt vom Gutshof. Magst du so was?«
»Eigentlich nicht. Mit fetter Wurst kannst du mich jagen. Aber heute...« Ich seufzte wollüstig auf. »Gustav! Daß es dich wirklich gibt! Daß du keine Fata Morgana bist...«
»Mich gibt es schon seit knapp sechzig Jahren«, sagte Gustav. »Was machen die Füße?«
»Sie kommen wieder zu sich.«
Schuhe und Strümpfe lagen unter der Sitzbank. Ich hockte, eingewickelt in eine grobe Wolldecke mit Fransen, in Gustavs altem, klapprigem Wohnmobil.
Gustav hatte meine Füße-mit-Decke auf seinen Schoß gelegt und massierte sie, als gehörte das zu unserem täglichen Job. Kein bißchen überflüssig!!
Es war nicht zu fassen.
Es war einfach nicht zu fassen!
Da war dieser wortkarge, chronisch übellaunige alte Querkopp aus dem Nichts aufgetaucht, aus dem Dunkel, im wahrsten Sinne des Wortes, einfach so.
»Was machst du hier?« hatte ich ihn mehrmals gefragt. »Sag es endlich!«
»Ich habe mir so'n komisches Ein-Frau-Stück angeschaut. Sieben freudige Reden einer freudigen Frau oder so.«
»Feurige Reden! Feurig, mein Lieber!! Und dafür bist du angereist? Aus Köln??«
»Ja. Was dagegen?«
»Woher wußtest du...«
»...daß du hier fremdgehst?«
»Äm... ich bin morgen früh um zehn beim Dreh.«
»Ich auch. Also? Wo liegt das Problem?«
Und dann hatte er mich am Arm gepackt und mich zu seinem

Wohnmobil geführt. Da saß ich nun und mampfte mit vollen Backen, und er massierte mir die Füße, und eine wohlige Wärme breitete sich in mir aus, und ein Geborgenheitsgefühl ergriff von mir Besitz, das ich gar nicht beschreiben kann.

Die alte Wanduhr über seiner Kochplatte tickte gemütlich. Es war kurz nach elf.

»Mein 23 Uhr 15!« Ruckartig setzte ich mich auf.

»Bleib liegen. Ich fahr dich nach Hause.«

»Nach Hause?«

»Na ja, ich nehme an, daß du noch mal aus deinen nassen Sachen steigen willst...«

Ich starrte Gustav an.

»Seit wann kümmerst du dich um das Wohl deiner Ensemblemitglieder, hä? Seit wann?!«

Gustav knetete sehr heftig meinen großen Zeh.

»Heute scheint es ja bei dir kein anderer zu tun.«

»Au! Das tut weh!«

»Soll es auch.«

Gustav stand auf und ließ meinen Fuß ziemlich abrupt fallen.

»Also. Fahren wir.«

Ich krabbelte mitsamt meiner Thermoskanne und der Wolldecke hinter ihm her und setzte mich auf den Beifahrersitz.

Ich knabberte verlegen an meiner Stulle.

Das war alles sehr rätselhaft.

Zumal Gustav kein Schwätzer war. Das konnte dauern.

Die gastliche Stadt Flänzborch lag in tiefem Schlaf. Hier war ich heut überall in strömendem Regen und mit hungrigem Magen herumgeirrt. Jetzt war ich warm und trocken und satt und geborgen. Da war der Bahnhof, tot und dunkel und verlassen. Ich sandte der Bude mit den Öberraschongseiern einen letzten schadenfrohen Blick. Die Penner mit den Bierdosen hatten sich in ihre Löcher verzogen. Morgen würden sie wieder an der Bude stehen.

Gustav fuhr mit erstaunlicher Ortskenntnis Richtung Autobahn. Das Wohnmobil schaukelte gemütlich. Der alte Motor brummte zufrieden vor sich hin.

Eine wunderbare Müdigkeit ergriff von mir Besitz und das woh-

lige Bewußtsein, jetzt ganz vertrauensselig einschlafen zu dürfen.
»Willst du dich nicht nach hinten legen?«
»Nö. Ich will neben dir sitzen.«
»Füße warm?« Gustav lächelte ansatzweise.
»Ja, Chef. Füße warm, Herz warm, Bauch voll, Gewissen rein. Amen.«
Ich sah ihn von der Seite an. Er lächelte immer noch.
Das kam bei ihm selten vor. Man hätte ihn malen mögen.
Der Tee-mit-Rum pulsierte bis in die Fingerspitzen Wohligkeit.
Mir war auf einmal bewußt, wie gern ich ihn hatte, den eisernen Gustav. Eigentlich schon lange. Nicht erst seit eben.
»Du, Gustav?«
»Hm?« Gustav war mit Blinken und Abbiegen beschäftigt.
Wir waren jetzt auf der Autobahn. Wir tuckelten auf der rechten Spur. Vor uns tuckelte ein Brummi.
Der Scheibenwischer sang eine gar traurige Melodei. Immer dieselbe. Das Lied vom einsamen Trucker.
Ich wußte, daß ich jetzt gleich einschlafen würde.
»Sag mir nur BITTE noch, WARUM du gekommen bist. Und woher du von meinem Auftritt in Flänzborch gewußt hast.«
»Von Niedrich hab ich's gewußt«, sagte Gustav.
»Von Niedrich?«
»Er hat mir gesagt, schau dir die Kleine mal an.«
»Und da hast du dir die Kleine mal angeschaut.« Ich setzte mich auf meinem Sitz aufrecht. »Einfach so.«
»Er hat mir vorher dein Stück geschickt. Schwarzer und weißer Pfeffer.«
»Du hast es gelesen?«
Nun saß ich senkrecht. GUSTAV hatte MEIN Stück gelesen! Der alte, überflüssige, muffellaunige Gustav, der mich sieben Jahre kaum eines Blickes gewürdigt hatte!
»Ja. Was dagegen?«
»Allerdings! Ich meine, es ist MEIN Stück, das hab ICH mir ausgedacht, das darf der blöde Niedrich doch nicht einfach an wildfremde Leute weitergeben...«
»Wieso? Ist das 'ne Geheimakte oder was?«

»Das nicht, aber es ist doch irgendwie meine Privatsache...«
Ich war schrecklich verwirrt.
»Du bist 'ne alte Quatschtante«, sagte Gustav. Es klang richtig zärtlich. »Natürlich ist das NICHT deine Privatsache. Du posaunst es ja in ganz Deutschland rum. Da werde ich als dein Regisseur ja wohl ein ganz normales Interesse dran haben dürfen.«
Gustav sah in den Rückspiegel und überholte den Brummi.
Ich sah ihn von der Seite an.
Der Scheibenwischer wehklagte unermüdlich vor sich hin.
»Sehr charmant«, sagte ich beleidigt. »Ich POSAUNE es in ganz Deutschland rum. Sehr charmant.« Ich zog mich wieder in meine Fransendecke zurück. Am liebsten hätte ich sie mir über den Kopf gezogen, so schämte ich mich.
»Ja, oder etwa nicht?« Gustav sandte mir ein liebes, böses, kleines Grinsen.
»Doch«, gab ich kleinlaut zu.
Gustav hatte immer recht. In allem, was er sagte. Nur, WIE er es sagte, war es oft nicht die ganz feine Art.
Aber das kannte ich ja nun schon an ihm.
Alles überflüssig, und nun macht mal Leute, und wir sind doch nicht zum Vergnügen hier.
Er war also aus rein fachlichem Interesse hinter mir her gereist.
Natürlich. Dumme Quatschtante, was hast du denn gedacht. Daß er dich liebt oder was?
Der doch nicht. Alle Männer deines Umkreises. Aber nicht der. Bei dem hatte ich ja auch noch nichts fallen gelassen. Weder aus Versehen noch mit Absicht. Und würde es auch – verdammt noch mal – nicht tun. Dazu war dieser feinselige Schildkröten-Mensch unter seinem jahrtausendealten Panzer mir viel zu schade. Bei ihm würde es auch nicht funktionieren, dessen war ich mir sicher. Ü-ber-flüs-sig.
»Aber warum Flensburg?« begehrte ich auf. »Das ist doch so schrecklich weit weg! Ich trete doch noch in näher gelegenen Ortschaften auf, nächste Woche oder so!«
»Erstens war Flensburg dein erster Auftritt. So kann ich dich vor weiteren peinlichen Fehlern bewahren.«

Peinliche Fehler, aha.
»Ich war heute nicht gut drauf«, verteidigte ich mich. »Kalte Füße und nix im Magen und moralisch der totale Kater und die böse, böse Einsamkeit, und müde war ich auch...«
»Quatschtante«, sagte Gustav wieder.
»Und zweitens?« fragte ich matt.
»Und zweitens konnte ich mit an Sicherheit grenzender Wahrscheinlichkeit davon ausgehen, daß dein unermüdlicher Bewacher dich heute nicht verfolgt.«
»Wen meinst du?« fragte ich mit gespielter Naivität.
»Selbst jetzt spielst du noch schlecht«, sagte Gustav.
»War es so schlimm?« Ich hätte Gustav umarmen mögen. Wenn er nur nicht so unnahbar gewesen wäre.
»Du kannst einiges besser machen«, sagte Gustav streng.
»Alles überflüssig?« fragte ich kleinlaut. Meinte er jetzt auf der Bühne oder im Leben? Wahrscheinlich beides. Gott, wie ich diesen Mann mochte. Ich hätte ihn so schrecklich gern mal kurz umarmt. Aber ich traute mich nicht.
»Nicht alles. Aber vieles.«
Gustav stellte den Scheibenwischer ab.
Es sprühregnete uns vors Gesicht. Er kniff die Augen zusammen und starrte in die milchige Suppe draußen.
»Kann ich was für dich tun?« fragte ich plötzlich. Vielleicht mochte er auch was essen oder trinken, oder ich sollte ihn mal beim Fahren ablösen oder so was.
»Du kannst dich mal fünf Minuten von diesem Streitacker fernhalten«, sagte Gustav. »DAS kannst du für mich tun.«
Er stellte den Scheibenwischer wieder an. Dieser nahm sein weinerliches Hin-und-Her wieder auf. Quietsch und quietsch und quietsch und quietsch. Immer muß ich wischen, und es regnet immer, und es gibt immer Fisch, und keiner hat mich richtig lieb, und Öl gibt's auch nicht, und ich muß mich immer langweilen, und ich will andere Wischblätter.
»Moment«, sagte ich. »Was hat jetzt der Kollege Streitacker damit zu tun?«
»Viel zuviel«, sagte Gustav. »Viel zuviel.«
Und quietsch und quietsch und quietsch.

Na und, begehrte ich innerlich auf. Was geht dich das an! Wir sind Freunde, und er ist der einzige, mit dem ich in »Unserer blöden kleinen Klinik« reden kann, und er ist ganz verrückt nach mir, und er liebt mich, und er ist gut im Bett. Das brauch ich in meinem Alter. Wo mein Gatte mich so sträflich seelisch verhungern läßt. Ich bin eine Frau aus Fleisch und Blut, so.
Schweigen ist Gold.
»Magst du ein Butterbrot?« fragte ich. »Oder einen Schluck Tee? Oder soll ich dich mal ablösen?«
»Im Handschuhfach sind Zigaretten«, sagte Gustav. »Du kannst mir eine anmachen.«
Ich wühlte in seinem unordentlichen Handschuhfach herum. Außer ein paar leeren Zigarettenschachteln und einer einsamen grün-grau gestreiften Krawatte (Spielcasino?) fiel mir das zusammengerollte Drehbuch von »Unserer kleinen Klinik« – Folge fünfhundertundeins – entgegen. Und das sehr zerlesene Manuskript von »Schwarzer und weißer Pfeffer«.
Ich nahm es zur Hand und starrte bei dem trüben Licht des Handschuhfaches hinein. Ich hielt es schräg, damit ich etwas erkennen konnte.
Es war über und über mit Notizen versehen, Bleistifteintragungen, Randbemerkungen, Heftklammern.
»Hier noch nicht wirkungsvoll« stand da und »Verwirrend! Wieso?« und »Läuft sich platt« und »Pointe muß an den Schluß!« und »Versteh ich nicht, Charlotte!«
Er hatte auf jeder Seite Notizen gemacht. Mehrere.
Fast an jeder Zeile.
Mir wurde plötzlich sehr warm.
»Gustav...«, sagte ich.
»Hast du die Zigaretten?«
»Was? Zigaretten? Ach so.«
Ich fand welche. Ich nahm eine heraus. Und jetzt? Wohindemith? Mir zitterten die Finger.
Er hatte mein ganzes Stück gelesen. Und nicht nur mein Stück. Meine Gedanken. Mein Innenleben. Wofür sich kein Schwein auf dieser Welt interessierte. Nicht Ernstbert und nicht Justus und nicht Benjamin und nicht Dr. Geldmacher und nicht Herr

Schmitz-Nittenwirm und nicht Grete und nicht die Kinder und nicht Elvira Merkenich-Miesmacher und nicht Gernot Miesmacher und nicht Gretel Zupf. Kein Schwein.
Nur Gustav. »Charlotte.« Nicht etwa »Anita«.
Er drückte seinen komischen vorsintflutlichen Zigarettenanzünder an und hielt mir das glühende Ding unter die Nase.
Ich steckte mir die krümelige Zigarette in den Mund und sog. Bah! Widerlich. Ich mußte husten. Aber sie brannte.
»Noch nicht mal rauchen kannst du«, sagte Gustav und nahm mir die Zigarette aus dem Mund.
»Kann sein, daß jetzt Lippenstift dran ist«, brabbelte ich, nur um überhaupt etwas zu sagen. Überflüssig, dachte ich. Wir sind doch nicht zum Vergnügen hier. Schweigen ist Gold.
»Nee, aber Leberwurst«, sagte Gustav.
Ich kicherte.
Dann schwiegen wir.
Fürs erste war alles gesagt.
Irgendwann muß ich eingeschlafen sein.
Ich träumte von Justus, der sich an einer langen Wäscheleine festhielt und mit seinem kinderkackegelben Wetterjäckchen hinter dem Wohnmobil herrannte. Ernie und Bert saßen hinten auf der Bank und hielten das andere Ende der Leine fest und feuerten ihn begeistert an.
»Im Leinehalten bin ichch gut!« keuchte Justus, und die Kinder schwangen ihr Lasso und brüllten »Gleich haben wir den Erpel!«, und Gustav saß neben mir und rauchte eine Leberwurst, und der Scheibenwischer quietschte beleidigt vor sich hin.
Als ich aufwachte, wurde es gerade hell.
Und der Mond stand als schmale Silbersichel über der Zoobrücke. Genau zwischen den beiden Türmen von meinem heißgeliebten Kölner Dom.

»Sag mal, kann es sein, daß dich der Gustav in Detmold besucht hat?«
»Wer? Spinnst du?«
»Der Gustav.« Justus schritt neben mir her zum Traualtar. Wir drehten heute die kirchliche Hochzeit. Alles war da, was Rang

und Namen hatte. Der komplette erweiterte Stab der kleinen Klinik. Und ein echter Pfarrer aus Witterschlick.
»Wie kommst du denn DA drauf?« zischte ich, aufs höchste bräutlich pikiert.
Mein langer Brautschleier wehte hinter uns her.
»Der Gernot hat dich mit Gustav in Detmold gesehen. In seinem Wohnmobil.«
Gernot besuchte regelmäßig seinen geschiedenen Sohn Jens-Alexander in Detmold. Das kam also hin. Nett von ihm, daß er es gleich Justus erzählt hatte. Das paßte zu Gernot.
»Quatsch! Der Gernot hat Knusperjoghurt auf den Augen!«
Ich WAR nicht mit Gustav in Detmold. Und wenn, dann würde ich es dir verdammt noch mal nicht auf die Nase binden, so. Nich für Geldtabei.
Blöder Gernot Miesmacher. Halt doch die Schnauze, du Eierloch. Redest doch sonst nicht mit uns.
Mir klopfte das Herz bis zum Halse. Das brave Medaillon mit dem Herz-Anhänger hüpfte verwirrt auf meinem Busen herum.
Tja, Charlotte, so kommt alles ans Tageslicht.
Brave Mädchen kommen in den Himmel, böse überall hin.
Eigentlich mußte Klaus Overbeck, der nette Kameramann, sehen, daß mir das Wasser bis zum Halse stand.
Aber niemand rief: »Aus, Ende, noch mal, die Braut hat hektische Flecken am Hals!«
Wir schritten weiter. Ich lächelte huldvoll.
Schließlich war ich Dr. Anita Bach und liebte Prof. Frank Bornheimer. Ich war hundekuchengut und bis in die Knochen monogam, und vorne stand der Pfarrer aus Witterschlick und wollte uns seinen Segen geben. Und dahinter hockte Gustav Grasso mit seiner Baskenmütze auf seinem Stühlchen.
Gustav.
Er war nun schon zum vierten Male in Folge dabeigewesen. Und überhaupt. Wir kamen heute gar nicht aus Detmold. Das war gestern gewesen. Heute morgen kamen wir frisch aus den Burgruinen, von den verregneten Sommerfestspielen in Bad Hersfeld. Wir waren längst ein eingespieltes Team, Gustav, das Wohnmobil und ich.

Und mein Ein-Frau-Stück wurde immer besser.
Er hatte mir so phantastische Tips gegeben!
Ich fand mein Stück jetzt richtig gut.
Und die Leute fanden das auch. Es hatte stehenden Applaus gegeben. Minutenlang. Und ein paar Nonnen, die extra mit dem Bus aus dem nahe gelegenen Kloster angereist waren, hatten mir unter Lachtränen Kußhände zugeworfen. Jawohl, Grete. Nonnen.
Jedesmal hatte sich die Presse begeistert geäußert. Und zweimal war das Lokalfernsehen dabeigewesen. Ich hatte ein Interview gegeben. Nicht als Anita Bach. Sondern als Charlotte Pfeffer. Das war das Größte. Und Gustav hatte neben dem Kameramann gesessen, in altgewohnter Haltung, aber er hatte nicht »Alles überflüssig« gemurmelt, sondern aufmunternd geguckt. Und nachher den Arm um mich gelegt und mich zu seinem Auto geführt. Wir gehörten auf einmal ganz selbstverständlich zusammen. So, als hätten wir im Leben nichts anderes gemacht. Als wären wir schon immer gemeinsam durch deutsche Kleinstädte gereist. Ich fühlte mich wundervoll und geborgen. Und er blühte auch auf. Ich hatte ihn noch nie so übermütig lachen sehen. Und noch nie so viel erzählen hören. Keines der blöden Gerüchte um Gustav stimmte. Keines. Er war ganz, ganz anders. Aber das wußte nur ich.
Längst hatte ich es mir in dem herrlich unaufgeräumten rollenden Wohnzimmer gemütlich gemacht. Während wir fuhren, redeten wir. Stundenlang. Ich erzählte ihm viel von Ernstbert. Und von Grete. Gustav konnte zuhören wie kein Mensch auf der Welt. Und ich hörte ihm zu.
Wenn wir beide nicht mehr reden mochten, legte Gustav eine Kassette ein. Er liebte Yves Montand. Dem hörten wir stundenlang zu, während wir durch die Sommernacht nach Hause fuhren.
So konnte ich regelmäßig mit meinen Kindern frühstücken, was gar nicht vorgesehen gewesen war! Sie bekamen überhaupt nicht mit, daß ich nachts nicht da war. Ihnen fehlte es an nichts. Mama war da, und es gab Nutella und nicht immer Fisch, und sie wollten nicht andere Eltern, und es regnete auch nicht mehr.

Ich hätte die ganze Welt umarmen können.
Heute hatte ich Gustav zum erstenmal mit nach Hause gebracht. Er gehörte plötzlich dazu. Wir hatten mit Benjamin und den Kindern im Garten gefrühstückt, im Morgenschein unter der gelbgestreiften Markise, die noch tropfte, und unser Gärtlein hatte gewirkt wie frisch gewaschen. Kaffee und Kakao und frische Brötchen und Nutella und Vier-Minuten-Eier hatte Benjamin serviert, und dann hatte Gustav sich in Ernstberts Fernsehsessel gesetzt und eine geraucht und uns bei unserem Familienleben zugeguckt. Benjamin hatte die Kinder zur Schule gebracht, auf Rollschuhen, versteht sich, Gustav hatte Zeitung gelesen, ich hatte geduscht und mich umgezogen und meine Post gelesen und meine Faxe durchgesehen und Gustav meine Kritiken vorgelesen. Und Gustav hatte sich gefreut. Und hatte NICHT gesagt: ICH hatte auch schon gute Kritiken. Überflüssig.
Die Presseartikel waren durchweg nett zu mir.
»Eine-Frau-von-heute schafft den Sprung von der Seifenserie in die Selbständigkeit.«
»In Frau Pfeffer steckt mehr als nur die Dr. Anita Bach.«
»Eine feurige Frau mit feurigen Reden stellt ihr schauspielerisches Talent unter Beweis. Selbst eine Busladung voller Nonnen ließ es sich nicht nehmen, die Vorstellung von Frau Pfeffer zu besuchen. In der alten Burgruine von Bad Hersfeld brachte sie mehrere hundert Leute zum Lachen und zum Weinen – und ein altes Ehepaar saß unverdrossen unter einem großen gemeinsamen Schirm in der ersten Reihe... (Foto unten).«
Ich sammelte alle Artikel und heftete sie in einem großen Ordner ab. Jeden Tag bekam ich auch Zuschauerpost.
Es war ein wunder-wunderbares Gefühl, ganz allein etwas bewegt zu haben. Na ja. Nicht ganz allein.
Ich wußte, daß ich meinen Erfolg – wenigstens zum Teil – Gustav Grasso zu verdanken hatte. Ohne seine Kritik wäre ich vielleicht übermütig geworden. Oder effekthascherisch. Aber Gustav ließ keinen Firlefanz durchgehen. Den hatte mir der Himmel geschickt.

Und nun waren wir heute morgen gemeinsam am Drehort vorgefahren. Als wär das nichts Besonderes. Als täten wir das immer. Und hatten uns noch nicht mal die Mühe gemacht, abseits zu parken. Warum auch. Wir hatten ja nichts zu verbergen.
»Ich hab am Wochenende versucht, den Gustav anzurufen«, zischelte Justus. »Er war nicht da.«
»Na und!« zischelte ich zurück. »Wieso sollte er nur zu Hause hocken!«
Na UND, du Eierloch, hätte ich gerne gesagt. Schnüffel uns gefälligst nicht nach, das macht mich rasend. Du bist ein schlechter Detektiv. Und Eifersucht war noch immer der Tod jeder Freundschaft. Ich denke, du bist ein Mann von Welt. Also halt dich vornehm zurück.
»Wieso hast du bei ihm angerufen? Das tust du doch sonst nicht!« zischelte ich zurück.
»Ich wollte ihn was fragen. Wie lange heute der Dreh geht.«
»Bis vier, wie immer, wenn wir Außendreh haben! Warum?«
»Weil ich mal mitfahren will heute. Du spielst doch irgendwo deine One-Woman-Show. Ich kchomm mit. Will mir die Chose einmal ansehen. Vielleicht kchann ich dir noch ein paar heiße Tips geben... Schließlich hab ich als Schauspieler ein paar Jährchen mehr Erfahrung als du...« Er unterdrückte ein joviales Lachen.
Alles. Nur das nicht. Nein danke. Überflüssig.
»Willst du, Anita Bach, diesen Frank Bornheimer ehren und lieben und achten, in guten und in schlechten Zeiten, bis daß der Tod euch scheidet?« fragte der Pfarrer aus Witterschlick.
Nein. Kein Bock. Schon gar nicht heute morgen.
»Ja!« rief ich eine Spur zu emotional.
Der Pfarrer freute sich. So laute und deutliche Antworten bekam er selten. Und dann noch mit soviel künstlerischem Ausdruck.
»Willst du, Frank Bornheimer, diese Anita Bach ehelichen und ihr treu sein, in guten und schlechten Zeiten...?«
»Ja!« sagte Justus profund. »Natürlichch. Gärn.« Komisch, daß er keinen bassigen Lacher hinterherschickte. Das hätte sich in der kirchlichen Akustik gut gemacht. Er sagte auch nicht: »Im Heiraten bin ichch gut.«

Der Pfarrer aus Witterschlick guckte zufrieden in sein bräutliches Brevier. Die Kamera schwenkte über die Trauzeugen: Lernschwester Ulrike mit schlee-gönnerhaftem Lächeln, Ehepaar Dr. Merkenich-Miesmacher, sie säuerlich, er zahnkronig grinsend, und Gretel Zupf wie immer ungeheuer-wichtig-und-ich-bin-ja so unersetzlich vor sich hin blickend.
Dahinter Nachtschwester Berthild durch und durch gediegen und in sich versammelt, die nächstenliebende Narkoseärztin Dr. Mechthild Goch zwischen Merdal Gyllhyll, der türkischen Kollegin, und dem aidsinfizierten Assistenzarzt Dr. Christof Gernhaber, der nur noch ein paar Wochen zu leben hatte.
Im Hintergrund der bekloppte Pfleger Adolf, der immer für alle den Affen machte, der unsympathische, stiernackige, kleinwüchsige Oberarzt Dr. Jean-Marie Wagner, der immer seine Frau betrog und windige Geschäfte mit einer Beerdigungsfirma tätigte, Lore Läscherlisch in Lilla und der stets penible und humorlose Dr. Neidhard Hammel aus der Chirurgie mit der hühnerpopoigen Pia aus der Anmeldung. Dahinter kam das Fußvolk.
Wir tauschten die Ringe. Die Orgel fing an zu orgeln.
Wir schauten uns an. Die Kamera hatte uns in Großaufnahme. Jetzt nur kein unpassendes Augenflackern oder Mundwinkelzittern. WIR sind Profis. Tja, Schlotter-Lotte. Das hast du nun davon. Guck du nur schön und bescheiden geradeaus wie immer. Ich dachte an Gustav. Der saß jetzt irgendwo im Hintergrund mit zerfleddertem Drehbuch auf seinem Stühlchen. Und gleich würden wir zusammen nach Wiesbaden fahren. Das Leben konnte so schön sein! Wenn ihr alle wüßtet, dachte ich. Dann würdet ihr noch säuerlicher lächeln als sowieso schon.
Eine herzige Sopranistin-mit-Schleife-im-Nacken zwitscherte eine Arie von der Empore herab. Sie erinnerte mich entfernt an die Amsel-auf-dem-Bretterzaun in der Eifel. Die mit dem Tropfen am Schnabel.
Eines war jedenfalls klar: Ich hatte keine Lust mehr auf Strunzus. Nich für Geld dabei. Ich wollte mit Gustav ganz exklusiv im Wohnmobil durch die Lande brettern.
Es begann, schwierig zu werden.

Na bitte, Charlotte, dachte ich hinter meinem charakterlichen Grauschleier. Endlich ist in deinem Leben mal richtig was los. Endlich ist nicht mehr täglich kleine Klinik mit drei vorgekauten Sätzen, Goldschleife-im-Haar und läscherlischem Small talk in der Kantine und zweihundert Adrian-Fotos und weißgestärktem Kittel und »Macht-mal-Leute, ist doch alles überflüssig«. Endlich mußt du dich nicht mehr immer langweilen! Endlich ist mal NICHTS überflüssig! ALLES ist spannend! Und es regnet nicht mehr immer, und es gibt nicht mehr immer Fisch, und du willst keine anderen Eltern! Hurra! Un dat mit Mitte Dräißisch! Wenn dat jeder machen wollte!!
Darf dat dat? DAT DARF DAT!!!
So. Und KEINE Haue obendrein. Amen.

Wir schritten aus der Kirche, und alle Kleine-Klinik-Mitglieder schritten mehr oder weniger gutgelaunt hinter uns her. Als ahnten sie, was hinter des hübschen Bräutchens Schleier-Stirn für wenig fromme Gedanken ihr Unwesen trieben.
Lärvchens Rache, Teil siebenundachtzig.
»Also, der Dreh scheint im Kchaschten zu sein«, freute sich Justus, als die Kamera von uns abließ und auf unser Gefolge schwenkte. »Dann kchönnen wir gleich losfahren! Mein schlimmer Lümmäll denckt schon an nichtts anderes mehr!« Oh, oh, oh, böser, böser Juschtus!! What a man! Joviales, bassiges Gelächter auf der Kchirchenträppe.
»Heute geht es nicht«, sagte ich aufmunternd zu meinem Bräutigam und dessen schlimmem Lümmel. »Heute hab ich zufällig 'ne Mitfahrgelegenheit. Aber vielleicht ein andermal!« Hähähä. Das Lärvchen tanzte unter wilden, bockigen Freudensprüngen um sein Hexenfeuer herum.
Tja, Herr Burgschauspieler. Nichts für ungut. Vielleicht lernen Sie draus.
Im Drauslärnen bin ichch gut.
Als ich wenig später mit Gustav im Wohnmobil Richtung Wiesbaden bretterte, stand Justus-im-kinderkackegelben-Wetterjäckchen hinter einem Laternenpfahl. Im unauffälligen Beschatten bin ichch besonders gut.

»Wie mir der auf den Geist geht«, sagte Gustav übellaunig, »das kann ich dir gar nicht sagen.«
»Dann sag's einfach nicht«, antwortete ich. Ich griff ins Handschuhfach und zündete ihm eine Zigarette an.

In Wiesbaden kamen wir zum Sechs-Uhr-Läuten an. Heute spielte ich in der Theatergalerie. Um neun.
Es war noch genügend Zeit.
Der Veranstalter hieß »Rehlein« und war ein reizender Mann. Er hatte im Hotel »Zum brummigen Bären« bereits Blumen und Pralinen für mich hinterlassen und einen goldigen Zettel, auf dem stand, daß er vor der Vorstellung mit mir zu speisen wünsche, falls das meine Verfassung – ein Panik-WC sei vorhanden – und meine ihm und seiner Gattin bereits von Fernsehinterviews bekannte Wespentaille zulasse. Kinder, nein, wie REIZEND.
»So ein Charmeur«, sagte ich zu Gustav, der auf meiner Bettkante saß. »Da kannst du dir mal eine Scheibe von abschneiden. Wespentaille. Der weiß, wie man mit mittelalten Damen, die unentwegt ihre Problemzonen bekämpfen, kurz vor den Wechseljahren spricht.«
»Alte Quatschtante«, sagte Gustav. »Du und Wechseljahre. Wo hast du denn Problemzonen?«
»Sarich nich. Hast du etwa einen Vergleich?«
»Nein. Schon lange nicht mehr.«
»Also. Dann kannst du gar nicht mitreden.«
»Will ich auch gar nicht«, sagte Gustav auf der brummigen Bären-Bettkante und packte das Betthupferl aus.
»Magst du?«
»Nein. Macht dick.«
»Alte Quatschtante.« Gustav stopfte sich den drallen Schokoladenbären selbst in den Mund. Er kaute mit Hingabe. Wie er wohl als kleiner Junge ausgesehen haben mochte? Ich hatte plötzlich das brennende Verlangen, alte verknitterte Schwarzweißfotos von ihm anzusehen und zu fragen: Ist das deine Mutter? Und bist du das kurz nach dem Krieg? Und wo habt ihr gelebt? Und wen hast du geliebt? Außer mir, meine ich?

Ich hätte ihm gern über den Kopf gestrichen, aber ich traute mich nicht. Er bedeutete mir zu viel, als daß ich mich getraut hätte.
»Gehst du mit?« fragte ich. »Charmanten Theaterdirektor gukken? Kannst du noch 'ne Menge von lernen.«
»Nein. Sonst sieht mich wieder irgend so'n Gernot Miesmacher und petzt es deinem Justus.«
»Ich glaube nicht, daß Gernot in Wiesbaden auch einen Sohn hat«, sagte ich froh.
»Der hat überall Söhne«, schmollte Gustav. »Wie ich den einschätze.«
Gustav mußte immer und überall recht behalten. Das kannte ich nun schon. Da war Diskutieren zwecklos.
»Das heißt, du bleibst im Hotel? Den ganzen Abend?«
»Zur Vorstellung komme ich. Aber erst um Punkt neun. Reservier mir einen Platz in der letzten Reihe.«
»Mach ich.«
»Hast du was dagegen, wenn ich in der Zwischenzeit ein bißchen in deinem Bett probeliege? Im Wohnmobil ist nicht aufgeräumt.«
Das stimmte. Inzwischen hatte ich mich dort häuslich eingerichtet. Reichlich trockene Unterwäsche und dicke Socken und Schuhe zum Wechseln und Schminkutensilien und Wärmflasche und Heizdecke und Äppelkes und Bütterken und eine Großpakkung Krümelkeks von Brööhlsn. Das zum Thema »Nie wieder hungern«.
Was sollte der arme gebeutelte Gustav zwischen meinen Sachen liegen!
»Aber nein, liebster Gustav! Seit fünf Nächten hast du die überdrehte Diva durch Deutschland gefahren! Klar, daß du müde bist! Schlaf dich ruhig aus! Du mußt auch nicht in die Vorstellung kommen, wenn du gerade schläfst. Ich schaff das heute ohne dich. Ich tu so, als wärst du da. Ehrenwort.«
»Ich komme aber«, sagte Gustav. »Oder meinst du, ich bin zum Vergnügen hier!«
Der brummige Bär hieb mit seiner Pranke ein paarmal peplos auf das Kopfkissen, auf dem das Hotelemblem – ein zotteliger Bär – eingestickt war.

Er erinnerte mich entfernt an Lore Läscherlisch.
Die hieb doch auch immer auf Kopfkissen ein.
»Leg dich ruhig ein bißchen zurecht«, sagte ich. »Schlaf gut. Wir sehen uns nach der Vorstellung.«
Unten in der Halle wartete schon der charmante Theaterdirektor, Herr Rehlein, im plüschenen Sessel sitzend, mit einem großen Schirm vor den Knien. Er sprang auf und knöpfte sich seinen Jackettknopf zu.
DAS sind noch Männer, dachte ich, als ich ihm die Hand reichte, die er sofort mit einem angedeuteten Kusse benetzte. Dazu mußte er sich noch nicht mal groß bücken.
»Frau Pfeffer! Sie sehen ja noch besser aus, als ich Sie vom Bildschirm kenne!«
Hach, Süßer, dachte ich. Halt ein, sonst beiß ich dich ins Ohr. Du goldiges Marzipanschwein. Wenn man länger mit Gustav zusammen war, lechzte man nach einem vereinzelten Kompliment wie eine Meise im Winter nach einer Brotkrume. OBWOHL es mich sehr befremdet hätte, wenn Gustav auch nur ein einziges Mal »Gnädige Frau sehen bezaubernd aus« zu mir gesagt hätte. Dann wäre ich von ihm wahrscheinlich sehr enttäuscht gewesen.
Nicht so Herr Rehlein. Bei dem war solcherlei Gebaren absolut angesagt.
Herr Rehlein klappte den Schirm auf und bot mir seinen Arm, auf daß ich mich einhängte.
»Haben Sie gut hergefunden?«
Nein, ich irre noch fluchend und mit dem Stadtplan auf den Knien um die Häuserblocks. Sie reizender Mann.
»Natürlich, danke«, sagte ich, ganz Frau von Welt.
Da Herr Rehlein zwei Köpfe kleiner war als ich, war es schwirig, mich mit ihm auf ein Schrittempo zu einigen. Er reckte den Schirm, so hoch er konnte, in die Höhe. Ich versuchte, nicht mit den Augen in die eisernen Schirmspitzen zu geraten, und schritt ganz natürlich und bescheiden geradeaus wie immer.
»Hatten Sie eine angenehme Reise?« fragte Herr Rehlein galant.
»Sehr angenehm«, strahlte ich zurück.
Es interessiert dich vermutlich nicht, daß ich in Gustavs altem

klapprigen Wohnmobil barfuß in der Fransenwolldecke gehockt und Erdnüsse geknabbert habe, dachte ich. Und Schuberts Winterreise gehört habe.
Eine uralte Aufnahme auf einer ausgeleierten Kassette.
Fremd bin ich eingezogen, fremd zieh ich wieder aus.
Und der Scheibenwischer hatte dazu seine eintönigen Weisen gequietscht.
Solche Raritäten hatte Gustav in seinem Handschuhfach rumfliegen. Mit Hermann Tischbein-Fischmaul am Baß. Und Friedegott Niederbruchbudenhausen am Klavier. Eine Rarität für Feinschmecker.
Wir hatten die ganze Fahrt lang kaum ein Wort gesprochen.
Warum auch. Alles überflüssig. Hermann und Friedegott hatten uns alles Nötige gesagt.
Nun aber: Herr Rehlein. DAS Kontrastprogramm.
»Dürfen wir Sie in ein Spezialitätenrestaurant entführen?! Wir haben uns erlaubt, dort für neunzehn Uhr einen Tisch zu reservieren, Ihr Einverständnis natürlich vorausgesetzt. Sie können dort ganz leicht speisen, und es gibt hervorragenden Wein!«
»Hervorragender Wein ist immer gut«, sagte ich froh.
»Bei dem Wetter! (Es regnet immer, und es gibt immer Fisch, und keiner spielt mit mir, und ich muß mich immer langweilen!) Wer kommt denn alles?«
»Meine Gattin und ich und alle unsere Mitarbeiter und Mitarbeiterinnen und ein kleines Filmteam, wenn es Sie nicht stört. Und vielleicht – aber nur, wenn Sie nichts dagegen haben!!! – noch ein bis drei Herrschaften vom Spiegel! Ihr Herr Agent hat das alles so organisiert. Es freut uns, Sie in unserem Hause begrüßen zu dürfen! Ist das Hotel nach Ihren Vorstellungen?«
»Klar«, sagte ich. »Alles bestens. Es liegt ein Bär auf dem Kopfkissen und muß sich immer langweilen.«
»Bitte?«
»Ein Betthupferl. Ein Schokoladenbär.«
Charr-lotte! Laß doch diese zweideutigen Wortspiele!
»Das Theater ist seit Wochen ausverkauft! Wir hätten die fünfhundert Karten zweimal verkaufen können!«

n blieb stehen. Herr Rehlein mußte einige Schritte zurücklaufen, um wieder auf meiner Höhe zu sein. Er reckte den Schirm über meine Anita-Bach-Hochzeitslocken, und die tropfenden Schirmspitzen bohrten sich unter meine Augenbrauen.
»Ist alles klar?«
»Sagten Sie Spiegel?«
»Ja. Spiegel.«
»Was für'n Spiegel? Ist das 'ne Kneipe hier?«
»Na, DER Spiegel! DAS Magazin! Kennen Sie doch! Erscheint immer montags!«
»Und das kleine Filmteam ist dann sicher vom ZDF?« spöttelte ich hybrid.
»Ja. Natürlich. Bietet sich doch an, hier in Wiesbaden, oder nicht?«
»Doch«, sagte ich hastig. »Ganz klar. Bietet sich an.«
Das ZDF. Und der Spiegel. Wegen MIR. Nachbarin, euer Fläschchen. Natürlich! Niedrich hatte es doch gesagt!
Ich hatte das einfach nicht ernst genommen. Man sollte diese alte, fiese Eiterbeule einfach ernst nehmen, dachte ich. Schickt der mir den Spiegel auf den Hals. Und das ZDF. Nicht »Vier Minus« und »Das gelbe Blatt«. Wie sonst immer. Mit Lore-Läscherlich-Interview auf der vorletzten Seite. Wie sie ihre letzten fünf Pfunde geschafft hat (rauf, nicht runter). Und warum ihr Dackel allergisch gegen Haarspray ist.
Meine erster Gedanke war, jetzt ins Hotel zu laufen und Gustav wachzurütteln. Hey! Aufwachen! Panik auf der Titanic! Die Diva ist unterzuckert! Da vorne kommt 'ne Wand, und ich hab nicht die richtigen Schuhe an! Ich brauch deine Thermoskanne, dein Leberwurstbrot, deine Nähe und deine Wärme und deine Unerschrockenheit! Du mußt Händchen halten! Das ZDF kommt! Und der Spiegel!! Onkel Gustav, ich weiß nicht weiter!
Doch Gustav war sicherlich GERADE eingeschlafen. Das war sein erster Schlaf seit einer Woche. Den durfte ich ihm nicht rauben.
Schlotter-Lotte, da mußt du nun alleine durch.
Herr Rehlein hoppelte unternehmungslustig an meiner Seite.
Dann waren wir auch schon da.

»Chez Alfred.«
»Entrez!«
Herr Rehlein öffnete mir galant die Tür und ließ mich vorgehen.
Ein Oberkellner-im-Frack hatte meiner bereits geharrt. Er nahm mir die Jacke ab und verstaute sie dezent in einem gläsernen Wandschrank. Ob er mir darüber hinaus die Hand küssen wollte, war im Moment nicht ersichtlich.
»Ein Aperitif, gnädige Frau?«
»Ja. Her damit.«
Das Filmteam hatte schon die Kamera und die Scheinwerfer aufgebaut. Die Gattin und die Mitarbeiter und Mitarbeiterinnen saßen erfreut auf ihren Stühlen und schauten mir erwartungsvoll entgegen.
»Frau Pfeffer, meine Frau, meine Mitarbeiter und Mitarbeiterinnen.«
»Ja. Ich weiß. Sehr erfreut.« Mir brach der Schweiß aus.
»Vielleicht können wir erst mal filmen, wie Sie reinkommen«, sagte einer der Filmleute zu mir.
»Natürlich«, sagte ich. Ich gab dem Oberkellner seinen Drink zurück, und er gab mir meine Jacke zurück, und dann gingen Herr Rehlein und ich wieder raus in den Regen.
Oje, dachte ich. Da vorne kommt 'ne Wand, und ich hab nicht die richtigen Schuhe an.
»Geht's?« fragte Herr Rehlein.
»Natürlich«, sagte ich beflissen. Ach Gustav. Warum liegst du jetzt im Bett? Wenn du jetzt hier in der Ecke säßest, könntest du wenigstens »überflüssig« sagen.
Die Gattin klopfte ans Fenster. Herr Rehlein sprang hin. Ich stand im Regen und klapperte mit den Zähnen.
»Wir sollen reinkommen«, sagte Herr Rehlein.
»Also gehen wir rein«, lächelte ich unternehmungslustig.
Der Oberkellner sprang herbei und nahm mir die Jacke ab und hängte sie in den gläsernen Kasten. Sie war ziemlich naß geworden diesmal. Ich riß ihm seinen Drink aus der Hand und kniff die Augen zusammen, weil die Scheinwerfer so blendeten. Ich schritt zu Tisch.

»Meine Gattin, meine Mitarbeiter und Mitarbeiterinnen«, sagte Herr Rehlein.
»Angenehm«, sagte ich. »Sehr erfreut. Wirklich.«
»Wir freuen uns ja so, daß Sie hier sind, Frau Pfeffer«, sagte Frau Rehlein herzlich. Sie schüttelte mir lang und ausdauernd die Hand.
»Ich freue mich auch ganz fürchterlich«, beteuerte ich.
Wir setzten uns, die Gattin und ich, und immer noch hörte sie nicht mit dem beherzten Schütteln auf.
»Was möchten Sie essen?«
»Irgendwas«, sagte ich irritiert.
»Halt, Stopp, das geht so nicht!« Der Filmtyp mit der Lederjacke kam hinter seinem Scheinwerfer hervor. »Sie müssen schon sagen, was Sie essen wollen.«
Der Oberkellner hielt mir eine Speisekarte vor die Nase. Alles, was dort in kringeliger Handschrift stand, war auf französisch und ohne Preise.
»Das zweite von oben«, sagte ich.
»Halt, Stopp, Moment, das filmen wir!«
»Also, noch mal, ja? Kann ich jetzt? Das zweite von oben!«
»Halt, Stopp, Moment! Frau Pfeffer hat die Speisekarte im Gesicht!«
Ich nutzte die schöpferische Pause, um das französische Gekrakel zu entziffern.
»Pomm de Pann«, sagte ich freundlich in die Kamera.
»An legüm frisé, auf Schaum von Crabb de mär.« Das hörte sich doch gut an.
Ich reichte dem Kellner die Karte zurück.
»Und was möchte die Dame trinken?«
»Einen schönen, leckeren Wein«, sagte ich verbindlich.
Der Kellner räusperte sich. Schöne, leckere Weine gübt's hür nüch.
Herr Rehlein sprang herzu.
»Ich habe Frau Pfeffer schon von den hervorragenden Weinen ›Chez Alfred‹ vorgeschwärmt«, sagte er. »Darf ich Ihnen einen ganz leichten, trockenen Tropfen empfehlen?«
Ich dachte an Dr. Geldmacher, wie der bei uns auf der Garage saß

und den leichten, trockenen Tropfen schlürfte und in die Stiefmütterchen spie.
»Klar«, sagte ich.
Herr Rehlein sagte etwas sehr Französisches in die Kamera und klappte die Karte entschlossen wieder zu.
Dann kam der trockene Tropfen angeschwebt, und der Kameramann sprang herzu und leuchtete meine Mundwinkel aus, und ich hoffte, ich hätte keinen Krümel an der Backe oder Lippenstift auf den Zähnen oder einen leichten, trockenen Tropfen an der Nase.
Kinder, nein, wenn ich das in meinem Club erzähle.
Aber die in der kleinen Klinik wollten das gar nicht wissen. Schade eigentlich. Ich hätte glatt Interessanteres zu bieten gehabt als meine Freundin Frau Merkenich-Miesmacher. Aber irgendwie war mir nicht danach, die Kollegen am Ärmel festzuhalten oder bis aufs Klo zu verfolgen, auf daß sie mir Gehör schenkten und Aufmerksamkeit zollten. Das taten ja jetzt auch andere Menschen. Zuhauf. Freiwillig. Und für Geldtabei!!
Also in kleine Klinik Schnauze halten, Charlotte.
Guck du immer schön bescheiden und natürlich geradeaus wie immer. Das putzt.
Wir tranken den edlen säuerlichen Tropfen aus großen, bauchigen Gläsern, und dann kamen gleich vier Kellner gleichzeitig mit riesigen silbernen Überraschungskugeln und rissen alle gleichzeitig die blecherne Haube von den riesigen Tellern, auf denen sich verschwindend winzige, aber wohlriechende Kleckse befanden. Ganz klar: Das war das leichte Häppchen vor der Vorstellung. Die Filmleute filmten ununterbrochen, und ich plauderte mit den Mütterleins und dachte an Gustavs Leberwurstbrote und tupfte mir ununterbrochen mit der damastenen Serviette die Mundwinkel und lächelte mal hierhin, mal dorthin, in der Hoffnung, daß ich keine Gräte oder Schuppe aus dem Munde würde ziehen müssen.
Leider wurde ich immer beschwipster, mit der Zeit.
In wachsender Sorge um die Qualität meines Ein-Frau-Stückes bestellte ich mir eine Flasche Wasser.
Der ölige Kellner servierte eine gas- und peplose Marke mit fran-

zösischem Namen, die auf erschreckende Weise nach des friedvollen Solespaß-Opas Zehennägeln schmeckte, und ich konnte nicht umhin, mir einfach meinen Wein damit zu verdünnen.
Schlotter-Lotte, das TUT man aber auch nicht.
Herr Rehlein, der goldige, war aufs tiefste entsetzt!
»Da panscht sie das gute Wasser mit dem billigen Wein!« beliebte er zu scherzen, und alle lachten, und ich stand als Protetengöre da. Haue obendrein.
Ich schämte mich ein bißchen und fand Herrn Rehlein immer goldiger und war am Schluß so beschwipst, daß die bebrillte Dame vom Spiegel diskret anregte, morgen gegen Mittag für ein Interview ins Hotel kommen zu wollen. Wir wären hier doch nicht so ungestört, wie sie das wünschte. Ich fand ihr Anliegen begrüßenswert.
»Kommse morgen wieder, dann machen wir es uns gemütlich«, winkte ich ihr fröhlich nach, als ich am Arme von Herrn Rehlein aus dem Etablissement schwankte. Frau Rehlein erledigte diskret die Rechnung, und das Fernsehteam packte seinen Kram zusammen, um im Theater die betrunkene Diva weiter zu filmen.
Ich fand es alles wunderbar.
Wie sie sich um mich bemühten!
Wie die Welt so rosarot und weichgespült unter ihren Regentropfen hervorlugte!
Wie ich mich auf den Abend freute!
Zuerst mal mein Ein-Frau-Stück, klar, aber irgendwie freute ich mich – in undefinierbar rosaroter, weichgespülter Frühlingsfrische – auf den Moment, wo das Ein-Frau-Stück zu Ende und ich mit Gustav allein sein würde. Auf die Altherrenstulle und die Thermoskanne und die Fransendecke und die alte leiernde Kassette freute ich mich, und daß er EVENTUELL sagen würde, daß ich mein Stück schon ganz ordentlich abgeliefert hätte. Für den Anfang.
In der Garderobe waren diesmal Blumen, ein BADEMANTEL!! Pralinen, Glückwunschkärtlein und ein großer brauner Plüschbär von den Rehleins. Kein Vergleich mit der Gefängniszelle von Brunsbüttel, wo es immer regnete und ich mich immer lang-

weilen mußte und es NOCH NICHT MAL Fisch gab und ich andere Eltern wollte!
Ich war den Tränen nahe. Tournee ist toll!! Mehr, schrie der kleine Häwelmann, leuchte, alter Mond, leuchte!! Und der gute alte Mond leuchtete.
Das Theater war bis auf den letzten Platz ausverkauft. Aus meinem Garderobenfenster konnte ich sehen, wie sich die Scharen zum Eingang drängelten. Ich kniff mich in den Arm. Sah ich sie schon alle doppelt und dreifach? Oder waren das wirklich so viele? Und die kamen alle wegen MIR? Herr Niedrich hatte recht gehabt. Ich hatte voll in eine bestehende geistig-seelische Marktlücke gestochen. Das war mir überhaupt nicht bewußt gewesen! Ich hatte das Stück doch nur für MICH geschrieben!
Gustav hatte es salonfähig gemacht. Und nun lief der Laden. Wie geölt. Gustav. Komm, Alter. Ohne dich fange ich nicht an. Immer wieder ging ich zum Fenster, um nach ihm zu sehen. Wann würde die Baskenmütze um die Ecke geschwankt kommen und im Inneren des Theaters verschwinden? Aber er war nicht dabei.
Herr Rehlein kam schweißgebadet in die Garderobe gewieselt und fragte, ob die gnädige Frau soweit sei. Es passe keine Briefmarke mehr in sein Theater. So voll sei es seit Gottlieb Grünkern nicht mehr gewesen.
Die gnädige Frau war soweit.
Ich ging raus auf die Bühne und spielte.
Und ich hatte wahnsinnig Spaß daran.
Lag das nun an dem guten verdünnten französischen Wasser mit Lauwarme-Füße-Geschmack oder an meinem kaum noch zu steigernden untrüglichen Gefühl, daß jetzt dort irgendwo im Dunkeln, ganz hinten, mein geliebter, alter, bärbeißiger Gustav saß? Oder an der Gewißheit, daß die Kameramänner vom ZDF unten an der Bühne hin und her huschten, um meine Verlautbarungen für das Gestern-heute-morgen-Magazin aufzunehmen, und daß auf diese Weise nicht vierhundert, sondern vierhunderttausend, nein, was sag ich, ein paar MILLIONEN Menschen meine feurigen Reden hören würden? MEINE?? Nicht Anita Bachs lauwarme vorgekaute Kleine-Klinik-Sätze auf Vier-Minus-Niveau?!
Ich wußte es nicht.

Ich wußte nur, daß ich restlos glücklich war.
Wer kann das heute noch, dachte ich, während ich in die gleißenden Scheinwerfer blickte und mir die Seele aus dem Leib spielte. Richtig restlos glücklich sein.

Das Bären-Hotel lag dunkel und still.
Die Diva schwankte leicht am Rehleinschen Arm.
»Danke, ich komme jetzt allein zurecht.«
Der böse, böse Hausschlüssel wollte sein Schlüsselloch nicht finden. Er kratzte und scharrte ziemlich ungehörig auf der Eichentür herum.
Schließlich half mein goldiger Kavalier mit seiner männlichen Treffsicherheit ein bißchen nach.
»Da – ist aber auch schwer zu finden im Dunkeln! Wird's denn jetzt gehen?«
Klar, Mann. Ich bin stocknüchtern. Jedenfalls fast.
»Dange. Machn Siesich keine Umstänne.«
»Wissen Sie Ihre Zimmernummer?«
»Schtehdoch aumSchlüssl.«
Herr Rehlein entzündete sein Feuerzeug und entzifferte: »Dreizehn. Zimmer dreizehn. Können Sie sich das merken?«
»Ssdengedoch«, sagte ich. »SchüsSieSüßerKleinerGoldiger-Theaterdiregdor«, beugte ich mich hinunter und küssete ihn beherzt auf seine geschürzte Rehlein-Schnute, die nach Wein und Unternehmungslust roch.
BiddelieberGottlaßjetzdenSchlüsslnichfalln, betete ich, denn dies wäre wieder so ein unglücklicher Moment gewesen, in dem so ein männliches Wesen meinetwegen mir ins Unglück gestürzt wäre, wenn ich es darauf angelegt hätte. Ich krallte den Schlüssl an mein Busn und hielt ihn ganz feß. Nich falln getz. Sons wird Mama böse.
Nichts geschah.
Herr Rehlein beteuerte noch, wie wunderbar der Abend gewesen sei und daß er sich morgen telefonisch melden und nach meinem Wohlergehen erkundigen werde, und ich trug ihm auf, seinereinßndeFrauunseineMitarbeiterzugrüßen, und dann trabte er gehorsam von dannen.

So ein reizender Mann.
Ich taumelte unfein in den Hotelflur, suchte nach einem Lichtschalter und fiel dann in den Fahrstuhl, der freundlicherweise mit gähnenden Türen meiner harrte.
Im Fahrstuhl schaute ich indn Spiegl.
Gnädige Frau sahen heute abend ein bißchen mitgenommen aus. Bißchen viel lauwarmes Mineralwasser getrunkn, woll? Warum denn bloß? Gustav war nicht aufgetaucht.
Das war's. Es machte mich völlig fertig. Das muß doch nichts heißen, sagte ich zu mir. Gustav haßte Menschenaufläufe und Kameras jeder Art.
Er war vielleicht dagewesen und einfach wieder gegangen. Wahrscheinlich lag er längst in seinem Wohnmobil und schnarchte vor sich hin.
Ich tastete mich den muffigen Flur entlang und steckte dann die Dreizehn neben das dafür vorgesehene Loch. Es kratzte und scharrte unfein. Ich prockelte geduldig im Schlüsselloch herum. Da. Ich hatte es geschafft, TRINKFESCHT, wie ich war!! Im Türenaufprockeln bin ich gut! Es roch nach warmem Menschen.
Gustav?
Ich horchte.
Ja. Der Berg unter der Bettdecke war Gustav. Wie wunderbar. Und er schlief einen gesegneten Bären-Tiefschlaf.
Ich sank auf die Bettkante und betrachtete den friedlich schnorchelnden Kissenberg.
Was tun? He, Gustav! Aufwachen! Die Diva ist in Hochform und NOCH GAR NICHT MÜDE!! Alle haben geklatscht, und alle fanden's großartig, und alle haben der Diva die Hand geküßt, und jetzt will die Diva FEIERN!!
Gustav schlief. Völlig unbeeindruckt. Er machte nicht die leisesten Anstalten, aufzuspringen und die gnädige Frau nach ihrem Befinden zu befragen und eine Flasche Champagner aus der Minibar zu holen und zwei rote Rosen unter dem Kopfkissen hervorzuzaubern und eine originelle Bemerkung bezüglich meiner Wespentaille zu machen. Er schnorchelte einfach vor sich hin.
Der Prolet.
Ich saß da auf der Bettkante und dachte, was zu tun sei.

Eine feine Dame hätte jetzt diskret in Gustavs Hosentaschen nach seinem Wohnmobilschlüssel gesucht und wäre dezent für den Rest der Nacht auf dem Parkplatz verschwunden.
Aber bin ich eine feine Dame?
Nie gewesen! Das ist es ja, was meine Geschichten so lesenswert macht!
Ich entledigte mich also meines feinen Kostüms und meiner hochhackigen Pumps, ging noch einmal schnell ins Badezimmer und schlüpfte dann ohne große Umstände zu Gustav unter die Decke. Schließlich war das MEIN Bett, und wenn er das überflüssig fand, dann konnte er das ja morgen sagen.
Er war warm und weich und eine geballte Ladung fleischliche Geborgenheit. Ich lauschte seinen gleichmäßigen Atemzügen. Er war ein Mensch, ein richtiger Mensch. Aber er schlief. Ich fühlte mich wohl in seiner Nähe.
Natürlich konnte ich nicht schlafen.
Mir ging so vieles durch den Kopf.
Die gelungene Vorstellung, der minutenlange Beifall, die Blumen, der Bademantel, Herr Rehlein und natürlich seine goldige Frau. FRAU Rehlein war mindestens so goldig wie HERR Rehlein! Das Kamerateam, die bebrillte Dame vom Spiegel. Der ölige Oberkellner mit dem fußwarmen Mineralwasser, der Regen, das Wohnmobil. Der Scheibenwischer. Die Winterreise.
Justus. Meine Hochzeit mit ihm.
Meine Kinder. Heute morgen noch, beim Frühstück.
Sogar Ernstbert ging mir durch den Kopf.
Der immobilienvermarktete ganz Witzelroda, während ich in Wiesbaden auf einem fremden Männerarm lag.
Wohin sollte das noch führen?
Ich sah mir selbst beim Leben zu.
Charlotte Pfeffer in ihrer beliebtesten Doppelrolle.
Hier kleine Klinik, dort Schwarzer und weißer Pfeffer. Und zu Hause noch ein bißchen Zwillingsmutter sein.
Und zur Auflockerung noch ein paar Männer verzaubern, damit keine Langeweile aufkommt.
Wieviel Männer hatte ich denn inzwischen verzaubert?

Schlotter-Lotte, was WILLST du denn eigentlich?
Du könntest ruhig mal ein bißchen über den Sinn des Lebens nachdenken!! Al-les ü-ber-flüs-sig, was du da tust!
Ich lag auf Gustavs Oberarm und dachte nach.
Wie sollte das denn alles weitergehen?
Irgendwann würde einer über die Klinge springen.
Gerechterweise am besten ich. Haue obendrein.
Ich würde überall Scherben zurücklassen.
Alles lief in verschiedene Richtungen.
So, als säße niemand mehr im Schrankenwärterhäuschen.
Als stellte niemand mehr die Weichen.
Früher, da verlief alles eintönig, aber geradeaus.
DOCH es hatte alles seine Ordnung!!
Und heute?
Ich war nicht da, Ernstbert war nicht da, Grete war nicht da. Wir drifteten alle in verschiedene Richtungen. Als suchten wir noch was. Aber was?!
Würde ich eines Tages wieder auftauchen? Aus den angenehm lauwarmen Wogen des trüben Spaßbades, in das ich mich begeben hatte? Und in unseren geregelten Alltag wieder EINtauchen?
Dies hier war doch alles nur ein Traum. Ein Produkt meines spätjugendlichen Übermuts. Ein Experiment, dessen Ausgang ich nicht mehr in der Hand hatte.
Zurück in die Zukunft.
Aber wie? Eine eiskalte Dusche der Vernunft. Endlich mit den gefährlichen Spielchen aufhören.
Aber noch nicht heute. Morgen vielleicht. Morgen ist auch noch ein Tag.
Ich wußte genau: Nach der kalten Dusche ist alles vorbei. Noch ein bißchen. Nur noch ein paar Wochen oder Monate. Nur noch diesen Sommer lang. Herbst und Winter würde es früh genug.
Gustav drehte sich um.
Sein Arm landete auf meinem Haarschopf und blieb dort liegen.
Ich nahm behutsam den Arm und schob ihn weg.
Ich lag lange, lange wach.

Das böse Teuferl der Schlaflosigkeit saß mit der Mistgabel auf einem glühenden Haufen und lugte mit grünen Augen zu mir rüber. Ich meinte, es schadenfroh lachen zu hören. Oder lächelte es so schlee wie Ulrike? Nein, es war das säuerliche Lächeln von Elvira Merkenich! Und jetzt hatte es das strenge Gesicht von Grete. Oder lächelte es so fromm-versammelt wie Nachtschwester Berthild? Jetzt lachte es zahnkronig und schadenfroh wie Unterarzt Dr. Gernot Miesmacher. Und jetzt so bollerig und sonor wie Justus.
Laß mich schlafen, Teuferl, sagte ich. Bitte!
Im Himmel würdest du dich langweilen, sagte das Teuferl zu mir. Da kennst du ja keinen.
Du hast recht, murmelte ich zerknirscht. Ab in die Hölle. Wer Männer verzaubert, gehört da rein. Und Haue obendrein.
Stunden später begann vor dem Bären-Fenster eine Amsel mit ihrem Morgenlied.
»Verdammte Elster, halt den Schnabel«, brabbelte ich wütend. »Jetzt war ich gerade eingeschlafen!«
Gustav richtete sich auf.
Oder träumte ich das bloß?
Meinte ich, er würde mich mit aufgestütztem Arm betrachten? Warum brachte ich bloß meine Augen nicht auf? Ich wollte, er nähme mich in den Arm.
Aber er tat es nicht.

Am nächsten Morgen war ich verkatert wie lange nicht mehr. Wahrscheinlich war es das Mineralwasser mit dem lauwarmen Zehennägelaroma, das mir so zusetzte. Ich fühlte mich alt und schlapp und kraftlos und kaputt. Ein erster Blick auf das leere Kopfkissen neben mir ließ mich deprimiert auf das meine zurücksinken. Die Diva hat Migräne.
Von Gustav keine Spur. Das hatte ich geahnt. Das Teuferl mit der Mistgabel lachte krächzend.
Wenigstens ein Briefchen hätte er mir hinterlassen können, dachte ich, als ich mich schließlich zum Frühstück fertig machte. Wie reizend ich ausgesehen hätte, als ich mit der Elster schimpfte oder so.

Keine Umgangsformen hatte dieser Mann. Herrn Rehlein wäre das nie passiert. Der säße jetzt frisch geputzt und rasiert im Frühstücksraum und würde mir mein Vier-Minuten-Ei wärmen und mir ein halbes Brötchen mit Konfitüre bereiten und fragen, ob ich Milch in den Kaffee zu schütten gedächte.
ALLE verzauberten Männer würden das jetzt tun, dachte ich. Nur nicht Gustav.
Es war Samstag, und ich mußte nicht in »Unsere kleine Klinik« zurück. Wir hätten ein ganzes langes Wochenende für uns gehabt, Gustav und ich.
Natürlich war Gustav NICHT im Bären-Frühstücksraum. Er war einfach weg. Ein kurzer Blick durch die vergilbten Gardinen: Sein blödes, langweiliges, altes Wohnmobil mit dem knirschenden Scheibenwischer war auch weg.
Ich frühstückte nur ein Äpfelchen und eine Kiwi. Mir war der Spaß am Leben vergangen. Um nicht unnötig früh abzureisen und dann eventuell Gustav zu verpassen, ging ich eine Runde schwimmen, im Bären-Spaßbad.
Das lockerte die verkrampften Glieder.
Gerade als ich beschlossen hatte, zweitausend Meter zu schwimmen (zur Strafe, zur Läuterung und überhaupt), wendete sich der Bademeister mit Schlappen an den Füßen und einem Telefon in der Hand an meine wütend durch die Wogen schnaubende Wenigkeit.
»Frau Pfeffer?«
»Ja?«
»Telefon für Sie.«
Gustav. Na endlich. Das wurde aber auch Zeit. Schließlich war ich seit zweieinhalb Stunden wach und mußte mich immer langweilen.
Ich würde sagen, die Diva ist unpäßlich, denn erstens hast du dich gestern abend nicht blicken lassen, und zweitens hast du geschnarcht.
»Geben Sie her.« Ich hielt meinen nassen Arm aus dem Bären-Becken und drückte mir das Handy an die Backe. »Hallo.«
»Frau Pfeffer?«
Oh. Nicht Gustav. Eine Frau.

»Wir waren für elf Uhr verabredet. Eckenfelder.«
Ich keuchte ratlos in den Hörer. Eckenfelder? Kennichnich.
»Spiegel. Sie erinnern sich an gestern?«
»Ungern.«
»Was ist nun? Ich sitze in der Halle.«
Meine schlechte Laune steigerte sich ins Unermeßliche.
»Frau Eckenfelder«, sagte ich, »kommen Sie doch einfach eine Runde schwimmen. Dabei können wir ein prima Interview machen.«
Frau Eckenfelder bedauerte, keinen Badeanzug anzuhaben.
Ich riet ihr, sich vom Bären-Bademeister einen zu leihen. Ich sei gerade ins Wasser gestiegen und nicht bereit, meine Entspannungsübungen für ein profanes Spiegel-Interview zu unterbrechen.
Da kann man mal sehen, dachte ich vor mich hin, als ich weiterschwamm. Sie hat es sofort geschluckt. Das zeugt von meiner affenartigen Karriere. Wenn ich nur Frau Dr. Anita Bach wär, würde sich Frau Spiegel doch nicht in die salzige Solebrühe begeben, nur um ein Interview mit mir zu bekommen. Nich für Geld dabei.
Ich pflügte weiter wütend durch die Wogen, immer Gustavs gedenkend. Dann erschien Frau Spiegel und ließ ihren Körper zu Wasser. Wir schwammen ein paar Runden vor uns hin, Frau Spiegel und ich, und sie hatte sich die Haare hochgesteckt und die Brille mit Haarklammern festgesteckt und eine blaue Mülltüte über die Frisur gezogen. Sie tat mir richtig leid.
Ich, wenn ich schwimme, dann durchfurche ich walfischgleich und kein bißchen damenhaft die Fluten, und zum Plaudern bin ich dabei auch nicht aufgelegt, weil ich sowieso die meiste Zeit unter Wasser bin. Ich muß mich auch auf das Zählen der Bahnen und das Errechnen der bereits zurückgelegten Schwimmeter konzentrieren, um dann hinterher den ganzen Tag vor mir selbst damit angeben zu können.
Frau Spiegel rief mir zwischenzeitlich zu, daß es so keinen Zweck hätte und ob wir uns nicht ein bißchen auf die Liegestühle zurückziehen könnten, sie hätte auch schon einen Cappuccino beim Bademeister bestellt.

Mir war aber nicht nach faulem Herumlümmeln.
Ich wurde immer wütender.
Warum meldete sich Gustav nicht? Gut, er mußte erst mal ein paar Leberwurststullen in seinem Wohnmobil frühstücken, und dann mußte er eine rauchen und vielleicht eine Runde um die Häuserblocks fahren, um sein altes Wohnmobil bei Laune zu halten. Aber DANN hatte er doch bei mir aufzutauchen!!
Oder war er etwa im verdammten Spielcasino versackt?
DARF DAT DAT?? NEIN!! Mama hat nein gesagt!!
Ich starrte ununterbrochen auf die geschlossene Tür.
Er sollte endlich in fliesenschonenden Gummipuschen hereinkommen, mir bewundernd beim Delphin-Schwimmen zusehen und dann mit halliger Stimme durch die Kacheln rufen, wie bezaubernd ich aussähe, wenn ich schwömme!
Wo steckte der ungehobelte Prolet bloß!
Das konnte man doch nicht machen, bei einer Dame übernachten und sich dann am nächsten Morgen nicht mal erkenntlich zeigen!
Herrn Rehlein wäre das nie passiert. Der würde wissen, was für eine Bemerkung jetzt geziemlich war. Gnädige Frau waren hinreißend, als sie mit der Elster schimpften, und nun durchpflügen Sie schon wieder so zauberhaft das salzige Solebad. Ganz, ganz reizend.
Frau Spiegel wurde unruhig.
Ihre Maschine nach Hamburg gehe um sechzehn Uhr.
Ich entstieg den Fluten.
Ph. Gerade mal sechshundert Meter. Mir war immer noch übel von dem vielen Mineralwasser. Ich wollte auch keinen Cappuccino. Nicht für Geld dabei.
Frau Spiegel hockte auf ihrem Kanapee und nippte an ihrem schwarzen Gebräu. Sie hatte ihren Kassettenrecorder und ihren Notizblock bereits auf dem Handtuch zurechtgelegt. Ihre Zehennägel waren perlmuttimäßig pink lackiert.
Ich dachte an den Solespaß-Opa, und mir wurde schon wieder schlecht.
Ob sie Lust auf einen Saunagang habe, fragte ich sie hinterhältig.

»Bitte. Warum nicht.«
Die Reporterdame war ein Profi, durch und durch. Sie ging meilenweit für ein Interview, auch auf ganz unkonventionellen Wegen.
Gerade als ich mich splitternackt und immer noch schmollend auf meinem Bären-Emblem-Handtuch auf der Holzbank niedergelassen hatte, ging die Tür auf, und Frau Eckenfelder betrat – MIT Brille, Mülltüte-mit-Haarklammern UND Notizblock im geliehenen Badeanzug-mit-Körbchen, Marke Lore-Läscherlisch-läßt-ihren-Busen-zu-Wasser – den Schwitzraum. Sie füllte das unerotische Dessous mitnichten aus. Ich hätte schwören können, unbekleidet hätte sie eine bessere Figur gemacht.
Ein nackerter Glatzkopf auf der obersten Bank zwinkerte irritiert zu uns herab.
Die Reporterin setzte sich mit einer Pobacke auf ihren Handtuchzipfel und stellte ihren Kassettenrecorder an.
»Frau Pfeffer«, hob die Spiegel-Dame an, »Sie sind ja nun der Senkrechtstarter des Monats. Vom – sagen wir – Vier-Minus-Niveau einer Seifenserie auf die Nummer eins der Kulturellen Geheimtips! In einem einzigen kühnen Sprung! Wenn das kein raketenhafter Aufstieg ist! Wie haben Sie das geschafft?«
»Mit Hilfe meines Regisseurs«, sagte ich.
Dabei starrte ich auf die Holztür. Gustav!! Rein mit dir! Hinsetzn, schwitzn, büßn!! Haue obendrein!!
Der Glatzkopf äugte von seiner obersten Sprosse herab. Die Suppe lief ihm bereits über die Stirn. Ein besonders vorwitziger Tropfen blieb ihm immer so lange an der Nase hängen, bis er abfiel und sich sogleich der nächste bildete. Zu seinen Füßen sammelte sich bereits eine ansehnliche Pfütze.
Ich fand, er war gar. Aber dieses Gespräch ließ er sich nicht entgehen. So was passierte ihm nicht alle Tage im Bären-Sauna-Solespaß zu Wiesbaden.
»Ihr Regisseur? Der von ›Unserer kleinen Klinik?‹«
»Ach, streichen Sie das«, sagte ich.
»Nun erscheint Ihr Ein-Frau-Stück ja auch als Hardcover im Schau-rein-Verlag«, sagte die Mülltüte in ihr kochendheißes Mikrofon. Der Kassettenrecorder eierte unwillig vor sich hin. IM-

mer muß ich bei fünfundneunzig Grad vor mich hin schwitzen und mich dabei langweilen.

Das mit dem Schau-rein-Verlag war mir neu.

»Es erscheint? Im Schau-rein-Verlag? Seit wann?«

»Wußten Sie das nicht?«

»Nein!!« Das war wieder mal typisch Niedrich. Er vermarktete mich einfach hemmungslos. Ohne mich zu fragen.

»Hat das alles autobiographische Züge?« forschte Frau Eckenfelder hinter beschlagener Brille nun nach. Das Mikrofon mußte sie zur Seite legen, weil sie es nicht mehr anfassen konnte. Sie versuchte nun, trotz des Nebels im fahlen Lichte der Holzfunzel etwas auf den Notizblock zu schreiben.

Der Notizblock bog sich im Schweiße seines Angesichtes wie eine Käsescheibe in der Sonne, und der heftig schwitzende Kugelschreiber mochte in dieser ungewohnten Atmosphäre auch nicht schreiben. Frau Spiegel transpirierte vornehm unter ihrer Mülltüte vor sich hin.

Ich beobachtete sie amüsiert. Anscheinend ging sie nie in die Sauna. Sonst hätte sie bemerkt, daß man aus rein praktischen Gründen vorher alle Brillen, Badehauben, Notizblocks, Kassettenrecorder, Badeanzüge, Ohrengehänge und Kugelschreiber von sich wirft.

»Autobiographisch?« fragte ich scheinheilig. »Wie kommen Sie darauf?«

»Na ja,« keuchte Frau Spiegel leicht, und ihre Halsschlagader vibrierte sanft unter ihrer immer sengender brennenden Kette, »das hört sich alles so echt und lebensnah an... gibt es wirklich so einen Ernstbert in Ihrem Leben?«

»Keine Spur«, sagte ich freundlich.

»Aber Sie sind doch verheiratet, ja?« kam es hoffnungsvoll aus dem Halbdunkel.

Die obere Bank knarzte. Der schwitzende Saunafreund beugte sich interessiert zu uns herab.

»Klar, Sie nicht?« sagte ich. »In unserem Alter ist das doch auch angebracht.«

»Ich bin geschieden«, bemerkte die Reporterin hinter ihren bebenden Busenkörbchen.

Ich drückte ihr mein von Herzen kommendes Bedauern aus und regte an, daß sie sich vielleicht ihres Badeanzuges entledigen möge, da er doch sicherlich hinderlich sei, und außerdem fingen die Busenkörbchen an zu stinken.
Frau Spiegel kletterte dankbar von ihrer Bank und verschwand.
»Tür zu!« rief der Saunafreund hinter ihr her, weil sie zwecks Lüftens die Bude sperrangelweit offengelassen hatte.
»Sie ist neu hier«, sagte ich erklärend. »Sie saunt nicht oft.«
»Das merkt man«, schmollte der Schweißkloß. »Was will die denn von Ihnen?«
»Ein Interview«, sagte ich verbindlich.
Der Schwitzer floß nun fast davon. Seine Eieruhr war längst abgelaufen. Aber er blieb, als wäre sein nackerter Hintern auf dem Bären-Handtuch festgewachsen.
Frau Spiegel kehrte alsbald zurück – splitternackt, aber immer noch mit Mülltüte und Notizblock. Die beschlagene Brille legte sie vorsichtig auf eine Holzlatte neben dem Grill. Dann trug sie mit spitzen Fingern den Kassettenrecorder hinaus. Hoffentlich würde sie ihn nicht kalt abduschen. Das hatte er sicher nicht so gern.
»Tür zu!« rief der Saunafreund ungehalten.
»Ja, ja!« Frau Spiegel zog unwillig die Tür hinter sich zu. Sie setzte sich wieder auf ihre Handtuchecke und hob dann von neuem an:
»Was halten Sie von der Freiheit in der Ehe?«
»Viel«, sagte ich freundlich und grinste zufrieden vor mich hin.
Der Saunafreund knarrte wieder mit den Dielenbrettern.
»Und haben Sie tatsächlich Kinder, ja?«
»Klar«, sagte ich. »Zwillinge. Zweivätrige.«
Der Saunafreund fiel nun fast von seiner Bank.
Die Dame auf ihrem Handtuchzipfel versuchte diese sensationelle Neuigkeit auf ihren eselsohrigen Notizblock zu schreiben, aber der würstchenheiße Kugelschreiber verweigerte seinen Dienst.
»Versuchen Sie es mal mit Anhauchen«, sagte ich und spendierte

der Dame ein Original Lernschwester-Ulrike-Lächeln. Von Herzen schlee.

»Ich kann's mir auch so merken«, sagte die Reporterin matt.

Ich fragte, ob mit ihr alles in Ordnung sei.

»Ja, ja«, sagte sie, »alles bestens.«

»Schön, daß Sie keinen Fotoapparat mitgebracht haben«, lobte ich anerkennend. »Und keinen Scheinwerfer.«

Der Saunafreund hüstelte.

»Bilder haben die Kollegen gestern schon gemacht«, hauchte Frau Spiegel mit letzter Kraft.

»Also Freiheit in der Ehe«, nahm sie den Faden mit matter Stimme wieder auf. »Dafür sind Sie also.«

»Klar«, sagte ich. »Sie nicht?«

»Was sagt denn Ihr Mann dazu?«

»Das würde mich auch mal interessieren«, antwortete ich. »Jetzt, wo Sie mich drauf bringen... Ich werde ihn fragen, wenn ich ihm mal wieder irgendwo begegnen sollte.«

Der Saunafreund taumelte von seiner Bank und katapultierte sich selbst mit einem Schulterschwung gegen die Tür aus dem Schwitzraum.

Frau Spiegel warf sich ihm nach ins Freie.

Die Tür fiel mit dumpfem Gepolter ins Schnappschloß.

Draußen gingen alle Wasserhähne gleichzeitig an.

Ich legte mich entspannt auf meinem Handtuch zurück und drehte meine Eieruhr um.

Das würde mich jetzt auch mal interessieren, dachte ich.

Was Ernstbert darüber denkt.

In Worms spielte ich schlecht.

Ich schaute an jeder Ecke und Nische nach Gustav. Er konnte doch nicht einfach so mir nichts, dir nichts verschwunden sein! Ohne mich zu fragen!! Das war doch keine Art!! Und doch war es typisch für Gustav. Das war es ja, was mich an dem so faszinierte. Daß er einfach immer aus der Reihe tanzte. Und völlig unberechenbar war. Und so kein bißchen zu gefallen trachtete.

Ausgerechnet in Worms war Niedrich da, der alte Erynnier. Der hatte mir gerade noch gefehlt.

Fairerweise kam er schon vor der Vorstellung in die Garderobe. Das erste, was ich von ihm sah, war seine bläulich schimmernde Warze auf der Oberlippe. Er drückte mir gönnerhaft die Hand und sagte, daß er mit seinem Riecher für erfolgversprechende Menschen, Stücke und Zeittrends schon immer richtig gelegen habe, so auch diesmal, und daß er und seine Frau sich von der Provision einen richtig schicken Urlaub auf den Kanaren gestatten würden. Dann knallte er mir ein Buch auf den Schminktisch.
»Schwarzer und weißer Pfeffer« stand darauf. »Sieben feurige Reden einer feurigen Frau. Schau-rein-Verlag, Frankfurt.«
»Sie haben es tatsächlich verlegt«, staunte ich. »Warum haben Sie mir denn nichts davon gesagt?«
»Kleine Überraschungen beleben das Geschäft«, grinste Niedrich, und sein Furunkel leuchtete schadenfroh. »Seien Sie froh, daß Sie an mich geraten sind und nicht an irgendeinen Stümper aus der Branche. Sie sind ein gemachtes Mädchen. Jetzt können Sie nach Gran Canaria reisen, sooft Sie wollen. Und ich auch. Na, ist das nichts?«
Ich konnte mich gerade noch bremsen, ihm tränenüberströmt und dankbar an die Brust zu sinken.
Herr Niedrich drückte mir die Hand und sagte, ich solle meine Mutter grüßen und den Herrn – Dings –, den alten Grasso auch.
Ich schluckte. Wie er nun da wieder drauf kam. Was wußte dieser Niedrich? Und wen kannte er?
Dann setzte Herr Niedrich sich gönnerhaft in die Vorstellung. Ich spielte mir die Seele aus dem Leib. Aber es nützte nichts. Ich war schlecht.
Arschloch, dachte ich. Reintreten. Und immer wieder reintreten. Mit Anlauf. Und Haue obendrein.
Zum Glück ließ sich Niedrich nach der Vorstellung nicht mehr blicken. Ich hatte keine Lust auf Feiern und Fremde-Menschen-Sehen und Small-Talken und Immer-nur-Lächeln.
Ich bestieg ein Taxi und ließ mich zum Bahnhof fahren. Es fuhr noch ein einsamer, leerer Bummelzug nach Hause.
Da saß die erfolgreiche Geheimtip-Frau auf ihrem Bestseller-Platz im einsam-nächtlichen Interregio und schaute leeren Blickes aus dem Zugfenster.

Gustav. Wo bist du? Warum hast du dich so sang- und klanglos aus meinem Leben verzogen? Was hab ich dir getan? Meine Zuneigung zu dir ist ja richtig hinderlich.
Ich wollte, du wärest in meinem Dunstkreis nie aufgetaucht.
Du bist der einzige Mann, mit dem ich nicht spielen wollte. Und auch nicht gespielt habe. Sicher.
Und was machst du?
Du spielst mit mir. Mich einfach verzaubern hier.
Und dann abhauen hier. Ohne ein Wort. Das ist nicht fair, du alter, brummiger Stachelbär, dachte ich. Marmor, Stein und Eisen bricht. Geh doch wieder in deine Regie-Ecke und meinetwegen ins Spielcasino oder in dein altes, klappriges Wohnmobil oder sonstwohin, aber laß meine sorgsam verschlossenen Gefühle in Ruhe.
Du siehst doch, wohin das führt.
Wir sind doch nicht zum Vergnügen hier.
Und dann ertappte ich mich, wie mir ein paar völlig überflüssige Tränen die Backen runterliefen. Ü-ber-flüs-sig, dachte ich, bevor ich mir geräuschvoll die Nase schnaubte. Ich heule nie. Schon gar nicht wegen einem Kerl. Nich für Geld dabei.

Am Montag früh um kurz vor zehn betrat ich »Unsere kleine Klinik«. Mir zitterten die Knie.
Er sollte sich bloß nicht einbilden, daß ich ihm einen einzigen Blick schenken würde. Nicht einen.
Elvira Merkenich-Miesmacher saß umringt von ihren Jüngerinnen in der Kantine und gestikulierte mit steifer Hand und lachte sehr breitmaulfroschig über ihre eigenen Ausführungen und zeigte zweihundert Adrian-Bilder. Mir war nicht danach. Nicht am frühen Montagmorgen.
Ich ging direkt in die Maske.
»Morgen zusammen.«
»Wat willz du dann hier?« Lore Läscherlisch setzte ihre frisch geküßte Kaffeetasse ab.
»Wieso, was will ich denn hier? Ich arbeite hier seit sieben Jahren, und ich wüßte nicht, Sie hier schon mal gesehen zu haben! Ich bin Dr. Anita Bach!«

»Du haß häute fräi.«
»Ach ja?«
Ich schaute ratsuchend auf Bettina, die gerade an Gretel Zupf herumzupfte. Bettina klaubte den frisch geänderten Dienstplan von der Wand und hielt ihn mir vor die Nase.
»Drei Tage hast du frei, dann ist Fronleichnam, und Freitag ist eh kein Dienst. Mach dir 'ne nette Woche.«
»Wer hat das denn verfügt?«
»Na wer wohl«, sagte Lore zynisch. »Unser aller Herr und Mäister. Der wird wohl säine Gründe haben!«
Ich schluckte. Ich nahm meine Jacke und ging zur Tür. »Damit kann ich leben! Tschüs! Ich wünsch euch was!«
Mir wünschte keiner was. Jedenfalls nichts Nettes. Ich spürte es genau.
Alle schwiegen feindselig hinter mir her.
Gedankenverloren hoppelte ich die Treppe hinab.
Die Kolleginnen, die mir entgegenkamen, schenkten mir keinen Blick. Na ja, sie waren alle so intensiv in Elvira Merkenichs Bann gefangen. Das mußte nichts heißen.
Trotzdem. Ich spürte eine nie gekannte Kälte.
Was war denn passiert?
Hatte Gernot Miesmacher mich wieder mit Gustav gesehen? Und es kollegialerweise gleich herumerzählt?
Am Glaskasten für Besucher leuchtete es kinderkackegelb. Justus las mit großem Interesse die Ankündigung für Renovierungsmaßnahmen in den Sommerferien. Als ich kam, drehte er mir den Rücken zu. Nee, ist klar, dachte ich. Ganz klar. Verschissn.
Ich verzog mich diskret in den Damen-Waschraum. Was plötzlich tun mit dem angebrochenen Vormittag? Noch mal nach Hause fahren? Die Kinder waren in der Schule, und Benjamin wollte ich nicht bei der Hausarbeit stören. Ich hatte plötzlich zuviel Zeit. Mein Zug nach Karlsruhe ging erst nach vierzehn Uhr. Ich könnte natürlich einen früheren Zug nehmen, dachte ich. Aber dann laufe ich in Karlsruhe rum wie Falschgeld. Und muß immer an die kleine Klinik denken. Besser, man klärt so was gleich.

Im Mädels-WC stand Frau Dr. Mechthild Goch am Waschbecken, unsere nächstenliebende Narkoseärztin. Sie war nett. Und vor allen Dingen nicht falsch. Sie war immer offen und ehrlich, ein feiner Mensch. Immer gewesen. Schön, daß ich ausgerechnet sie hier traf. Von ihr würde ich sicherlich erfahren, was hier los war.
»Hallo«, sagte ich mit schlecht gespielter Fröhlichkeit. »Ich hab gerade erfahren, daß ich eine Woche freihabe!«
»Tja«, sagte Frau Dr. Mechthild Goch. »Schön für dich.« Sie wühlte in ihrer Handtasche herum und tat sehr beschäftigt.
»Mechthild! Ist irgendwas los, das ich wissen müßte?«
»Nein. Was sollte denn los sein?«
Mechthild hatte eine Bürste gefunden und traktierte damit ihr Haar.
Nichts also. Charlotte, du siehst Gespenster. Kommt doch öfter mal vor, daß jemand ein paar Tage freihat, weil er nicht gebraucht wird. Freu dich doch! Und Mechthild war von jeher eine Kollegin, die sich mitfreuen konnte!
»Habe ich dir schon von meiner Tournee erzählt?«
»Nein, hast du nicht.«
Schmallippig? Desinteressiert? Beleidigt? Frau Dr. Goch kämmte sich mit Vehemenz.
Klar, ich hätte ihr ganz offen und natürlich und bescheiden wie immer davon erzählen sollen! Woher sollte sie auch sonst wissen, was ich so trieb! Also los. Mechthild war weder neidisch noch falsch noch mißgünstig. Sie war durch und durch ein guter Mensch.
»Heute abend gastiere ich in Karlsruhe und morgen in Heilbronn. Du, das läuft so toll mit meinem Ein-Frau-Stück! In Wiesbaden war das ZDF, und eine Frau vom Spiegel war auch schon da!«
»Na toll«, sagte Dr. Mechthild Goch.
»Das ist natürlich super, wenn ich nicht jeden Morgen nach Köln zurückmuß«, brabbelte ich weiter. »Ich hatte schon akuten Schlafmangel. Das war richtig stressig, jede Nacht zurückzufahren! Aber ich habe immer mit meinen Söhnen gefrühstückt!«

»Was bist du eigentlich für 'ne Mutter!« sagte Mechthild Goch. »Ich würde mich schämen.«
Mechthild hatte keine Kinder. Sie wollte keine. »Unsere kleine Klinik« UND Kinder, das konnte sie mit ihrem Gewissen nicht vereinbaren.
»Bitte??«
Dr. Mechthild Goch drehte sich nicht um. Angestrengt starrte sie in den Spiegel und zupfte sich an den Augenbrauen herum.
»Charter dir doch 'n Flieger«, sagte sie schließlich. Sie schmiß ihre Schminkutensilien in ihre Handtasche zurück und sandte mir einen knappen Blick. Sie öffnete die Waschraumtür. »Geld genug hast du ja jetzt«, sagte Frau Dr. Goch.
Mit einem kalten Windhauch fiel die Tür hinter ihr zu.
Als ich von der Damentoilette wieder ins Foyer kam, war Justus-am-Schaukasten verschwunden.
Ich ging gesenkten Blickes zum Bahnhof.
Irgend etwas war schrecklich faul. Aber was?
Während ich am Fahrkartenschalter anstand, war ich mir ganz sicher, aus dem Augenwinkel ein kinderkackegelbes Wetterjäckchen hinter der Säule zu sehen.
Ich sah nicht hin.
Aber ich fühlte mich entsetzlich unwohl.

In Karlsruhe war die Bude gerammelt voll. Begeisterte Studenten trommelten Beifall auf die Hörsaal-Bänke. Alles keine Kleinen-Klinik-Gucker. Alles Menschen mit IQ.
Ich übernachtete in einem muffigen Hotel im dritten Stock, wo man den rauchenden Vertreter im gerippten Unterhemd noch im Bett sitzen und vor dem gebührenpflichtigen Video vor sich hin masturbieren sah.
Mir war nach Weinen und Langweilen und Haue obendrein. Ich grübelte ununterbrochen über das Verhalten von Mechthild Goch und Justus Streitacker nach, über die säuerlichen Gesichter der Kolleginnen in der Maske, über das spurlose Verschwinden von Gustav. Diese Feindseligkeit plötzlich in meiner altvertrauten, bewährten und, wie ich glaubte, freundschaftlichen Umgebung!

Es hatte ganz harmlos angefangen. Ein älterer Kollege aus der Chefetage, den niemand von uns näher gekannt hatte, war pensioniert worden und hatte zu einer kleinen Feier ins Foyer gebeten. Wir waren dort alle erschienen, hatten uns mit unserem Sektglas locker im Raum verteilt und der Rede des Chefredakteurs zugehört.
Auf einmal bekam ich von hinten einen rüden Stoß. Jemand schubste mich nach vorn. Der Sekt in meinem Glas schwappte über.
»Wenn du schon so schlampig angezogen bist, soll dich auch jeder sehen.«
Die dicke pferdehaarige Lernschwester Ulrike im Trulla-Pöpken-Hängerchen Größe zweiundfünfzig lächelte falsch und schlee.
Ich hatte das für einen ihrer weniger gelungenen Scherze gehalten und mich dezent in den Hintergrund verzogen. Sie war zwei Köpfe kleiner als ich, so dick wie lang, und sicher wollte SIE in der ersten Reihe stehen.
Aber die Kollegin beliebte nicht zu scherzen: »Von deinem Geld könntest du dir doch inzwischen ein Kostüm leisten«, zischte sie zwischen zwei Lachshäppchen hervor. Ich hatte nichts geantwortet. Was auch. Natürlich konnte ich mir ein Kostüm leisten, auch zwei oder fünf, aber das mit der übergewichtigen Kollegin zu diskutieren, hielt ich im wahrsten Sinne des Wortes für ü-ber-flüs-sig. Auf dieses Niveau mochte ich mich nicht begeben. Abgesehen davon würde ich im geblümten Woolworth-Kittel von der Wühltheke noch eleganter aussehen als die pferdehaarige Ulrike im wadenlangen Samthängerchen! War es eben jene Erkenntnis, die Ulrike zu solch kindischem Benehmen trieb?
Doch ich hatte den albernen Ausbruch längst vergessen. Aber nun, in diesem häßlichen Vertreterbett, fiel er mir wieder ein. Seufzend drehte ich mich zur Wand und zählte die verblichenen Blümchen auf der schmuddligen Tapete.

In Nördlingen erlebte ich eine seltsame Überraschung.
Auf dem Hotelparkplatz stand ein dicker silbermetallicfarbener BMW mit dem Bergheimer Kennzeichen.

Na bitte! Da kam doch unmittelbar wieder Freude auf!
Trübsal geblasen hatte ich nun lange genug!
Das war doch eindeutig der Kleinwagen meines mich schätzenden und verehrenden Zahnarztes Dr. Geldmacher!! Bestimmt brachte er mir seinen neuesten baritonal brummenden Schleifkopf-Zahntaschen-Umdreher und ein halbes Pfund Zahnseide in Blö!
Unternehmungslustig schritt ich durch das Hotelportal.
Da saß er mit einem riesigen Blumenstrauß in der Halle und harrte meiner. So gehörte sich das auch!!
Wir sind jung, das Leben ist kurz, und warum hab ich mir wohl die Mühe gemacht, ein halbes Dutzend Männer zu verzaubern, wenn sich dann keiner die Mühe macht, hinter der Diva herzureisen? Ab sofort wollte ich das Leben wieder in vollen Zügen genießen!!
»Arwed! Sie hier«, rief ich aus, und dann sank ich vor Freude über eine liebe, anteilnehmende Seele an des Geldmachers Brust und mußte sogar fast ein bißchen weinen. Aber nur fast.
Herr Dr. Geldmacher nahm das mit freudiger Überraschung zur Kenntnis. »Charlotte! Sie freuen sich ja richtig!«
»Klar!« schluchzte ich. »Und wie! Wie kommen Sie hierher? Woher wußten Sie, daß ich hier bin?«
»Ich stamme von hier«, sagte er. »Meine Mutter hat in der Zeitung gelesen, daß Sie heute in Nördlingen gastieren. Da bin ich sofort hergefahren. Außerdem wollte ich wissen, wie es Ihren Zahnschmerzen geht.«
Zahnschmerzen hatte ich keine. Nur Seelenschmerzen. Aber die waren schon so gut wie weggeblasen.
Im Reisegepäck habe er noch eine sehr gute elektrische Zahnbürste samt Zubehör, teilte Herr Dr. Geldmacher mir mit, und wenn ich akute Schmerzen hätte, könne er sich den bösen Buben gerne mal ansehen.
»Ich habe keinerlei Zahnschmerzen«, beeilte ich mich zu sagen. Und von bösen Buben und mißgünstigen Mädchen hatte ich im Moment die Schnauze voll.
»Was ist mit der Praxis?« lenkte ich ab. »Heute ist Donnerstag!«

»Die ist heute zu«, freute sich Herr Dr. Geldmacher.
»Für Notfälle ist Brigitte in der Anmeldung.«
Ich unterließ es tunlichst zu fragen, ob Brigitte wisse, wo der Gatte sich aufhalte, und erst recht, warum, und regte an, daß er mir doch, da er von hier stamme, die Stadt zeigen könne. Endlich sollte mir mal einer die Stadt zeigen! Und ein Glas Sekt wollte ich auch!! Hurra! Auf einen wunderschönen Frühsommertag!
Wir wanderten Arm in Arm durch die mittelalterlichen Stadtmauern, die Sonne beschien uns warm und gütig, und Herr Dr. Geldmacher, der zur Feier des Tages eine schwarze Lederjacke anhatte, die wunderbar nach totem Schwein duftete, erklärte mir eingehend und liebevoll die historischen Hintergründe seiner Heimatstadt. Auf dem einen Turm, sagte er erfreut, säße heute noch ein Nachtwächter und würde zu jeder vollen Stunde »So Gsell so!« rufen.
Er blieb stehen und demonstrierte mir, was der Nachtwächter von seinem Turme stündlich zu rufen pflegte, und ich werde nie seine knarzige Stimme vergessen, der er versuchte, einen gewissen Wohlklang beizumischen, und die große Terz, in der er die schauerlichen Töne ausstieß. Die Amsel auf dem Bretterzaun in der Eifel war nichts dagegen gewesen.
»Warum ruft der Nachtwächter ›So Gsell so?‹« fragte ich.
»Warum ruft er nicht: ›Es ist acht und jetzt Händewaschen, Pipi machen, ab ins Bett‹, wie ich das immer rufe?« Dabei ertappte ich mich, wie ich mich nach einem Wohnmobil, das gerade um die Ecke bog, umsah. Obwohl es ein holländisches Kennzeichen hatte.
Herr Dr. Geldmacher erzählte mir in jugendlichem Schwung, beherzt meinen Arm ergreifend und bei jeder Bewegung erfrischend nach Leder riechend, daß irgendwann im Mittelalter ein Schwein in der Dunkelheit aus dem Stadtinneren geflüchtet sei und daß der damalige Nachtwächter – es handele sich natürlich um einen längst verstorbenen städtischen Angestellten, einige Generationen vor diesem hier – in seinem Suff geglaubt habe, das Schwein sei ein entlaufener Spitzbub, und in seiner Freude über seine Wachsamkeit habe er »So Gsell so!« hinter dem in Panik davonstolpernden Schwein hergerufen.

»Aber erwischt hat er es nicht?«
»Nein. Natürlich nicht. Bis der vom Turm runter war, war das Schwein über alle Berge.«
»Schade«, sagte ich enttäuscht. Sonst hätte man es sicher am nächsten Morgen an den Pranger gestellt und ihm allerhand unflätiges Zeug ins Gesicht geschrien. Daher vielleicht der Begriff ›Armes Schwein‹.
»Und das ist alles?«
»Ja«, sagte Herr Dr. Geldmacher beschwingt. »Das ist alles! Auch kleine Dinge können uns entzücken!«
»Und deshalb rufen die seit fast tausend Jahren zu jeder vollen Stunde ›So Gsell so‹ vom Turm?«
»Ja. Ist das nicht ein schöner Brauch?!«
Die spinnen, die Nördlinger, dachte ich, aber Hauptsache, sie lassen sich nicht so eine Sache wie die Schleswig-Holsteiner einfallen und schließen zur Strafe tausend Jahre lang alle Restaurants.
Dann gingen wir essen, Herr Dr. Geldmacher und ich. Geschmälzte Maultaschen an wunderbar fettigem Kartoffelsalat mit krossen Speckstückchen, dazu grüner Salat in Essig und Öl. Und nachher verschwand der Doktor diskret mit seiner Zahnseide im Herren-Klo, während ich verträumt durch die Butzenscheiben des Restaurants nach draußen starrte und über die merkwürdigen Gepflogenheiten der Menschen nachdachte. So sindse, dachte ich. Alle mehr oder weniger durchgeknallt. Und die kleinen und großen Schwächen der Menschen gingen schon immer in die Geschichte ein. Auf irgendeine Weise.
»Kommen Sie«, sagte Herr Dr. Geldmacher, als er vom Zahntaschenreinigen zurückkam. »Ich denke, ich habe eine kleine Überraschung für Sie.«
Dann führte er mich am Arm – erwähnte ich schon, daß er nach Leder roch und bei jeder Bewegung anheimelnd knarzte? – durch die buckligen Gassen bis hin zu einem verfallenen Gebäude, vor dem er triumphierend stehenblieb. »Geldmacher« stand in wackeligen altdeutschen Buchstaben über dem Anno-1641-Balken. Ach Gott, dachte ich, laß ihn mir jetzt bitte nicht seine Mutter vorstellen. Sie würde schwäbeln und schwerhörig

sein und mich anschreien, ob ich ein paar Kekse essen wolle oder gar ihren selbstgepreßten Moscht probieren möge.
Aber Herr Dr. Geldmacher stellte mir nicht seine Mutter vor. Sondern seinen Bruder.
Den wahrscheinlich einzigen noch lebenden historischen Drucker der Welt.
Ehrfürchtig schritt ich mit meinem Zahnarzt über die knarrenden Dielenböden dieser jahrhundertealten Bude, in deren Obergeschoß ein verkommenes Abbild meines Zahnarztes mit blauschwarzen Fingern an unheimlich aussehenden Foltergeräten sein Unwesen trieb. Ein Quasimodo mit einem einzigen bräunlich-fauligen Zahnstummel im Mund – er schien das mit der Zahnseide für überflüssig zu halten –, der uns gönnerhaft seine druckerschwarzen Pranken reichte – seinen Bruder umarmte er gar, oh, wie das knarzte!! Der Quasimodo-Bruder roch wunderbar nach Schnaps und Tabak und knarzigem Leder und Kerkerzellen und Spelunken in halbseidener Unterwelt.
Mir war so wohlig und so leicht im Kopf, ich fühlte mich endlich mal wieder geborgen und nicht mehr einsam. Egal, was er sprach. Er sprach ganz freundlich und ohne Falsch mit mir. Und erklärte mir seine kleinen, schmierigen, kalten, klebrigen Druckersteinchen, die er mir mit seinen ungewaschenen Fingern heftig schwäbelnd unter die Nase hielt. Ich sagte »Ach, wie interessant« und »Nein, wie originell«, und dann dachte ich an Ernstbert und was der wohl über diese vorsintflutliche Druckermethode sagen würde. Weit und breit kein Laser und kein »Windows for beginners« und keine Bedienungsanleitung, aus der er mir hätte was vorlesen können. Der mittelalterliche Drucker konnte das alles auswendig. Und weigerte sich beharrlich, eine andere Druckermethode auszuprobieren. Das hatte ja irgendwie was. Sie boten mir sehr herben, kalten schwarzgebrannten Schnaps an und kugelten sich nach kurzer Zeit vor Lachen über das goldige, naive Frauchen, das von dem Schnaps husten mußte und kein Schwäbisch verstand und auch keine Druckersteinchen halten mochte.
Nein, wie waren die zwei Gebrüder Geldmacher doch reizend zu mir.

Nachher kam zumindest der Zahnarzt mit in die Vorstellung.
Der Drucker-Bruder wünschte uns zahnstummelig grinsend viel Spaß und versprach, uns um kurz vor elf am Bühneneingang abzuholen, damit ich das einmalige Schauspiel des »So-Gsell-so«-Rufes vom Turm nicht verpassen möge.
Ich freute mich den ganzen Abend darauf wie auf ein Feuerwerk. Richtig liebe Menschen warteten da auf mich! Menschen, die mich arg- und sorglos in ihrem Städtchen herumführten und keine wohlverpackten Gemeinheiten auf mich losließen! Wie gut das auf einmal tat!
Und dann kam der große Moment: Ich stand – an jedem Arm einen knarzenden Ritter in Leder, eingehüllt von einer Alkohol- und einer Zahnpasta-Fahne – auf dem Kopfsteinpflaster und starrte in den milchig-trüben Mondhimmel hinauf.
Endlich schlug es elf.
Und da! Ganz deutlich! Vom Turme herab schrie einer:
»So Gsell so!«, und dann schlossen sich die Fensterläden mit einem ungnädigen Ruck wieder, und der Nachtwächter zog sich in seine Gemächer zurück und stellte sich seinen Wecker auf zwölf.
»Na? Wie war das?« fragten mich triumphierend die Gebrüder Geldmacher, einer rechts, einer links, knarzend und nach Leder riechend.
»Großartig«, stammelte ich hingerissen.
Und dann brachten sie mich ins Hotel.
Einer rechts und einer links.
Als könnte ich nicht alleine gehen.
Aber an der Tür verabschiedeten sie sich.
Jeder mit einem Küßchen auf die Backe.
Einmal Zahnpasta.
Und einmal Schnaps.
Wie hatte ich das verdient.

Am nächsten Morgen ging es mir wunderbar.
Ich schlenderte mit meinem Köfferchen in Richtung Bahnhof, kaufte mir zur Feier des Tages einen sündhaft teuren, weit ausgeschnittenen Edel-Body in einer exklusiven Boutique und einen

knallroten Minirock, schließlich konnte ich mir das – in jeder Hinsicht! – leisten, und freute mich auf die nächste Vorstellung. Neben meinem Schwarzer-und-weißer-Pfeffer-Auftritt im Theater sollte ich um achtzehn Uhr als prominenter Gast an einer Talk-Show teilnehmen. Nicht als geknechtete Tochter Anita Bach, sondern als Powerfrau Charlotte Pfeffer. Ich trug den Kopf wieder ganz oben.
Als der Zug in Nürnberg einfuhr, hielt ich Ausschau nach einem büßenden und um Gnade bittenden Gustav auf dem Bahnsteig, heftig mit einer Leberwurststulle und einer Thermoskanne winkend und mich mit tausend Erklärungen für sein unpassendes Verschwinden überschüttend. Immerhin war Freitag mittag. Er hatte inzwischen frei. Ich taxierte von der Fensterscheibe aus in Windeseile alle Menschen, die dort standen und rannten, und zweimal war ich ganz sicher, daß ich Gustav gesehen hatte. Na warte, der soll mich kennenlernen, dachte ich beim Aussteigen. Mit Nichtachtung werde ich ihn strafen. Keine Gnade. Ich tu so, als kenne ich ihn nicht. Und wenn du mir die Leberwurstbrote nachschmeißt, ich werde mich nie wieder nach dir umdrehen. Nie wieder. Ich zog mein schweinsledernes Karriereköfferchen wie ein Hündchen hinter mir her – bei Fuß, Hasso, guckst du wohl bescheiden und natürlich geradeaus wie immer! – und stöckelte hocherhobenen Hauptes dem Ausgang zu. In meinem knackig engen Body, dem Minirock und der edlen Jacke von Snoop.
Nürnberg! Hach, ich liebe Nürnberg!!
Außer dem besagten Talk-Show-Auftritt zum Thema »Ich will alles – Begehrenswert, erfolgreich und kinderreich: die Frau in der Mitte des Lebens« um achtzehn Uhr hatte ich vor der Vorstellung nichts weiter zu tun, als die Stadt zu genießen, mir eine Brezel zu kaufen und an der Burg herumzuschlendern. Es war warm, sonnig und wunderbar. Und daß ich allein war, machte mir überhaupt nichts aus. Nicht das geringste. Wieso auch. Ich bin gern allein. Ich bin einer der ganz wenigen Menschen, dachte ich zufrieden vor mich hin, mit denen ich mich niemals langweilen muß.
Gut, mit Gustav langweile ich mich auch nie, aber der soll mir den Buckel runterrutschen. Ich bin mir selbst genug.

Wie gesagt. Mein Kopf saß wieder ganz oben.
Da hörte ich Schritte hinter mir.
Eilige Schritte.
Und dann rief jemand meinen Namen. Eine Männerstimme.
»Charlotte!«
Gustav? So, jetzt kannst du was erleben. Wer bin ich überhaupt, und hab ich das dienstgradmäßig nötig, und glaub man ja nicht und Haue obendrein und nich für Geldtabei.
Ich fuhr herum.
Gustav? Lieber, lieber, alter, vertrauter eiserner Gustav?
Nein. Es war nicht Gustav.
DER doch nicht.
WER ist Gustav?
Es war Herr Schmitz-Nittenwirm.
Mich wunderte inzwischen gar nichts mehr.
Vorgestern Herr Niedrich, gestern Herr Dr. Geldmacher, heute Herr Schmitz-Nittenwirm.
Natürlich. Immer angereist, Herrschaften, die Diva gerät sonst in unschönes Grübeln.
Aber bitte einzeln vortreten.
»Hallo«, sagte ich freundlich. »Herr Schmitz-Nittenwirm. Ist das nicht ein wunderschönes Wetter?«
»Ich wollte mir mal Nürnberg anschauen«, sagte Herr Schmitz-Nittenwirm im kleidsamen Cordjäckchen.
»So ein Zufall«, entfuhr es mir. »Und da fangen Sie mit dem Bahnhof an?«
»Ich bin heute morgen hier angekommen«, sagte Herr Schmitz-Nittenwirm ein bißchen verlegen. »Ich habe nämlich ein Neunundvierzig-Mark-Ticket. Deutschland für die Hälfte. Wenn man nachts fährt, zweiter Klasse.«
Nachts. Zweiter Klasse. Und das alles wegen mir. Ich war unmittelbar gerührt. Bloß: WO hatte ich ihn verzaubert? Und WANN? Ich hatte doch nichts fallen lassen! Am Telefon konnte es jedenfalls nicht passiert sein.
Wegen des fehlenden Blickkontakts.
»Wieso sind Sie nicht in der Schule?« fragte ich überrascht. »Wo sind Ernie und Bert?«

»Heute ist ein freier Freitag«, sagte Herr Schmitz-Nittenwirm. »Gestern war Fronleichnam.«

Ach ja, richtig. Deshalb war auch gestern Herr Dr. Geldmacher abkömmlich gewesen.

Ich grinste Herrn Schmitz-Nittenwirm aufmunternd an.

»Also? Was machen wir?«

Herr Schmitz-Nittenwirm hatte bereits seinen hellbraunen Cordrucksack, von dem eine unbeschreiblich männliche Erotik ausging, in ein Schließfach gesperrt und trug mir nun meinen Hasso ebenfalls dorthin.

Wir warfen zwei Mark ein, und dann schmiegte sich mein hochintelligenter edelledriger Hasso mit dem verschließbaren Geheimfach an den naturverbundenen Cordrucksack aus dem Dritte-Welt-Laden, und wir sperrten die zwei miteinander ein und gingen unserer Wege.

Herr Schmitz-Nittenwirm hatte tatsächlich mal auf Verdacht alle Züge abgewartet, die seit den frühen Morgenstunden aus Nördlingen eingetroffen waren.

»Aber in Nördlingen waren Sie nicht?« fragte ich übermütig, als wir im Gleichschritt Richtung Altstadt marschierten.

»Doch«, sagte er, »in Ihrer Vorstellung war ich, aber am Bühnenausgang drückten sich zwei finster aussehende Gestalten in Leder rum, und da wollte ich nicht stören.«

»Sie WAREN in Nördlingen?« Jetzt blieb ich stehen.

»Ja«, sagte Herr Schmitz-Nittenwirm. »Gestern hatte ich ja auch schon frei. Ihre Ein-Frau-Show ist wirklich beeindruckend.«

Das war viel für Herrn Schmitz-Nittenwirm. Sehr viel. Ich wartete, ob er noch mehr sagen würde. Aber er fing wieder von seinem Neunundvierzig-Mark-Ticket an. Es gab Fundamentaleres in seinem Leben als mein Ein-Frau-Stück. Billigfahrkarten zum Beispiel. Nach Nördlingen war er nämlich schon Mittwoch nachts gefahren. Für neunundvierzig Mark. Das läpperte sich doch! Und in der Vorstellung habe er für sieben Mark einen Stehplatz gehabt. Mit Hilfe seines noch nicht abgelaufenen Studentenausweises.

»Und da haben Sie mich nachher nicht angesprochen?«

»Nein. Die Typen sahen echt nicht so aus, als wären sie zum

Scherzen aufgelegt. Besonders der eine sah furchterregend aus. Als würde er noch mit Keulen um sich hauen. Darauf wollte ich es nicht ankommen lassen. Und dann mußte ich weg, weil die Jugendherberge um zehn Uhr schloß.«
Ach ja, richtig, Herr Schmitz-Nittenwirm pflegte ja aus Leidenschaft in Jugendherbergen zu übernachten.
»Aber das waren doch nur Herr Dr. Geldmacher und sein Bruder!« rief ich froh. »Den Dr. Geldmacher kennen Sie doch, Herr Schmitz-Nittenwirm! Der saß doch jüngst mit uns auf dem Garagendach! Der tut doch nichts!«
»Können Sie nicht Lutz zu mir sagen?« fragte Herr Schmitz-Nittenwirm plötzlich.
»Natürlich«, sagte ich. »Aber nicht vor den Kindern.«
»Nein, nein, nur heute.«
»Klar«, sagte ich. »Lutz. Kein Problem.«
Dann schlenderten wir weiter durch die wunderbare, sommerliche, bunte Altstadt. Überall saßen schon am frühen Nachmittag Leute in den Biergärten und ließen sich's bei Brezeln und Bier wohl sein. Auf dem Wochenmarkt tummelten sich die Menschen, es gab Spargel und frische Erdbeeren, soweit das Auge reichte. Ich kaufte uns ein Schälchen, und wir genossen im Weitergehen die roten, saftigen Früchte direkt aus der Schale. Die Strünke spuckten wir übermütig in die Gosse, Herr Schmitz-Nittenwirm und ich.
»Ich muß erst um sechs zu einer Talk-Show«, sagte ich.
»Vorher habe ich Zeit. Wo wohnen Sie?«
»In der Jugendherberge«, sagte Lutz. »An der Burg.«
»Klar«, sagte ich schnell. Ich Dumme. Wo auch sonst.
»Ich hab einen Jugendherbergsausweis«, verteidigte sich Lutz.
»Und einen Gruppenleiterausweis. Das rechnet sich.«
»Und ein Neunundvierzig Mark-Ticket zweiter Klasse«, pflichtete ich ihm bei.
»Genau«, sagte Lutz eifrig. Er schenkte mir ein verschmitztes Nittenwirm-Lächeln. »Ich hab immer noch meinen Studentenausweis.« Er kramte in seinem umweltfreundlichen Brustbeutel und hielt mir stolz den zerknitterten PH-Ausweis mit den vierundzwanzig Semester-Stempeln unter die Nase. Das Bild war

völlig verblichen und zeigte einen vergilbten Jüngling mit abstehenden Ohren und hervorquellendem Adamsapfel über schwarzweiß-lappigem Hemdkragen.
»Toll«, lobte ich anerkennend. »Sie sind ja ein richtiger Mann von Welt!« (Harharhar!!)
Wir besichtigten die Lorenzkirche und die Sebalduskirche, und Lutz hatte einiges über Nürnberg in seinem – gebraucht gekauften? – Reiseführer gelesen und konnte mir allerhand interessante Dinge sagen. Ich grübelte die ganze Zeit unauffällig vor mich hin, wo und wie ich ihn verzaubert haben könnte, aber ich war mir keiner Schuld bewußt. Vielleicht war er freiwillig hier.
Dann schlenderten wir zur Burg hinauf, und es war heiß, und die Luft flirrte in der Mittagssonne, und auf dem Platz vor der Jugendherberge saßen die Jugendlichen mit ihren Gitarren auf der Erde und sangen »Penny Lane« und tranken Bier und hatten Siebziger-Jahre-Jeans mit Schlag an. Ich sah Hannes und mich mitten zwischen ihnen sitzen, damals, in Südfrankreich, als wir noch Kleindarsteller waren und dem lieben Gott einfach so den Tag stahlen, als wären wir nur zum Vergnügen auf der Welt.
Lutz hatte inzwischen seinen selbstgestrickten Pullover ausgezogen, was ihn nicht gerade erotischer erscheinen ließ. Das altrosa Hemd betonte seinen blassen Teint. Er hatte Ähnlichkeit mit einem Deutschländer Würstchen aus dem Glas.
Herr Schmitz-Nittenwirm trug erwähntermaßen immer Strickpullover in Altherren-Pink mit dazu passenden lappigen Hemdkragen darunter, die sich schwitzend in der Sonne bogen. Dazu Cordhosen in Crème caramel, mit grau-braun gemusterten Sokken und braunen Halbschuhen.
Er ging immer so rührend und bescheiden und natürlich geradeaus. Das hatte was. Er war so sittsam und rein.
Nicht wie der stolze Justus, der stets bewundert will sein.
Er war erstaunlicherweise weniger langweilig als einer, der immer nur prahlte, wie toll er war.
Und meine Kinder liebten ihn. Das war wohl das Entscheidende. Ich war ihm in inniger Verbundenheit zugetan, dem goldigen rosa Knaben mit den rührend ungewaschenen Schmalzlocken über dem Hemdkragen.

Er stopfte seinen Pullover nun in seine grau-grün gemusterte Umhängetasche aus umweltfreundlichem Jute-Material, von der er mir berichtet hatte, daß er sie für weniger als vier Mark neunzig im Dritte-Welt-Laden erstanden hatte.
Ich schulterte meinen Seiden-Blazer von Snoop, von dem ich tunlichst nicht berichtete, wie teuer er gewesen war, und stökkelte miniberockt in meinem engen Edel-Body neben ihm her. Wahrscheinlich sahen wir aus wie Mutter und Sohn. Kind wasch dich doch mal und rasier dich doch und mach dich doch mal ein bißchen nett. Jetzt, wo die Sonne scheint.
Oben auf dem Mäuerchen nahmen wir reichlich Platz und streckten die Beine aus – besonders ich – und genossen die Aussicht über Nürnberg und unser bisheriges Leben. Das Lehrerlein und ich.
Ich zwang mich, kein einziges Wohnmobil dort unten auf den Kopfsteinbuckelpisten zur Kenntnis zu nehmen.
»Kennen Sie die Geschichte von Herrn Epplein?« fragte Lehrer Lempel aufgekratzt.
»Natürlich nicht«, sagte ich. »Wer ist das nun wieder?«
Und dann erzählte mir Lutz die Begebenheit mit Herrn Epplein. Sie hatte entfernte Ähnlichkeit mit der »So Gsell so«-Geschichte in Nördlingen, und ich freute mich, daß ich schon wieder einen so mitteilungsfrohen Reiseleiter am Hals hatte, der mir unaufgefordert Allgemeinwissen vermittelte, ohne daß ich vorher fünf Mark eingeworfen hätte. Die fünf Mark konnten wir nachher auch versaufen. Fand ich.
Also, hob der Lehrer an. Ein Herr Epplein, seines Zeichens mutiger Rittersmann, war aus irgendeinem Grunde zu Pferd aus dem Burgverlies geflüchtet, wo man ihn eigentlich umständehalber hatte hängen wollen, und als er im Schweinsgalopp mitsamt dem Gaul über die Mauer stob, rief er triumphierend aus: »Die Nürnberger hängen keinen, sie hätten ihn denn!«
»Aha«, sagte ich. »Hat er das gerufen.«
»Ja«, freute sich Lutz. »Hat er.«
»Woher wissen Sie das?«
»Stand im Reiseführer. Hab ich im Zug nachgelesen.«
Klar. Herr Schmitz-Nittenwirm BILDETE sich im Zug, wenn er

nachts für neunundvierzig Mark auf den roten Plastiksitzen saß. ER lümmelte nicht im Speisewagen herum und schlürfte Pikkolos und flirtete mit mitreisenden Damen. Der nicht.
»Und? Rufen sie das jetzt jede volle Stunde vom Turm, oder schließen sie tausend Jahre lang die Restaurants?«
»Was? Wer?«
»Nichts«, sagte ich. »Schon gut.«
Lutz strich mir in einer plötzlichen Anwandlung von ritterlichem Todesmut – wahrscheinlich angestachelt durch diese Epplein-Geschichte – mit dem Finger über die rechte Kniescheibe. Welch ein kühnes Unterfangen.
»Sie haben tolle Beine«, sagte er. Huch! Lutz! Nicht doch!
Na bitte, dachte ich zufrieden. Endlich nimmt das mal einer zur Kenntnis hier.
»Sie auch«, sagte ich. Was sollte ich auch sonst antworten.
Und dann schlenderten wir auf unseren tollen Beinen wieder in die Stadt hinunter. Unten bauten sie gerade die Marktbuden ab, und die Obsthändler schrien, daß ihre zuckersüßen Träubchen jetzt für die Hälfte zu haben seien hier!
»Meinen Sie, wir könnten uns jetzt trotzdem auf ein Bier in diesen Biergarten setzen? Oder muß es ein runtergesetztes Gebraucht-Träubchen aus dem Dritte-Welt-Laden sein?«
»Nein, nein, ein Bier können wir uns schon leisten«, entschied Lutz. Er kramte in seinem Brustbeutel und zählte seine Habe. Kind, ich lad dich doch ein, hätte die Mutter jetzt gern gesagt. Aber ich spürte instinktiv, daß Knabe Lutz nicht eingeladen werden WOLLTE. Da war er eigen.
Wir setzten uns unter einen wunderbaren, grünen, ausladenden, duftenden Lindenbaum, in dem sich die Amseln zankten. In einen Biergarten direkt an der Pegnitz.
Hier kämen keine Touristen hin, wußte Lutz aus sicherer Quelle. Nur Einheimische. Das stehe im Reiseführer. In diesem Moment liebte ich Lutz, wie ich ihn noch nie geliebt hatte. Ich winkte in übermütiger Freude den schmerbäuchigen Kellner heran und bestellte zwei Literkrüge Lederer-Bier. Das Bier hieß hier »Lederer«, und der schmerbäuchige Kellner sah auch so aus, als hieße er »Lederer«. Ich liebte sie alle.

Mir wurde immer frivoler ums Herz. Aus reiner erotischer Lebensfreude bestellte ich für mich ein schmackhaftes Spargelgericht mit heißer Butter.
Lutz Schmitz-Nittenwirm wollte erwartungsgemäß nichts essen. Er habe eben erst am Bahnhofskiosk eine Pizza verdrückt, beteuerte er, und sei noch nudelsatt. Es sei eine Pizza von gestern gewesen, sagte er stolz, zum halben Preis. Jaja, man muß das Leben zu nehmen wissen. Lutz Schmitz war ein Lebemann. Ich hatte es gewußt.
Während ich die wunderbaren, kleinen, weißen, unschuldigen Schniddelwutz-Spargelspitzen an runden, glatten Frühsommer-Hodenkartöffelchen in heißer Butter zerdrückte, dachte ich angestrengt darüber nach, WO und WANN ich Lutz aus Versehen verzaubert haben könnte.
Mir fiel nichts ein. Ich hatte mich immer anständig und korrekt verhalten, selbst an dem Abend auf dem Garagendach, also ihm gegenüber zumindest, und runtergefallen war doch im Zusammenhang mit ihm, dem gitarre-klampfenden Lehrer in Cord, wirklich nichts. Nur mit Benjamin. Aber DEN Krug hatte ich ja schon zum Brunnen getragen. Und nicht ungern, wahrlich nicht.
Ich mochte Lutz Schmitz, o ja, ich mochte ihn mit jeder Spargelspitze, die ich mir in übermütiger Lebensfreude zum Munde führte, lieber, und jeder Schluck Lederer-Bier aus dem großen bauchigen Krug machte ihn mir anziehender, männlicher und attraktiver.
Schließlich meinte ich, mit Nürnbergs einzigem attraktiven Mann dort unter dem Lindenbaum zu sitzen! What a man! dachte ich beglückt und starrte verträumt und beschwipst auf die Pegnitz. Kinder, nein, wie isses nur schön.
Die anderen müssen sich jetzt langweilen und in der Kantine sitzen und »Läscherlisch« sagen und Adrian-Fotos gucken. Und sich alle an mir ärgern.
Und ich? Wie gut habe ich es doch! Ich darf an der Pegnitz sitzen und Spargelspitzen auf der Zunge zergehen lassen und kühles fränkisches Bier in mich reinschütten und den bestgekleideten und erotischsten aller Jungmänner mit überdurchschnittlichem

IQ und einer bestechend umfangreichen Allgemeinbildung an meiner Seite genießen. Der mir sagt, daß ich schöne Beine hab, und der zu kühnen Scherzen aufgelegt ist.
Die Zeit schien stillzustehen. Über uns in der Linde raschelten und tirilierten die Drosseln, die sich dort ihre Nester bauten oder ihre Eier legten oder ihre Brut fütterten oder was auch immer sie da oben taten.
Kinder, nein, wie WAR es nur schön.
Lutz erzählte mir noch allerhand interessante Dinge, die er im Reiseführer gelesen hatte, und ich preßte lüstern meine letzten Spargelspitzen in die heiße Butter, und plötzlich machte es Klacks, und da hatte eine Drossel auf meinen Tellerrand gekackt.
Ich schaute Herrn Nittenwirm an.
ER schaute mich an.
Und da war es geschehen.
Mit Drosselkacke.
Wir starrten uns an.
Wir sagten nichts.
Über uns lag eine kaum noch zu steigernde erotische Spannung.
Die Drosselkacke auf meinem Tellerrand leuchtete fröhlich in der Sonne.
Ich schaute nach oben. In der Linde raschelte es.
Warte, dachte ich, du Rabentier. Wenn ich dich kriege. Ich drehe dir den Hals um und stopf dich aus und häng dich an die Wand. Im Gäste-WC. So Gsell so! Und das ruft dann tausend Jahre lang einer stündlich vom Turm.
Ich schob meinen Teller von mir.
»Ich bin satt«, sagte ich matt.
Lehrer Lempel blickte stumm auf dem ganzen Tisch herum.
»Wie spät ist es?« fragte ich, nur um dieses unerträgliche Schweigen zu brechen.
»Gleich sechs«, stammelte Lutz. »Warum?«
Ich sprang auf, daß der dunkelgrüne Lattenstuhl hintenüber in den Kies fiel.
»Wie seh ich aus? Gott, wie seh ich aus!«

Bestimmt hatte ich wieder meine hysterischen roten Flecken im Gesicht und am Hals und an den Schlüsselbeinen und überhaupt!
»Ein bißchen blaß«, gab Lutz zu.
»Ich hab um sechs die Talk-Show«, rief ich in Panik aus. »Die Frau in der Mitte des Lebens! Kinderreich, sexy, begehrenswert, erfolgreich und neureich!! Lutz, zahl du!«
Ich riß meine Brieftasche aus meinem edlen Lederrucksack und knallte sie ihm neben den Bierdeckel. Dann rannte ich hinunter auf die Damentoilette.
Mein Spiegelbild blickte blaß und blöde und fleckig und völlig unvorteilhaft – und Schlotter-Lotte, du solltest dich mal von hinten sehen – im fahlen Licht der Gaststättentoilettenlampe auf mich herab.
Du hast ihn verzaubert, herrschte es mich wütend an.
Schlotter-Lotte, MUSSTE das denn wieder sein. Kannst du dich denn nicht EINMAL beherrschen.
Was kann denn dieser Mann dafür.
Still, zischte ich, es war die Drossel. Und nicht die Lerche oder die Nachtigall oder die Elster oder wer auch immer. Ich bin völlig unschuldig. Wie immer.
Ich riß mein Schminktäschchen aus dem Rucksack und begann in fieberhafter Eile, mit dem buschigen Goldpinsel die fleckige Blässe von meinen Wangen zu fegen.
Ich sah aus wie eine betrunkene Vogelscheuche.
Etwas Rouge vielleicht! Nachbarin, euer Fläschchen! Wo ist das Rouge...
Meine Finger zitterten so, daß ich das Döschen nicht halten konnte.
Hinter mir ging zögerlich die Tür auf. Immer herein, Frau Nachbarin. Her mit dem Rouge. Vielleicht können Sie mir weiterhelfen.
Doch es war Lutz mit meiner Brieftasche. IM Dametablissement. Das mußte Liebe sein.
»Alles in Ordnung?« fragte er besorgt.
»Ich muß in zehn Minuten im Fernsehstudio sein«, stammelte ich, »ruf schon mal ein Taxi, ja?«
»Taxi steht vor der Tür«, sagte Lutz.

Ein aufgeweckter Bursche, dachte ich, fürwahr. Ausgestattet mit einem praktischen Sinn für das Wesentliche.
Welches männliche Wesen kann das schon von sich behaupten.
Lutz trat neben mich und begutachtete meine Schminkversuche. Skeptisch blickte er mir ins Angesicht.
»Darf ich mal?«
Er nahm mir den Pinsel aus der Hand und wischte mir auf den Backenkochen herum. Dabei hielt er mir prüfend seinen Zeigefinger unters Kinn.
Keine Spur von Ich-schau-dir-in-die-Augen-Kleines.
Und doch.
»Gib mal das da her.«
Ich reichte ihm das Rougedöschen.
Er begann, mit zusammengekniffenen Augen auf meinen Wangen rumzupinseln. Als das nichts nützte, half er mit etwas Spucke auf dem Finger nach. Wahrscheinlich war er das von seiner Mutter nicht anders gewöhnt. Junge, wasch dich doch mal, und du hast da was, und laß mich mal ran, und wie siehst du denn wieder aus.
Gott, wie war er rührend.
»So«, sagte er befriedigt. »Jetzt kannst du unter die Leute gehen.«
Dann stopfte er meine Brieftasche und mein Schminktäschchen in meinen edlen Lederrucksack zurück, während ich in fliegender Eile noch das Panik-WC aufsuchte und hektisch mit Nürnberger Land-Klopapier raschelte.
Zwanzig Sekunden später steckten wir Schulter an Schulter im Taxi, genau wie sein erotischer Jute-Rucksack neben meinem hochintelligenten Geheimfach-Hasso im Schließfach des Hauptbahnhofs, und sieben Minuten später saß ich mit übereinandergeschlagenen Beinen völlig ladylike und entspannt lächelnd im Fernsehstudio. Zwischen sechs anderen Muttis-in-der-Mitte-des-Lebens.
Und nicht EINE war so begehrenswert und sexy und kinderreich und neureich und erfolgreich wie ich. Nicht eine.
Lutz stand mit seiner Jute-Umhängetasche aus dem Dritte-Welt-Laden über der einen Schulter und meinem edlen Lederrucksack

über der anderen Schulter hinter der »Achtung-Sendung«-Scheibe und hielt mit der einen Hand meinen Seiden-Blazer von Snoop und in der anderen Hand seinen grobbraunen, Altherren, pinkfarben durchwirkten Pullover. Soeben wurde ihm ein Platz im Studio zugewiesen. Der Lederknecht mit dem Funkgerät nahm ihm sein Gepäck ab. Lutz grüßte cool zu mir herunter und machte mit dem Daumen das O.K.-Zeichen.
Ich war mir auf einmal völlig sicher, daß aus Ernie und Bert ganze Männer werden würden.

Es war die Talk-Show von Franz Drossler, dem täglichen Talker auf »Vier Plus«, unserem schlimmsten Konkurrenzsender. Ich hatte Franz Drossler noch nie geguckt, weil er immer genau um vier Uhr nachmittags gegen »Unsere kleine Klinik« antalkte. Also eine Provokation erster Güte, der Mann. Aber ich wußte, daß er immer ein halbes Dutzend Menschen zu einem bestimmten Thema einlud, so ähnlich wie sein Freund Jochen Mücke aus den Öffentlich-Rechtlichen auch. Die Themen waren immer etwas an den Haaren herbeigezogen, aber worüber sollte man auch talktäglich talken?? Heute also über die Frau in der Mitte des Lebens. Na dann.
Herr Drossler, ein Herr um die Mitte des Lebens, graumeliert und bebrillt, nudelte heute schon seine dritte Sendung ab und war nicht allzu begeistert gestimmt.
Sieben Muttis um die Vierzig saßen aufgeregt mit bibbernden Halstüchern im Halbkreis vor ihm und harrten bange seiner schnoddrigen Fragen. Im Publikum saßen die üblichen knapp hundert Rentner, die sie mit Bussen aus dem ganzen schönen Frankenland herangekarrt hatten. Mein Blick verharrte wohlwollend auf drei dickwadigen Damen in Großgeblümt, die erwartungsvoll und a weng breitbeinig in der ersten Reihe saßen. Ansonsten war eine Schulklasse da, die Mitglieder eines Kegelclubs, die Gewinner einer Trostpreisorganisation und der Verein zur Freude und Förderung der Mitte des Lebens.
Ich konnte Herrn Schmitz-Nittenwirm in der letzten Reihe hokken sehen und winkte ihm unauffällig zu. Er war bestimmt viel

aufgeregter als ich. Schließlich war er noch nie bei einer Fernsehaufzeichnung dabeigewesen!

Herr Drossler richtete zuerst das Wort an eine fränkische Hausfrau, die zugab, zweiundvierzig zu sein. Sie habe ja nun drei Buben großgezogen, las er von seinem Zettel ab, und was sie denn jetzt in der Mitte ihres Lebens noch so anfangen wolle. Desinteressierter Blick durch entspiegelte Brillengläser. Die fränkische Hausfrau hob an zu erzählen, wie sie die drei Buben großgezogen habe und mit ihnen alle Förderkurse des Elternbildungswerkes besucht und auch in der Nachbarschaft rege Kontakte mit anderen Müttern gepflegt habe. Das fanden alle Rentner im Saal hochinteressant. Ich auch. Ich reckte mir fast den Hals aus vor Spannung. Lutz auch. Gott wie WAR das aufregend.

Dann habe sie sich wieder bei ihrem alten Arbeitgeber beworben, holte die fränkische Mutti aus, aber der habe sie nicht mehr haben wollen. Und dann habe sie ehrenamtlich in eben jenem Elternbildungswerk gearbeitet, das sie ja vorhin schon erwähnt habe. Dort habe sie einen Kurs geleitet mit dem Thema: Ich fange in der Mitte des Lebens noch einmal neu an.

»Aha«, sagte Herr Drossler knapp. »Und dann haben Sie noch mal neu angefangen?«

Wir konnten uns vor Spannung kaum auf unseren Sitzen halten. So ein außergewöhnliches Schicksal!

»Ja, Moment, da müßtich noch a weng ausholen«, sagte die fränkische Hausfrau, und dann erwähnte sie noch eine weitere Arbeitsstelle, die sie auch nicht bekommen hatte. Woraufhin sie wieder einen Kurs im Elternbildungswerk geleitet habe, diesmal zum Thema: Die Buben gehen aus dem Haus, die Mama fängt neu an!

Alle klatschten. So eine tatendurstige Frau!

Herr Drossler ging dann zur nächsten Kandidatin über, die ebenfalls in der Mitte des Lebens neu angefangen hatte. Sie war achtunddreißig und hatte sich EINFACH mit einem Büroservice selbständig gemacht! In ihrem ALTER! Was Herrn Drossler wieder zu ein paar arroganten Fragen Anlaß gab.

»Frau Pagendörfer-Goldlocke! Auch Sie haben in der Mitte des Lebens noch einmal ganz neu angefangen! Sie haben einfach ge-

sagt, so, peng, jetzt gründe ich einen Büroservice. Einfach so!!
Ohne Netz und doppelten Boden! War das nicht schrecklich mutig von Ihnen?«
Frau Pagendörfer-Goldlocke neben mir stellte als erstes mal klar, daß sie sich noch recht jugendlich fühle, schließlich mache sie jeden Tag Gymnastik und halte Diät. Wir nickten anerkennend. Daß das hier mal jemand öffentlich zuzugeben wagte! Frau Pagendörfer-Goldlocke ARBEITETE an sich!! Täglich, zäh und verbissen!! Die dicke Ulrike mit den Pferdehaaren würde hoffentlich gebannt vor der Mattscheibe sitzen und sich mal ein Beispiel an der Dame nehmen, bevor sie wieder vor ihrer Kollegin Tür kehrte. BESTIMMT würde jedoch Frau Merkenich-Miesmacher vor ihrer heimischen Glotze in Quadrath-Ichendorf hocken. Schließlich guckte sie alles, was sich in der deutschen Flimmerkiste ab morgens um sieben abspielte. Und sie würde schnell Lore Läscherlisch in Knappsack anrufen und Gretel Zupf und Mechthild Goch, damit sie alle wieder ein gemeinsames Thema in der Kantine von »Unserer kleinen Klinik« hatten und nicht immer nur Adrian-Fotos betrachten und sich immer langweilen mußten.
Guckt ihr nur alle genau hin, dachte ich. Hier könnt ihr noch was lernen. Eine Frau um die Mitte des Lebens.
Sind wir doch alle mehr oder weniger.
Und? Sind wir froh?
»Was sagt denn Ihr Mann dazu?« fragte streng Herr Drossler die Dame mit dem Büroservice.
»Ich bin nicht die Frau von meinem Mann, ich bin ich. Und ich mache mich selbständig, wenn ICH das für richtig halte«, preßte Frau Pagendörfer-Goldlocke trotzig hervor. Die Frau hatte Mut! Wenn das jede machen wollte! Sich selbständig! In DEM Alter! Was die für Ärger kriegte!! Und Haue obendrein!!
Ich nickte Frau Pagendörfer-Goldlocke aufmunternd zu. Jawoll! Gib's ihm! Sag's ihm ungeschminkt ins Angesicht! Daß du dich traust!
Auch die dritte Kandidatin hatte etwas Ungeheuerliches zu bieten: Sie hatte EINFACH mit knapp vierzig noch ein Kind gekriegt!! OBWOHL sie vorher Lehrerin gewesen war! Wenn das

kein Grund war, sie vor die Kamera zu zerren! Ihr Säugling lag friedlich schlummernd in seinem Römersitz zu ihren Füßen. Auch der Gatte, der gönnerhaft grinsend im Zuschauerraum saß, wurde gezeigt. Sie, die Spätgebärende, beteuerte mit rotfleckigem Hals, daß er, der Gatte, erstaunlich tolerant reagiert habe und ihr sogar dann und wann schon mal den Säugling abnehme, damit sie zur Rückbildungsgymnastik gehen und andere »Betroffene« treffen könne. Wir nickten betreten vor uns hin. So was von Liebe und starkem Zusammenhalt. DAS waren noch Ehen.
Ich überlegte, ob Herr Drossler nicht auch mal eine Männerrunde zu dem Thema einladen könnte! Das wäre doch was! Lauter Männer um die Ende Dreißig, die sich einfach SELBSTÄNDIG gemacht hatten!! Oder sogar noch VATER geworden waren!! Wie unglaublich progressiv und BEISPIELHAFT würde das sein für Millionen von Männern um die Mitte des Lebens!! Und als prominenten Gast könnte man vielleicht diesen sensationellen Mitte-des-Lebens-Karrieremann einladen, der auf seine alten Tage noch den Wahnsinnsreißer »Katzenklo« gelandet hatte. Dieser MUT!! In dem Alter noch mal etwas SINNvolles mit seinem Leben anzufangen! Bestimmt gab es nur wenige Männer um die Ende Dreißig, die noch nicht mit Depressionen und Weinkrämpfen im abgedunkelten Schlafzimmer lagen und sich immer langweilen mußten. Und die wenigen mußte Herr Drossler doch als seltene Paradiesvögel in seiner Show vorführen! Alles was recht ist! Da wollten wir Frauen keine Sonderbehandlung.
»Herr Fischerin! Was sagt denn Ihre Frau dazu, daß Sie mit immerhin knapp neununddreißig noch mal Vater geworden sind?«
»Sie unterstützt mich nach Leibeskräften«, würde Herr Fischerin mit bebendem Halstuch mutig ausstoßen. »Sie ist eine außergewöhnlich verständnisvolle Frau. Wenn sie abends nach Hause kommt, nimmt sie mir auch schon mal den Säugling ab. Dann kann ich in die Vatergymnastik gehen, und da treffe ich dann auch schon mal Betroffene, mit denen ich meine Probleme ausdiskutieren kann.«
»Ja, und dafür haben Sie Ihren sicheren Job als Kindergärtner aufgegeben?!«

»Ja. Ich wollte wenigstens noch einmal im Leben das Gefühl haben, etwas Außergewöhnliches zu leisten. Auch wenn ich nie wieder eine Anstellung als Kindergärtner bekommen werde. Aber DAS war es mir wert. Jetzt habe ich etwas Eigenes.«
Dann würde Herr Drossler seinen nächsten Kandidaten vorstellen:
»Herr Hebamme-Schneiderin. Was sagt denn IHRE Frau dazu, daß Sie mit ACHTUNDDREISSIG noch einmal in die Hände gespuckt und den Jagdschein gemacht haben?! Ist das nicht ein wahnsinnig gefährliches Unterfangen?
So allein im Wald? Sie sind ja nicht mehr der Jüngste, mein Lieber, auch wenn Sie sich heute ganz entzückend zurechtgemacht haben! Und dann kraxeln Sie womöglich noch auf den Hochsitz, in Ihrem Alter?«
»Wann ich auf den Hochsitz klettere, entscheide immer noch ich!« würde widerborstig und unglaublich engagiert der trotzige Altling ausstoßen. »Ich bin nicht der Mann meiner Frau, ich bin ich! Und mein nicht verenden wollender Lebenswille hat mir gesagt, Herbert, hat er gesagt, du hast jetzt alles hinter dir, was das Leben eines Mannes ausmacht, und jetzt hast du endlich Zeit, in dich reinzuhorchen und den Sinn deines Daseins zu ergründen. Und dann hat mir meine innere Stimme mit erstaunlich jugendlichem Timbre zugerufen, Herbert, du wolltest doch schon als Knabe den Jagdschein machen. Meine Eltern waren natürlich immer dagegen, sie wollten, daß ich heirate und Kinder kriege, aber jetzt sind die Kinder aus dem Haus, und meine Frau hat ihren Sekretär geheiratet, weil er jünger und hübscher ist als ich. Und da HABE ich ihn gemacht, den Jagdschein!! Jetzt habe ich etwas Eigenes!«
»Aber war das denn nicht entsetzlich schwierig für Sie, Herr Hebamme-Schneiderin? Ich meine, so ein Jagdschein erfordert doch eine gewisse Lernfähigkeit und wache Intelligenz... die Konkurrenz war sicher viel jünger...«
»Na ja«, würde dann Herr Hebamme-Schneiderin widerstrebend zugeben, »die Mädchen in dem Kurs waren natürlich alle viel jünger, aber sie haben mit erstaunlicher Toleranz reagiert, als sie merkten, daß ich mir ehrlich Mühe gab. Ich bin natürlich drei-

mal durchgefallen bei der Prüfung, aber die Lehrerin hat mich gelobt und gesagt, Herr Hebamme-Schneiderin, Sie schaffen das schon. Wir bewundern alle Ihren Mut. Welcher Mann in Ihrem Alter wagt sich denn überhaupt noch aus dem Haus?«
Als letztes würde Herr Drossler sich an einen besonders betagten Kandidaten wenden, einen Herrn, der gerade seinen zweiundvierzigsten Geburtstag überschritten hatte.
»Herr Ötzi, Sie sind heute unser ältester Gast. Und Sie verblüffen mit unglaublichem Lebenswillen: Sie haben, nachdem Ihre Kinder aus dem Haus waren, NICHT nur einen Erwachsenenbildungskurs besucht, in dem Sie lernten, mit Ihrer Lebenssituation fertig zu werden, Sie haben SOGAR... und jetzt hören und staunen Sie, liebe Rentnerinnen im Saal und an den Bildschirmen zu Hause, mit ZWEIUNDVIERZIG Jahren noch einen... lese ich hier richtig... Modenschau-Kurs absolviert! Was hat Sie auf diese außergewöhnliche Idee gebracht?«
»Ich erfuhr irgendwann im Seniorenclub vom Institut für den modebewußten Herrn über dreißig«, würde der Kandidat vornehm antworten, »und sie haben mich probelaufen lassen und Großaufnahmen von meinem Gesicht gemacht – Sie glauben gar nicht, wie peinlich mir das zuerst war! –, aber Herr Altentreiber hat gesagt, mein Lieber, Sie haben Geschmack und Talent! Sie können sich bewegen, und Sie haben ein ausdrucksstarkes Gesicht, und das ist es doch letztlich, was der Konsument ab dreißig sehen will! Sie bringen sich glaubhaft rüber, Sie haben den Mut, sich öffentlich ablichten zu lassen! Ja, und so stieg mein Selbstbewußtsein wieder, und nun trau ich mich sogar, täglich in den Spiegel zu schauen!«
»Und das sieht man Ihnen an, lieber Herr Ötzi! Sie sehen bezaubernd aus! Was sagt denn Ihre Frau dazu?«
»Oh, die ist erstaunlich tolerant! Als die Kinder aus dem Haus waren, überfielen mich zuerst tiefe Depressionen. Ich schaute eines Morgens beim Putzen in den Spiegel und entdeckte erste Falten um die Augen! Und mein Hals war plötzlich nicht mehr so straff! Das war schrecklich! An meinem dreißigsten Geburtstag bin ich im Bett geblieben und habe bitterlich geweint!!«

»Jaja, Herr Ötzi, nun fassen Sie sich mal kurz.«
»Ich saß also jeden Abend strickend vor dem Fernseher und fraß Frust-Pralinen, bis meine Frau endlich nach Hause kam. Ich habe sogar meinen Kollegen Roland im Büro schikaniert, weil er jünger war und schlanker und erfolgreicher bei den Chefinnen. Ich habe ihm sogar gesagt, er solle sich endlich mal einen Anzug leisten, dabei war ich nur neidisch auf seine langen, schlanken Beine und auf die kurzen Hosen, die er immer trug!«
»Ja und, Herr Ötzi! Lassen Sie Ihre charakterlichen Ausrutscher weg und kommen Sie mal zur Sache!«
»Ja, und eines Abends wartete ich wieder mal auf meine Frau, ich hatte gekocht und mal ein bißchen nett den Tisch gedeckt, aber sie beachtete mich kaum. Ich hatte meine Haare getönt und mir die Waden rasiert, und eine sündhaft teure Unterhose hatte ich mir damals gekauft, aber sie hatte es gar nicht bemerkt! Da dachte ich, Gerhard, dachte ich, wenn du jetzt nicht neu anfängst mit deinem Leben, dann bist du selber schuld.«
»Und dann haben Sie in der Mitte des Lebens ganz neu angefangen?!«
»Ja, und nicht nur das!! Ich habe mich mit meinem Aussehen identifizieren gelernt, ich führe heute Anzüge in starken Größen vor, hauptsächlich Trachtenmode natürlich, und ich posiere auf Fotos für Gartenmöbel und Staubsauger!! Mein Selbstbewußtsein ist jetzt so stark wie mein Beinumfang, und meine Kinder sagen immer, Papa, sagen sie, du mußt uns auch gar nicht mehr die Wäsche machen, wenn wir nach Hause kommen, wir bewundern dich, und wir finden alle, du hast noch was aus deinem Leben gemacht.«
Das alles stellte ich mir vor, während die sieben Muttis um die Ende Dreißig ihren erstaunlichen Lebenswillen unter Beweis stellten.
Als ich endlich an der Reihe war, kicherte ich nur noch haltlos vor mich hin.
»Und wie alt sind Sie, Herr Drossler?« fragte ich.
»Achtundvierzig«, sagte Herr Drossler stolz.
»Das ist ein sehr nettes Alter für einen Mann«, sagte ich. »Und

was sagt Ihre Frau dazu, daß Sie in Ihrem Alter immer noch Talk-Shows moderieren?«

Abends nach der Vorstellung hatte ich natürlich Lutz im Schlepp. Die Veranstalterin, eine leider völlig pep- und busenlose Dame um die Mitte des Lebens mit locker-lappiger Bluse und Halstuch, Marke Zeitlos, hatte im »Alex« einen Tisch bestellt. Leider. Viel lieber hätte ich wieder unter den kackenden Drosseln an der Pegnitz gesessen und weiter mit System zarte Frühsommer-Spargelpenisse an frischen, weißen, jungen Hodenkartöffelchen in heißer Butter zerdrückt.
Aber mich fragte ja keiner.
Hier war alles organisiert.
Frau Jammer-Schade, die Kulturdame aus dem Frankenland, hatte vorsorglich angemerkt, man könne doch vielleicht noch »a weng« essen, »wenn's rrecht wär«, und »a gudn Wain« hätt's beim »Alex« auch. Da gedachte ich Herrn Rehleins und wie sehr er es bedauert hatte, daß ich das gute Mineralwasser mit dem billigen Wein zusammengepanscht hatte, und da war mir nach Bier aus Literkrügen, maßlos und unersättlich, wie ich gestimmt war.
Es war ein großartiger Tag gewesen. Erst dieser zauberhafte Nachmittag mit Lutz an der Pegnitz. Dann die in jeder Hinsicht amüsante Talk-Show. Um zwanzig Uhr meine Vorstellung vor ausverkauftem Haus. Und nachher noch STYLING, LEUTE und SCHICKERIA, drei Hochglanzmagazine für Porträts in der Rubrik »Frauen von heute« und »Powerfrauen geben den Ton an«. »Anita Bach emanzipiert sich« und »Die grundgute Ärztin bricht aus« waren die Überschriften.
Und natürlich war Radio »Stimme am Herd« da, mit einem Neunzig-Minuten-live-Mitschnitt, den sie am nächsten Morgen zwischen den Zehn- und Zwölf-Uhr-Nachrichten bringen wollten.
Mein Glück war perfekt. Fast. Gustav fehlte mir. Aber ich versuchte das zu verdrängen.
Wir schoben uns mit einer Handvoll weiterer Gleichstellungsbeauftragter in lappig-zeitlosen Blusen im Gänsemarsch in

einen völlig schmucklosen, weißgetünchten Raum ohne jedwede Atmosphäre und nahmen an einem sterilen weißen Tischtuch Platz.

Frei nach dem Motto »Das Beste an einem Auftritt ist immer das erste Bier danach« saß ich durstig auf meinem Schemel und klopfte unruhig mit den Fingern auf den Tisch. Frollein, ich hab Dooorst.

»Immer schön der Raihe nach, gell«, belehrte mich die Kellnerin. Sie hatte eine bodenlange weiße Schürze über Jeans und Cowboystiefeln an. Man merkte gleich: Dieses Lokal legte Wert auf eine extravagante Note.

Uns gegenüber hockte noch eine traurig blickende, aber nicht unaparte Margareta, die sich mein Ein-Frau-Stück deshalb angesehen hatte, weil sie gerade eine langjährige Beziehung mit einem »Mann, der immer klammerte« (dü güb's hür nüch) beendet hatte und nun einige Anregungen für ein klammermannloses Leben brauchte. Sie war mitgekommen, weil sie »noch einige Fragen« an mich hatte, was ich nur ungern zur Kenntnis nahm. Nach meinen Vorstellungen will ich privat und hemmungslos in Spargelspitzen beißen und Bier in mich reinschütten und einfach mal die Klappe halten dürfen. Und nicht mit triefäugigen fremden Margaretas über deren klammernde Beziehungen reden. Da bin ich eigen.

Zumal Lutz abwartend neben mir saß. Der wollte bestimmt noch weiter unterhalten werden.

Für sein Neunundvierzig-Mark-Ticket.

Wir entnahmen dann der Speisekarte, die Frau Schürze uns nach einer angemessenen Akademiker-Viertelstunde überreichte, daß es »Büffelmozzarella auf Asche« gab, und ich warf einen bangevollen Blick auf Lutz, der beteuerte, immer noch von der Bahnhofspizza nudeldickesatt zu sein.

»Wie wäre es denn mit einem kleinen Nachtisch«, munterte ich ihn fröhlich auf. »Mir ist auch nicht mehr nach Büffel in Asche, um diese späte Stunde.«

Frau Schürze servierte indessen abgestandenes schaumloses Bier aus schmucklosen Zahnputzbechern, das wir uns gierig hinter die Halstücher gossen.

So fühlen sich die Promis also, wenn sie mit ihrem Auftritt fertig sind, dachte ich. Leer und schwarzweiß und schweigsam und nich-für-Geld-dabei, und bitte laßt mich alle in Ruhe, und Mama hat Migräne, und getz is genuch, und morgen wieder, und wieso ruft ausgerechnet DER EINE MENSCH, der mir jetzt fehlt, nicht an oder taucht anstandshalber hier auf, wie sich das gehört.

Freundlich nicken. Mehr ist nicht mehr drin.

Das Gespräch schleppte sich so dahin. Als nach etwa einer Stunde die arrogante Kellnerin des Weges kam, ergriff ich die Gelegenheit beim Schopfe und bestellte für Lutz und mich eine Käseplatte, da Lutz seinerseits keinerlei anderslautende Wünsche äußerte. Mit einer Käseplatte konnte ich nichts falsch machen. So ein milchiges Schaf macht weniger wild als ein Büffel auf Asche, dachte ich so vor mich hin.

»Haben Sie auch eine klammernde Beziehung?« fragte nun Margareta, indem sie interessiert ihren Busenritz auf das Tischtuch legte. Da kam aber Leben in mich!

»Mitnichten!« rief ich triumphierend aus. »Mein Gatte klammert nicht!! Nicht für Geld dabei! Er immobilienvermarktet die ganze EX-DDR, ja meinen Sie, da hätte er noch Zeit zu klammern?«

»Sind Sie da nicht schrecklich frustriert? Fühlen Sie sich nicht vernachlässigt und einsam? Was machen Sie in Ihrer Freizeit?«

»In meiner Freizeit verzaubere ich Männer, da kommt nie Langeweile auf!«

»Sie verzaubern Männer?«

»Klar! Nich, Lutz?!«

Lutz klammerte sich haltsuchend an seinem Bierglas fest und schwieg.

»UND Sie haben Zwillinge?«

»Ja. Zweivätrige. Das hat was mit dem Zaubertrick zu tun.«

Margarete beugte sich noch näher zu uns herüber. Ihr Busen parkte unfein zwischen zwei Weingläsern im absoluten Halteverbot.

»Der eine Zwilling, Bert, der ältere, ist eindeutig von meinem Mann.«

»Und der andere?«
»Der ist von einem Schauspieler.«
»Und? Wer ist das?«
»Vom Erdboden verschwunden! Einfach weg!!«
»Aber wollen Sie den denn nicht wiedersehen?«
»Man muß auch loslassen können! Denken Sie doch an Ihren Klammer-Harald!«
»Aber mit achtzehn hat Ihr einer Zwilling das RECHT, etwas über seinen Vater zu erfahren! Oder wollen Sie ihm das etwa verschweigen?!«
»Ach, wissen Sie, das Recht hatte ich mit achtzehn auch. Aber ich WOLLTE gar nichts über meinen Vater erfahren, da meine Mutter selber nicht ganz sicher war, von wem ich meine ganzen schlechten Eigenschaften habe. Von IHR habe ich sie jedenfalls nicht. Keine einzige.«
»BITTE? Sind Sie AUCH ein zweivätriger Zwilling?«
»Ich bin ein zweivätriger EINLING. Das sind die Schlimmsten.«
Ich kicherte in mich hinein.
Lutz klammerte sich haltsuchend an sein Zahnputzglas. Ich äugte unauffällig in seine Richtung, ob ich ihm nicht ein bißchen viel zumutete. Aber er sollte auch was geboten kriegen für seine neunundvierzig Mark.
Endlich, nach weiteren vierzig Minuten, brachte die akademische Schürze die Käseplatte. Sie, die Käseplatte, bestand aus einem winzigen Klecks Schimmelkäse, künstlerisch garniert mit vier kleinwüchsigen, verschämt zusammengeringelten Weintrauben.
»Bitte, Lutz, greif nur reichlich zu, aber verdirb dir nicht den Magen«, schrie ich, und nun kannte meine Heiterkeit keine Grenzen mehr.
Lutz griff nach einigem Zögern langfingrig zu einer Weintraube und steckte sie sich in den Mund. WAS für eine Erotik in dieser Geste!
Nach dem Motto »Das bißchen, was wir nicht essen, können wir auch trinken« leerten wir beherzt einen Zahnputzbecher nach dem anderen, bis wir so richtig glücklich waren. Besonders ich.

Nun konnte Gustav mir gestohlen bleiben. Der hätte hier nur gestört.
Die lappigen Blusen übernahmen die Rechnung.
»Wenn wir das eher gewußt hätten, was, Lutz«, rief ich begeistert, »dann hätten wir uns doch noch so einen toten Büffel auf Asche bestellt!«
Lutz grinste verunsichert, wir verabschiedeten uns von den Gleichstellungsbeauftragten und von Margareta, und dann gingen wir beschwingt durch die laue Sommernacht zur Burg. Er zu seiner Jugendherberge und ich zu meinem romantischen Dürer-Hotel mit dem Jesus-Bild in der Halle.
Auf dem Burgplatz saßen immer noch die Jugendlichen mit ihren Klampfen auf dem Kopfsteinpflaster und tranken Bier aus Dosen und rauchten selbstgedrehte krümelige Zigaretten und sangen irgend etwas, das wir vor vielen Jahren auch gesungen hatten. Und trugen Jeans mit Schlag. Ich sah Hannes und mich mitten zwischen ihnen sitzen und singen und die Sterne zählen und uns hemmungslos küssen und dann in unserem halben französischen Bett unter der dunkelroten angestaubten Tagesdecke verschwinden. Damals. Als das Leben begann.
Ich schloß die Augen und ließ die Geräuschkulisse und die Gerüche und die Milde der Luft auf mich einwirken.
»Na, Lutz«, sagte ich leise. »Hast du dir den Tag in Nürnberg so vorgestellt?«
»Nein«, sagte Lutz. »In meinen kühnsten Träumen nicht.«
»Dann schlaf mal gut«, sagte ich, indem ich mich sanft von seinen Händen löste. »Und träum was Kühnes.«
Dann ging ich auf meinen hochhackigen Pumps über das Kopfsteinpflaster zu meinem Dürer-Hotel mit dem Jesus-Bild in der Halle. Jesus guckte mich milde mahnend an.
Ist ja schon gut, Chef, murmelte ich. Ich mach ja nichts. Wer schläft, sündigt nicht. Hast du selbst gesagt.
Dann schloß ich die Tür hinter mir ab.

Der Höhe- und Endpunkt meiner Ein-Frau-Show-Reise war Weiden-in-der-Oberpfalz. Lutz Schmitz-Nittenwirm war wieder abgereist.

Ich schritt mit meinem kleinen Freund Hasso durch die Innenstadt und suchte mein Hotel »Am Turm«.
Eine letzte Nacht in der Fremde. Eine letzte einsame Nacht.
Noch eine Ein-Frau-Show. Noch einmal Gedrängel im Saal, Radio »Stimme der Oberpfalz« vorher und Interview mit »Fränkisch-Bayrische-Frau-von-Welt« nachher.
Morgen würde ich wieder bei meinen Lieben sein. Bei Ernie und Bert und Benjamin und Ernstbert und Grete. Alles würde sein wie immer. Besonders freute ich mich auf all meine lieben Freunde aus »Unserer kleinen Klinik«. Ich hatte beschlossen, ganz besonders nett zu Lernschwester Ulrike zu sein. Schließlich waren ihre ganzen hämischen Bemerkungen ein versteckter Hilfeschrei, ein Ringen um Aufmerksamkeit, ein Abreagieren eigener Nöte und Schwächen, ein seelisches Verarbeiten eigener Unzulänglichkeit. Das hatte ich inzwischen ganz klar erkannt.
Diesen Dings, den Regisseur, würde ich wohl auch an einem der nächsten Tage wiedersehen.
Ich würde diese Begegnung locker lächelnd überstehen.
Ich würde wieder Anita Bach sein und nicht mehr Charlotte Pfeffer, und das würde unsere altgewohnte Distanz wieder herstellen. Kein privates Wort würde sich meiner Brust entringen. Wir würden wieder unsere üblichen albernen Dialoge sprechen und ein bißchen Hochzeitsreise drehen, im Bergischen Land oder so, und in der Pause würden wir wieder in der Kantine sitzen und Adrian-beim-Reiten anschauen, und Lore Läscherlisch würde wieder »jrauenvoll« sagen, Gretel Zupf würde wieder im selbstgestrickten Hasenohrpullover und mit ihren Hausweibchen-Magazinen in ihren Einkaufstaschen zu spät in die Probe rauschen, Justus würde wieder in seinem kinderkackegelben Wetterjäckchen hinter der Laterne stehen, Gernot Miesmacher würde wieder zahnkronig-zynisch grinsen und ab und zu seinen Unmut bezüglich unseres viel zu hohen Arbeitsaufwandes äußern, und Ulrike würde wieder sagen, ich solle während der Dreharbeiten nicht die Beine übereinanderschlagen, das fiele auf das gesamte Niveau unseres Senders zurück.
Und in einer Woche würden sowieso Sommerferien sein. Dann würde über vieles einfach Gras wachsen.

Zu Hause würde alles wieder seinen gewohnten Gang gehen. Ernstbert würde auf dem Klo Bedienungsanleitungen lesen, ich würde mit den Kindern im Stadtwald Erpel fangen, sie zum Hokkey und zum Wasserballett und zum kreativen Harfespielen fahren, und wenn das Wetter schön bliebe, würden wir vielleicht später für ein paar Tage in Urlaub fahren. Vielleicht.
Ich freute mich schrecklich auf zu Hause.
Noch einen Tag in der Fremde!!
Als ich in den Hotelhof einbog, stand da ein Wohnmobil. Mit Kölner Kennzeichen.
»Hasso – bei – Fuß«, knurrte ich, während ich versuchte, meinen Adrenalinspiegel unter Kontrolle zu kriegen. »Wir gehen jetzt NICHT zu dem Auto und drücken uns den Busen an der Windschutzscheibe platt, um zu gucken, ob da drinnen ein Gustav auf seiner Ottomane liegt. Wir IGNORIEREN dieses Fahrzeug jetzt und betreten das Hotel. MIT Format, sarich dir. HAM wir das denn nötig. Sachma. Nich für Geld dabei.«
In der Anmeldung war es dunkel und trüb, und ich mußte erst mit zitternden Fingern auf eine Klingel einschlagen, bis ein Pensionär in Puschen aus seinem Verschlag getrottet kam und mir den Anmeldeblock unter den Busen schob.
In fliegender Hast schrieb ich, vor Zittern und Zagen kaum den Griffel halten könnend, meinen Namen auf den knittrigen Block. Dabei erwartete ich jede Sekunde SEINEN Arm auf meiner Schulter, SEINE Stimme an meinem Ohr, SEINE Aura um mein Gemüt.
»Charlotte!«
»Gustav!«
»Ich konnte nicht...«
»Ist ja schon gut... sag jetzt einfach nichts...«
»Ich schulde dir eine Erklärung...«
»Aber nein! Du bist ja da!«
»Es ist nur... weil ich dich so liebe...«
»Ich weiß. Ich dich doch auch...«
»Ist noch was?« krächzte der Alte, als er mir den Hotelzimmerschlüssel auf den Tresen knallte.
»Ist eine... Nachricht für mich da?« flüsterte ich heiser.

»Biddä?« fragte der Opa, und ich sagte »Nichts« und schlich mich mitsamt Hasso durch das dunkle Treppenhaus davon.
Kein Zettel an meiner Zimmertür.
Kein Gustav oder sonst ein Leckerli auf meinem Kopfkissen.
Nur ein trübes, durchschnittliches, spießiges Hotelzimmer mit zugeklappten dunkelgrünen Fensterläden. An der einen Wand ein schmales Bett, an der anderen ein Schreibtisch. Die Bibel auf dem Nachttisch. Am Fußende des Bettes ein kleiner Fernseher. Hinten links die Naßzelle. Eine schmale Ration eingepackter Seife auf dem Spülbecken. Eine Ersatzrolle Klopapier auf dem Heizkörper. Sonst keinerlei Zerstreuung.
Ich stellte Hasso in die Ecke.
»So, und da bleibst du. Ich geh mal die Lage sichten.«
Das wäre doch gelacht, dachte ich, wenn ich mich an meinem letzten Tourneetag noch langweilen müßte.

Auf dem Marktplatz war ein buntes Treiben. Überall hingen meine Plakate: Charlotte Pfeffer mit »Schwarzer und weißer Pfeffer« – HEUTE!! Und darüber ein schräger Aufkleber: AUSVERKAUFT.
Na bitte, dachte ich. Kannste gucken, Gustav. ICH bin ausverkauft. Zu MIR kommst du heute abend gar nicht mehr rein. Kannste gleich wieder fahren.
Niedrich hatte mir in mein Dürer-Hotel in Nürnberg gefaxt, daß er ein weiteres Ein-Frau-Stück von mir erwarte und daß er doch wohl davon ausgehen könne, daß bei meinem Esprit und Pfiff noch eine ganze Menge guter Ideen rüberwachsen könnten auf seinen Komposthaufen in Gran Canaria. Und daß er bereits für Herbst eine neue Tournee plane, diesmal unter Einbeziehung von Österreich und der Schweiz.
Auch interessiere sich das Goethe-Institut in Brasilien und in den USA für solcherlei Kleinkunstdarbietungen, denn Deutsche gebe es überall. Er habe bereits seine Fühler in alle Welt ausgestreckt. Er wolle mich unbedingt noch vor den großen Ferien sprechen und wünsche mir weiterhin einen guten Verlauf der Tournee.
SELBST Niedrich hatte seinen Ton mir gegenüber geändert.

SELBST der.
Glaub man jaa nich, dachte ich, während ich mit meinen neuen cremefarbenen Pumps über das Kopfsteinpflaster klapperte, daß ich an dich noch irgendeinen Gedanken verschwende. Über kurz oder lang bin ich eh in Hollywood. Glaub man jaa nich.
Ich schlenderte an den herzigen Dirndlkleid-Auslagen vorbei und starrte auf die Loden- und Trachtenkleidchen. Ganz allerliebst, Gretel Zupf hätte gejubelt, Kinder, nein, wie das putzt, schaut mal, dieses klassisch-zeitlose Einstecktuch mit den Enten drauf! Zum Selberhäkeln, wie das streckt, die Freiheit nehm ich mir, ich bin eine Dame! Und ich suchte eigentlich in jeder Schaufensterscheibe nur das Spiegelbild eines just um die Ecke biegenden eisernen Gustavs, der mir – ich spürte es körperlich! – doch dicht auf den Fersen sein mußte!!! Oder war das etwa NICHT sein Wohnmobil bei uns im Hof? Hä? Wessen denn sonst!! Sachma!
Na gut, dachte ich. Du traust dich nicht. Das ist auch besser so. Die Diva ist aufs äußerste brüskiert. Und wenn du mit Leberwurstbroten nach mir WERFEN würdest. Kein Wort. Nie mehr. Nich für Geldtabei.
Ich wendete meine Schritte beherzt dem Marktplatz zu, wo ich mich an einem freien Tisch vor dem fahnengeschmückten Rathaus niederließ.
Überall saßen festlich gekleidete Menschen, plauderten, lachten, aßen Eis und tranken Bier. Mein Auftritt hier war als Abschluß irgendeiner kulturellen Frauen-Woche gedacht – solche Frauen-Wochen schießen ja inzwischen wie Pilze aus dem Boden!! –, und vom Bürgermeister in Trachtenjoppe mit Silberknöpfen bis zur Frauenbeauftragten im Trachtenkleid mit Silberknöpfen war alles auf den Beinen, was Rang und Namen hatte. Für die Kinder gab es Karussells und Buden mit Würstl und Kren. Und Luftballons und Dosenwerfen und Sackhüpfen und Eier-Schmeißen.
Ich sehnte mich nach Ernie und Bert. Morgen. Nur noch ein Tag. Und eine Nacht. Und dann nie wieder ohne die zwei. Was bist du eigentlich für 'ne Mutter. Sachma.
»Sie wünschen?«

»Einen großen Milchkaffee und einen selbstgepreßten Orangensaft, bitte.«
»Selbstgepreßt hat's heuer leider nicht.«
»Dann lassen Sie pressen.«
»Wie meinen?«
»Schon gut. Bringen Sie halt irgendwas, das gesund ist und keinen Alkohol hat, ja?«
»Selbstverständlich, gnä Frau.« Der Kellner flog weg.
Ich beobachtete einen lodenbemäntelten Rentner, der trotz der Sommersonne mit Federhut und Schirm bewaffnet vor seinem Eisbecher saß und ununterbrochen laut und ausladend hustete. Häräschääschä! rief er aus. Und: Hchrohoho! Bhohorrroscho! Dann schob er sich einen Löffel Eis zum Munde, um noch nachzuwerfen: Rhododendron!!
Jetz is aber genuh, dachte ich gereizt. Das geht aber nich hier. Wenn das jeder machen wollte.
Ich nahm meine Sonnenbrille aus dem Edel-Rucksack und setzte sie auf. Der Rentner war nun optisch eine Spur dunkler. Akustisch blieb leider alles beim alten.
Harrruscha hascha häsch!! bellte er heiser. Und als ihn niemand beachtete: Hmmmrrroschoho! Soho is schön!
Verdammte Kiste, dachte ich, da wird mir ja der Milchkaffee im Halse steckenbleiben!!
Die Leute um uns herum nahmen von dem Alten keine Notiz. Anscheinend war das öffentliche Abhusten und Freirotzen im Freistaat Bayern absolut nichts Ungewöhnliches, sondern sogar erwünscht.
Der Kellner kam herbeigeflogen und setzte mir ein trübes Schlückchen Kaffee (Harrruscha kocho kocho!!) und ein grünliches Säftchen (Häbäschä räscha roch!!) vor die Nase.
Ich dankte herzlich.
So. Noch vier Stunden bis zum Auftritt. Was machste?
Harrrräscha hascha hascha! kam es von nebenan. Sehr unterhaltsam. Horchorohorror – Rochus! setzte der Federhutträger nach.
Ich versuchte, mich an den bunten Sonnenschirmen zu erfreuen. An den Blumenmatten rings um uns herum. So viele bunte Stiefmütterchen! (Harrascha äscha äsch!)

Und ein Schmetterling! Sieh da! Er gaukelt sommerblind im Moose! (Ha-ascha asch! Hrrro-Horro... hotz!)
Oh, dachte ich, das war ein abgewürgter. Versuch's noch mal, mit Anlauf. Spuck's inne Tüte.
Der Lodenmantel benutzte die Abhustpausen zum Einschaufeln von gelbem Eis mit gelber Sauce. Auf der gelben Sauce waren bräunliche Spritzer. Kann sein, daß es Schokoraspeln waren. Kann aber auch nur sein.
Guck nich hin, Charlotte. Laß dein Auge schweifen! Die fröhlichen bunten Bayernmaiden! Mit ihren troddeligen gemusterten Halstüchern! Und ihrem appetitlichen Busenritz über geplätteter Spitze! In ihren fröhlichen, bunten Trach.... tracharachach! Bacharach!! Sachma! Hallioscha!
Hier bleibe ich nicht, dachte ich. Ihaltsniaus. Nich für Geldtabei. Zahln!
Ich kramte in meinem Beutel. Zehn Mark würden wohl reichen für den köstlichen Spaß. Ich schob den Schein unter die Untertasse, auf daß er nicht fortflöge. Der Kellner flog gerade anderweitig umher.
Gerade als ich mich erheben wollte, näherte sich mir eine Gestalt. Sehr zielbewußt. Ich spürte das im Rücken. Guck nicht hin, du bist brüskiert. Du erwartest hier keinen. Und schon gar keinen Gustav.
Der Opa hustete ab.
Ich beschloß, sofort zu gehen. NICHT mit mir.
Oder sollte ich mal ein Äugsken riskieren?
Nein. Hier wird mit FORMAT Haltung bewahrt.
Aber dann sank ich doch wieder auf meinen Gartenstuhl zurück.
Eine Hand legte sich auf meine Schulter.
Und ein muskulöser Unterarm. Ich blinzelte nach oben, schaute gegen die Sonne. Etwas blinkte und blendete mich. Ein Ohrring?!
»Benjamin?!«
MEIN Kindermann! Mein Hausjungchen!
»Wo sind die Kinder?!«
»In bester Obhut«, sagte Benjamin und ließ sich auf einen freien Stuhl fallen.

Nun blendete die Sonne nicht mehr. Benjamin sah phantastisch aus. Jung, knackig, leicht gebräunt, mit strahlendem Lachen, übermütig und unternehmungslustig. Muskulöse Oberarme, ein winzig-kleiner Silberblick.
Er erinnerte mich wahnsinnig an Hannes.
»Harrooscha hoscha hoscha«, kommentierte der Lodenhuster von rechts. »Harras platz!«
»In bester Obhut?! Und wer ist bei ihnen?! Wer hat dir erlaubt, deinen Arbeitsplatz zu verlass...«
»Dein Mann.«
»Welcher?«
»Na, deiner. Mit dem du verheiratet bist!« brüllte Benjamin gegen den schleimigen Auswurf seines Nachbarn an. »Netter Kerl übrigens! Ich mag ihn sehr!«
»Ernstbert?« schrie ich zurück, und alle guckten, weil der Opa gerade mal nicht gehustet und ich mich in der Lautstärke vergriffen hatte.
»Tag erst mal!« sagte Benjamin herzlich und griff erfreut nach meiner Hand.
»Dich hatte ich hier gar nicht erwartet«, stammelte ich. Dich nun wirklich nicht, Junge. Aber woher sollst du das wissen.
»Tja«, sagte Benjamin und streckte seine langen Knabenbeine in den hellblauen Jeans von sich. Dann griff er durstig nach dem grünen Säftchen und schüttete es sich in einem Schluck in den Mund.
»Erstens kommt es anders, und zweitens als man denkt. Mein Job ging ja noch bis nächste Woche. Eigentlich.«
»Versteh ich nicht. Wer hat dich davon entBUNDEN?!«
Horrroch horrrorr rotz! rief unser Nachbar aus.
»Dein Mann. Wie ich schon sagte.«
»Aber wieso?! Hast du dich schlecht benommen? Warst du frech? Hast du Widerworte gegeben? Oder die Treppe nicht richtig gewischt? Sag's!!«
»Nein, nein, alles bestens«, sagte Benjamin. »Mach dir keine Sorgen.« Er nahm nun auch noch meinen – Hroch haroch hampotlzzoch – Kaffee mit dem weißlichen Schaum und den bräunlichen Spritzern drauf und trank ihn aus.

Der Junge mußte völlig ausgehungert sein.
»Magst du was essen?!«
»Au ja, Mensch. Was gibt's denn?«
Harrräscha bäscha bäsch!! Aalhoscha! Sachma!!
»Bestell dir halt was. Und erzähl mir, was zu Hause los ist!«
Ich winkte dem fliegenden Ober und schrie ihm im Vorbeigleiten nach, daß er die Karte bringen möge. UND NOCH EIN WASSER!!
Haarrrrraach!
»Also dein Mann ist vor zwei Wochen aufgetaucht...«
»Bitte?! Vor ZWEI Wochen?!«
»... und hat gesagt, er will sich jetzt mal um die Kinder kümmern.«
»Nein.«
»Doch. Wenn ich's doch sage.«
»Mein Mann ist in den Neuen Deutschen Ländern und sitzt dort in einem fensterlosen Büro und macht in Immobilien«, sagte ich.
»Und richtet einen Supermarkt und ein Spielcasino ein.«
»Nein, nein. Nicht mehr. Er hat zu Hause einiges umgeräumt und mich gefragt, wie ich das mit dem Kochen mache und was ich an die Pizza tu und welchen Lappen ich für die Treppe nehme und welchen Weichspüler für die Buntwäsche.«
»Du VERARSCHST MICH!« schrie ich begeistert. »Mensch, Benjamin!! Ich wär jetzt fast drauf reingefallen!«
HHHHRRASCHA HARRAS HERKULESSS!!!
Ich sprang auf und fiel dem ulkigen Spaßvogel um den Hals und küßte ihn auf beide weichen Jungenwangen. Nein, wie originell!! So ein Jugendstreich! Ältere Damen in den April schicken und ihnen einen netten Tag machen! Obwohl Juli ist!
Der Opa in Loden schüttelte befremdet über mein Verhalten den Federhut.
Kein Benimm in einem öffentlichen Etablissement! Wenn das jeder machen wollte. Einfach aufspringen und das böse Wort »Verarschen« sagen. Ganz laut, daß es jeder hören kann. Harras. Platz. Hloch.
Benjamin schob mich sanft von sich.
»Nee, im Ernst. Ohne Scheiß. So war's.«

»Halt, Stopp. Du verwechselst ihn. Du sagst immer ›dein Mann‹. Sprach der Südtiroler Akzent und sagte zum Beispiel: Im Pizza-Würzen bin ich gut? Oder: Bei uns in Südtirrroll putze ich auch immer das Klo? War's der?«
»Nein! Nicht Burgschauspieler Strunzus Maria Bornheimer. Der hat übrigens auch ein paarmal angerufen, aber davon später. Nein! Dein Mann! Wenn ich es doch sage!«
»So'n Dicker? Mit Brille und Anzug??!«
Hä- äscha äscha äsch. Joppe voll Rrotz Hotzenplotz.
»Also dick ist der nicht. Und 'n Anzug hatte er auch nicht an. Immer nur Jeans und T-Shirts und Turnschuhe. Sieht nett aus.«
»Dann war er's nicht.« Ich grübelte.
»Benjamin! Von WEM hast du dich da aus MEINEM Haus schicken lassen!? WER ist bei MEINEN Kindern!!«
»Der Vater!! Wenn ich's dir doch sage!!«
»Hannes?? Hatte der 'n Silberblick und schwarze Locken?«
»Welcher Hannes? ERNSTBERT heißt doch dein Mann, sachmal, weißt du überhaupt, mit wem du verheiratet bist?«
»In letzter Zeit immer seltener«, gab ich zu.
Der Opa in Loden nebenan erhob sich. Mit einem abschließenden »Hrrochup schpockus hächl pech« wankte er davon. Ich nahm das nur mit den Augenwinkeln zur Kenntnis.
»Ernstbert Schatz«, sagte Benjamin. »Ein ganz feiner Kerl und ein prima Kamerad. Ein toller Vater und ein humorvoller Typ. Echt in Ordnung. Kann ich dir nur zu gratulieren, zu dem Mann.«
Ich sah mich nach dem Huster um. Er fehlte mir so. Es war so unerträglich still.
Der Kellner kam herbeigeflogen, und Benjamin bestellte Schweinsbraten mit Knödln und Kraut. Und eine Maß Bier. Die hatte der Kellner gleich dabei und knallte sie ihm vor den Latz.
»Wohlsein.«
Benjamin hob den Eimer und setzte ihn an den Mund. Seine Unterarmmuskeln spielten graziös. Er soff wie ein ausgetrocknetes Kamel. Dann setzte er den halbvollen Krug wieder ab.
Ich starrte Benjamin an.
»Was ist?« fragte er. »Hab ich Schaum an der Nase?«
»Nein«, stammelte ich. »Aber du hast behauptet, daß Ernstbert

sich um die Kinder kümmert. An der Sache ist was faul. Das spür ich körperlich.«
»Hier«, sagte Benjamin. »Trink mal'n Schluck.«
Ich setzte den Eimer an den Mund und leerte ihn in einem Zug.

Später gingen wir ein Stück spazieren. Durch irgendeine städtische Anlage mit Schule und Sportplatz und Altpapiercontainern und rollschuhlaufenden Landkindern. Und einem Flüßchen, das in einen Teich mündete.
Ich konnte das alles nicht begreifen.
Ernstbert war nach Hause gekommen.
Er hatte sich für die Kinder interessiert. Und für den Haushalt.
Er war nicht mehr dick und hatte Jeans an.
»Aber warum!!! Wieso das alles...«
»Na ja«, sagte Benjamin und stopfte seine Hände verlegen in die engen Hosentaschen, »ich konnte leider nicht umhin, ihm von unserer gemeinsamen Nacht zu erzählen.«
»Bist du wahnsinnig?« schrie ich ihn an. »Das tut man doch nicht! Ein Gentleman genießt und schweigt! Junge, du mußt noch viel lernen.« Kind, Kind, Kind. Ich schüttelte den Kopf. Geduld mit der Jugend, Charlotte, mahnte ich mich. Der Junge ist doch gerade mal zwanzig.
»Also noch mal von vorn«, sagte ich inzwischen zum zwanzigsten Male. »Er stand vor der Tür und sagte...?«
»Er stand vor der Tür und sagte, hallo, sagte er, ich bin der Ernstbert, und du bist der Benjamin. Charlotte hat mir schon viel von dir erzählt. Ich freue mich, dich kennenzulernen.«
»Und du hast ihn einfach so reingelassen? Er hätte doch ein Trickdieb sein können...«
»Ja sollte er mir seinen Ausweis zeigen oder was? Die Kinder kannten ihn jedenfalls.«
»Ach ja? Wie haben sie denn reagiert?«
»Kaum. Zunächst. Sie sagten ›Hallo, Papa‹ und gingen in ihr Zimmer und machten sich 'ne Kassette an.«
»Dann war er's. Und dann? Los, weiter! MUSS ich dir denn alles aus der Nase ziehen!«
»Dann ist er reingekommen, und ich hab ihm einen Kaffee ge-

macht und ein paar selbstgebackene Plätzchen hingestellt, und da hat er gesagt, danke, hat er gesagt, ich bin auf Diät, aber den Kaffee trink ich gern, und was spielt ihr denn gerade?«
»Was SPIELT ihr denn gerade? DAS hat er gefragt?« Ich war mir immer noch nicht sicher, ob es sich um Ernstbert handelte.
»Weiter! Los, Junge, sei doch nicht so maulfaul!«
Hinter uns bellte altersschwach ein Spitz.
Hand vorn Mund, dachte ich. Wenn du jetzt auch noch anfängst zu husten, gibt's Haue obendrein.
»Wir bauten gerade die Ritterburg von Playmobil auf, die ich ihnen mitgebracht hatte, und da hat er sich auf die Erde gekniet und mitgeholfen.«
»Nein.«
»Doch.«
»Ich denke, die Kinder haben sich 'ne Kassette angemacht.«
»Wir haben sie alleine aufgebaut, Ernstbert und ich. Hat echt Spaß gemacht. Der Ernstbert ist ja ein Fummler irgendwie...«
»...ach?«
»... und da haben wir so lange gefummelt, bis das Ding stand.«
»Aha.« Ich grinste.
»Ernstbert und ich haben uns heiße Schlachten geliefert, die Ritter gegen die Piraten, und darüber richtig die Zeit vergessen, und als die Kinder wieder aus ihren Zimmern kamen, haben sie mitgespielt. Das war klasse, war das. Echt Klasse ist der Ernstbert.«
»Ja, du sagtest es schon.«
»Und dann hat er die Kinder ins Bett gebracht, und ich habe aufgeräumt...«
»ER hat die Kinder ins Bett gebracht?«
»Ja. Hat er. Und ihnen eine Geschichte vorgelesen.«
Der Spitz hustete ab. Ich trat nach ihm.
»Dann haben wir uns auf die Terrasse gesetzt und ein Bier zusammen getrunken. Er hat mich gefragt, was ich denn so mach, und ich hab gesagt, ich bin Hausmann, und er hat gesagt, das würd ihn auch mal interessieren, das Betätigungsfeld. Ob ich ihm da weiterhelfen könnte. Klar, hab ich gesagt, mach ich gern. Und dann hab ich ihn gefragt, was er denn so macht.«

»Und? Was macht er so?«
»Er gestaltet gerade sein Leben neu, hat er gesagt.«
»Soso. Inwiefern?«
»Er hat dich irgendwo gesehen, hat er gesagt...«
»Wie – irgendwo gesehen!!«
»Warte mal, wo war das jetzt. Er sagte, daß er deine Show gesehen hat, in Bad Hersfeld oder wo das war, irgendwo an der Ex-Zonengrenze oder was, jedenfalls hältst du da wohl 'ne Rede an ihn. Oder was.«
»Oder was«, sagte ich matt. Wir gingen weiter.
»Er hat gesagt, er ist jetzt fünfundvierzig, und sein Leben ist in gewisse Bahnen gelaufen, die er eigentlich Scheiße findet.«
»Hat er NICHT gesagt.«
»Doch. Genau so. Und du hättest dich immer mehr von ihm zurückgezogen und dein eigenes Ding gemacht, und diese komische Ein-Frau-Show hätte ihn wachgerüttelt. Er wär immer nur seinen Immobilien nachgerannt, und das würd's gar nicht bringen, denn das Leben wär viel zu schnell vorbei. Und jetzt räumt er sein Leben auf.«
»So. Tut er das. Heftet er Akten ab, oder schmeißt er Bedienungsanleitungen weg?«
»Er hat bei den Kindern angefangen. Er hat ein altes Wohnmobil gekauft und ist mit ihnen rumgefahren...«
»Aha«, sagte ich tonlos. »Wohnmobil.« Ein Wohnmobil mit Kölner Kennzeichen. Im Hof. Und ich hatte gedacht, es sei Gustav.
Ich träumte. Sicherlich würde ich gleich aufwachen und in einem dieser Hotelbetten sein, von denen ich nicht wußte, in welcher Stadt es stand und ob der Ausgang rechts oder links war. Und dann würde ich in die Naßzelle schwanken und mir mal eine eiskalte Ladung Wasser über die Rübe laufen lassen. Damit ich wieder zu Verstand käme.
Der Spitz, der die ganze Zeit katzbuckelig hinter uns hergeschlichen war, die Schnauze dicht am Boden, warf gelegentlich eine Bemerkung an meine Waden.
Hä-äsch! Kläff! Hsn!!
»Dann hat er noch auffallend oft mit irgend so'm Typ telefo-

niert«, sagte Benjamin, »der wußte immer, wo du warst. Der hat irgendwie mit deiner Reise zu tun, Organisation oder was...«
»Niedrich«, murmelte ich. »Hatte der 'ne Eiterbeule im Gesicht?«
»So'n Älterer«, sagte Benjamin. »Weiß nicht, wie der aussah. Mit dem hat er sich jedenfalls auch ein paarmal getroffen, und der hat ihm auch das Buch gegeben mit deinem Stück, und da hat der Ernstbert das alles noch mal nachgelesen, und der Alte hat ihm das wohl erklärt oder was, jedenfalls war dein Ernstbert echt beeindruckt, was du da auf die Beine gestellt hast. Und dann war er wohl noch mal in irgendeiner Show – mit dem Alten zusammen...«
»Mit WELCHEM Alten zusammen???«
»Nagel mich jetzt nicht fest. Sie haben über deine Zukunft geredet, und Ernstbert hat gesagt, daß es an ihm nicht scheitern soll und daß du 'ne große Karriere vor dir hast und daß er dich als Schauspielerin nie ernst genommen hat und daß ihm das verdammt leid tut und daß er selbst dran schuld ist, wie alles gekommen ist, und daß er dich ab sofort entlasten wird, mit Haushalt und Kindern und so, weil in dir viel mehr steckt als diese Frau Doktor Süßholz aus ›Unsere kleine Klinik‹, diesem niveaulosen Scheiß, da bist du völlig unterfordert, und das ist kein Job, sondern ein Kindergarten, hat er gesagt.«
»Dann war er's.«
Hasn, hüstel, schnüffel, keuch. Der Spitz war so dicht mit seiner Schnauze an meinen Knöcheln, daß ich seine feuchte Nase spürte. Weg, du Bestie! Misch dich nicht ein!
Schon wieder so ein klammernder Harald. Hatte ich den etwa auch verzaubert?
»Wieso bist DU hier?« fragte ich. »Und nicht Ernstbert?«
»Er meinte, du müßtest jetzt auch erst mal zur Besinnung kommen. Nicht nur er. Und das wär dein gutes Recht.«
»Wer weiß, wie lange bei IHM die guten Vorsätze vorhalten«, wandte ich schließlich skeptisch ein. »Die nächste Immobilienanlage kommt bestimmt!«
Der Köter kötzelte ein paar Grashalme auf den Weg.
»Das hat er auch gesagt«, informierte mich Benjamin.

»Einerseits will er dich sofort wiedersehen. Und ein neues Leben mit dir anfangen.«
»Mir kommen die Tränen«, sagte ich.
Der Köter würgte.
»Und andererseits will er dir Zeit geben. Also ich finde ihn ganz, ganz klasse, deinen Ernstbert.«
»Und weil du ihn so klasse findest, hast du ihm von unserer gemeinsamen Nacht erzählt?«
»Ja, so ungefähr. Er, also Ernstbert, hat ja voll geblickt, daß du ein paar... na, sagen wir milde: Verehrer hast.«
»Verehrer. Das hast du nett gesagt.« Ich grinste frivol.
Der Spitz steuerte eine verwitterte Parkbank an und pinkelte ein paar lächerliche Tröpfchen daran, bevor er sie theatralisch verscharrte.
Angeber, dachte ich. Strunzer, niederbayrischer.
Der Köter hüstelte schadenfroh vor sich hin und nahm das aufdringliche Schnuppern an meinen Waden wieder auf.
Benjamin blieb stehen.
»An dem einen Abend da bei euch im Garten, als wir da den Salat gegessen haben, und dann ist da, glaub ich, was runtergefallen, 'ne Gabel oder so...«
»... 'ne Olive«, sagte ich und wedelte mit dem Fuß den Hund beiseite.
»Ja. Genau in dem Moment. Da hab ich mich in dich verknallt. Das weiß ich noch ganz genau.«
»So«, sagte ich. »Hast du das.«
Vielleicht hatte sich der Köter auch in mich verknallt.
»Ist mir einfach passiert«, sagte Benjamin. »Ich wollte mich bestimmt nicht in dich verknallen. Du bist ja eh nicht zu haben.«
»Ach Benjamin«, sagte ich. »Ich könnte doch deine Mutter sein.«
»Na und«, sagte Benjamin. »Wenn man sich verknallt, spielt der Altersunterschied doch gar keine Rolle!«
»Nein«, seufzte ich. »Wem sagst du das.«
»Und weißt du, was dein Mann gesagt hat, als ich ihm die Geschichte mit der runtergefallenen Gabel erzählt habe?«
»Olive«, sagte ich.

Der Spitz gähnte, daß ihm die Augen tränten. Ich konnte seine eingerollte Zunge sehen und seine gelben, spitzen Raubtierzähne vor dem dunkelroten Gaumensegel, an dem immer noch ein Grashalm hing.
»Er hat gesagt, GENAUSO sei es ihm gegangen. Da habe er bei dir in der Wohnung gesessen und dir die Steuerunterlagen geordnet, ja, erinnerste dich?«
»Genau«, sagte ich.
»Und da ist ihm irgendwas runtergefallen, ein Kugelschreiber oder was...«
»Ein goldener Füllfederhalter«, sagte ich.
»... und da HAT er sich ganz plötzlich in dich verliebt. Ganz doll. Da gab es kein Zurück.«
Der Köter hatte sich etwas abgesondert und scharrte in einem Stiefmütterchenbeet herum. Ich hörte ihn aus der Ferne hüsteln.
»Und dann hat Ernstbert gesagt, ihr gehört zusammen, und er will um dich kämpfen.«
»Das ist nett von ihm«, sagte ich herzlich.
Der Spitz kam zornig hinter uns her galoppiert. Ob er Justus war? Farblich kam das in etwa hin!
»Der Zahnarzt«, sagte Benjamin. »Den hat's doch auch erwischt. Was ist denn bei DEM runtergefallen?«
»Ein Speichelabsauger«, sagte ich.
»SPEICHELABSAUGER!« schrie Benjamin begeistert. »Ist das GEIL! Und? Was hat er unternommen?«
»Er hat mir den Nachtwächter von Nördlingen vorgeführt. Sonst nichts.«
»NACHTWächter vorgeführt«, sagte Benjamin kopfschüttelnd. »Auf was diese alten Knaben alles kommen...«
»Hä-äsch«, nieste der Spitz. »Ha-ischa! Ha- isch!!«
»Was ist mit dem Lehrer«, sagte Benjamin geistig rege. »Der Klemmi auf dem Schlitten. DEN hat's doch auch erwischt.«
»Ja«, sagte ich. »Mit Drosselkacke. Der war gestern hier.«
»Mit DROSSELKACKE«, schrie Benjamin begeistert. »Darüber solltest du ein Buch schreiben!«
»Mach ich«, sagte ich geistesabwesend.

»Jedenfalls hattest du sie ja alle beisammen.«
»Fast«, sagte ich leise. Gustav fehlte mir.
Aber den hatte ich ja nicht verzaubert. Oder war ER der Spitz, der an meinen Knöcheln schnupperte? Durch irgendeinen peinlichen Betriebsfehler? Schließlich hatte ich die Bedienungsanleitung zu meinem Zaubertrick nicht gelesen!
»Gustav?« sagte ich unauffällig.
Der Spitz hob den Kopf und sah mich aus wäßrig trüben Augen abwartend an.
»Bist du's?«
»Hsn«, antwortete der Spitz. Dann schnüffelte er wieder auf dem Weg herum.
Ach Gustav. Tu doch nicht so. Wenn du's bist, kannst du es ruhig zugeben.
Benjamin lächelte mich aufmunternd an.
»So. Nun weißt du alles. Ich bin froh, daß ich nach Weiden in der Oberpfalz gereist bin.«
»Ich auch«, sagte ich. »Komm mal her, du.«
Wir umarmten uns.
»Bleiben wir Freunde?«
»Klar. Ich bitte darum!«
»Weißt du was? Für dein Alter bist du unglaublich weise. Ich wollte, alle Männer von Welt stünden so über den Dingen.«
»Danke«, strahlte er. »Und das aus deinem Munde…«
Wir umarmten uns, daß es krachte.
»Ich kann dich entsetzlich gut leiden!«
»Ich dich auch!«
Ich schaute mich suchend an meinen Knöcheln um.
»Wo ist der Spitz?«
»Welcher Spitz?«
»Na, der Köter, der hier die ganze Zeit rumschnüffelte.«
»Ich hab keinen gesehen.«
»Nein? Meinst du, ich hab mir den nur eingebildet?«
»Rege Phantasie hast du ja«, sagte Benjamin.
Als ich gegen Abend zu meinem Hotel am Turm zurückkehrte, war das Wohnmobil mit dem Kölner Kennzeichen weg.

»Hallo? Ihr Mäuse! Wo seid ihr!?« Eure Geißenmutter ist wieder da und hat euch auch jedem was mitgebracht!!
Ich legte meine weiße Pfote ans Küchenfenster. Nichts. Keiner kam zur Tür gerannt. Ich kramte nach dem Hausschlüssel. Die Alarmanlage war an. Ich schloß sie auf und ging suchend durch die Zimmer. Alles aufgeräumt. Alles blitzblank. Kein Geißlein im Uhrenkasten.
Auf dem Küchentisch stand ein großer Schokoladenkuchen, verziert mit Gummibärchen, Smarties und einem roten Herzen aus Zuckerguß.
»Herzlich willkommen, liebe Mama!« stand auf einem Pappschild. Es war Ernstberts SCHRIFT!!
Er hatte es NICHT mit dem Computer angefertigt!!
Er hatte es selbst GESCHRIEBEN!! Mit der HAND!!!!
Ich hielt das Schild mit zitternden Fingern fest.
Ein Wunder.
Ernstbert hatte ein Schild für mich gemalt.
Keine Bedienungsanleitung.
Einen Gruß. Einen lieben Gruß. In Rot. Mit Wachsmalkreide.
Die Kinder hatten auch Grüße hinterlassen. Sie hatten ein krakeliges Bild gemalt.
Bei näherem Hinsehen erkannte ich ein Wohnmobil, in dem Ernstbert und die Zwillinge saßen. Es fuhr durch eine grüne, hügelige Landschaft in Richtung blaues Wasser.
Sie waren verreist!
Sie waren in Urlaub gefahren!!
Ernstbert und die Zwillinge!! Ohne mich!
Ich wanderte ruhelos durch alle Räume des Hauses.
Alles war tadellos sauber und aufgeräumt. Das Badezimmer blitzte freundlich. Auf den Spiegel war ein großes Herz gemalt. Mit meinem ausrangierten Lippenstift.
Ernstberts Arbeitszimmer war so aufgeräumt, wie ich es noch nie gesehen hatte. Man konnte den Fußboden sehen!
Der Computer hatte eine Haube auf!! Der Drucker, das Fax und die fünfzehn anderen elektronischen Geräte waren ausgeschaltet. Tot und stumm. Als hätten sie unser Familienleben niemals beeinträchtigt.

Die Betten der Kinder waren frisch bezogen.
Meines auch.
Ich schlug die Decke zurück. Das blütenweiße Kopfkissen. Mit ein paar Herzkirschen drauf.
Da lag ein Brief.
Mit der Hand geschrieben.
Von Ernstbert.
»Mein liebster Schatz«, stand darauf, mit großen, steilen Buchstaben in schwarzer Tinte, »herzlich willkommen zu Hause! Wir Männer sind ins Blaue gefahren, damit Du Dich von Deiner Tournee erholen kannst. Mach es Dir gemütlich, entspann Dich und ruh Dich aus.
Grete ist seit Montag wieder da. Besuch sie mal! Es gibt viel Neues zu berichten.
Du hast ja jetzt noch eine Woche Kleine Klinik. Bettina rief an: Ihr habt noch Hochzeitsreise – Außendreh.
Vielleicht kommst du trotzdem ein bißchen zum Nachdenken?!«
Dann hatte er eine Brücke gemalt, die sich über einen Abgrund schwang, und auf dieser Brücke knatterte das Wohnmobil.
»In Liebe – Dein Ernstbert mit Ernie und Bert.«
Die Namen der drei waren in drei ineinander verschlungene Ringe eingearbeitet.
Mir schossen die Tränen in die Augen. Ich wischte sie am Bettuchzipfel ab.
Ernstbert hatte sich richtig viel Mühe gegeben.
Ich hielt das Blatt geschlagene zwanzig Minuten in den Händen.
Bis die Schrift vor meinen Augen verschwamm.

Grete sah gut aus! Jung und braungebrannt und fröhlich und ganz sportlich gekleidet. Keine Spur von Demuts-Kapotthut und wadenlangem Kind-das-kaschiert-Ensemble in Grau. Einen Jogginganzug hatte sie an. Und Turnschuhe. Und ein blaues Tuch um den Kopf, das fröhlich im Sommerwinde flatterte. Die Haare hatte sie ganz kurz schneiden lassen, mit aschblonden Strähnchen drin. Endlich hatte sie ihren heißersehnten Lady-Di-Schnitt. Flott und sportlich und Kind-das-putzt.

»Komm rein, Schlotter-Lotte«, sagte sie – und an der Anrede erkannte ich sie dann doch.

Auf der Terrasse saß ihr makelloser Polohemd-Bodo und trank Eiskaffee.

Ein sehr gepflegter, rassiger Typ mit weißen Haaren, der die Mitte Sechzig wohl schon überschritten hatte.

So einer, der in der Werbung mit seinen Enkeln Boot fährt und dabei selbstzufrieden lacht und sagt: Tja, das ist die Kraft der zwei Lebern, und dann strotzend vor Tatendrang weiterrudert.

Er erhob sich aus seinem Gartenstuhl, um mir galant die Hand zu küssen.

»Das ist Herr Dr. Berleburg«, sagte Grete stolz. »Ihr kennt euch glaub ich noch nicht.«

»Doch«, sagte ich. Ich kannte ihn wohl. Er war der pensionierte Urologe von der Gemeinschaftspraxis über der Eulenapotheke.

Daß Grete sich DEN an Land gezogen hatte!

»Von Ihnen hört man ja sehr viel«, sagte der pensionierte Urologe charmant.

»Ja?«

»Ja! Im Spiegel und im Stern, überall kann man über Sie lesen, und Ihre Frau Mutter spricht natürlich auch ständig von Ihnen! Ich habe das Gefühl, Sie schon lange zu kennen! Darf ich Ihnen einen Eiskaffee anbieten?«

Ich sank in die Hollywoodschaukel, auf der sonst die Kinder tobten.

Wieso bot dieser fremde Urologe mir in UNSEREM Garten einen Eiskaffee an?

»Was ist eigentlich passiert? Ich begreife das alles nicht!« Mir kamen die Tränen der Hilflosigkeit.

»Viel ist geschehen«, sagte Grete, während sie sich mit einem Glas Eistee niederließ. »Schlotter-Lottchen! Du mußt doch nicht weinen! Wir sind ja bei dir!«

Ich heulte erst recht. Bodo reichte mir ein Zewa-wisch-und-weg aus seiner hauseigenen Kollektion.

Grete schlug die Beine in den Jogginghosen übereinander und

ließ ihre weißen Turnschuhe mit den weißen Bändern wippen. Sie legte ihre braungebrannte Hand auf Bodos Arm. An ihrem Ringfinger prangte ein wunderschöner Ring mit einem kleinen roten Stein.
»Wir waren inzwischen auf einer Kreuzfahrt.«
»Karibische Inseln«, sagte Bodo.
»Bodo war Schiffsarzt«, sagte Grete.
»Nee, ist klar«, sagte ich. Wohin konnte ich unauffällig meinen Eiskaffee speien? SCHIFFSARZT DR. BODO BERLEBURG!! Daniela Paletti!! Zu Hülfe!!
»Seid ihr schon verheiratet?« fragte ich bang.
Die beiden starrten mich an.
Dann prusteten sie los.
»Aber Lotte! Wer heiratet denn heute noch!«
»Ihr seht so aus«, sagte ich trotzig.
»Wenn das so ist«, sagte der Urologe und erhob sich aus seinem Stuhl, »ich heiße Bodo.«
»Ich heiße Schlotter-Lotte«, stammelte ich fassungslos.
Dann stand ich auch auf, und dann umarmten wir uns schüchtern, und dann küßten wir uns auf beide Wangen, besonders Bodo mich. Er roch nicht nach Urin. Sondern nach »Idiot« mit Zitrone und Minze.
Wir setzten uns wieder.
Grete mit Professor Bornheimer senior. Unsere kleine Klinik, Folge sechstausendneunhundertzehn. Ein smarter Altling im Polohemd mit grauem Brusthaar im Ausschnitt tritt in Anita Bachs Leben und sagt ihr mal ganz väterlich die Meinung und reicht ihr ein Schnupftuch und bringt sie auf den rechten Pfad der Tugend zurück.
Ja, wurden denn die Drehbücher niemals besser?
Gustav wäre jetzt von seinem Stühlchen getaumelt und hätte peplos in die Hände gepatscht und »alles überflüssig« gemurmelt und wäre beleidigt rausgegangen.
Schlechte Schauspieler, schlechte Dialoge! Schlechter, niveauloser Scheiß hier! Und bitte jetzt!
Grete sah mich spöttisch an. »Alles in Ordnung, Lotte?«
Nein. Kein bißchen. NICHTS war in Ordnung.

Mein Hausjungchen ist weg, meine Kinder auch, alles, was mir lieb und teuer ist, ist einfach verschwunden, nebenan im Gummiplanschbecken schwimmt kein alter Gummistiefel, und Ernstbert sitzt nicht auf dem Klo und liest keine Bedienungsanleitungen, und Grete kommt nicht mit ihrer unerotischen Einkaufskarre vom Markt und bringt uns gesunde Vitaminchen und das Apothekerheftchen, in dem ein hochinteressanter Artikel über zuviel Fernsehen in der Kindheit steht, und keiner belehrt mich und sagt, daß ich zum Friseur gehen und mir mal so'n richtig pfiffigen Lady-Di-Schnitt machen lassen soll, und keiner will mir den Computer erklären und was man mit der Maus alles anklicken kann, mit etwas gutem Willen, und die Kinder zerren nicht an meinem Bein und behaupten, daß das Leben langweilig wär und keiner mit ihnen spielte und daß sie andere Eltern wollten.

ALLES ist aus den Fugen. ALLES.

Und meine Tournee ist auch zu Ende, und niemand kommt mir nachgereist und kratzt an meiner Tür und beteuert, wie bezaubernd ich bin, und keiner will mir die Stadt und den Nachtwächter zeigen, und keine Schlangen von Menschen stehen vor dem Gartentor, und keiner klatscht, wenn ich auftauche, und will ein Autogramm und schreibt mir, wie sehr ihn meine Reden sogar noch auf dem Operationstisch aufgeheitert haben. Keine Spiegel-Tante schiebt sich nackend in die Sauna und fragt, was ich von der Freiheit in der Ehe halte, und keine Ulrike sagt, ich solle nicht immer die Beine übereinanderschlagen in aller Öffentlichkeit. Noch nicht mal ein Spitz seibert mir an die Knöchel. Ich kann's nicht ertragen.

Hier sitzen nur zwei völlig fremde, verliebte Mittsechziger im sportlichen Tennisdreß, halten Händchen und gehören nicht zu mir.

Und es regnet immer, und es gibt immer Fisch. Und ich muß mich immer langweilen, und ich will andere Eltern.

»Ernstbert war hier«, sagte Grete beiläufig.

»Was du nicht sagst«, erwiderte ich, und nun mußte ich schon wieder ganz schrecklich heulen. Ich hatte mich so auf Ernie und Bert gefreut!! Und auf Ernstbert auch irgendwie! Ich wollte doch sehen, wie er in Jeans aussah!

»Er sieht gut aus«, sagte Grete, indem sie mir beiläufig ein neues Taschentuch neben den Eiskaffee legte. »Ganz schlank ist er geworden. Nich, Bodo?«
Bodo nickte. »Ich hab ihn ja nie dick gekannt. Er ist nie in meine Praxis gekommen.«
»Er war früher ziemlich beleibt«, sagte Grete. »Du hast doch Fotos gesehen.«
»Jaja«, sagte Bodo. »Erzähl doch Charlotte, daß wir sie im Fernsehen gesehen haben.«
»Ach ja, wir haben dich gesehen! AUF dem Schiff!! Die Deutsche Welle hat deine sieben feurigen Reden übertragen!«
»Sehr beeindruckend«, sagte Bodo. »Mit viel Wortwitz und Temperament.«
»Und deiner Mutter hast du's ja auch ganz schön gegeben«, sagte Grete. »Ich nehm's mit Humor.«
»Aber gut!« sagte Bodo. »Treffend und auf den Punkt.« Er nahm Gretes Hand und tätschelte sie liebevoll. Sie stupste ihn an die Backe. »Zeig ihr doch mal das Buch«, sagte Bodo.
Grete erhob sich und kam mit meinen sieben feurigen Reden in Leinen wieder. Schau-rein-Verlag. Gebunden, hundertsiebenunddreißig Seiten. Achtundzwanzig Mark. Umschlaggestaltung: Nikolaus Blech, Köln.
»Hier. Mußt du uns noch was reinschreiben.«
»Später«, sagte ich peplos. »Mir fällt jetzt nichts ein.«
»Hat Bodo mir geschenkt«, sagte sie. »Lag im Frankfurter Flughafen. Ganz obenauf.«
»Also in der Buchhandlung vom Flughafen«, sagte Bodo.
»Ach was«, sagte ich.
»Im Spiegel bist du ja jetzt auf der Bestsellerliste«, sagte Grete. »Bodo! Zeig doch mal! Du hast ihn doch aufgehoben, oder nicht?«
»Doch«, sagte Bodo. Er erhob sich und ging hinein, um den Spiegel zu suchen.
Grete strahlte mich an. »Na? Wie findest du ihn?!«
»Toll«, sagte ich schlapp.
Schnitt! Klappe!! Ende! Morgen zehn Uhr! Schönen Tag noch, Herrschaften! Und bitte schnell das Studio räumen!

»Ernstbert ist sehr stolz auf dich«, sagte Grete. »Und wir sind es auch. Nich, Bodo?«
»Ja«, sagte Bodo, indem er mir den aufgeschlagenen Spiegel vor die Nase legte. Ich registrierte: Schwarzer und weißer Pfeffer. Platz acht. »Da hast du ja einiges ins Rollen gebracht!«
»Wir haben uns alle verändert«, sagte Grete stolz.
»Aber doch nicht wegen MIR«, antwortete ich bockig.
»Natürlich wegen dir! Wegen wem denn sonst!!«
»Ich hab deine Stücke schon im Mai gelesen«, sagte Grete. »Niedrich hat sie mir geschickt.«
»Niedrich? Der alte Widerling mit der Eiterbeule?«
Bodo lachte. »Ein Schönling ist er wahrlich nicht.«
»Nein.« Grete lachte auch.
Die beiden guckten sich innig in die Augen.
»Grete«, sagte ich mit letzter Kraft. »Kann ich dich mal einen Moment allein sprechen?«
»Bodo und ich haben keine Geheimnisse voreinander«, sagte Grete. Sie lächelte warm.
Bodo erhob sich sofort, indem er vermerkte, er hätte gerade sowieso mal wohin gehen wollen. Schon die ganze Zeit. Urologen müßten auch mal wohin. Harharhar.
Er ging ins Haus. Grete stand auf. Ich stand auch auf.
»Grete«, sagte ich. »IST Niedrich mein Vater?«
Grete brach ein paar Rosenknospen von ihrer Pergola ab.
Das nahm sie völlig in Anspruch.
Dann drehte sie sich plötzlich um.
»Manchmal fürchte ich es selber«, sagte sie, indem sie die stacheligen Dinger in den Händen drehte. »Von MIR hast du's nämlich nicht.«
»Was nicht?«
»So gewisse Dinge.«
»Was meinst du mit... ›gewisse Dinge‹?«
Bodo kam vom Pipimachen wieder. Viel zu schnell.
»Den Charakter«, sagte Grete. Damit drückte sie mir die stacheligen Rosenknospen in die Hand. »Hier. Die sind für dich. Wenn du sie in eine Schale legst, blühen sie noch richtig auf.«
»Ich geh dann jetzt«, sagte ich unschlüssig.

»Ja, mach das.« Grete schien erleichtert.
»Kann ich den Spiegel mitnehmen?«
»Natürlich.« Bodo reichte ihn mir, fast zu heftig.
Ich umarmte Grete und dann Bodo. Er roch nach »Idiot« mit Zitrone und Minze. Und danach, daß ER alles wußte. Wie gemein.
Ich drehte mich im Weggehen noch einmal um.
Da standen Grete und Bodo in der Tür.
Arm in Arm. Als würden sie schon vierzig Jahre zusammengehören. Und lächelten.

Das erste, was ich am nächsten Morgen beim Einparken im Rückspiegel sah, war ein kinderkackegelbes Wetterjäckchen hinter der Laterne.
Na bitte.
Das Leben hatte mich wieder.
Justus blieb abwartend stehen, bis ich meinen alten Kombi in die Lücke gezwängt hatte. Ich stieg aus und schloß die Fahrertür zu.
»Morgen!« strahlte ich.
Justus guckte mich mit eiskalten Augen böse an.
»Na?!«
»Wie, na! Was ist los?«
»Haste dich wenigstens gut amüsiert?«
»Wie meinst du das... gut amüsiert! Ich hab mein Ein-Frau-Stück gespielt! Weißt du doch.«
Justus ging plötzlich mit schnellen Schritten auf die Baracke zu.
Für ihn schien die Unterhaltung beendet.
Ich hoppelte hinterdrein.
»He, Justus! Was ist los! Erst wartest du auf mich, und dann läßt du mich stehen! Du willst mir doch was sagen! Nur raus damit!«
Justus fuhr herum. Er hatte weiße Flecken im Gesicht.
»Nee, weeßte«, sagte er plötzlich. »Det kannste mit mir nich machen.« Er berlinerte! So empört war er!! Wo war sein schöner, heißgeliebter, hocherotischer Südtiroler Akzent?!
»WAS kann ich mit dir nicht machen? Justus?!«

»Du weißt genau, wovon ich spreche.«
Ich hatte keine Ahnung. Er war beleidigt. Schwer. Aber warum? Was hatte ich ihm getan?
Wir hatten uns vier Wochen nicht gesehen.
Das letzte, woran ich mich erinnerte, war ein sehr, sehr netter Grillabend mit den Kindern auf dem Garagendach.
Und natürlich die Hochzeit in der Kirche.
Da hatten wir aber keine Gelegenheit mehr zu privaten Unterhaltungen gehabt. Kaum jedenfalls.
Zugegeben: Ich war an diesem Tage ziemlich hastig abgehauen. Mit Gustav. Im Wohnmobil. Und er hatte uns gesehen. Selber schuld. Warum stand er auch immer hinter einer Laterne. Das macht man einfach nicht als Mann von Welt.
»Ich bin nicht irgend so'n Kaschperl!« sagte Justus plötzlich. In seinen Augen blitzte der Haß.
»Wer behauptet denn das?« fragte ich überrascht.
Du bist kein Kaschperl und ich bin kein Lärvchen. Daß wir das ein für allemal klargestellt haben.
Die Nürnberger hängen keinen, sie hätten ihn denn.
»Du kannst dich ja umgeben, mit wem du willst. Aber nicht mit mir.«
»Was meinst du denn?! Mit wem UMGEBE ich mich?« begehrte ich auf. Verdammt noch mal, ich bin dir doch keine Rechenschaft schuldig.
»Du weißt genau, von wem ich spreche.«
Justus schien mir keine weitere Auskunft mehr geben zu wollen. Wozu hatte er dann an der Parklücke geharrt? Nur um mich anzublaffen? Tut so was ein Mann von Welt?
Er stob in die Eingangshalle hinein und hielt mir noch nicht mal die Tür auf.
Na bitte, dachte ich. Dann nicht. Lärvchens Rache ist ja jetzt auch überholt irgendwie. Das Stück ist abgenudelt. War aber sehr nett soweit. Und hat wider Erwarten sogar Spaß gemacht. Nichts für ungut, Justus.
Ich ging in die Garderobe im zweiten Stock. Hier wartete schon Bettina mit ihren rosa Lockenkissen auf mich. Und mit der Samtschleife. Und dem geplätteten weißen Kittel.

»Morgen!« sagte ich strahlend. Ach, es war doch schön, wieder hier zu sein! Ich hatte meine heißgeliebte kleine Klinik richtig vermißt! Froh zog ich den weißen Kittel an. Ich hatte richtig Lust auf Alltag.
»Morgen«, sagte Bettina nett. »Hoffentlich hattest du Erfolg?! Man hat ja so einiges gelesen!«
»Ja!« sagte ich überrascht. »Danke der Nachfrage!«
Elvira Merkenich-Knabberjoghurt und Lore Läscherlisch beachteten mich nicht. Jede saß an ihrem Schminktisch und schaute angestrengt ins Drehbuch. An Lores Tasse klebte lila Lippenstift. Eine angebissene Käsestulle mit Tomatenschnitz lag daneben. Sie streckte mir regelrecht die Zunge raus.
Gretel Zupf und meine Freundin Ulrike waren mit einem Modeprospekt von Trulla Pöpken beschäftigt.
Guckma hier und der aktuelle Sommertrend und Längsstreifen machen schlank und Sommersalate von Zwofrost auch und sind das nicht süße Punkte hier auf dem putzigen Badeanzug. Entzückend.
»Ist was?« fragte ich irritiert.
Die mollige Ulrike schenkte mir ein unbeschreiblich warmherziges, inniges Beste-Freundin-Lächeln. Eins von der Sorte, bei dem einem die Körperhärchen millionenfach zu Berge stehen.
»Nein... was soll denn sein?«
Mein Gott, dachte ich. Wie kann ein einziger Mensch nur so falsch lächeln.
Dann lieber wie Lore Läscherlisch schmal- und lila-lippig auf das Drehbuch starren. Oder wie Gretel sehr beschäftigt an den Nakkenhaaren zupfen. Da weiß man, was man hat.
Elvira Merkenich zog nun zwei Großpackungen Glanzfotos aus ihrer Handtasche hervor und reichte sie Ulrike.
»Hast du schon gesehen? Adrian beim Polospielen.«
»Ach Gott, wie süüüß«, sagte Ulrike, und dann lachte sie so herzlich und gurrend und fett über Adrian beim Polospielen, daß ich mir sicher war, ich hätte mich eben geirrt.
»Was gibt's Neues?« fragte ich Bettina, während ich ihr die Luftkissen reichte.
»Nichts Besonderes. Ihr dreht ab Mittwoch draußen.«

»Hochzäitsräise«, ließ sich Lore Läscherlisch hinter ihrer Käsestulle vernehmen. »Du und Justus, ihr müßt noch in die Flitterwochen räisen!«
»Der arme Justus«, spöttelte Elvira, indem sie ihren Stangen-BH mit dem Gesicht nach oben über die Stuhllehne legte.
»Ihr fahrt ein paar Tage nach Frankreich«, sagte Bettina. »Schlösser an der Loire oder so. Gustav ist schon weg.«
So. Gustav weg. Na bitte.
Und mit Justus Hochzeitsreise.
»Tja, Charlotte«, sagte Ulrike innig lächelnd, und das waren die ehrlichsten Worte, die sie jemals an mich gerichtet hatte, »jetzt sieh mal zu, wie du die Scheiße wieder auslöffelst, die du dir eingebrockt hast!«
Denk an ihre seelischen Nöte, Charlotte, umwehte mich weichgespült Anita Bach. Sie hat Probleme mit sich selbst. Sie kommt in die Wechseljahre. Warte nur, bis du in ihrem Alter bist.
»Aber dann habt ihr ja frei!« sagte ich, nur um irgend etwas zu sagen. »Oder gibt's noch einen anderen Dreh?«
»Nein, nein«, gurrte Ulrike mit viel Liebe und Wärme in der Stimme. »Das Vergnügen gönnen wir dir nicht. Daß du mit deinem Justus ganz alleine fährst. Wir wollen alle zuschauen, wenn ihr es miteinander treibt.«
»Bitte?«
»Nach dem Schäiß-Drehbuch müssen wir alle mit«, knappsäkkerte Lore Läscherlisch hinter ihrer Kaffeetasse. »Jrauenvoll. Und dat äine Woche vor den jroßen Ferien. Als wenn ich nix Besseres zu tun hätte.«
»Wieso müßt ihr alle mit, wenn ICH mit Justus auf Hochzeitsreise gehe?«
Erst brauchten sie mich wochenlang gar nicht, und jetzt kamen sie alle mit nach Südfrankreich...? Obwohl: Frankreich ist toll. Da stehen morgens um fünf die nettesten Burschen am Bahnhof. Mit Croissants. Ich sares noch.
»Wir kommen alle mit dem Bus vorgefahren und überraschen das Jubelpaar«, sagte Gretel Zupf. »Originell, was?!« Sie legte ihr neuestes Gerippe-an-Stricknadeln zur Seite.
»So ein alberner Quatsch. Ihr säid gerade im Jebüsch zugange,

und da fährt die janze Belegschaft von Unserer kläinen Klinik im Autobus vor und wirft mit Luftschlangen und packt dat Picknick aus und spielt Feedaball! Betriebsausflug!! Dat isch nisch lache! Läscherlisch!«

»Das ist doch mal ein netter Gag«, sagte ich lobend.

»Den Schräiberlingen vom Drehbuch fällt auch räin jaanix mehr äin«, schmollte Lore. »Jetz, wo isch mit dem Dätläv in Urlaub fah. Alz hätten wir nich schon genuch Aabäit am Halls mit dem Koffapacken.«

Ja, ja, du Arme, dachte ich. Immer mußt du Kopfkissen schütteln und dich immer langweilen, und dat für Geld dabei. Und jetzt mußt du auch noch an die Loire fahren, du arme Frau! So eine Zumutung!!

»Da hat die Charlotte bestimmt mit dem Elmar aus der Redaktion gekungelt«, süßelte Ulrike mit buttrigem Vanille-Lächeln. »Daß der das Drehbuch für sie umgeschrieben hat.« Plötzlich lächelte sie kein bißchen mehr. Für einen Bruchteil einer Sekunde war ihr die mühsam aufgebaute Lächelmaske entglitten.

Sie fledderte die Adrian-Fotos von sich, preßte die Lippen zusammen und starrte übellaunig auf die gepunkteten Badeanzüge der molligen Models. Die molligen Models in Trulla Pöpkens Katalog waren gegen die mollige Ulrike natürlich noch alle zarte Rehlein.

So ein Pech. Klar, daß sie seelische Nöte hatte und sich immer langweilen mußte in ihrer Orangenhaut.

Ulrike, dachte ich. Du bist doch erst in der Mitte des Lebens. Heutzutage werden Frauen locker über hundert! Frach Franz Drossler. Nimm doch mal dreißig Kilo ab und krieg Zwillinge und schreib auch ein Ein-Frau-Stück und geh damit auf Tournee und komm in die Bestsellerlisten und schaff dir am besten mal ein paar Liebhaber an. Das putzt und streckt und hebt die Laune! Tanz doch selber mal ein bißchen aus der Reihe!

Dann mußt du dich nicht mehr so bitterlich über deines Nächsten Glück ärgern. Das ist doch alles ü-ber-flüs-sig!! Du solltest nicht immer vor anderer Leute Tür kehren und den Müll dann in dich reinfressen. Nich für Geld dabei! Nachher passen dir noch

nicht mal mehr die gepunkteten Badeanzüge von Trulla Pöpken.
Und das wollen wir doch nicht.

Wir fuhren mit dem Intercity »Köln–Knappsack–Aachen–Paris«, wie Lore sagte, auf die besagte Hochzeitsreise an die Loire.
In meinem Abteil saßen noch Elvira, Lore, Bettina und Gretel Zupf. Sie tranken Pikkolos und knabberten Sültje-Kerne und lasen Hausweibchen-Magazine zum Thema: Wie kriege ich meine lästigen Pfunde ganz schnell wieder runter? Die Pizza- und Pasta-Diät, da purzeln die Kilos! Noch vor dem Urlaub wieder die Bikini-Figur erreichen! Mit Nudeln und Cremespeisen zum Sattessen! Und auf dem Titel war ein begeistert lachendes Mädel zu sehen, das eine Hose von Günter Strack anhatte und sich wahnsinnig freute, daß sie ihr zu weit war.
Nebenan im Abteil hörte man Justus bassig lachen.
Er lachte eigentlich die ganze Reise über. Von Köln bis Knappsack bis nach Clermont-Ferrand. Kinder, nein, was hatte er einen Spaß da nebenan! Einmal, als ich zum Pipimachen nach vorn ging, äugte ich neugierig in sein Abteil. Ich wollte doch wissen, welchen Grund es für seine ständigen Heiterkeitsstürme gab. Vielleicht machte jemand Purzelbäume im Gepäcknetz oder warf alle Koffer zum Fenster raus oder fraß die Vorhänge oder so.
Aber da war nichts Lustiges zu sehen.
Die strähnige Pia aus der Requisite saß hühnerpopoig am Fenster, daneben die versammelt blickende Nachtschwester Berthild – die immer Angst im Dunkeln hatte und privat seit sechzehn Jahren in Scheidung lebte und deshalb keine feste Nahrung bei sich behalten konnte – mit ihren im Zugwind flatternden Wattebäuschchen-Haaren und hielt ein schmales Buch auf den Knien mit dem bezeichnenden Titel »Ein Stück weit zulassen, ein Stück weit loslassen – die ausgelutschte Beziehung« oder so ähnlich.
Auf der anderen Seite lümmelte schläfrig der dicke Paulgünther von der Außenausstattung hinter einer ganzen Batterie von Bierdosen, und daneben saß der glatzköpfige Eberhard von der Beleuchtung mit dem hessischen Akzent und erzählte einen Witz.

»Maria und Josef komme anne Härbärsch, un der Wirtt läßtse net nai. Ai Wirtt, sachtä Josef, lassuns nai, mai Frau hier is hochschwangä! – Da kann ich doch nex dafür, sachtä Wirtt. Da sachtä Josef: Ja mainzte isch?!«
Justus bollerte dröhnend los. Besonders, als er mich sah. Er wollte sich schier nicht wieder einkriegen vor männlicher Heiterkeit.
Vorn am Vorhang war schweigend und blaß der unscheinbare anonyme Alkoholiker Peter Strupp von der Herrenmaske in ein Hobbygärtner-Magazin vertieft.
Alles in allem: eine heitere, übermütige Gesellschaft!
Kinder, nein, was hamwer hier für Spaß!!
So eine kurzweilige Reise mal wieder!!
Ein Gag jagt den nächsten! Kennt ihr schon den?
Die strähnige Pia und die leidende Berthild guckten schnell aus dem Fenster, als sie mich erblickten, und der dicke gutmütige Eberhard mit dem hessischen Akzent winkte mir zu und lockte mit einer Bierdose. Ich wollte aber die unbeschwerte Heiterkeit, die in dieser Gruppe herrschte, nicht stören und trollte mich wieder in mein Abteil.
Hier war man immer noch mit den Hausweibchen-Magazinen beschäftigt, und als Elvira Merkenich dann auch noch eine Fotoserie von »Adrian-beim-Wandern-im-Naturfreundehaus-Mollseifen« auspackte, senkte sich eine trübe, schwere Erschöpfungsmüdigkeit über mich und meine Gedanken.
Von Pizza und Pasta und der hühnerpopoigen Pia in Günter Stracks Hose träumend, ratterte ich, das ständige joviale Gelächter von Justus im Ohr, meiner Hochzeitsreise an der Loire entgegen.

Hier kamen wir erst am späten Abend an.
Ich zog meinen Freund Hasso hinter mir her in die Hotelhalle und reihte mich in das ungeordnete Knäuel von Koffern, Menschen, Jacken, Schlüsseln und über die Köpfe geworfenen Verabredungen ein.
Die anderen checkten nach und nach ein, die Reihen lichteten sich. Ich war noch nicht dran.
Justus war auch noch nicht dran.

So ein Zufall. Jetzt lachte er nicht mehr. Er mußte ja völlig erschöpft sein vor Lachen. Er stand sehr beschäftigt in der Hotelhalle und las in einer französischen Zeitung und wühlte in den französischen Kleinanzeigen herum.
Vielleicht war das, was er in der Zeitung fand, nicht so lustig wie das, was er im Zugabteil erlebt hatte.
Der Aufzug ratterte unentwegt.
Ein Kommen und Gehen, ein Trappeln und Kofferschleppen, ein »Ist das Restaurant noch geöffnet?« und »Kommst du noch in die Bar?« und »Gibt's hier irgendwo ein Telefon?« und »Kann ich ein weniger verrauchtes Zimmer haben?«.
»Pfeffer«, sagte ich, als der gestreßte Hotelmensch endlich zu mir aufschaute.
Er suchte in seiner Liste. Aha. Da hatte er mich. Ich konnte es kopfüber sehen.
Er hob freundlich den Kopf und lächelte.
»Monsieur Pfeffer est déjà là.«
»Bitte... quoi... Dans la chambre?« Hochnotpeinlich berührt sah ich mich nach Justus um. Er betrachtete inzwischen die güldenen Bänder, die der Maître de Cuisine als Auszeichnung für seine Knoblauchschnecken in Büffelasche erhalten hatte.
»Oui – c'est ça. Monsieur Pfeffer est déjà là. Numéro seize, première étage.«
Halt doch die Klappe und wiederhol das nicht auch noch, dachte ich genervt. Ich hab's ja kapiert.
Ich griff nach meinem Hasso und stieg mit zitternden Waden die Treppen hinauf.
Monsieur Pfeffer? Wer konnte das sein?
ERNSTBERT?? MIT den Kindern?? HIER? Er wollte mich doch noch ein paar Tage in Ruhe »nachdenken« lassen!
Ich wankte durch den dunklen Korridor.
Der Koffer knarzte unwillig hinter mir her.
Treize, quatorze, quinze,... hier. Sechzehn.
Gerade als ich vorsichtig die Klinke runtergedrückt hatte, hörte ich Schritte nahen. Ich zog die Klinke lautlos wieder hoch.
Ich fuhr herum.
Ein kinderkackegelbes Wetterjäckchen stob um die Ecke.

»Welches Zimmer hast du?«
»Dieses hier«, sagte ich.
»Alles in Ordnung?«
»Klar. Wieso?«
»Hörte sich eben an, als gäbe es Komplikationen.«
»Nein. ALLES IN ORDNUNG«, sagte ich sehr akzentuiert. »MEIN ZIMMER IST ABSOLUT O.K.!«
»Kommst du noch runter auf ein Bier?«
»Mal sehen«, sagte ich. »Vielleicht.«
Justus stand unschlüssig im Korridor. »Was heißt hier vielleicht! Ja oder nein!!«
»Und welches Zimmer hast du?« fragte ich, nur, um überhaupt etwas zu sagen.
»Dreiundzwanzig«, sagte Justus sonor. »Ganz ruhig und nach hinten raus. Da lege ich äußersten Wert drauf. Ich laß mir doch nicht irgendein Zimmer andrehen. Ich bin ein Mann von Welt.«
»Aber dreiundzwanzig ist eins höher«, sagte ich. »Hier bist du falsch.«
»Ach ja?« Justus schaute seinen Schlüssel lange an. »Also, was ist? Kommst du noch runter?«
»Kann sein«, sagte ich. »Mal sehen, wie müde ich bin.«
Mal sehen, wer da in meinem Kämmerlein hockt, dachte ich, und von meinem Löffelchen gegessen hat und auf meinem Klobrillchen gesessen hat und in mein Waschbeckchen gespuckt hat. Welches Schweinderl hättens denn gern? Na, welches wohl. Im Grunde meines Herzens bin ich ja leider anhänglich wie Tesafilm an einem Kinderhändchen. Wenn's mich erst mal erwischt hat. Schlimm ist das mit mir.
Justus trollte sich mit einer wütenden Kehrtwende.
Ich wartete, bis er die Stiegen nach oben gepoltert war. Manchmal konnte er richtig anstrengend sein.
Dann öffnete ich ganz leicht die Tür.
Das Zimmer war leer.
Aber in meinem Bett hatte jemand gelegen. Die Decke war zerwühlt und das Kopfkissen auch.
Ich warf einen Blick ins Badezimmer: Die Toilette gähnte mich

unhöflich an. Ohne Hand vorm Mund. Die Klobrille war hochgeklappt.
Aha. Monsieur Pfeffer hatte im Stehen gepinkelt.
Ernstbert war es also nicht.
Ernstbert pinkelte im Sitzen. Weil er ja dabei Bedienungsanleitungen las.

Nachdem ich meine Sachen ausgepackt und die Klobrille wieder runtergeklappt hatte, wusch ich mir die Hände in Unschuld und ging runter, Kollegen gucken.
Was sollte ich auch hier oben so allein. Ich war doch erst in der Mitte des Lebens.
Unten im Restaurant war die Stimmung blendend: Der unscheinbare anonyme Alkoholiker Peter Strupp hatte seit zwei Minuten Geburtstag und gab einen aus!!
Der Champagner floß in Hülle und Fülle, und alle sangen »Happy Birthday, lieber Peter«, als wäre er schon immer ihr Lieblingskollege gewesen, und Peter zwinkerte vor Freude hinter seiner dicken Brille und prostete allen mit Mineralwasser zu.
Als er mich sah, zog er sofort einen Stuhl zu sich heran und klopfte mit der freien Hand darauf.
Ich ging zu ihm hin und gab ihm ein Küßchen.
»Peter! Wie alt wirst du denn heute?!« Dabei schaute ich unauffällig aus den Augenwinkeln, ob nicht Gustav irgendwo zu finden sei.
»Fünfzig«, sagte Peter. »Trinkst du einen mit?«
»Aber klar«, sagte ich herzlich, und dann bekam ich Champagner eingeschenkt und hielt mein Glas hoch und freute mich, daß es so ein netter Abend mit den netten Kollegen war.
Keiner guckte mich mehr griesgrämig an oder, schlimmer noch, knapp an mir vorbei, alle freuten sich mit Peter, weil Peter nicht mehr aus der Reihe tanzte, und alle waren herzlich und fröhlich und locker und gelöst.
Am fröhlichsten und gelöstesten war Justus. Nachdem er festgestellt hatte, daß ich neben Peter saß, nahm er neben der beschwipsten Aushilfsfriseuse Yvonne aus Eisenhüttenstadt

Platz, die schon eine ganze Flasche Champagner allein zur Strecke gebracht hatte, grub seine Nase in ihre wasserstoffblonden Haare und rief sonor »Aah!« und »Ooh!« und »WAHNSINN, das macht mich AN!!«. Und dann lachte er dröhnend und schwang sein Glas und stimmte »Gaudeamus igitur« an, weil er doch ein schlagender Student gewesen war.

Yvonne aus Eisenhüttenstadt hatte zwar nicht studiert, roch aber immer sehr auffallend nach »Tosca-Yasmin« oder »Bleib-mir-treu« von Schand-Tall aus dem Hause Fühli oder Spüli oder so.

Na bitte, dachte ich, dann weiß ja sein Schlimmer-Lümmel heute nacht, wohin-kann-ich-mich-wenden. Mit so was wie mir gibt er sich ja sowieso nicht mehr ab. Er macht sich schließlich nicht zum Kaschperl. Er ist ein Mann von Welt. Und so Lärvchen wie mich hat er dienstgradmäßig nicht nötig.

Ich plauderte etwas mit Peter über seine Alkoholkrankheit. Seit zwanzig Jahren sei er trocken, sagte er stolz, er habe an seinem dreißigsten Geburtstag mit dem Trinken aufgehört, und heute werde er fünfzig, und das sei für ihn ein ganz besonderer Grund zum Feiern. Ich fand ihn großartig, und es war das erste Mal, daß er überhaupt so aus sich herausging. Ich gratulierte ihm von ganzem Herzen, weniger zum Geburtstag als zu seinem eisernen Willen, und ich munterte ihn auf, sich doch mal bei Franz Drossler zu melden, der suche immer mal wieder tolle Menschen, die in der Mitte des Lebens ganz neu angefangen hätten, und Peter schüttete mir in herzlicher Verbundenheit zum drittenmal Champagner ins Glas und sagte, was für ein tolles Mädchen ich sei und daß er meine Spiegel- und Stern- und Bild-der-Frau-Artikel alle zu Hause abgeheftet habe, und mein Ein-Frau-Stück auch, und daß mein Ernstbert zu Hause sicher vor Stolz platzen würde über so ein kreatives Frauchen und daß er selbst schon lange geschieden sei von seiner Gisela. Und Justus schrie dazwischen, wie gut drauf er wär heute abend und daß wir so jung nie mehr zusammenkämen und daß die Tiroler lustig seien, jawoll!!! Und ob nicht mal jemand eine Gitarre hätte, im Gitarrespielen sei er gut – ihm wär jetzt nach einem flotten Lied zwo drei! – da sah ich ihn. Endlich.

Da war er.
Eine Gänsehaut zog in rasender Eile von meinen Oberarmen bis zu meiner Kopfhaut und zurück bis in die Kniekehlen und von dort bis unter die Fußsohlen.
Gustav. Mein alter, chronisch übellauniger, rechthaberischer, besserwisserischer, maulfauler, streitsüchtiger, überflüssiger Gustav. Wie HATTE ich ihn vermißt.
Da stand er an der Tür. Als stünde er da immer.
Du Mistkerl.
Wo hast du nur gesteckt?
Weißt du überhaupt, daß ich kein Wort mehr mit dir rede? Nie mehr. Nicht eins.
Er sah mich an.
Und ich ihn.
Für einen Moment schien die ganze Welt stillzustehen. Alles um mich herum jubelte und lachte und trank und scherzte weiter. Nur ich war wie ausgeknipst.
Oder vielleicht rede ich doch noch ein Wort mit dir.
Aber nur eins.
Der Rest ist überflüssig.
Die wasserstoffblonde Pumpspray-Bombe mit FCKW-Frisur gegenüber griff kreischend und haltsuchend an Justus' Schultern und schrie auf sächsisch, wo denn der »Schampannjr« bleibe, und Justus umfaßte ihre Taille – mit einem wohlgezielten Blick auf mich – und schüttete ihr theatralisch aus siebzig Zentimeter Höhe das Glas voll – im Champagner-Einschütten bin ich gut!! –, und es schäumte und spritzte, und Yvonne aus Eisenhüttenstadt kreischte, und Peter Strupp sagte gerade, daß sein Garten seine ganz große Liebe sei, denn Gisela sei ja nun schon lange nicht mehr da, da hob Gustav seinen linken Arm und ließ etwas in seiner Hand blinken, ganz kurz nur, eine Sekunde lang.
Es war ein Gegenstand. Ein ovaler goldener.
Ich versuchte, ganz natürlich auszusehen.
Kind, guck du ganz natürlich und bescheiden geradeaus und sei wie immer. Das putzt.
Dann steckte Gustav die Hand wieder in die Hosentasche.
Er drehte sich um und wandte sich zum Gehen.

»Gustav! Bleib doch! Hier wird was gefeiert!!« schrie Elvira-mit-den-Adrian-Fotos über unsere Köpfe hinweg. Gernot Miesmacher zog gequält den Kopf ein.
Doch Gustav war schon gegangen.
»Ach, der Gustav«, sagte jemand. »Der geht doch jetzt ins Spielcasino und verspielt sein letztes Glück.«
Ich wendete mich wieder dem netten Peter zu.
Sein Garten, ach ja. So so, die Gisela. Wo steckt die denn jetzt? Und die komplizierte Orchideenzüchtung. Am Hang wachsen die Dinger besonders gut. Ja, ja. Immer nicken.
In mir machte sich eine unbeschreibliche Freude breit.
Gustav war hier.
Und er wartete auf mich.
Ich würde gleich mit ihm sprechen können. Oben, wo wir ungestört sein würden.
Das ovale goldene Ding in seiner Hand war mein Schlüssel gewesen.
Ein Schlüssel mit der Nummer sechzehn.
Monsieur Pfeffer est déjà là.

Ich plauderte noch ein Anstands-Viertelstündchen mit Peter und trank noch zwei Anstands-Gläschen Champagner und beobachtete noch mit wachsender Freude, wie sehr Justus sich mit Yvonne zu amüsieren schien, dann stand ich ganz-natürlich-und-bescheiden-wie-immer auf und sagte, ich käme gleich wieder.
Das Übliche. Für kleine Mädchen. Der Champagner. Sie verstehen.
Ich schlich die Treppe hinauf und sah mich mehrmals um.
Nichts. Niemand folgte mir. Auch kein kinderkackegelbes Wetterjäckchen. Wie hatte ich das verdient?
Gustav! Wenn du wüßtest, wie ich an dir hänge!
Ich bin fast wahnsinnig geworden ohne dich!!
Du alter, eiserner Brummbär!
Dreitausend Wohnmobile! Alle ohne dich!!
Und jetzt dich. Ohne Wohnmobil.
Allerdings verspürte ich als erstes jenen gewissen heftigen

Drang, bestehend aus Champagner und Panik, den ich immer in Streßsituationen verspüre und den ich als erstes loswerden wollte. Ich erledigte den unvermeidlichen Vorgang lieber in einem WC auf dem Flur.
Noch ein kurzer Blick in den Spiegel: Na ja. Fleckig und aufgekratzt und hysterisch und kein bißchen natürlich und geradeaus wie immer. Aber es war ja auch nichts wie immer. Gustav war in meinem Zimmer!!
Ich flog aus dem Damen-WC und flatterte nervös wie ein liebestoller Zitronenfalter über den knarzenden Teppichboden, Richtung Zimmer sechzehn.
Da! Ein güldener Schein! Nein!! Bitte nicht!! Nicht JETZT!!!
Da stand etwas Kinderkackegelbes vor meiner Tür!! Und KLOPFTE!! An MEINE Tür!! Dreimal lang, dreimal kurz!!!
Ich starrte auf die Klinke. Sie ging langsam und geräuschlos von innen herunter. Nachbarin, euer Fläschchen. Ich sterbe jetzt, wenn's recht ist.
»Justus!!« schrie ich mit überkieksender Stimme durch den nächtlichen Hotelflur. »JUSTUS!!! DU SOLLZ DOCH NICH AN MEINE TÜR KLOPFEN!! Ich HAPPES doch gesacht!!!«
Justus drehte sich um.
Die Türklinke ging ebenso langsam und geräuschlos wieder hoch.
Eine andere Tür öffnete sich. Gretel-Zupf-im-Nachthemd und mit ungewohnter Frisur. Zimmer vierzehn. »Kinder, was macht ihr denn für einen Lärm! Es ist ein Uhr nachts vorbei!«
»Entschuldige, Gretel!!« schrie ich im O-Ton Ernie und Bert. »Aber der Justus ärgert mich immer! Er steht vor meiner Tür und klopft!!« Alte Petze, dachte ich. MUSS das denn sein.
»Das ist doch nichts Besonderes«, sagte Gretel, bevor sie beleidigt in ihren Gemächern verschwand. »Daß der dir nachstellt, das wissen wir ja nun alle. Denkt euch mal was Neues aus.«
»Justus stellt mir nicht nach!« schrie ich. »Er hat sich nur in der Tür geirrt! Bestimmt!«
Hinter mir ging Zimmer siebzehn auf. Lore-Läscherlisch-mit-Fettcreme-im-Gesicht-und-ohne-lila-Lippenstift.

»Unverschämthäit! Da kann ja käin Schwäin bäi schlafen!!«
Justus stand nun sehr betroffen da.
In den Händen hielt er eine Flasche Champagner. Wo er wohl die Aushilfsfriseuse hilfsweise abgestellt hatte?
Er hob die Schultern.
»Mußtest du so schreien?«
»Ich hab mich eben so erschrocken«, kicherte ich hysterisch, »ich bin schrecklich bange im Dunkeln, genau wie Nachtschwester Berthild, und weil da ein dunkler Mann vor meiner Tür stand, da hab ich einfach schreien müssen, das Weibliche in mir bricht sich Bahn...«
»Alte Quatschtante«, hörte ich das Innere meiner Zimmertür sagen.
»Also was ist nun?« fragte Justus böse. »Trinken wir noch ein Glas zusammen?«
»Aber Justus!« schrie ich. »Was wird Yvonne dazu sagen? Sie WARTET bestimmt auf dich!!«
»Psst!!«
»Ich kann doch JETZT klein Glas mehr mit dir trinken!! Es ist halb zwei!! Und morgen haben wir TAGDREH!!!«
»Schrei doch nicht so, verdammt!!«
»Also, gute Nacht, Justus! Und vergiß nicht, dein Zimmer ist eine Etage höher! Zimmer dreiundzwanzig!! Ganz ruhig und nach hinten raus!!!«
Justus trollte sich beleidigt.
»Ich mach mich doch nicht zum Kaschperl«, knurrte er wütend, während er über die knarrende Stiege nach oben polterte. »Die Yvonne, die ist ganz heiß auf mich. Glaub bloß nicht, daß ich auf dich angewiesen bin.«
»Sie wird von deinem schlimmen Lümmel begeistert sein!« schrie ich hinter ihm her. »So was gibt's bei denen in Eisenhüttenstadt nicht!«
Dann drückte ich die Klinke runter, schlüpfte in mein Zimmer und warf mich kraftlos aufs Bett.
Leider fiel meine Begrüßung mit Gustav anders aus als geplant.
Wir fielen uns nicht schweigend um den Hals.

So hatte ich mir das tausendmal ausgemalt.
Daß wir uns schweigend um den Hals fielen.
Und einfach gar nichts sagten.
Alles überflüssig. Schweigen ist Gold.
Nein. Wieder mal voll daneben. Die Diva bekam einen hysterischen Lachkrampf, von dem sie sich innerhalb der nächsten Stunde nicht mehr erholen konnte.
»Hast du das gesehen?« japste ich, in die Tagesdecke beißend. »Wie er da vor der Tür stand?«
»Nein«, sagte Gustav. »Konnte ich ja nicht. Ich war ja hier drinnen.«
»Und wie er geklopft hat«, gackerte ich, »dreimal lang und dreimal kurz.« Ich quietschte wie ein Schwein, das einen Sechser im Lotto gewonnen hat.
»Alte Quatschtante«, sagte Gustav. »Kriegst du's stärker?«
»Und wie er die Yvonne abgeknutscht hat!« kreischte ich, nach Luft schnappend. »Und wie er sich mit seinem Glas in ihren Haaren verfangen hat... wie ein Wellensittich, der keinen festen Boden mehr unter den Füßen findet...« Hier konnte ich nun gar nicht mehr zur Ruhe kommen. Ich gackerte und lachte und weinte gleichzeitig, und mein Zwerchfell wollte zerreißen. Schlotter-Lotte. Hysterisch. Von MIR hast du's nicht.
Gustav stand auf und holte einen nassen Lappen aus dem Badezimmer.
»Da. Tu mal was kühlen.«
Ich biß in den Lappen und krallte mich an die Fransen der Tagesdecke und lachte Tränen und wälzte mich kraftlos auf meinem Bett herum.
»Und wie der ganze Justus nach Haarspray gestunken hat! Und wo er wohl die FCKW-Bombe abgelegt hat inzwischen! Sie ist ganz heiß auf seinen schlimmen Lümmel! Er kann sich kaum vor ihr retten! Der Arme!«
Ich gackerte und lachte und heulte und zitterte und war so wenig natürlich-und-bescheiden-und-geradeaus wie nie zuvor.
Gustav saß mit seinem kalten Lappen daneben und wartete, bis die hysterische Diva eingeschlafen war.
Dann zog er ihr die Schuhe und den Pullover aus.

Und deckte sie in unendlich rührender Ungeschicklichkeit mit der fransigen Tagesdecke zu.

Die Nacht wurde ziemlich unruhig.
Es klopfte nämlich ziemlich oft an meine Tür. Alle zwanzig Minuten etwa klopfte es wieder – dann hörte man jemanden wütend die Treppe raufstampfen.
Zwei, drei Zettelchen wurden unter der Tür durchgeschoben, aber das bekam ich erst mal nicht mit. Ich war in einem Erschöpfungs-Tiefschlaf, kurz vor dem Koma. Es war einfach zuviel gewesen in letzter Zeit.
Ab drei Uhr morgens klingelte das Telefon in einem Viertelstunden-Rhythmus. Es war immer Justus.
Ich legte immer auf. Einmal hob ich den Kopf und suchte nach Gustav.
Gustav war weg. Wieder mal.
Ich war zu müde, um darüber verzweifelt zu sein.
Irgendwann nahm ich den Hörer, stopfte ihn in die Nachttischschublade und versuchte, bei dem penetranten Freizeichengeräusch aus dem Schubkasterl neben meinem ruhebedürftigen Ohr zu schlafen.
Aber jetzt konnte ich es nicht mehr. Gustav war weg!
Dabei hätte ich so gern endlich einmal in Ruhe mit ihm geredet. Ich hatte so viele Fragen an ihn!!
Aber bei dem Kommen und Gehen vor meiner Tür war das einfach nicht möglich.
Ich hatte eine Heidenwut auf Justus.
Für was hielt der sich!!!
Wenn er sich mit so was wie mir nicht mehr abzugeben bereit war, warum tat er's dann!!!
Je öfter er behauptete, sich nicht zum Kaschperl machen zu wollen, desto mehr tat er es!!
Sämtliche Kollegen lachten schon über ihn! Schlaflos wälzte ich mich in der französischen Tagesdecke.
Schon wieder tauchte das süßlich lächelnde Gesicht von Ulrike vor mir auf. Im Zug auf dem Gang hatte sie mir eine interessante Geschichte erzählt. In der Woche, in der ich weg gewesen sei, da

sei ihr Justus nachgestiegen. Un-un-ter-brochen. Und überhaupt sei er hinter JEDER weiblichen Kollegin her. Besonders aber hinter ihr, der molligen Ulrike.
Und allen schrieb er Zettelchen! Und schob sie unter den diversen Türen durch. Sicher hatte er schon Ischiasbeschwerden.
Und alle rief er im Abstand von zehn Minuten an! Was sie denn gerade so machten und ob sie schon geschlafen hätten! Und ER hätte ein super-ruhiges Zimmer, ganz nach hinten raus, und ob sie das nicht mal SEHEN wollten! Und einen unheimlich feurigen VINO hätte er auch noch in seinem Marschgepäck!
Mensch, was mischte dieser temperamentvolle Südtiroler Mitmensch unsere lahme rheinische Gesellschaft auf!
Jetzt war doch endlich mal was los in »Unserer kleinen Klinik«!
Das wäre uns mit dem alten Chefarzt Jupp Tönges nie passiert. Der klopfte nie an irgend jemandes Tür. Geschweige denn schob er Zettelchen unter den Türen der Kollegen durch. Der kam gar nicht bis runter zur Erde, so rheumatisch, wie der war. Und seinen Vino soff der allein.
Und wollte auch nie wandern gehen. Zu keiner Stunde.
Jedenfalls nicht mit mir.
Aber Justus! Jung, dynamisch, immer zu Scherzen und übermütigen Aktivitäten aufgelegt!
Nur LEIDER war er manchmal ein bißchen anstrengend.
Ja, hatte der Mann denn kein Zuhause!
Es wurde Zeit, daß er heimkam, nach Südtirol, zu Frau und Kindern, Trecker fahren und Mägde ins Heu werfen und Kinder zeugen. Das mahnten die sich ein.
Er war eindeutig unterfordert bei uns.
Ach Ulrike, dachte ich. Ich würd's dir so gönnen. Wenn's nur wahr wär.
Dann fiel ich in einen oberflächlichen Schlaf.

Am nächsten Morgen klopfte es um halb sieben energisch an meine Tür. Ich erwachte, wenn auch unwillig, krabbelte aus meiner Tagesdecke und schwankte borstenhaarig zur Tür.
»Wer ist da?«
Gustav vielleicht? Wär nett!

»Ich bin's!« (Justus! Wer denn so-honst! Hollaria!) »Dein Telefon ist ständig besetzt! Da wollte ich mal gucken, ob alles in Ordnung ist bei dir!«
Es knisterte unter meinen nackten Füßen. Ich stand auf einer ganzen Flut von Zetteln und Briefen, die er alle nächtens unter der Tür durchgeschoben hatte. Gott, was mußte er Ergüsse gehabt haben heute nacht.
»Weil ich's ausgehängt habe!« zischte ich wütend.
»Ich muß dich unbedingt sprechen!!«
»WARUM!«
»Weil ich jetzt wandern gehe!! Draußen scheint die Sonne! Lohos! Wir gehen jetzt eine Runde laufen!«
Normalerweise und unter anderen Umständen wäre ich gerne mit Justus eine Runde laufen gegangen. Gerade jetzt, im Morgensonnenschein. Und auch wenn es geregnet hätte. Jederzeit. Er war immer mein Wanderfreund gewesen. Gegen Kater und schlechte Stimmung und Wut und Kummer und Sorgen war Wandern sowieso das einzig Wahre. Wir hatten uns immer so viel zu erzählen gehabt. Und wir hatten zusammen viel Spaß gehabt. In jeder Hinsicht. Besonders, wenn er NICHT strunzte.
Aber nun hatte er den Bogen überspannt.
Nimmermehr.
»Laß mich in Ruhe, Justus!« zischte ich durch die Tür. »Du hast mich die halbe Nacht genervt, ich bin todmüde!«
»Wer bin ich denn überhaupt!« hörte ich Justus draußen böse zischen. »Hab ich das nötig!«
Er trollte sich.
»Nein«, murmelte ich. »Hast du nicht. Warum tust du's dann.«
Ich warf mich wieder auf meine zerwühlte Tagesdecke.
Das Telefon in meiner Nachttischschublade schrie: »Laß mich raus! Ich hab Angst im Dunkeln! Immer muß ich mich langweilen, und ich will andere Eltern!«
Ich nahm das Telefon aus der Schublade und legte den Hörer auf die Gabel. So, du Ungetüm. Gib endlich Ruhe.
Du schläfst jetzt, Mama schläft jetzt. Klar?
Klar, sagte das Telefon stumm.

Es war völlig erschöpft vom stundenlangen Tuten in der Schublade.
Ein Blick auf die Uhr: zwanzig vor sieben.
»Scheiße«, murmelte ich stinkwütend vor mich hin. »Solche Nächte hatte ich zuletzt, als die Zwillinge klein waren. Alle zwanzig Minuten. Und heute um elf ist Außendreh! Wie soll ich denn entzückend aussehen nach DER Nacht!!«
»Tja«, hörte ich die dicke Ulrike mit dem allersüßesten und freundlichsten Lächeln sagen, »nun sieh mal zu, wie du die Suppe auch auslöffelst, Charlotte.«
Aah, geh, du bist doch nur neidisch.
In Wirklichkeit hat kein Justus der Welt dich jemals eines Blickes gewürdigt. Kein einziges Zettelchen liegt auf deinem Bettvorleger. Nicht eines.
Ich drehte mich wütend zur Wand.
Da klingelte das Telefon. Eigentlich wollte ich nicht drangehen. Aber es KÖNNTE Gustav sein. Es KÖNNTE.
Ich nahm ab. Mein Herz klopfte.
»Ich wollte nur sagen, daß ich jetzt also gehe.«
DANN GEH DOCH ENDLICH!!!
Ich schmiß den Hörer mit solcher Wucht auf die Gabel, daß das Telefon klirrte.
Mama will jetzt schlafen!!!
Tausend Mark für ein paar Stunden Schlaf!!
Ich lege sie in bar auf den Tisch! Wenn er dann Ruhe gibt!
Tja, lächelte puddingsüß Ulrike unter schadenfroh zusammengekniffenen Schweinsäuglein... du hast es dir selber eingebr...
Ich schlug auf das Kopfkissen ein. Schnauze! Ich weiß es doch selbst!!! Ich will's ja auch nie wieder tun!
Erste Zornestränen kullerten auf der Diva Tagesdecke.
Ich heulte mich in einen ungesunden Morgenschlaf.
Ich mußte gerade eingeschlafen sein, denn NOCH hatte ich das herzliche Lächeln von Ulrike vor Augen, da klopfte es an die Tür.
Ein Blick auf die Uhr: halb acht gerade mal.
Das Zimmermädchen? Hach, diese ungeschickten französischen

Dinger! Daß die aber auch keinen Sinn für uns deutsche Künstler hatten! Wo wir doch heute schwer arbeiten mußten! Aber es KÖNNTE Gustav sein...
»Ja?« krächzte die rabenschwarze, flügellahme Dohle auf meinem Kopfkissen. »Wer da?« Eine tränennasse Kralle wischte sich den Zornesfrust am schlafverklebten Schnabel ab.
Bäh. Schlechter Geschmack im Mund. Übel geträumt. Von Ulrike und so.
»Ich bin's!« sagte Justus sonor. »Ich wollte nur sagen, ich bin jetzt wieder da!«
NEIN!!!
Die rabenschwarze, flügellahme, rotgeweinte Dohle auf meinem Kopfkissen wurde zum mordlüsternen Steinadler.
Der Raubvogel breitete seine zwei mal zwei Meter breiten Schwingen aus, erhob sich an die Zimmerdecke und stürzte dann im Gleitflug zur Tür, um sie mit einem einzigen messerscharfen Schnabelhieb zu spalten.
»Bist du wahnsinnig geworden!!!« krächzte blutrünstig der Steinadler und hieb mit den Flügeln auf den harmlosen Wandersmann im kinderkackegelben Wetterjäckchen ein. »Was willst du von mir!!! SAG es!! Willst du mich heiraten!!! Ist es das, was dich immer wieder vor meine Tür treibt!! Willst du deine Frau und deine sechs Kinder verlassen, um mit mir in der Mitte des Lebens neu anzufangen? Sag es!! Los! Raus damit!! Willst du mit mir auf eine einsame Südseeinsel flüchten? Ja? Ist es das?! Oder schlägst du einen kollektiven Selbstmord vor?«
Der fröhliche Landmann leuchtete frisch und morgenfroh im dunklen Flur. Auf dem kinderkackegelben Wetterjäckchen blinkten noch die Tautropfen eines unschuldigen Sommermorgens.
»Es ist waaahnsinnick tolll drraußen«, schwärmte Justus, »die Luft ist unbeschreiblich würzig, und ich habe einen Kuckuck rufen hören...«
»Und? Wieviel Minuten lebst du noch?« giftete ich haßerfüllt. Ich überlegte, mit welcher Waffe ich ihn jetzt erschlagen könnte. Mord im Affekt. Da mußte es doch mildernde Umstände geben.

»Du bist unbeschreiblichch süß, wenn du wütend bischt«, sagte Justus und schob sich in mein Zimmer.
Ich wußte, daß ich kein bißchen süß aussah.
Halbnackt mit runtergerutschten Strümpfen und Stehhaaren und Zornesflecken. Wie Pippi Langstrumpf bei ihrer Rückkehr von Taka-Tuka-Land, nachdem sie stundenlang ihr Pferd durch die Gegend getragen hat.
»So«, sagte ich. »Jetzt bist du drin. Und jetzt?«
»Hast du meine Briefe gelesen?« fragte Justus und sah sich suchend um. Die Briefe lagen alle noch unter unseren Füßen. Wir standen sozusagen darauf.
Ich sockfuß und er in Wanderschuhen.
»Nein«, sagte ich. »Ich bin noch nicht dazu gekommen. Es hat nämlich alle zehn Minuten das Telefon geklingelt. Was steht denn drin?«
Justus ließ sich auf den Bettrand fallen. Schweißtropfen standen ihm auf der Oberlippe. Sein Gesicht war voller weißer Flecken. Eigentlich schien ihm der Morgengang doch nicht so gut bekommen zu sein.
Lärvchens Rache, die letzte, dachte ich. Nun isses aber genuh. Das Stück ödet mich inzwischen an. Ich hatte es doch schon lange abgesetzt!
»Ich lasse michch nichcht länger zum Kaschperl machen«, preßte er hervor. Die Strophe war doch auch schon bekannt.
»Einverstanden!!« schnauzte ich. »Dann mach dich selber nicht dazu!!«
Von nebenan wurde wütend an die Wand geklopft.
»DU machst mich zum Kaschperl!« giftete nun Justus.
»Und DAS steht in den vielen Briefen? Und DESHALB rufst du mich die ganze Nacht an?«
»Ruhe!« kam es von nebenan.
»WAS willst du von mir? WAS?! Es muß doch irgendeinen Grund geben, daß du wie ein angestochener Eber hier Amok läufst!! Mit Schaum vor dem Maul!! SAG'S!«
»Ich will DICHCH«, sagte Justus tonlos. »Das weißt du genau.«
»Wie – du willst MICH! Heiraten? Ich BIN verheiratet! Und du

auch, wenn man deinen Ausführungen Glauben schenken darf!«

»Nichcht heiraten«, sagte Justus. »Ichch kchann meine Frau nicht verlassen. Sie brauchcht michch.«

Klar, dachte ich. Und wie die dich braucht. So was wie dich kriegt sie nie wieder.

»WAS DANN?! BESITZEN!!!??? Sag mal, wo sind wir denn hier! In einem freien Land ohne Kopftuchzwang und Vielweiberei und Augensenkpflicht! KLAR?!«

»Du machst michch zum Kaschperl«, sagte Justus. »Wer bin ichch denn. Das hab ich nicht nötig.«

»DU machst DICH zum Kaschperl!«

»Es ist mir egal, mit was für lächerlichen Gestalten du dich umgibst.«

»WEN meinst du mit ›lächerlichen Gestalten‹?!«

Ein Wort gegen Gustav, und ich schmeiße ihm das Telefon ins Kreuz.

»Och, alle möglichen Würstchchän, die mir das Wasser nicht rreichen kchönnen.«

»WEN? Meinen Mann vielleicht? Ernstbert? Meinst du, der kann dir das Wasser nicht reichen, ja? Meinst du das??«

»Och, Ernschtbärrt doch nichcht. Das ist doch ein ganz netter Kchärrl soweit.«

»Oh, vielen Dank, daß du so ein gönnerhaftes Urteil abgibst über ihn. ABER WEN MEINST DU DANN????«

»Ruhe da drüben!! Es ist mitten in der Nacht!!«

Schnauze, ihr Wände. Nun habt ihr einmal Ohren, nun müßt ihr euch das auch anhören. Jedenfalls könnt ihr nicht behaupten, ihr müßtet euch auf Dienstreisen immer langweilen, und es gäb immer Fisch, und keiner spielte mit euch.

»Na, dieser lächcherliche Lehrer, wie heißt er, der Mann, dieses Schulmeisterlein, Schmitz-Nittenwirm. Das ist doch kein Mann, ist das. Das ist ein Würst-chchen.«

Aha. Daher wehte der Wind.

»So. Und wer noch?«

»Dieses Jüngelchen. Benjamin. Mit dem laß ich mich auch nicht in eine Reihe stellen.«

»Dann stell dich nicht in eine Reihe mit Benjamin. Er ist gerade mal zwanzig. Du könntest sein Vater sein.«
»Und andere gescheiterte Existenzen.«
»WEN meinst du?« Erwähne EINMAL Gustav, und du kannst dein Testament machen.
»Du liebst ja anscheinend die Extreme.«
»Klar lieb ich die Extreme. Langweilige Durchschnittstypen gibt es auf dieser Welt genug.«
Vielleicht faßte Justus das als Kompliment auf. Jedenfalls wagte er einen weiteren Vorstoß:
»Ich weiß ja nicht, was du an diesen alten, häßlichen Männern findest.«
Aber ich. Ich weiß es. Alte, häßliche Männer haben die jüngsten, schönsten Seelen. So. Hoffentlich schreibt das mal einer auf.
Aber da kannst du nicht mitreden, du eitler Pfau.
Deine Seele ist völlig verschüttet unter deiner zwanghaften Selbstbespiegelung.
»Alte, häßliche Männer...?« Ich hob schon mal den Telefonhörer, um ihm damit eins über den Schädel zu braten. KEINE NAMEN!!
»Na oder dieser geltungssüchchtige Zahnarrzt.«
»Geltungssüchtig. Das hast du nett gesagt.«
»Und wer weiß, wer noch alles hinter dir här ischt. Hab ich ja gar nichtchs dagegen, daß du eine begehrte Frau bischt. Ist ja dein gutes Rächcht.«
»Danke. Das ist großzügig von dir. Wenn man bedenkt, daß wir weder verwandt noch verschwägert sind. Und erst recht nicht verheiratet. Wirklich. Wenn man bedenkt, daß mein eigener Mann, mit dem ich seit knapp acht Jahren verheiratet bin, noch niemals im Leben irgendeinen männlichen Menschen in meinem Umkreis als Kaschperl oder gescheiterte Existenz oder häßlichen alten Kerl oder Würstchen bezeichnet hat. Und sich nicht darum geschert hat, mit wem ich ›mich umgebe‹. Donnerwetter, daß DU jetzt in deiner Eigenschaft als Kollege mir solche Rechte zugestehst. Echt großzügig und kollegial von dir. Wie hab ich so viel Güte verdient am frühen Morgen!«

»Ichch lasse michch nur nichcht mit diesen lächcherlichen Würst-chchen in eine Rreihe stellen. Das ist alles. Ich begebe michch nichcht auf dieses... lächerliche Niveau. Ich bin ein gestandener Mann.«
Jaja, das bist du. So was von.
»Na bitte! Wo ist das Problem?!!«
»Kein Problem. Alles kchlar.«
Justus erhob sich.
Ich seufzte vor Erleichterung. Na endlich.
»Ich möchte dich abschließend nur noch um eines bitten«, sagte Justus an der Tür.
»Ja?« Alles. Wenn ich jetzt nur noch ein oder zwei Stündchen schlafen darf.
»Lauf mir nichcht länger nach.«
»BITTE?«
»Du weißt genau, was ich meine«, grollte Justus.
»NEIN!!! Was meinst du mit ›nachlaufen‹? Du meinst, ich soll nicht mehr alle zehn Minuten bei dir anrufen und dir nicht mehr seitenweise Zettel unter der Tür durchschieben und nicht mehr nachts um drei an deine Tür klopfen und nicht mehr hinter jeder Laterne stehen, um zu gucken, wo du hingehst und mit wem? Und nicht mehr zufällig vor der Herrentoilette die Anschlagtafel lesen, wer diese Woche Putzdienst hat, weil du dich da reingeflüchtet hast und eine halbe Stunde auf der Klobrille hockst, nur weil du vor mir mal deine Ruhe haben willst. Ich soll nicht mehr am Ausgang vom Filmstudio den Dienstplan lesen, bis du endlich da rauskommst, und nicht mehr am Eingang der Kantine die Speisepläne lesen, bis ich fast kotze, und nicht mehr morgens sämtliche möglichen Parklücken überwachen, bis du dich endlich einparkst, und nicht mehr nachmittags bei dir zu Hause anrufen, ich sei zufällig bei meinem Steuerberater in der Nähe... Das soll ich alles nicht mehr, ja? O. K. Kannste haben. O. K. Einverstanden. Ist ein Deal. Das nenn ich fair.«
Ich schnaufte vor Erschöpfung.
Nä, nä, nä. Daß es so weit einmal kommen mußte.
Das hatte doch alles keinen Stil.
Und dabei war es mal so nett gewesen.

»Du bist so was von Scheiße«, zischte Justus, und kleine weiße Schaumtröpfchen standen ihm vor dem Mund.
Ich ging zur Tür und öffnete sie. Lärvchens Rache, die allerletzte.
»Raus.«
»Nichct mit mir!« sagte Justus. »Das habe ich dienstgradmäßig nichct nötig. ICH bin ein gestandener Mann.«
Justus verließ im Stechschritt meinen Dunstkreis.
Ich warf mich auf das zerwühlte Bett und starrte an die Decke.
Keine drei Minuten später klingelte das Telefon.

Gegen Mittag waren die Lichtverhältnisse optimal.
Kein Lüftchen regte sich. Die Sommersonne flirrte.
Es waren mindestens dreißig Grad.
Das wunderbare Wasserschloß an der Loire spendete kaum Schatten. Ein üppiger Brunnen mit vielen steinernen Gestalten spie erfrischende Wasserfontänen gegen den blauen Himmel. Alle Blumen und Büsche leuchteten mit den Wassertropfen um die Wette.
Herr Prof. Dr. Bornheimer und Frau Dr. Anita Bornheimer-Bach, frisch verheiratet und natürlich ineinander verliebt bis über beide Ohren, turtelten Hand in Hand durch die prächtigen Vorgärten der Loire-Schlösser.
Die Kameras folgten ihnen auf Schienen, die nächtens extra dafür installiert worden waren.
Ja, ja, unsere Jungs von der Technik hatten seit den frühen Morgenstunden geschuftet. Während wir uns schlaftrunken in den Kissen gewälzt und uns hemmungslos den süßesten Träumen hingegeben hatten.
Die Beleuchter hatten heute morgen frei. Ihren Job besorgte die strahlende Juli-Sonne.
»Ist das nicht ein wunderbarer Tag, Liebling?« fragte Anita und lehnte anmutig ihr Köpfchen an des Chefarztes Schulter.
Der Chefarzt lachte jovial. »Der richtige Tag für eine Hochzeitsreise.«
»Ich wünschte, ich könnte in die Zukunft blicken«, turtelte Frau Dr. Anita Bornheimer-Bach und rupfte spielerisch einen der üp-

pig wachsenden Grashalme ab. »Ob wir uns auch in zehn Jahren noch so lieben werden wie heute?«
»Aber sicher, Liebes«, freute sich der gütige Doktor.
»Warum denn nicht? So ein wunderbares Wesen wie dich werde ich immer lieben, bis an mein Lebensende!«
Du bist so was von Scheiße.
»Weißt du, Geliebter, was ich mir jetzt noch wünsche?«
»Nein, mein Engel, aber du wirst es mir sagen. Alle deine Wünsche sind mir Befehl.«
So was wie dich habe ich dienstgradmäßig nicht nötig.
»Ich möchte Kinder mit dir«, wisperte Anita. »Ein halbes Dutzend mindestens!« Sie kicherte verspielt.
»Aber Liebes! Ich möchte doch auch Kinder mit dir! Wenn sie dir nur halbwegs ähneln, können es auch noch mehr sein!« Der Professor nahm Anitas Gesicht in beide Hände und drückte einen gütigen Kuß auf ihre Lippen.
Lauf mir nie wieder nach.
»Weißt du, worauf ich jetzt Lust habe?« gluckste Anita frivol.
Sie sah sich suchend im Park um.
Außer ein paar Kameramännern, den Damen von der Maske, den neugierig zuschauenden Kollegen und den Kerlen von der Technik war niemand zu sehen.
Doch. Gustav auf seinem Stühlchen.
Aber sonst waren sie wirklich ganz unter sich.
Völlig ungestört und allein.
»Was möchtest du, Liebling. Sag es.«
»Ich möchte mit dir schlafen, Frank.«
Wenn du wüßtest, wie heiß die Yvonne auf mich ist. Ich kann jede haben. Jede.
»Was – hier? Jetzt? Jetzt sofort?«
»Ja, Liebster. Jetzt sofort. Wir sind ganz allein!«
Anita zog ihren Gemahl vom Wegesrand.
Die Kollegen äugten. Manche saßen im Gras, manche lugten hinter Bäumen hervor. Der dicke Paul und der hessische Eberhard lehnten mit dem Busfahrer an der Hecke und droschen Skat.
Ulrike lächelte warmherzig und echt auf ihrer Wolldecke vor sich hin. Selbst eingebrockt. Auslöffeln. Haue obendrein.

Die Ausstattung hatte ein schönes moosiges Fleckchen hinter einem Rhododendrongebüsch auserkoren und mit roten Klebebandstreifen weiträumig abgesteckt.
»Ich möchte Kinder mit dir, Frank. Du weißt, wie sehr ich mir Kinder wünsche.«
»Aber wir können doch auch heute abend...« Halb zog sie ihn, halb sank er hin.
»Nein, Frank. Jetzt. Küß mich.«
Los. Jetzt sofort. Küß mich auf der Stelle!!
Du weißt doch, wie heiß ich auf dich bin.
Lärvchens Rache. Epilog.
Justus küßte mich.
Die Kameras fuhren heran. Jetzt hatten sie uns in Großaufnahme.
»Aber Anita! Es könnten Leute kommen!«
Anita kicherte unternehmungslustig. »Frank! So... kenn ich dich ja gar nicht! So... zugeknöpft!«
Anita knöpfte ihren professoralen Gatten auf. Sie wühlte sich wollüstig in sein schwärzliches Brusthaar, überschüttete ihn mit leidenschaftlichen Küssen und warf ihr seidiges Bluserl samt Büstenhalterl über den Busch.
Man hörte sie quietschen und lachen.
In DEM Moment fuhr der Bus mit den Kollegen vor.
Mitten auf den geharkten Parkweg.
Direkt neben das besagte Gebüsch.
Der schwitzende Benno mit den Skatkarten saß am Steuer.
Die Türen gingen auf, und die heitere Kollegenschar ergoß sich auf das grüne Gras.
»Kinder, näin, wie isses hier schön!« schrie Oberschwester Lore Läscherlisch und klappte einen bunten Sonnenschirm aus.
»Das war eine gute Idee von dir, hierher zu fahren«, sagte Gretel Zupf in die Kamera und biß in einen Apfel. »Darauf kommen die beiden nie!«
»Ob sie wohl hier in der Nähe sind?«
»Die werden Augen machen«, freute sich Unterarzt Dr. Gernot Miesmacher. »Mit uns rechnen sie hier bestimmt nicht! Hat jemand ein Federballspiel dabei?«

»Ich!« schrie Elvira-Knabberjoghurt-Merkenich, und schon zauberte sie zwei Schläger und einen Federball hervor. Die zwei ergingen sich sofort in heftigem Spiel. Hoffentlich fallen die Adrian-Fotos nicht raus, dachte ich in meinem Gebüsch, während Justus mich mit seiner umwerfenden Männlichkeit beglückte.
Frau Dr. Mechthild Goch und die türkische Kollegin Merdal Gülldyll breiteten eine Wolldecke aus und nahmen züchtig darauf Platz. Mechthild bot Merdal ihre Thermoskanne mit Pfefferminztee an. Merdal zog dankbar ihr Kopftuch über den Augenbrauen zurecht und setzte den braunen Plastikbecher an die Lippen.
Der bekloppte Hilfspfleger Adolf versuchte einen Handstand, der ihm natürlich mißlang. Er versuchte immer irgendwie, Aufmerksamkeit zu erregen. Er hatte etwa das geistige Durchschnittsniveau von Ernie und Bert, wobei ich doch bei Ernie und Bert regelmäßig gewisse Entwicklungsschritte feststellen konnte. Adolf hingegen war ein zurückgebliebener, in jeder Hinsicht beschränkter Geselle, den außer ihm selbst niemand witzig fand.
Die versammelte Nachtschwester Berthild wanderte mit einem guten Buch in der Hand (Die ausgelutschte Beziehung – ein Stück weit loslassen) über einen entlegenen Parkweg, die hühnerpopoige Pia nahm mit verkniffenem Gesicht auf einem Mäuerchen Platz und blinzelte lustlos in die Sonne.
Alles in allem: ein Betriebsausflug, der die fünf Millionen Rentner vor den Bildschirmen für viele verpaßte Betriebsausflüge in ihrem Leben entschädigen würde!
»Guckt mal, da sind Rehe im Gebüsch!« rief zwischen zwei Hustenanfällen der aidsinfizierte Assistenzarzt Dr. Christof Gernhaber.
»Da hat sich was bewegt!« schrie Lernschwester Ulrike.
Alle pirschten nun in gespannter Haltung auf das Gesträuch zu, in dem Justus und ich uns glutvoll wälzten.
Ich hoffte, Gustav würde endlich »Alles überflüssig« sagen. Er ließ mich grausam lange zappeln.
»Still! Vielleicht ist das Jungtier verletzt!« zischte der klein-

wüchsige stiernackige Fiesling Dr. Jean-Marie Wagner, der immer seine Frau betrog und dunkle Geschäfte mit einer Beerdigungsfirma betrieb.
»Wir sollten einen Förster holen«, beckmesserte Schwester Elvira Merkenich-Miesmacher, während sie mit ihrem Federballschläger im Gebüsch herumstocherte.
Hau ab, Mädchen, dachte ich, is so schön hier mit Justus. Wir hams gerade so gemütlich. IMMER mußt du mich langweilen.
Justus schmollte seine Männlichkeit ins Moos. Sein schlimmer Lümmel lag lustlos und beleidigt in der Ecke und mußte sich immer langweilen und wollte andere Eltern.
»Los, wir sind wieder drauf!« stupste ich meinen Kollegen Streitacker an, und er nahm mich barsch in seine starken männlichen Arme und quetschte mich wütend an seine behaarte Brust.
»Huch!« schrie Elvira und prallte zurück. »Da sind sie ja!«
Nun blinkte das Kameraauge direkt über uns.
Ich schmiegte mich kichernd an Justus und barg mein lockiges Köpfchen in seinem Achselschweiß.
Mein frisch Angetrauter warf anstandshalber sein Polohemd über mich. Er war ein Mann von Welt. Er wußte, wie ein Gentleman sich in haarigen Situationen verhält.
Zwanzig Augenpaare lugten nun von oben in unser Liebesnest hinein.
Besonders die schadenfrohen Schweinsäuglein der dicken Lernschwester Ulrike. Da. Auslöffeln. Öffentlich. Pranger. Haue obendrein.
Standbild, Ende der Folge vierhundertneunundneunzig.
»Aus, Ende, danke«, sagte Gustav durch sein Megaphon.
»Gestorben. Schönen Tag noch.«
Er schlenderte zu seinem Wohnmobil und warf die Tür hinter sich zu. Und fuhr davon.

In dieser Nacht schlich ich mich aus meinem Zimmer. Lautlos öffnete ich die Tür. Der Flur war dunkel und leer. Die Luft war rein.
Kein Wetterjäckchen weit und breit. Kein Zettel unter der Matte. Kein Justus, den Dolch im Gewande.

Das Telefon hatte ich vorsorglich ausgehängt.
So geräuschlos wie möglich stahl ich mich die knarrenden Dielenstufen hinab.
Mensch, Schlotter-Lotte, dachte ich.
Bist du immer noch nicht aus dem Alter raus.
Draußen auf dem Parkplatz stand das Wohnmobil.
Es war zehn nach drei. Ich wußte nicht genau, was ich wollte. Aber es trieb mich wie mit magischen Kräften zu Gustav. Wenigstens noch einmal wollte ich mit ihm sprechen. Es gab so viel zu fragen.
Nur noch dieses eine Mal.
Der Mond stand über dem Loire-Schloß und tauchte die märchenhafte Umgebung in blaßgoldenes Licht.
Ich schaute an der Hotelfassade hoch.
Alles dunkel, alles still.
Kein Justus in der Dachrinne, zum Sprung bereit.
Kein Wetterjäckchen im Gebüsch.
Das Wohnmobil stand dunkel und stumm im Mondlicht.
Ich pirschte mich heran wie ein Einbrecher.
Wahrscheinlich war es der Vollmond, der mich einfach die Stufen zu dem Wohnmobil heraufsteigen ließ.
Als würde ich schlafwandeln.
Aber ich war wach. Und wußte, was ich tat.
Ich klopfte ganz leise an die Wohnwagentür.
Ganz, ganz sacht.
Die Tür gab nach.
Sie war nicht verschlossen.
Gustav lag schlafend auf seiner Ottomane.
Aber seine Augen waren offen.
»Komm rein«, flüsterte er heiser. »Ich habe auf dich gewartet.«
Ich tastete mich zu ihm hin und reichte ihm die Hand.
Meine Augen mußten sich erst an die Dunkelheit hier drinnen gewöhnen. Der Geruch des Wohnmobils war mir so vertraut wie der meiner eigenen Bettdecke.
Er nahm meine Hand und rückte ein Stück zur Seite.
Ich setzte mich auf den Rand seiner Liegestätte.

Wir schwiegen lange.

Wir saßen einfach nur so da, Hand in Hand, und schwiegen.

Gustav war der einzige Mensch auf der Welt, mit dem ich stundenlang schweigen konnte.

Gut, mit Ernstbert konnte man auch stundenlang schweigen, aber er las dabei immer Bedienungsanleitungen oder schlief. Das galt nicht.

»War's schwierig?« fragte Gustav schließlich, und es war die Stimme von jemand, der Tage und Wochen lang mit keinem Menschen gesprochen hat.

»Was meinst du?« raunte ich zurück.

»Hierher zu kommen.«

»Ja. Ich mußte mich verdammt überwinden. Aber du kommst ja nicht.«

»Es klopft ja immer jemand an deine Tür«, sagte Gustav. »Oder schleicht sonstwie um dich rum.«

»Tut mir leid. Ich kann nichts dafür.«

Wohl kannst du was dafür, Charlotte. Das weißt du genau. Selber auslöffeln. Los.

»Und du bist diesmal nicht beobachtet worden?«

»Nein. Ich glaube nicht.«

»Das muß furchtbar sein, immer unter Bewachung zu stehen«, sagte Gustav und räusperte sich. »Ich könnte das nicht ertragen.«

»Es treibt einen in den Wahnsinn«, gab ich zu. »Hinter jeder Ecke sehe ich ein Wetterjäckchen leuchten.«

»Hast du ihm denn mal den kleinen Finger gereicht?« fragte Gustav streng. »Leute wie er können damit nicht umgehen.«

»Er hat mir SEINEN gereicht«, sagte ich. »Aber das kommt aufs selbe raus. Ich habe ihn genommen.«

»Ja, das hast du nun davon«, sagte Gustav. Ich liebte ihn dafür, daß er so untheatralisch war.

Wir schwiegen wieder.

Wir hielten uns immer noch bei der Hand.

»Du, Gustav?«

»Hm?«

»Was ist eigentlich mit dir los?«

Schweigen. Dann: »Wenn ich das wüßte, ging's mir besser.«
Hatte ich ihn verzaubert? Aus Versehen? Ohne es zu merken? Obwohl ich mir das STRENG verboten hatte?
Ich konnte ihn doch nicht fragen, haben Sie sich zufällig in mich verliebt und bei welcher unpassenden Gelegenheit? Das KONNTE ich ihn doch nicht fragen! Nich für Geld dabei!
»Warum bist du in Wiesbaden abgehauen?« fragte ich schließlich. Ich konnte mir diese Frage nicht länger verkneifen.
»Ich kam mir überflüssig vor! Es waren ja genug Leute um dich rum.«
»Wie? DAS ist der Grund? Du kamst dir ÜBERFLÜSSIG vor? Aber du lagst in meinem Bett und schliefst!«
»Ich schlafe nie. Ich war wach. Du schimpftest mit der Elster«, sagte Gustav rechthaberisch. »Wie ein Rohrspatz.« Obwohl es ganz dunkel war, meinte ich, ihn lächeln zu sehen. »Dabei war es eine Amsel.«
»Na und? Amsel, Elster, Nachtigall, Lerche! DU warst am nächsten Morgen nicht mehr da!«
»Ich hatte deine Vorstellung tatsächlich verschlafen«, sagte Gustav.
»Ich denke, du schläfst NIE?«
»NACHTS schlafe ich nie. Aber ausgerechnet an dem Abend bin ich eingeschlafen. Da war ich natürlich sauer auf mich.«
»Aber ICH war nicht sauer auf dich«, fuhr ich ihm dazwischen. »DAS ist das Ausschlaggebende.«
»Alte Quatschtante«, murmelte Gustav. Oh, wie ich diese Zärtlichkeiten aus seinem Munde liebte! Hoffentlich kam er nicht auf die Idee, meine Hand loszulassen.
»Jedenfalls konnte ich nicht mehr schlafen«, sagte Gustav, »nachdem du so mit der Elster geschimpft hattest.«
»EBEN hast du noch behauptet, es wär eine Amsel gewesen.«
»WAR auch eine. So. Es WAR eine Amsel. Elstern tschackern, und Amseln rufen die große Terz.«
»Ich weiß. Erklär DU mir nichts über Amseln. ICH weiß, wie die große Terz geht. Und? Was war nun weiter?«
»Ich ging also runter zu meinem Wohnmobil, um mich zu rasieren und mich frisch zu machen. Da war es so gegen halb sieben.

Danach wollte ich frische Brötchen holen und dich später zum Frühstück einladen.«
Der Gedanke an ein verpaßtes Frühstück mit Gustav im Wohnmobil machte mich rasend.
»Ja? Und da? Da hatte die Elster dir auf den Kotflügel geköttelt oder was«, schrie ich erbost.
»Psst! Nicht so laut! Gleich steht hier dein Bewacher auf der Matte, und dann gibt's Haue obendrein.«
Ich mußte lachen. Gustav war geistig so rege!
»Also! Du gingst dich rasieren. Und weiter?«
»Da sah ich aus dem Augenwinkel ein kinderkackegelbes Wetterjäckchen hinter dem Hotel verschwinden.«
»NEIN!«
»Psst! Willst du das halbe Hotel aufwecken?«
»Was hast du gemacht?! Bist du hinter ihm hergerannt und hast ihm eins übergebraten, dem schlimmen Lümmel? Von Mann zu Mann? Roß und Reiter nennen und mal die Dinge beim Namen nennen hier?«
»Nein. Das ist nicht meine Art. Ich hab mich ins Wohnmobil gesetzt und bin nach Hause gefahren.«
»Unrasiert.«
»Unrasiert, ja. Rasiert hab ich mich dann tagelang nicht.«
»Ja. DAS ist deine Art. Einfach nicht rasieren und dich einbuddeln und mich völlig im unklaren lassen, ob du mich noch magst und was ich dir getan habe und ob ich dich jemals wiedersehe. Egal, ob ICH danach tagelang wie Falschgeld herumlaufe und mich nicht mehr rasiere.«
»Wo rasierst du dich denn?«
»Das geht dich gar nichts an.«
»Wenn dein Herr Justus dich in Wiesbaden besuchen will, dann möchte ich dem jungen Glück nicht im Wege stehen.«
»Ach, Gustav! Du weißt doch genau, wie die Dinge liegen. Ich mag ihn. Besonders, wenn er sich nicht aufbläht.«
»Hast du DAS schon mal bei ihm erlebt?«
»Ja. Oft.« Ich war richtig stolz. Wer konnte das schon von sich behaupten, daß er Justus mal unaufgebläht erlebt hatte. Ganz privat. Und ganz natürlich und bescheiden und geradeaus wie

eben NICHT immer. »Komm, Gustav. Laß uns jetzt nicht über Justus sprechen. Das bringt uns nicht weiter.«
»Bring du erst mal Ordnung in dein seelisches Chaos«, sagte Gustav traurig. »Dann ist da vielleicht ein Platz für mich.«
»Ach Gustav!« stieß ich hervor. In diesem Moment liebte ich ihn noch heftiger und hilfloser als sowieso schon. Ich war die Tütchensuppe, die in seinem Netz zappelte. Und ich liebte ihn dafür, daß ich noch so empfinden konnte. Er war der einzige, bei dem mir das gelang.
Vielleicht WOLLTE ich gar keine Ordnung in mein seelisches Chaos bringen? Aus Angst, mich dann wieder zu langweilen??
»Wie soll das bloß weitergehen?« fragte ich ratlos.
»Darüber denke ich auch ununterbrochen nach.«
»Und DARUM gehst du mir seit Wochen aus dem Weg?«
Das paßte zu Gustav. Wenn DER über einen nachdachte, ging er einem aus dem Weg. Wenn Justus über einen nachdachte, klopfte er ununterbrochen nächtens an die Zimmertür. Und schob Zettel durch. Und bewachte einen. Und wurde böse, wenn man mit jemand anderem sprach.
Die Wege der Männer sind gar wundersam.
Warum konnte es keinen geben, der sagte, gnädige Frau, ich kann Sie leiden, nur daß Sie's wissen. Punkt.
Warum mußten Männer immer so seltsame Spielchen treiben? Hatte das was mit der sogenannten Männerehre zu tun? Daß sie einfach nicht ganz bescheiden und natürlich geradeaus gucken und einem unverblümt ihre Gefühle zeigen konnten?
Der eine blähte sich auf wie ein Hahn auf dem Mist und machte sich mit wachsender Begeisterung lächerlich.
Kikeriki, und ich bin ein Mann von Welt.
Der andere verkroch sich faltigen Halses unter seinen Schildkrötenpanzer und ließ sich nie wieder darunter hervorlocken. Auch nicht mit einem Blatt Löwenzahn.
Beides war entsetzlich anstrengend und brachte einen nicht einen Zentimeter weiter.
Halt, Stopp. Ernstbert.
DER spielte keine Spielchen. Der verstellte sich nicht.
Der war nicht beleidigt und nicht gekränkt, der schlug nicht um

sich, weder mit Worten noch mit Gesten. Der teilte mir mit, daß er an einer Beziehung mit mir interessiert war. Und daß er mir Zeit lassen wollte, darüber nachzudenken. Und er handelte bereits. Untheatralisch und bescheiden und natürlich und geradeaus. Damit hätte ich eigentlich was anfangen können.
Doch Ernstberts Stunde war noch nicht gekommen.

»Dein Ein-Frau-Stück war ja nun ein Super-Erfolg«, sagte Gustav. »Du bist eine der ganz wenigen, die es geschafft haben.«
»Was heißt denn ›ES geschafft‹? Ich wollte doch keinem weh tun«, sagte ich. »Ich hab einfach mal was ausprobiert! Und es hat geklappt. Mit deiner Hilfe, Gustav. Ohne dich wäre mein Ein-Frau-Stück niemals so gut geworden. Habe ich mich eigentlich schon bei dir bedankt?«
»Wofür?«
»Für die wunderschöne Zeit mit dir. Und für alles, was ich von dir lernen konnte.«
»Du bist begabt und hattest Glück«, sagte Gustav. »Du wirst in Zukunft deinen Weg allein gehen. Du hast ›Unsere kleine Klinik‹ nicht mehr nötig. Über kurz oder lang wirst du bei uns aufhören.«
»Aber nein, Gustav, wie kommst du nur darauf! Ich bin seit über sieben Jahren dabei! Ich liebe meinen Job! Ich spiele gern die Anita Bach! Ich gehöre doch dazu! Es gefällt mir in Unserer kleinen Klinik! Da muß ich mich nie langweilen!«
»Ja, ich weiß. Es gibt kaum einen, der so gerne in Unserer kleinen Klinik arbeitet wie du. Und trotzdem. Ich weiß es«, sagte Gustav traurig. »Du hörst irgendwann auf. Anita Bach wird sterben.«
»Gustav! Nein! Anita Bach DARF nicht sterben! Ich will, daß das Leben so weitergeht!«
»Du gehst irgendwann«, sagte Gustav. »Ich weiß es.«
Gustav wußte immer alles besser. Es war einfach gut, sich nicht mit ihm anzulegen. Dazu waren mir die wenigen Minuten mit ihm viel zu schade. Ich wußte, daß es unsere letzten Minuten sein würden.
»Gustav?« fragte ich bang. Wir hielten uns immer noch an der Hand.

»Ja?«
»Hast du dich eigentlich…«
»Ja?«
»Ach nichts.«
»Charlotte?«
»Hm?«
»Ja. Hab ich mich. Deswegen geht's mir auch so schlecht.«
Wir schweigen in die Dunkelheit hinein.
»Dann beruht es also auf Gegenseitigkeit«, sagte ich schließlich.
So. Jetzt weißt du's. Du bist der einzige, den ich nicht verzaubert habe.
Du hast MICH verzaubert.
Du alter, bärbeißiger eiserner Gustav. Weil du so eine abgrundtiefe, reiche, volle, schöne Seele hast. Und darüber nie ein Wort verloren hast.
»Da können wir uns auch nichts für kaufen«, sagte Gustav traurig.
Ich suchte seine Hand.
»Nein. Ich weiß.«
»Du bist verheiratet, und ich bin ein alter Mann.«
»Ja. So ist es wohl.«
»Ich könnte dein Vater sein«, sagte Gustav plötzlich.
Ich zuckte zusammen.
»Und? Bist du's?« Ich grinste. Obwohl ich Herzklopfen bis zum Halse hatte.
»Keine Ahnung«, sagte Gustav. »Woher soll ich das wissen. Pater semper incertas.«
»Hab ich die Rolle damals bekommen, weil du Grete noch was schuldig warst?«
»Welche Grete?«
»Arschloch.«
Wir schweigen. Er streichelte meine Hand. Gott, was mochte ich diesen Mann gut leiden.
»Findest du, daß wir uns ähnlich sind?« fragte ich schließlich.
»Nein. Kein bißchen.«
»Na siehst du. Ich nämlich auch nicht.«

»Du hast einen phantastischen Mann«, sagte Gustav plötzlich.
»Wir haben viel geredet.«
»Und?«
»Er ist es wert«, sagte Gustav. »Fangt neu an.«
»Ja«, sagte ich. »Machen wir.«
Der Mond hatte sich diskret verzogen.
Es war jetzt ganz, ganz dunkel.
Keiner sagte etwas. Was hätten wir auch sagen sollen.
Wir saßen da im finstern Nichts und hielten uns an der Hand, und alles war ausdiskutiert. Selbst das mit der Amsel und der Elster.
»Du solltest jetzt gehen«, sagte Gustav.
Das Wohnmobil schwieg taktvoll.
»Ja«, sagte ich. »Mach ich.«
Man hörte nicht den geringsten Laut.
Keine Elster und keine Amsel nicht.
Oder doch?
»Gustav? Weinst du?«
Keine Antwort.
Ich löste meine Hand aus seiner und tastete nach seinem Gesicht.
Es war naß.
»Gustav! Lieber, lieber Gustav! Bitte wein doch nicht! Nicht wegen mir!«
Ich wischte Gustav fassungslos im Gesicht herum.
»Laß doch einen alten Mann mal ein bißchen sentimental sein«, sagte Gustav heiser.
Nun heulte ich auch.
Schlotter-Lotte, nun reiß dich mal ein bißchen zusammen. Selbst eingebrockt.
»Gustav!! Bitte, bitte, bitte glaub mir! Ich wollte das alles nicht!«
»Nein«, sagte Gustav. »Ich auch nicht. Wahrlich nicht.«
Der Mond kam wieder hinter seiner Wolke hervor. Als wollte er mich mahnen, jetzt endlich zu gehen. Unsere Zeit war abgelaufen.
Aber eines mußte ich unbedingt noch wissen.

»Gustav, ich gehe gleich. Aber eine letzte Frage muß ich dir noch stellen. Ist jemals... Gustav, es ist wichtig. Schau mir in die Augen. Es ist von FUNDAMENTALER Bedeutung für mich.«
»Ja?«
Gleich würden wir wieder über den Unterschied von Elstern und Amseln streiten. Elstern tun tschackern und Amseln tun die große Terz singen. Und er würde behaupten, daß ich keine Ahnung von großen Terzen hätte. Und mir einen nassen Lappen ins Gesicht klatschen.
Hier. Tu mal etwas kühlen. Alte Quatschtante.
»Ist jemals... jemals, bitte überlege gut!!... ist JEMALS etwas, ein Gegenstand, also beispielsweise ein Bleistift oder eine Olive oder eine Drehbuchseite oder eine nasse Socke oder eine Portion Drosselkacke...«
»Ja? Kriegst du's wieder stärker?«
»Schnauze. Also. Ist jemals irgendwas runtergefallen, als wir uns in die Augen gesehen haben?«
»Haben wir uns jemals in die Augen gesehen? Du stehst doch auf schielende Männer!«
»Gustav! Du sollst ernst bleiben!! Überleg, ob irgendwann etwas runtergefallen ist. Bitte. Es ist wichtig.«
»Dein Charakter«, sagte Gustav. »Der ist tiefer gefallen als der Dollar an der New Yorker Börse.«
»GUSTAV!!! Ist etwas zu Boden gefallen?! Erinnere dich!«
»Nein«, sagte Gustav nach einigem Nachdenken. »Was sollte denn runtergefallen sein?«
»Immer wenn was runterfällt und ich einem Mann in die Augen sehe, dann... ach, es ist mir peinlich.«
»Wie? DIR ist etwas peinlich? Das glaube ich nicht.«
»Ach, nichts. Also, du bist sicher, bei DIR ist NICHTS runtergefallen. Auch kein Klecks Zahnpasta oder so. Vielleicht Zigarettenasche?«
»Nein. Nicht daß ich wüßte. Alte Quatschtante. Weißt du, warum ich dich liebe? Nicht weil was RUNTERgefallen ist. So'n Quatsch. Sondern, um DICH zu zitieren: Weil ich mich mit dir nie langweilen muß. Deshalb. So.«
»Das hast du nett gesagt«, sagte ich. »Danke gleichfalls.«

»Aber spiel nicht länger mit dem Feuer, hörst du? Das ist unfair. Du spielst so lange mit dem Feuer, bis alles lichterloh brennt. Und dann stehst du da und weinst und sagst, oh, Entschuldigung, das wollt ich nicht.«
»Tschuldigung«, murmelte ich zerknirscht.
»Gehst du jetzt endlich? Ein alter Mann braucht seine Ruhe.«
»Ja. Ich gehe jetzt. Darf ich dich zum Abschied noch um was bitten?«
»Ich soll was runterfallen lassen.«
»Nein. Du ausgerechnet nicht. Aber was anderes: Stellst du mir zum Abschied noch ein einziges Mal deine Scheibenwischer an? Nur noch ein einziges Mal!«
»Kriegst du's also doch wieder stärker.«
»Bitte, Gustav. Ein letztes Mal. Spiel mir das Lied vom Tod.«
Gustav erhob sich und stellte den Scheibenwischer an.
Der Scheibenwischer quietschte. Es war das Lied vom einsamen alten Trucker. Der immer einsam war. Und für den Rest seines Lebens auch wieder einsam sein würde.
»Gustav? Danke für die Zeit mit dir. Jede Minute war ein Geschenk. Ich werde dich nie vergessen.«
»Alte Quatschtante.«
Wir umarmten uns. Und dann ging ich.

Gegen Mittag rollte der Zug in den Kölner Bahnhof ein.
Ich stand am Fenster und hielt Ausschau nach meinem alten, neuen Ernstbert. Und hatte Herzklopfen.
Wollte er wirklich immer noch neu anfangen?
Ich wollte es auch. Aber würde das so einfach sein?
Ernstbert stand mit den Kindern auf dem Bahnsteig: ganz schlank, ganz sportlich, in Jeans und lässigem Pulli mit einem breiten Ledergürtel und Turnschuhen. Ein Bild von einem Mann. War das MEINER?
Die Zwillinge waren gewachsen und auch schlanker geworden und hatten kurze Haare und sahen Ernstbert ähnlicher denn je.
Besonders Bert.
Meine drei Männer! Ich drängelte mich aus der Tür und warf mein Gepäck von mir. Wir fielen uns um den Hals.

»Mami, Mami! Wir waren mit Papa im Wohnmobil unterwegs! Wir waren im Disney-Land!!«
»Im Disney-Land? In Kalifornien?« Ich schaute Ernstbert fragend an.
»Im Disney-Land. Bei Paris. Fast hätten wir dich besucht. Aber ich dachte, du brauchst noch etwas Zeit.«
Die Kollegen gingen an uns vorbei.
Manche lächelten. Manche nicht.
Gernot Miesmacher und Elvira zum Beispiel. Die lächelten nicht. OBWOHL Adrian sie abholte.
Die versammelt blickende Nachtschwester Berthild lächelte leidend.
Die hühnerpopoige Pia lächelte säuerlich.
Am allerherzlichsten jedoch lächelte die mollige Ulrike.
»Das ist eine Freude«, sagte sie warm. »Es ist doch immer wieder ein wunderschönes Bild, wenn eine Familie so zusammenhält.«
»Ja, nicht?« süßelte ich genauso falsch zurück. »Und wer kann vor allen Dingen so herzlich gönnen!«
»Oha!« sagte Ernstbert, als sie weg war. »Ihr scheint die Ferien voneinander ja dringend nötig zu haben.«
»Da sagst du was«, antwortete ich. In dem Moment nahte Justus. Er hätte über uns steigen müssen, wenn er beschlossen hätte, uns nicht zu beachten. Doch Justus war ein Mann von Welt. Er lachte sehr jovial und gab Ernstbert die Hand und tätschelte den Kindern die Köpfe. Als wäre nichts gewesen. Schauspieler eben.
»Na? Ihr Rackcher? Wann kchommt ihr denn mal zu uns nach Südtirroll? Bei uns im Hotäll hat's alles, was ihr wollt! Pferde und Hühner und Treckcher und ein Baumhaus hat's und einen Tümpäll und einen Sandkaschten!«
»Den hat der Justus selbst gebaut!« rief ich dazwischen. »Aus selbstgefälligen Bäumen!!«
»Meine Frau ischt ein ganz netter Kchärrl«, lachte Justus sonor. »Sie und meine Buben fräuen sichch schon auf euch!«
»Ja, Mami! Wir wollen zu Justus nach Südtirol fahren!«
»Los! Jetzt sofort!«
Sie zerrten an meinen Armen.

Ernstbert lachte. »Danke für die Einladung! Wir werden drüber nachdenken!«
Justus lachte noch viel sonorer. »O bitte! Aber nicht zu lange! Sonst sind wir wieder ausgebucht!«
Schauspieler, dachte ich. Echt erste Sahne, die Nummer.
»Wiedersehen, Justus«, sagte ich. »Schönen Sommer. Und grüß deine Frau.«
»Ja, das werd ichch machen. Und vergeßt nichcht: Ihr müßt unbedingt kchommen!«
Ich sah ihn fragend an.
Er lachte sehr laut und sehr jovial.
Dann gingen wir.

Es wurde ein märchenhafter Sommer. Ein Familien-Sommer, wie er im Buche steht. Unser erster gemeinsamer Sommer.
Sieben Wochen hatten wir füreinander Zeit.
Das war noch nie dagewesen. Daß Ernstbert überhaupt für uns Zeit hatte.
Zuerst blieben wir drei Wochen einfach nur zu Hause.
ZU HAUSE! Was für ein wunderbares Wort, wenn es mehr ist als ein Dach mit Wänden und Türen! Wenn es ein ZUSTAND ist, und nicht nur eine Adresse!
Um es vorwegzunehmen: Ernstbert las KEINE EINZIGE Bedienungsanleitung! Den ganzen Sommer nicht! Und sagte nicht EINMAL, daß ich mir beruflich nur mit albernem Scheiß die Zeit vertriebe und mein Arbeitsplatz ein nutzloser Kindergarten sei. Und daß das bißchen Haushalt doch wohl das mindeste sei, was er von mir erwarten könne. Und daß ich nicht von ihm erwarten könne, daß er auch nur einen Handgriff in diesem unserem Zuhause verrichte. Wo er doch wirklich Wichtigeres zu tun hätte.
Früher hatte er nicht mal seine Kaffetasse in die Spüle gestellt. Wenn er sie abends mit ans Bett genommen hatte, dann stand sie morgens noch da. Und eine Woche später immer noch. Es konnten bis zu fünfzehn Tassen neben seinem Bett Schimmel ansetzen. Er ließ sie stehen. Und ich natürlich auch.
Nicht daß da Mißverständnisse aufkommen.

Oder die benutzten Handtücher. Die warf er auf die Erde. Und wenn er nur noch über benutzte Handtücher watete, er hob nicht ein einziges auf und warf es in die Wäsche. Das war Frauensache. Wozu haben Frauen Hände? Um ihren Männern die benutzten Handtücher aufzuheben und in den Wäschepuff zu bringen. Um sie dort wieder rauszunehmen, zu waschen, aufzuhängen, abzunehmen, zu falten und wieder in den Schrank zu tragen, aus dem die Männer sie rupfen und nach einmaligem Gebrauch wieder auf die Erde schmeißen können.
nicht mit mir, mein liebster Ernstbert-Gatte, hatte ich sieben Jahre lang gedacht. nicht mit mir. Das gemeine graue Hausweibchen kannst du dir woanders suchen. Heiraten ist unfair.
Oder die abgegessenen Teller. Wegen seines ständigen Arbeitswahnes pflegte Ernstbert seine Speisen immer an irgendeinem pc oder einer Fernbedienungsanlage einzunehmen, damit er dabei bereits wieder eine Bedienungsanleitung lesen oder seinen »Computer füttern« konnte. Ein Löffel für die Diskette, ein Löffelchen für die Festplatte, eines für den Laser-Drucker und ein letztes für die Maus! Hm, lecker, lecker! Nun hatte das Mäuschen Krümel im Bart. Aber es wieselte wieder dankbar und pflichtfroh über den Bildschirm. Und der Computer rülpste zufrieden vor sich hin und kötzelte zum Dank irgendwelche Zahlen, Listen und Berechnungen hervor.
Und Ernstbert und der Computer verschmolzen in inniger Liebe miteinander und hatten keine Augen und Ohren mehr für die Menschen um sie herum. Da standen dann die abgegessenen Teller. Irgendwo. Im Keller neben der Alarmanlage, die er auch »gefüttert« hatte – ohne Essen sprang die nicht an! –, in der Garage neben der Fernbedienung, im Wohnzimmer neben dem cd-rom, im Badezimmer neben dem Bidet. Selbst der Hintern wurde bei uns vollautomatisch gesäubert, währenddessen man prima Bedienungsanleitungen lesen konnte.
Ganz zu schweigen von Ernstberts Arbeitszimmer. Das war wirklich der Raum mit der allerpersönlichsten Note im ganzen Haus gewesen. Da konnte man selbst bei näherem Hinsehen kein Fleckchen Teppichboden oder Schreibtischplatte mehr entdecken. Auf den Fernsehern, Druckern, Computern, Faxgeräten,

Telefonen, Alarmanlagen, Fotokopierern, Anrufbeantwortern, Schränken und Regalen türmten sich die abgegessenen Teller auf mannshohen Stapeln von Bedienungsanleitungen! Da kam man gar nicht mehr dran! Selbst wenn ich die Absicht gehabt hätte, einen dieser Teller einzusammeln, weil es im ganzen Hause keinen unbenutzten Teller mehr gab, ich hätte mir einen Wirbel ausgerenkt!
Ich hatte schon mehrmals ganz neue Porzellansortiments kaufen müssen, damit wir abends nicht aus den Plastiknäpfen essen mußten, die Ernie und Bert ihrerseits alle in den Sandkasten geschleppt hatten.
Seinem guten Beispiel folgend, verleibten sie sich alles ein, was sie zum Matschen, Kneten, Formen, Bauen und Schaffen gebrauchen konnten, vom Schneebesen bis zum Eierbecher, von der Bratpfanne bis zum Champagnerglas, und verbuddelten es auf Nimmerwiedersehen unter der Regenrinne im Sand.
Ich hatte auch gar nichts dagegen, daß die Kinder sich schöpferisch entwickelten, nur bat ich ab und zu in meiner ewig nörglerischen kleingeistigen Besserwisserei um EIN Löffelchen, damit ich meinen Gesundheitspamp nicht mit den Fingern essen mußte.
Benjamin hatte ja eine gewisse Ordnung in unseren Haushalt zurückgebracht, aber seit Ernstbert sich für diese schöne, sinnvolle Tätigkeit begeisterte, war bei uns alles tipptopp und wie aus dem Ei gepellt, wie Grete immer zu sagen pflegte.
Schlotter-Lotte, bei der Frau Schwertlein aus dem Nachtigallenweg ist alles immer wie aus dem Ei gepellt. Die Frau selbst auch. Und die Kinder. Alle. AUCH der Mann. Nimm dir mal ein Beispiel an dieser netten, gediegenen Frau. Wie die immer mit ihrem Fahrrad zum Markt fährt. Ganz natürlich und nett und bescheiden.
Und nun: Ernstbert. Nun war ER es, der wie aus dem Ei gepellt natürlich und nett und bescheiden mit dem Fahrrad zum Markt fuhr. Mit BEIDEN Kindern im Schlepp!
Wie ein Erpelvater mit seinen Entenkindern!
Und sie kauften frische Blätter, Strünke, Knollen und Wurzeln! Und kochten daraus einen schmackhaften Sud!

Ich stand fassungslos daneben.
Er hatte bei Benjamin Nachhilfestunden genommen:
Im Kochen, Putzen, Treppewischen, Bügeln und Bettenbeziehen war er gut! Konnte er alles! Fünfzehn Punkte pro Leistungskurs!
Das beste jedoch war seine Art, nicht darüber zu sprechen. Sondern es einfach zu MACHEN.
Das allerbeste war die Art, wie er mit den Kindern umging.
Kein: »Kannst du die nicht mal ins Bett bringen oder was.«
Kein: »Leg ihnen doch mal 'ne Kassette ein.«
Kein: »Kannst du ihnen nicht mal sagen, sie sollen meinen Computer in Ruhe lassen?«
Kein: »Sag ihnen, sie sollen zu Grete rüberlaufen.«
Er sprach SELBER mit ihnen!
Von Mann zu Mann! Und baute ihnen einen Flitzebogen! Und Hunderte von Papierfliegern! Er ließ mit ihnen den Gummistiefel zu Wasser und baute schöpferische Sandburgen, verziert mit Eierbechern, Federbällen, Rührschlägern, Bratpfannen und Untertassen!
Er streifte stundenlang mit ihnen im Wald umher!
Und ließ sie SEINEN heiligen Wagen waschen!!
Er ging mit ihnen schwimmen – ich durchwühlte heimlich die Badetasche; es war KEINE Bedienungsanleitung darin!! –, und einmal prallte ich erschrocken von der Klotür zurück: Er wischte Ernie den Hintern ab. Eigenhändig. Und anschließend säuberten sie gemeinsam mit der Klobürste die Stätte der Entspannung. Und machten das Fenster auf. Aus freien Stücken!!
Und wuschen sich die Hände.
Und warfen das Gästehandtuch in den Wäschepuff!!
Ernstberts Überraschungsaktionen steigerten sich ins Unermeßliche: Am nächsten Tag fand ich den Wäschepuff VOR der Waschmaschine stehen! Und zwar LEER!!!
Ich ging immer wieder ratlos durchs Haus.
Das konnte doch alles nicht wahr sein! Ich öffnete Schränke und Schubladen und konnte es nicht fassen. Gespültes Geschirr, gebügelte Wäsche, gemachte Betten. Frische Blumen auf dem Küchentisch!!

Abends hörte ich verdächtige Geräusche aus dem Kinderzimmer. Eine ungewohnte Männerstimme!! ERNSTBERT saß auf dem Bettrand und las seinen Söhnen »Die Schatzinsel« vor!! OHNE KASSETTE! LIVE!! Und sie klammerten sich rechts und links voller Spannung an seinen muskulösen Oberarm!
Zuerst schaute ich mir das alles mit einiger Skepsis an.
Neue Besen kehren gut.
Neue Männer noch viel besser.
Besonders, wenn sie etwas erreichen wollen.
Daß ich in Zukunft mit diesen Zauberspielchen aufhörte. Endgültig.
Die Art und Weise, wie er diesem Wunsch Ausdruck verlieh, war origineller als alle Orchideen, Ringe, Ferrero-Küßchen und Venedig-Reisen dieser Welt.
Ich nahm das alles mit Rührung und Freude zur Kenntnis.
Trotzdem. Was innerhalb von sieben Jahren zerstört wurde, kann man in drei Wochen nicht wieder aufbauen.
Ich träumte trotz allem jede Nacht von Gustav. Jede. Auch wenn ich das kein bißchen fair von mir fand. Gegen Träume kann man nichts machen. Die arbeiten nachts für einen auf, was man tagsüber verdrängt. Tagsüber verbot ich mir, an Gustav zu denken. Ich sprach nie ein einziges Wort über Gustav. Und Ernstbert auch nicht. Ü-ber-flüs-sig.
Als die Kinder Anfang August Geburtstag hatten, luden wir vierzehn Knaben ein. Für jedes Kind und jedes Lebensjahr einen. Und machten ein riesiges Kinderfest im Garten. Mit Piratenkostümen, Schatzsuche, Würstchengrillen und Schiffskämpfen.
Und zogen mit »Vierzehn Mann auf des Toten Mannes Kiste« auf den Seeräuberspielplatz im Stadtwald. Und fingen Erpel und hängten ihren Skalp auf die Wäscheleine.
WIR. Ernstbert und ich.
Später räumten WIR auf.
WIR brachten die Kinder ins Bett. WIR saßen abends bei einer Flasche Wein auf der Terrasse und schmiedeten Pläne. WIR redeten nicht über Vergangenes. Vorerst nicht. Nur über die Zukunft.

WIR räumten die Garage auf, reparierten endlich das Dach, wir arbeiteten im Garten, wir machten lange Fahrradtouren mit den Kindern, wir gingen schwimmen.
Er ging selbst mit ihnen ins Wasser. Während ich auf dem Liegestuhl sitzen blieb. Und mich mit Sonnencreme einrieb, zwecks ausführlichen Sonnenbadens.
Ich saß fassungslos auf der Decke am Rande des Beckens und beobachtete diese drei männlichen Wesen, die unfaßbarerweise zu mir gehörten und die vor Lebensfreude und Übermut nur so sprühten. Ich klatschte und schrie ›Bravo‹, und ich platzte vor Stolz über die drei braungebrannten Wasserbomben, und mir wollten vor lauter Familienglück die Tränen kommen.
Hinterher trocknete Ernstbert die Kinder ab. Und reichte ihnen selbstgeschmierte Brote und zog ihnen einen Seitenscheitel und wrang ihre Badehosen aus und breitete sie zum Trocknen auf einem Handtuch aus.
Und guckte mich dabei schweigend sehr lieb an. Es haute mich schier aus meinen Busenkörbchen. Ich schwieg und lächelte zurück. Ja, ich habe deine Botschaft vernommen. Allein: Mann, meine Stunde ist noch nicht gekommen.

Eines Augusttages fuhren wir in Urlaub.
Ernstbert hatte das alte Wohnmobil wieder verkauft.
Das war mir aus irgendwelchen sentimentalen Gründen auch recht so. Ich wollte nie wieder in einem Wohnmobil sitzen. Ich hatte Angst vor dem Geräusch des Scheibenwischers.
Überraschung für Mutti: Wir fuhren ins Blaue.
Mit dem Zug. Die Kinder hatten sich das gewünscht. EINMAL Schlafwagen. Wie AUFregend.
Ernstbert hatte alles organisiert. Ich sollte mich einfach nur entspannt zurücklehnen und überraschen lassen. Ernstbert hatte für uns ein Schlafwagenabteil gemietet. Der Zug rollte gen Süden, mehr wußte ich nicht.
Abends um zehn, nach einem gemütlichen Abschieds-Kölsch im »Früh«, betraten wir unser rollendes Schlafzimmer.
»Nich gucken, Mama«, sagten die Kinder, als ich auf das Zugschild schielen wollte.

Es war was Italienisches. Bolzano und Milano und so.
Ich spielte mit. Natürlich ließ ich mich überraschen. Das ganze Leben war eine einzige Überraschung in letzter Zeit!
Trotzdem wollte ich mich nicht aufs Glatteis führen lassen. Es war sieben Jahre lang alles anders gewesen.
Nur nichts überstürzen, Schlotter-Lotte. Sei nicht immer gleich so plump begeistert. Eile mit Weile.
Die Kinder krabbelten unternehmungslustig in ihre oberen Kojen. Sie waren glücklich wie nie zuvor.
Ernstbert krabbelte hinterher und deckte sie gut zu und streichelte ihnen über den Kopf und erzählte ihnen noch von Jim Knopf und Lukas dem Lokomotivführer.
Ich lehnte mich derweil entspannt aus dem Fenster und betrachtete das letzte Abendrot hinter den Domtürmen.
Ade, du vergangenes Jahr.
Ade, ihr chaotischen, wunderbaren Ereignisse. Ich will euch nie missen. Obwohl ihr vorbei seid. Für immer.
Tschüs, Kleine Klinik, Schule, Hockey, Tennis, Schmitz-Nittenwirm, Haus, Garten und Garagendach, Benjamin, Dr. Geldmacher, Schweinsäuglein-Ulrike, Lore Läscherlisch, Gretel Zupf und Gernot Miesmacher plus Adrian-Elvira. Tschüs, Mechthild Goch. Ich charter mir jetzt 'n Flieger. Und weiß, wohin ich gehöre. Tschüs, Justus.
Euch allen hab ich so viel zu verdanken.
Ohne euch müßte ich mich immer langweilen. Was wäre dieses letzte Jahr ohne euch gewesen? Ich wäre nur wieder ein Jahr älter geworden. Sonst nichts.
Tschüs, Grete und Bodo, ihr Glücklichen.
Recht habt ihr's gemacht.
Tschüs, Gustav. Danke für die schöne Zeit. Danke, daß ich in deiner tiefen Seele gründeln durfte.
Die Silhouette von Köln verschwand.
Das Abendrot wich einer warmen Dämmerung.
Erste Sterne leuchteten. Sie winkten freundlich hinter uns her.
Blink, blink, blink. O.K. O.K. O.K.
Alles hat seine Zeit. Alles ist gut so, wie es gekommen ist.
Ich wendete mich wieder um.

»Ernstbert?«
»Ja?«
Ernstbert hatte eine Flasche Rotwein beim Schlafwagenschaffner bestellt. Und zwei Gläser.
»Schlafen sie?«
»Ja.«
»Du liebst sie, was?«
»Natürlich. Ich hab sie immer geliebt.«
»Aber jetzt zeigst du's auch.«
»Als sie klein waren, konnte ich nicht soviel mit ihnen anfangen.«
»Aber jetzt?«
»Ja.«
Wir tranken.
»Auf uns?«
»Ich möchte es gern. Ja. Auf uns.«
Da saßen wir auf unseren Schlafstätten, Herr und Frau Halmakkenreuther beim Probeliegen, und im Gepäcknetz schnarchte die erschöpfte Brut. Und wir versuchten bei einer Flasche Rotwein, unsere Ehe zu retten. Als wenn das so schnell ginge.
Der Zug ratterte durch die Nacht.
Längst hatten wir Bonn und Koblenz hinter uns.
Es war warm und gemütlich und heimelig.
Wie in einer kleinen Zelle, die durch den Weltraum schwebt.
Und alles abhängt, was sie in letzter Zeit belastet hat.
»Meinst du, wir hätten noch eine Chance?« fragte Ernstbert, indem er meine Hände ergriff.
»Ich weiß nicht. Es kommt mir alles so überraschend.«
Ernstbert schwieg betroffen vor sich hin.
»Merkst du nicht, daß ich mich geändert hab?«
»Doch, klar. Ich bin unmittelbar begeistert. Nur: Wie lange hält der Inhalt vom Überraschungsei?«
»Für immer. Das verspreche ich.«
Mir wollten die Tränen kommen. Es klang so herzerfrischend geklaut, als käme es aus einem Daniela-Paletti-Roman. Mich fröstelte an den angefressenen Charakterlöchern meiner trennkostgeschädigten Magermilchseele.

Gut, daß er nicht sagte: »Ich bin ein Mann von Welt« oder »Ein Mann ein Wort« oder »Auf diese Schweine können Sie hauen« oder »Hallo, Herr Kaiser«.
Der Penisträger an sich ist kein Sprücheklopfer. Nur der ein oder andere. Aber nicht alle.
Ernstbert handelte. Das hatte er bewiesen.
Er hatte kein einziges Mal gesagt: Sisste wohl? Oder: Sarich doch! Oder: Da guckste, was? Im Spülmaschinen-Ausräumen bin ich gut!
Er hatte nur gehandelt. Und dadurch genug gesagt.
Und ich hatte ihm schweigend zugesehen. Und damit auch genug gesagt.
Wir verstanden uns zum erstenmal im Leben ohne Worte.
Nur: Wie lange noch?
Was, wenn dieser Sommer vorbei war?
Wann würde er wieder in sein Immobilienfonds-Büro gehen und die Rolläden runterlassen vor dem Leben und vor den Kindern und mir? Und seinen Mercedes lieber haben als uns? Wann würden sich wieder die Teller neben der Badewanne stapeln? Und Socken die Treppe pflastern? Wann würde sein Alltag wieder aus Zahlen bestehen, aus seinem übergewichtigen Zeitplanbuch, aus Spekulationen, Kalkülen und Berechung? Wann würde er wieder sagen, daß die Kinder und der Haushalt meine Sache seien, daß er sonntags bis ein Uhr schlafen müsse und daß ich außer meinem Kleine-Klinik-Trallala-Scheiß doch nichts Anständiges zu tun hätte? WANN???
Ernstbert setzte sich mir gegenüber und schüttete uns Wein nach.
»Ich weiß, daß das alles sehr überraschend kommt für dich. Nur, laß uns jetzt einmal darüber sprechen.«
»Wie du meinst.« Ich verschanzte mich hinter meinem Glas. Links von uns zog sich der alte Vater Rhein in seinem Bett schwärzlich durch die weinbergige Landschaft.
»Es gab einen Tag in meinem Leben«, sagte Ernstbert, »den ich nie vergessen werde. Es war der fünfte Juni.«
»Und? Was war am fünften Juni?«
»Da habe ich dir zum erstenmal zugehört.«

»Am fünften Juni«, ich rechnete, »da war ich in Bad Hersfeld. In der alten Burgruine. Meine dritte oder vierte Vorstellung war das.« Ich dachte kurz an Gustav. Aber nur kurz.
»Ja. Ich hab mir einfach nie die Mühe gemacht, deine Interessen zur Kenntnis zu nehmen.«
»Danke gleichfalls«, sagte ich geknickt. »Der Inhalt deiner übergewichtigten Zeitplanbücher hat mich auch nie interessiert.«
»Dieser Serien-Scheiß mit der kleinen Klinik, diese Umgebung in dem albernen Kindergarten, die den Charakter verdirbt, die lächerlichen Probleme, die deine Kollegen haben...«
»Sprich nicht davon«, sagte ich.
»In Bad Hersfeld hast du zu mir gesprochen«, sagte Ernstbert. »Obwohl du gar nicht wußtest, daß ich da war. Und da hab ich dir zum erstenmal im Leben richtig zugehört.«
»Wieso bist du da hingefahren?«
»Ich war ganz in der Nähe. Witzelroda. Keine fünfzehn Kilometer Luftlinie. Da hingen Plakate von dir am Laternenpfahl.«
»Ach was«, sagte ich überrascht. »Daß sie mich sogar in Witzelroda am Laternenpfahl aufhängen...«
»Verdient hättest du's«, grinste Ernstbert.
»Ich weiß«, grinste ich.
»Du warst aber in Begleitung von deinem... väterlichen Freund Gustav.«
Väterlicher Freund... Ich schluckte.
»Und in Wiesbaden warst du auch in Begleitung von deinem Freund Gustav. Da lief zusätzlich noch dein Kollege Justus rum.«
»Was? Du hast ihn gesehen?«
»Ja. Aber er mich nicht.«
»Nee, ist klar.«
»Dann war der Spiegel da, und das ZDF, und dieser Theaterdirektor mit dem Schirm war ständig um dich rum. Da hab ich mir gedacht, daß du viel zu beschäftigt bist. Und habe erst mal Dinge in Angriff genommen, die mir wichtiger erschienen.«
Also doch. Justus in Wiesbaden. Gustav sachtes ja noch. Und ich wollte es nicht glauben. Deshalb war Justus so beleidigt gewesen. Armer Ernstbert.

»Mein letzter Versuch war Weiden in der Oberpfalz«, sagte Ernstbert. »Aber da warst du wieder nicht allein.«
»DU warst das Wohnmobil auf dem Parkplatz?«
»Ja klar. Wer denn sonst.«
Also nicht Gustav.
Ich schämte mich in meinen Rotwein hinein.
Ich stellte mein Glas auf der Klappe ab und mußte Ernstbert mal ganz schnell umarmen.
Dann kuschelte ich mich wieder auf meinen Sitz.
»Benjamin hat in Weiden mal vorbeigeschaut«, sagte ich so unverbindlich wie möglich. »Du hattest ihm ja freigegeben.«
»Ja, wir sind zusammen nach Weiden gefahren. Und auf der Hinfahrt haben wir geknobelt, wer dich überraschen darf. Benjamin hat gewonnen.«
»NEIN!«
»Doch.«
»Ihr seid zusammen... MIT den Kindern??«
»Ja. Aber wir haben ihnen nicht gesagt, daß du da bist. Wir wollten sie nicht enttäuschen. Falls du nicht allein gewesen wärest.«
Ich schluckte.
»Ich WAR allein! Großes Indianerinnenehrenwort!«
»Das war nicht vorauszusehen. Wir haben uns dann dahingehend geeinigt, daß Benjamin den Kurier spielt.«
»Benjamin. Was für ein feiner Kerl.«
»Benjamin hat mir alles beigebracht, was ein moderner Hausmann heutzutage wissen und können muß«, sagte Ernstbert stolz. »Ich hab jetzt einen ganz anderen Respekt vor Hausfrauen.«
»Und ich vor Hausmännern«, seufzte ich ergeben.
»Ich hab mir überlegt, daß wir Benjamin das Studium finanzieren könnten«, sagte Ernstbert. »Und dafür macht er uns den Haushalt. Wie findest du das?«
»Genial«, sagte ich froh.
Der Schaffner kam und fragte, ob er jetzt die Betten richten solle.
»Nein, wir haben hier noch was zu besprechen. Aber eine Flasche Wein können Sie uns noch bringen.«

Ernstbert gab ihm die leere Flasche mit.
Wir prosteten uns zu.
»Du hast dich mit Gustav getroffen«, fiel ich mit der Tür ins Haus.
»Ja. Was willst du wissen?«
»Alles.«
»Gustav hat mich angerufen.«
»Wann?«
»Einen Tag nach Wiesbaden.«
»Und?«
»Wir haben uns getroffen.«
»War er unrasiert?«
»Ja. Ziemlich. Warum?«
»Nur so. Weiter!«
»Nichts weiter. Wir haben uns unterhalten.«
»Von Mann zu Mann?«
Ausgerechnet in diesem Moment kam der Schlafwagenschaffner zurück und fragte, ob er die neue Flasche schon öffnen solle.
»Geben Sie her. Das machen wir selbst.«
Mensch, raus, Sie Kaschperl. Wir regeln hier unsere Ehe neu, und Sie fragen, ob Sie die Flasche öffnen sollen. Sie haben Nerven, Mann.
Die Tür ging wieder zu.
»Also ihr habt euch unterhalten. Von Mann zu Mann«, drängelte ich.
»Wenn du so willst«, sagte Ernstbert.
»Und???«
»Was willst du wissen?«
»Über WAS habt ihr euch unterhalten?!«
»Über die Fußballergebnisse bei der letzten Bundesliga und so«, sagte Ernstbert. »Was Männer so reden.«
»Du lügst. Gustav interessiert sich nicht für Fußball.«
»Gut, O.K. Ich sag jetzt die Wahrheit, ja?«
»Ich bitte darum.«
»Über die Zubereitung von Bratkartoffeln. Er hat da ein ganz besonderes Rezept...«
»ERNSTBERT!!«

»Er tut die Kartoffeln in Butter schwenken und dann auf kleiner Flamme weiterköcheln. Und dann tut er sie direkt aus der Pfanne essen.«
»DARÜBER habt ihr gesprochen?«
»Ja, klar. Was hättest du denn gedacht?«
»Daß ihr über mich sprecht«, sagte ich beleidigt.
»Kann sein, daß wir dich am Rande auch mal erwähnt haben«, sagte Ernstbert. »Aber hauptsächlich haben wir über Wohnmobile gesprochen. Er lebt ja in einem. Wußtest du das?«
»Nein«, sagte ich trotzig.
»Er hat mir ein paar brandheiße Tips gegeben über Trinkwasserentkeimungsmittel und Acrylglaskratzentferner und Dichtolan und Frostimar und WC-Duftifix und so«, sagte Ernstbert.
»Ach was«, sagte ich sauer.
Ernstbert wollte sich also nicht weiter äußern.
Das hatte ja irgendwie was. Ein Gentleman genießt und schweigt.
Daß diese Männer doch alle irgendwie zusammenhalten, dachte ich. Das macht sie ja irgendwie liebenswert.
Ob ich jetzt mal den Korkenzieher fallen lassen soll? Nur mal ein ganz kleines bißchen dran schieben. Dann fällt er. Und dann wollen wir doch mal sehen, was passiert. Wer hier wen an der langen Leine zappeln läßt. Und was für eine kurzweilige Wende dieser Abend nimmt. Ich legte unauffällig meine Hand auf die Tischplatte.
Doch Ernstbert nahm den Korkenzieher und spielte beiläufig an seinem spitzen Ende herum. Fast sah es aus, als wolle er sich damit in den Finger stechen. Damit wir hundert Jahre schliefen und dann sein Wunsch in Erfüllung ginge. Oder wollte er mich nur an neuen Dummheiten hindern?
»Ich weiß, daß Gustav dir sehr viel bedeutet«, sagte er plötzlich.
Ich war ihm dankbar, daß er nicht »Der Mann« sagte.
Er nannte Gustav beim Namen.
Aha. Er wollte also doch noch ein bißchen zur Sache kommen.
Nun hatte ich gar nicht mehr damit gerechnet.
Mir schossen die Tränen in die Augen.

Verdammt. Jetzt nicht. Raus. Ihr stört. Ich wischte sie mit dem Handrücken weg.
Ernstbert öffnete derweil die neue Flasche Wein, damit ich mich wieder fangen konnte.
Er füllte die Gläser.
»Auf uns.«
Ich nickte.
Oben schnorchelte Bert einen seiner unkontrollierten Polypen-Ratzer.
Wir lächelten uns an.
»Das alles aufgeben?«
»Nein.« Ich schüttete schnell einen Mundvoll Rotwein hinterher. »Hab ich nie vorgehabt.«
»Ich auch nicht«, sagte Ernstbert. Er drückte mir die Hand. »Ich war nur schrecklich fahrlässig.«
»Ich auch.«
»Können wir's noch ändern?«
»Ja. Wenn wir es beide wollen.«
»Können wir noch ein letztes Mal über Gustav sprechen?«
»Bitte«, sagte ich abwartend. »Eben wolltest du nicht.«
»Er hat mir gesagt, daß er dich liebt.«
»So. Hat er.« Endlich kam er zur Sache.
»Und? Liebst du ihn auch?«
Ich zuckte die Schultern. Ich starrte aus dem Fenster. Der alte Vater Rhein in seinem Bett lag schlafend auf seiner Ottomane. Aber seine Augen waren offen.
Ich guckte wieder Ernstbert an.
»Er hat dir zugehört«, sagte Ernstbert. »Das habe ich nie getan. Bis zum fünften Juni. Seitdem höre ich dir zu. Merkst du das nicht?«
Ich nickte stumm und heftig mit dem Kopf. Ja, Mann! Natürlich merke ich das!! Warum kann ich dir jetzt nicht um den Hals fallen und mich weinend an deine Brust schmeißen und dir ewige Treue schwören! Warum kann ich das nicht!! Warum muß ich jetzt schweigend aus dem Fenster starren!! Bei der Paletti würd das jetzt funktionieren! Nur bei dir wieder nicht, Schlotter-Lotte!

»Charlotte«, sagte Ernstbert.
Ich guckte ihn an.
»Ja?«
»Kannst du ihn vergessen?«
»Ich arbeite daran«, sagte ich schließlich. »Großes Indianerinnenehrenwort.«
»Dann ist es gut«, sagte Ernstbert erleichtert. »Dann ziehen wir jetzt einen dicken Strich unter die Sache. Und sprechen nie mehr davon.«
»Nie mehr? Das ist ein Deal. Schaffst du das auch?«
»Ja. Es ist erledigt. Wir speichern das unter verflixtem siebtem Jahr ab.«
»Das ist eine praktische Einstellung«, lobte ich. »Da spricht mein alter Ernstbert.«
»Irgendwann muß man das ganze theoretische Zeugs ja mal im wahren Leben anwenden«, grinste Ernstbert. »Für irgendwas muß es ja gut gewesen sein.«
Ich hob mein Glas. »Du hast viel gelernt.«
»Du auch.«
»Und? Sagst du mir jetzt, wohin wir in Urlaub fahren?«
»Nach Südtirol. Oder hast du was dagegen?«
»Nein«, sagte ich. »Nach Südtirol wollte ich schon immer mal.«

Das Hotel »Chrischtl« im hintan Passeiatal war das bezauberndste Häuserl, in dessen putzigem Kammerl ich jemals abgestiegen war.
Ich hatte gar nicht geahnt, daß es so was Herziges überhaupt geben konnte. Von Menschenhand gemacht! Daß ein menschliches Gehirn überhaupt auf so was kommen konnte! So was Herzigs, Putzigs, Liabs!!
Kein Wanderl ohne Schnörkerl, Banderl und Sprücherl. Im Zimmerl ein Kascherl, im Betterl ein Hupferl, im Scheißhäuserl ein flauschigs Putzerl fürs Arscherl.
Und aus diesem gottgesegneten Fleckerl stammte Justus!
Mei, der arme Mann! Klar, daß er gefühlsmäßig völlig neben der Schüssel stand!

Die Kinder freundeten sich schon am ersten Tag mit dem Franzerl und dem Fritzerl an, und mit den vier anderen Geschwistern auch, und dann waren sie drei Wochen lang nicht mehr gesehen.
Sie sausten durch den Garten und durch das herzige, selbst angelegte Gemüsebeet, in dem die goldige Chrischtl immer ihre Krauterln zu zupfen pflegte, sie schwammen und planschten im Schwimmbecken herum, sie alberten mit dem lammfrommen Schäferhund Hermann und zogen ihn ungestraft am Schwanz, sie entdeckten mit Justus die Lust am Treckerfahren und die Scheune mit den Gänsen und die Schweine und die Kühe und die alten Kaserer-Höfe ringsum, und abends versammelten wir uns alle im holzgetäfelten verschnörkelten Speisesaal und nahmen unser köschtliches Veschperl ein, zusammen mit ein bis zwei harmonischen Flascherln Wäin, und den Nachtisch durfte man sich dann mit auf die Terrasse nehmen und hinunter ins Tal schauen, und dann spielten wir alle noch Tischtennis (im Tischtennisspielen war Justus gut, aber ich war noch viel besser, und DAS hätte er nie gedacht, harharhar!!!), und Justus holte seine Gitarre und klampfte und sang, und das heazige Chrischtinerl räumte unterdessen mit ihren Maderln die Tische ab und dekorierte sie in inniger Liebe für das Frühstück neu.
Da wir die Kinder bei Chrischtl und Justus und Hermann in bester Obhut wußten, konnten wir frank und frei und ungehemmt schon morgens um acht die erste Gondel besteigen – wenn wir nicht gerade Tennis spielten –, um auf den schneebedeckten Gipfeln dieses gottgesegneten Landes herumzukraxeln oder auch einfach nur Hand in Hand dreißig Kilometer weit geradeaus zu gehen.
Hatte ich zuerst damit gerechnet, daß Ernstbert a) morgens nicht aus dem Kaschterl und b) tagsüber nicht auf das Bergerl und c) nachts nicht auf sein Weiberl steigen könnte, da ihm der Erschöpfungstod drohte, so irrte ich mich in allem.
Wir redeten in diesem Urlaub so viel miteinander, wie wir in den ganzen sieben Jahren vorher nicht miteinander geredet hatten.
Und lernten uns ganz neu kennen.

»Du bist leider keine Dame«, seufzte Ernstbert einmal.
»Zum Glück«, seufzte ich. »Was Damen im Leben alles verpassen. Schrecklich.«
»Du bist meine Nadel im Heuhaufen. Aber ich will mich nie wieder an dir stechen. Klar?«
»Klar.«
»NIE wieder!! Versprochen?«
»O.K.«, sagte ich. »Versprochen.«
Jetzt ging es steil bergauf, wir mußten schweigen. Und wir konnten es auf einmal. Miteinander schweigen.
Und uns trotzdem nahe sein.
Das letzte Wort, das zwischen uns gefallen war, hing noch lange, lange in der Luft. Versprochen.

Eines Morgens – es war einer unserer letzten Urlaubstage – schlenderte ich nach dem Tennis durch den Kräutergarten. Ich wollte vor dem Frühstück noch kalt duschen gehen. Ernstbert fegte derweil mit unseren Jungs den Platz ab. Man hörte sie streiten, wer das Netz halten durfte.
Ich genoß die Morgensonne und die Aussicht auf unser ausgedehntes Frühstück auf der Terrasse und die anschließende Tageswanderung.
Da sah ich die nette Dame von Zimmer zwölf unter einem Kirschbaum sitzen. Ich hatte sie schon öfter im Speisesaal gesehen. Sie und ihr Mann hatten immer freundlich gegrüßt. Die Dame sah eigentlich noch recht jung aus. Aber sie war schon ganz grau. Fast weißhaarig war sie.
»Hallo!« grüßte ich zu ihr rüber. »Ist das nicht wieder ein herrlicher Tag heute?«
»Ja, das kann man wohl sagen. Kommen Sie. Setzen Sie sich eine Weile zu mir!«
Sie hatte sich Kissen und Decken auf ihren Liegestuhl drapiert – und las in einem guten Buch. Es war so eines von der Sorte, wie Nachtschwester Berthild sie immer las. Aber bei dieser Frau wirkte das ganz anders.
»Machen Sie es sich gemütlich?« fragte ich. »Wo ist Ihr Mann?«

»Ich habe ihn wandern geschickt«, sagte die weißhaarige Dame mit ganz junger Stimme. »Es hat keinen Zweck, wenn er immer nur bei mir sitzt. Er muß mal raus!«
Ich schaute sie an. Sie sah etwas krank aus, ein bißchen blaß vielleicht. Wahrscheinlich hatte sie sich erkältet. Abwartend blieb ich stehen.
»Kann ich was für Sie tun?«
»Ich beobachte Sie immer«, sagte die Frau freundlich und lachte. »Sie lassen ja wirklich nichts aus!«
»Wir fühlen uns hier auch wahnsinnig wohl«, antwortete ich. »Es ist ein phantastischer Urlaub. Leider ist er schon fast vorbei.«
»Sie wirken so... hungrig«, sagte die Frau. »Als hätten Sie sehr viel nachzuholen!«
Da hatte sie recht. Die weise Dame.
»Woran merken Sie das?« Ich grinste schief gegen die Morgensonne.
»Kein Tag, an dem Sie nicht Tennis spielen«, sagte sie. »Ich höre Sie schon morgens um sieben vor meinem Fenster. Und wie Sie rennen! Sie lassen ja keinen Ball an sich vorbei! Und Ihr Mann auch! Was SIND Sie aktiv!!«
»Oh! Ich hoffe, wir haben Sie nicht geweckt!!«
»Nein, nein, ich kann sowieso nicht lange schlafen. Ich schaue Ihnen dann immer zu und freue mich an dieser putzmunteren, aktiven Familie. Sie können wohl nicht lange stillsitzen!«
Wenn du wüßtest, dachte ich, wie viele Jahre Ernstbert stillgesessen hat. Sieben fette Jahre lang.
»Nein«, sagte ich zufrieden. »Können wir alle nicht.«
»Besonders freue ich mich an Ihnen«, sagte die Frau freundlich. »Sie sind Charlotte Pfeffer, nicht wahr?«
»Ja«, sagte ich. »Kennen Sie mich?«
»Ich habe Ihr Ein-Frau-Stück mehrmals gelesen«, sagte sie. »Und Sie auch ein paarmal im Fernsehen gesehen. Ich habe das Gefühl, Sie sehr gut zu kennen, Charlotte. Es freut mich, Sie am Ende doch noch kennenzulernen. Barbara Becker ist mein Name.«
Am Ende? Doch noch?

Wir gaben uns die Hand. Ihre Hand war schmal und kalt.
Meine war schwitzig und schwielig vom Tennisspielen.
»Sie gehen jeden Tag wandern«, sagte Frau Becker. »Und nachmittags schwimmen Sie, ich beobachte Sie immer, wenn Sie mit Ihrem Mann und den Kindern Ihre Reiterkämpfchen im Pool machen, und abends spielen Sie noch Tischtennis und kegeln und rennen mit den Kindern durchs Haus und singen auf der Terrasse zur Gitarre...«
»Klar«, sagte ich stolz. »Im Singen bin ich gut.« Was wollte sie eigentlich von mir? War das etwa Kritik?
»Ich habe das früher auch gemacht«, sagte sie. »Ich habe auch nichts ausgelassen und bin dem Leben hinterhergerannt, als würde ich sonst was verpassen.«
»Früher?«
»Bis vor zwei Jahren«, sagte sie und schaute auf den Kirschbaum, dessen sattgrüne Zweige sich vom dunkelblauen Himmel abhoben.
»Was ist mit Ihnen?« fragte ich, während ich mich mit meinem Tennisschläger in der Hand auf ihrer Liegestuhlkante niederließ. »Sind Sie krank?«
»Krebs«, sagte die Frau. »Ich habe Krebs. Die Ärzte geben mir nur noch ein paar Wochen.«
»Nein«, sagte ich. »Nicht Sie. Nicht ausgerechnet Sie!«
»Doch«, sagte sie. »Ausgerechnet ich. Es ist wie der Blitz über unsere Familie gekommen. Vor zwei Jahren war die Welt noch in Ordnung. Ich war so alt wie Sie, als ich es erfuhr. Bei einer Routine-Untersuchung. So ganz nebenbei. Auf dem Heimweg von meinem Büro.«
Gott, sie sah mindestens zehn Jahre älter aus!
»Meine Kinder sind groß, zum Glück«, sagte sie. »Sie können sich selbst versorgen.«
Das heißt doch nichts, dachte ich.
»Und Ihr Mann?«
Sie schwieg. Ich habe ihn wandern geschickt, hatte sie gesagt. Der stapfte jetzt allein durchs Gebüsch. Und dachte an seine Frau, die nicht mehr mitgehen konnte. Die nie mehr mitgehen würde. Nie mehr.

Die beiden konnten nichts mehr retten.
Aber Ernstbert und ich, wir konnten es. Da hatten wir jahrelang mit unserer Ehe gespielt, sie fast verkommen lassen, unser Glück, unsere Familie mit Füßen getreten.
Einfach so. Aus lauter Überfluß und Eigenfreßgier.
Er auf seine Weise und ich auf meine.
Wir hatten gerade noch mal die Kurve gekriegt. Wir fingen gerade noch mal neu an. WENN wir es schafften. Wenn.
Aber ihnen war kein Neuanfang gegönnt.
Gerade noch hatte ich den Tag so rosig gesehen, so morgenfrisch und neu! Und jetzt saß mir der Tod gegenüber! Merkwürdig. Sie war mir vertraut wie eine alte Freundin. Dabei war sie mir noch nie zuvor begegnet.
Sie kramte ein Papiertaschentuch hervor und reichte es mir schweigend.
»Entschuldigung«, stammelte ich. »Daß ich ausgerechnet vor Ihnen losheule! Das ist ganz unmöglich von mir!«
»Heulen Sie ruhig«, sagte sie. »Sie haben etwas zu verarbeiten, nicht wahr? Das merke ich an Ihrem Hyper-Aktivismus. Sie und Ihr Mann gönnen sich keine Ruhe. Sie wollen etwas überspielen, ist es nicht so?«
Aha. Das gute Buch. Ein Stück weit in sich gehen.
»Ja«, schniefte ich. Und dann platzte es aus mir heraus: »Wir haben unsere Ehe jahrelang mit Füßen getreten. Es war uns egal, wie unser Leben verlief. Wir haben es einfach nicht genossen, uns zu haben. Wir haben jahrelang nebeneinander hergelebt!«
»Ich weiß«, sagte sie. »Ich habe Ihre Reden gelesen.«
Ich schluchzte jämmerlich in mein Taschentuch hinein. Sie verhielt sich abwartend und still. Ja, sie hatte Zeit. Sie konnte zuhören. Plötzlich erzählte ich ihr die ganze Geschichte. Von Ernstbert, der immer nur seinen Dingen nachgegangen war, von unserem Familienleben, das in Wahrheit nicht stattgefunden hatte, von meinem Ausbrechen in alle Richtungen, von meinem Übermut und meinem Hunger nach Leben und meinen Ersatzhandlungen. So, wie andere an der Schnäppchentheke wühlen. Aus Angst, was zu verpassen. Sogar von dem Zaubertrick erzählte ich ihr. Hierbei mußte ich schon wieder lachen.

»Glauben Sie, daß so was wirklich funktioniert?«
»Ja«, lächelte sie. »Warum sollte es nicht? Bei einer Frau wie Ihnen...«
»Und Sie?« fragte ich. »Erzählen Sie von sich!«
»Dieses ist mein letzter Sommer«, sagte sie. »Wir kommen seit Jahren hierher. Diesmal ist es das letzte Mal. Ich habe noch nie vorher bemerkt, wie schön dieser Garten ist. Und wie wunderbar es ist, wenn man endlich zur Ruhe kommt. Ich sitze hier stundenlang und genieße das Leben. Jede Minute ist ein Geschenk.«
Sie atmete tief ein.
Ich atmete plötzlich auch bewußter.
Vom Tennisplatz her hörte ich meine Männer kommen. Laut und trampelig und übermütig. Das Leben überrollte mich wieder. Ich putzte mir schnell noch einmal die Nase.
»Danke«, sagte ich. »Danke fürs Zuhören.«
Ich drückte ihr beide Hände.
»Alles Gute für Sie«, sagte Barbara Becker. »Ich werde an Sie denken. Und: Tun Sie das Richtige. Verplempern Sie nicht länger Ihre Zeit. Ihr Mann ist es wert, glauben Sie mir.«
Das hatte ich doch vor kurzem schon einmal gehört. Diese weisen Menschen, die ohne Falsch und Häme mit mir sprachen, ohne Schadenfreude und Besserwisserei. Es gab sie noch.
Du spielst so lange mit dem Feuer, bis alles lichterloh brennt. Und dann weinst du.
Ich wollte ihre Hände gar nicht loslassen.
»Ja«, sagte ich. »Er ist es verdammt noch mal wert. Daß ich da nicht eher drauf gekommen bin!«
Dann rannte ich meinen Männern entgegen und umarmte sie, zwei im Knien und einen im Stehen, und dann nahmen wir uns alle bei der Hand und gingen frühstücken. Wir hatten einen Bärenhunger.
Heute würde wieder ein wunderbarer Tag werden!
Ein nicht enden wollender Sommertag.
Barbara Becker sah uns aus der Ferne zu.
Und lächelte.

»Da! Schau! Ich hab's ja gewußt!« sagte Ernstbert, als wir zwei Tage später zu Hause die Post durchblätterten.

»Charles Koch will dich für seine Talk-Show! Da siehst du, was dein Ein-Frau-Stück für Folgen hat!«

Charles Koch himself! Der einzige Talkmaster Deutschlands mit Abitur!

Ein Mann mit Stil und Niveau und Format.

»Wie lautet denn das Motto des Abends?« fragte ich Ernstbert, der es nach wie vor nicht lassen konnte, meine Post als erster zu lesen.

»Jung gepowert, nie bedauert«, sagte Ernstbert. »Was die sich auch immer einfallen lassen.«

»Wer sind denn die anderen Gäste?« Ich stellte mich neugierig auf die Zehenspitzen, um besser mitlesen zu können.

»Zwei Alte und zwei Junge«, sagte Ernstbert, der mir immer noch keinen Einblick in meine Post zu gewähren bereit war.

»Die Alten sind Jonathan Püsters und Marie-Louise Knitter. Gott, daß dieser Püsters noch lebt! Hundertdrei ist der! Und tritt immer noch auf! Na ja, und die Jungen sind irgendso 'n Hannes Chairleg aus Amerika und du.«

»Hannes... wer aus Amerika?«

»Chairleg. Stuhlbein. Auf deutsch. Blöder Name für einen amerikanischen Schauspieler. Chairleg hört sich besser an. DER Newcomer deutscher Abstammung in Hollywood. Spielt mit Lindy Krähford und Rowdie Förster und Cindy McDauerwell. Letzte große internationale Produktion war mit Leo Buchinger. Kenn ich nicht.«

»Wen? Leo Buchinger? Den kennt man doch! Der ist doch WIRKLICH mal ein Mann von Welt! In echt!!«

»Nee, den Schauspieler, diesen Chairleg...«

»Stuhlbein«, sagte ich. »Hannes Stuhlbein.«

Ich sank auf einen Küchenstuhl.

Hannes. Hannes Stuhlbein.

Der Vater von Ernie.

Mit der wahrscheinlich längsten Praline der Welt.

»Klar kenn ich den«, entfuhr es mir.

Mein Herz klopfte bis zum Halse.
Hannes!! Da also bist du abgeblieben!! In ÄLL ÄI!!
Acht Jahre kein Lebenszeichen! Und nun sitz ich mit dir zusammen beim ollen Charles Koch und talke! AUSGERECHNET zum Thema »Jung gepowert, nie bedauert«!! Wenn das kein Regiegag des Lebens ist!
»Du bist ja ganz blaß«, sagte Ernstbert. »Was ist denn mit dir los?«
»Ich bin nur so überrascht«, sagte ich matt. »Wir hatten uns total aus den Augen verloren!«
»Das halte ich auch für besser so«, sagte Ernstbert.
Seit dem fünften Juni war er wahnsinnig wachsam. Sein Interesse an mir und meinem Innenleben hatte noch zu keiner Sekunde nachgelassen.
»Wann ist die Talk-Show?« fragte ich und griff mit zitternden Fingern nach dem Papier. Endlich durfte ich es mal selber halten.
»Am neunten September«, sagte Ernstbert.
Ich war wahnsinnig aufgeregt.
Da schneite mir mein totgeglaubter Hannes Stuhlbein ins Haus!
Der Star der Vereinigten Staaten!
Der Kleindarsteller von einst!
Wie mußte er sich verändert haben!!
Und wie hatte ICH mich verändert!
Ob Hannes jemals meinen Namen gehört hatte?
Vielleicht saß er jetzt im Erster-Klasse-Sessel der American Airlines und flog übern großen Teich und blätterte gelangweilt in den Charles-Koch-Unterlagen und rührte in seinem Drink und überlegte, was er wohl mit zwei scheintoten Oldies vom deutschen Schwarzweißfilm und irgendeiner Ein-Frau-Stück-Schreiberin auf dem Emanzentrip talken sollte.
Mit zitternden Knien erhob ich mich und ging hinauf ins Schlafzimmer. Dort schaute ich mit ganz neuem kritischen Blick in den Spiegel.
Was sollte ich anziehen?
Ich hörte ein Geräusch an der Tür. Ich zuckte zusammen.
»Ernstbert, was soll ich anziehen?«

»Das, was du immer anhast. Stell dich nicht so an. Es sehen doch nur fünf Millionen Leute.«
»Es geht mir nicht um die fünf Millionen Leute, es geht mir um...«
»Ja? Hannes Stuhlbein? Der überlegt auch nicht, was er wegen dir für Socken anziehen soll.«
»Nein, nein, schon gut.«
»Charlotte?«
»Ja?«
»Du WILLST doch nicht etwa was von Hannes Stuhlbein?«
»Nein. Natürlich nicht.«
»Ich WARNE dich, Charlotte...«
»Jaja. Is ja schon gut.«
»Charlotte?«
»Ja?«
»Zieh BITTE was ganz Normales an. Ja? Kannst du mir diesen Gefallen tun? Wenn es mein inniger Wunsch ist?«
»Jaja«, brabbelte ich beleidigt. »Ich zieh mir was Normales an und leiste mir von meinem Geld mal ein hübsches Kostüm und lächle nett und rede nur, wenn ich gefragt werde, und mach keine vorlauten Bemerkungen und gucke bescheiden-und-nett-wie-immer ganz natürlich geradeaus. Wenn es dein inniger Wunsch ist.«
Aber die kleine Zauberfrau ganz tief in mir drinnen saß lauernd auf einer spätsommerlichen Teichrose und wollte nicht wahrhaben, daß der Sommer schon vorbei sein sollte. Sie war zwar in einen Dornröschenschlaf verfallen. Aber tot war sie noch nicht.

Die Aufzeichnung vom Charles Koch am Neunten des Neunten war in München.
Benjamin war auf Klassenfahrt, und Grete ließ sich mit Bodo in Bad Wörishofen Frischzellen aus frisch entnommenen Schafsembryonen spritzen. Das war ja auch ein lobenswertes Unterfangen. Jedem das Seine.
Ernstbert mußte bei den Kindern bleiben. Da ging kein Weg dran vorbei.

Ich bin mir im nachhinein nicht mehr sicher, WARUM mich das so freute.
Ich freute mich ganz unbändig und unanständig über die Tatsache, daß ich allein nach München flog.
Und dort im »Vier Jahreszeiten« übernachtete.
Nur noch ein einziges Mal.
Mein Schweinehund lag schlafend auf seiner Ottomane.
Aber seine Augen waren offen.
Hätte ich ihn doch totgeschlagen. Und erschossen. Und Haue obendrein.
Hätte ich doch nur. Mich vornehm zurückgehalten und schön-und-natürlich geradeaus geguckt wie immer.
Aber am Morgen des Neunten im Neunten konnte ich noch nicht wissen, was für ein grauenhaftes Ende mein unlöbliches Benehmen zur Folge haben würde.
Ich flog beschwingt und in Champagner badend im Busineß-Sessel der Lufthansa nach München und plauderte mit dem Geschäftsmann neben mir. Er wollte sich unbedingt die Show ansehen heute abend.
Und mich danach wiedersehen. Morgen früh oder so.
Ich bedauerte, sehr beschäftigt zu sein, und wünschte ihm alles Gute. Dann landeten wir in München.
Einen kleinen Moment lang wurde ich an die Talk-Show von Jochen Mücke erinnert, als ich mit Grete und den Kindern übers Kofferrollband in den Untergrund hatte flüchten wollen, um nicht mit den anderen vom Mutter-Tochter-Konflikt geschlagenen Frauen in einem Kleinbus sitzen zu müssen.
Das war vor einem Jahr. Da war ich Anita Bach.
Jetzt war ich Charlotte Pfeffer. Jetzt war ich Stargast. Man holte mich allein. In einer überlangen schwarzen Limousine.
Ich stöckelte mit meinem treudoofen Schicksalsgenossen Hasso führnehm durch die Halle und gab mich dem meiner harrenden Studioknecht in Leder als Charlotte Pfeffer zu erkennen. Er überreichte mir einen Blumenstrauß und nahm mir meinen Hasso weg.
Er riß mir den Schlag auf, ich fiel auf Charles Kochs weiche Polster, verlangte sodann nach einem goldenen Praliné (hierzu ließ

der Chauffeur die gläserne Scheibe runterfahren – »Eduard, ich hätte da so einen undefinierbaren kleinen Hunger«) und streckte wohlig entspannt meine Beine unter dem weißen Kostüm aus.
Vor den »Vier Jahreszeiten« angekommen, ließ ich mir erneut den Schlag aufreißen, von einem zylindrigen Sklaven in Silber diesmal, und stöckelte ganz ohne Hasso – dieser wurde mir von einem weiteren Bediensteten aufs Zimmer geschleppt, OBWOHL er doch hochintelligent auf Rädern fuhr – über flauschige Teppichböden zur Rezeption, wo ich mit einem silbernen Federhalter graziös »Charlotte Pfeffer« auf den Anmeldebogen schrieb. Und sonst nichts.
Ich bekam eine Suite mit Blick auf die Frauenkirche. Da stand ich dann am Fenster und konnte mein Glück kaum fassen. Ich genoß diesen Augenblick, als hätte ich ihn geklaut. Einmal noch. Is dat schlimm?
Darf dat dat? Dat darf dat. Nur noch einmal.
Auf dem Tisch stand ein gekühlter Silberkübel mit einer Flasche Champagner. Und eine Schale mit Obst. Und ein Arrangement aus Pralinen und Rumtrüffeln.
Sollte ich das tun? Am hellichten Tage rumtrüffeln?
Nich für Geld dabei. Der Abend war noch lang!
Ich wanderte in meiner Suite herum. Mein ganzes Sinnen und Denken kreiste um Hannes. In wie vielen Minuten würde ich ihm gegenüberstehen?
Was jetzt? Das Outfit. Das war das Wichtigste.
Ich stöckelte wahnsinnig busy durch die teppichbodenbelegten Flure und Hallen, immer darauf gefaßt, jetzt jeden Moment Hannes Stuhlbein zu begegnen – ich würde Überraschung heucheln: DU HIER?!, wie das die guten Schauspieler immer machen! –, und steuerte zielbewußt den hauseigenen Coiffeur an, wo man mich meines Chanel-Kostüms beraubte und mich in einen grünen Bademantel hüllte. Kinder, nein, wenn ich das in meinem Club...
Aber da wollte man das ja gar nicht wissen.
Man badete mir die Hände und schrubbte und glättete an den Nagelhäutchen herum, dieweil ein weichgespülter Coiffeur mir die Haare auf wahnsinnig tuffige, weiche, flauschige Wickler

drehte. Man richtete ein paar ganz natürliche Heizstrahler auf meinen Kopf, dieweil ein weiterer Meister sich dem Anfertigen meines Make-ups hingab. Nach zwei Stunden war ich fertig. Ich schaute in den Spiegel und überlegte, ob ich die angemalte Alte in dem grünen Bademantel schon mal irgendwo gesehen hätte.
Alles in allem: Ich sah großartig aus.
Kein bißchen natürlich und bescheiden und geradeaus wie immer. Ich war die aufgemotzte Diva schlechthin. Hannes würde mich ganz bestimmt nicht erkennen. Und das Ehepaar Miesmacher auf seinen Biberbettbezügen natürlich auch nicht.
Aber der Maestro war entzückt von seinem Werk.
Ich ließ mir meinen Nerz wiedergeben und begab mich zur Kasse. Die Dame aus der Nachbarzelle wurde auch gerade fertig. Eigentlich sah sie nach wie vor sehr unscheinbar aus. Wahrscheinlich mußte man das dazusagen, wenn man das so wollte. Bitte einmal so unscheinbar und natürlich wie immer.
Ich zahlte knapp dreihundert Mark für dieses gelungene Meisterwerk und ließ mir von dem Coiffeur zum Abschied die Hand küssen. Das war alles im Preis inbegriffen.
Dann stieg ich wieder in den überlangen schwarzen Schlitten und fuhr zur Charles-Koch-Show.
Dort führte man mich als erstes in die Maske.
Tja, dachte ich beschwingt, da staunt ihr, was? Die Diva IST bereits gestylt.
Die Dame in der Maske nahm als erstes entschlossen ein großes Wisch-und-weg-Tuch von der Haushaltsrolle – »Schließen Sie mal bitte die Augen« – und schmierte mir den ganzen Papp wieder ab.
Dann besah sie sich das Storchennest, das der Maestro mit viel Mühe aus meinen Haaren gebastelt hatte. Mit einem kurzen Blick auf die Uhr – na, das schaffen wir noch – griff sie zu einer blechernen Bürste und striegelte das übelriechende Treibgas wieder aus meiner Frisur heraus. Ich dachte kurz an Yvonne aus Eisenhüttenstadt und an Justus, der sich mit seinem Sektglas in ihren Haaren verfangen hatte. Läscherlisch.
»Das zieht jetzt ein bißchen«, sagte sie, während sie hochroten Kopfes an mir herumschuftete.

»Macht nichts«, sagte ich großzügig.
Dann durfte ich wieder gehen. Kaum war ich wieder draußen, begann ich mich suchend nach Hannes Stuhlbein umzusehen. Er MUSSTE doch hier irgendwo sein Unwesen treiben! Aber auf dem Gang begegnete mir nur eine unscheinbare Dame.
Ich hätte schwören können, sie heute schon einmal gesehen zu haben. Aber wo?
Ich konnte mich vor Spannung kaum auf den Beinen halten. Gleich würde ich Hannes begegnen! Hannes Stuhlbein!
Würde er mich erkennen? Und was dann?
In meiner Garderobe versuchte ich mich zu entspannen.
Ich sah jetzt wirklich recht nett aus – von den fiebrig glänzenden Augen einmal abgesehen.
Mein Chanel-Kostüm wies trotz aller Ab- und An-Schminkerei nicht den leisesten Fleck auf. Das Dekolleté war noch vom Urlaub gebräunt. Ernstberts geschmackvolle, dezente Goldkette glänzte lieblich aus meinem Busenritz hervor. Ich stellte mich seitlich und betrachtete meine Taille. Ja. Doch. Das Obstfasten und Entsaften und Möhrenknabbern und Wandern und Schwimmen und Entschlacken in Südtirol hatte sich gelohnt.
Meine Beine unter dem weißen Minirock waren immer noch sehr braun. Die weiß-silbrigen hochhackigen Pumps betonten Farbe und Länge freundlicherweise sehr vorteilhaft.
Ich stöckelte zur Kantine. Es gab keine Zeit zu verlieren.
Hannes Stuhlbein mußte hier irgendwo sein.
Die unscheinbare Dame holte sich gerade einen Kaffee. Sicher arbeitete sie hier. Sie setzte sich zu einem unscheinbaren Herrn an den Tisch und sprach mit ihm. Sahen sie zu mir herüber? Jedenfalls nicht allzu interessiert. Guckt gefälligst hin, wenn ich zu erscheinen geruhe, dachte ich noch.
Und dann sah ich ihn. Hannes. Hannes Stuhlbein.
Mein schwarzlockiger, alter, göttlich süßer, schielender Hannes mit den braunen Augen und dem Silberblick. Und er trug eine BRILLE! Gott, wie sah diese Brille vor diesen Augen erotisch aus! Zum Runterfallenlassen erotisch!! Ich hatte so lautes Herzklopfen, daß ich glaubte, er und alle in dieser Kantine müßten es hören.

Aber keiner beachtete mich, als ich eintrat. Selbst die Unscheinbaren hatten sich anderweitig in ein Gespräch vertieft.
Ich äugte wieder unauffällig zu Hannes hin. Erste Silberfäden zogen sich durch sein Lockenhaar. Sonst hatte er sich nicht verändert. Er hatte eine schwarze Lederjacke an. Und seine alten Jeans. Die von damals. Und Cowboystiefel. Na ja. Das mußte wohl so sein. Er saß in der Kantine in der Polsterecke und trank Bier aus der Flasche. Und plauderte mit Marie-Louise Knitter und Jonathan Püsters und dem blonden Girl von der Redaktion.
He! Hannes!! Schneewittchen erscheint! Willst du wohl unmittelbar begeistert sein und von deinem Pferd springen und den gläsernen Sarg küssen, mit dem ich mich umgeben habe!
Hannes sah mich flüchtig durch seine goldrandige dünne Brille an.
Aber er zeigte keinerlei Regung.
Ich versuchte, meinen hysterisch pulsierenden Herzschlag zu überhören, und begab mich – ganz-natürlich-und-bescheiden-wie-immer – zu der Sitzgruppe hin.
Das Girl stand auf, um mich vorzustellen.
Aber ausgerechnet Frau Knitter kam ihr zuvor.
»Ach, das ist ja die Anita BACH!« jubelte sie. »Ich verpasse KEINE Folge! ›Unsere kleine Klinik‹ ist meine absolute Lieblingssendung! Kind, Sie sehen ja bezaubernd aus. Wo haben Sie Ihren Mann gelassen?«
»Meinen Mann?« Ich lugte peinlich berührt zu Hannes hinüber. »Der ist bei den Kindern!«
»Nein, nein! Ich meine den wunderbaren Chefarzt!«
»Der hat Notdienst im OP«, sagte ich freundlich.
Ich reichte ihr geschmeichelt die Hand, und Frau Knitter schüttelte sie lange und herzlich, und ihre Ringe und Ketten und Armreifen schepperten im Gleichmaß mit ihren vielen tausend Falten, die ihr am Halse flatterten.
Herr Püsters erhob sich nun – ja, er war für seine hundertdrei noch unheimlich gelenkig! – und küßte mir die Hand. »Frau Dr. Bach – es ist mir eine Ehre, nicht wahr.«
Sein weißer Schal streifte mein Handgelenk, und ich schaute auf sein makellos appetitliches, glänzendes weißes Haupthaar.

Eigentlich wollte ich nun sagen, daß ich Pfeffer hieße und keinen Doktortitel hätte, aber aus irgendeinem Grunde unterließ ich es.

Hannes Stuhlbein erhob sich nun anstandshalber auch, da außer Frau Knitter alle standen.

Er baute sich in voller Länge vor mir auf, guckte einmal wohlwollend und goldbrillig schielend an meinem weißen figurbetonten Chanel-Kostüm herunter und sagte: »Chairleg.«

Ich starrte ihn wortlos an. Willst du mich verarschen, du Eierloch?

Sollte er mich wirklich nicht erkennen? Oder zog er hier nur eine Show ab?

»Frau Bach, so setzen Sie sich doch!« rief Frau Knitter. »Sonst wird es hier so ungemütlich!«

Ich sank in das blaue Polster.

»Was darf ich Ihnen zu trinken bestellen?« fragte das Girl mit dem Funkgerät.

Püsters lachte übermütig. »Champagner!« rief er dem Bediensteten zu. »Nicht wahr! So jung kommen wir nicht mehr zusammen!«

Wie charmant er war! Und wie humorvoll!

Frau Knitter hörte immer noch nicht mit dem Schütteln meiner Hand und ihrer Ketten und Armreifen und Halsfalten auf.

»Liebes Kind, Sie sind mir so vertraut wie meine eigene Enkelin!! Ja, das ist eine schöne Serie, die Sie da machen. Führt der Grasso noch Regie?«

»Der... wer? Ach so, der Grasso. Ja, der Grasso führt noch Regie.«

»Er ist ein ganz lieber, feiner Kerl«, sagte Frau Knitter. »Man muß ihn nur zu nehmen wissen.«

»Ja«, sagte ich. »Da sagen Sie was.«

Die unscheinbare Dame mit dem Kaffee saß in einer unscheinbaren Ecke und blätterte ganz unscheinbar in einer Zeitung. Der unscheinbare Herr war plötzlich weg.

»Grüßen Sie ihn ganz herzlich von mir, wenn Sie ihn sehen«, jubelte Frau Knitter. »Er ist ein ehemaliger Schüler von mir! Ein ganz begabter Junge!«

»Was? Jaja, mach ich«, sagte ich abwesend.
Ich schaute unauffällig auf Hannes.
Er hatte sich wieder Herrn Püsters zugewandt.
Sie sprachen über Hollywood zu Zeiten des Stummfilms, nicht wahr. Püsters hatte Charlie Chaplin noch über die Taufe gehalten, nicht wahr. Und Buster Keaton im Kinderwagen herumgefahren, nicht wahr! Er lachte begeistert darüber, daß er sie alle überlebt hatte, die alten hölzernen Knaben, nicht wahr. Hannes lachte auch. Ohne mich im geringsten zu beachten! Nein – es war nicht zu fassen. Er erkannte mich nicht!!
Der Vater meines Zwillings Ernie erkannte mich nicht!!
Er hatte anscheinend nie wieder einen Gedanken an mich verschwendet! Und an den öligen Russen in unserem Bett auch nicht! Wie gemein von ihm! Nicht wahr?!
»Kommen Sie, meine Herrschaften, Sie werden jetzt geseatet«, sagte die Dame mit dem Funkgerät. »In wenigen Augenblicken läuft die Sendung live. Herr Koch begrüßt Sie alle kurz, und dann beginnt das Gespräch mit Frau Knitter.«
»Ganz wie Sie meinen, meine Liebe, nicht wahr«, krähte Herr Püsters unternehmungslustig und erhob sich erstaunlich stocklos aus seinem Polster.
Hannes wollte ihm den Arm reichen, aber er lehnte ab, nicht wahr.
Dafür griff Frau Knitter Hannes' Arm.
»Junger Mann, Sie müssen mir von sich erzählen! Die anderen beiden Herrschaften kenne ich ja nun, aber von Ihnen habe ich noch gar nichts gehört! Wie war Ihr Name? Airbag?«
»Chairleg«, sagte Hannes und grinste amüsiert. »Ich lebe drüben in den Staaten.«
»Essen Sie auch immer dieses Fast-food-Zeugs?« fragte die alte Dame interessiert. »Stimmt das, daß die da drüben nicht mit Messer und Gabel essen, sondern mit dem Auto ins Restaurant fahren und sich ihr Essen in einer braunen Abfalltüte auf den Schoß schmeißen lassen und es dann im Weiterfahren verschlingen?«
»Stimmt«, sagte Hannes freundlich. Er guckte mich ganz kurz und hinreißend schräg über seine Brillengläser hinweg an. Aber

nur ganz kurz. Dann wendete er sich höflich wieder zu Frau Knitter hinab.
»Aber Sie haben erstaunlich gute Manieren, junger Mann!«
Nicht wahr, dachte ich.
»Ich bin erst vor sechs Jahren rübergegangen«, sagte Hannes. »Nach meinem ›Schlendrian‹.«
»Ach, SIE sind das!« jubelte Frau Knitter, während sie an seinem Arm das Studio betrat. »Dann kenne ich Sie ja doch! Hat da nicht der Dings – der, na wie heißt er – Regie geführt? Und ist der nicht auch nach Amerika gegangen?«
»Genau«, sagte Hannes. »Durch ihn bin ich rübergekommen.«
»Gott wie AUFregend!« rief Frau Knitter. »Man müßte noch mal ZWEI Jahre jünger sein! Ich wollte IMMER schon nach Amerika!«
»Ich nehm Sie gerne mit«, sagte Hannes und sandte ihr einen unvergleichlich charmanten Schielblick.
Bitte, dachte ich. Kannst du haben. Die Show können wir gerne weiterspielen. Entweder du kennst mich wirklich nicht wieder – was ich zu deinen Gunsten hoffen möchte, nicht wahr –, oder du spielst mir hier was vor. Dann gibt's Zoff heute abend.
Ich guckte also weiter ganz natürlich geradeaus und schwebte am Jahrhundertarm von Herrn Püsters ins Fernsehstudio hinein. Hier hatte man bereits vier Sitze für uns aufgebaut. Wir nahmen alle Platz. Die Kameras blinkten uns freundlich an. Im Publikum klatschten sie.
»Hallo, liebes Publikum!« lachte Herr Püsters freundlich und ließ seine hundertdrei makellosen Zähne blinken, nicht wahr. Dann legte er den weißen Schal ab und zupfte an seinen tadellosen Hosenbeinen. Frau Knitter wackelte mit ihren Halsfalten und Ketten und Ringen, und dann meinte sie, uns miteinander bekannt machen zu müssen.
»Die Anita Bach kennen Sie aber, lieber Mister…«
»Chairleg«, sagte Hannes. »Nein, sorry, ist mir leider kein Begriff.«
Ich spendierte ihm ein unvergleichlich weichgespültes Vanillepudding-Lächeln aus dem Repertoire von Ulrike.

Scheißkerl! Widerlicher Arroganzbrocken!! Warte nur, bis wir allein sind!
»Noch zwanzig... fünfzehn... zehn... fünf...«
»Achtung! Sendung läuft!«
Charles Koch sprang braungepudert und geschniegelt aus seinem Verschlag und verbeugte sich vor dem klatschenden Volk, nicht wahr, hier im Saal und zu Hause an den Bildschirmen und überall auf der Welt. AUCH nach Quadrath-Ichendorf verbeugte er sich. Er gab uns dann mit seinem ihm eigenen schlitzäugigen Charme nacheinander die Hand.
»Frrau Kammerschauspielerin«, sagte er mit seinem preußisch rrrollenden Kavaliers-R zu Frau Knitter, »Herr Kammersänger, bitte behalten Sie Platz!«
Hier meinte er wahrscheinlich, Püsters einen Gefallen zu tun, dabei wäre der alte Herr so gerne aufgesprungen, nicht wahr, um allen fünf Millionen Zuschauern mal zu zeigen, wie gelenkig man mit hundertdrei noch sein kann, nicht wahr!
»Frau Pfeffer, ja, schön, daß wir Sie bei uns haben, Herr oder Mister... Chairleg. Wie soll ich Sie denn nennen? Chairleg oder Stuhlbein?«
»Ist mir gleich«, sagte Hannes. »Bekannter bin ich unter Chairleg.«
»Also lassen wir es bei Chairleg«, grinste knirschzahnig der Obertalker und wies uns alle an, Platz zu nehmen und uns zu entspannen.
Dann begann er, sich lässig die Socken hochziehend, mit Frau Knitter zu plaudern, wobei er die heimelige Wohnzimmeratmosphäre dadurch unterstrich, daß er den fünf Millionen Zuschauern zu Hause vor den Bildschirmen und hier im Saal einen Blick auf seine weißgrauen, spärlich behaarten Waden gönnte. Frau Knitter, die bei jeder Antwort mit ihren Halsfalten und ihren Ringen und Ketten wackelte, erzählte gern und ausführlich von ihren Fernsehrollen, und später wendete Charlie sich mit nicht versiegen wollender Liebenswürdigkeit Herrn Püsters zu.
Darauf hatte Herr Püsters den ganzen Abend gewartet, nicht wahr. Er sprang behende aus seinem Stuhl und schritt munteren Fußes zu dem bekannten braunen Klavier an der Wand, wo

schon pflichtfroh ein Spieler saß, und preßte beseelt aus seinen hundertdrei makellosen Zähnen samt Gaumensegel hervor: »Hagäärn hab die Faraun geköööößt!« – sehr zum Jubel der Zuschauer hier im Saal und zu Hause an ihren Bildschirmen. Die Miesmachers wälzten sich vor Wonne auf ihren Kopfkissenzipfeln, des war ich gewiß. In der zweiten Reihe saß die unscheinbare Dame und freute sich auch.

Herr Püsters erzählte dann noch einmal, nicht wahr, wie er Charlie Chaplin und Buster Keaton und diese ganzen schlappen Jungs im Kinderwagen rumgefahren hatte und daß von seinen Freunden von damals keiner mehr lebte, nicht wahr, und daß er ja nun bekanntermaßen mit einer sechzig Jahre jüngeren Frau zusammenlebe, nicht wahr, das halte ihn jung und gelenkig und sei in jeder Hinsicht kurzweilig, nicht wahr.

Hannes und ich sahen uns kein einziges Mal an.

Schließlich wandte sich Charles Koch an mich.

»Frau Pfeffer – Anita Pfeffer«, er schielte preußisch konzentriert auf seinen Zettel, »nein, richtiger: Anita Bach. Beziehungsweise – hahaha –«, und nun lachte er, daß ihm die Schlitzäuglein trrrränten, »falsch! Andersrrum wird ein Schuh draus! Frrau Charrrlotte Pfeffer! So! Nun ham wir's!« Seine Hamsterbäckchen fielen erschöpft nach unten. TROTZ oder gerade WEGEN seines schlecht sitzenden Gebisses sah er aus wie ein zahnloser, aber fröhlicher Hamster. Ein Hamster mit Abitur.

Ein Herr, wie Grete sagte. HERR Hamster.

Die Leute klatschten.

Die Kameras fuhren dicht an mich heran.

Die Miesmachers auf ihren Biberbettbezügen warfen jetzt in Panik den Schlafzimmer-Videorecorder an.

Hannes wendete erstmals an diesem Abend den Kopf in meine Richtung. Charlotte Pfeffer? Hatte er den Namen nicht schon mal irgendwo gehört?

»Frau Pfeffer, Sie haben ein Ein-Frau-Stück geschrieben. Schwarzer und weißer Pfeffer. Wie MACHT man das.«

»Am besten im Sitzen«, sagte ich.

Ja, was sollte ich auch sonst sagen. Wie MAN ein Ein-Frau-Stück schreibt.

»Ja, aber, Sie haben doch früher etwas ganz anderes gemacht.« Er schielte wieder auf seinen Zettel und wippte mit den braunen Halbschuhen unter seinen grauweißen Waden.
Der Getränkeknecht brachte mir ein Glas Wasser. Das brauchte ich auch dringend. Alles her damit.
»Sie WAREN doch ein Serienstar.«
Hannes beugte sich ein kleines bißchen vor, um mich besser betrachten zu können. Vorsicht, fall nicht von deinem Stühlchen, dachte ich. Sonst passiert der böse, böse Zaubertrick. Aber so was von. Hier vor allen Leuten. Und dann gibt's Haue obendrein.
»Also das mit der Serie, das mache ich noch immer«, sagte ich so bescheiden und natürlich wie möglich.
»Wie HEISST denn die Serie?« fragte Charles Koch interessiert.
»Unsere kleine Klinik!« rief Frau Knitter froh. »Kommt jeden Nachmittag auf Vier Minus! Die etwas andere Krankenhausserie! Das ist die wahrscheinlich längste Krankenhausserie der Welt!«
»Sehen Sie, liebe Frau Knitter«, schäkerte Charles Koch in ihre Richtung, »da ist mir ja bisher was entgangen. Ab sofort schaue ich mir täglich um vier die Sendung an.« Der Hamster lachte.
Ich glaubte ihm kein Wort.
»Ja, aber nun haben Sie etwas ANDERES gemacht«, sagte Charles Koch nachdrücklich zu mir. »Sie haben sich sozusagen... künstlerisch emanzipiert.«
»Das würde ich so nicht sagen«, wandte ich schüchtern ein. »Die Serie ist das eine, und was ich mit meiner Freizeit anfange, ist das andere.«
»Ja, HABEN Sie denn neben der Serie noch genügend Zeit? Mutter von zwei Kindern sind Sie AUCH noch...«
Franz Drossler, ich hör dir tschilpen. Nicht schon wieder DIE Platte, dachte ich.
»Der Tag hat vierundzwanzig Stunden«, sagte ich freundlich.
Hannes äugte. Ich konnte den Balken vor seinem Auge späneweise fallen sehen.
»Aber WAS genau hat den Ausschlag gegeben, daß Sie noch mehr

sein wollten als nur die...«, er äugte auf seinen Spickzettel, »Oberärztin... Anita Bach?«
»Ich wollte nicht nur immer das spielen, was andere mir in den Mund legen«, sagte ich. »Es ist ein sehr schöner Job, und er macht mir auch viel Spaß, aber ich war doch immer nur die Anita Bach und niemals ich selbst.«
»Und da haben Sie sich selbst verwirklicht«, sagte der Talkmaster gönnerhaft.
O Gott. Diese FRAGEN!! Franz Drossler! Zu Hülfe!!
Hannes hatte sich nun so weit vorgebeugt, daß er fast vom Hocker fiel. Herr Püsters zog ihn diskret am Ärmel zurück, weil er nichts mehr sehen konnte.
Ich spürte, daß ich leider rot wurde.
Nun hatte er mich endlich erkannt.
Kinder, nein, wie war das spannend.
Der Vater meines einen Zwillings ist übrigens hier, Leute, guckt: Da sitzt er, nicht wahr.
Herr Koch beharrte dann noch etwas auf meinem Ein-Frau-Stück und fragte, warum es »Schwarzer und weißer Pfeffer« heiße, und las von seinem Zettel ab, daß das Stück bundesweit ein großer Erfolg sei und daß »Schwarzer und weißer Pfeffer« inzwischen für das Fernsehen aufgearbeitet würde und meine Reden inzwischen in dem namhaften Schau-rein-Verlag erschienen seien. In Leinen und gebunden und zum Preis von achtundzwanzig Mark. Und daß ich es natürlich selber interpretierte. Das käme noch hinzu. Sehr vielseitig sei das. Und dann noch als Frau.
»Unser Thema heißt ja: ›Jung gepowert, nie bedauert‹«, sagte Charles Koch. »Gepowert haben Sie ja nun alle vier. Aber gibt es etwas, das Sie bedauern? Fangen wir direkt bei Ihnen an, Frau Pfeffer.«
Ich sandte Hannes einen zweideutigen Blick. Hast du irgendwas bedauert, Hannes?
»Nein«, sagte ich.
»Herr Chairleg«, sagte der Hamster. »Wie haben Sie das erlebt? Jung gepowert, nie bedauert? Warum sind Sie aus Deutschland weggegangen? Warum ausgerechnet nach Amerika?«

»Die Amerikaner sind großzügig und tolerant«, sagte Hannes. »Sie schlagen einem auf die Schulter, wenn man Erfolg hat. Aber ich erinnere mich nur zu gut an das enge Arbeitsklima in Deutschland. Wenn da einer erfolgreich ist, nehmen ihm die anderen das übel. Der Deutsche an sich hat schreckliche Probleme mit dem Gönnen.«
Ich grinste Hannes innig an.
»Nicht alle«, sagte ich liebenswürdig.
Er grinste zurück.
»Nein«, sagte er. »Nicht alle.«
Na also. Erkannt.
»Frau Knitter. Sie schauen so sorgenvoll aus. Haben SIE denn etwas zu bedauern?« wendete sich Charles Koch Marie-Louise zu. Ihre Augen füllten sich mit Tränen.
»Ich habe fünfzig Jahre lang erfahren müssen: Erfolg macht einsam. Es gibt kaum einen, der einem den Erfolg von Herzen gönnen kann. Und die wenigen, die das konnten, sind inzwischen gestorben.« Sie hatte ihren unverwechselbaren Knitter-Blick drauf, der so viele Millionen Fernsehzuschauer jahrzehntelang zum Heulen gebracht hatte. Hannes und ich sahen uns betreten an. Herr Koch nahm mitfühlend ihre Hand.
»Würden Sie es denn heute anders machen? Würden Sie im nachhinein auf Ihren Erfolg verzichten? Nehmen wir mal an, Sie könnten noch einmal ganz von vorn anfangen.«
»Nein«, sagte Frau Knitter. »Ich würde es wieder genauso machen. ICH bin meinen Weg gegangen. Und ich gehe ihn weiter.«
»Ich auch«, sagte Herr Püsters fröhlich. »Ich habe immer das hohe C geschmettert. Ob Krieg war oder nicht, nicht wahr. Neider muß man abschütteln wie Fliegendreck.«
»Genau«, sagte Hannes zufrieden. »Like bullshit.«
»Man hat nicht mehr viele Freunde«, wiederholte Frau Knitter tränenschwer. »Am Schluß kann man sie an einer Hand abzählen.«
»Aber die anderen sind auch keine Freunde gewesen«, sagte Hannes lässig. Er spuckte symbolisch in die Hand und machte eine Wegwerfbewegung über die Schulter.

»Die kann man sich getrost von der Backe putzen!«
»Es gibt da ein sehr treffendes Arioso aus dem Wildschütz«, sagte Herr Püsters. »Darf ich Ihnen das mal vorsingen?«
»Aber gern«, sagte Charles Koch erfreut. »Singe, wem Gesang gegeben!«
Herr Püsters stellte sich in Positur, atmete tief in sein jugendlich-dynamisches Zwerchfell und knödelte beseelt gegen die Kamera: »Hadeer Hanaid hanagt hanicht am faulen Hoooolz, drrrum sai auf daine Hanaiderrrstoooolz!!« Er lief puterrot an und sah sich beifallheischend um.
Wir klatschten alle begeistert. Frau Knitters Armreifen und Halsfalten schepperten.
Hannes und ich lachten uns an.
»Ich kenn da auch noch was«, rief Frau Knitter begeistert. »Warten Sie mal, ob ich das noch zustande kriege! Was kümmert es die Eiche, wenn sich die Sau daran schabt?«
»Wenn das nicht ein schönes Abschlußwort war!« rief Charles Koch, sprang auf, stellte seine grauwadigen Beine sehr ordentlich nebeneinander und las von seinem Zettel ab wie ein Kommunionskind: »Beim nächstenmal begrüße ich zum Thema ›Seid verschlungen, Milliarden‹ den Sänger Torwald Schlagergröler, den Bankier und Steuerhinterzieher Björn Börsenschwein, den Politiker Nick Bangemachen und, last not least, die Fastsellerautorin Vera Schund.«
Dann war die Sendung zu Ende. Wir wurden von unseren Mikros befreit und erhoben uns. Die Leute schoben sich aus dem Saal.
»Und was machen wir jetzt mit dem angebrochenen Abend?« fragte Herr Püsters gutgelaunt. »Gehen wir noch ins Séparée?«
»Ja, was MACHEN wir mit dem angebrochenen Abend?« fragte Hannes und sandte mir einen unbeschreiblich erotischen Silberblick hinter seinen Brillengläsern hervor.
»Och«, antwortete ich mit frivolem Unterton, »mir fällt schon noch was ein.«
Zufällig fiel mein Blick auf die sich lichtenden Reihen im Publikum.

Die unscheinbare Dame erhob sich gerade eben.
Und ging hinaus.

Ich werde nie den Anblick von Ernstbert vergessen, als er am nächsten Tag am Flughafen stand.
Dünn und schwarz und blaß und mit angelegten Haaren wie eine flügellahme Dohle, die tagelang nichts zu essen gekriegt hat. Wie ein Kater, den man verprügelt hat.
Er stand da mit Ernie und Bert und hatte drei rote Rosen dabei. Und lächelte dünn.
Ich schämte mich bis in die rutschfesten Einlegesohlen meiner hochhackigen Pumps hinein.
Da mußt du jetzt durch, Charlotte. Nimm die Rosen und umarm sie alle und plaudere nett und schreite mit ihnen so natürlich und bescheiden wie immer zum Auto.
Die Kinder sprangen an mir hoch und schrien, sie hätten mich gestern abend im Fernsehen gesehen, und sie hätten aufbleiben dürfen, und der Mann mit dem weißen Schal hätte genauso gesungen wie der Kermit in der Sesamstraße. Echt schrill und voll geil!
Ernstbert sagte nichts.
Er trug nur meinen Koffer und ging wie ein Fremder neben mir her und sagte nichts.
Er KANN es nicht wissen, Charlotte, sagte ich mir.
Er war nicht dabei.
Vor der Kamera ist nichts passiert.
Und hinterher warst du mit Hannes allein.
Natürlich waren noch ein paar Herrschaften aus der Sendung mit in der Hotelhalle gewesen. Aber im Zimmer war nun wirklich niemand mehr. Jetzt reiß dich zusammen und hör auf zu grübeln und friß dein schlechtes Gewissen unauffällig in dich hinein.
Ernstbert hat keinen Schimmer.
Wir stiegen ins Auto und fuhren zur Herbstkirmes in die Groov.
Die Kinder hatten sich das gewünscht.
Ich sah Ernstbert von der Seite an.
Wie konnte ein gesunder Mann sich innerhalb von vierundzwanzig Stunden so verändern? Er sah ja aus wie ausgespuckt! So

dünn und blaß und schwarz wie noch nie im Leben!! Wie auf seiner eigenen Beerdigung!
»Ist alles klar mit dir?« fragte ich schließlich scheu.
Mein böses, böses Stiefgeliebten-Herz klopfte ganz laut und aufdringlich. Meine Zunge schmeckte nach Benzin.
»Ich hab Sorgen mit der Besetzung im Büro«, sagte er. »Die Sekretärin, auf die ich mich am meisten verlassen hab, hat mich enttäuscht.«
Ich fiel erleichtert in meinen Beifahrersitz zurück.
Die Sekretärin! Das war's!
»Armer Ernstbert.« Ich strich ihm in aufwallender Zärtlichkeit über die Wange.
Er zuckte unmerklich zurück.
Oder bildete ich mir das nur ein?
»Mami?! In der Groov gibt's auch Tretboote!«
»Ja, mein Schatz. Die gibt's.«
»Und Elektroboote!! Dürfen wir uns eins mieten?«
»Bestimmt, Liebchen. Jetzt laß mich mal für fünf Pfennig mit dem Papa reden.«
»Wie war's?« fragte schmallippig Ernstbert und guckte auf die Straße.
»Nett!« strahlte ich mein allernatürlichstes Perlweißlächeln. Komisch, daß ich ausgerechnet jetzt den Nachgeschmack von diesem pappigen Becher aus dem Flugzeug im Mund hatte. »Sehr nett und lustig.«
»Und? Hast du ihn wiedergesehen?«
»Ja natürlich. Das war doch im Fernsehen deutlich zu erkennen, oder nicht?«
»Ich meine danach. Hast du ihn danach privat wiedergesehen?«
»Wie meinst du das, privat wiedergesehen. Ja klar. Wir saßen mit den anderen in der Hotelhalle – und der Püsters war noch bis nachts um zwei munter, das ist ein toller Mann, sag ich dir, und die Frau Knitter ist auch ganz, ganz reizend, und es gab unaufhörlich Champagner, und wir plauderten über die Sendung und was wir so machen…«
»Und? Was macht er so?«

»Was du schon sagtest. Er ist jetzt in Amerika ein Star. Julia Roberts ist seine nächste Partnerin.«
»Mama? WER ist ein Star?«
»Kennst du nicht, Ernie-Mann. Ein Schauspieler.«
»Der gestern mit dabei war? Der Alte?«
»Nein, Schatz. Der andere. Der Junge.«
»Der so komisch gesprochen hat?«
»Ja, er hat einen leichten amerikanischen Akzent angenommen, das ist mir auch aufgefallen.«
»Ich hab ein Rennboot von Lego bekommen«, sagte Ernie übergangslos, »und Bert hat es mir kaputtgemacht.«
»Stimmt nicht! Du wolltest es mir nicht geben, und da hab ich es mir genommen, und da ist es kaputtgeGANGEN!! Von selber!«
»Wir bauen es wieder auf«, sagte ich. »Kleine Dinge, die von selber kaputtgehen, kann man ganz leicht wieder reparieren.«
Ich schaute auf Ernstbert. Warum SAGTE er denn nichts?
Ich legte meine Hand auf seinen Arm.
Er mußte plötzlich scharf lenken.
Die Hand fiel abgeschüttelt ab.
»Kleine Dinge, die von selber kaputtgehen, sind wahrscheinlich nichts wert«, sagte Ernstbert.
Ich starrte geradeaus.
Er wußte was.
Ich war mir plötzlich ganz sicher.
Aber das KONNTE doch gar nicht sein!
Wir hatten uns sehr diskret benommen!
Wir hatten weder Händchen gehalten noch rumgescherzt, noch großartig Blicke gewechselt!
Er war einfach, als niemand mehr in der Halle war, mit mir im Fahrstuhl nach oben gefahren!
Und im Fahrstuhl hatten wir uns geküßt! Aber da waren wir allein gewesen!! Das konnte ich schwören!
Er hatte seine Hände um mein Gesicht gelegt und sich zu mir runtergebeugt, und wir hatten uns geküßt.
Und er hatte so wunderbar nach Damals geschmeckt, nach Südfrankreich und dem kleinen Swimmingpool im Garten, nach

dem Russen im Nachbarbett und nach dem Staub im Kostümfundus für Kleindarsteller und nach Jugend, nach großen Hoffnungen und Unbeschwertheit, und die letzten zehn Jahre waren plötzlich wie weggewischt gewesen.
Ich hatte ihn ziemlich stürmisch und leidenschaftlich umarmt.
Weil ich so begeistert und glücklich war.
Und dabei war ihm seine goldrandige Brille von der Nase gerutscht. O.K. Sie war nicht von selbst gefallen.
Ich hatte schon ein bißchen nachgeholfen. Aus Versehen.
Ich weiß auch nicht, warum.
Nur noch dieses eine Mal.
Dieses eine, letzte Mal!!
Weil es Hannes war!
Weil sich der Kreis damit schloß!!!
Weil ich morgen oder übermorgen schon alt und häßlich und grau sein würde und frustriert und gelangweilt wie Lore Läscherlisch und Gretel Zupf und Ulrike Neidauge-Puddinggesicht.
Weil der Kerl ja morgen schon wieder in die Staaten fliegen würde! Zu Julia Roberts! Weil ich ihn sowieso nie wiedersehen würde!
Weil ich es EINMAL noch erleben wollte!
Einmal ist keinmal!
Nurma eima gucken, ob es noch funktioniert!!
Vielleicht funktionierte es auch gar nicht mehr!
Es war wie mit Paulinchen und den Zündhölzchen.
Ein kleines bißchen kokeln kann doch nicht schaden.
Du spielst so lange mit dem Feuer, bis alles lichterloh brennt.
Und dann weinst du.
Aber nicht doch! Ein bißchen Stimmung in die Bude bringen hat doch noch keinem geschadet!
Das Leben ist langweilig genug!! – Und hier im Fahrstuhl, da sah es doch keiner!
O ja. Es hatte noch funktioniert. Und wie.
Alte erfahrene Zauberfrauen verlernen ihre Tricks eben nicht.
Im Hotelflur war ganz bestimmt auch niemand gewesen.
Niemand hatte uns gesehen.

Meine Suite lag im neunten Stock.
Da standen die Leute nachts um zwei nicht mehr Schlange. Auch nicht wegen Chairleg, dem Weltstar.
Da war keine Menschenseele weit und breit gewesen! Auch keine versteckte Kamera oder ein Paparazzo oder ein ferngesteuertes magisches Auge!!
Und in meinem Zimmer waren wir erst recht allein. Hundertprozentig. Da stand keiner hinter dem Vorhang oder hinter dem Wandschrank. Da lag auch keiner unter dem Bett.
Ich bildete mir das alles nur ein.
Ernstbert war überarbeitet und hatte schlecht geschlafen und hatte wahrscheinlich die ganze Nacht an seinem Computer gesessen und darüber nachgedacht, ob er eine neue Sekretärin einstellen sollte, und dann seit heute morgen um sieben mit den Kindern Räuber und Gendarm gespielt.
Ich sah Gespenster. Es war alles in Butter.
Ich durfte jetzt nur nicht den törichten Fehler machen und mein Gewissen erleichtern. Nicht auf Ernstberts Kosten. Ernstbert hatte genug Sorgen mit seiner Sekretärin und seiner neuen Firma am Hals.
Und Hannes war schon längst wieder auf dem Weg in die Staaten. Wozu also aufrühren, was hinter mir lag?
»Also?« munterte ich meine betreten schweigende Mannschaft auf. »Mieten wir uns zuerst ein Boot?«

Es war ein trüber, schwüler und gewittriger Spätsommernachmittag. Wir saßen in dem Elektroboot, die Kinder vorn, die Eltern hinten. Der Himmel zog sich zu. Bald würde es ein Gewitter geben.
Die Luft war bleiern schwer.
Ich nahm die Sonnenbrille ab. Alles kam mir so düster vor. Nun aber blendete die graue Luft flirrend vor den Augen. Ich setzte die Sonnenbrille wieder auf.
Das Wasser war schwarz und undurchsichtig. Ein paar Schwanenfedern trieben in der dunklen Brühe vor uns her.
Ernie und Bert stritten sich darum, wer das Lenkrad halten durfte.

Ich hatte Hunger. Aber keinen Appetit. Eigentlich war mir eher schlecht. Mir zitterten die Beine.
Die Nacht war kurz gewesen.
Ich hatte keinen Augenblick geschlafen.
Hannes war um sechs gegangen.
Er mußte seinen Flieger kriegen.
Es war nett gewesen. Ausgesprochen nett. Mehr aber auch nicht. Und vor allen Dingen war es keine Verletzung von Ernstbert wert gewesen. Nicht für fünf Pfennige.
Ich schwor mir, es ihm nie zu sagen.
Diese Schuldgefühle mußte ich ganz allein auffressen.
Selber auslöffeln. Und wenn ich ewig daran würgen würde.
»Ernstbert«, sagte ich. »Irgendwas ist doch. Sag's mir doch bitte!«
»Du hast dein Versprechen gebrochen«, sagte Ernstbert.
Eine Schwanenfeder stieß an unser Boot. Sie sah widerlich aus. So alt und gerupft und verfault.
»Was... wie meinst du... wie kommst du darauf?«
»Ich weiß es«, sagte Ernstbert.
»Aber das vermutest du nur...«
»Das ist unser Ende.«
Mir wurde so schlecht, daß ich dachte, ins Wasser speien zu müssen. Der Anblick dieser trüben Brühe mit den unappetitlichen Schwanenfedern verursachte mir Brechreiz.
Ich schloß die Augen. Quatsch. Alles nur Quatsch. Er pokert. Er will es wissen. Im Grunde will er das Gegenteil hören! Los, jetzt. Hier hilft kein vornehmes Schweigen mehr. Jetzt mußte ich lügen.
Ich öffnete die Augen wieder. Ich versuchte zu lächeln. Aber das Boot schaukelte.
Ich wollte festen Boden unter den Füßen!
Die Kinder stritten sich vorn wie die Spatzen um das Lenkrad.
Ich fuhr dazwischen. »Wollt ihr wohl Ruhe geben!«
»Laß sie«, sagte Ernstbert. »Sie können nichts dafür.«
»Ernstbert!« Ich faßte seinen Arm. Er schüttelte meine Hand ab.

»Ich wollte Gewißheit haben«, sagte Ernstbert. »Nach DEM Sommer. Ich war sicher, es würde dir nicht mehr passieren. Ich hatte dein Ehrenwort. Du hast dein Versprechen gebrochen.«
»Aber Ernstbert! Wieso habe ich mein Versprechen gebroch...«
»Ich verlasse dich.«
»Ernstbert!! Du sprichst in Rätseln! Bitte, Kinder, fahrt ans Ufer zurück!! Mir ist schlecht.«
Ich hatte das Gefühl, daß ich jeden Moment ins Wasser springen müßte. Und in der schwarzen, ekligen Brühe für immer versinken.
Ich hörte mich noch den Berg hinaufkeuchen, dieses eine Wort immer im Ohr: »Versprochen. Versprochen. Versprochen...«
Da war es wieder. Mein eigenes Keuchen. Und dieses Wort. Das nichts mehr wert war.
Wir legten am Bootssteg an. Ernstbert half mir heraus. Mir war wirklich hundeelend. Meine Beine zitterten so, daß ich mich kaum noch voranschleppen konnte.
Über uns dröhnte es am Himmel.
Gleich würde das Gewitter losgehen.
Die Kinder rannten zur Schießbude. Ich konnte diese Kirmes nicht betreten. Die Geräusche machten mich krank.
Es flirrte und sirrte und brummte und knatterte, und diese widerlichen verzerrten Stimmen aus den Lautsprechern kamen mir so ordinär und...vulgär vor...
»Laß sie«, sagte Ernstbert. »Ich habe mich schon von ihnen verabschiedet.«
»Verabschiedet? Was heißt das? Wo gehst du hin?«
»Ich gehe weg von dir«, sagte Ernstbert.
»Aber heute abend kommst du wieder...?«
»Nein. Du verstehst den Ernst der Lage nicht, Charlotte...«
»Ernstbert!! JA, es stimmt, ich war dir nicht treu, es ist mir heute nacht noch ein letztes Mal passiert, aber ich schwöre dir, es WAR das letzte Mal, es war die Sache überhaupt nicht wert, es hat mich nur noch mal gereizt, weil er doch... vor zehn Jahren... meine große Liebe gewesen ist...« Ich stammelte irgendein Zeug.

»Du warst MEINE große Liebe«, sagte Ernstbert. »Du warst meine Nadel im Heuhaufen. Aber ich wollte mich nie mehr an dir stechen.«

»Ernstbert!!!« Ich sank kraftlos auf ein Mäuerchen.

Ich streckte die Hände nach ihm aus. »Du kannst doch jetzt nicht einfach weggehen!« Ich falle jeden Moment in Ohnmacht, dachte ich. Jeden Moment. Dann müssen mich die Leute hier aufkratzen.

»Game is over«, sagte Ernstbert. »Hier, das wollte ich dir noch geben.«

Er zog einen braunen DIN-A4-Umschlag aus seiner Jacke hervor. »Da steht alles drin, was du wissen mußt.«

Es war irgendwas Amtliches. Mit Stempel und Sicherheitsetikett, es sah geheimnisvoll aus, aber es erschien mir im Moment nicht wichtig!

»Und das ist noch deine Post«, sagte Ernstbert. Ein schmaler weißer Briefumschlag mit schwarzem Rand. Irgendeine Todesanzeige oder Danksagung oder so.

Ich warf keinen weiteren Blick darauf.

»Ich habe mein Leben umgekrempelt«, sagte Ernstbert. »Von Kopf bis Fuß. Mich und mein Leben. Und habe es dir zu Füßen gelegt. Aber du – du hast die erste Gelegenheit ergriffen, die sich dir bot. Die ERSTE. DAS wollte ich wissen. Ob du es wirklich tust. DAS habe ich mich was kosten lassen. Geld und... Stolz.«

»Aber es war die letzte, ich schwöre es dir...«

»Du hattest es versprochen«, sagte Ernstbert. »Am Fuße des Schlern.«

»Ich verspreche es JETZT!« stieß ich mit letzter Kraft aus. »Am Fuße des Riesenrades!« Mir wurde schwarz vor Augen. Ich tastete nach seinem Arm. Über mir drehte sich alles. Der Himmel war schwül und grau. Die Luft flirrte.

»Das Riesenrad wird abgebaut«, sagte er. »Der Schlern hätte ewig da gestanden.«

Er drückte meinen Arm kurz und ließ ihn wieder los.

Dann ging er.

Einfach so.

Die schwarze, dünne, fremde, blasse Gestalt mit den angelegten
Haaren. Die aussah wie eine erfrorene Dohle.
Ich wollte ihm nachrennen.
Aber ich schaffte es nicht.
Meine Beine versagten ihren Dienst.

Ich weiß nicht, wie lange ich auf diesem Mäuerchen gesessen
hatte. Die Kinder kamen angerannt, verlangten nach einem
Fünfmarkstück fürs Karussell und verschwanden wieder.
Ernstbert war weg. In meinem Kopf rauschte es. Sicher war das
nur ein böser Traum. Es wimmelte von Menschen. Keiner nahm
mich wahr. Gleich würde er zwischen all diesen Gestalten auftauchen – mein geliebtes, einziges, wahres, vertrautes Freundgesicht!! – und ein Eis mit Sahne mitbringen und »April, April«
sagen und lachen. Mein Ernstbert. Ich kannte ihn doch. Er war
doch immer da, wenn ich ihn brauchte. Immer.
Und jetzt war mir schlecht. Ich brauchte ihn. Er würde mir aufhelfen und mich zum Auto bringen.
Er kam nicht.
Irgendwann hatte ich die Kraft, diesen merkwürdigen braunen
Umschlag aufzureißen. Vielleicht mein Steuerbescheid oder der
Abrechnungsbogen einer Versicherung.
Ich starrte auf das Papier, das mir entgegenfiel.
Ich konnte überhaupt nicht daraus schlau werden.
»Bericht vom 9.9.«, stand darauf. Ohne Absender, ohne Briefkopf. Einfach nur so, mit Schreibmaschine.
Aber das war ja gestern gewesen. Der Neunte des Neunten.
»16 Uhr: Person A begibt sich vom Ankunftsschalter zum Kofferband. Wird von Produktionsfahrer abgeholt. Steigt in
Pullman. Pullman fährt Person A direkt ins Hotel.«
Ich schaute auf die Würstchenbude. Leute standen darum herum
und reichten sich gegenseitig eine braune Plastikflasche mit Senf.
Jetzt lachten sie.
»Person B ist bereits am Vormittag in München angekommen.
Keine Anzeichen, daß sie sich mit Person A in Verbindung setzen
will. Schlendert durch München, kauft Souvenirs, schreibt Karten.«

Die Leute an der Würstchenbude bestellten noch eine Runde Pommes Rot-Weiß. Sie schütteten gutgelaunt Bier aus Dosen in sich hinein. Die Frauen hatten kurze Hosen an, die Männer Jogginganzüge. Ihre Fahrräder lehnten am Mäuerchen.
»17 Uhr: Person A kommt am Hotel V. J. an, bezieht Suite im 9. Stock, geht wieder weg. Mitarbeiter A präpariert Zimmertür. Mitarbeiterin B wartet in Halle. Mitarbeiter C beobachtet Person B. Keine Anstalten, Person A zu treffen. Person B hält sich im Fitneßraum auf. Zimmer von Person B wurde bereits am Vortage präpariert. Keine Telefongespräche.«
Jetzt nahmen die Leute ihre Pommes frites in Empfang. Sie machten es sich auf dem Mäuerchen gemütlich.
»17 Uhr 30: Person A begibt sich in Schönheitssalon des Hotels. Mitarbeiterin B läßt sich in Nachbarkabine behandeln. Person A berichtet von bevorstehender Talk-Show. Erzählt sehr herzlich von Mann und Kindern, erwähnt gelungenen Sommerurlaub. Aufgekratzt, fröhlich. Kein Hinweis auf Person B oder ein geplantes Treffen.«
Jetzt hatte jemand auf dem Mäuerchen einen Scherz gemacht. Wie die Spatzen auf der Leitung kreischten die Leute los.
Ich konnte nicht mehr weiterlesen.
Plötzlich sah ich die unscheinbare Dame wieder vor mir.
Sie hatte an der Schönheitssalonkasse neben mir gestanden.
Und später war sie in der Fernsehkantine gewesen. Mit einem Mann zusammen. Sie hatten Kaffee getrunken. Sie hatte in der Show gesessen, ohne Mann. In der zweiten Reihe. Und sich richtig amüsiert.
Die Frau hatte ich nicht mehr gesehen, später, im Hotel. Aber den Mann!! Der hatte in der Halle mitgefeiert!! Und heute morgen, beim Frühstück!! Da hatte er mit einem anderen Mann zusammen zwei Tische weiter gesessen! Hatte ich nicht sogar das Wort an ihn gerichtet, als ich zum Büfett ging, um mir frischen Obstsalat zu holen?
»War lustig gestern, nicht?« hatte ich im Vorbeigehen zu ihm gesagt. Ich hielt ihn für einen vom Charles-Koch-Team! Weil er doch irgendwie immer um uns rum war!
Er hatte – und jetzt erinnerte ich mich genau!!! – fast ratlos mit

den Schultern gezuckt, als wollte er sagen, ich weiß nicht, wovon Sie sprechen. Sie müssen mich verwechseln.
Und ich hatte auch keine Lust, mich weiter mit ihm zu unterhalten. Wo doch die reizende Frau Knitter mit mir frühstückte.
»War lustig gestern, nicht?«
Schulterzucken. Sie müssen mich verwechseln.
Kurz darauf war der Mann gegangen.
Und der andere hatte sich hinter eine Zeitung verzogen und sich noch einen Tee bestellt.
War er mit mir im Flugzeug gewesen? JA?? WAR ER??
War er mir noch im Flughafen aufs Klo gefolgt? Hatte er in der Drogerie neben mir gestanden, als ich mir den Deo-Roller und die Slip-Einlagen kaufte?
Hatte er den Inhalt meiner Handtasche untersucht?
Ich schlug mit letzter Kraft die letzte Seite des Berichtes auf.
»10 Uhr 30: Person A verläßt mit Schauspielerin K. gemeinsam den Frühstücksraum. Sie zahlt Nebenkosten und räumt Zimmer. Mitarbeiterin B hat vorher Zimmer und Bad inspiziert.«
Mir wurde schwarz vor Augen.
Sich vorzustellen, daß die unscheinbare Dame in meinem Badezimmer-Abfalleimer nach Indizien gesucht hatte, während ich mit Frau Knitter fröhlich plaudernd beim Frühstück saß! Sich vorzustellen, daß sie mit spitzen Fingern eine gebrauchte Lümmeltüte aus dem Eimer gefischt und in ihre Handtasche gesteckt hatte! Warum hatte sie die Lümmeltüte nicht mit einer Büroklammer an ihren Bericht geheftet? Vielleicht hatte Ernstbert sie schon abgezupft. Und in einem seiner Aktenordner abgeheftet. Als Beweis. Für die Scheidung.
Gott, was war mir schlecht.
»11 Uhr 15: Person A verläßt das Hotel V. J. und fährt mit O.A. Wagen zum Flughafen. 12 Uhr: Person A checkt ein. 12 Uhr 30: Maschine startet nach Köln.
Ende des Berichts.«
Keine Unterschrift, kein »Mit freundlichen Grüßen«.
Nichts.
Ende des Berichts.

Und das Ganze hatte Ernstbert in den Händen, als ich um 13 Uhr 30 in Köln landete.
Und er hatte es schon gelesen.
Bevor er die drei roten Rosen gekauft hatte? Oder danach?
Ich starrte auf die Würstchenbude.
Daß er DAS getan hatte.
Daß er DAZU fähig war.
Ich faltete den anonymen Bericht zusammen und starrte vor mich hin. Alles aus.
Die Leute stiegen auf die Fahrräder. Erste Tropfen fielen schwer und schwarz vor meinen Füßen nieder.
Es roch nach nassem Asphalt.
Allgemeine panische Aufbruchsstimmung um mich herum.
Überall fingen Leute an zu rennen, schnappten sich Jacken und Schirme.
Ich blieb sitzen.
Ich merkte von den Tropfen nichts. Ich bemerkte nur diesen Geruch. Nasser Asphalt. Wie früher, wenn wir draußen Fahrrad fuhren.
Außerdem mußte ich auf die Kinder warten.
Sie würden jeden Moment angerannt kommen.
Wie in Trance nahm ich den anderen Brief zur Hand.
Den mit dem Trauerrand.
Es war eine Todesanzeige von irgendeiner Frau.
Kannte ich nicht.
Sie war gerade mal achtunddreißig Jahre alt geworden.
Nach kurzer, schwerer Krankheit...
Ein Mann mit einem Allerweltsnamen zeichnete als liebender Trauernder. Meier oder Müller oder so.
Keine Ahnung, wer das war. Mich erreichten die seltsamsten Briefe, seit ich Charlotte Pfeffer war. Ich knüllte den Brief zusammen und steckte ihn in die Hosentasche. Dann tat und las ich nichts mehr.
Ich saß im strömenden Regen und starrte vor mich hin.
Ernstbert hatte mich beschatten lassen.
Im großen Rahmen, richtig schick. Den Spaß hatte er sich richtig was kosten lassen.

Nicht irgend so'n Matula war da blatternarbig um uns rumgeschlichen und hatte schleimige Fragen an den Barkeeper gestellt. Sondern Mitarbeiter A, B und C. Sehr diskret und sehr elegant.
Edel-Spitzel. Von der akademischen Art.
Hannes und mich, rund um die Uhr.
Wer beschattet denn heute noch selbst.
Da gibt es doch elegantere Wege.
Dafür gibt es doch Experten! Ausgebildet und international geschult! Und mit einem reichen Erfahrungsschatz! Vertrauen Sie der Firma Schnüffel und Co. Auf diese Schweine können Sie bauen.
Und wenn Sie dann hinterher vor den Trümmern Ihres Lebens stehen, dann war es uns ein Vergnügen. Und Sie wissen doch wenigstens, mit wem Sie es zu tun hatten die letzten zehn Jahre.
Macht siebentausend Dollar plus Mehrwertsteuer.
Investieren Sie in Ihre Sicherheit.
Bespitzeln, beschatten, belauschen, beobachten.
Und Zimmer präparieren lassen. Alles im Komplettangebot enthalten. Und den Bericht kriegen Sie innerhalb von einer Stunde.
Diskret, anonym, prompt.
Per Kurierdienst. Via Satellit. Für solcherlei Faxen scheuen wir keine Mühe. Schönen guten Abend.
Empfehlen Sie uns weiter.
Ernstbert hatte von diesem Service Gebrauch gemacht.
Und er hatte alles gewußt.
Alles.
Und mit drei roten Rosen am Flughafen gestanden.
»Mama, du wirst ja ganz naß! Wo ist Papa!?«
»Papa ist schon mal vorgegangen.«
»Mama, es regnet! Ich will nach Hause!«
»Ich bin müde! Ich habe Hunger!«
»Die blöde Schießbude hat vor unserer Nase einfach zugemacht!«
»Ich hab beim Dosenwerfen einen Kugelschreiber gewonnen! Aber der schreibt nicht!«
Sie zerrten mich weg.
Ohne sie hätte ich nicht aufstehen können.

Erst im Auto, als ich mit verkrampften Händen am Lenkrad saß und auf den hektisch schwingenden Scheibenwischer starrte, der ganze Wassermassen von meinem Sichtfeld schleuderte, als die Kinder hinten in ihrer Kuscheldecke schliefen, als es gewitterte, als würde die Welt zusammenbrechen, fiel es mir plötzlich ein.
Wer diese Frau Ende Dreißig war, die in dem schwarzgerandeten Briefumschlag gestorben war.
Auf einmal wußte ich es.
Und auch, warum der Mann mir eine Todesanzeige schickte.
Ich schaltete die Warnblinkanlage ein, fuhr an den Rand der Fahrbahn, lehnte mich über das Lenkrad und heulte los.
Die Autos fuhren durch riesige Wasserlachen an mir vorbei und spritzten schäumende Gischt.
In meiner Erinnerung tauchten längst vergangene Bilder auf.
Bilder von tiefsonnigen, friedlichen Tagen am Fuße des majestätischen Schlern.
Ich hörte Ernstbert auf dem Tennisplatz lachen, die Kinder um die Harke streiten, ich hörte sie heranpoltern und sich den Tennissand von den Schuhen trampeln.
Ich sah sie auf der Decke sitzen, ich sah sie lächeln und meine Hand drücken und hörte sie sagen: »Verplempern Sie nicht länger Ihre Zeit. Ihr Mann ist es wirklich wert!«
Barbara Becker. Die Frau aus dem Garten Eden.

Ich weiß nicht, wie lange ich da so über dem Lenkrad lehnte.
Waren es Minuten oder Stunden? Ich weiß es nicht mehr.
Plötzlich hob ich den Kopf. Der Regen hatte aufgehört.
Die Kinder rappelten sich verschlafen aus ihrer Decke hoch.
»Ich hab Hunger! Warum fahren wir nicht?«
»Guck mal, Mama, ein Regenbogen!«
Gott, war der wunderschön! Vor schwarzblauem Wolkenmeer.
So bunt und so riesig!
Er winkte mir vom Himmel wie ein neuer Hoffnungsschimmer.
Was machte ich hier, im Regen, auf dem Seitenstreifen, heulend und zähneklappernd und voll des Selbstmitleids?

»Verplempern Sie nicht länger Ihre Zeit! Jede Minute ist ein Geschenk!«
Ich wischte mir die Nase, lächelte die Kinder an und setzte den Blinker nach links.
»Wir fahren nach Hause und machen uns was zu essen.«
Wir fuhren durch riesige Wasserlachen.
Aber wir hatten festen Boden unter den Rädern.
Ich wußte plötzlich ganz genau, was ich tun würde.
Ich hatte plötzlich wieder sehr viel Kraft.
Wahrscheinlich war es Barbara Becker, die mir letzte Reserven gab.
»Verplempern Sie nicht länger Ihre Zeit. Jede Minute ist ein Geschenk!«
Ich gab Gas.
Er mußte noch zu Hause sein. Er MUSSTE. Er wartete auf mich. Er liebte mich. Ich war seine Nadel im Heuhafen. Und er meine.
Die Straßen lagen spiegelblank. So, als hätten sie gebadet.
Der Regenbogen leuchtete.
Die Kinder spielten hinten auf ihrer Wolldecke mit den Playmobilrittern.
Ich fuhr, so schnell es bei diesen Straßenverhältnissen möglich war. Selbst wenn Ernstbert ausziehen wollte: So schnell konnte er seine Sachen nicht gepackt haben.
Ich würde ihn halten, mit aller Kraft.
Ich war mir plötzlich ganz sicher, daß ich es schaffen würde. Wir lebten noch! Wir waren gesund! Wir hatten UNS!
Die nächste Ampel war rot.
Ernstbert. Warte. Noch nicht gehen. Ich komme. Ich komme zu dir zurück. Geh nicht. Wir gehören zusammen.
Ich trommelte mit den Fingern aufs Lenkrad.
Los, komm schon. Werd endlich grün.
Ich startete durch.
Die Reifen quietschten. Ich legte mich in die Kurve.
»Mama! Warum fährst du so schnell!!« Ernie hielt sich bangevoll an meiner Kopfstütze fest.
»Weil ich es eilig habe!«

»Warum? Mußt du schon wieder zum Flughafen? Oder auf eine Tournee oder zu einer Talk-Show? Oder in Unsere kleine Klinik?«
»Nein, Ernie. Ich muß nicht zum Flughafen oder auf eine Tournee oder in Unsere kleine Klinik. Ich muß nirgendwohin. Alles überflüssig. Nichts ist mehr wichtig. Ich muß nur nach Hause. Zu deinem Vater.«
»Wieso ist das Ernies Vater«, schmollte Bert. »Das ist genausogut mein Vater.«
»Euer Vater«, sagte ich und gab Gas. »Euer Vater ist das Wichtigste auf der Welt.«
»Und deshalb fährst du hier hundertneunzig?« fragte Bert. »Du siehst ihn doch jeden Tag.«
»Hundertvierzig«, sagte ich. »Schneller geht nicht.«
Der alte Vater Rhein in seinem Bett schluckte noch an den vielen Tränen, die er geweint hatte.
Graue und weiße Kähne zogen unverdrossen ihres Weges, stromauf, stromab.
Das Leben geht weiter, dachte ich. Verplempern Sie nicht Ihre Zeit. Jede Minute ist ein Geschenk.
Er durfte noch nicht weg sein.
Er durfte es einfach nicht.
Vielleicht schrieb er mir einen Abschiedsbrief.
Er würde ihn mit der Hand schreiben, nicht mit dem Computer.
Diese Mühe war ich ihm diesmal wert.
Jetzt. Wo er wußte, was wir aneinander gehabt hatten.
Hatten? Wir würden noch so viel aneinander haben!
Ich war mir ganz sicher!!
Auch wenn er nicht mehr an uns glaubte.
Ich glaubte an uns. Für zwei. Dies hier konnte nicht das Ende sein. Dies hier war der Anfang.
Das letzte Jahr hatten wir doch nicht umsonst erlebt.
Ich legte mich in die Kurve.
Links war der Dom. Seine dunklen Türme erhoben sich vor dem Himmel, der zu weiten Teilen schon wieder blau war.
Ich nahm das als ganz sicheres Zeichen.

Es klarte schon wieder auf.
Es würde alles gut werden.
Den Dom haute nichts um. Kraft der zwei Türme.
Der stand immer da. Egal, vor welcher Kulisse.
»Mama, mir wird schlecht, wenn du so rast.«
Der Regenbogen war schon matter jetzt.
Aber er war noch deutlich zu sehen.
Ich hatte das Gefühl, daß ich unser Haus noch vor dem endgültigen Verblassen des Regenbogens erreichen müßte.
»Bert, reiß dich zusammen. Wir sind in fünf Minuten da.«
Jede Minute ist ein Geschenk.
Wir haben schon zu viele Minuten verrinnen lassen.
Einfach so. Wie den Sand in einer Eieruhr. Weil uns nichts Besseres zu tun einfiel mit unserer Zeit.
Dabei hatten wir UNS!! Zum LEBEN!!
Dann bog ich in unsere Straße ein.
Der Himmel hinter unserem Haus war blau.
Hinter uns schimmerte noch schwach der Regenbogen.
Er war nur noch in Andeutungen zu sehen.
Nur, wenn man ganz genau hinschaute.
Ich schaute nicht nach hinten.
Ich schaute nach vorn.
Ich sah Ernstbert im Schlafwagenabteil sitzen und sagen: »Wir gucken nach vorn. Nicht mehr nach hinten.«
»O.K.«, hatte ich gesagt. »Das ist ein Deal.«
Ich sprang aus dem Auto und rannte ins Haus.
»Ernstbert?!«
Nichts. Stille.
»Ernstbert!! Ich bin da!! Ich bin zu Hause!! Ich liebe dich, Ernstbert! Wir haben eine Zukunft! Ich schwöre es dir! Der Schlern steht noch! Und der Dom auch!!«
Die Kinder kamen verwundert hinterhergetapert.
»Wir mußten zur Fahrertür aussteigen, wieso hast du uns die Kindersicherung nicht aufgemacht?«
»ERNSTBERT!! WIR SIND ZU HAUSE!!!«
Ich klammerte mich an das Treppengeländer.
Wieso kam er nicht? Wo steckte er? War er schon ausgezogen?

Hatte er sich was angetan?
Die Kinder verkrümelten sich in ihre Zimmer.
»Was die bloß wieder hat.«
»Erst fährtse so schnell, dann schreitse durchs Haus.«
»Hallo. Geh mal da weg.«
»Mach mal Platz, dies hier ist MEINE Brücke.«
»Nein, MEINE. ICH hab sie heute morgen mit Papa gebaut.«
»Aber die Brücke hat der Papa MIR gebaut. So 'ne tolle Brücke kannst DU nicht.«
»Kann ich wohl.«
»Kannst du NICHT. Stimmt's Papa. So'ne tolle Brücke kann DER nicht.«
PAPA? Redeten sie mit IHM?
War er DA?
Ich stürzte die Treppe hinauf.
Da saß er. Auf der Erde. Mit Ernie und Bert. Und baute eine Brücke. Und schaute mich blicklos an.
Er hatte den ganzen Nachmittag Brücken gebaut.
Während es draußen regnete. Und der Himmel sich ausschütten wollte vor Reue.
»Du bist noch da.« Mir schossen die Tränen in die Augen. Ich stand in der Tür und fühlte meine Beine zittern. Und konnte keinen Schritt weitergehen.
»Ja. Ich bin noch da.«
»Ich bin auch wieder da«, sagte ich und versuchte ein Lachen. Es mißlang. Es klang so jämmerlich und hilflos, daß es eher einem Weinen glich. Mir liefen schon wieder die Tränen.
Die Kinder schauten uns an.
»Die Mama ist auf der Rheinuferstraße hundertneunzig gefahren«, sagte Bert. »Und hinter uns war ein Regenbogen.«
»Ja?« lächelte Ernstbert dünn.
»Und jetzt heult die Mama«, sagte Ernie.
»Eben auf der Mauer hat sie auch geheult. Sie hat einen Brief gelesen und dabei geheult.«
Ich sank in die Knie und lehnte mich in den Türrahmen.
»Barbara Becker ist tot«, sagte ich. »Die Frau aus dem Hotelgarten. Die mit dem lieben Gesicht.«

»Ja?« sagte Ernstbert. »Die kenne ich nicht.«
»Aber ich kenne sie«, sagte ich. »Und weißt du, was sie zu mir gesagt hat?«
»Nein. Wer ist Barbara Becker?«
»Verplempern Sie nicht länger Ihre Zeit!« schluchzte ich. »Jede Minute ist ein Geschenk!«
Ernstbert sah mich aus rotgeränderten Augen an.
Er stand auf, kam zu meinem Türrahmen, in dem ich Häufchen Elend klemmte, und hockte sich neben mich auf die Erde.
Er strich mir über die wirren, klebrigen Haare.
»Auch wenn ich die Frau nicht kenne«, sagte er leise. »Aber damit hat sie recht.«
»Heißt das, daß wir zusammenbleiben?« Tränenverschmiert blickte ich zu ihm auf.
Ernstbert nickte. »Heißt es«, sagte er heiser. »Aber du mußt mir ein Zeichen setzen. Sonst glaube ich nicht mehr an dich.«
»Ja«, sagte ich entschlossen. »Mach ich.«
Er räusperte sich. »Und jetzt würde ich vorschlagen, daß du dir mal was Trockenes anziehst. Ich habe Abendessen gemacht. Einen knackfrischen Salat mit Buttermilchsauce. So, wie du ihn gern magst.«
Er krabbelte wieder zu den Kindern, um mit ihnen die zerstörte Brücke zu reparieren.
»Faß mal mit an«, sagte er. »Von einer Seite aus geht das nicht. Du mußt von der anderen Seite festhalten.«
Ich rappelte mich aus meinem Türrahmen auf und krabbelte hinter ihm her. Gehen konnte ich irgendwie noch nicht.
Ich legte meine Hand in seinen Nacken und weinte ihm einen halben Liter Tränen in den Kragen. Die Kinder bastelten taktvoll schweigend an der Brücke herum, mit ihren verklebten, eifrigen Speckhändchen. Sie wollten mithelfen.
Ernstbert drehte sich zu mir herum.
»Setz ein positives Zeichen«, sagte er. »Dir fällt da bestimmt was ein.« Er lächelte.
Ich lächelte auch. »Ja«, sagte ich. »Mir fällt da bestimmt was ein.«
»Na, was ist?« sagte er. »Wenn du dich nicht umziehst, wird der

schöne Salat kalt! Ich kümmere mich inzwischen um die Kinder. Die haben ja rabenschwarze Hände. Was habt ihr denn alles angefaßt?«

»Viele überflüssige Sachen«, sagte ich zerknirscht.

Ich erhob mich, so gut das mit meinen zitternden Knien ging.

Leeren Blickes schwankte ich von dannen.

Ich sah den Schlern vor mir und den Dom. Beide vor blauem Himmel, beide von der schrägstehenden Spätsommersonne beschienen. Der Regenbogen war weg. Und die schwarzen Wolken auch.

Ich konnte mein Glück kaum fassen.

Das Glück, eine Familie zu haben.

Und so einen Mann. So einen einmaligen, wunderbaren Mann.

Er war der einzige, den ich wirklich verzaubert hatte. Auf Dauer und in echt.

In der Tür drehte ich mich noch einmal um.

So, als müßte ich mir dieses Bild für den Rest meines Lebens einprägen.

Ich werde ein Zeichen setzen, dachte ich.

Und ich weiß auch schon, welches. Ein positives.

Eines, das uns hoffentlich beide überleben wird.

Dann ging ich ins Badezimmer, um mir das Gesicht zu waschen.

ENDE

Alle Handlungen und Personen dieses Romans sind wie immer frei erfunden. An den Haaren herbeigezogen sind auch sämtliche Dialekte. Deshalb bitten wir alle Knappsacker, Hinteren Passeier, Sachsen, Hessen und Friesen, von beleidigten Briefen Abstand zu nehmen.

Hera Lind

Das Superweib

Roman

Band 12227

Eigentlich ist Franziska Schauspielerin. Doch während ihr kreativer Gatte Wilhelm Großkötter in der Karibik Dreizehnteiler dreht, sitzt sie mit ihren kleinen Söhnen Franz und Willi zu Hause herum. Das ändert sich, als Franziska sich den Ehefrust von der Seele schreibt, das Manuskript auf Umwegen beim Frauen-mit-Pfiff-Verlag landet und daraus, wer hätte das gedacht, ein Bestseller wird. Franziska wird zur Erfolgsautorin Franka Zis, kauft für sich und ihre beiden Söhnchen ein Haus und reicht die Scheidung ein. Neben dem unheimlich praktischen Anwalt Enno Winkel treten noch andere interessante Männer in ihr Leben. Da kehrt der Ex-und-hopp-Gatte Großkötter aus der Karibik zurück, um den Roman einer gewissen Franka Zis zu verfilmen – nicht ahnend, dass es *seine* Ehe ist, die er auf Zelluloid bannen möchte...

Fischer Taschenbuch Verlag

Hera Lind
Das Weibernest
Roman
Band 13770

Der Bestseller *Die perfekte Frau* hat aus Franka Zis eine öffentliche Figur gemacht. Die Medien reißen sich um sie. Einzig ihre alte Nachbarin Alma mater und ihre treue Seele Paula scheinen sie noch als Menschen wahrzunehmen. Sie flieht mit ihren drei Kindern in die Schweiz, wo sie endlich wieder Franziska sein will. Gerade als sie zu dem Entschluß gekommen ist, sich nicht mehr von Enno Winkel öffentlichkeitswirksam vermarkten zu lassen, bietet ein Fernsehprogrammdirektor mit zwei verschiedenfarbigen Augen ihr eine eigene Talkshow an. Beherzt greift sie zu. Im Laufe ihrer chaotischen Fernsehkarriere kommt es zu manch überraschender Begegnung. Franka lernt Marie kennen, eine frisch geschiedene Modedesignerin, die ebenfalls drei Kinder hat. Aufgrund der weisen Erkenntnis, daß Männer und Frauen sowieso nicht zusammenpassen, gründen die vier Frauen – Franziska, Alma mater, Paula und Marie – eine frechfröhliche Wohngemeinschaft, zu der Männer keinen Zutritt haben...

Fischer Taschenbuch Verlag

Hera Lind
Ein Mann für jede Tonart
Roman
Band 4750

Die Heldin des Romans ist eine Musikstudentin, Mitte Zwanzig, die, kaum daß sie der streng moralischen Erziehung ihrer Tante Lilli entronnen ist, beginnt, das Leben in vollen Zügen zu genießen. Sie verdingt sich als Sängerin bei Konzerten westdeutscher Kleinstadtkultur und sieht sich alsbald durch zwei zähe Verehrer mit ernsthaften Absichten zur umschwärmten Perfektfrau und Vorstadt-Callas gemacht. Prekäre Situation: Sie läßt sich, emanzipiert und lebensfroh, wie sie ist, sowohl mit dem verheirateten Arzt als auch mit dem einflußreichen Kritiker ein. Als sie schwanger wird und durch allzumenschliches Versagen eine Welturaufführung platzen läßt, bricht die Illusion vom fröhlich-freien Künstlerinnendasein jäh zusammen. Doch wie jede gute Geschichte nimmt auch diese eine überraschende Wendung...

Fischer Taschenbuch Verlag

Hera Lind
Frau zu sein bedarf es wenig
Roman
Band 11057

Pauline hat Wut. Sie hat doch nicht zehn Jahre lang ihren Kehlkopf strapaziert und sich sämtliche Partien, die für ihre minderbemittelten Stimmbänder in Frage kommen, in den Schädel gehämmert, um jetzt einem gediegenen Gatten die Blümchentapeten wohnlicher zu gestalten, als warmherziger Vordergrund! Sie ist eine Karrierefrau mit der nicht zu unterdrückenden Berufung, ihre Stimmbänder im Winde der Öffentlichkeit flattern zu lassen! Auch ein uneheliches Kind kann sie nicht davon abhalten, weiterhin hemmungslos ihrem ungezügelten Selbstverwirklichungsdrang zu frönen. Emanzipiert und lebensfroh wie eh macht sie sich mitsamt Klötzchen am Busen auf den dornenreichen Weg einer alleinerziehenden Diva. Dabei trifft sie auf Simon, den exzentrischen Opernsänger, der ihr durch rein gar nichts im Wege steht...

Fischer Taschenbuch Verlag